Norbert Niemann

WILLKOMMEN NEUE TRÄUME

Roman

Carl Hanser Verlag

1 2 3 4 5 12 11 10 09 08

ISBN 978-3-446-20994-7

Satz: Satz für Satz. Barbara Reischmann, Leutkirch
Druck und Bindung: Friedrich Pustet, Regensburg
Printed in Germany

Für Judith

Inhalt

Vorspiel
HINWEG

»Niemand hat noch von seiner eigenen Zeit gesungen.«
Petrarca

Sie schießen ins Bild. Fast zeitgleich stoßen ihre milchweißen Köpfe unter der Stadtautobahn hervor, die das Blickfeld begrenzt. Über das weite unbelebte Gelände fliegen sie näher, fünf, vier, drei Schienenstränge zwischen sich, zwei Pfeile mit abgerundeten stumpfen Spitzen. Die verspiegelten Cockpits verleihen ihnen die Gesichter von Zeichentrickfiguren, Aliens von identischem Aussehen, Insekten mit Doppelauge und glatter Knubbelnase, gutmütige Würmer. Wurmartig auch ihre im gelben Spätsommerlicht schlüpfrig glänzenden Leiber, die sich den Windungen anpassen, den Weichen gehorchen, von einer Spur zur nächsten, zur übernächsten wechseln. Daß es aussieht, als schlängelten sie, als würden sie kriechen, gemächlich, abgeklärt, zielbewußt, trotz der hohen Geschwindigkeit, die sie nun drosseln. Und gleiten dann Seite an Seite dahin, überholen sich um Wagenlänge, fallen zurück, während sie enger aneinanderrücken und, überraschend, wieder auseinanderschnellen. Die Enden scheinen sich beinahe zu berühren, ihre Schwänze schlagen aus, als wollten sie die Aufmerksamkeit des Artgenossen erregen, ihren Mitbewerber irritieren, den Konkurrenten aus den Gleisen hebeln. Eine kleine dunkelrote Rangierlok tuckert drüben am Rand des Areals in Gegenrichtung vorbei. Das Tuckern ist nicht zu hören im Rauschen des nahen und des fernen Verkehrs, von dem die Luft so gleichmäßig erfüllt wird, daß es wie Stille klingt. Stille der Großstadt, tuckerndes Bild, ein lautloser Anschein von Tuckern. Dazu der Eindruck eines geschmeidigen Eindringens, als die Pfeilspitzen, die Wurmköpfe unter dem Netz der Richt- und Trageseile, unter dem Gestrüpp aus Fahrleitungen und Galgen und Isolatoren hindurch die Brücke erreichen. Als stellte diese hübsche, alte, frisch renovierte Eisenkonstruktion mit ihren Fachwerkbögen eine Art Barriere dar. Als ob zwischen ihren Pfeilern, den sandgestrahlten Steinquadern der Gründungen, aus denen die Träger wie vom eigenen Gewicht herabgebogenes Schilfgras sprießen, unsichtbare Membranen eingezogen wären, die es zu durchstoßen gilt. Ein Ensemble von Toren, das die Bahnanlagen überspannt, eine Front versperrter Durchlässe, die geöffnet, die aufgebrochen werden müssen, um von einem menschenleeren Raum in den nächsten menschenleeren Raum zu gelangen.

Der Mann stellte sich auf Zehenspitzen, hob die Kamera und ließ sie wieder sinken. Er stieg auf die untere Querstrebe des Geländers, um das Objektiv über das Schutzgitter zu bringen, das schräg als eine Art Auffangrinne entlang des Brückenlaufs montiert war. »Achtung Starkstrom«. Etwa alle fünf Sekunden betätigte er den Auslöser, fotografierte zuletzt doch durch das engmaschige Drahtwerk, während unter ihm die Züge hindurchschlüpften. Der Mann sprang auf den Gehsteig zurück und wechselte den Film.

Auf dem Trottoir herrschte dichtes Gedränge. Es war nach fünf, die Menschen auf dem Heimweg von der Arbeit. Sie kamen aus den kürzlich fertiggestellten, in der Abendsonne funkelnden Glas- und Stahlbauten, die als Steilufer das Flußbett der Gleise begrenzten und inzwischen von Ämtern und Zentralverwaltungen und Banken bezogen waren. Sie strömten in die verwitterten Betonaufstiege der S-Bahnen, zu den Haltestellen der Busse auf der anderen Seite des Gleisgeländes. Vor dem Mann, der umständlich an seinem altmodischen Fotoapparat fummelte, geriet der Fußgängerverkehr ins Stocken. Männer in Anzügen, eilige Frauen mit strengen Frisuren und erschöpften Mienen schlugen einen Bogen um ihn, der als Hindernis den Weg verengte. Der hagere Sechzigjährige war unrasiert und trug sein dichtes graues, etwas zu langes Haar quer über den Kopf gekämmt. In seinem abgewetzten khakifarbenen Anorak und den Schnürstiefeln, an denen Brocken angetrockneten Lehms klebten, konnte er vielleicht für einen Bergwanderer gehalten werden, der sich in die Großstadt verirrt hatte. Das betonten auch die unruhigen Augen unter den buschigen, an der Nasenwurzel zusammenstoßenden Brauen, wenn er schulterzukkend und schamhaft lächelnd immer wieder Blickkontakt mit den Vorübereilenden suchte. Als bitte er um Auskunft, wo genau er hier eigentlich gelandet sei und wie er wieder hinausfinden könne. Doch dem Mann war nicht zu helfen. Letztlich zählte er zu jener Kategorie von Fremdkörpern, für die es keine Schnittstelle im Bewußtsein gibt und die im selben Augenblick, in dem sie wahrgenommen, auch schon vergessen, aus dem Gedächtnis gelöscht werden. Da war nur ein blinder Fleck auf dem Bürgersteig, der als Hürde registriert und möglichst schnell umgangen werden mußte, wollte man im Zeitlimit bleiben.

Der Mann wich so gut es ging zurück, preßte den Rücken gegen die Brüstung, legte eine Hand schützend über die Kamera, die nun wieder schußbereit vor seiner Brust baumelte. Die Finger der anderen Hand umklammerten die Dose mit dem vollen Film. Auch er verstand plötzlich nicht mehr, wozu er hergekommen war. Es kam ihm lächerlich vor, hier im kalten Wind zu stehen, beschienen vom gloriosen Septemberlicht, peinlich sein instinktives Schnuppern in einem Geruch nach nichts. Er empfand sich selbst wie nicht vorhanden, vertrieben in eine Illusion, die nur als atmosphärische Störung in die Wirklichkeit ragte. Der Mann schloß die Augen und grub in seiner Erinnerung nach dem Grund für seine Anwesenheit.

Er ist schon einmal auf der Brücke gestanden und hat Aufnahmen gemacht, mit demselben Apparat. Ein junger ehrgeiziger Mensch, der Berufsfotograf werden wollte. Mit genau diesen preisgekrönten Fotos schaffte er es. Fünfunddreißig Jahre lagen dazwischen. Damals war die alte Leica alles, was er besaß. Heute lebte er in den kurzen Ruhephasen zwischen seinen Reisen draußen auf dem Land. Abgelegenes Haus am See, großes helles Atelier mit Blick auf die Alpenkette über Wasser und Ried. In den Redaktionen der internationalen Magazine war sein Name trotz des immensen Konkurrenzdrucks nach wie vor eine feste Größe. Städteporträts waren sein Kerngeschäft, Kriegsgebiete hatte er immer gemieden. Routine garantierte die konstant hohe Qualität seiner Arbeit, auch wenn er sich eingestehen mußte, daß die Motive ihn immer seltener zu fesseln vermochten. Doch das war nicht der Grund für das, was dann einsetzte, ihm nie zuvor widerfahren war und sich seither nicht wieder abschütteln ließ: Sein Metier ermüdete ihn. Schlimmer: Er mochte seine Bilder nicht mehr. Etwas, er besaß keine Worte dafür, hatte sich aus ihnen verflüchtigt. Nichts sprang ihn an, stachelte ihn auf weiterzumachen, besser zu werden, noch besser. Es gab nichts zu verbessern an dem lauen Mittelmaß, das er in ihnen zu sehen glaubte. Deswegen war er hierher zurückgekehrt, nachdem er tagelang nichts anderes hatte tun können, als sein Archiv zu durchforsten. Was eigentlich hatte er geglaubt, mit der Kamera eingefangen zu haben? Seine unverwechselbare Perspektive, davon war früher oft die Rede gewesen, der Lieblsche Standpunkt, der den Dingen ihre Wahrheit abringt, dieser Ruf eilte ihm voraus bis heute. Was für eine Wahrheit? Je länger er in seinen Mappen blätterte, desto weniger wußte er eine Antwort. Auf den Abzügen fand er überall nur eine Doublette des Gewöhnlichen, er dachte, schal die Katastrophe, nachdem sie eingetreten ist. Welche Katastrophe?

Liebl stieß sich vom Brückengeländer ab. Wie jemand, der sich ins kalte Wasser stürzt, sprang er zwischen die Passanten und riß die Kamera hoch. Exakt diese Position hatte er seinerzeit eingenommen, exakt diesen Ausschnitt hatte er gewählt. Das Geschiebe der Menge, der Verkehr, der sich auf der Fahrbahn staute, wie jetzt. Halbe Köpfe, Hüte ragten damals ins Bild, die Autos liefen als Band am unteren Rand durch die Schrägen, Senkrechten, Kreuze der Balken und Stäbe, dahinter die Brüstung, und zwischen ihrem Gestänge waren Segmente des Bahnhofs zu identifizieren, die Silhouette der Stadt. Alles wirkte wie durchgestrichen, die Körper eingesperrt, die Fluchten verstellt. Daß er an jenem Tag mehrfach angepöbelt worden war, fiel ihm wieder ein. Mit einer gewissen

Aggressivität hatte er sich an die Arbeit gemacht, sie vermittelte sich auf den Aufnahmen als leichte Verwischtheit. Nichts davon heute. Um ihn ruhiges lethargisches Fließen. Was hatte seinen Blick geleitet? Fest stand, die alte Einstellung taugte nicht mehr.

Er überquerte die Fahrbahn, quetschte sich zwischen den eng aufgefahrenen Autos hindurch auf die gegenüberliegende Seite der Brücke. Die beiden Schnellzüge waren schon lange in den Sackbahnhof eingefahren. Ihre glatten Körper steckten im Gebäude, als hätten sie sich Kopf voran hineingebohrt. Bleiche Maden, die aufs Fressen konzentriert stillhielten, während sich an einer anderen Stelle der breiten Einfahrtsöffnung, dieser großen klaffenden Wunde, ein sattes Exemplar von ihrem Wirt löste und träge davonstahl. Die Einstiegsluken standen offen, die Abteile hatten sich geleert. Liebl konnte es sehen, die hinteren Waggons ragten aus der Halle. Die Bahnsteige hatte man weit ins Freie hinaus verlängert und mit separaten Überdachungen versehen, das hatte es früher nicht gegeben. Dort befand sich kein Mensch. Überhaupt wirkte der Ort leblos, die wenigen Rangiermanöver schienen sich zu verlangsamen, und das Innere des Baus war von hier aus nicht einsehbar. Jetzt rührte sich gar nichts mehr. Die Sonne fiel schräg von hinten ein, wurde von den Glasfronten der Verwaltungsgebäude reflektiert. Je tiefer sie sank, desto mehr Fensterflächen verstärkten ihr Licht. Anschwellende Beleuchtung, seitlich die riesigen blendenden Spiegel. Der Kasten, in glühendes Kupfer getaucht, war kaum noch als Bahnhof wiederzuerkennen. In Flammen das Hallendach, überbelichtet die Gegenstände darunter. Sie wurden durchscheinend, strahlten von innen, die Konturen lösten sich auf.

Mit zusammengekniffenen Augen, weit über das Geländer gelehnt, beobachtete Liebl das Schauspiel. Unwillkürlich tastete er nach der Kamera, mit der bedächtigen Bewegung des erfahrenen Jägers brachte er sie vors Auge. Plötzlich erinnerte er sich. Er war hier, weil er noch einmal von vorne beginnen, seinen Beruf neu für sich erfinden wollte. Er mußte auf die andere Seite einer Sperre gelangen. Er wollte in die Objekte hinein. Er hatte die Absicht, jenes versteckte Leben auf seinen Film zu bannen, das entgegen allem Anschein hinter den Fassaden der Bauten, unter dieser Außenhaut aus Fahrzeugen, Brücken, Tunneln, Kanälen, Leitungen, Netzen existierte, wie zum Trotz weiter existierte. Er hatte sich in eine Täuschung einschließen lassen und seinen Irrtum auf Fotos vervielfältigt, die Täuschung gesteigert. Aus Irrtum war er zum Komplizen der blickdichten Oberfläche geworden. Künftig sollten seine Aufnahmen die Dinge durchsichtig machen. Er wußte nicht, ob das möglich war, ob er nicht wieder irrte. Er hatte keine Ahnung, was dann zum Vorschein käme, ob überhaupt noch etwas zu sehen wäre. Aber er war auf eine Spur gestoßen, die ihn vorwärtszubringen schien in seinem Vorhaben.

Im Sucher nichts als gleißende Helle. Nach längerer Betrachtung jedoch erschien ganz schwach ein Schema. In dünnen Strichen auf goldenem Grund war etwas angedeutet, abstrakt wie die Zeichnung eines Schaltplans. Eine Art Buchse, auf die ein Gewirr greller Linien zulief, die den Sonnenuntergang reflektierenden Schienen und Gabelungen. Es waren flirrende Lichtfäden, die aufblitzten, versprühten, platzten, zerstoben. Explosionen von Licht. Der Fotograf rieb sich die Augen, ein wanderndes Muster blieb auf der Netzhaut zurück, es glich anderen, vertrauten Mustern. Er schraubte am Objektiv. Offene Blende. Als er den Auslöser drückte, kam es ihm vor, als betätige er eine Fernzündung. Der Mann wußte, auf dem Abzug würde so gut wie nichts zu erkennen sein. Doch in der weißen Leere der Detonation wären möglicherweise minimale Schatten zu entdecken und darüber vielleicht auch diese Ahnung eines Fadenkreuzes.

Von einer Minute zur nächsten versank alles in Dunkelheit, als hätte ein Stromausfall das Flutlicht in einem Stadion lahmgelegt. Beinahe übergangslos erloschen die gewaltigen Scheinwerfer, die gespiegelten Doppelgänger der Sonne, nachdem diese unter den Dächerrand des Horizonts gesackt war.

Aber es handelte sich um kein Stadion, und die Massen erstarrten keineswegs mit offenen Mündern in ihren Gesten. Sie verstummten auch nicht. Keine Ruhe trat ein, auch wenn die schlagartige Verfinsterung der Einbildung Vorschub leistete, mit dem Licht seien auch die Menschen ausgelöscht und mit ihnen das von Dach und Wänden widerhallende Brausen ihrer Stimmen und Schritte verschwunden. Unten auf den Perrons, in der Vorhalle, zwischen den Kiosken ging das Schleppen, Hetzen, Stoßen, Warten ohne Unterbrechung weiter. Die Leute blinzelten nicht einmal, denn unmittelbar über dem Pflaster der Plattformen herrschte ein gleichbleibender Dämmer, als verströme der Untergrund sein eigenes schwaches Schimmern. Den klackernden Absätzen der Pumps und Stiefel, den dumpf aufklatschenden Lederhalbschuhen folgend, seitwärts ausweichend den verhalten knarzenden Turnschuhen, den pochenden Tritt von Gesundheitsschuhen als Warnung im Ohr, vor den geräuschlos von hinten überholenden oder quer einfallenden Slippers und Wildlederboots ständig auf der Hut, blieb der Gesichtskreis jedes Reisenden ganz auf das unveränderlich stumpfe Einheitsgraublau des Bodenbezirks beschränkt. Von einem gelegentlichen Hochschnellen des Oberkörpers und Strecken des Halses abgesehen, mit dem man sich hier und da Übersicht zu verschaffen, irgendeinen Zielpunkt ins Auge zu fassen bemühte, bewegte man sich in einer von Hosenbeinen, langen, kurzen und ganz kurzen Röcken, Nylons, Baumwollstrümpfen und Socken, Anzügen, Blazern, Barbourjacken, Jeansoutfits und Mänteln aus Loden, Popelin, Velourviskose, Kaschmir eng begrenzten Welt. Man kämpfte sich durch die gefährliche Welt der Trage- und Reisetaschen, der Rucksäcke, Handkoffer und Koffer, die auf quietschenden Rollen hinterhergezogen wurden, in der anstrengenden Welt der Handymelodien und Handymonologe und der wechselnden und sich vermischenden Drogeriedüfte. Man versuchte angespannt, aus den sich überschlagenden, sirenenhaften Lauten der Ansagen, die unentwegt von schrillen Pfiffen, vom Piepen der Verriegelungsautomatik und dem nachfolgenden, dumpf saugenden Geräusch beim Schließen der Waggontüren überlagert wurden, Bruchstücke von Sätzen und Wörtern zu filtern und sie hinterher im Gedächtnis zu Informationen zusammenzusetzen. Man fahndete nach Anzeigetafeln, nach Zug- und Gleisnummern und Abfahrtszeiten, während man vor den leise heransurrenden, orange lackierten Transportern mit ihren mürrischen Lenkern und ihren langen Kolonnen von Anhängern zurückfuhr. Abholdienste, Geschäftspartner, Liebende, Familienangehörige standen herum, damit man auf sie auflief, sie umständlich umgehen mußte, dunkelhäutige Chauffeure mit Schildern, auf denen Mr. Smith oder Dr. Carducci oder Intercontinental oder ein Firmenname mit dikkem Eddington aufgemalt war.

Eine seit dem frühen Morgen nicht abreißende Serie von Verspätungen hatte eine Kettenreaktion der Gleisverschiebungen, der wartenden oder bereits abgefahrenen Anschlüsse ausgelöst und den Fahrplan heillos durcheinandergewirbelt. Ein beleibter Herr undefinierbaren Alters ließ seine zwei mächtigen Koffer zu Boden sinken. Am Ende des Ankunftsbahnsteigs und auf der Höhe der Prellböcke angelangt, wischte er sich mit dem Handrücken den Schweiß von der Stirn. Das feiste Gesicht unter dem karierten Schlapphütchen war hochrot angelaufen. Er blähte die Backen, die langen, gekräuselten, von einigen Silberfäden durchwirkten Koteletten sträubten sich. Eine kleine vollschlanke Frau im veilchenblauen Jogginganzug mit hellrosa Applikationen und der Aufschrift »It's beautiful« winkte ihm mit hektisch rudernden Gebärden. Sie stand drüben, nahe der Rückseite einer der verchromten Imbißbuden, und zwischen ihnen strömte der Strom der Passagiere und Bahnangestellten. Ihr Ziehkoffer und die bauchige Umhängetasche waren mit dem gleichen karierten Stoff bezogen wie die ausgebeulten Gepäckstücke des Mannes, schwangere Riesenmuscheln, die den Anschein erweckten, ihre Niederkunft mit weiteren niedlichen Taschen aus derselben Serie stünde unmittelbar bevor. »Karibik gewinnen!« war auf der Reklamewand über einem Meer mit Strand und Palmen zu lesen, vor der sich die Frau nun zum Weitergehen wandte. Wo eben noch ihr rundes, breitwangiges Gesicht mit dem großen derben Mund zu sehen war, zeigte sich ein abgetakeltes Segelschiff mit drei Masten. Der Mann öffnete den Reißverschluß seiner karierten Windjacke bis auf Nabelhöhe, um etwas mehr Bauchfreiheit zu gewinnen. Dann nahm er seine Last wieder auf und zockelte der vorwegpreschenden veilchenfarbenen Rückenansicht hinterher, über der das kastanienbraun gefärbte Kräuselhaar im dringlichen Takt ihrer kurzen Beine wippte.

Kaum war er in die Drift des Querbahnsteigs eingetaucht, stach im flotten Marsch ein Soldat um die Ecke des Kiosks. Hager, sehnig, von hoch aufgeschossener Statur, überragte er das Gewimmel, durch das er sich Haken schlagend und von keinem Hindernis gebremst pflügte. Wie ein Haubentaucher auf den Wellen schwamm sein mit einem Barett schräg bedeckter Kopf in der aufgewühlten Strömung, wie ein vom Sturmwind entführter Wasserball trieb er darüber hin. Eine kleine Asiatin zerrte an ihrem festgefahrenen, hoch aufgeladenen Gepäckwagen. Urplötzlich löste sich der Querstand der Räder, und sie schnellte rücklings vor die Füße des Uniformierten. Der fing sie auf, nachdem er reflexhaft seine klobige Militärtasche geschultert hatte, und schaute streng zu der winzigen Frau an seiner Hüfte hinunter. Über das sehr kahle, sehr kantige Gesicht des etwa fünfunddreißigjährigen Mannes huschte der Anflug einer Gefühlsregung. Für einen kurzen Moment flackerten die Pupillen, bevor er sie zum Stillstand zwang und die Lider anspannte. Es ließ sich nicht entscheiden, ob sein Blick Zorn ausdrückte über diese Belästigung und fahrlässige Unterbrechung seines Kurses, oder Verachtung. Die sehr hellen und schütteren Brauen waren kaum zu erkennen und verstärkten den Anschein von Kälte in seinen hellblauen Augen, während die um fast zwei Köpfe kleinere Asiatin kichernd, glucksend in seinen Armen zappelte und sich pausenlos radebrechend auf Englisch entschuldigte. Endlich zogen sich die tiefen senkrechten Wangenfurchen zu zwei spitzen Winkeln auseinander. Der Soldat lächelte, griff sich den Gepäckwagen und bugsierte ihn zügig zum Eingangsbereich der

Schalterhalle. Die mädchenhafte Frau verbeugte sich immer noch mit nickenden Bewegungen, als über der Menge der Kopf mit der roten Mütze längst hinter einem der bereitstehenden Züge aus dem Sichtfeld gespült war.

Unweit, vor dem Schaufenster eines Pressestands, stand einer mit getönter Brille und beobachtete den Vorgang. Er setzte einen Fuß vor, als wollte er zu Hilfe eilen, zog ihn wieder zurück, knickte ein Knie über das andere, rieb mit Daumen und Zeigefinger das unrasierte Kinn. Gleich darauf ließ er abrupt die Hand sinken, als würde er einen Fremdkörper von sich stoßen. Nun hingen die Arme herab und verfielen in schwaches Pendeln. Die leichte, kakaobraune Sporttasche in seiner Linken schaukelte mit. Das Erscheinungsbild der mittelgroßen, schmächtigen Person war ein wenig verwirrend. Ließ es zuerst an einen gutaussehenden jungen Mann, fast an einen Jugendlichen denken, verwunderte im nächsten Moment das seltsam Kraftlose, Verlebte des Gesichts. Die sehr helle Haut unter den hohen Backenknochen war abgesackt und zog die Mundwinkel mit nach unten, während die von den Gläsern leicht verdunkelten Augen staunend oder hochmütig umherwanderten. Dabei zuckten beständig die Lider und verliehen ihm einen schlauen, beinahe verschmitzten Ausdruck. Einen notorischen Nacht- und Partymenschen konnte man glauben vor sich zu haben – und hätte gleich darauf zum Beispiel auf einen Wissenschaftler getippt. Jedes Detail seiner Gestalt schien die anderen Details Lügen zu strafen. Etwas kindlich Schwärmerisches und zugleich greisenhaft Spöttisches lag in der Art, wie er sich auf einmal umdrehte und übertrieben aufmerksam die Zeitschriften der Auslage musterte. Den Oberkörper weit nach vorne gebeugt, die Nase knapp vor der Glasscheibe, ruckte sein Kopf die Zeile der aufgereihten Titel entlang. »Living«, »Casa«, »Eden«, »Gehirn & Geist«, »Weinwelt«, »Wellness«, »Chronos«, »Treppen«, »Alpenjournal«. Bald riß er sich los, machte, als würde er Anlauf nehmen, ein paar energische Schritte Richtung Hallenmitte und erstarrte erneut.

Die Asiatin war mittlerweile verschwunden, der Blick des Mannes folgte den vorüberhastenden Menschen. Er schien sie zu studieren, er forschte nach etwas, an ihrem Äußeren wahrscheinlich, nach ihrer Art sich fortzubewegen, man hätte annehmen können nach Extravaganzen, wäre er mit seinem Verhalten nicht selbst aus dem Rahmen des Üblichen gefallen. Seine Brille, das in die Stirn gekämmte, dunkle Haar, der vanillefarbene Anzug und die roten Sneakers, der bunte Stoffbeutel mit den folkloristischen, vermutlich mexikanischen Motiven, der an seiner Schulter hing, hatten etwas von einer Verkleidung. Fast legte sie die umgekehrte Schlußfolgerung nahe, sein scheues, amüsiertes Interesse gelte gerade der Gewöhnlichkeit seiner Zeitgenossen. Hier stakste eine Schönheit vorbei, die sichtlich Karriere gemacht hatte, dort lungerte jemand, der sein Unglück als Kainsmal auf der Stirn trug, und drüben schien einer mit leerem Blick nur darauf zu warten, daß die Zeit verging. Alle traten sie voreinander auf, als wäre es die normalste Sache der Welt. Wie machen die das? Was ist ihr Trick?

So vielleicht konnte dieses Schmunzeln und Dastehen gedeutet werden, das der Mann jetzt unterbrach, um zuerst auf die Armbanduhr, danach hinüber zur großen Anzeigetafel zu schauen, wo grüne Lämpchen neben den Namen der abfahrenden Züge blinkten. Dann lief er Richtung Gleise davon.

Wie immer am Abend waren die Regionalverbindungen überfüllt. Auf den Zwischengängen der Großraumabteile stauten sich erschöpfte Angestellte, launige Lehrlinge, gleichmütige Arbeiter, lässige Rekruten, stille Studenten, lärmende Schüler, verschüchterte alte Leute. Sie suchten nach Sitzplätzen in den vorderen Waggons, und es würde einige Zeit dauern, bis der erfolglose Rest aufgegeben und sich auf die Gänge bei den Toilettentüren verteilt hätte. An die Seitenwände unter den Feuerlöschern gelehnt oder auf Seesäcken und Aluminiumkoffern in den engen Durchgängen hockend würden sie in sich gekehrt oder wütend bis zu ihren Zielbahnhöfen ausharren. In Gedanken würden sie bittere Beschwerdebriefe schreiben an das Management der Bahn, sich vornehmen, den Kampf um Sitzgelegenheiten in Zukunft noch früher aufzunehmen, oder sich entmutigt, träge, gelassen, wie auch immer, mit ihrem Los abfinden.

Für die vier um eine der Tischplatten gruppierten Fahrgäste fand das neben ihnen tobende Geschiebe nur am Rande des Bewußtseins statt. Sie hatten ihren Platz ergattert und lehnten nun wunschlos erschöpft in den Sesseln. Der Soldat, der sein Barett auf den Knien abgelegt hatte, wo er es mit beiden Händen festhielt, saß mit geschlossenen Augen starr aufgerichtet. Nur sein Oberkörper schwankte ein klein wenig im Stoßtakt der Räder. Ihm gegenüber putzte der Mann mit dem verwelkten Kindergesicht seine beschlagenen Brillengläser und schaute zwinkernd auf die vorübergleitenden Vororte hinaus.

Die Dämmerung war bereits fortgeschritten. Doch über den blaustichigen Quadern der Industrieanlagen und Gewerbebauten stand noch ein Fetzen blanken Himmels, scharf begrenzt von schwarzblauen Gewitterwolken, die von Westen hereinzogen. Der seltsam verzitterte Kondensstreifen eines Flugzeugs durchkreuzte die rosarote Fläche. In ihrem Glanz waren die Staus auf den Ausfallstraßen, die Häuserzeilen und Vorgärten noch in allen Einzelheiten zu unterscheiden, obwohl Scheinwerfer und Lichtreklamen, die Beleuchtungen der Straßenkreuzungen, Betriebsgelände, Schaufenster und Tankstellen schon brannten. Streckenweise sauste der Zug zwischen Lärmschutzwänden aus Beton, gelegentlich von Plexiglasflächen durchbrochen, auf denen Scherenschnitte fliegender Vögel klebten. Dann war nur das verdoppelte Wageninnere in der Fensterscheibe zu sehen, die beiden Neonbahnen unter den Kunststoffblenden entlang der tonnenförmig gewölbten Decke. Die Gepäckablagen erinnerten mit ihren massigen Gitterstreben an die Rippen eines Walfischskeletts. Ins Brustbein waren Leselampen eingelassen. Unter ihren Lichtkegeln zeichneten sich die Mitreisenden besonders scharf ab, als Spiegelbilder konnten sie unbemerkt betrachtet werden.

Der Herr am gegenüberliegenden Fenster verbarg sich hinter einer Boulevardzeitung, auf deren Titelseite neben einem unscharfen Foto, das Trümmer, ausgebrannte Autos und Leichen ahnen ließ, die Überschrift »Blutiger Herbst« in riesigen roten Lettern prangte. Am Mittelfinger seiner rechten, stark behaarten Hand steckte ein breiter Siegelring. Neben ihm beugte sich eine ganz in Schwarz gekleidete Frau über ihr aufgeklapptes Notebook. Sie schien konzentriert zu arbeiten, unter den himmelblau, fuchsrot und dunkelviolett gefärbten Strähnen lag ihre fleischige Stirn in tiefen Falten. Gegenüber, auf der anderen Seite des Tisches, saß ein junges Paar. Beide trugen hellgrüne Stirnbänder mit aufgenähten weißen Plastikherzen, die wie Warnblinkanlagen von links nach rechts wandernd unablässig aufleuchteten. Sie knipsten auf Mobiltelefonen herum, die sonderbare Grunzlaute von sich gaben. Ab und zu zeigten sie einander mit verliebten Augen die Displays.

Schnellte der Zug aus den Schutzschneisen, lösten sich die Abbilder der Passagiere nicht auf, wurden nur kraftloser, durchsichtig auf die Außenwelt. Durch die Körper hindurch traten Sträucher, Bäume, Häuser, Fahrzeuge hervor, über die Landschaft legte sich die Kopie der Landschaft vor dem Fensterausschnitt drüben: Ein Lastwagen raste durch eine Scheune, auf der Wellblechwand einer Fabrikhalle erschien die Ansicht eines Dorfs am Hügel. Manchmal trafen Strahlenbündel naher Bogenlampen direkt in den Wagen. Die Spiegelungen verschwanden.

Der Mann wandte sich vom Fenster ab und setzte seine getönte Brille wieder auf. Hinter dem noch immer mit geschlossenen Augen dasitzenden Soldaten und der pummeligen Frau im It's-beautiful-Trainingsanzug, die gerade Sandwichdreiecke aus einer Hartplastikhülle herauszudrücken versuchte, staffelten sich die Rundungen der Lehnen. Über die Oberköpfe huschten, flackerten Spots, standen eine Weile still und illuminierten Schweißperlen, Hautrötungen, kleine Pickel, die bräunlichen Verfärbungen der blau und magenta gepunkteten Sitzbezüge neben den altrosa Lappen der Schoner. Vier Reihen weiter teilten Glaswände das Abteil.

Raucherpiktogramme klebten darauf. Der Mann schob seine bunte Umhängetasche auf den Schoß, zog ein schmales Buch und ein Päckchen griechische Zigaretten heraus.

»Laß mich das machen.«

Seinen voluminösen Oberkörper über die Tischplatte wuchtend, griff der Herr mit dem karierten Hütchen nach der Packung mit den belegten Schnitten, die seine Frau inzwischen mit den Zähnen zu öffnen beabsichtigte. Er riß sie ihr aus dem Mund. Schwer atmend drehte und wendete er die Box in seinen dicken Fingern. Thunfisch, Ei und etwas wie ein Salatblatt waren durch die Klarsichtwände zwischen mehlweißen Brotscheiben zu identifizieren. Schließlich fummelte er ein kleines Schweizermesser aus der Hosentasche und machte sich mit abgespreizten Ellbogen daran, den Behälter zu tranchieren. Mehrmals rutschte die Klinge ab an dem widerspenstigen Ding, mehrmals stieß er, ohne es zu merken, mit dem Ellbogen ans Knie seines Nachbarn. Der Mann mit der Brille veränderte die Sitzhaltung. Er zündete sich eine Zigarette an, schlug das Buch auf.

»Heute klappt gar nichts.«

Die Frau sandte die Worte mit einem entschuldigenden Augenaufschlag zu dem jungen, trotz seines ein wenig gönnerhaften Lächelns durchaus sympathischen Herrn hinüber, der ihr eine eigenartige Regung von Zuneigung und Mitleid einflößte. Sie hätte nicht sagen können, woran es lag, intuitiv hatte sie sofort Vertrauen zu ihm gefaßt. Er erinnerte sie an etwas, vielleicht an irgend jemanden, dessen Foto sie öfter in ihren Illustrierten gesehen hatte, oder an den älteren ihrer beiden Söhne, der sie zuletzt vor vier Jahren zu ihrem fünfundfünfzigsten Geburtstag besucht hatte. Helmut übte einen angeblich sehr aufreibenden, aber gut bezahlten Beruf namens Consulting aus. Sie konnte sich nichts darunter vorstellen. Kurz bevor sie in Urlaub gefahren war, hatte er sie angerufen und ihr mitgeteilt, er sei arbeitslos geworden.

Die Frau überkam das Bedürfnis, den in einem beigefarbenen

Buch mit gebrochenem, abstehendem Rücken lesenden Mann in eine Unterhaltung zu verwickeln. Nicht daß sie glaubte, ein Gegenüber aufgespürt zu haben, das mit außerordentlichem Einfühlungsvermögen begabt auf Anhieb ihre Sorgen und Nöte begreifen würde, wenn sie nur anfinge von ihrem Leben zu erzählen. Vielmehr versprach die Vorstellung, daß ihr überhaupt jemand zuhörte, gleichgültig was sie redete, grundsätzlich Wohlbehagen, beinahe eine Art Beseligung. Sie unterschied ihre Mitmenschen nach dem Grad ihrer Aufnahmefähigkeit. Es gab Taube, Schwerhörige und bisweilen solche, die sich gegen keine Sorte von Geräusch wehren konnten. Der Sitznachbar ihres unterdessen mit seinem Taschenmesser in den Polyacrylpanzer eingedrungenen Ehemanns erschien ihr als ein einziges, offenes Ohr, das nur darauf wartete, in Anspruch genommen und aus seiner Einsamkeit gerissen zu werden.

»Erst der Flieger in der Warteschleife, dann der ICE um über eine Stunde verspätet. Ich kann Ihnen sagen.«

Dem Mann mit dem Taschenmesser war es mittels Hebelwirkung gelungen, die Schalenhälften zu öffnen. Er nahm seinen Anteil der Brotzeit heraus, schlang ihn in zwei Happen hinunter. Darauf reichte er die Box seiner Frau, die ein großes Stück vom Sandwich abriß und mit ermunterndem Kopfnicken ihrem Gegenüber hinhielt. Über den Rand der Bruchstelle lappte eine Scheibe hartgekochtes Ei, der bröckelige Dotter drohte aus dem Eiweißring zu fallen.

»Bitte nicht.«

Dem Eingeladenen sank das Buch vornüber, es lag ihm wie ein Tablett auf der flachen Hand. Ein Ausdruck befangener Höflichkeit, in den das Lächeln des jungen Mannes nun umschlug, widerlegte die ablehnende Äußerung. Den gutmütig sonoren Klang seiner Stimme konnte er trotz aller Zurückhaltung nicht verbergen. Die Frau hatte genug gesehen und gehört, um sicher zu sein. Herzhaft biß sie in das gerade noch dargebotene Stück ihrer Schnitte, mümmelnd setzte sie die Unterhaltung fort.

»Rudolf ist nun einmal nicht mehr der gesündeste. Magen, Gelenke, Leberwerte, der Blutdruck gibt den Ärzten Rätsel auf. Rauf, runter, wieder rauf.«

Rudolf wand sich unruhig in seinem Sessel.

»Nichts wären sie im Amt ohne ihn gewesen. Denen ist das natürlich egal.«

Sein Gesicht wurde käsig, das Schnaufen ging in leises Pfeifen über.

»Den Politikern sowieso.«

»Helene«, zischte er.

Der Uniformierte öffnete die Augen und schloß sie gleich wieder. Ein Seitenblick auf den Dicken schien ihm zu genügen. Bei den Beamten, den Zivilisten der Wehrverwaltung gab es ganz ähnlich behäbige, aufgedunsene Pantoffelhelden. Dann und wann plauderte der Soldat gerne mit diesen alten Männern, die nie aus ihrem Kasernenstandort herauskamen. Oft waren sie wandelnde Witzbücher. Man konnte gar nicht anders, als sie mögen. Manche hielten irgendwo eine Flasche Schnaps versteckt. Trotzdem gehörten sie weg. Sie waren die Verstopfung des Landes.

Helene beachtete den Protest ihres Gatten nicht.

»Hundertfünfzig Euro weniger. Hören Sie mal. Das sind dreihundert Mark.«

Der Buchbesitzer hörte und nickte verlegen. Sein Mund klappte auf und zu und wieder auf. Er schien nach geeigneten Worten zu suchen, aber beim besten Willen keine finden zu können. Schließlich räusperte er sich.

»Eine schlimme Zeit.«

Hüstelnd wandte er sich wieder zu seiner Lektüre.

Durch schmale Sehschlitze spähend, konnte der Soldat nicht umhin, auch den Zeitgenossen vis-à-vis heimlich noch einmal genauer zu betrachten. Beim Einsteigen hatte er ihn kurz gemustert und sich wohl sofort geschworen, ihn für die Dauer der Fahrt vollständig zu ignorieren. Von kräftigem Knochenbau, besaß er Anlagen, die durch ein wenig Training und Disziplin einen Athleten aus ihm geformt hätten. Doch der Waschlappen zog es vor, seine Natur mit Füßen zu treten. Zudem bezeugte seine lächerliche Aufmachung, daß es sich hier um eines jener Exemplare der Gattung handelte, die auch den letzten Bodenkontakt verloren hatten.

Den meisten Bürgern hierzulande war ihre Ahnungslosigkeit ja an der Nasenspitze abzulesen. Sie hatten nicht die geringste Vorstellung von dem, was wirklich vor sich ging da draußen, ein paar hundert Kilometer jenseits der windigen Mauern dieses Kindergartens. Sie ließen sich mit ihrer Tagesdosis Kurznachrichten abfüllen und wiegten sich, unterbrochen von kurzen, durch regelmäßige, aber seltene Terror- und sonstige Warnungen ausgelöste Panikattacken, in Sicherheit. Es war schockierend, jedesmal wenn er gezwungen war, vorübergehend wieder ins Zivilleben einzutauchen. Dennoch setzten sich bald, nach einer Phase äußerster Bestürzung, die ständig in Wut umzuschlagen drohte, etwas wie Vatergefühle durch für dieses Volk, das sichtlich von allen guten Geistern verlassen war. Seine Landsleute waren eine Horde leichtgläubiger Memmen, bieder, kritiklos, doch an und für sich liebenswert. Sie würden noch begreifen, was die Stunde geschlagen hatte. Bis dahin galt es sie zu schützen, danach erst recht. Die Eisdecke ihrer kaputten Idyllen schmolz dahin. Sie konnte jederzeit einbrechen. Gleich darunter lag die Hölle. Er hatte den Vergleich: Gesichter, die der Wahrheit ins Auge hatten schauen müssen. Sie waren einmal genauso einfältig gewesen. Trotzdem schimmerten Reste ihrer von Grund auf erschütterten Vertrauensseligkeit weiter durch die von Krieg und Elend verwüsteten Züge. Darin lag eine gewisse Hoffnung.

Indessen hatte er für Menschen vom Schlag seines Gegenübers nicht einmal Verachtung übrig. Individuen, die sich und anderen vormachten, sie könnten die Zeit erfassen, sie gar als schlimm durchschauen. Die sich einbildeten, sie hätten etwas von der Weltlage begriffen, ohne ihr komfortables Milieu jemals verlassen zu haben. Weil sie ein bißchen Bildung besaßen, weil sie in ihren Ohrensesseln regelmäßig die Zeitung, ab und zu ein Buch studierten, nur um sich besser hinter angeblichen Fakten, Untersuchungen und Deutungen verbarrikadieren zu können. Solche Kreaturen waren allen Ernstes der Auffassung, sie könnten das Unheil bannen, indem sie es an ihre privaten Bunkerwände malten.

Eben jetzt schob der Schlaumeier sein abgegriffenes Bändchen vor die Brillengläser. Als wäre es ein Visier, das man beliebig auf- und zuklappen könnte. Der Soldat entzifferte den stellenweise stark verblaßten Titel. In schlichten, rostroten Buchstaben stand er auf dem vergilbten Pappdeckel: Das Zeitalter der Angst.

»Was lesen Sie da?«

Als die Frage fiel, wunderte er sich, daß sie aus seinem eigenen Mund kam.

»Gedichte.«

Er hätte es erraten müssen. Der Mann war Romantiker. Wahrscheinlich gehörte er sogar zur Spezies der sogenannten Intellektuellen. Vor seinem inneren Auge sah der Armeeangehörige eine jener schöngeistigen, oft um fingierte Kaminfeuer gruppierten Diskussionsrunden, die im Fernsehen spät nachts über Gott und die Welt schwafelten. Bei früheren Heimaturlauben, in denen er ohnehin nichts anderes tat, als in seinem fast leeren Zweizimmer-Appartment herumzulungern und ab und zu seine alte Stammkneipe zu besuchen, hatte er sich ein paar solcher Sendungen angeschaut, wenn einer seiner wiederkehrenden Sprengstoffalpträume ihn aus dem Schlaf riß. Dann saß er vor dem Gerät, wartete darauf, daß er müde wurde, und hörte sich das Gefasel an. Irgendwie waren die Teilnehmer sich immer ähnlich, irgendwie glichen sie genau diesem Schnösel mit dem dünnen Gedichtband. Zu jedem Thema fielen ihnen die gleichen Phrasen ein. Sie gaben ihren faden, schwer verdaulichen Senf zum neuesten technologischen Fortschritt, zum Terrorismus, zur Krise des Einzelhandels und zur jüngsten Reform, zur Kunst oder zum allerletzten Skandal eines Vollidioten aus der Schlagerbranche. Laufend zappte der Soldat das Programm weg, laufend kehrte er zu ihm zurück, in Erwartung eines einzigen vernünftigen Satzes, fassungslos darüber, daß er nie kam. Sein Entsetzen schlug um in Empörung, und die ließ ihn erst recht nicht zur Ruhe kommen. Mit der Wirklichkeit hatte das alles nichts zu tun. Schon eher mit Gehirnwäsche. Nie konnte er die Feindseligkeit besser nachvollziehen, die dem sogenannten Westen aus dem Rest der Welt entgegenschlug.

In jenen schlaflosen Nächten fand der Soldat sein Sinnbild für den Zustand des Staates, unter dessen Fahne er diente. Er sah vor sich einen gigantischen, nur an Selbsterhaltung interessierten Debattierklub, dessen wichtigtuerische Gier nach Aufmerksamkeit das Symptom einer fortgeschrittenen Lähmung war.

»Von einem Engländer Ende des Zweiten Weltkriegs geschrieben.«

Sogleich verstummte der Lyrikfreund wieder, ließ aber seine von den Brillengläsern etwas vergrößerten Augen auf dem Uniformierten ruhen. Die mit einem Mal rosig glänzenden Wangen vibrierten leicht, der eingekniffene linke Mundwinkel schien beinahe Hohn auszudrücken. Überhaupt begann sich die Gesichtshaut eigentümlich zu straffen, so daß seine Tischgenossen den Eindruck hatten, einer Verwandlung beizuwohnen.

Dem Soldaten kam es vor, als wäre er vom Suchlaser eines Aufklärungsflugkörpers erfaßt worden und würde nun Pixel für Pixel gescannt, denn der vom Romantiker zum Provokateur mutierte Mensch hielt die nervös oder ärgerlich ruckenden Pupillen weiter auf ihn gerichtet. Der soeben geäußerte Halbsatz war als Anspielung auf sein Kriegshandwerk zu deuten, das stand für ihn sofort außer Zweifel. Anscheinend hatte er es mit einem jener aggressiven Pazifisten zu tun, die keine Gelegenheit zum Angriff ausließen. Bei öffentlichen Vereidigungen traten sie im Rudel auf. Das aufreizende Starren dieses Einzelkämpfers war eine weitere, wenn auch ausgefallene Variante ihres blindwütigen Terrors gegen alles, was nur von ferne nach Militär roch.

Er bot der Offensive auf der Stelle Paroli, erwiderte die Attacke regungslos. Unangenehm berührte ihn allerdings die Tatsache, daß dieses Scharmützel mehr Kraft kostete, als er vorausgesehen hatte.

Der Soldat führte es auf den Buchtitel zurück, der noch in seinem Kopf nachschwang. Zeitalter der Angst, Zeitalter der Angst, dachte er im Rhythmus der schlagenden Räder. Das hörte sich vertraut an.

Die Kampfhandlung brach ab, als der dicke Sitznachbar sich schnaubend vor und unbeholfen zwischen die Duellanten beugte. Dabei drohte ihm sein schlaffes kariertes Hütchen vom Kopf zu rutschen. Offenbar wollte Rudolf den Gegenstand dieses befremdlich einsilbigen Zwiegesprächs in Augenschein nehmen.

Von einem geheimnisvollen Eifer gepackt, präsentierte der Leser sein Lyrikbändchen der Runde.

Das Ehepaar entzifferte die Aufschrift.

»Das ist aber nicht schön.«

Der Kommentar war den wulstigen Lippen der Frau in der It's-beautiful-Jacke versehentlich entschlüpft. Er klang wie zu sich selbst gesprochen. Mit durchaus banger Miene hatte sie die wortkarge Unterhaltung der beiden Herren verfolgt und dabei versäumt weiterzukauen. Nun schluckte sie den faden Brei herunter und wandte sich an ihren schneidigen Nebenmann, der sich die rote Kappe wieder auf den nahezu haarlosen Schädel stülpte.

»Wir kommen aus dem Urlaub. Bulgarien. Waren Sie schon mal da?«

Der Mann mit dem Buch stocherte seine Zigarette aus.

Rudolf sah zu, wie die Glut am Klappdeckel des Abfallbehälters in Funken zerstiebte und in den bleifarbenen Eimer unterhalb des Fensters regnete. Das Metall war mit einer dünnen Schicht weißgrauer Asche überzogen. Eine schwarze Kruste aus Verbrennungsrückständen bildete mit den rostroten Brandrändern entlang der Scharnierleiste ein Muster. Es ähnelte einer Landschaftszeichnung, die ihn vielleicht an den Ausblick auf der Hotelterrasse beim Abendessen denken ließ: Kumuluswolken türmten sich über dem Schwarzen Meer, verfärbten sich zu schmutzigen Schaumbergen, während er sein drittes Weißbier trank.

Sich in seine Sitzschale zurücklehnend, schenkte Rudolf den

Männern ein scheues, wohlwollendes Lächeln, das diese jedoch nicht bemerkten. Er war es gewohnt, nicht beachtet zu werden. Es störte ihn nicht. Im Gegenteil entsprach es ganz seinem Lebensgefühl, stets nur als ein durchs Sichtfeld huschender Schatten wahrgenommen zu werden, der vom Wesentlichen ablenkt und besser ignoriert wird. Während der vergangenen Jahrzehnte hatte er sich jenseits des Kleckses, den seine Gegenwart in den Raum tupfte, offenbar eine recht behagliche Existenz geschaffen. Er lebte dort wie versteckt in einer Höhle, in der er sich lauschig eingerichtet hatte.

Auch im Bewußtsein der Ehefrau besaß Rudolfs Dasein seit langem nicht mehr Substanz als die dunkle Stelle, die eine diffuse Erinnerung im Gedächtnis hinterläßt. Einmal hatte sie in ihm den künftigen Zeuger und Ernährer ihrer Kinder zu sehen beschlossen und dies solange für Liebe gehalten, bis sie ihn tatsächlich heiratete. Danach akzeptierte sie ihn als etwas, das zum Hausstand zählte und nicht mehr loszuwerden war. Rudolf wußte das. In ihrer Ehe hatte stets Helene die Hosen angehabt, in dieser Familie war es seit jeher sie, die das letzte Wort behielt, und einst hatte er sehr darunter gelitten. Es hatte eine Zeit gegeben, in der er glaubte, jeden Augenblick ersticken zu müssen. Aber das war lange her und längst vergessen. Bloß an die fabelhafte Kur, die er damals wegen seines spastischen Asthmas angetreten hatte, bewahrte er ein beinahe verklärtes Andenken. Für einige Wochen war er von Heim und Beruf suspendiert und fühlte sich mit einem Schlag gänzlich aus Zeit und Raum entlassen. Bald machte er Bekanntschaft mit einen inneren Frieden, den er nie wieder preiszugeben sich vornahm. Endlich, in den einsamen Stunden zwischen Moorbädern, Trinkkuren, vegetarischem Essen und verstohlenen Zusatzmahlzeiten, stieß er auf eine Lösung für seinen Plan. Er begann, seinen Körper zum geheimen Hobbyraum umzubauen. Wie an seinem Arbeitsplatz in der Stadtverwaltung legte er auch hier eine Art Fundus an, erstellte akribisch Inventarlisten bevorzugter Genußmittel und wurde hinter seinen intimen, imaginären Lagerbeständen buchstäblich unauffindbar. Der Kniff bestand darin, Abwesenheit durch Anwesenheit zu erzeugen. Nach außen trug er eine gutartige, nichtssagende Miene zur Schau, bewegte ein bißchen den Unterkiefer oder gab hie und da Laute von sich, die man für Wörter halten konnte.

Natürlich trug er im Laufe der Jahre immer schwerer an seinen Schätzen. Doch was andere für Fettgewebe oder krankhaft vergrößerte Organe halten mochten, diente ihm als Speicher und schalldichter Panzer in einem. Die beiden Söhne kannten den verschollenen Vater nicht, und er hatte keine Ahnung von ihrem Leben. Eines Tages waren sie ausgezogen, berufstätig, verheiratet, geschieden. Rudolf empfing darüber nur vage Nachrichten in seinen Stollen, die er ständig erweiterte und verschönte.

Gleichwohl drangen gelegentlich Geräusche hindurch, ein Grollen oder weit entferntes Dröhnen wie von einem nicht zu bestimmenden, aber merklich näher rückenden Unheil. So auch jetzt. Von den beiden Männern ging für Rudolf ein feines, unterschwelliges Beben aus, das seinen Unterschlupf erschütterte. Sie flößten ihm Furcht ein, die noch zunahm, seit er einen Blick auf dieses ramponierte, häßliche Buch geworfen hatte. Es dauerte einige Sekunden, bis ihm der Sinn der teilweise verblichenen Buchstaben aufgegangen war. Dann begriff er das böse Omen: Da draußen braute sich irgend etwas zusammen, dick, dunkel, undurchdringlich und so gewaltig, daß es ihn mitsamt seiner wohligen Höhle erdrücken konnte. Rudolf war überzeugt, die Herren kannten diese von ihm kaum geahnte Gefahr genau, jeder von seinem speziellen Blickpunkt aus. Der mit dem Buch war zweifellos sehr gebildet, der Uniformierte gewohnt, in Krisenregionen seinen Mann zu stehen. Zusammen besaßen sie das, wozu ihm jede Voraussetzung fehlte. Sie vertraten eine Existenzform unter für ihn gänzlich mysteriösen Bedingungen.

Daher empfand er jetzt Dankbarkeit für Helene, seine Gattin und Herrscherin über alle Unbill der Außenwelt. Abermals war es ihr gelungen, mit einer einzigen Bemerkung die dichten Nebelschwaden zu durchstoßen, die seinen Geist verfinsterten, und eine Bresche zur Sonne zu schlagen, deren Licht endlich wieder bis in seinen Keller vordrang und diesen leidlich erhellte. Bulgarien, Glück des Jahres. Burgas, Halbinsel Nessebar, Sveti Vlas, Obzor, Aktopol. Erschwinglich für kleine Leute wie sie. Er dachte an die üppigen Frühstücksbuffets, an Spezialitäten wie die würzige, luftgetrocknete Lukanka, dünn geschnitten, an seine Lieblingsgerichte Dobrudzhanska supa und Banska kavyrma, an die großen Portionen, die appetitlich angerichteten Pfannkuchen mit Honig und Walnüssen, den Traubenschnaps, das importierte deutsche Bier und die beispiellose Freundlichkeit des Hotelpersonals und der Kellnerinnen. Für den kostbaren Zeitraum von zwei Wochen im Jahr stimmten Innenwelt und Außenwelt überein.

Überhaupt war die gewissermaßen innige Verbundenheit mit seiner Lebensgefährtin, die ihn in diesem Moment von neuem erfüllte, das eigentliche Wunder, das sich nach Rudolfs Rückzug in den somatischen Untergrund ereignet hatte: Erst als ihr endloses Geschwafel, der Klatsch und die Rechthaberei sein Ohr nicht mehr erreichten, begann er den unschätzbaren Wert zu erkennen, den Helenes Laster für ihn darstellte. Es war keine Untugend, es war eine als Fehler getarnte Stärke, ein Talent. Unerwartet erwies es sich als segensreiches Hilfsmittel für seine Bedürfnisse. Er war strenggenommen verloren ohne seine Frau, wehrlos in Situationen wie diesen: Wie so oft sollte er auch jetzt durch die winzige Öffnung gezerrt werden, die noch zu seinem Schlupfloch führte. Hinaus in eine ungute Luft, die sein Herz nicht verkraften, seine Lunge nicht verarbeiten konnte und sein Gehirn außer Kraft setzte. Doch dann, den Kopf schon im Nebelbrei, den Brustkorb zwischen scharfen Lukenrändern eingezwängt, ertönte wie jedesmal Helenes Stimme. Als könnte sie seine gefährliche Lage tatsächlich erfassen, als wäre ihr Nervensystem mit dem seinen kurzgeschlossen, sprach sie irgendeinen als Stumpfsinn getarnten, doch erlösenden Zauberspruch. Und Rudolf rutschte sanft in sein Refugium zurück. Exakt dafür hatte er seine Ehefrau schätzen, beinahe lieben gelernt. Es galt nur im richtigen Augenblick den Hebel umzulegen, den Dämmschutz aus- und wieder einzuschalten.

»Zwischenstop. Auf dem Weg nach Afghanistan.«

Der Soldat fingerte ein silbernes Zigarettenetui aus der Hemdbrusttasche.

Der Gebildete zog die Augenbrauen hoch und packte sein Buch ein.

Rudolf deutete mit dem Daumen auf seine Schulter.

»Oberleutnant.«

Er meinte die Schultern des anderen, die Schulterklappen auf dessen Uniform, wo zwei übereinanderstehende, kleine weiße Rauten mit einem Punkt in der Mitte zu sehen waren. Es war vermutlich als kameradschaftliche Geste gedacht: Er würde sich in nichts einmischen und im Gegenzug aus der Kampfzone entlassen.

Sein Gesicht dem Fenster zuwendend, kontrollierte der Oberleutnant die leeren Bahnsteige der spärlich beleuchteten Haltestelle, in die sie gerade einfuhren. Sie bestand aus einem niedrigen, kleinen, mit Graffiti besprühten Flachbau, der eher einer Baracke als einem Bahnhof glich. Offenkundig lag die Station weitab vom Schuß, denn neben und hinter ihr waren nichts als schwarze, in der Dunkelheit endlos wirkende Felder zu sehen. Der Anblick hatte etwas von der Einsamkeit eines provisorischen Stützpunkts oder einer Partisanenbasis am Rand einer Steppe.

Dem feinen jungen Herrn hielt Rudolf als Opfergabe seine Zigarettenschachtel unter die Nase. Der verfiel wieder in seine frühere Verlegenheit. Mit vornehm zurückhaltenden Gesten wehrte er ab und versuchte begreiflich zu machen, daß er eben erst geraucht habe. Doch da die Schachtel vor seinem Gesicht anders nicht verschwinden wollte, akzeptierte er schließlich das Geschenk.

Der Zug stoppte.

Die Männer rauchten.

Unterdessen war auch der letzte rote Streifen Abendhimmel von der Wetterfront verschluckt worden. Die Finsternis wurde ab und zu von Blitzen erhellt, die aus weiter Ferne herüberleuchteten.

»Das ist nicht wie am Mittelmeer. Da werden Urlauber noch als Gäste behandelt.«

Die Frau setzte ihre Plauderei ins Ungefähre fort.

Eine Handvoll Leute verließ das Abteil, stieg aus, huschte durch die Lichtkegel, verschwand in der Nacht. Niemand stieg zu.

»Leider läßt das seit kurzem sogar in Bulgarien nach.«

Die Urlauberin stutzte. Mit ihrer Äußerung hatte sie sich selbst überrumpelt. Sie war ein Versehen, und Helene kam es vor, als hätte sie sich angesteckt. Irgend etwas Trübes, Negatives, das noch nicht Krankheit ist, aber ihr hilft sich einzunisten, machte, daß sie ihr kleines, privates Paradies mit Schmutz bewarf.

Ohne Frage, an der Sonnenstrandküste zogen die Preise an. Die Einheimischen waren zurückhaltender geworden mit ihrer berühmten Herzlichkeit. Helene hatte es mit Bedauern bemerkt, sie war sogar ein bißchen enttäuscht. Früher kostenlose Extras gab es oft nur noch gegen Aufgeld und die entzückenden kleinen Aufmerksamkeiten, mit denen sie einmal in den Lounges und Tanzbars verwöhnt worden waren, hatte man eingestellt.

Andererseits, wenn sie Ilja und Mariana, das Pächterehepaar ihres Lieblingslokals in der Altstadt von Nessebar, richtig verstanden hatte, war dieser Wandel vollkommen begreiflich und forderte alle Nachsicht der Welt. Für einen Moment sah Helene die Gesichter ihrer unerschütterlich warmherzigen Urlaubsfreunde vor sich. Die beiden waren noch immer begeistert wie kleine Kinder über das alljährliche Wiedersehen. Auch das gab es. Und was sie über die Stimmung außerhalb der Saison berichteten, war schließlich traurig genug. Mit ihrem unerschöpflichen, selbstgebrannten Slivova hatten sie sich zu später Stunde mit an den Tisch gesetzt, eine Runde nach der anderen ausgeschenkt und erzählt in ihrem mangelhaften, stark akzentgefärbten Deutsch: Die Region hatte einseitig auf einen boomenden Westtourismus gesetzt, dann waren die Gästezahlen eingebrochen. Während der langen Winterpausen herrschte seit langem fast flächendeckende Arbeitslosigkeit. Aber die Einnahmen aus dem Sommer reichten inzwischen nicht mehr aus, um das Jahr zu überbrücken. Eintönigkeit und Überdruß bestimmten den Alltag in den verödeten Küstenorten. Von der Kriminalität ganz zu schweigen.

Bis weit nach Mitternacht hatte dieser Bericht düsterer Fakten, diese Beichte immer größer werdender Geldsorgen gedauert. Die gute Laune und den Humor ließ sich das ungefähr gleichaltrige Restaurantbesitzerpaar davon aber nicht nehmen. Marianas drollige Art, beim Radebrechen die zu Fäusten geballten Hände hochzuhalten und den Kopf ein wenig zur Seite zu neigen. Ihr Lachen, wenn Ilja seine anzüglichen Späße trieb. Nicht zuletzt diesen beiden hatte es die Deutsche zu verdanken, daß sie an ihrem bulgarischen Ferientraum festhalten konnte. Sie fühlte sich aufgehoben in dieser Wirtsstube im Oststil der sechziger Jahre, mit den holzvertäfelten Wänden und der dunkelbraunen Theke. Beinahe zärtlich betrachtete sie die großen dunkelgrünen Plastikaschenbecher auf den gehäkelten Tischläufern, das goldgerahmte Foto vom Sonnenuntergang am Hafen. Sie sog den unverwüstlichen süßen Duft eines Putzmittels ein, der den beißenden Salmiakgeruch darunter nicht ganz überdecken konnte. In solchen Einzelheiten blitzten auf eine verdrehte Weise, die sie sich selbst nicht recht erklären konnte, ihre Mädchenjahre auf. Erinnerungen an die Mietwohnung der Eltern, die erste Rock-'n'-Roll-Party, die zu besuchen der Vater strengstens verboten hatte, meldeten sich und vermischten sich mit der Umgebung. Eine Andeutung des Käfigs, aus dem sie einst geflohen war, steckte mit in dem Inventar, das doch aus einer ganz fremden, der eigenen geradezu entgegengesetzten Geschichte stammte. In den Überbleibseln einer überstandenen Diktatur waren die alten Gefängnismauern kenntlich geblieben. Man hatte sich in ihnen eingerichtet, sie bewahrten ein Stück Heimat, das Helene sich zu eigen machte, weil sie bewiesen, daß die Mauern existiert hatten, Ausbruch und Veränderung wirklich stattgefunden hatten. Über den Umweg melancholischer, nicht selten sentimentaler Anwandlungen rührten sie auf, was die Touristin in ihrem süddeutschen Alltag laufend aus dem Gedächtnis verlor:

Auch ohne ihre ehemalige, längst abgerissene Schule, ihre alte Eisdiele, ohne schäbige Nachkriegsmöbel, Relikte einer Vergangenheit, die aus Stadtbild und Wohnung getilgt waren, konnte Helene auf eine persönliche Lebensgeschichte mit eigenen Kämpfen und kleinen Siegen zurückschauen.

Bei Ilja und Mariana in Nessebar streifte etwas davon ihr Bewußtsein. Ein durch Vergessen von neuem unbekannt gewordener Gegenstand kam matt und unscharf zum Vorschein, wie unter einer dicken, trüben Eisschicht, die im Verlauf des bulgarischen Sommerurlaubs langsam abtaute, dünner, durchsichtiger wurde. Was sich dann zeigte, lag jenseits dessen, was sie in Gedanken hätte fassen können: eine Art verschwommenes Traumgesicht, in dem sie sich selbst begegnete. Und jedesmal, wenn die Ferien vorbei waren, versuchte sie den Traum so lange wie möglich im Gedächtnis zu behalten und ihn vor jedem falschen Gedanken, jedem Verrat genaugenommen, zu beschützen, der ihn vorzeitig zerstören konnte.

»Die Einheimischen trifft jedenfalls keine Schuld.«

Noch während sie den Satz sprach, spürte sie seine günstige Wirkung auf ihr Gemüt. Wie zur Bestätigung fuhr im selben Augenblick der Zug an. Helene war erleichtert. Sie hatte sich aus heikler Lage gerettet und war fast ein wenig stolz auf die Eleganz der Lösung, die sie gefunden hatte. Jetzt griff auch sie nach der orangen Schachtel, die ihr Mann auf den Tisch gelegt hatte.

»Natürlich nicht.«

Der Offizier zückte sein Sturmfeuerzeug und beobachtete die Frau, während sie die Zigarette anrauchte. Ein Anflug von Wohlwollen huschte über sein Gesicht, als sie mit kurzem Nicken dankte und sich dann eilends, mit angehaltenem Atem von ihm ab zum Mittelgang wandte, wo sie den Rauch in die von bläulichen Schwaden durchwaberte Luft pustete. Er dachte vielleicht an ein Kriegserlebnis, an eine Bäuerin, mit der er es im Norden des Kosovo zu tun bekommen hatte. Sie war neben ihm im Auto gesessen, eine Witwe und etwa im selben Alter wie diese Frau, ähnlich redselig, ähnlich einfältig und von ähnlich unscheinbarem Aussehen. Klein, mollig, mit fleischiger Nase, färbten sich die geplatzten Äderchen auf ihren Wangen violett im kalten Fahrtwind. Sie hatte ebenso anfängerhaft gepafft.

Es war im ersten Monat seines ersten Auslandseinsatzes. Aus dem Nichts der steinigen Hügellandschaft war sie aufgetaucht, plötzlich aufgeregt winkend vor seinem Jeep gestanden. Er hatte den Konvoi stoppen müssen. Einige ihrer Enkel waren tags zuvor mitsamt den Eltern unter den Trümmern ihres versehentlich bombardierten Dorfes umgekommen. Jetzt schlug sie sich durch, um Hilfe für die hinterbliebenen Kinder und ein gutes Dutzend weiterer Dorfbewohner zu organisieren. Die Frau schwang sich ohne Zögern auf den Beifahrersitz und nötigte ihn, den zeitraubenden und überdies gefährlichen Weg zum Ort der Katastrophe einzuschlagen. Eine Schrecksekunde lang hatte er an eine Falle, einen Hinterhalt geglaubt. Aber die Bäuerin bemerkte seine Hand, die reflexhaft zur Waffe ging, und versuchte das Mißtrauen in einem Schwall fremdsprachiger Laute aufzulösen. Ihr massiger Körper bäumte sich unter einem halb künstlichen, halb fieberhaften und etwas unheimlichen Lachen. Abrupt wurde sie ernst, machte Zeichen, die zum Aufbruch drängten.

Was den Soldaten an dem ganzen Auftreten der Frau in Erstaunen versetzt hatte, war die Selbstsicherheit, mit der sie sofort das Kommando übernahm. Ohne Pause plappernd kauerte sie mit hochgezogenen Beinen neben dem Leutnant, während der Jeep über die Schlaglöcher der Sandstraße schaukelte. Unermüdlich trieb sie ihn mit rudernden Armen zur Eile. Nachdem sie das Dorf erreicht hatten, kümmerte sie sich mit scheinbar ruhiger Gelassenheit um die Überlebenden. Ihre Umsicht verlangte ihm Respekt ab. Es war der Respekt des noch unerfahrenen Führungsoffiziers, der vom Chaos der operativen Sicherheitslage heillos überfordert war. Selbst auf ihn übertrug sich etwas von der entschiedenen, wenn auch durch und durch naiven Zuversicht, die diese Frau ausstrahlte.

Mit der Dämmerung begann es zu schneien, der Soldat lehnte bereits am abfahrbereiten Jeep. In einem letzten Blick zurück sah er die roten Feuerstellen, an denen in Decken gehüllte Menschen kauerten. Zwei dürre kleine Hunde liefen herum. Im Hintergrund türmten sich, von den Flammen schwach beleuchtet, die Schutthaufen der zerstörten Höfe. Schatten flackerten über Bruchstücke, hoben einzelne hervor. Hier war ein Stück geflieste Wand wiederzuerkennen, dort ein geborstener Fensterstock. Etwas entfernt lag der Friedhof mit den frischen Kreuzen, und weiter drüben, an der Flanke des schneeüberzuckerten Bergzugs, grasten Ziegen. Genau diese Szene hatte sich dem Soldaten eingeprägt.

»Da sind andere Kräfte am Werk.«

Die Kräfte zu ergründen, gelang dem immer noch jungen Offizier allerdings ebensowenig, wie er sich den rätselhaften Trost erklären konnte, den jenes Bild ihm spendete. Als Spezialist für Einsätze in unübersichtlichem Gelände hatte er seither etliche Krisengebiete der Welt kennengelernt. Aber mit jedem neuen Einsatz verschwammen die Konturen des Feindes eher noch mehr, als daß sie aufklarten. Selbstverständlich wußte er, wogegen er kämpfte: gegen den Terror in jeglicher Form. Regelmäßige Schulungen vermittelten gründliche Kenntnisse über die politischen, kulturellen, psychologischen Hintergründe. Mehrmals war er Zeuge von Massakern und Selbstmordattentaten geworden, hatte mit eigenen Augen die Blutspur gesehen, die sie hinterließen, und den Tod von Kameraden aus den alliierten Verbänden verkraften müssen. Jedesmal trat erst mit dem wühlenden Zorn und der Abscheu, die sich dann einstellten, das Profil des zu vernichtenden Feindes schärfer hervor. Doch kaum war die Wut verraucht, büßte er auch die Gewißheit wieder ein. Er befand sich in irgendeinem fremden Land mit fremden Sitten und trug eine Uniform durch die Straßen.

Der Soldat vergrub für einen Augenblick das Gesicht in den Händen, dann starrte er über die Sitzreihen hinweg ins Leere. Als er sich für eine Laufbahn als Berufssoldat entschied, hatte er eine fest umrissene Vorstellung von seiner Tätigkeit gehabt. Es mußte

Leute geben, die sie ausführten. Zu ihren Voraussetzungen zählte, exakt dies zu erkennen: Die Weltpolitik gleicht einer hochempfindlichen Waage. Ständig neigt sich eine der beiden Schalen, ständig muß die Balance wiederhergestellt werden. Wer sie stört, ist Gegner. Die Existenz des Gegners bedingt die Existenz des Kriegers. Der Gegner existiert, weil das Gesetz des anfälligen Gleichgewichts existiert. Das war die simple Gleichung des Kriegs nach der Logik des Offiziers, naturgegeben, unabwendbar. Darauf gründete seine Moral. Sie verlieh dem Soldaten Würde. Sie gestand die Würde sogar dem Feind zu, denn der Feind war Teil dieser Gleichung.

Töten. Gegebenenfalls selbst getötet werden. Das fordert natürlich eine gewisse Gleichgültigkeit gegenüber dem eigenen Überleben. Einerseits hat man seine Wurzeln abzuschneiden. Sterben muß man sowieso. Es kommt darauf an, daß man nichts und niemanden zurückläßt, sollte es geschehen. Da der Offizier früh sein zerrüttetes Elternhaus verlassen hatte und ohnehin stets Einzelgänger geblieben war, fiel die Loslösung ihm leicht. Andererseits muß ein Band auf gleichsam höherer Ebene geschaffen werden. Jederzeit wüßte man, wofür man sein Leben aufs Spiel setzt. Diese schwierigere, weil abstrakte Operation bedarf eines Ideals. Man zieht in den Kampf für Gerechtigkeit, für den Weltfrieden, für eine humane Koexistenz der Völker und Kulturen. Im Ernstfall, sagte er sich, würde er immerhin um des Lebens willen sterben.

Doch was ihm in der Theorie absolut plausibel erschien, verunsicherte ihn in der Praxis zunehmend. Je mehr Erfahrungen er sammelte, desto weniger kam er mit seinem Auftrag zurecht. Immer öfter trug er seine Uniform durch die fremden Straßen, ohne zu wissen, wen er dort gegen was verteidigte. Der Oberleutnant vermißte klaren Fronten. Er konnte zum Beispiel nicht mehr genau zwischen Feind und Zivilbevölkerung unterscheiden. Irgendwann würde sich irgendwo erneut irgendwer in die Luft sprengen und irgendwelche Landsleute und fremde Soldaten mit sich in den Tod reißen. Einmal wäre vielleicht er selbst dran. Es paßte nicht zusammen in seinem Kopf. Vor allem begriff er die Motive nicht. Jeder war mögliches Opfer und möglicher Täter zugleich. Wahllos wurden Existenzen ausgelöscht. Hier fand kein Kampf um des Lebens willen mehr statt, es existierte keine Moral. Der Soldat besaß nicht länger Würde, der Feind besaß sie erst recht nicht. Die Möglichkeit, eine wie auch immer geartete Balance herzustellen, war außer Kraft gesetzt. Der Krieg schien der Waage, dem Gesetz des Gleichgewichts selbst zu gelten.

Und doch gab es Minuten eines bizarren Mitgefühls, etwa wenn er mit seiner Waffe im Anschlag an den Fassaden ausgebrannter Häuser mit ihren endlosen Reihen schwarz starrender Fensterlöcher vorüberfuhr und durch das Gemisch aus Staub, den die Fahrzeugkolonne aufwirbelte, und dem Rauch noch schwelender Schutthalden sein Blick auf Gruppen zusammenkauernder, von Schmutz, Hunger, Krankheit, Furcht und Haß gezeichneter Männer und Frauen, Kinder und Greise fiel. Verwesungsgeruch lag schwach, aber durchdringend in der Luft, das heißt, er bildete sich ständig ein, ihn riechen zu können, seit er zum ersten Mal wirklich in der Luft gelegen hatte. Er dachte an das, was ihn seine Berufsjahre gelehrt hatten, die Litanei sagte sich von selbst auf in seinem Kopf: Potentiell ist jeder von diesen Menschen ein wandelnder Sprengkörper. Sie sind die Gepäckträger des Todes. Sie leben nur noch, um zu vernichten, was sie vernichtet, was sie längst vernichtet hat. Aber etwas anderes war stärker. Er konnte sich dagegen nicht wehren, es überrannte ihn wie eine Seuche. Seine Uniform wurde ihm dann so fremd wie die Länder, durch die er sie trug. Der Widerspruch machte ihn irre und aggressiv und mit dem nächsten Atemzug konfus und weinerlich. Bis endlich Wut in ihm hochkochte, Wut auf die Dekadenz und Schlaffheit des eigenen Landes. Eine Wut, die mit seiner Vorstellung von ihrem Haß, ein Verlangen nach Bestrafung, das mit ihrem Verlangen nach Auslöschung durcheinanderwirbelte, und ihn vollends verstörte.

»Der Urlaub ist vorbei.«

Mit einem flotten Griff pflückte Helene das Hütchen vom Kopf ihres Gatten und verstaute es in ihrer Handtasche, nachdem sie die nicht einmal halb gerauchte Zigarette ausgedrückt hatte.

Wie auf Befehl beugten sich außer Rudolf auch die anderen zum Aschenkübel, um ihre Glimmstengel loszuwerden.

»Wir leben mitten im Krieg.«

Der Oberleutnant korrigierte den Sitz seines Baretts. Selbstverständlich wußte er, daß er sich bloß über einen bedauerlichen Niedergang entrüstete, während dem Feind eine über Generationen weitergetragene Erbitterung und Ohnmacht zum Wesenszug geworden war. Der Unterschied konnte sich nur vorübergehend verwischen. Er war elementar. Menschen, denen nichts zu retten übrigblieb, waren gegen jedes fremde Dasein gleichgültig wie gegen das eigene.

»Hier nimmt das offenbar keiner zur Kenntnis.«

Noch einmal stand ihm das Bild von der Szene am Rand des zerbombten Dorfs im Kosovo vor Augen.

»Wie auch.«

Auf die fast unhörbar gemurmelten Worte des Soldaten fuhr unvermittelt wieder Leben in den jungen Herrn mit der Brille. Er schnellte den Oberkörper vor, bremste den Schwung diskret ab, indem er seine Hände gegen die Knie preßte, nickte mehrmals nachdrücklich und schüttelte gleich darauf mit gesenkter Stirn sein Haupt. Während der vergangenen zwanzig Minuten hatte er sich völlig aus der Unterhaltung zurückgezogen, war geradezu verschwunden gewesen hinter einem Wall betonter Teilnahmslosigkeit. Jetzt brachte er sich wieder in Erinnerung, wenigstens für Helene, die seinen Auftritt mit Neugier verfolgte. Sie fragte sich, was im Kopf dieses Menschen wohl vorgehen mochte.

Seit einiger Zeit hatte sie das Bedürfnis, von dem schroffen Soldaten mit dem schnarrenden Tonfall ein wenig abzurücken, der sich für Helenes Geschmack ein wenig zu weit auf ihre Sitzhälfte ausbreitete. Über das hauchdünne Luftpolster zwischen seinem Unterarm und ihrer Hüfte übertrug sich die Anspannung seiner Muskeln. Sie fühlte sich bereits reichlich unwohl in ihrer Haut, als die jüngere, jedenfalls zivilere Person mit den guten Manieren ihr Gelegenheit zur Ablenkung bot. Auch die Sympathie, die sie anfangs zu dem jungen Mann gefaßt und beim Auftauchen des Buchs mit dem erschreckenden Titel vorübergehend verloren hatte, stellte sich wieder ein.

Helene zweifelte nicht, daß der Soldat die Wahrheit ausgesprochen hatte. Sie lebte lange genug, um sich ausrechnen zu können, in welche Lage die Welt sich derzeit hineindrehte. Aus irgendeinem Grund waren die Dinge aus dem Ruder gelaufen. Das pfiffen schließlich die Spatzen von den Dächern. Reinen Wein schenkte man ihresgleichen doch schon lange nicht mehr ein. Die einfachen Leute mochten zwar von schlichtem Verstand sein, aber wenn etwas vom Kopf her zu stinken anfing, dann rochen sie es. Natürlich verhielt man sich trotzdem, als wäre alles in bester Ordnung.

Für Männer vom Schlage des Oberleutnants, dessen Finger auf seinem, an den ihren grenzenden Oberschenkel einen schnellen Rhythmus zu trommeln begonnen hatten, empfand Helene durchaus Dankbarkeit, um nicht zu sagen Hochachtung. Sie kannten nicht nur das wahre Ausmaß der Bedrohung, das von der breiten Masse, zu der Helene nun einmal gehörte, bloß durch die Brille der Schlagzeilen zu ahnen war. Sie stellten sich ihr. Aber wie bei allem, das sie vor Ehrfurcht beinahe erstarren ließ, gesellte sich auch in diesem Fall Unbehagen zu ihrer Bewunderung. Ohne Frage, der Soldat war ihr Beschützer. Eine imponierende, tatkräftige Erscheinung. Doch mochte das Militär auch eine unentbehrliche Kraft darstellen und Helene gegen die schlimmsten Gefahren verteidigen. Rettung, einen Lichtblick gar, bot es selbstverständlich nicht.

Derartiges erwartete sie freilich erst recht nicht von dem erstaunlich schweigsamen, wahrscheinlich äußerst intelligenten Herrn gegenüber. Vermutlich durchschaute er mehr als jeder andere in diesem Waggon, was wirklich gerade vor sich ging in der Welt. Aber was half es ihr. Sie hätte seine Ausführungen doch nicht begriffen. Trotzdem war Helene gefesselt von dem seltsam gebrochenen Temperament dieses Menschen, seinem Elan, der sich jedesmal auf halbem Weg selbst abzuwürgen schien. Er verbreitete eine Aura der Überlegenheit, die zur gleichen Zeit eine Aura des Versagens und wohl die Ursache dafür war, daß Helene anfangs einerseits an einen schlecht getarnten, womöglich skandalumwitterten Prominenten, andererseits an Helmut hatte denken müssen, ihren so überaus begabten Sohn.

Der Junge war ihr schon als Fünfjähriger ein Rätsel gewesen. Auch später blieb er unerreichbar für sie. Zwar konnte sie sich zeitweise über ihre vagen Schuldgefühle hinwegtrösten, indem sie den kleineren Michael mit Zärtlichkeiten überhäufte. Doch ihr schlechtes Gewissen gegenüber dem anderen, ihr zunehmend fremder werdenden Kind meldete sich immer wieder. Es wuchs mit den Jahren. Das Versäumnis war nicht mehr gutzumachen. Bis zum heutigen Tag konnte sie mit Helmut keinen einzigen normalen Satz wechseln. Gemeinsam errichteten sie eine Mauer aus Floskeln und Belanglosigkeiten zwischen sich, wenn er bei ihr anrief.

Helenes Scheitern nahm das Scheitern ihres Sohns vorweg, sein Scheitern spiegelte ihr Versagen als Mutter. Davon war sie seit dem letzten Telefongespräch fest überzeugt, als er sie mit einer Nebenbemerkung über den Verlust seiner Arbeitsstelle informiert hatte. Während des Urlaubs hatte sie nicht mehr daran gedacht, jetzt fiel es ihr wieder ein. Sie stellte sich vor, wie bestimmt auch dieser Mann, der etwa im selben Alter wie Helmut sein mußte, als Junge durch seine Auffassungsgabe den Durchschnitt der Altersgenossen überragt, wie er sich ebenfalls immer weiter von seinen Mitschülern entfernt und irgendwann vollends isoliert hatte.

Es existierte keine Verbindung mehr zwischen solchen Leuten und ihren Zeitgenossen. Die außerordentlichen Fähigkeiten ihres Geistes verpufften ins Leere. Kein normaler Mensch interessierte sich für ihr Wissen. Ihre Klugheit blieb eingeschlossen im abgeschotteten Raum ihrer Spezialgebiete, sie konnte nicht weit genug herausdringen, um bei schlichter urteilenden Personen anzulangen. Helene wiederum konnte den Gedankengängen der Experten einfach nicht folgen, so sehr sie sich gelegentlich danach sehnte und es wirklich versuchte. Es war zu anstrengend. Ununterbrochen wurde sie von Nebensächlichkeiten abgelenkt. Doch wer sonst, fragte sie sich, sollte Zugang haben zu dem, was jenseits von Nichtigkeiten, von Zerstreuungen, Alltagsproblemen und Ängsten wichtig war? Wer anders sollte in der Lage sein, bis dorthin vorzustoßen, wo es um größere Zusammenhänge ging?

In dieser, wie ihr vollkommen bewußt war, ziemlich überspannten Idee lag gleichwohl eine vage Hoffnung für sie. Vielleicht war es das, was dem jungen Herrn in Helenes Augen Glanz verlieh. Vielleicht wünschte sie sich insgeheim nur, endlich einmal ohne Ausflüchte mit ihrem Sohn sprechen zu können. Mit Helmut, der so gescheit, oder mit diesem Leser von furchteinflößenden Büchern, der ihm irgendwie ähnlich war. Vielleicht hatte sie nur nicht den Mut, es sich einzugestehen.

»Muß man deshalb alles gleich schwarz sehen?«

Helene wandte sich dem kultivierten, noch immer kopfschüttelnden Mitreisenden mit einer Ausschließlichkeit und Liebenswürdigkeit zu, der er sich nicht entziehen konnte. Sie streckte sich ins Hohlkreuz. Ihr Lächeln zog das Gesicht zu einer breiten, unausweichlichen Fläche auseinander. Über ihrem mächtigen Busen spannte sich die It's-beautiful-Aufschrift zum Transparent. Sie machte sich nicht wirklich klar, was sie tat, aber sie ahnte durchaus, daß sie dem Menschen keine Wahl ließ. Helene demonstrierte rückhaltlose Offenheit. Der Angesprochene mußte antworten, und sie war jetzt bereit, sich seiner Antwort auszuliefern, sich und ihren kleinen Geist.

Der Herr im vanillefarbenen Anzug wirkte ein wenig überfallen. Seine verdutzte Miene wich einem Ausdruck angestrengten Suchens, der gleich darauf umschlug in ein ständig zwischen Entschlossenheit und Ratlosigkeit wechselndes Gebärdenspiel: Er lehnte sich ihr ein wenig entgegen, schnappte zurück, beugte sich erneut vor. Die Hände bewegten sich im Rauch von Rudolfs Zigarette, als hielten sie eine sich drehende Kugel.

»Wenn wir unseren Auftrag wenigstens erfüllen könnten. Wenn wir besser ausgerüstet und ausgebildet wären. Für was alles Geld ausgegeben wird. Aber das ist nicht das Entscheidende. Es handelt sich schlicht um ... Was wir brauchen, ist ...«

Der bedächtige, sachliche Ton, den der Oberleutnant angeschlagen hatte, ließ Helene befürchten, daß er zu einem längeren Vortrag ansetzte.

»Was denken Sie, daß wir brauchen?«

Es lag keine Feindseligkeit darin, daß sie ihm mutwillig das Wort abschnitt. Ihre Frage richtete sich direkt an den jungen Herrn.

Der Offizier schluckte. Aber noch während er spürte, wie sich Enttäuschung über die erlittene Abfuhr in ihm ausbreitete und zu einem Gefühl der Niederlage verdichtete, meldete sich eine zweite, davon vollständig unabhängige Regung, über die er sich selber wunderte. Der Unterkiefer entspannte, der sonst verkniffene Mund öffnete sich leicht. Seine ganze Aufmerksamkeit war mit einem Mal auf den Bücherwurm konzentriert. Auch er erwartete jetzt dessen Antwort. Nicht daß er annahm, sie könnte das Tor zu einer Sicht der Dinge aufschließen, die ihm aus seiner Verwirrung heraushalf. Vielmehr hatte seine lebenslustige Nachbarin mit ihrer Frage dem Studierten überhaupt erst die Befugnis zu sprechen erteilt. In seinen Augen konnte nur sie ihm diese Kompetenz übertragen, ein Anrecht, das er solchen Subjekten sonst aus Prinzip verweigerte.

Den Blick auf seine bunte Stofftasche geheftet, rang der Mann nach Worten. Der Zug fuhr in einen größeren Bahnhof ein, und ein Großteil der Fahrgäste schickte sich an auszusteigen. Er schreckte auf, lugte aus dem Fenster.

»Seedorf?«

Rudolf stemmte sein Gesäß einen Zentimeter aus dem Sitz und fischte darunter den Fahrplan hervor. Etwas außer Atem, das zerknitterte Papier auf den Knien glattstreichend, überflog er das Faltblatt.

»Nächste Station.«

Den Finger auf die betreffende Stelle gelegt, hielt er es dem nach Orientierung Suchenden hin.

»Ist es noch weit?«

Wieder beugte sich der dicke Herr dicht über den Plan. Am Rand der Halbglatze, die zuvor sein Hütchen verdeckt hatte, war eine kirschgroße Warze zu sehen.

»Elf Minuten.«

Rudolf hätte die Auskunft auch ohne nachzuschauen geben können, denn er kannte den Fahrplan dieses Streckenabschnitts, der bereits im Landkreis seiner Heimatstadt lag, in- und auswendig. Aber er liebte es, Unterlagen, Dokumente und Listen zu lesen und deren Daten und Zahlen mit dem in seinem Kopf gespeicherten Wissen zu vergleichen, immer auf der Suche nach einem Fehler. Die Gültigkeitsangabe für den IC 2390 unterhalb des Schriftzugs »Ihr Reiseplan« war korrekt. In der Übersicht über die Anschlußzüge hatte man sich einmal vertippt. Befriedigt versenkte er sich in das rote DB-Logo, studierte anschließend die Werbeanzeige, mit der die untere Hälfte des Blatts bedruckt war. Es war ein Spendenaufruf. Die Fotomontage zeigte eine lächelnde, in ein Kopftuch eingemummelte alte Frau im Schneeschauer neben einem lächelnden, jungen Mitteleuropäer im Sonnenschein. »Nachbar sein. Zum Nächsten werden« stand darüber geschrieben, darunter Kontonummer und Internetadresse. Das Computerpiktogramm einer Hand mit ausgestrecktem Zeigefinger wies auf ein Anklicksymbol.

Jäh wurde sein rechter Arm gepackt. Rudolf fühlte, wie etwas an seinem Handgelenk zerrte, beobachtete, wie eine fremde die eigene Hand langsam zum Müllkübel zog. Es war die Hand des Oberleutnants. Über Rudolfs Fingern krümmte sich der Aschewurm seiner bis auf den Filter heruntergebrannten Zigarette und stürzte kurz vor dem Ziel in die andere, zur Kuhle geformte Hand des Soldaten, die er fix darunterschob. Der dicke Urlauber ließ zuerst die Kippe in den Metalltopf, dann den Fahrplan auf den Tisch fallen, bevor er mit tiefrotem Kopf in den Sitz zurücksank. Auf Glatze und Stirn traten Schweißperlen. Er holte ein großes, kariertes Stofftaschentuch hervor, um sie wegzuwischen. Dabei schaute er mit gesenkter Stirn zu seiner Lebensgefährtin hinüber, zuckte die Schultern.

Der Offizier schüttelte die Asche in den Behälter, rieb und blies sich die Hände sauber, während der Zug wieder anfuhr. Mit einer Spur von Ekel verfolgte er die kläglichen Gesten des kranken Manns. Jetzt, nachdem er dessen aufgedunsenen Unterarm berührt hatte, war er überzeugt, ihm sein baldiges Ende ansehen zu können. Im Blick des Dicken flackerte vielleicht dieselbe Entgeisterung, die er des öfteren bei Leuten in den Kampfregionen erlebt hatte, wenn sie sich aus eigenem Antrieb nicht mehr in Sicherheit bringen konnten. Dann verschanzten sie sich wimmernd in ihren zerschossenen, halb eingestürzten Häusern. Manchmal verkrochen sie sich auch in Kellern, die ihnen meistens zu Gräbern wurden. Gefügige Opfer, denen nicht zu helfen war. Einige ließen sich einfach abschlachten. Sogar Schutztruppen waren in solchen Fällen machtlos.

Helene beobachtete ihren Ehemann. Sie kannte den aufgelösten, herzrasenden Zustand an ihm offensichtlich nur zu gut. Flugs zog sie ein Plastikdöschen mit länglichen blauen Pillen aus der Tasche, zählte drei davon auf ihre Hand und schob sie ihm in den Mund. Danach reichte sie ihm die Wasserflasche. Als Lebensgefährtin war sie auf diese wiederkehrenden Anfälle vorbereitet und hatte sich im Lauf der Zeit an sie gewöhnt. Bei den ersten Attacken vor einigen Jahren hatte sie noch Panik ergriffen und wochenlang gequält. Doch nach dem Gespräch mit dem behandelnden Kardiologen entwickelte sie ein durch und durch sachliches Verhältnis zu Rudolfs Krankheit. Der Arzt hatte ihr die Symptome erläutert und eine Art Gebrauchsanleitung mitgegeben, in der minuziös aufgeführt war, was in welchem Stadium zu tun war. Von da an versorgte sie ihren Mann mit dem gleichen Gefühl wie einst ihre Söhne, wenn sie sich mit Grippe, Mandelentzündung oder Masern im Bett wälzten. Sie entdeckte ihre mütterliche Fürsorge neu und übte sich darin sogar mit verdoppelter Anstrengung. Damals, so glaubte Helene, hatte sie nicht genügend Kraft für ihre Kinder aufgebracht, jetzt versetzte die Aufgabe sie in einen Zustand stoischen Gleichmuts. Das war der Lohn für ihren Einsatz, so zumindest empfand sie es. Sie hatte die Pflicht, ihren Gatten durch einen anstrengenden, aber unausweichlichen Abschnitt seines Lebens zu begleiten, ihm Linderung zu verschaffen, ihn vor sich selbst zu schützen. Und sie wußte, auch diese Phase wäre irgendwann überstanden.

Das Medikament begann zu wirken, sie kannte die Anzeichen: Rudolfs Atem und Gesichtsfarbe normalisierten, Schultern und Brustkorb entspannten sich. Neben ihm hatte sich bleich und ein bißchen linkisch der junge Herr erhoben, wie Helene jetzt bemerkte. Als hätte er, einem ersten Impuls folgend, ihrem Mann zu Hilfe eilen wollen, war sein Arm halb ausgestreckt und mitten in der Bewegung erstarrt. Der Anblick erfüllte sie mit einer sanften Wehmut.

»Wohin geht denn die Reise?«

Für die Dauer eines Lidschlags stellte sie sich ihre Söhne am Sterbebett ihres Vaters vor, wie sie sich vergeblich bemühten, zuletzt doch noch eine Verbindung zu ihm herzustellen, bevor sie, um Worte ringend, in ihre Arme sinken würden.

»Nach Hause.«

Rudolf schaute hinauf in das fahle Kindergesicht über sich und lächelte angestrengt. Eine klitzekleine Eifersucht blitzte auf in seinem Herzen, denn die Zuneigung seiner Frau zu diesem Jungen war ihm keineswegs verborgen geblieben. Er wunderte sich, wie schnell sie ihren absonderlichen und, wie er fand, reichlich albernen Flirt mit ihm wiederaufnahm, nachdem sich der eigene Ehemann gerade halb kollabierend auf seinem viel zu engen Sitzplatz gewunden hatte. Noch von starkem Schwindel bedrängt, tätschelte er dem vor ihm Stehenden den Rücken. Es sollte aussehen wie eine beschwichtigende Geste des Danks für eine Anteilnahme, die zwar freundlich, aber überflüssig war. Tatsächlich wollte er den Körper dieses Menschen berühren. Er hatte keine Idee, warum, und er wollte es nicht wissen. Da war nur die dumpfe Ahnung von etwas Verlorenem, zu dem er auf diese Weise eine Brücke schlug, ohne daß sich dadurch irgend etwas klärte. Gewissermaßen teilte er in diesem Moment mit Helene ein ausschließlich ihnen beiden zugängliches, obwohl niemals ausgesprochenes, vielleicht auch unaussprechbares Geheimnis.

Eine Serie von Stößen durchlief den Waggon und zwang den Mann mit der mexikanischen Umhängetasche, sich am Gepäckgitter über dem Fenster festzuhalten. Draußen erschienen sich kreuzende Doppelzeilen aus Lichtpunkten. Die Fahrt verlangsamte sich.

»Hier müssen Sie raus.«

Den Oberleutnant amüsierte die umständlich höfliche Art, wie sein Mitreisender sich von den Eheleuten verabschiedete, streckte ihm aber ebenfalls die Hand hin. Der staunte ihn sekundenlang an, bevor er sie mit ernster Miene ergriff und dann zum Ausgang hastete.

An der Abteiltür, nachdem er den Automatikknopf gedrückt hatte, drehte sich der Aussteigende noch einmal um.

Der Soldat lächelte ihm zu. Es war wohl als eine Art Ermunterung für die Zukunft gedacht. Er wußte selbst nicht so recht, wie er dazu kam. Ohne es zu erkennen, war er in die ihm gänzlich fremde Rolle eines älteren Bruders geschlüpft. Die Phantasie war nur für den Bruchteil eines Augenblicks aufgeblitzt, zu kurz, als daß sie überhaupt als solche wahrgenommen werden konnte. Aber es bereitete ihm Freude zu lächeln, und irgendeine Instanz in ihm weigerte sich, darauf zu verzichten.

Ein Wolkenbruch setzte die Fußgängerunterführung knöcheltief unter Wasser. Asger Weidenfeldt stakste hindurch, rannte drüben die Stufen hinauf und durch den Regen bis unter das Dach des Bahnhofs von Seedorf. Die Hose klebte ihm an den Beinen, seine

Füße schwammen in den aufgeweichten Sneakers. Asger wischte sich die triefenden Strähnen aus der Stirn und strich sie nach hinten. Durch den nassen hellen Anzug schimmerten die gelben, roten und rosa Längsstreifen seines Hemdes. Er steckte die Brille ein und schaute, durch einen Vorhang aus Wasser blinzelnd, den sich entfernenden Rücklichtern des letzten Wagens nach.

Was für ein Abenteuer, dachte er. Eine Reise durch einen unerforschten Kontinent, ausgeliefert seinen Eingeborenen und ihren bizarren Bräuchen. Welche Gedanken wohl in diesen Köpfen arbeiten, fragte er sich, wie sich Bilder darin zusammensetzen, Raum und Zeit? Was sie wahrnehmen, wenn sie auf jemanden wie ihn stoßen?

Asgers Blick war weiter auf die nun wieder leere, dunkle Stelle gerichtet, wo der Zug hinter einer Kurve verschwunden war. Als würde er eine Tür betrachten, die zugefallen ist, nachdem sich dahinter flüchtig ein ihm unbekanntes Zimmer gezeigt hatte. Das Zucken noch immer ferner Blitze, das Prasseln des Regens, das unter dem Vordach zum Tosen anschwoll, der intensive Geruch nach aufgeweichtem Laub verstärkten den traumhaften Eindruck. Er suchte nach Vergleichen, um seine ungewohnte Aufgeregtheit zu begreifen, stellte sich einen Eremiten vor, der plötzlich in einem unbegreiflichem Getümmel steckt und ebenso plötzlich wieder allein ist, malte sich, nicht weniger unzulänglich, aus, als Insekt in einem Insektenreich zu erwachen, ohne zu wissen, was die anderen Insekten von ihm erwarteten.

Normalerweise verkehrte er ohne Schwierigkeiten mit illustren und mächtigen Leuten, paßte sich den Umgangsformen an, erfüllte die in ihn gesetzten Erwartungen. Skurrile Existenzen und Gepflogenheiten, aber simpel gestrickt, durchschaubar, leicht zu handhaben, eintönig in ihrer Überspanntheit und auf Dauer ermüdend.

»Ich habe es ja geahnt.«

Er sprach laut in den Lärm des Sturzregens hinein und blieb dann noch einen Augenblick schweigend stehen. Schließlich wandte er sich zum Gehen.

Nachdem Asger herausgefunden hatte, daß die Schalterhalle bereits abgeschlossen war, mußte er um das Gebäude herum und in den vom Sturm gepeitschten Regen hinaus, um zum Taxistand zu kommen. In der Regel benützte er keine öffentlichen Verkehrsmittel und hatte auch nicht an einen Schirm gedacht. Durchnäßt bis auf die Haut nahm er auf dem Rücksitz Platz und bat den Fahrer, die Heizung aufzudrehen. Während der zwanzig Kilometer bis zum Weidenfeldtschen Anwesen beschlugen ständig die Scheiben. Immer wieder wischte Asger über das Seitenfenster, frierend spähte er durch das sich schnell wieder schließende Loch auf die finstere, manchmal von Blitzen erhellte Landschaft einer unbekannten Welt.

Erster Teil
TAG DER ERINNERUNGEN

»Alles, was existiert, hat Belang
Für den Menschen; er merkt, was geschieht,
Und fühlt sein Verfehlen«

Wystan Hugh Auden

1. Kapitel
FUCHSENHUB NR. 7

Am Nordrand des Sees, der Mündung des aus den Bergen kommenden Flusses gegenüber, liegt das Dorf Vössen. Vom Anlegesteg der nur sommers verkehrenden Dampfer und von der Strandpromenade aus kann der Feriengast oder Wochenendbesucher bei sonnigem Wetter weit in das Gebirgstal hineinsehen, das der einstige Gletscher dort drüben geschaffen hat: Bewaldete Höhenkämme staffeln sich und rücken einander näher, bis ein jäh aufragendes Massiv mit nackten Felsen und zerklüfteten Gipfeln die Sicht verstellt. An keiner Stelle des Ufers dringt der Blick tiefer in die Alpen als hier, wo Kundige bei besonders klarer Luft die weiße Doppelspitze des Großglockners als höchste und fernste Zinne am gezackten Horizont entdecken können. Nirgends wirken die Bergketten wuchtiger und weitläufiger, nirgends schmelzen Morgen- und Abendröte ihre Monumentalität in ein lieblicheres Gebilde um, wenn zwischen einem zart bewölkten Himmel und seinem dunkleren Spiegelbild auf der blanken Wasserfläche die Felszacken als rosafarbene Arabeske stehen.

Trotz des unbestreitbaren Vorzugs eines derartigen Panoramas ist der Ort bis heute für den Fremdenverkehr nur mangelhaft erschlossen. Zum einen läßt sich das darauf zurückführen, daß Vössen von allen Dörfern rund um den See am weitesten von Schienennetz und Autobahn entfernt ist. Zum anderen beeinträchtigen die großen, oft scharfkantigen Kieselsteine an den endlos seicht auslaufenden Stränden den Badegenuß. Denn leider sucht die Flußströmung ihren Ausgang in westlicher Richtung und biegt bereits weit draußen im Seebecken nach links, wodurch das ganze östliche Teilstück des Gewässers als im Grunde überflüssig gewordene Ausbuchtung allmählich verlandet. Darüber hinaus hat sich die Gemeinde Vössen einen Mann zum Bürgermeister gewählt, der seit über einem Jahrzehnt erfolgreich die gröbsten Übergriffe der Touristikbranche verhindert und so die ökonomische Strukturschwäche wenn auch vielleicht nicht verschuldet, so doch begünstigt hat.

Spaziert also der per Schiff angereiste, nach Erholung und ländlicher Idylle suchende Fremde in das Tausend-Seelen-Dorf hinein, verblüfft ihn das vergleichsweise Schmucklose, um nicht zu sagen Abweisende dieses Ferienorts. Die ausgedehnte, von prächtigen Kastanien bestandene, für eine freundliche Grünanlage wundervoll geeignete Fläche um Dampfersteg, Tretbootvermietung, Strandcafé und Wasserwachthafen dient als Parkplatz. Zwar findet der Gast gleich dahinter eine für seeumrundende Radlergruppen, hauptsächlich aus dem Ruhrgebiet stammende Sommerfrischler und Teilnehmer an Butterfahrten reizend eingerichtete Traditionswirtschaft samt Biergarten, die mit ihrer beherzten Mischung aus betonter Rustikalität und zeitgemäßem Design, schicken Dekos und antikem Trödel für die rechte oberbayerische Behaglichkeit sorgt. Andererseits weht ihm bei der Brotzeit aus dem gegenüberliegenden, etwas heruntergekommenen Bauernhof ein nicht zu verleugnender Stallgeruch in die Nase. Macht er sich danach auf, um ein wenig im Dorfzentrum zu flanieren, wundert er sich, daß er ein solches nirgends finden kann. Keine mit Erkern, Stuck, gepflegt verwitterten Holzbalkonen geschmückte Fassaden erwarten ihn, keine Lüftel und kein mit Heiligen bemaltes Heimathaus. Auch Vössen besitzt selbstverständlich eine große katholische Kirche, doch um sie herum herrscht gleichsam gähnende Leere. Eine Tankstelle und eine Autowerkstatt bilden zusammen mit dem aus den fünfziger Jahren stammenden Rathaus und der architektonisch erstaunlich gewagten, nagelneuen Volksbank das, was einem Ortskern noch am nächsten kommt. Inzwischen ist der Besucher kaum mehr überrascht, auf den Straßen nur sehr vereinzelt Menschen anzutreffen. Und nachdem er festgestellt hat, daß die Ortschaft außer einigen weiteren Bauernhöfen, von denen die meisten zu Pensionsburgen umgebaut sind und zwei leer stehen, tatsächlich nichts Reizvolles, geschweige denn Pittoreskes zu bieten hat, verschwindet er mit dem nächsten Dampfer auf Nimmerwiedersehen.

Und doch scheint Vössen einen hohen Grad an Attraktivität zu besitzen. Nicht für anspruchsvolle Urlauber, die länger verweilen und Geld ausgeben wollen, versteht sich. Aber für ebenso vermögende wie geschmackssichere Leute, die gerade der Umstand entzückt, daß dieses Dorf an diesem schönen See, in dieser märchenhaften Landschaft, mit dieser herrlichen Aussicht von den Auswirkungen des Fremdenverkehrs einigermaßen verschont geblieben ist, und die sich deshalb gleich für immer hier niedergelassen haben.

Natürlich bilden sie eine Minderheit in dem von Neubausiedlungen umwucherten Nest, auf dessen ehemalige Obstanger zwischen den ehemaligen Landwirtschaftsbetrieben man obendrein Mietshäuser gestellt hat. Dort wohnen die Kleinfamilien, deren Ernährer täglich in eine der umliegenden Provinzstädte oder gleich in die hundertzwanzig Kilometer entfernte Landeshauptstadt pendeln, und die Rentner. Im Dorfleben spielen sie so gut wie keine Rolle, von der Kommunalpolitik gar nicht zu reden. Beides wird nach wie vor bestimmt von einer Handvoll verbitterter, unter der Europäischen Union leidender Bauern, einigen Handwerkern, denen die überall aus dem Boden sprießenden Baumärkte zusetzen, und einem guten Dutzend Dienstleistern im Tourismusgeschäft, die von Profit in großem Stil träumen. Sie alle wünschen dem Bürgermeister Franz Stegmüller jedes Unglück an den Hals. Denn daß sie ihn anders und trotz mancher bis ins Ministerium reichender Seilschaften nicht loswerden können, gilt als ausgemacht.

In der Tat hat Stegmüller seinen Vorsprung bei den Wahlen zur dritten Amtszeit sogar auf über zwei Drittel der Wählerstimmen ausbauen können. Auf das Programm der »Unabhängigen Wähler«, das sich in erster Linie der Bewahrung von Au und Schilfgürtel unterhalb des Flußdeltas als Vogelschutzgebiet verschrieben hat, dürfte dieser Triumph jedoch kaum zurückzuführen sein. Ohne ihren Spitzenkandidaten hätte die hauptsächlich aus Biobauern der umliegenden Aussiedlerhöfe zusammengesetzte Gruppierung mit Sicherheit keine Chance gehabt. Aber auch dessen leutselige Bürgernähe, unterstützt von einem äußeren Erscheinungsbild, wie es jedem süddeutschen Gemeindeoberhaupt zur Ehre gereichte, erklärt seinen anhaltenden Erfolg nicht vollständig. Es sind die guten Beziehungen zu jener größtenteils aus der Hauptstadt zugewanderten, einflußreichen Minorität von Bildungsbürgern im allgemeinen und zu Fuchsenhub Nr. 7 im besonderen, worauf Franz Stegmüllers Autorität letztlich gründet.

Obwohl sich in der Gemeinde Vössen vor allem im Umland eine relativ große Zahl von Bildenden Künstlern und Fotografen, Schauspielern und Schriftstellern, Musikern, Professoren, Journalisten und sogar ein Regisseur angesiedelt haben, wäre es dennoch unangemessen, von einer Künstlerkolonie am See zu sprechen. Dazu fehlen alle Kennzeichen der Enklave, der verschworenen oder zumindest abgeschotteten Gemeinschaft. Es handelt sich vielmehr um verstreute Immobilien längst arrivierter Mitglieder des öffentlichen Kulturlebens, die allenfalls lose Verbindungen zueinander halten. Ohnehin verbringen sie ihre Zeit nur mit Unterbrechungen hier auf dem Land und pflegen die Bekanntschaften eher bei offiziellen Anlässen in den Metropolen. Dennoch stellen sie eine latente, weil jederzeit zu mobilisierende Macht dar. Die Fäden dieser Macht aber laufen in Fuchsenhub Nr. 7 zusammen, wo sie bei gegebenem Anlaß zum Knoten geschürzt werden können.

Fährt man vom Dorf Richtung Autobahn, läuft die Landstraße zunächst am Strand entlang bis zu einer Hügelkuppe, wo der See aus dem Sichtfeld gleitet. Dort zweigt ein asphaltierter Uferpfad ab, der kurz darauf am Rand des Auwalds durch eine Schranke versperrt wird. Vor der Sperre kann man häufig den grauen Landrover des Bürgermeisters stehen sehen und daneben ihn selbst beim Öffnen der elektronischen Verriegelung. Der Fallbaum hebt sich, das Auto rollt im Schrittempo auf den sonst von Joggern und Radfahrern genutzten Weg und wird, noch während die Schranke sich wieder schließt, vom dichten Gehölz verschluckt. Der Einheimische weiß, Franz Stegmüller ist auf dem Weg zu einer halbinselartig in den See ragenden, hinter dem Waldstück gänzlich uneinsehbaren Anhöhe. Die wenigen zwischen Wiesen und kleinen Äckern verstreuten Anwesen dort heißen Fuchsenhub, und das große, an der Spitze der Landzunge gelegene Haus Nr. 7 mit den rot und weiß gestreiften Fensterläden, vor dem der Landrover schließlich haltmacht, gehört Clara Weidenfeldt.

Seit bald zwanzig Jahren lebt die einstmals gefeierte Schauspielerin hier, und selbstverständlich ist die Tatsache, daß so viel Kulturprominenz in dieser Gegend ihren Zweitwohnsitz aufgeschlagen hat, dieser Pionierleistung und manchmal auch ihrer Vermittlung zuzuschreiben. Clara Weidenfeldts Ruf und Ausstrahlung haben kaum vom alten Glanz der Diva verloren, auch wenn sie nur selten ihren Landsitz verläßt. Dies gilt insbesondere für all diejenigen, die ihren Aufstieg damals aus nächster Nähe miterlebt haben und im Schatten ihres Ruhms das Pflänzchen der eigenen Karriere wachsen lassen konnten. In Film- und Theaterkreisen jedenfalls hält sich hartnäckig das halb bewundernde, halb lästerliche Gerücht vom Weidenfeldtschen Hofstaat am See. Zweifelsohne erhöht es Vössens Anziehungskraft als Refugium für ruhebedürftige Künstlerseelen noch mehr. Und wer weiß, wie schwer es heutzutage ist, an die entzückenden kleinen, alten Jagd- und Zuhäuser heranzukommen, die so typisch sind für das Voralpenland, kann sich ausmalen, wie begehrt die Einladungen zu den seltenen Fuchsenhuber Gartenfesten sind und wie neidisch diejenigen, denen sie versagt bleiben. Denn es scheint, als wären die bei diesen legeren Umtrünken geknüpften Beziehungen zu Clara eine entscheidende Voraussetzung dafür, ein solches Domizil zu ergattern.

2. Kapitel
EIN GLÜCKLICHES PAAR

Franz Stegmüller schritt durch das hohe Holzgatter über den gepflasterten Innenhof an dem mit Klematis und Rosen umrankten Hauseingang vorbei zu einem offenen Torbogen in der Mauer. Ohne Zögern trat er auf die weitläufige, zur Hälfte überdachte Terrasse. Er stellte sich an die Balustrade und blickte auf den riesigen, etwas abschüssigen Garten hinab, der zum Ufer in den Riedflächen Richtung Vogelschutzgebiet auslief. Einer der Trampelpfade, die sich hier und da zwischen den Schilfwedeln verloren, führte zu einem schmalen, außerordentlich langen Steg. Die Bank auf dem kleinen gerodeten Platz daneben war leer. Ihr frischer weißer Lackanstrich blitzte in der Morgensonne, die sich auch auf der sanft gekräuselten Wasseroberfläche brach und auf den See funkelnde Bänder und Flächen aus Gold zauberte. Ein Stockentenpärchen flatterte auf, zerriß die Stille, zog knapp über dem Wasser schwebend weiter hinauf Richtung Flußmündung.

Stegmüller wandte sich um.

Wie auf ein verabredetes Zeichen hin erschien Clara in der Verandatür.

Sie trug ihren Morgenmantel aus glatter, weinroter Seide offen über dem perlweißen Hausanzug, und ihr nasses blondes Haar war streng nach hinten frisiert, so daß es in den vom Kamm gezeichneten Bahnen auf der Kopfhaut anlag, die an manchen Stellen rosig durchschimmerte. Die Locken fielen auf die Schultern herab, wo sie dunkle Flecken auf den Stoff des Mantels tropften. Mit beiden Händen, auf Kinnhöhe, hielt sie eine Schale dampfenden Tees. Sie blies hinein, behutsam, mit gespitzten Lippen, der

Dampf kringelte sich vor ihren großen braunen Augen, während sie stumm den Bürgermeister betrachtete.

Beim Namen Clara Weidenfeldt denkt natürlich jeder sofort an den Film »Engel« und darin vor allem an die berühmte Schlußszene: Mit dem großen Koffer steht die Schauspielerin in der Tür und schaut durch den von ihrem Hütchen herabfallenden schwarzen Spitzenschleier zurück auf das Bett, in dem ihr Mann getötet wurde. Ihr Blick wirkt wach und doch eigentümlich abwesend. Hinter einer scheinbaren Gleichgültigkeit verbergen sich Schmerz und Anklage. Man weiß, sie wird die Stadt und vermutlich auch das Land für immer verlassen. So sieht man sie vor sich.

In der Tat schaffen Clara Weidenfeldts Auftritte auch heute noch sofort eine Atmosphäre hochgespannter Aufmerksamkeit. Jede Bewegung, sogar jedes Ausbleiben einer Geste ist mit Bedeutung aufgeladen, deren rätselhafter Sinn jedoch, das spürt man ebenfalls sofort, sich niemals erschließen wird. Alles bleibt Anspielung und Ahnung, mit der man sich schließlich alleingelassen findet und über die man dann grübeln kann.

Franz Stegmüller hatte das Grübeln seit langem aufgegeben. Er kannte diese Frau zu lange und hatte zu viele Querelen mit ihr durchgestanden, um nicht zu wissen, daß sich hinter der Rolle, in der sie ungeniert immer weiter die große Weidenfeldt gab, kein Geheimnis verbarg. Er sah voraus, was ihn in den nächsten Minuten erwartete, nämlich so gut wie nichts. Sie würden dastehen und sich anschauen, dann würde sie sich wahrscheinlich wortlos zurückziehen wollen, aber er würde ihr zuvorkommen. Vorausgesetzt, es waren keine Komplikationen aufgetreten und alles verlief nach Plan.

Clara war sich vollkommen darüber im klaren, daß sie Franz nichts vormachen konnte. Oft genug hatte sie sich gefragt, was sie davon abhielt, den häufig recht derben und nicht eben geistreichen Mann ein für allemal vor die Tür zu setzen. Es war ohne Zweifel dieser Charakterzug, den sie am meisten an ihm schätzte. Nicht daß sie deshalb darauf verzichtete, sich mit den altvertrauten Mitteln in Szene zu setzen, die ihr zur zweiten Natur geworden waren.

Im Gegenteil, sie konnte ihrem Hang zur Selbstinszenierung erst dadurch, daß sie ihn stets als solchen durchschaut glaubte, frei und ungehemmt nachgeben.

Weil jeder Mensch, den sie neu kennenlernte, sofort dazu neigte, sie mit der Maske ihrer legendären Erfolge zu verwechseln, stellte sie ihn stets mit einer kleinen Einlage auf die Probe. Sie zitierte sich selbst in einer ihrer früheren Rollen und beobachtete, ob es bemerkt wurde. Fast alle fielen durch, und je prominenter die Gäste, die Clara in Fuchsenhub ihre Aufwartung machten, je scharfsinniger und genialischer sie sich gaben, desto mehr begegnete sie ihnen hinterher mit abfälligem Desinteresse. Zu den wenigen Ausnahmen von dieser Regel hatte vom Anfang ihrer fast fünfzehnjährigen Bekanntschaft an Franz Stegmüller gehört. Clara war von dem schwerfälligen Bürgermeister in seinem ausgeleierten Trachtenjanker, der sie trotz ihrer Kaprizen immer weiter in Fuchsenhub aufsuchte und seine Hilfe anbot, schlichtweg gerührt gewesen. Dann entwickelte sie mehr und mehr eine eigentümliche Schwäche für seine etwas einfältige Art, ihr seine Zuneigung zu beweisen. Ungeachtet der immer wiederkehrenden Szenen, die sie ihm machte und über die er hartnäckig hinwegsah, wurde er nach und nach zu ihrem intimsten, selbstverständlich rein platonischen Vertrauten. Seither galten die beiden in Vössen und sogar im weiteren Weidenfeldtschen Umkreis als glückliches Paar.

Es war auch kaum zu übersehen, daß Franz als einziger Einheimischer dauerhaft im Fuchsenhuber Dunstkreis geduldet wurde. Clara beachtete Gerüchte, die sie natürlich ahnte, grundsätzlich nicht. Hier, in ihrem selbstgewählten Exil, brauchte sie einen wie diesen Stegmüller, für den die Schauspielerei offenbar ein Beruf wie jeder andere war und hinter dem eine ganz alltägliche, vielleicht genau deswegen liebenswerte Person steckte. Er nahm ihre Launen einfach hin, darauf konnte sie sich verlassen. Er ließ sie an sich abprallen und befreite Clara so von einer Last: Franz gegenüber mußte sie ihren Spieltrieb nicht zügeln. Sie durfte sogar bis zum äußersten gehen.

Im Augenblick fühlte sie zum Beispiel eine unbestimmte Wut auf den Bürgermeister in sich aufsteigen. Es gab keinen Anlaß dafür, sein Besuch zu dieser für Claras Gepflogenheiten frühen Stunde war vereinbart. Sei es, weil sie heute besonders weit auf den See hinausgeschwommen, das Wasser nach dem nächtlichen Gewitterregen außergewöhnlich klar und erfrischend gewesen war. Ihre Haut war so stark ausgekühlt, daß sie auf dem Rückweg vom Ufer brennend schmerzte. Sei es, daß sie sich, nach dem Duschen nun wieder durch und durch erwärmt, auf ein ausgedehntes, stilles Frühstück in ihrem sonnendurchfluteten Eßzimmer freute. Es störte sie, daß dort auf ihrer Terrasse der stattliche feiste Körper dieses Mannes den Ausblick auf einen für sie so bedeutsamen Herbstmorgen verstellte.

Natürlich hatte Clara nicht vergessen, warum Stegmüller erschienen war. Ihr Sohn war in der Nacht heimgekehrt, und sie war in Sorge gewesen wegen seiner verspäteten Ankunft. Sie hatte nicht mitgezählt, wie oft sie Franz am gestrigen Abend angerufen und wie lange es gedauert hatte, bis er sie so weit besänftigen konnte, daß sie es endlich sein ließ. Gewiß, sie hatte ihm das Versprechen abgenommen, heute in aller Frühe, was heißen sollte, nicht vor neun, nach Fuchsenhub herauszukommen. Doch was bedeutete das noch. Asger war da, er lag oben in seinem Bett, schlief sich aus nach der beschwerlichen Reise. Stegmüller hatte hier einfach nichts zu suchen. Genaugenommen war er noch nicht einmal anwesend, drängte sich bloß als Trugbild in ihre seit Asgers Heimkehr rundum geschlossene Welt.

Franz senkte kurz den Blick zu Boden, um dem Claras auszuweichen. Er hatte erkannt, wie es unter der perfekt beherrschten, für andere undurchdringlichen Maske der Clara Weidenfeldt arbeitete. Ein abrupter Rollenwechsel bahnte sich an, er war sich nur nicht sicher, welche Variante seine Freundin wählen würde: die blasierte barfüßige Gräfin, die in geistigen Sphären Verschollene oder die Göttin der Raserei. Während er die verschiedenen Strategien erwog, mit denen er reagieren würde, sobald sich eine Tendenz abzeichnete, erinnerte er sich an einen ihrer ersten, noch ziemlich experimentellen Filme. In einer Szene streifte sie inmitten eines komplett absurden Streitgesprächs plötzlich und vollkommen überraschend ihr Kleid ab und stand splitternackt und starr wie eine Statue zwischen den Männern, die nach einer kurzen Pause ihre Diskussion wieder aufnahmen. Der Bürgermeister stellte sich vor, sie würde einmal versehentlich diese Stelle wiederholen. Es war keine unangenehme Phantasie. Er mußte schmunzeln, wagte es jetzt sogar, ihr schalkhaft zuzublinzeln, begann an seinem wuchtigen schwarzen Schnauzbart zu zupfen – eine Unsitte, von der er wußte, wie restlos sie ihr zuwider war.

Stegmüller war durchaus empfänglich für die Reize der ehemaligen Schauspielerin. Er war es immer gewesen. Ihre Darstellung der Clara Weidenfeldt ließ ihn keineswegs kalt, sie reichte nur nicht ans Original heran. Daheim in seinem alten, etwas vernachlässigten Bauernhaus besaß der Junggeselle eine vollständige Videosammlung ihrer Filme. Er hielt sie unter ein paar Aktenordnern in einer antiken Truhe versteckt und hatte sie unzählige Male angesehen. Den graziösen, eigenständigen, aber zerbrechlichen, sanften und doch temperamentvollen, mit einem Wort unergründlichen Typus von Frau, den sie auf der Leinwand darstellte, vergötterte er. In ihrer Seevilla dagegen war sie ihm stets fast ein wenig bieder erschienen. Das Spektrum ihres Gebärdenspiels wirkte eingeschrumpft, ihre Mimik vergleichsweise uninspiriert. Die leibhaftige Clara vermochte nicht die einzigartige Erregung in ihm auszulösen, wie er sie von der Schauspielerin Weidenfeldt seit seiner Jugendzeit gewohnt war. Davon hatte er sich schnell überzeugen müssen. Er war jedoch keineswegs enttäuscht. Vielleicht verließ ihn gerade deshalb in all den Jahren nie der Mut zu dieser, wie er fand, recht einseitigen Freundschaft. Vielleicht hoffte er aus diesem Grund insgeheim nach wie vor auf mehr.

Franz begriff es selbst nicht recht. Er musterte ihr hübsches, immer schon etwas rundliches Gesicht: Die vollen Wangen wurden zusehends schlaffer. Unter ihren Mandelaugen bildeten sich kleine

Tränensäcke. Auf dem Rücken der schmalen Nase war die Haut ein wenig grobporig geworden. Über dem dünnen langen Hals zeigte sich der Ansatz zum Doppelkinn, und die fleischige, Lippen bekamen allmählich einen beinahe ordinären Zug. So konnte man sie nämlich auch sehen, wenn man die Ikone der Weidenfeldt zum Maßstab erhob. So sah sie sekundenlang der Bürgermeister vor sich, der überhaupt seit einiger Zeit einen Alterungsschub an Clara zu beobachten glaubte. Selbst die schmale Taille verlor sich mehr und mehr in einer altweiberhaften Molligkeit, die von ihrem einst aufsehenerregenden Busen noch unterstrichen wurde. Bald würde sie ihren sechzigsten Geburtstag feiern, während sein fünfzigster noch keine drei Jahre zurücklag.

Gleich darauf sprang jedoch Franz Stegmüllers Wahrnehmung wieder um, wie bei einem Vexierbild. Jetzt überlagerte nicht länger das ersehnte Ideal, das nur enttäuscht werden konnte, ihr gegenwärtiges Aussehen. Die Erinnerung an ihre verewigte Schönheit von einst trat in den Hintergrund und verlieh ihrer Erscheinung ein sanftes, begütigendes Schimmern. In Stegmüllers Seele regte sich zärtliches Begehren. Je länger er Clara kannte und je älter sie wurde, desto weniger fühlte er sich ihr unterlegen. Seit dem Abbruch der Kinokarriere und ihrem Rückzug aufs oberbayerische Land, in diesen mehr als zwei Jahrzehnten eines schleichenden Verblassens hinter der Fassade der eigenen Kunstfigur, hatte sie sich gewissermaßen auf sein Niveau gesenkt. Er sagte sich, langsam, Stufe für Stufe, sei sein »Engel« zu ihm herabgestiegen. Der Strahlenkranz blendete nicht mehr. Das dämmerige Leuchten, das die Weidenfeldt noch um sich verbreitete, war genau die Dosis, die Franz verkraften konnte, ohne sich zu verbrennen, und dennoch mußte er nicht auf die Phantasie verzichten, sich mit seiner Traumfrau auf Augenhöhe zu bewegen. Die hinter Claras gespieltem Gleichmut verborgene Anspannung steigerte Franz Stegmüllers Verlangen, sie aus der Reserve zu locken. Er trat zwei Schritte auf sie zu. Sie standen einander nun so nahe gegenüber, daß sie sich die Hände hätten reichen können.

Clara nippte an ihrem Tee, hielt dabei den Blick allerdings weiter auf Franz gerichtet. Sie witterte die Lust hinter seiner Leutseligkeit und empfand sie als unverschämt. Um keinen Preis sollte es ihm heute gelingen, sie zu provozieren. Sie durfte nicht zulassen, daß er eine Freude trübte, von der er nichts verstand und nicht das geringste verstehen konnte. Der Bürgermeister hatte sich um die Vorbereitungen für das kleine Fest zu kümmern, das sie wie üblich um diese Jahreszeit am Wochenende geben wollte. Das beherrschte er, das immerhin hatte sie ihm beibringen können. Selbstredend fand das Fest dieses Mal in erster Linie zu Ehren ihres Sohns statt. Der Mann machte sich keine Vorstellung, was ihr der gemeinsame Auftritt mit Asger bedeutete. Es war eine Genugtuung für sie, den Namen Weidenfeldt nach so langer Zeit wieder ins rechte Licht gerückt zu sehen. Und sie würde Fuchsenhub für einen Tag in eine Bühne verwandeln, die diesem Umstand auf angemessen bescheidene, aber auch angemessen würdige Weise Rechnung trug: Asger hatte es geschafft und sich im Gerangel um die Gunst der Entscheidungsträger allein mit Qualität und Persönlichkeit durchgesetzt. Er war den Grausamkeiten jener sublimen Hackordnung unter den konkurrierenden Kollegen entgangen, die Clara so gut kannte und so abgrundtief verachtete. Wo im Zeichen des allgemeinen Stellenabbaus und einer rasant um sich greifenden kulturellen Schwindsucht alle um ihre Posten und Pöstchen in den Zeitungs- oder Programmhäusern zitterten, saß ihr Asger fest im Sattel. Er war ja auch schon ein klein wenig berühmt, wenigstens in den seriösen Kulturzirkeln. Und auf die kam es schließlich an. Eine Abordnung davon wäre auch am Samstag zugegen. Sie würde den durch die Mutter verdoppelten Glanz des Sohnes in die entsprechenden Sphären weitertragen.

Dafür fehlte Stegmüller freilich jedes Sensorium und jede Sensibilität. So beharrlich und treu er einerseits war, so unbeteiligt, um nicht zu sagen gefühllos blieb er andererseits. Jedesmal wenn sich ihr diese Kehrseite seines Charakters zeigte, fühlte sie sich gedemütigt und beschloß, mit dem rohen Menschen sofort und für immer zu brechen. Der Mann war ein Barbar, ein Bauer. Doch schnell verflog ihr Haß, wieder und wieder nahm sie sich vor, den Bürgermeister ein bißchen besser zu erziehen. Clara versuchte ihm die schlechten Manieren abzugewöhnen. Sie machte ihn mit den Feinheiten der Tischsitten bekannt, mit den Kostbarkeiten ihrer Inneneinrichtung und dem Wert ihrer kleinen Kunstsammlung. Überhaupt traktierte sie ihn mit Kunst und Kultur, mit Museumskatalogen und Reiseführern, mit Neuer Musik und zeitgenössischer Poesie. Nicht zuletzt wollte sie ihm die Natur nahebringen, die Schönheiten des Insektenreichs, der Pflanzen und Blumen, wollte ihre Liebe zu den Vögeln, ihren gefiederten Freunden, mit ihm teilen. Darin konnte sie eine geradezu leidenschaftliche Begeisterung an den Tag legen. Bis eine ihrer anfallsweise auftretenden Phasen von Schwermut oder Entkräftung sie wieder blindlings Schutz suchen ließ bei Stegmüllers plumper Unerschütterlichkeit, und Clara ihr Mißbehagen darüber vergaß. So wurde sie stets aufs neue überrascht von seiner Ignoranz, erniedrigt durch die Tatsache, daß sie trotz all ihrer Bemühungen unvermindert fortbestand. Und der Reigen begann von neuem.

An diesem Morgen lagen die Dinge jedoch entschieden anders: Clara Weidenfeldt ruhte in sich. Dessen wurde sie sich plötzlich wieder bewußt. Ihr Kosmos war eine Kugel. Franz Stegmüller befand sich außerhalb. Er versuchte hineinzugelangen, spähte hindurch, preßte sein Ohr an die gläserne Außenseite. Es war einerlei, was er verstand und ob er etwas verstand. Er sollte weggehen. Auch das war einerlei.

Der Bürgermeister hatte es sich schon gedacht, jetzt war er endgültig sicher. Asger war letzte Nacht doch noch nach Hause gekommen. Das Fest würde folglich stattfinden, und er kannte seine Aufgaben. Gleich im Anschluß an diese Stippvisite würde er zum Vössener Bauhof fahren, Lieferung und Aufstellung der gemeindeeigenen Bierbänke und Tische ordern, später zum Getränkegroßmarkt in die Kreisstadt. Mit dem von ihr bevorzugten, exklusiven Catering-Service würde Frau Weidenfeldt wie gewöhnlich selbst telefonieren. Er hätte sich nun auf der Stelle umdrehen und ohne ein weiteres Wort abmarschieren können, und er wußte, daß sie exakt das von ihm erwartete. Aber ebenso exakt deswegen weigerte sich Stegmüller, ihrer stummen Forderung zu entsprechen. Sie blickte ihn nach wie vor über den Rand ihrer Teetasse hinweg an und regte keine Miene. Der Wetterumschwung, der sich bereits um Augen und Nase herum angedeutet und auf dessen Entladung er gelauert hatte, blieb aus. Jede Regung, die als Reaktion hätte verstanden werden, sein Zugegensein hätte bestätigen können, war aus ihrem Gesicht verbannt. Clara sah durch ihn hindurch, als sei er der Angestellte eines Dienstleistungsunternehmens. Sie hatte ihren Auftrag erteilt, und während er sich noch bemühte, höflich seinen Dank für das entgegengebrachte Vertrauen abzustatten, hatte sie ihm im Geiste längst die Tür vor der Nase zugeworfen.

Dieser Hochmut amüsierte und ärgerte ihn zugleich, denn er glaubte die Ursache dafür genau zu kennen: Eitelkeit, Borniertheit, Halsstarrigkeit waren die typischen Symptome, die sich immer einstellten, wenn die Weidenfeldt von dem Wahn befallen war, sie und ihr Sohn seien ein miteinander verschmolzenes Wesen mit einem einzigen Herzen und Verlangen, und zwar ihrem. Franz war mit diesem Zustand Claras vertraut, aber er hatte ihn niemals so stark vorherrschen sehen wie in den letzten Tagen. Es kam ihm fast vor, als würde er sie in einer neuen Rolle erleben oder zumindest in einer, die sie bislang nur angedeutet oder nicht erschöpfend ausgespielt hatte. Im selben Augenblick merkte er auch, daß er die Rolle nicht leiden konnte. Sie war falsch besetzt, sie würde zwangsläufig zum Flop führen. Eine böse Vorahnung für das Fest am Samstag beschlich ihn. Schon traf Clara Anstalten, sich zurückziehen. So wie er es von Anfang an befürchtet hatte. Sie ließ unendlich langsam die Teeschale sinken und stellte sie neben sich auf die Brüstung, strich darauf mit beiden Handrücken und fedrig flatternden Fingern, eine ihrer berühmten Gesten, mehrmals über ihre Stirn. Gleichzeitig hob sie sich auf die Zehenspitzen, lehnte den Kopf zur Seite und schaute auf den Ballen wippend über seine Schulter hinweg und hinaus auf den See. Auch dies eine unerwartete Wende in ihrer Darbietung. Sonst pflegte sie in solchen Situationen schlicht die Lider zu senken und sich zur Terrassentür umzudrehen. Vielleicht deshalb bedrängte den Bürgermeister der Impuls, an dieser Stelle einzugreifen, heftiger als gewöhnlich. Er meinte etwas Übertriebendes tun zu müssen, etwas Unerhörtes, beinahe Tabubrechendes.

Clara Weidenfeldts Blick folgte dem Schatten einer kleinen Schönwetterwolke, der gemächlich über die Wasserfläche zog, als sie zu ihrer großen Verblüffung plötzlich Stegmüllers Hände an ihren Hüften spürte.

»Dann richte ihm mal schöne Grüße von mir aus.«

Franz sah ihr verstörtes, eingekniffenes Gesicht ganz nah vor sich und wußte, daß der Coup gelungen war. Er hatte sich ihr auf Tuchfühlung genähert, sie auf Asger angesprochen, überhaupt zu sprechen gewagt, sie obendrein berührt. Seine Finger fühlten noch immer ihre weiche warme Taille. Für den sich endlos dehnenden Zeitraum von einer Minute waren alle stillschweigend getroffenen Übereinkünfte ausgesetzt, sämtliche Drehbücher Claras umgeworfen. Und sie schwamm, ruderte jetzt auf ihre wunderbar flatternde Art mit den Unterarmen in der Luft, während er sie mit beiden Händen stützte und über Wasser hielt. Gleich würde diese Ewigkeit um sein, die Wut in ihr hochkochen und eine dieser berechenbaren Weidenfeldtschen Reaktionen zeitigen.

Bevor der Bürgermeister Claras Hüfte losließ, streichelte er sie flüchtig, aber unmißverständlich.

Clara Weidenfeldt gewann ihre Fassung zurück, als Franz Stegmüllers Rücken gerade im Torbogen zum Innenhof verschwand. Sie griff nach ihrer Tasse und schüttete ihm den Rest Tee hinterher. Der langgezogene, fransige nasse Fleck auf den roten Terrakottafliesen zeigte an, daß sie ihn fast noch getroffen hätte.

3. Kapitel
VÄTER UND SÖHNE

Auf dem Rückweg nach Vössen befand sich Franz Stegmüller in einem gereizten Zustand. Er saß bei heruntergekurbeltem Seitenfenster in seinem Landrover. Eine Brise, die angenehm kühl vom See her wehte, vertrieb die aufgeheizte Luft rasch aus dem Inneren des Autos. Drüben zeigten sich die Berge in ungewöhnlich scharfen Konturen. Der Wald schmiegte sich wie das Fell eines Tiers an ihre Flanken und zeichnete jede Falte nach. Doch davon bemerkte der Bürgermeister nichts. Er hatte auch keinen Blick für das über die Windschutzscheibe zitternde Sonnenlicht, das durch die Alleebäume mit ihrem schon bunt werdenden Laub fiel und filigrane Schattenmuster auf den Asphalt malte, als er die Uferstraße entlangfuhr. In Stegmüllers Kopf drehte sich alles um Fuchsenhub. Er sah im Geist die düstere Diele mit dem Vertiko und dem bronzenen Orpheus vor sich, die man normalerweise als erstes betrat, und den großen, dem Hauseingang genau gegenüberliegenden Barockspiegel, in dem umrahmt von der blendenden Helligkeit des Tageslichts jeder Besucher zuerst sich selbst begegnete. Die Hausherrin empfing einen niemals hier. Man war allein mit sich und seinem Doppelgänger in dem dämmrigen Raum, der etwas von einem Museum hatte und mit seinen gekalkten Wänden und den alten wurmstichigen Holzgegenständen auch so roch. Meistens drang nach einigen Minuten ihre Stimme durch den Türspalt aus dem riesigen, ein paar Stufen tiefer gelegenen Wohnzimmer, das nach Süden zur Terrasse hin lag. Manchmal kam sie auch von droben. Über den Schacht des schmalen Aufgangs sickerte das spärliche Licht in den Vorraum, und wenn man sich seitlich etwas vorbeugte, konnte man das gedrechselte Holzgeländer auf dem oberen Absatz sehen, hinter dem nach geraumer Zeit, bis zu den Knien, die Beine der Weidenfeldt sichtbar wurden. Diese Treppe würde demnächst Asger herabsteigen, und genau das versuchte Franz sich vorzustellen. Er fragte sich, was der arme Junge in den kommenden Tagen zu erwarten hatte.

Stegmüller hegte beinahe väterliche Gefühle für Claras Sohn, auch wenn er sich darüber kaum Rechenschaft ablegte. Er nahm es hin wie eine Naturgegebenheit, obwohl gerade vom Standpunkt der Natur aus gesehen kein Anlaß dazu bestand. Hätte er sich gefragt, woher seine Empfindungen trotz dieses Mankos stammten, wäre ihm vermutlich die Zeit seiner ersten Besuche in der Weidenfeldtschen Villa eingefallen.

Asger war, solange er bei seiner Mutter lebte, ein ungemein scheuer und für sein Alter viel zu ernster Jugendlicher gewesen. Fünfzehn oder vierzehn Jahre alt, versteckte er sich bei jedem neuen Gast zuerst wie ein kleiner Junge hinter dem nächsten Möbelstück. Binnen kurzem kam er wieder hervor, mischte sich in die Erwachsenengespräche und versuchte wie ein Professor im Ruhestand mit Lebensweisheiten und praktischen Ratschlägen zu glänzen: Ihm, dem seinerzeit frisch gewählten Bürgermeister, hatte der junge Weidenfeldt sofort einen Vortrag über die Geschichte der Kommunalpolitik und ländlichen Entwicklung seit der Industrialisierung gehalten. Franz folgte einer Art Eingebung, als er ihn einlud, doch einmal auf eine seiner nachmittäglichen Dienstfahrten mitzukommen. Bald stand Asger fast jedesmal, wenn er nach Fuchsenhub hinausfuhr, fix und fertig zur Abfahrt bereit. Später wartete er schon an der Schranke vor der Privatstraße auf ihn. Dabei hatten sie sich kaum etwas zu sagen, während sie oft Stunden nebeneinander im Auto saßen, unterbrochen von Amtsgeschäften bei den Bauern, den Gemeindearbeitern, im Rathaus oder beim Pfarrer.

Der Landrover des Bürgermeisters parkte vor dem Bauhof, direkt unter dem Vössener Gemeindewappen mit silbernem Helm und Schlüssel auf rotem Feld und der blauen, gewellten Fläche im unteren Drittel, die den See symbolisierte. Dieses Wappen hatte

Franz einst, in Ermangelung eines historischen Vorbilds, selbst entworfen; der Bau des einstöckigen, mit Blech gedeckten Betonkomplexes, in dem, wie der Schlauchturm zeigte, auch die Feuerwehr untergebracht war, galt als die erste, damals vielgelobte Großtat seiner Amtszeit. Auf dem weitläufigen Vorplatz, über den er nun ging und dessen Teerdecke schon wieder reichlich Schäden aufwies, sich hier abgesenkt, dort aufgeworfen hatte und rissig geworden war, fanden seither die Gemeindefeste statt. Die Front des Gebäudes bestand aus automatischen Rollgaragentoren. Eines von ihnen war hochgezogen, und Stegmüller steuerte forsch und mit mürrischem Gesicht auf die Bretterbude zu, die im hinteren Teil der hohen Halle als Büro und Aufenthaltsraum für die Arbeiter diente. Neben ihr, entlang der Rückwand, türmten sich die Lagerbestände bis zur Decke.

Alfons Gruber, die Hände im orangen, öl- und grasfleckigen Overall trat aus dem Verschlag und näherte sich lässigen Schritts. Der blonde Chef der Gemeindearbeiter hatte die Figur eines Gewichthebers und war außerordentlich mundfaul. Er kannte die zwischen Leutseligkeit und grimmigem Großbauerngebaren schwankenden Stimmungen seines Dienstherrn und entzog sich ihnen durch gleichbleibend kühle Distanz. Geduldig erwartete er seine Befehle und führte sie dann so prompt und gewissenhaft wie möglich aus. Franz Stegmüller kam diese Form der Arbeitsmoral entgegen, er hatte sich ihr angepaßt. Worte waren im Bauhof nichts weiter als Hebel, die auf direktem Weg Handlungen in Gang setzten. Ob es dabei um öffentliche oder private Aufträge ging, spielte keine Rolle. Über die zwei Kasten Bier, als Bezahlung unter der Hand für die Lieferung der Tische und Bänke zum Weidenfeldtschen Anwesen, brauchte nicht geredet werden.

»Zehn Garnituren Fuchsenhub.«

Gruber pfiff durch die Finger. Hackl erschien im Durchgang zur Werkstatt, Kramitschek startete unverzüglich den Lader. Für die restlichen Beschäftigten des Bauhofs war der Bürgermeister durchaus eine Person, vor der man auf der Hut sein mußte. Sein Gemütszustand galt als unberechenbar. Im schlimmsten Fall konnte es passieren, daß man zum Prellbock eines seiner Zornesausbrüche wurde. Auch wenn man wußte, daß die meist ohne jeden erkennbaren Grund ausgestoßenen Drohungen nichts zu bedeuten hatten und man selbst vor der Ankündigung entlassen zu werden keine Angst zu haben brauchte, so jagten sie seinen Untergebenen doch jedesmal einen gehörigen Schrecken ein, dem man durch übereifrige Pflichterfüllung zu entgehen trachtete.

Tatsächlich genoß Stegmüller im Ort den Ruf einer außergewöhnlichen, beinahe legendären Persönlichkeit – ein Ruf, der seine Autorität erhöhte und seinem Selbstbild unbedingt entsprach. In Vössen auf einem Bauernhof aufgewachsen, war er seinem früh verwitweten, cholerischen und für die Wiedererrichtung der bayerischen Monarchie kämpfenden Vater mit siebzehn Jahren durchgebrannt. Er wollte lieber teilhaben an jenem wilden, irgendwie bedeutungsvolleren Leben in den Großstädten, das ihm die Zeitungsberichte über aufmüpfige Studenten, die Schallplatten und die Kinofilme jener Zeit verhießen, nicht zuletzt die mit der Weidenfeldt in der Hauptrolle. Er trieb sich ein paar Jahre in Wohngemeinschaften und auf Demonstrationen herum, schloß sich ständig wechselnden Aktionsgruppen an und schlug sich durch mit Gelegenheitsarbeiten auf dem Bau und am Großmarkt.

Aus dieser Lebensphase kursierten, nachdem Franz in sein Heimatdorf zurückgekommen war und das Erbe seines an den Spätfolgen einer Kriegsverletzung verstorbenen Vaters angetreten hatte, die ungeheuerlichsten Gerüchte über Berühmtheiten aus der Polit- und Kulturszene, die er angeblich gekannt, über sagenumwobene Aktionen, Happenings, Festivals, an denen er persönlich teilgenommen haben sollte. Was ihm davon zu Gehör kam, erstaunte ihn, andererseits hielt er jede Richtigstellung für überflüssig. Dazu kam, daß auf dem Hof des jungen Stegmüller seltsame Dinge vor sich gingen. Fremde, eigenartig angezogene Menschen trieben sich dort herum und lockten junge Menschen aus der Umgebung an. Fast jede Nacht hockten sie um den alten Holzofen in der Wohnküche zusammen, zehn, fünfzehn Personen und mehr, man konnte es beobachten durch die vorhanglosen Fenster, hinter denen das Licht oft die ganze Nacht nicht ausging. Im Dorf munkelte man von Drogen, Sexorgien, sogar von angeblichen Verbindungen zum linksradikalen Untergrund.

In Wahrheit war Stegmüller, solange sein Großstadtabenteuer dauerte, nur ein unauffälliger Mitläufer geblieben. Während der Provinzsprößling noch blauäugig revolutionäre Parolen wiederkäute, hatten seine älteren, meist studierenden Mitbewohner angefangen, sich mit östlicher Philosophie zu beschäftigen. Und als er sich selbst auf den Weg der Selbstfindung begab, übte sich der größte Teil seiner Freunde auf dem Land längst in Altbausanierung, Töpferkunst oder Gartenbau. Ständig hinkte er dem neuesten Stand der Entwicklung hinterher, nie verließ ihn das Gefühl, zu spät gekommen zu sein. Heimgekehrt indessen, mit den neu gelernten Lektionen für ein ökologisches Bewußtsein im Gepäck, wurde Franz schließlich unverhofft doch noch zum Pionier. Als erster biodynamischer Selbstversorger des Landkreises zog er die Aufmerksamkeit auf sich. Zupackend, aber bedächtig, mit fast schulterlangen Haaren und mit Augen, die ein hinter dem Vollbart unsichtbares, stets sanftes Lächeln ahnen ließen, erkor sich ihn ein Teil der Gemeindejugend zum Vorbild.

Gewiß, auch dieser Zeitabschnitt lag inzwischen in tiefer Vergangenheit und war selbst zur Legende geworden – einer Legende allerdings, an die sich noch kaum jemand erinnerte, am allerwenigsten die Jugend. Bis die ökologische Landwirtschaft auch von der ländlichen Bevölkerung akzeptiert wurde, hatte sich der Status des Besonderen an Stegmüllers Lebensführung und Arbeitsmethode längst zerrieben, die ohnehin ein einziger Fehlschlag gewesen waren.

Damals freilich wandelte sich allmählich Stegmüllers Einstellung und Aussehen. Er hatte längst genug von den ungeniert in seiner Wohnung herumlungernden Leuten und ihren sich endlos im Kreise drehenden Diskussionen, in denen vor allem der beschränkte Horizont des deutschen Spießers dazu herhalten mußte, sich selbst zu beweihräuchern und vor jeder Disziplin zu drücken. Aber nicht nur das: Er wurde das Gefühl nicht mehr los, etwas an der Richtung, die er eingeschlagen und gefördert, ja propagiert hatte, sei von Grund auf falsch. Franz konnte sich beim besten Willen nicht darüber klar werden, was genau das sein mochte. Aber er war nun oft niedergeschlagen, und seine frühere, stets sanft lächelnde Miene wollte ihm nicht mehr recht gelingen. Seither suchten ihn auch diese gefürchteten Wutanfälle heim, die sich oft ohne jeden Anlaß meist an Unbeteiligten entluden. Er scheuchte das kiffende Gesindel vom Hof, schloß den improvisierten Bioladen, der nebenbei bemerkt einer der ersten in ganz Bayern gewesen war, verkaufte ein paar Wiesen als Baugrund. Irgendwann legte er sich eine Trachtenjacke zu, wie sein Vater sie getragen hatte, ließ sich den Bart bis auf den Schnauzer abnehmen. Und es zog ihn immer häufiger an die Dorfstammtische in den Biergärten. Er wurde schwerfällig, korpulent. Von seinem früheren Prestige überdauerte nur ein aus dunklen Gründen sich nährender Respekt, gepaart mit der Furcht vor einer gewissen Unberechenbarkeit seines Charakters und seines Ehrgeizes.

Zum Glück gelang ihm vor der endgültigen Selbstauflösung gerade noch rechtzeitig der Sprung in die Politik: Ursprünglich als halb bierselige, halb ernsthaft empörte Provokation gemeint, ließ er sich als Gegenkandidat zum amtierenden Bürgermeister aufstellen, der selbstverständlich der Partei der Landesregierung angehörte, und gewann wider alle Erwartung die Wahl.

Während Franz Stegmüller im Bauhof jetzt zuschaute, wie Kramitschek mit dem Gabelstapler die Bierbänke vom Magazin hinüber auf den Lader hievte, erinnerte er sich im Weggehen daran, daß Asger Weidenfeldt damals bei solchen Gelegenheiten immer mit anzupacken versucht hatte. Es war ihm nicht auszureden gewesen. Wenn der Fünfzehnjährige sich mit den schweren Gegenständen abschleppte, umklammerte er sie, als wollte er seinen schlaksigen Körper um sie herumwickeln. Es wirkte schrecklich unbeholfen und behinderte die Arbeiter mehr, als daß es sie entlastete. Aber niemand lachte. Vielleicht war es das, was Asger an dieser Atmosphäre stummer, reibungsloser Tätigkeit so gut gefiel, dachte Franz, während er den Motor startete. Vielleicht schätzte der Junge auch sein unkompliziertes Auftreten als Gemeindeoberhaupt. Stegmüller stellte sich oft Fragen wie diese, doch eigentlich waren sie ihm gleichgültig. Asgers Mutter konnte stundenlang über nichts anderes als das Innenleben ihres Kindes sprechen, das hatte wohl ein wenig auf ihn abgefärbt.

Der Bürgermeister war sich durchaus darüber im klaren, wie günstig es sich seinerzeit auf die Anerkennung in seinem neuen Amt ausgewirkt hatte, daß er plötzlich überall in der Gemeinde mit dem Sohn der Weidenfeldt aufkreuzte. Clara war als Filmstar noch in aller Munde. Erst kurz zuvor hatte sie, zur Bestürzung der Nation, über die Boulevardpresse das unwiderrufliche Ende ihre Karriere verkünden lassen und sich ausgerechnet nach Fuchsenhub bei Vössen zurückgezogen. Stegmüllers Wahlsieg dagegen wurde als Ergebnis einer Proteststimmung verbucht. Sein Vorgänger hatte sich Mauscheleien bei der Vergabe von Bauaufträgen zuschulden kommen lassen, die kurz vor dem Wahltermin aufgeflogen waren. So glaubten die im Gemeinderat verbliebenen Geschäftsleute und Großbauern, sie brauchten die Amtszeit des Neuen nur auszusitzen, bis die Dinge wieder ins Lot gerückt wären. Als Franz dann aber ständig in Begleitung des Jungen der berühmten Schauspielerin gesehen wurde, nahm das Dorf sogleich die intimsten Beziehungen ihres Bürgermeisters zum Hause Weidenfeldt an. Geschichten über sein vermeintlich spektakuläres Vorleben wurden wieder ausgegraben, und binnen kurzem traute ihm jedermann eine für Vössener Verhältnisse beispiellose Weltläufigkeit zu.

Man würde Franz Stegmüller allerdings unrecht tun, hielte man ihn für derart berechnend, daß er die Gunst der Stunde und die Zuneigung des jungen Weidenfeldt schamlos für seine Zwecke ausgenützt hätte. Vielmehr war er selbst stolz darauf, auf diesem Weg endlich mit einem Milieu in Berührung zu kommen, das einstmals seine Träume beflügelt hatte. Um nicht zu sagen, es ließ ihm den Kamm schwellen. Denn so sehr auf der einen Seite sein Werdegang trotz aller Übertreibungen von den gewöhnlichen Provinzbiographien abstach, so nichtig war er natürlich auf der anderen Seite gegenüber der von Clara verkörperten Welt der wirklich bedeutenden Persönlichkeiten und Ereignisse. Die sich zusehends vertiefende Bekanntschaft mit den Weidenfeldts rührte uralte Sehnsüchte auf. Es waren dieselben Sehnsüchte, die ihn noch vor kurzem fast in den Abgrund einer größeren Nichtigkeit gestürzt hätten, als es der Berufsalltag eines Bauern oder Beamten jemals sein konnte und vor der ihn das neue Amt gerade noch einmal gerettet hatte. Wohl auch deswegen empfand er die neuerliche Wendung seines Schicksals als eine späte Belohnung. Ein Stück jenes Lebens, zu dem er sich vom Grund seiner Seele stets berufen, obwohl unbegabt fühlte, schien mit seinem eigenen zu verschmelzen, und Franz wiegte sich schon bald in der schönen Illusion, dem Jungen ein bißchen den fehlenden Vater zu ersetzen.

Der Bürgermeister machte sich auf den Weg zum Rathaus, um die anstehenden Termine durchzusprechen. Einige davon, wie das Treffen mit dem Verkehrsverein und der Initiative Bürgerpark, waren ihm unter den gegebenen Umständen ausgesprochen lästig. Sie mußten unbedingt verschoben oder an Stadler, seinen Amtsleiter, delegiert werden. Er hatte es eilig, die Angelegenheit hinter sich zu bringen, als er das adrett herausgeputzte Amtsgebäude betrat.

Die Rathausverschönerung gehörte ebenfalls zu seinen Verdiensten. Ursprünglich war auch die völlige Neugestaltung der Innenräume geplant gewesen, bis die Gemeinde Vössen von der allgemeinen Finanzkrise eingeholt wurde, die jeder weiteren Renovierungsabsicht einen Strich durch die Rechnung machte. Es war der erste Rückschlag seiner Amtszeit gewesen, und die Wut darüber hatte ihm lange Zeit den inneren Frieden geraubt. Aber daran dachte Stegmüller nicht, als er die unansehnliche Kunststeintreppe hinauf ins Obergeschoß zu den Amtszimmern hastete.

Ebensowenig bemerkte er, wie sein schwerer Körper allmählich ins Schwitzen geriet. Im Geiste saß er bereits wieder allein im Auto, danach zu Hause auf seiner Gartenbank, nachdem er in der Stadt Claras Getränkebestellung aufgegeben hatte, und dachte über Asger Weidenfeldt nach.

Seit Franz von seinem baldigen Kommen erfahren hatte, ließ ihn eine Nervosität nicht mehr los, die noch ständig zunahm. Nun, nach seiner Morgenvisite in Fuchsenhub, strebte sie offenbar ihrem Höhepunkt zu. Asgers letzter Anstandsbesuch lag mindestens eineinhalb Jahre zurück, und nie war er länger als eine Nacht im Haus seiner Mutter geblieben. In weiser Voraussicht, wie Franz überzeugt war. Diesmal hatte er sich für einen Aufenthalt auf unbestimmte Zeit angemeldet. Geradezu verzückt, mit feucht schimmernden Augen, blickte Clara auf den See hinaus, als sie es erzählte, und der Bürgermeister wunderte sich, genauer gesagt, er war sofort alarmiert. Nicht allein wegen der Weidenfeldt, die in den vergangenen Jahren entspannter und zugänglicher geworden war und ihm seither wieder mit gönnerhafter Distanz zu begegnen begann. Auch das Verhalten ihres Sohns machte ihn stutzig, dem klar sein mußte, was er anrichtete. Franz Stegmüller hätte sich durchaus fragen können, ob eine derart überfallartige Ankündigung nicht sogar als Angriff auf die zuletzt so vorteilhaft zu seinen Gunsten verlaufene Entwicklung in Fuchsenhub ausgelegt werden müsse. Doch dergleichen kam ihm gar nicht in den Sinn. Er mochte den Jungen, und der Junge mochte ihn. Vielleicht, sagte er sich allenfalls, lag es an dem Beistand, den er ihm im Rahmen seiner bescheidenen Möglichkeiten beim Erwachsenwerden geleistet hatte, daß er auch jetzt einen unbestimmten Drang zu helfen verspürte.

Eines Tages nämlich, auf einer jener zu zweit unternommenen Dienstfahrten, war der jugendliche Asger, aus heiterem Himmel, wie Stegmüller es vorkommen mußte, in Haßtiraden über seine Mutter ausgebrochen. Er beschimpfte Clara als krankhaft selbstsüchtig, ihre überspannte Fürsorglichkeit als geschicktes Tarnmanöver und Selbstbetrug, und faßte den Plan, in das nahegelegene Internat überzusiedeln, das er ohnehin als externer Schüler besuchte. Zu seiner eigenen Verwunderung hatte Franz sofort Verständnis für diesen Wunsch. Er bildete sich sogar ein, von Anfang an gefühlt zu haben, daß der Junge aus Fuchsenhub heraus mußte. Ohne Frage schmeichelte es dem Junggesellen und hob seine Selbstachtung, daß der Spätentwickler ausgerechnet ihn ins Vertrauen zog. Und nach langwierigen Kämpfen, bei denen er als Vermittler diente und die nicht ohne mütterliche Weinkrämpfe über die Bühne gingen, konnte das Vorhaben auch durchgesetzt werden.

Seither verstand sich Franz Stegmüller als Asgers Anwalt, wenn die schwer gekränkte Mama in ihrer störrischen Voreingenommenheit wieder einmal alles, was ihr Sohn unternahm und wodurch er sich hervortat, als Fehlentwicklung seiner Persönlichkeit brandmarkte, die durch Vorbild und Erziehung hätte vermieden werden können. So lobte er zum Beispiel seinen verbissenen Ehrgeiz, ständig die besten Noten zu erzielen, den Clara als streberhafte Überanpassung schmähte, als Ausdruck außergewöhnlicher Willensstärke. Seine Weigerung, Geld von ihr anzunehmen, die sie als persönliche Beleidigung empfand, und sein Studium durch Jobs und Praktika selbst zu finanzieren, rechtfertigte Franz als ausgeprägtes Unabhängigkeitsverlangen und im übrigen von ihr auf ihn vererbte Charaktereigenschaft. Der Knabe weiß eben, was er will, war Stegmüllers stehende Redewendung, und wirklich ergaben sich auf diesem Weg die für seine rasante Berufskarriere ausschlaggebenden Kontakte.

Von diesem Zeitpunkt an veränderte sich überraschenderweise auch Claras Einstellung. Zwar mußte Franz weiterhin die spärlichen Rückmeldungen des manchmal geradezu verschollenen Jungen verteidigen, seine seltenen Postkarten und noch selteneren Anrufe. Doch je öfter jetzt Artikel in den großen Zeitungen mit seinem Namen gezeichnet waren, seine Stimme im Rundfunk und zuletzt sein Gesicht im Fernsehen auftauchte, desto milder und versöhnlicher wurde die Mutter, desto weniger Mühe kostete es den mittlerweile altgedienten Freund des Hauses, sie zu beschwichtigen. Auf der anderen Seite blieb es Franz nicht verborgen, daß mit dieser neuen, stetig wachsenden Milde zugleich Claras Wirklichkeitsbezug schrumpfte. Fast im Handumdrehen schien sie Asgers brutales Abschneiden aller Familienbande vergessen zu haben, und das Drama seines Auszugs, seiner fast vollständigen Abschottung wurde mehr und mehr von einem verklärenden Licht überstrahlt und schließlich ganz ausgeblendet.

Clara Weidenfeldt erwartete Asgers Besuch nicht als die Heimkehr eines verlorenen, sondern eines von ihr selbst in die Welt der öffentlichen Aufmerksamkeit entsandten Sohns. Man kann sich den Zusammenstoß ausmalen, der hier bevorstand, und das tat auch der Bürgermeister, der das Hirngespinst seiner Freundin instinktiv durchschaute.

In seine Beunruhigung mengte sich jedoch auch eine gewisse Schadenfreude, wenn er sich Clara in dem Augenblick vorstellte, da die Seifenblase ihrer Wahnwelt platzen würde. Eine ganz und gar vorhersehbare und darum erst recht alberne Vorstellung, die auf Stegmüller allerdings entkrampfend wirkte: Das Phantasiegebilde ihrer aufopfernden Mutterliebe war schließlich aus dem gleichen Stoff gesponnen, mit dem sie alle Leute und natürlich auch Franz Stegmüller eingewickelt hatte. Doch während er sich nach wie vor abmühte, die Fäden immer wieder aufs neue abzustreifen und das Idol endlich vom Sockel zu stoßen, hatte sich Asger nicht nur seit langem davon befreit, sondern war imstande, das zum Abschluß zu bringen, wozu Franz erfahrungsgemäß die Voraussetzungen fehlten.

Eine gebrochene Frau vor dem Scherbenhaufen ihres verstiegenen Weltbilds. Auszukosten, wie die Maske samt einer schon lange nicht mehr gerechtfertigten Unnahbarkeit und angemaßten Erhabenheit von der Weidenfeldt abfallen würde. Der Bürgermeister stellte sich vor, wie Claras exaltiertes Theater einer leidenden Mutter in echten Schmerz umschlug, wenn der Sohn erst ihre letzten Illusionen von Harmonie und verschworener Einigkeit zerschlagen hätte. An Franz wäre es dann, Clara zu trösten, sie wiederaufzurichten und die unentbehrliche Stütze ihres Alters zu werden.

Aber selbstverständlich war ein derartiger Verlauf höchst unwahrscheinlich, umgekehrt eine noch tiefere, womöglich sogar unwiderrufliche Entfremdung zwischen allen Beteiligten viel eher zu erwarten. Soweit dachte Stegmüller freilich nicht. Er hatte Phantasien, daneben aber auch viel Mitgefühl für die ja trotz allem hochverehrte Frau. Und dann fürchtete er einfach das Chaos, das er auf sich zurollen spürte.

Vor allem aber konnte Franz nicht nachvollziehen, was Asger zu seiner Rückkehr veranlaßt hatte, und diese Frage beschäftigte ihn mehr als jede andere. Unmöglich, daß der Junge die Auswirkungen eines längeren Aufenthalts in Fuchsenhub nicht überschaute. Also nahm er sie billigend in Kauf. Asgers Seelenleben würde durch die unvermeidliche Kollision mit der Mutter zwar durchgerüttelt, aber die Unabhängigkeit seines Denkens im Kern davon unberührt bleiben. Folglich mußte bereits im Vorfeld etwas geschehen sein, das seiner in den Augen des Bürgermeisters überragenden Intelligenz heftig genug zugesetzt hatte, um ihm das mütterliche Anwesen vorübergehend als den Ort des kleineren Übels erscheinen zu lassen. Für Franz Stegmüller gab keine andere Erklärung: Der Junge war auf der Flucht.

Gerade weil dessen Intelligenz den angemessenen Bedarf überstieg, war sie für Kurzschlüsse anfällig. Das jedenfalls war die feste Meinung und die große Sorge des Bürgermeisters, der Asgers Scharfsinn heimlich noch mehr bewunderte, als er in Clara der großen Schauspielerin von einst huldigte.

Wissen und Wachheit und Klarheit im Urteil waren für diesen schlichten Menschen im Verlauf seines Lebens zu einem höchsten, wenn auch unerreichbaren Gut geworden. Jahrzehnte hatte es Franz gekostet, in denen er von einer Weltanschauung zur nächsten gehechelt, von einem Fehlschlag in den anderen geschlittert war, bis er sich dessen halbwegs bewußt wurde. Diese Fähigkeiten zu besitzen, darauf kam es letztlich überall an, ob beim beruflichen Aufstieg, für die Kommunalpolitik oder im Umgang mit exzentrischen Müttern. Nur sie konnten die einander jagenden Wahnvorstellungen beseitigen.

Franz Stegmüller besaß die Fähigkeiten nicht und war zu alt, sie noch zu erwerben. Das aber hatte er immerhin begriffen. Außerdem behauptete er seit eineinhalb Jahrzehnten sein Amt als Gemeindeoberhaupt von Vössen. Er wollte für Asger einstehen. Nichts sollte den Sohn einer Weidenfeldt daran hindern fortzusetzen, was für einen Stegmüller von vornherein ausgeschlossen war. Er würde den Jungen gegen die fixen Ideen Claras verteidigen, seinen Geist vor dem Geist Fuchsenhubs schützen. Und gegebenenfalls auch vor sich selbst.

4. Kapitel
FREIE LIEBE 1

Noch ganz ins Sinnieren versunken, eilte Franz Stegmüller den Flur im oberen Stock des Rathauses entlang und seinen Amtsräumen zu. Es war ein düsterer schmaler Korridor mit braunem Läufer und dunkelbrauner Holzdecke, der auch tagsüber künstlich beleuchtet werden mußte. Ein einziges, allerdings goldgerahmtes Bild, die große Schwarzweiß-Luftaufnahme von Vössen aus den sechziger Jahren, diente als Wandschmuck zwischen den braunen Türen. Die dritte rechts war angelehnt, Satzfetzen drangen heraus. Der Bürgermeister stutzte und blieb stehen, denn die sich laufend überschlagende, entenartige Stimme hatte er sofort erkannt. Josef Schneider, der Besitzer des »Seewirt«, trug dem Amtsleiter wieder einmal die Pläne für seinen Hotelanbau mitten im Dorf vor, dessen Genehmigung Stegmüller bereits mehrfach glücklich vereitelt hatte. Er folgerte es aus Vokabeln wie »Wirtschaftsstandort«, »Attraktivität«, »kreatives Potential«, »Arbeitsplätze«, ausgestoßen mit dem für Schneider typisch penetranten Anklageton. Er wartete, bis das Licht sich abschaltete. Dann schlich er so leise und schnell er konnte an Stadlers Amtsräumen vorbei und schlüpfte ins Sekretariat.

Frau Nüsslein hatte das Eintreten ihres Vorgesetzten nicht bemerkt. Sie erschrak ein bißchen, als sie plötzlich Atemgeräusche im Zimmer hörte, stieß sich vom Schreibtisch ab, rollte auf ihrem Bürostuhl ein Stück zurück und straffte die Schultern. Einige Sekunden stand ihr Mund offen und zeigte die großen, etwas auseinanderstehenden oberen Schneidezähne, die von der kurzen Oberlippe auch sonst nur unvollständig verdeckt wurden. Endlich gewahrte sie Stegmüller, der sich in die Zimmerecke neben dem

Eingang drückte und mit dem Daumen Richtung Zwischentür deutete. Seine Stirn wies eine tiefe Furche zwischen den wolligen Augenbrauen auf, das Kinn hatte er zur Brust gesenkt, so daß der Stiernacken betont wurde. Nele Nüsslein ließ sich gegen die Rükkenlehne zurücksinken. Ihr Gesicht entspannte sich zu einem verschmitzten Lächeln.

»Da drüben braut sich was zusammen.«

Sie spreizte die Ellbogen ab und fächelte ihrem Busen mit beiden Händen Luft zu.

Stegmüller liebte die Gesten der Nüsslein. Zum einen ähnelten sie entfernt den geschmeidig flatternden Armbewegungen der Weidenfeldt, zum anderen riefen sie den genau entgegengesetzten Effekt hervor. Denn während ihn das Gebärdenspiel der Schauspielerin jedesmal in wilde Aufregung versetzte, beruhigte das der Sekretärin augenblicklich seine Nerven.

Nele Nüsslein war sich dieses Talents durchaus bewußt und machte davon Gebrauch, so oft sich die Gelegenheit bot. Niemand im Amt hatte mehr mit dem Bürgermeister zu tun als sie. Noch von seinem Vorgänger wenige Monate vor dessen Wahlniederlage eingestellt, hatte sie in den vergangenen vierzehn Jahren gelernt, mit dem gesamten Spektrum der Stegmüllerschen Gemütslagen umzugehen. Sie war mit ihnen bis in die feinsten Schattierungen vertraut und hätte mit vollem Recht von sich behaupten können, jederzeit in seiner Miene zu lesen wie in einem offenen Buch, auch wenn dies bei der begrenzten Ausdrucksskala, die dem Bürgermeister zur Verfügung stand, keine allzu große Schwierigkeit darstellte. Jetzt zum Beispiel erkannte sie auf den ersten Blick einen Zustand heillosen Überfordertseins in seinem düsteren Blick, der jäh ins Cholerische kippen konnte und dem nur mit einer Ablenkung ins Schnippische wirksam zu begegnen war.

Frau Nüsslein hatte ihre besänftigende Gabe weder aus eitlem Ehrgeiz noch aus Gründen des Selbstschutzes perfektioniert. Vielmehr war sie Ausdruck treuer Anhänglichkeit. Neben der Psychologie ihres Arbeitgebers hatte sie nämlich auch schnell seine

Berufseinstellung ergründet und war ihr ausgesprochen zugetan. Diese pochte in erster Linie darauf, so wenig politische Aktivität wie irgend möglich zu entfalten. Natürlich gab es auch Entscheidungen, die wohl oder übel getroffen werden mußten, doch hierbei folgte Franz Stegmüller einer simplen Maxime: Die Dorfbewohner sollten, genau wie ihr Oberhaupt, vor allem ihre Ruhe haben und sich wohlfühlen können im Ort. Geschäftsleute mit ehrgeizigen Projekten, wie jener Josef Schneider im Nebenzimmer, wurden rigoros ausgebremst. Darin erkannte nicht nur Nele den Hauptgrund für die Tatsache, daß Vössen im Gegensatz zu seinen Nachbarorten bis auf den heutigen Tag weder von Gewerbegebieten umzingelt noch zur schmalzigen Touristenhochburg verunstaltet war. Auch die gewaltige Zustimmung seiner Mitbürger, die der Bürgermeister inzwischen genoß und die bei den letzten Wahlen in einer satten Mehrheit zum Ausdruck kam, war zweifelsohne auf diese Nichtpolitik in allen Fragen ökonomischer Prosperität zurückzuführen. Und Nele Nüsslein, seine engste Mitarbeiterin, stand ihm dabei mit uneingeschränkter Loyalität zur Seite.

Indessen war der Sekretärin selbstverständlich nicht verborgen geblieben, daß ihre Kollegen im Rathaus diese Wertschätzung nur bedingt teilten. Namentlich verabscheuten sie die nicht seltenen Tobsuchtsanfälle des Chefs. Nele selbst war es häufig genug widerfahren, daß er mit rotem Kopf und hervorquellenden Augen ins Büro geschossen kam und die ungerechtesten Anschuldigungen gegen sie und jedermann abfeuerte. Aber ihr flößten seine Schmähungen keine Furcht ein. Sie belustigten sie eher, nicht in dem Sinn, daß sie insgeheim über ihn, sondern über es lachte, das Große und das Ganze nämlich, die Welt, das Leben mit seinen wunderlichen Spielarten, in denen es sich austobte.

In der Tat, Frau Nüsslein besaß etwas wie eine philosophische Ader, und diese war wahrscheinlich dafür verantwortlich, daß sich Stegmüllers Nerven normalerweise wie durch Zauberhand sofort beruhigten, wenn er nur ihr Bürozimmer betrat. Bei näherer Betrachtung erwies sich ihr Stoizismus jedoch weniger als Zeichen von Souveränität denn als Überlebensstrategie. Und wer ihre Vita auch nur in groben Zügen kannte, wie das bei Franz, als Sproß einer alteingesessenen Dorffamilie, selbstredend der Fall war, wunderte sich darüber keineswegs.

Nele Nüsslein war als einziges Kind von Rosi und Günter Nüsslein in Vössen groß geworden. Den Betreiber des ehemaligen Fachgeschäfts »Elektro Nüsslein«, früheren Vorsitzenden des Schützenvereins und Busenfreund von Stegmüllers Amtsvorgänger Hopf hatte mit fünfundvierzig Jahren der Schlag getroffen, und nach allgemeiner Überzeugung trug die Schuld daran einzig und allein seine Tochter.

Obwohl Neles Kindheit in stabilen Bahnen verlaufen war, ging ab dem vierzehnten Lebensjahr in ihrer Entwicklung so ziemlich alles schief, was man sich ausmalen konnte. Sie trieb sich mit einer Gruppe langhaariger Jugendlicher herum, übrigens einem späten Ableger von Franz' einstiger Ökokommune. Sie wurde schwanger vom vergammelsten Jungen der ganzen Gegend und brach die Schule ab. Sie floh aus dem Elternhaus, wo sie, vom Vater streng überwacht, als Verkäuferin im Laden gearbeitet hatte, während die kleine Maya gleich nach der Geburt der Obhut ihrer Großmutter Rosi übergeben wurde. Zuletzt räumte sie sogar die Kasse leer, gab alles Geld für Drogen aus und landete endlich im Entziehungsheim.

Auf Günter Nüssleins Beerdigung wurde sie für lange Zeit zum letzten Mal in Vössen gesehen: Ihre früheren Indienkleider hatte sie mit einer Ledermontur vertauscht, die Haare violett, die Lippen schwarz gefärbt und ihre linke Wange mit einer großen Sicherheitsnadel durchstochen. Danach blieb sie für viele Jahre verschollen. »Elektro Nüsslein« hörte auf zu existieren. Das Dorf beklagte das Schicksal der armen, über Nacht ergrauten Rosi, die ständig mit dem Enkelkind an der Hand vom Lebensmittelladen zum Bäcker, von der Apotheke zum Getränkemarkt und wieder zurück die Hauptstraße entlangmarschierte. Indes gab es für Nele natürlich kein Mitleid. Niemand wünschte oder rechnete damit, ihr noch jemals lebendig zu begegnen, als sie eines Tages wieder in Vössen aufkreuzte, gesund, munter und ohne alles provozierende Beiwerk.

Im Ort schlug man anfangs trotzdem einen weiten Bogen um sie, was jedoch nicht recht gelingen wollte, denn Nele ging mit erstaunlicher Beharrlichkeit auf alle Dorfbewohner zu und ignorierte ihre ablehnende Zurückhaltung. Sie ließ sich nicht beirren von dem Gespött und den Grobheiten, die ihr auf Schritt und Tritt begegneten. Überhaupt schien der Charakter der jungen Frau völlig verwandelt. Gleichmütig verschenkte sie ihr Schneidezahnlächeln, plauderte mit ihren Nachbarn, kümmerte sich rührend um die verwirrte Mutter, nahm die Erziehung ihrer Tochter Maya in die Hand und half sogar im katholischen Frauenbund beim Aufbau einer Kleinkindbetreuung. Nur den Hang zu ungewohnten Garderoben hatte sie beibehalten. Mit ihren selbstgenähten, indianisch inspirierten Trachten gehörte sie bei vielen Gemeindeveranstaltungen, wo sie sich ehrenamtlich engagierte, bald zum Vössener Inventar. Zu guter Letzt schanzte ihr der damalige Bürgermeister Heinrich Hopf den im Rathaus gerade vakant gewordenen Posten einer Sekretärin zu. Er war es dem alten Jagdgefährten Günter schuldig, seiner Tochter eine letzte Chance zu geben. Demütig nahm das gefallene Mädchen die Offerte an und gab mit ihrem Fleiß und ihrer Zuverlässigkeit zu verstehen, daß sie bereit war, alles zu tun, um diese Chance auch zu nutzen.

Kurze Zeit später wechselte der Chef.

Franz Stegmüller kannte diese Chronik einer Entgleisung und wundersamen Bekehrung von den Stammtischen. Daß ein Mensch ein solches Fiasko einigermaßen unversehrt überstanden haben sollte, erschien ihm mehr als bewundernswert. Niemand konnte Nele Nüsslein den Respekt für eine solche Leistung auf Dauer verwehren. Zirka fünfundzwanzig mußte die Sekretärin gewesen sein, als sie ihm seinerzeit vorgestellt wurde, ungefähr zwölf oder dreizehn Jahre jünger als Franz. Schon sein erster Eindruck bestätigte, was Gerüchte über seine zukünftige Bürokraft verbreiteten:

Es ging wirklich eine Art Leuchten von ihr aus. Sie war liebenswürdig, sie verströmte Zuversicht und zugleich eine sehr merkwürdige, auch ein wenig einschüchternde Aura der Überlegenheit. Der Effekt hielt an bis auf den heutigen Tag. Es kam Stegmüller vor, als betrachte und beurteile sie ihre Umgebung und ihre Mitmenschen stets von einer anderen, gewissermaßen gegenüberliegenden Seite her. Dadurch wirkte sie eigenartig unverletzbar und im Schatten dieser Unverletzbarkeit auch unverwüstlich heiter.

Franz mochte die junge Frau auf Anhieb, und Nele, das glaubte er spüren zu können, brachte ihm ebenfalls von Anfang an mehr Wohlwollen entgegen, als für einen Vorgesetzten zu empfinden üblich und gerechtfertigt ist. Begeistert, freudig erregt, präsentierte sie seinerzeit dem neuen Vorgesetzten ihren Arbeitsplatz: Sie öffnete die Aktenschränke, erklärte deren Aufteilung und Systematik, machte Kaffee, umriß ihre Aufgabenfelder. Sie lief hin und her, um ihn herum, kniete auf dem Boden, zog etwas aus einem unteren Fach, schnellte hoch, pflückte einen Ordner vom oberen Regal. Ihre Zöpfe und ihr weiter, selbstgenähter Poncho flogen, vor den Augen des frischgebackenen Bürgermeisters verschwammen die Farben, Rot-, Grün- und Brauntöne flirrten, es war, als folgte er der Flugbahn eines bunten, fröhlich hüpfenden Gummiballs. Und mitten aus dem Farbwirbel tauchte immer wieder dieses glänzende, mondrunde Gesicht vor dem seinen auf, der Spalt zwischen den Schneidezähnen, ein Lächeln, das sich bis zu den großen fleischigen Ohrläppchen zog, wo gleich mehrere opulente Gehänge schaukelten. Schon damals hatte Nele begonnen, das kleine quadratische Büro mit den biederen, graustichigen Stores vor dem zur Straße gehenden Fenster mit Zimmerpflanzen vollzustellen. Und noch heute zeugten Neles viele Armreife und selbstgebastelte Halsketten mit Federn und farbigen Perlen vom Modegeschmack jener Tage.

Auch blitzten nach wie vor Frohsinn, Schalk, Zärtlichkeit aus Neles grüngrauen Augen. Wimpernklimpernd, mit schräg seitwärts zurückgelegtem Kopf, schaute sie zu ihm auf und schürzte die schmalen Lippen. Die fleischigen Bäckchen auf den hohen Wangenknochen formten sich zu Kugeln. Es war ein Spiel in gegenseitigem Einverständnis. Die Regeln hatte die Sekretärin jedoch allein erfunden und als Verkehrsform zwischen ihnen etabliert. Im Geheimen war es für Nele auch etwas mehr als ein Spiel: Gerade indem sie so tat, als flirte sie, konnte sie ihre wahre und, wie sie sich völlig im klaren war, vergebliche Leidenschaft für ihren Dienstherrn vertuschen und zur gleichen Zeit wenigstens ein bißchen ausleben.

»Schneider! Völlig unmöglich jetzt!«

Immer noch atemlos stieß Franz Stegmüller die Worte fast zischend hervor, aber die leise Panik, die ihn veranlaßt hatte, sie überhaupt zu bilden, verließ ihn augenblicklich, als Frau Nüsslein den Zeigefinger auf den Mund legte und mit der anderen Hand eine schiebende Geste vollführte. Er verstand, trat einen Schritt zurück, tiefer in die Ecke und unter die Zweige der mächtigen Zimmerlinde, den toten, von Nele begrünten Winkel zur Zwischentür. Dann horchten sie gemeinsam auf das schwach herüberdringende Entengeschnatter und blickten sich dabei in die Augen, so lange, bis beide den Drang, lauthals loszuprusten, kaum mehr unterdrücken konnten.

»Sie müssen mir helfen, Nele.«

Der Bürgermeister sprach aus, was für die Sekretärin längst Beschlußlage war. Sie streckte die Ellbogen ab und imitierte mit finsterer Miene aufgeregtes Flügelschlagen. Ihr Unterkiefer klappte stumm und hektisch auf und nieder, die Backen pumpten. Gleich darauf lachte sie ihn an mit ihren großen Schneidezähnen und schwenkte ein vollgekritzeltes Blatt Papier über dem Kopf.

»Keine Sorge, Chef, alles im grünen Bereich, hab' die Checkliste schon gebastelt, bis Montag sind Sie entlassen.«

Frau Nüsslein hatte die Situation also im Griff, davon war Franz Stegmüller nun vollends überzeugt und mußte sich bei der Gelegenheit einmal mehr eingestehen, daß auch er größere Sympathie für sie empfand, als es einer Sekretärin gegenüber statthaft war. Er fühlte es lebhaft in diesem Moment. Nele war keine Schönheit.

Der große Kopf, das kreisrunde Gesicht paßten mit dem kurzen, flachbrüstigen Oberkörper ohne Taille, der sie trotz einer Tendenz zur Magersucht stets ein wenig pummelig aussehen ließ, nicht recht zusammen. Die breiten, knotigen, immer leicht geröteten Hände wirkten wie angestückelt an die dünnen und blassen Unterarme. Und dennoch fand Franz Nele ausgesprochen attraktiv. Das Mißverhältnis der Glieder, diese Abwesenheit von Proportion verlieh ihrer Gesamterscheinung einen aparten Reiz jenseits der Gesetze von Gleichmaß und Grazie. Dazu kamen ihre Herzlichkeit, ihr Humor, ihr Gemeinschaftssinn. Man konnte sich jederzeit vorstellen, irgendwelche Streiche mit ihr auszuhecken, einen Schwank einzustudieren, zu einer Almhütte zu wandern oder über ein Bachbett zu springen. Der Bürgermeister stellte sich jetzt außerdem vor, Frau Nüsslein auf die Zähne zu küssen.

»Nele, Sie sind ein Engel.«

Stegmüller betonte das Wort Engel mit Bedacht. Einerseits war es ein außerordentlich großes Kompliment, dieses Attribut auf Nele Nüsslein anzuwenden, das eigentlich ausschließlich mit Clara Weidenfeldt verknüpft werden durfte. Andererseits beschwor er über diesen Umweg die ewige Rivalin als ein Phantom herauf, gegen das die Sekretärin nun einmal nicht das geringste ausrichten konnte. Dadurch war es Franz möglich, eine gewisse Distanz wiederherzustellen und auch sich selbst ein wenig abzuregen.

Nele verstand die doppelte Botschaft des Bürgermeisters auf Anhieb. Ihr Blick wurde sekundenlang stumpf und flatterig, auf der Stirn bildete sich eine winzige, senkrechte Falte. Zwar kannte sie die Ex-Schauspielerin nicht persönlich, geschweige denn, daß der Chef jemals über sie sprach. Aber sie konnte sich doch eine ganze Menge über das sonderbare Verhältnis zwischen den beiden zusammenreimen, seit ihre mittlerweile neunzehnjährige Tochter drei Nachmittage pro Woche in Fuchsenhub als eine Art Hausmädchen arbeitete. Maya erstattete ihr ausführlich Bericht vom blasierten Verhalten dieser Weidenfeldt, bei dem sich nie recht unterscheiden ließ, ob es von ihrer enormen Zerstreutheit herrührte oder Ausdruck einer unglaublichen Arroganz war. Wenn das Mädchen die aberwitzigen Szenen schilderte, die sie heimlich zwischen Clara und Franz beobachtete, kamen Mutter und Tochter aus dem Lachen oft gar nicht mehr heraus. Denn augenscheinlich ergriff der ehemalige Filmstar jede Gelegenheit, sich als herrschsüchtige, hilflose, jähzornige oder weinerliche Ehefrau im komischen Fach zu üben und den Bürgermeister dafür als Statisten zu mißbrauchen. Sie warf die Blumensträuße, die er mitbrachte, aus dem Fenster; sie täuschte Ohnmachten vor. Kurz, Frau Nüsslein konnte diese angebliche Liaison ebensowenig ernst nehmen, wie nach ihrer Auffassung Herr Stegmüller ihre eigene Zuneigung zu ihm ernst nahm.

Diese alberne Serie über ein albernes Filmehepaar, in dem es noch nicht einmal zum Filmkuß kam! Reine Imagination, Phantasie, Fata Morgana! Warum sollte derselbe Statist die gleiche Rolle nicht auch in ihrem Kopfkino spielen dürfen? Sie war auch alleinerziehende Mutter, ebenfalls zu alt und zu desillusioniert für den Liebesmarkt. Was sprach dagegen, wenn sie ihre eigene Serie, in ihrer eigenen Phantasie, parallel laufen ließ und halbe Komplimente als flammende Liebesbeteuerungen nahm?

»Danke für die Blumen.«

Neles Stirn hatte sich wieder geglättet, die gütige, unverwüstlich heitere Überlegenheit war in ihren vorübergehend müde gewordenen Blick zurückgekehrt. Und Franz begann wieder einmal sein Junggesellendasein zu bedauern, das ihm vom Schicksal auferlegt war. Verdorben von den Erfahrungen der Großstadt, in die ihn die Schwärmereien seiner Jugend gelockt hatten, war es ihm seit seiner Rückkehr aufs Land nicht mehr gelungen, bei der Ausschau nach einer Lebenspartnerin den Anspruch auf ein Ideal abzustreifen, das sich natürlich schon damals keinesfalls hätte einlösen lassen. Im Gegenteil wurde in jener Zeit, während sich sein Umfeld enthusiastisch der sogenannten freien Liebe ergab, die Schüchternheit des jungen Stegmüllers nur immer schlimmer. Die gefeierte neue Lebenspraxis war auf das Triebleben eines Bauernsohns wie ihn leider nicht zugeschnitten. Dumm war nur, daß er auch später zu den traditionellen Objekten der Begierde nicht mehr zurückfinden konnte. Die Erinnerung an die Zerrissenheit, diesen quälenden Zustand eines erzwungenen Verzichts, der erst abflaute, als er Clara kennenlernte, streifte den Bürgermeister schmerzlich, während er Anstalten traf, sich von Frau Nüsslein zu verabschieden. Ja, dachte er und seufzte, in Fuchsenhub hat zum Glück zumindest diese Sorte Druck keine Bedeutung mehr.

Denn der Druck hatte mit der Zeit tatsächlich nachgelassen. Wie das geschehen konnte, obwohl die Askese fortbestand, war ihm selbst ein Rätsel. Vielleicht lag es an der ständigen zerebralen Anspannung dort, die wie ein Ventil funktionierte und den Drang sich verflüchtigen ließ. Der Bürgermeister wußte es nicht. Er nahm es als sein kleines persönliches Wunder, und wenn nicht gerade die Erinnerung an sein unfreiwilliges Opfer aufflackerte, war er aufrichtig dankbar dafür.

»Er ist in der Nacht gekommen. Maya hat doch Zeit am Wochenende?«

Frau Nüsslein nickte und strahlte. Sie wußte auch sofort, wer gemeint war. Nele hatte den jungen Weidenfeldt zuletzt vor elf, zwölf Jahren gesehen und unlängst zufällig auf einem Kultursender im Fernsehen. Dort war er ihr wenig verändert erschienen, zeigte immer noch dieses zurückgenommene, fast schüchterne und dennoch sehr von sich selbst überzeugte Auftreten, das ihn schon als Jugendlichen charakterisiert hatte. Stegmüller sprach oft von Asger, über seine Erfolge, seine Schwierigkeiten, seine herausragende Klugheit, obwohl angeblich nur selten noch ein Lebenszeichen von ihm nach Hause drang. Sie konnte die Anhänglichkeit ihres Vorgesetzten nachvollziehen. Gerne hätte sie es gesehen, wenn auch ihre Tochter eine ähnlich hingebungsvolle, männliche Bezugsperson gehabt hätte.

In gewisser Weise, etwas schwächer natürlich, dachte sie, ist er das sogar für Maya. Nie vergaß er ihren Geburtstag, durch seine Vermittlung hatte sie die Stelle in Fuchsenhub bekommen, und Maya selbst war auf den dicken Chef ihrer Mutter immer gut zu sprechen gewesen. Gewiß, sie schwärmte vor allem für jene fremde, abgeschottete Welt des Glamours, die sie im Haus Weidenfeldt vermutete, zu der sie sich Zugang erhoffte und der Bürgermeister, wie Maya wirklich glaubte, den Schlüssel besaß. So wenigstens interpretierte es Nele Nüsslein. Eingedenk ihrer eigenen Lebensgeschichte machte sie sich oft Sorgen um ihr hitziges, reichlich verträumtes Mädchen. Aus demselben Grund brachte sie aber auch Verständnis auf für Mayas hochfliegende Pläne. Sie verließ sich darauf, daß Stegmüller sie zumindest in Fuchsenhub vor fremden und eigenen Torheiten schützen würde.

»Geht klar, Chef.«

Die Sekretärin zog den Bürostuhl vor den Computerbildschirm und betätigte mit der rechten Hand einige Tasten, während die linke als rote, knotige Faust mit ausgestrecktem kleinem Finger und Daumen zwischen Lippen und Ohr ein Telefon nachformte.

Franz Stegmüller streckte seinen Arm zum Türgriff aus, als vom Korridor her lautes Türenschlagen zu hören war und gleich darauf die Zwischentür aufgestoßen wurde. Herein schoß Amtsleiter Max Stadler mit zorniger Miene. Ihm voran flog eine rote Mappe, die mit lautem Knall auf Frau Nüssleins Schreibtisch landete.

Stadler, ein dünner, mittelgroßer Mann mit Halbglatze und Brille auf der spitzen Nase, setzte an, seiner Wut Luft zu machen. Doch Neles Mimik bedeutete ihm, er möge besser erst einmal einen Blick über die Schulter riskieren.

Der Amtsleiter drehte sich um. Hinter der offenstehenden Tür und von den Blättern der Zimmerlinde halb verborgen stand sein Vorgesetzter. Stadler schnaubte, schob die Ärmel seines grünen Strickpullovers hinauf und verschwand wieder forschen Schritts in seinem Büro.

Nele Nüsslein zuckte lachend die Schultern.

Franz Stegmüller zuckte die seinen.

Rote Umlaufmappen signalisierten Dringlichkeit.

Was ging es ihn an? Der Bürgermeister machte Feierabend für heute und für weitere satte drei Tage.

5. Kapitel
FREIE LIEBE 2

Als wollte sie aus seinen Konturen die Zukunft weissagen, stand Clara Weidenfeldt einige Minuten lang regungslos vor dem dunklen nassen Fleck, den der Darjeeling auf die sienaroten Platten ihrer Veranda gemalt hatte. Dann kehrte sie fröstelnd ins Haus zurück. Die Impertinenz, die Franz Stegmüller sich ihr gegenüber hatte zuschulden kommen lassen, empörte sie. Vor allem aber war sie wütend auf sich selbst. Daß dieses Trampeltier ihr immer wieder die Contenance raubte! Clara warf sich auf die Chaiselongue und bedeckte die Augen mit einem der zahlreichen Seidenkissen, die sich dort türmten. Für den Augenblick gab es nur ein Ziel: Sie mußte sich fangen, die innere Harmonie wiedergewinnen, die ihr dieser wundervolle Morgen bis vor kurzem noch so glücklich beschert hatte.

Atmen, dachte sie in ihrer künstlichen, purpurnen Dunkelheit unter dem Kissenbezug, jeder richtige Atemzug beginnt mit einer vollständigen Entleerung der Lungen. Sie ließ die Luft durch die Nase entweichen und achtete darauf, daß keinerlei Geräusch dabei entstand. Man darf sich selber nie atmen hören, sprach sie sich in Gedanken vor und fühlte, wie Brust und Brustkorb sich durch ihr Eigengewicht senkten, spannte zuletzt behutsam die Bauchmuskeln, um auch die letzten Reste verbrauchten Atems aus den untersten Tiefen des Alveolengewebes zu pressen. Sie hatte gelernt, daß völlige Entspannung sich nur im Zustand der Leere erreichen läßt. Je gründlicher wir ausgeatmet haben, desto umfassender wird der Anteil an Frischluft sein, den wir einatmen, sprach sie im Geiste zu sich selbst, während sie für einige Sekunden den Atem anhielt. Dann drückte sie das Zwerchfell herunter, und Luft begann einzuströmen, füllte zunächst die Lungenbasis, bis ihre Bauchdecke sich nach außen wölbte. Konzentriert, ohne jedoch zu forcieren, spreizte sie darauf die Rippen, stoppte, nachdem der höchste Ausdehnungsgrad erreicht war, die Atemzufuhr und hob die Schlüsselbeinregion an, damit auch die oberen Lungenspitzen noch mit Sauerstoff versorgt würden. Schließlich entließ sie in umgekehrter Reihenfolge das verbrauchte Gasgemisch langsam wieder aus ihrem Inneren.

Clara wiederholte den Vorgang exakt zwanzig Mal, bevor sie das Kissen von den Augen nahm und vorsichtig ein Lächeln probte. Es war ihre alte Technik aus frühen Theatertagen, mit der sie sich vom Lampenfieber zu kurieren pflegte. Sie gelang noch immer. Auf dem Rücken liegend, ließ sie ihren Blick nun die Zierleiste entlangwandern, die den Abschluß der weiß gekalkten Wände zur Zimmerdecke bildete, ein schmales, rundum laufendes Mäanderband, von ihrem Freund, dem Bildhauer Kuhn, mit sicherer Hand ohne Schablone aufgetragen. Die ineinandergreifenden, rechtwinkligen Wellen oder Haken waren in jenem rötlich schwarzen Ton gehalten, der einst auf den Ölgefäßen des griechischen Totenkults, den berühmten Lekythen des hochklassischen Stils Verwendung gefunden hatte, und wie so oft genoß Clara die besänftigende Wirkung, die das antike Ornament auf sie ausübte, jedesmal wenn ihre Augen länger darauf ruhten: Eine Zeile in sich geschlossener quadratischer Einheiten, die gleichzeitig eine in die andere überwechselten, schien die Figur zu fließen und dennoch stillzustehen. Nach je drei Elementen wurde das Band von einem Feld mit x-förmigem Kreuz unterbrochen. Die Freiräume zwischen dessen Linien zierten vier schlichte Punkte. Auch dies, wie Hermann Kuhn sie belehrt hatte, war dem klassischen Vorbild nachgeahmt, auch dies vermittelte ihr aus letztlich unerfindlichen Gründen Seelenfrieden. Nur die Geheimnisse höchster Kunst konnten eine derartige Wirkung entfalten, das immerhin stand für die ehemalige Schauspielkünstlerin außer Frage. Wie sie überhaupt dem Ästhetischen und dessen Gesetzen, der tiefen und wahren Schönheit hier in Fuchsenhub ein Refugium gewährt sehen wollte, während überall sonst im Land der Dichter und Denker das kulturelle Niveau von Jahr zu Jahr verfiel.

»Lampenfieber.«

Clara sprach das Wort unversehens, leise und ein wenig ungläubig vor sich hin, während sie sich aufsetzte. Denn sie mußte sich eingestehen, in Erwartung Asgers, der sich letzte Nacht sofort nach seiner Ankunft zurückgezogen hatte und dessen erstes Erscheinen sie in jedem Moment erwartete, wirklich etwas der Aufregung vor einer Premiere Vergleichbares zu empfinden.

»Tsss.«

Sie beugte sich mit zurückgelegtem Nacken vor, um ihr Gesicht ins warme, durch die Glasfront fallende Sonnenlicht zu halten. Es galt jetzt jeden Gedanken zu verscheuchen, an Franz, an ihren Sohn, an jeden. In Balance mit sich selbst sollte Asger sie antreffen, eine helle, vollkommen spannungsfreie Atmosphäre vorfinden. Sie säße an ihrem Sekretär, ihr Blick würde immer wieder zum Fenster hinaus auf die Asternstauden im Blumengarten schweifen, während sie mit Notizen und Telefonanrufen, den letzten planenden Vorbereitungen zu einem Fest beschäftigt wäre, wie es seit langem Fuchsenhuber Tradition entsprach. Dein Frühstück steht in der Küche, würde sie zu ihm sagen, du störst überhaupt nicht, das hier läßt sich genausogut später erledigen.

Clara erhob sich und tat einige Schritte über das Birkenparkett, bis sie den hübschen kleinen Kelim in der Mitte des Zimmers erreichte und auf ihm Aufstellung nahm. Sie federte kurz auf den Fußballen, streckte dann die Arme empor und legte die Fingerspitzen aneinander, so daß ihre Hände eine Art Dach über dem Kopf bildeten. Die weiten Ärmel des Morgenmantels rutschten zurück, das linke Knie schob sich durch die rote Seide, während sie es langsam anhob und den nackten Fuß auf die Innenseite des rechten Oberschenkels setzte. Mit geschlossenen Augen verharrte sie einige Minuten in dieser Position. Daraufhin wechselte sie das Standbein und wiederholte die Prozedur. Der »Baum« war Gleichgewichts- und Entspannungsübung in einem und schien wie für diesen lichtdurchfluteten Raum erdacht, der durch den in seinem Zentrum anmutig aufragenden Körper der Schauspielerin gleichsam seine Vollendung erfuhr.

Tatsächlich hatte Claras guter alter Freund, der renommierte Architekt Albert Schmeller, der ihr seinerzeit bei der Sanierung des Anwesens etwas zur Hand gegangen war, das Terrassenzimmer präzise auf ihre meditativen Bedürfnisse zugeschnitten. Von dem Mäanderband abgesehen, störte nichts die nüchterne Klarheit dieses weißen, nachts vom Fußboden her indirekt beleuchteten Kubus. Die in die Wand eingelassenen Boxen der Stereoanlage waren kaum zu sehen, und außer der Jugendstil-Chaiselongue und dem Kelim befand sich nur eine Hermann-Kuhn-Plastik im Raum, die wunderbar mit dem antikisierenden Klassizismus korrespondierte: eine zylindrische, zum Fuß hin sich verjüngende, senkrecht geschlitzte Stele aus poliertem Granit. Sie reichte bis knapp unter die hohe Decke und wollte sowohl als Anspielung auf die Form des Lekythos als auch auf die Urgestalt alles Weiblichen gedeutet werden. Zusammen markierten die Skulptur, das Ruhemöbel und die in ihrer Meditationsstellung verharrende Hausherrin die Eckpunkte eines gleichschenkligen Dreiecks.

Als Clara nach einigen Minuten in den angrenzenden Arbeits- und eigentlichen Aufenthaltsbereich ihres Wohnsaals wechselte, war sie wieder so weit mit sich selbst in Einklang, daß sie Gedanken an die bevorstehende Feier zulassen konnte. Sie stieg in ihre roten Samtpantöffelchen, die sie am Absatz des um eine Stufe höher gelegenen Raums abgestreift hatte, schüttelte ihr goldblondes, inzwischen fast trockenes Haar und setzte sich an ihren Biedermeiersekretär aus rötlich glänzendem Kirschbaum.

Mein Sohn, dachte sie, und: Höhepunkt des Herbstes, und im selben Atemzug mit einen Stoßseufzer: Schicksal, und wütend in Gedanken an Franz: dummdreistes Imponiergehabe. Noch immer ging alles durcheinander in ihrem Kopf, aber nur mehr mit gedämpfter Lautstärke wie über eine Schlucht herüberklingend.

Clara schlug die vor über dreißig Jahren in Australien gekaufte Schreibmappe aus Känguruhleder auf und blickte, während sie mit aufgestützten Ellbogen dasaß und ihre Hände gemächlich in den Gelenken kreisen ließ, auf das leere Papier. Dann, wie einer Eingebung folgend, griff sie nach einem Stift und warf jäh, in einem Schwung, mehrere Kreise darauf.

Im nächsten Moment war sie wieder in den alten Zustand zurückgefallen. Selbstvergessen drückte sie den Schalter neben sich an der Wand. Die ins Mauerwerk versenkten, japanisch inspirierten Schiebetüren, mit der sich das helle kleine Terrassen- und Meditationszimmer vom riesigen Hauptraum abtrennen ließ, fuhren sirrend aus und trafen sich in der Mitte mit einem trockenen, sehr dezenten Knack. Clara Weidenfeldt aber betrachtete traumverloren ihre Kreise.

Wie sich Wellenringe um einen ins Wasser geworfenen Stein ausbreiten, liefen um den mit kräftigem Strich ins Zentrum des Blattes gesetzten Kringel zwei größere, aber schwächer gezeichnete Bahnen, wobei der äußere die Schmalseiten des Papiers berührte. Darüber lagen weitere Kreise, die einander nach Art der Olympischen Ringe kreuzten und auf diese Weise sowohl ihre eigenen als auch die Flächen der darunterliegenden Kreise in einzelne Ausschnitte und Abschnitte teilten. Alles in allem hatte die Zeichnung Ähnlichkeit mit einem Stiefmütterchen.

Es war jedoch nicht die Skizze einer Blume, sondern sollte so etwas wie ein Gesellschaftsmodell darstellen. Für Clara war es gewissermaßen der Organisationsplan zu ihrem Gartenfest. Die sich querenden Kreise symbolisierten die verschiedenen sozialen und kulturellen Gruppierungen, die es bei den Einladungen im Auge zu behalten galt; die konzentrisch sich ausdehnenden Ringe markierten wie eine Skala von außen nach innen den Grad an Intimität, mit dem die einzelnen Gäste in Beziehung zur Gastgeberin standen. Von der flüchtigen Bekanntschaft bis zum engsten Freundeskreis sollte das Spektrum reichen, und alle Sektoren, darauf kam es entscheidend an, mußten gleichmäßig berücksichtigt werden, sollte die Veranstaltung gelingen und überdies die erstrebte Außenwirkung zeitigen. Nicht allein die Teilnahme der liebsten oder originellsten oder einflußreichsten Menschen war wünschenswert, sondern auch die Anwesenheit der gleichgültigen und uninteressanten und mittelmäßigen. Sie bildeten den blassen Grund, vor dem der Glanz der anderen sich erst entfalten konnte. Aber auch bei ihrer Auswahl hatte größte Sorgfalt zu walten. Denn sie waren Theaterchor und zugleich Publikum, später Kronzeugen. Sie würden überall erzählen, dabei, Teil des Ereignisses, ja ebenso wichtig wie jene gewesen zu sein. Was schließlich, in gewisser Hinsicht, auch zutraf. Aber im Mittelpunkt, im innersten Zirkel, den Clara nun fein säuberlich mit ihrer Lieblingsfarbe rot auszumalen begann, würde ausschließlich der Name Weidenfeldt stehen.

Das Modell stammte nicht von ihr, sondern von Ralf B. Schwaiger, dem vor über dreißig Jahren im australischen Tropenwald auf mysteriöse Weise bei Dreharbeiten ums Leben gekommenen Regisseur. Mit ihm hatte die Weidenfeldt einst ihre großen Erfolge gefeiert. Schwaiger hatte eine ganze Menge solcher Modelle auf Lager gehabt und ständig mit ihnen experimentiert. Rezepte hatte er sie genannt, bei denen es immer darum ging, im Kleinen Mixturen herzustellen, die das Große und Ganze reproduzieren konnten, die Mikrophysik der kapitalistischen Schmarotzergesellschaft, wie Schwaiger sich in Interviews und im Jargon des Zeitgeists auszudrücken beliebte. Mit deren Anwendung am Drehort erzeugte er exakt das Klima, das er im Film zeigen wollte: eine Atmosphäre, die grundsätzlich von Konkurrenz und Neid, Eitelkeit und Klatschsucht gekennzeichnet war. Oder um es mit den Worten des Künstlers zu sagen:

»Wollust, Rachsucht, Haß sollen sich ungebremst fortpflanzen und wuchern können, bis sie sich gegenseitig ersticken. Regie bedeutet dann nur noch, die Kamera mitlaufen lassen. Das Private ist das Politische. Der Künstler muß künstliche Stürme anzetteln, kompromißlos, permanent, überall, und seien es Stürme im Wasserglas. Nur so kann er Menschen einstimmen auf den authentischen, den großen Sturm, der kommen wird. Bald.«

So oder ähnlich gingen die Parolen, die Ralf B. bis zu seinem rätselhaften Unfall mit Todesfolge ständig wiederholte. In Form kreativer Sabotage wollte er seinen Beitrag zu einer Revolution leisten, die viele damals ernsthaft erwarteten. Als ästhetischer Saboteur fühlte er sich zu einer Avantgarde gehörig, die sich selbst als Guerilla der Zukunft definierte:

»Andere kämpfen mit der Waffe, ich mache Filme. Im übrigen geht es auf dem Weg zur Befreiung auch darum, die Freiheit unbeschädigt durch die Schlacht zu bringen; im stillen Auge des Orkans gewissermaßen: der Kunst.«

Clara Weidenfeldt selbst hatte selbstverständlich weder in jenen Tagen noch heute mit derart exzentrischen Theorien das geringste zu tun. An das wenige, das ihr darüber von Seiten Ralfs vielleicht einmal zu Ohren gekommen war, konnte sie sich heute kaum mehr erinnern. Die politischen Auseinandersetzungen der Zeit hatten sie ohnehin bloß am Rande und nur dann interessiert, wenn sie Fragen ihres eigenen künstlerischen Selbstverständnisses beziehungsweise der Kunst als solcher berührten. Kunst und Kultur bildeten das unverrückbare Zentrum in Claras Biographie. Lediglich unter diesem Aspekt erachtete sie Ralf B. Schwaigers »Rezepte« als probate Mittel zur Festplanung. Und sie wußte einfach aus Erfahrung, wie wunderbar das Modell »Stiefmütterchen« funktionierte. Äußerst effizient, was die Streuweite der Beachtung betraf, garantierte es ihr zugleich ein Höchstmaß an Distanz und Immunität.

Vorausgesetzt, daß es behutsam angewendet wurde. Denn Clara wußte auch, was passieren konnte, wenn Versuchsanordnungen außer Kontrolle gerieten, die auf solchen und ähnlichen Mustern gründeten. Sie hatte es schließlich erfahren und erlitten am eigenen Leib.

Ralf B. Schwaigers Regiebesessenheit erstreckte sich auf alles, was ihn umgab, gerade auch auf das Alltagsleben seines Teams. Er lief immer mit einem imaginären Drehbuch im Kopf herum, und jeder, der mit ihm zu tun bekam, wurde sofort zu einer Figur. Mit sicherem Instinkt erkannte er die Schwächen jedes einzelnen und spielte sie zum geeigneten Zeitpunkt gegen ihn aus. Es gelang ihm, Schauspieler aufeinanderzuhetzen oder Techniker oder jeden gegen jede, während er, der Regisseur selbst, seelenruhig fotografierte oder filmte, wenn es zu Handgreiflichkeiten kam, alles angeblich zu Studienzwecken. Nur Clara war offenbar von diesen Testreihen ausgenommen. Behauptete zumindest Ralf, der Liebhaber, wenn sie sich nach dem Sex die überall in der Wohnung verstreuten Abzüge anschauten und sich über die hysterischen Kollegen lustig machten.

Der Filmemacher aber sah die Sache anders:

»Alle Schauspieler sind Kinder, die sich für Erwachsene halten. Ein Regisseur muß das ausnützen. Er darf sie niemals einweihen in das, was er vorhat. Er muß das kindisch Unreflektierte in ihnen verstärken, damit sie ihre Tabugrenzen überschreiten, damit sie nicht nur das Gute, sondern auch das Böse zulassen, das sie in sich tragen. Schauspieler müssen sämtliche Widersprüche ihrer Persönlichkeit, ihre ganze Zerrissenheit entfalten. Der Regisseur muß dafür sorgen, daß sie es auch tun. Er ist ihr Geburtshelfer und Arzt. Dabei muß er ihnen manchmal Schmerzen zufügen. Oft. Damit sie die großen, die wahrhaft radikalen Künstler werden, als die sie, wie jeder Mensch, angelegt sind.«

Viel zu spät durchschaute Clara Weidenfeldt, daß sie im Rahmen dieses Programms nur eine Art Sonderbehandlung erfuhr. Erst ganz am Ende einer über zehn Jahre währenden Zusammenarbeit, erst in den letzten Wochen ihres australischen Zusammenlebens, beim großen und endgültigen Zerwürfnis, wurde ihr das Ausmaß von Ralf B. Schwaigers Zynismus deutlich.

»Das Sichbefreien darf ruhig Opfer kosten. Selbst solche des geistigen Niveaus.«

Diesen Satz hatte er als Antwort auf Claras Vorwurf gesagt, er würde sie seit einiger Zeit behandeln wie ein Zuhälter eine abgetakelte Nutte. Genau diese Worte hatte er gebraucht, auf seine leise, vernuschelte Art, während er sich von ihr und ihrer Fassungslosigkeit ab und seinen Notizen zuwandte. Sie hatte den Tonfall bis heute im Ohr, jedesmal wenn sie an diesen letzten Streit dachte, und das geschah immer noch häufig genug. Es wurde in der Tat sein Schluß- und Abschiedssatz an die populärste seiner Darstellerinnen.

Danach hatte Clara auf der Stelle den Drehort verlassen. Von der Presse unbemerkt kehrte sie nach Europa zurück. Sie überredete einen neuseeländischen Kabelträger, der sie zum nächsten Flugplatz fuhr, genauer gesagt, sie bezahlte den gutaussehenden Jungen dafür, indem sie mit ihm schlief. Clara Weidenfeldt, die unnahbare Leinwandschönheit, verkaufte ihren Körper tatsächlich wie eine Nutte. Ha! Das war ihr »Rezept« aus Wollust und Rache und Haß, und daß sie dabei obendrein schwanger wurde, hätte vielleicht den Gipfel der Genugtuung bedeutet. Doch Claras Triumph wurde durch den Tod des Regisseurs vereitelt. Indem er ums Leben kam, brachte er es sogar postum zustande, sie zu erniedrigen, dachte sie noch viele Jahre danach.

Es war die schrecklichste Zeit in ihrem Leben.

Es war die beste Zeit in ihrem Leben.

Eine Zeit höchsten Anspruchs, echter Intensität. Eine Zeit des Aufbruchs. Zu neuen Ufern. Clara bedauerte nichts. Trotz allem. Nicht ihre Jahre als Schwaigers bevorzugte Schauspielerin, nicht die kurze Phase als Geliebte, nicht seine Demütigungen. Sie bereute weder die Gegebenheiten, unter denen Asger entstanden war, noch die Tatsache, daß sich natürlich bald das Gerücht verbreitete, der große, jetzt tote Regisseur sei sein Vater. Nicht einmal die Erinnerung daran, daß sie ihre Karriere keineswegs so freiwillig an den Nagel gehängt hatte, wie sie später nach außen hin vorgab, stürzte sie noch in Verlegenheit.

In Wahrheit war die Weidenfeldt nämlich schon nach drei Monaten wieder auf dem Sprung gewesen, in Schwaigers Team zurückzukehren. Immerhin hatte er ihr die Titelrolle in seinem nächsten

Kinofilm versprochen. Sie sollte die psychisch kranke Lebensgefährtin eines Bildhauers spielen, der ihre Krankheit skrupellos für die eigene Kunst ausbeutet. Clara hatte bereits angefangen einzusehen, warum Ralf zuletzt auf so entwürdigend hinterhältige Weise mit ihr umgesprungen war, warum er sie jetzt zwang, vor ihm zu Kreuze zu kriechen und sich bedingungslos zu unterwerfen. Daß er mit ihr so umspringen hatte müssen. Um sie auf ihre neue Rolle vorzubereiten. Daß sie bereit sein mußte und mittlerweile allen Ernstes dazu bereit war, sich weiter und noch grausamer drangsalieren zu lassen. Daß sie dafür zur Not ihr Kind abtreiben würde.

Mit der Nachricht von Ralfs Tod verbreitete sich dann schnell auch die Legende, daß die genauen Umstände seines Ablebens niemals aufzuklären seien. Clara Weidenfeldt jedenfalls gehörte nicht zu denen, die sofort das Gerücht in Umlauf setzten, der Filmemacher, der zu den international bedeutendsten seiner Generation zählte, sei Opfer des eigenen Größenwahns oder seiner inhumanen Arbeitsmethoden geworden. Vielmehr hatte sie auf der Beerdigung, diesem Großereignis mit Medientumult, ihre Schwangerschaft nicht länger verbergen wollen. Selbstverständlich war sie sich im klaren, welche Schlüsse daraus gezogen würden. Zu ihrem eigenen Erstaunen hatte sie plötzlich gar nichts mehr dagegen. Denn gleichsam über Nacht hatte sie erkannt, wie sehr sie zu Schwaigers Geschöpf geworden war, die Idee eines Charakters erfüllte, die er in sie eingepflanzt, die sich in ihr ausgebreitet, sie vollkommen durchdrungen und von der naiven jungen Frau, die sie einmal gewesen war, so gut wie nichts übrig gelassen hatte. Dieser Mann war ihr Verhängnis und würde es bleiben. Daran konnte auch sein Tod nichts mehr ändern. Längst war sie alles durch ihn und ohne ihn nichts. Auf der Leinwand gab es keine Zukunft für sie. Zwar drehte sie noch einige Filme, aber es war vorbei. Ihr Wesen war geformt nach Ralf B. Schwaigers kompromißlosem Willen, jeder andere Regisseur mußte sich daran die Zähne ausbeißen. Nur als Mutter seines mysteriösen Sohns konnte sie ein Stück vom

Glanz der alten Zeiten in ihren künftigen Alltag einer alternden Diva hinüberretten.

Dies alles hatte ihr Ralfs Ende schlagartig vergegenwärtigt. Also beschloß Clara Weidenfeldt, das Geheimnis ihrer Schwangerschaft nicht nur ungelüftet zu lassen, sondern den Spekulationen der Boulevardpresse vorsätzlich Tür und Tor zu öffnen. So oder so war der Regisseur im übertragenen Sinn Asgers Vater. Außerdem half ihr die Witwen- und Mutterrolle, die hypnoseartige Lähmung zu überwinden, die sie nach ihrer Flucht aus dem Buschcamp befallen hatte.

Claras Auftritt auf dem Friedhof war der erste autonome Versuch, sich aus ihrem Schmerz, ihrer Abhängigkeit und Depression herauszureißen. So beurteilte sie es von heute aus, nach mehr als fünfzehn Jahren Psychotherapie. Zumindest hatte sie einen Schritt in die richtige Richtung getan. Später verdrängte Clara den bizarren Umweg ihrer Befruchtung mit vollem Bewußtsein, was ihr mit der Zeit immer besser gelang und ihre Therapeutin ausdrücklich unterstützte. Diese hatte auch die auf tibetanischen, altägyptischen und sonstigen Quellen fußenden Totenbeschwörungen angeregt, mit deren Hilfe die doch immer wieder über große Zeitabschnitte recht verwirrt wirkende Frau von Zeit zu Zeit zur Ruhe kam. So, in einem gleichsam mystisch astralen Sinn, konnte sie sich wenigstens als spirituelle Gattin des verstorbenen Filmgenies empfinden, wenn auch nur für den vergänglichen Moment ihres jeweiligen esoterischen Entrücktseins.

Von derlei Hokuspokus nahm Clara Weidenfeldt natürlich seit langem Abstand. Sie hatte ihn nicht mehr nötig, so wenig wie das ständige Wühlen in den dunklen Ecken und Falten ihrer Psyche. Ihre Therapeutin hatte übrigens diesen Überdruß als erstes Anzeichen für ihre Genesung vorausgesagt. Aber gelegentlich, und zwar immer dann, wenn trotz innerer Sammlung und ganzheitlicher Entspannung Symptome der früheren Überreiztheit auftraten, wie etwa leichte Gleichgewichts- oder Bewußtseinsstörungen, unkontrollierbare Wut- und Panikattacken, oder auch nur, wie heute, ein diffuses Gefühl von Unsicherheit, belebte sie vorübergehend Elemente ihrer alten, therapeutisch obskuren Verfahren.

Eben das war neben der Festplanung der zweite, rituelle Grund dafür, daß sie Ralfs »Stiefmütterchen« in ihre Schreibmappe gezeichnet hatte, über das sie sich, ganz und gar in kontemplativer Betrachtung versunken, nach wie vor beugte. Statt sich noch länger mit Franz Stegmüller herumzuschlagen, der von den komplexen, tieferen Schichten ihrer Existenz naturgemäß keinen Schimmer hatte, rief sie gewissermaßen den Geist Ralf B. Schwaigers um Beistand an. Laut mitsprechend malte sie nach seinem Vorbild und in seiner Schreibweise mit großen Buchstaben über die Zeichnung das Wort:

»COMPOSITION.«

Es ging um das Fest, es ging um Asger, um Ordnung in ihrem Kopf. Eventuelle Unwägbarkeiten mußten in Betracht gezogen und so weit wie möglich im voraus verhindert werden. Worauf es ankam, waren Balance, Ausgewogenheit, Harmonie.

»Stell dir ein Orchester vor. Denk an die Klangräume, die es eröffnen soll.«

Mit diesen Worten hatte ihr Ralf einmal seine Regiearbeit erklärt, und sie sprach sie oft nach, wie eine Beschwörungsformel, so auch jetzt, während sie unwillkürlich mit dem Bleistift die Kreise auf dem Papier noch einmal nachfuhr. Womöglich gab es noch Mängel in der Konstellation der für Samstag eingeladenen Gäste.

Clara Weidenfeldt hob sinnend den Blick.

Endlich holte sie die Namenslisten aus dem dafür vorgesehenen Fach des Sekretärs.

6. Kapitel
SCHLEIFEN, KNOTEN, ROSEN

Wie das »Stiefmütterchen«, Clara Weidenfeldts Basisplan zur Organisation von Festen, in gestaffelte und einander überschneidende Ringe, so waren ihre Namenslisten mit verschiedenfarbigen Zwischenblättern in unterschiedliche Abteilungen und Unterabteilungen gegliedert. Sie bildeten einen ansehnlichen Packen hellblauer Karteikarten. Clara öffnete die Schleife des rotes Bändchens, mit dem sie umschnürt waren, und trennte die Sektionen.

Zunächst einmal gab es da natürlich den Kreis ihrer alten Freunde und Kollegen aus der Welt der Kunst, die indessen über den Planeten verstreut lebten, ein wahres Who's who verflossener Zeiten. Sie stellten das dickste Paket dar, aber von ihnen war mit Blick auf Samstag freilich nur der geringste Teil bedeutsam. Clara zog die als Subkategorie erfaßte Aufstellung der im Einzugsgebiet der Hauptstadt wohnenden Prominenten aus dem Stapel.

Dann hatte die Weidenfeldt im Lauf der Jahre eine Liste von Persönlichkeiten aus der näheren Umgebung angelegt, die mittlerweile einen recht beachtlichen, gleichwohl nicht annähernd an die erste Rubrik heranreichenden Umfang besaß. Diese Sparte wurde vollständig aus dem Stoß genommen.

Schließlich war noch ein aus lediglich vier Karten bestehender Posten zu berücksichtigen, der Namen aus der unmittelbaren Fuchsenhuber und Vössener Nachbarschaft enthielt. Die übrigen Listen wanderten zurück ins Schubfach.

Penibel, als lege sie eine Patience, breitete Clara die Karten der drei Päckchen jeweils fächerförmig vor sich aus und strich, als sie damit fertig war, mit beiden Händen darüber hin. Man konnte an der kalligraphisch auf engstem Raum und mit hauchdünner Feder geschriebenen, winzigen Schrift erkennen, mit wieviel Akribie diese Verzeichnisse erstellt waren. Wirklich befaßte sie sich heute beinahe täglich mit ihnen. Sie konnte Stunden damit zubringen, Namen zu ergänzen, Reihenfolgen zu überarbeiten, Verstorbene und Verschollene auszustreichen oder einzelne Karten neu zu schreiben. Jedes Blatt kannte Clara auswendig und hatte außerdem eine spezielle Technik des Kartenlegens entwickelt, mit der sie gelegentlich den Stand ihrer privaten Dinge befragte.

Auch jetzt begann sie mit ausholenden Armbewegungen die blauen Kartons nach oben und unten zu rücken, diagonal oder in weitem Bogen um die anderen herum zu schieben. Es sah wahrhaftig aus, als spiele sie auf einem Instrument, und beinahe, als dirigiere sie ein Orchester. Dazu murmelte sie gelegentlich den einen oder anderen Namen, der auch in den Tabellen zu finden war, worauf sich ihre seltsam rudernden Gebärden sofort beschleunigten.

Drei Politiker, dachte sie zum Beispiel, aus jeder Sparte einer, und fing sofort an, die betreffenden, zwischen kommunaler, regionaler und überregionaler Ebene unterschiedenen Aufstellungen zu verschieben. Sie kombinierte, erwog Alternativen, warf dabei immer wieder einen Blick auf das »Stiefmütterchen«, verglich mit den längst verschickten Einladungen, deren Adressenliste sie selbstverständlich im Kopf hatte. In diesem wie in den meisten Fällen konnte sie befreit aufatmen, weil auch nach neuerlicher Prüfung die bereits getroffene Wahl bestätigt wurde.

Aus der Hauptstadt kam sowieso nur Hannah Wildermuth in Frage, Kulturreferentin und resolutes Original, mit der sie schon seit ihren gemeinsamen Hinterhoftheatertagen befreundet war und die sie ohnehin viel zu selten sah. Als Gegenpol dazu sollte der per Direktmandat vom hiesigen Wahlkreis in den Bundestag gewählte Dr. Heribert Bockwieser endlich seine Chance bekommen: Ein zirka fünfundvierzigjähriger, aalglatter Berufspolitiker mit gekräuselten, graumelierten Koteletten, der seit Jahren fast auf Knien um eine Einladung nach Fuchsenhub bettelte. In das Gefälle zwischen die inkongruenten Volksvertreter paßte als gleichsam versöhnlicher Ausgleich Bürgermeister Franz Stegmüller doch herrlich hinein, dachte Clara nicht ohne Häme und erklärte die Politikerfrage hiermit für abgehakt.

Des weiteren galt es natürlich die Kombination der Künstler zu bedenken, einerseits untereinander, andererseits mit Leuten aus dem Kulturbetrieb. Das stellte schon ein erheblich schwierigeres Unterfangen dar. Hier war so manche Aversion und schlecht vernarbte Wunde im Auge zu behalten und für ein stabiles Fundament, für Ausgewogenheit und Neutralität zu sorgen. Deshalb fiel Claras Wahl mit Heiko Gewald und Bastian Korff dieses Mal auf einen Regisseur vom Film und einen vom Theater, die zueinander nicht in Konkurrenz standen. Beim obligatorischen Dutzend älterer Schauspieler hatte sie klangvolle Namen mit unbedeutenderen vermischt. Die Herzog, Geiger, die Appelmann, das waren freilich Juwelen für jedes Fest. Natürlich hatte sie auch den wunderbaren Leo Mausilatzki nicht vergessen, diesen in seiner Anhänglichkeit und Verletzlichkeit so liebenswerten Menschen. Mit Regisseur Korff, dem Philosophen Dünwald und dem Musikerehepaar Czerny stellte Leo ohnehin einen Sonderfall dar. Allesamt waren sie schon wegen der Sommerhäuschen, die ihnen Clara hier in der Gegend vermittelt hatte, besonders eng mit Fuchsenhub verbunden. Nolens volens mußten auch einige, aber keinesfalls mehr als eine Handvoll Medienleute eingeladen werden, passable Korrespondenten, gemäßigte Kritiker, handsame Feuilletonisten, darunter, besonders wichtig, Karl Pollinger, Chefredakteur des hiesigen Lokalblatts. Schließlich würde die Anwesenheit des Exkollegen und heutigen Theaterintendanten Fritz Bohltwein und des Produzenten Arne Behrendt, eines alten Weggefährten Ralf B. Schwaigers aus frühen Tagen, Claras kleine Feier abrunden. Auch Arne besaß einen Zweitwohnsitz in der Gegend, am gegenüberliegenden Ufer des Sees, ganz in der Nachbarschaft des ebenso bedeutenden wie scheuen Fotografen Liebl, der ihr jedesmal Grüße bestellen, sich selbst aber nirgends blicken ließ, nicht einmal auf

Claras berühmten Herbstfesten. Was sie ausgesprochen bedauerte, auch wenn mit der Salomon und mit Hermann Kuhn die bildende Kunst, neben den Herren Spielberg und Petersen aus dem etwas blassen lokalen Mittelbau, auch diesmal wieder durchaus namhaft vertreten war.

Clara hielt inne. Sollte sie es aus gegebenem Anlaß nach so langer Zeit wagen, doch einmal den alten Max einzuladen? Vorausgesetzt, Ralfs einstiger Saufkumpan und gelegentlicher Drehbuchautor war überhaupt noch in der Lage, den Weg nach Fuchsenhub zu bewältigen.

»Zibulka. Max Zibulka.«

Der Name glitt ihr wie versehentlich über die Lippen, fiel gleichsam auf die Schreibplatte zwischen die Karteikarten mit all den anderen Namen und blieb dort liegen. Sie wußte nicht, ob sie ihn aufnehmen sollte, verband sie mit ihm doch nicht die unbedingt schönsten Erinnerungen. Max war ein Stänkerer, ein Raufbold und desto unberechenbarer, je mehr er getrunken hatte. Er mußte inzwischen steinalt sein.

Clara faltete die Hände, lehnte die Zeigefingerspitzen federnd auf die Unterlippe. Man könnte ihn zur Not auch abholen lassen, überlegte sie.

Energisch schob sie die Karten in eine neue Positur.

Dann stockte sie abermals.

Arne, Hannah, Hermann, Max. Fehlte bloß Freund Schmeller, und die alte Truppe um Ralf wäre komplett. Es waren die harten Jahre ohne Geld gewesen. Jahre der Schufterei auf dem Großmarkt. Des Aufeinanderklebens, der Abhängigkeit voneinander, dachte Clara. Aber auch eine Zeit des Experimentierens, des Erwachens. Seit seiner dritten Herzklappenoperation war es für Albert jedoch endgültig vorbei mit Reisen und Feiern. Die Weidenfeldt verspürte einen Stich, als sie sich klar machte, daß sie ihn lebend wohl kaum mehr zu Gesicht bekommen würde.

Unwillkürlich stand ihr das Bild vor Augen, wie damals der gutaussehende Architekt mit dem Geschenk bei ihr aufgetaucht war, freudestrahlend, völlig überraschend, just als der Um- und Ausbau von Fuchsenhub, diese, wie Albert immer wieder betonte, Gratwanderung zwischen Tradition und Moderne, Restauration und Innovation, Ernst und Spielerei dem Ende zuging. Das Geschenk war eine große bunte Holzschnitzerei, ein Rokokoaltar, die originalgetreue Kopie einer »Maria vom Sieg« von 1760 aus dem ehemaligen, zwischen Vössen und der Kreisstadt gelegenen Kloster. Clara hatte sich sofort in sie verliebt. Mutmaßlich sei diese hinreißende Madonna von einem aus Tirol nach Norden durchreisenden Bildhauer im frühen 19. Jahrhundert angefertigt worden, erzählte Albert, gleich nachdem er das Tuch mit feierlichem Schwung von dem etwa eineinhalb Meter hohen Objekt gezogen hatte. Und zwar im Auftrag eines französischen Offiziers, fuhr er fort und wies die beiden Träger an, das Schnitzwerk auf den vom Architekten insgeheim längst vorgesehenen Platz zu hieven, einen gemauerten Sokkel neben dem mittleren Ostfenster des Wohnsaals. Der Offizier habe dem Klosterverwalter das von ihm bewunderte Meisterwerk trotz Säkularisierung nicht abspenstig machen können und deshalb ein Duplikat für seine Pariser Mätresse haben wollen, ergänzte Albert, der Clara ein paar Wochen zuvor seine Liebe gestanden hatte, mit vor Nervosität glühenden Wangen. Der Franzose habe dem bis auf den heutigen Tag anonym gebliebenen Holzschneider eine Anzahlung übergeben, die für den jungen Mann als solche bereits ein kleines Vermögen darstellte. Darauf sei er mit Napoleon gen Rußland gezogen, um nie wieder von dort zurückzukehren. Die Kopie habe man nach Fertigstellung im Dachstuhl der Klosterkirche verstaut, wo Albert sie bei einer Begehung entdeckt und aufgrund des recht profanen Hintergrunds ihrer Entstehung und wegen seiner guten beruflichen Beziehungen zur Katholischen Kirche habe erwerben können.

»Jetzt gehört sie jedenfalls dir, der einzigartigen und nicht minder hinreißenden Clara Weidenfeldt.«

Die seine Leidenschaft trotz aller Zuneigung und Dankbarkeit leider nun einmal nicht erwiderte.

Clara stand auf und wandte sich langsam ins Zimmer um. Dabei griff sie mit beiden Händen nach hinten und stützte sich an der leicht geschwungenen Schreibplattenkante des Sekretärs ab. Wer sie sehr gut kannte, was nach Ralf B. Schwaiger nur wenige Menschen taten, heute naturgemäß ihr Sohn Asger, bis zu einem gewissen Grad Franz Stegmüller oder eben Albert Schmeller, hätte ihr ansehen können, wie sie plötzlich von Rührung überwältigt wurde: Sie blinzelte blitzschnell einige Male mit leicht geöffnetem Mund, während sie zu Alberts Geschenk hinüberblickte.

Schräg gegenüber stand die Madonna fast am anderen Ende des Zimmers und bildete trotz des großen Bauernschranks, trotz der langen Eßtafel mit den dunklen hohen Stühlen und trotz des Teetischs samt Sesseln und Diwan den Mittelpunkt des riesigen Zimmers. All diese exquisiten Möbel wirkten, als wären sie auf das prächtige, zugleich filigrane und kraftvolle Kunstwerk hin ausgerichtet, als würden sie ihm nur als Beiwerk dienen. Und zweifelsohne hatte der Architekt genau dies beabsichtigt.

Clara ging die Tafel entlang. An jeder der fünf Stuhllehnen hielt sie sich fest und verharrte einen Moment in Betrachtung ihres Hausaltars. So viel Aufmerksamkeit hatte das zwar nicht wertvollste, aber wahrscheinlich unersetzlichste Stück ihrer Sammlung lange nicht mehr erfahren. Es war ein braunes, nach allen Seiten hin offenes Schmuckschränkchen aus Lindenholz, ein Tabernakel genaugenommen, in dem die Muttergottes stand mit dem Jesuskind auf dem Arm. Ein Baldachin wölbte sich hoch und pagodenartig über ihr. Er stellte den Himmel vor. Zwischen seinen phantastischen Schnecken, Schlingen und Schleifen, Blättern, Blüten und Bögen, über die Clara jetzt zärtlich mit den Fingern strich, tummelten sich dickbackige Putten. Einige von ihnen trugen ihre Flügel an feisten Kinderkörpern, den meisten sprossen sie direkt aus dem Hals. Als geflügelte Köpfe schwebten sie, umgeben von einer aus den Tiefen des Himmelsdachs wie Baiser quellenden, schneeigen Wolkenmasse, vor den goldenen Strahlen einer Sonne, die scheinbar hinter dem erstarrten Schaumgebilde versteckt lag und es mit asymmetrischen Lichtfingern durchbohrte. Einzelne spitze Lanzen des Glorienscheins ragten weit über die offenen Seiten des Gehäuses hinaus.

Clara bückte sich, um ins Innere des Tabernakels zu schauen. Denn daß Maria selbst die Sonne war, daß von ihr alle Helligkeit und Herrlichkeit ausging, das ließ sich erst aus diesem Blickwinkel erkennen. Der Strahlenkranz wiederholte sich als prunkvolle Aureole im Rücken der jungen Frau und Mutter, die immer noch mehr Putten und nun zusätzlich auch rote Rosen umrankten. Wie schlafend lag das dunkelgrüne fischartige Ungeheuer zu ihren nackten Füßen. Die Fußspitze ihres Spielbeins tippte an den zähnefletschenden Kopf. Clara war wieder überrascht wie beim ersten Mal von dieser eigenartigen Mischung aus Heiligkeit und weltlicher Anmut. Fast schien es, als kitzelte die Madonna mit dem großen Zeh das böse Tier hinter den Kiemen. Auf eine schüchterne Weise wirkte das geradezu sexy. Eine selbstbewußt sinnliche Madonna, die den Prunk, die Verehrung, die man ihr entgegenbrachte, nicht ganz ernst nehmen konnte.

Clara folgte dem Blick der zierlichen Figur und fand ihn auf einen der vier, unten auf den schneckenförmig gerollten Altarfüßen wie auf Hockern knienden Männer gerichtet. Die äußerst farbenfroh gefaßten Monarchen waren Allegorien der Kontinente. Ihre Kronen hatten sie vor der über ihnen thronenden Himmelskönigin abgesetzt. Afrika wurde von einem pechschwarzen Mohr mit goldenen Ohrringen, Ketten und breiten Oberarmreifen verkörpert, um dessen nackte Brust sich ein leuchtend roter Seidenmantel mit weißem Innenfutter bauschte. Er trug ein kurzes, aus flaumigen weißen Federn gefertigtes Röckchen. Ein nacktes Bein war kniend angewinkelt, das andere graziös ausgestreckt. Wie dem Indianer, der Amerika vorstellte, staken ihm zwei Federn im Haar. Dieser war ebenfalls nackt und in einen schwungvoll geschlungenen, seidig glänzenden grünen Mantel gehüllt. Die Heidenhäuptlinge besetzten die beiden hinteren Plätze. Ihre Heidenaugen waren zu Boden gerichtet. Im Vordergrund huldigten erhobenen Hauptes

Asien, die Hand auf dem Herzen, und Europa, mit weit geöffneten Armen, der himmlischen Majestät.

Als Kind hatte Asger seine Mutter immer wieder gefragt, welche Art von Herrscher die Asienfigur eigentlich darstelle. Clara wußte bis heute keine Antwort. Sogar Albert hatte ihr in diesem Punkt nicht weiterhelfen können. Die kniehohen Stiefel waren nach Kosakenart, der Hermelinmantel verwies vielleicht auf den russischen Zaren. Der dunkle Teint und die turbanähnliche, von perlenbesetzten Goldreifen umkränzte Krone dagegen ließen eher an einen Sultan denken. Wahrscheinlich hatte der Künstler einfach eine phantastische Mixtur geschaffen. Claras unersättlich wißbegierigen Jungen hatte diese Auskunft jedoch nicht befriedigt. Das fiel ihr jetzt wieder ein, während sie, mechanisch dem Beispiel dieser Heiligen Vier Könige folgend, ebenfalls vor Maria niederkniete. Sie konstatierte, daß sich in ihrem Kopf erneut leise Verwirrung bemerkbar machte.

Deshalb wandte Clara sich jetzt ganz dem Stellvertreter Europas zu, der laut Albert als der Kurfürst selbst zu deuten war, ein großer Förderer der Musen und der Porzellankunst jener Zeit. In enganliegender Goldrüstung, mit goldenem Lorbeer auf den goldenen Locken, warf er schmachtend den Kopf in den Nacken. Allein ihm galt Marias ebenso geschmeichelter wie amüsierter und unnahbarer Blick.

Nach vorne gebeugt, um die kleine Gestalt aus nächster Nähe zu betrachten, nahm die Weidenfeldt nun beinahe eine betende Haltung ein. Selbstverständlich stand sie der christlichen Kirche im allgemeinen vollkommen gleichgültig gegenüber. Dem Katholizismus im speziellen brachte sie wegen seiner frauenfeindlichen Haltung zum Priesteramt und zur Abtreibung keinerlei Sympathie entgegen. Trotzdem hatte sie diesen Altar von Anfang an als etwas wie das geheime Herz Fuchsenhubs angesehen. Es waren auch keine religiösen Gefühle, was er in ihr erzeugte. Schon eher identifizierte sie sich mit dieser in ihrem kompliziert verschnörkelten Kosmos thronenden, in diesem verwinkelten, verdrehten Schnekkenhauspalast gefangenen Frau. Wie diese Rokoko-Madonna umgab auch die einstige Filmschönheit eine Welt fast unentwirrbarer Verflochtenheit, ein Ambiente von stimulierender und zugleich beängstigender Verehrung, in die sich Clara wie lebenslänglich eingesperrt fühlte.

Merkwürdigerweise war ihr bis heute nie der Blickwechsel zwischen Maria und dem Mann in Gold aufgefallen. Über Alberts Absicht, die Innenarchitektur des Hauses gemäß ihrer, Clara Weidenfeldts, Wesensart zu gestalten, ihre Stärken und kleinen Schwächen bei der Konzeption in Betracht zu ziehen, hatte sie immer Bescheid gewußt. Schließlich war der Baukünstler Schmeller einst bekannt geworden mit der Devise, jeden Wohnraum in der psychologischen Wechselwirkung mit seinen Benutzern zu denken. Deshalb hatte er auch das alte Schmuckstück für sie ausgesucht. Die substantielle Nähe zu Claras Persönlichkeit war seinem geschulten Auge nicht entgangen. Umgekehrt dagegen hatte sie bis zu diesem Moment nicht bemerkt, daß Albert auch sich selbst über den Umweg dieses Kunstwerks in Fuchsenhub unvergeßlich gemacht hatte. Die Pose des Miniaturkönigs zeigte größtmögliche Selbstauslieferung und versinnbildlichte das vergebliche Werben des Freundes um sie. Sein Gesicht wies jenseits des schmachtend pathetischen Ausdrucks tatsächlich eine starke Ähnlichkeit mit ihm auf. Claras Zeigefinger berührte die winzige, ungeschützte Brust der Puppe. Albert war ein Mensch von hervorragender Intelligenz und exzellenten Manieren, sehr charmant und vermutlich der einzige Mann auf der Welt, bei dem sie sich nach den traumatischen Erfahrungen mit Ralf B. Schwaiger überhaupt wieder so etwas wie sinnliche Kontaktaufnahme hätte vorstellen können. Unglücklich, aber reich verheiratet, hatte er sich immer Nebenfrauen gehalten, manchmal auch mehrere gleichzeitig. Als Clara sich von der Schauspielerei zurückzog, beriet er sie in allen Vermögensfragen, kümmerte sich um die Erbschaft, die Immobilien, die Kapitalanlagen, handelte den Kaufvertrag für Fuchsenhub aus. Das Jahr, in dem sie zirka einmal pro Monat auf der Baustelle zusammentrafen, war ein wunderbares Jahr gewesen, trotz Alberts zunehmend strapaziösen Geredes, sich umgehend scheiden zu lassen, allen Geliebten sofort den Laufpaß zu geben, und so weiter, wenn Clara nur seine Lebensgefährtin werden wolle. Sie legte auf Schwüre keinen Wert, traute sich zu, jeden Mann für immer in ihren Bann zu schlagen. Wenn sie wollte.

Sie wollte nicht. Es ging nicht. Sie konnte es nicht. Nicht mehr. Die Zeit dafür schien ein für allemal abgelaufen.

Eine Träne rollte die Wange der Weidenfeldt herab. Mit einer für sie ungewöhnlich groben Gebärde entfernte sie die Feuchtigkeit unter dem Auge, richtete sich auf und ging zum Sekretär zurück. Aber nicht die Erinnerung an die unlösbaren Knoten ihrer Psyche machte sie jetzt wütend. Sie hätte sich selbst am liebsten geohrfeigt, weil sie ausgerechnet heute durch die geringfügigsten Anlässe zu erschüttern und aus der Fassung zu bringen war.

Mit einem Wort: Clara Weidenfeldt war sentimental geworden. Und es gab kaum etwas, das sie mehr verabscheute als Sentimentalität. Den Zusammenhang ihrer emotionalen Labilität mit dem diffizilen Komplex ihrer libidinösen Bindungsschwierigkeiten, die in dem überaus schwierigen Verhältnis zu ihrem Sohn Asger gipfelten, hatte Clara natürlich längst in unzähligen Therapiestunden analysiert und aufgearbeitet. Ihr war auch bewußt, wie sehr ihr Handeln und Entscheiden ständig in Gefahr war, von den Automatismen eben dieses Komplexes überrollt zu werden. Schon Asgers überraschende Ankündigung, für einige Zeit nach Fuchsenhub zu kommen, hatte sie fürchterlich konfus gemacht. War es also verwunderlich, wenn sie nun, da er genau im Zimmer über ihr in seinem Bett lag und binnen kurzem vor ihr stünde, trotz ausgiebigen Schwimmens und Meditierens vorübergehend schwach wurde? Waren ihre Gegenmaßnahmen genaugenommen nichts als weitere Schwächen? Und was hatte sie eigentlich mit den Listen hier gewollt?

Mit einem Blick äußerster Skepsis prüfte sie die ausgelegten Karteikarten und erinnerte sich wieder an die neue, um den alten

Zecher Max Zibulka erweiterte Konstellation. Clara Weidenfeldt hatte Mißtrauen gegen sich gefaßt. Wollte sie das? Ein Veteranentreffen? Wollte sie das wirklich?

Sie massierte mit den Mittelfingern die Schläfen.

Ja, ihnen Asger zeigen, das wollte sie. Ihnen, den alten Männern, den eigenen Sohn vorführen, ihnen, diesen jungen Männern von einst, einen jungen Mann von heute.

Und ja, auch Asger wollte sie etwas zeigen. Seine Wurzeln sollte er kennenlernen, woher er kam, sollte er erfahren, was für einer Atmosphäre des Neubeginns, welchen Höhen geballter Schaffenskraft er sein Entstehen verdankte in jenen Zeiten neuer Träume. Wenigstens ihr Sohn sollte das Ausmaß des Niedergangs begreifen, in dem dieses Land sich befand, seit es ohne Gegenwehr und im freien Fall auf das Niveau früherer, für überwunden gehaltener Ignoranz zurückstürzte.

Mit geschlossenen Augen, die Ellbogen auf die Schreibplatte, die Stirn auf die Fingerspitzen gestützt, schwärmte sich die Weidenfeldt tiefer hinein in ihre bittere Phantasie vom großen Zerfall. Denn eines stand für sie fest: Die Welt hatte sich zum Schlechten gewandelt, während es zu ihren eigenen Zeiten immerhin Ansätze zu etwas Besserem gegeben hatte als Geschäft, Prominenz, Erfolg mit allen Mitteln. Alles, wofür ihre Generation gekämpft hatte, schien beinahe restlos wieder aus dem öffentlichen Leben verschwunden. Heute wurde den Menschen nicht einmal mehr Kultur angeboten, wenn von Kultur die Rede war, sondern ein Riesenspektakel, für das sie nur Verachtung hatte. Die Karriere einer Weidenfeldt wäre unter derartigen Bedingungen undenkbar gewesen, eine Figur wie die ihre nicht einmal wahrgenommen worden. Clara wußte das. Sie war fossil, allerdings ein der zeitgemäß geist- und seelenlosen Fauna bei weitem überlegenes Fossil.

Und genau so fühlte es sich jetzt wieder an, als sie hinter dem Schirm ihrer Lider wie abwärts zu gleiten begann, als rutschte sie aus, verlöre den Halt, versänke in einem weich und immer noch weicher werdenden Boden, schnell, in Schlamm, in einem Spalt, einer Kluft, die sich in ihrer Vorstellung auftat und sie mitnahm und verschluckte und einschloß. Sie war tot, ein Urwesen, ja, Ton, Sand, Harz betteten ihren Leib, Wasser strömte über ihn hin, löste ihn auf und ersetzte ihn durch Quarz, Pyrit, Limonit, bis er zur verdichteten Form wurde, zum steinernen Abdruck. Doch Claras Reise war noch nicht zu Ende, sie sank weiter hinab, blickte um sich, fand sich tief unter der Erde wieder, in einem märchenhaft illuminierten Reich filigraner Inkrustationen, versteinerter Wälder. Sie trieb durch Paläste aus Petrefakten, schwamm in Sälen, deren Böden bedeckt waren mit sagenhaften Drachen, Lindwürmern, Fabeltieren, üppig umrankt, umwuchert von Dolden, Gräsern, Farnen, aber gebändigt ins Ornamentale, Sanfte, Entschlafene, eine von Thanatos regierte Gemeinschaft der Toten, nur Auserwähltem vorbehalten. Dort gab es Schönheit, Kultur, Würde, dort war ihre Heimat, dort wollte sie sein. Und bleiben.

Elite, dachte Clara. Sie gehörte zu jener vertriebenen, verhinderten, ausgelöschten Elite, die dennoch die kommende Elite stellen würde. Davon träumte sie jedesmal, wenn sie auftauchte aus ihren wiederkehrenden schwarzen Visionen und die Augen ins Wirkliche öffnete. Das war das Licht, das sie vom Grund ihrer fossilen Nacht mitbrachte. Es leuchtete auch jetzt aus ihren Augen. Unbemerkt und gut verborgen wirkt das Erbe weiter, dachte sie, vielleicht schon in naher Zukunft geht die Saat auf. Eine neue Elite wird kommen. Sie wird sich ihrer Elitestellung bewußt sein und für sie einstehen, statt sie noch einmal sinnlos der Gemeinheit und Spießigkeit des Pöbels zu opfern. Die Götzen des Stumpfsinns werden zerschlagen werden, und mein Sohn Asger wird daran Anteil haben, maßgeblich.

Von jäher Wut gepackt, fiel die Weidenfeldt über ihre Kärtchen her, wühlte sie wüst durcheinander und schob sie auf einen Haufen zusammen. Im gleichen Augenblick erschrak sie auch schon über ihr Handeln.

Schaffen, dachte sie und spreizte die Hände über den Karten, zerstören, dachte sie und ihr ganzer Körper wirkte plötzlich wie erstarrt, Anziehung und Abstoßung, Freund und Feind, Traum und Alptraum. Das alles liegt ja gespenstisch nah beieinander.

Ach, diese Dinge waren so schrecklich kompliziert und wie manches andere im Kopf der Weidenfeldt kaum aufzudröseln.

Clara faßte den Entschluß, wenigstens ihre Adreßkartei wieder in Ordnung zu bringen, als ein Poltern zu vernehmen war aus dem ersten Stock. Ein Blitz fuhr durch sie hindurch, von der Stirn über den rechten Mundwinkel bis in die Finger. Diese begannen über dem Tisch zu flattern, dann wischten sie die Listen in einer einzigen schwungvollen Bewegung in die flugs geöffnete Schublade.

Asger hatte nie ein Wort darüber verloren, aber immer, wenn er seine Mutter bei dieser in seinen Augen wohl vollkommen überspannten Beschäftigung ertappte, war ihm sein Mißbehagen anzusehen gewesen. Clara horchte weiter auf das Rumpeln und überlegte, ob sie die Füllfederkappe abschrauben und so tun sollte, als setze sie einen Brief auf, wenn Asger herunterkam. Dann aber begann sie sich über den Grad an Lärm zu wundern, der durch die Decke drang. Es klang wie hektisches Hopsen oder Aufstampfen, als würde ihr Sohn eine exzentrische Form von Morgengymnastik betreiben.

Clara erhob sich. Immer weiter zum Plafond aufblickend, begann sie langsam und bedächtig Richtung Tür zu gehen, bei jedem Schritt darauf gefaßt, das Poltern würde abbrechen und Asger urplötzlich vor ihr stehen. Sie erreichte die Schwelle zur Diele, vergrößerte mit sachtem Druck den Türspalt. Pochenden Herzens lugte sie hindurch, erblickte den Orpheus auf dem Vertiko, die weißen Rosen neben ihm, sog flüchtig ihren süßen, an überreife Himbeeren erinnernden Duft ein – und erkannte den Irrtum. Die Rosen brachte Mascha immer donnerstags aus dem Dorf mit, damit sie frisch aussahen über's Wochenende.

Heute war Donnerstag.

Clara hastete die Treppen hinauf, um das Mädchen aus Asgers Zimmern zurückzuordern, wo es, wie mittlerweile deutlich zu erkennen war, mit dem Staubsauger fuhrwerkte. Mit jeder Stufe, die sie höherkam, wurde das Geräusch lauter, mit jedem Schritt wurde sie gereizter. Sie war verärgert über die junge, aus dem sibirischen Tomsk stammende Russin, die ihr seit kurzem neben Maya Nüsslein zweimal wöchentlich zur Hand ging und die sie für taktvoller gehalten hätte. Sie war böse auf ihren Sohn, den sie sich verschlafen auf dem Bett hockend vorstellte, während er Mascha beim Putzen zuschaute oder half und womöglich sogar flirtete mit dem hübschen Ding, wohl wissend, wie sehr er seine Mutter mit einem solchen Verhalten in Aufregung versetzen und von Anfang an in die Defensive drängen konnte. Vor allem aber war Clara wütend auf sich selbst, weil sie vergessen hatte, dem Mädchen für heute abzusagen, obwohl sie sich extra einen Zettel ans Telefon geheftet hatte.

Asgers Tür stand sperrangelweit offen, und Mascha stocherte, auf dem Fußboden kniend, mit dem Saugarm gerade unter dem Schrank herum, als Clara Weidenfeldt oben ankam. Ein Kulturbeutel lag halb ausgeschüttet vor dem Spiegel im Badezimmer, das ebenfalls offenstand. Ein nasses Handtuch und kleine Pfützen auf dem Fliesenboden zeugten davon, daß hier erst kürzlich jemand geduscht hatte.

Mascha richtete sich auf, nickte und strich sich die Schürze glatt. Mit ihrem hübschen, gewinnenden Mädchenlächeln wünschte sie einen guten Morgen. Claras Sohn habe sie gebeten auszurichten, er sei mit dem Cabriolet in die Stadt gefahren. Sie habe ihn draußen vor dem Tor getroffen, gerade als sie angekommen sei, sagte die junge Russin, die ein erstaunlich akzentfreies und beinahe fehlerloses Deutsch sprach. Weil er ausdrücklich betont habe, Clara nicht während ihrer Sportübungen damit zu belästigen, habe sie gewartet, bis sie einander von selbst begegnen würden. Außerdem solle sie ihr das hier geben.

Sie eilte zum Tisch, hob ein Blatt Papier auf und reichte es ihrer Dienstherrin.

Es war eine Mitteilung von Asger. Lesend machte sich Clara auf den Rückweg nach unten.

»Liebe Mama, als ich runterkam, war zuerst Franz da, dann hast Du Yoga gemacht. Jedesmal hatte ich das Gefühl, jetzt besser nicht zu stören. Es ist jedenfalls NICHT!! gegen Dich gerichtet, wenn ich gleich in die Stadt fahre. Ich nehme den Beetle. Sei mir also nicht böse und bleibe bitte ganz ruhig. Wir sehen uns am Nachmittag. Versprochen. Ich freue mich. Dein Asger.«

Als Clara wieder vor ihrem Sekretär angelangt war und sich auf den Stuhl fallen ließ, blies sie mit spitzen Lippen Luft aus. Sie schüttelte ihr Haar, fuhr einige Male mit den Fingern hindurch und staunte selbst, wie erleichtert sie auf einmal war. Sie schrieb sich eine Kleinigkeit auf, öffnete die Schublade, holte die Karteikarten wieder heraus, sortierte sie gewissenhaft, band ihnen die rote Schleife um und verstaute sie im dafür vorgesehenen Fach. Das »Stiefmütterchen« wanderte zerknüllt in den Papierkorb, Asgers Brief glattgestrichen in die australische Schreibmappe.

Clara streckte sich, stand auf, begab sich zum Telefon.

»Mascha, machen Sie mir doch bitte einen Latte Macchiato und ein weiches Ei. Wenn Sie so nett sein möchten.«

Und dazu vielleicht ein Schinkenbrot. Clara bekam, während sie die Telefontasten betätigte, Lust auf etwas entschieden Deftiges zum Frühstück.

»Auskunft? Die Nummer von Zibulka bitte, Max Zibulka, die Adresse ist …«

7. Kapitel
WIEDERSEHEN IN DER UNTERWELT

Nachdem es geklopft und Stadtarchivar Wenzel Poßmann zum Eintreten aufgefordert hatte, wollte er seinen Augen nicht trauen: In der Tür stand sein Schulfreund Asger Weidenfeldt, den er seit über zehn Jahren nicht gesehen hatte. Nach einigen Sekunden des Staunens und Starrens umarmte er ihn mit überschwenglicher Freude.

Asger fiel ins Hohlkreuz und spreizte die Hände. Den Mund etwas verzogen, sah er Wenzel Poßmann von der Seite her ins für seinen Geschmack viel zu nah gerückte Gesicht.

»So was!«

»Die Überraschung scheint mir ja gelungen. Du hast dich wenig verändert, mein Lieber.«

Sie hielten einander an ausgestreckten Armen bei den Schultern und begutachteten sich.

»Du aber auch nicht. Andererseits kennt man dein Gesicht ja sozusagen auswendig, da läßt sich ein Urteil nicht so leicht fällen.«

Wenzel drehte sich zu seiner Mitarbeiterin um, die dicht neben der Tür an einem mit Zeitungen bedeckten Arbeitstisch vor ihrem Computer saß, und brüllte ihr zu, als wäre sie schwerhörig:

»Sie haben diesen Mann doch ebenfalls auf Anhieb erkannt, ich meine, er ist sich doch ziemlich gleich geblieben, oder?«

Die Kollegin fuhr auf und nahm die Ohrstöpsel ihres MP-3-Players heraus. Dann hielt sie den Kugelschreiber wie einen Lippenstift zwischen den beringten Fingern, während sie mit der anderen Hand ihre glitzersteinverzierte Lesebrille aufsetzte, die sie an einer Schnur umhängen hatte. Sie blickte über den Rand der Halbgläser und lächelte dazu in einer Art, der man auf Anhieb ansah, daß sie eingeweiht wirken sollte, aber bloß völlige Ignoranz kaschierte.

»Darf ich vorstellen?«

Asger kehrte sich der zirka fünfundfünfzigjährigen Frau zu, zog zugleich Wenzel an der Schulter näher heran, als wollte er sich schüchtern hinter ihm verstecken.

»Frau Stangl, meine Assistentin. Asger Weidenfeldt.«

Und flüsternd setzte Wenzel hinzu:

»Sie wissen schon, der vom Fernsehen.«

Laut auflachend kniff Asger die Augen zusammen und schüttelte den Kopf.

Frau Stangl versuchte, so gut es ging, ihre Ahnungslosigkeit durch ununterbrochenes Weiterlächeln zu verbergen. Gleichzeitig tat sie, als müsse sie jetzt in dem Wust von Zeitungsblättern, die sich vor ihr ausbreiteten, dringend eine bestimmte Seite finden. Nervös strich sie abwechselnd das Papier glatt und ihr halblanges, blond gefärbtes Haar nach hinten, so daß es sich unterhalb der Ohren keilförmig wieder nach vorne ausrichtete. Die bernsteinfarbenen Kunststoffklunker der Halskette schaukelten auf der rosa Angorawolle ihres Pullovers.

»Clara Weidenfeldt ist sozusagen seine Mutter.«

Dieser Name löste nun doch einen Reflex aus, über die Fältchen um Frau Stangls Augen huschte ein Zittern, und endlich schien auch der gesuchte Artikel entdeckt zu sein.

Asger war Wenzels übertriebene Mimik, mit der er Frau Stangl begegnete, natürlich sofort aufgefallen. Es handelte sich vermutlich um ein speziell auf seine Mitarbeiterin zugeschnittenes Possenspiel.

»Und Sie archivieren gerade die letzten Neuigkeiten der Lokalpresse, Frau Stangl?«

Wie in alten Tagen nahm Asger Wenzels Faden auf, um ihn quasi blind weiterzuspinnen.

»Oh, sie gibt nur die Überschriften und einige Stichwörter ein, erstellt ein Schlagwortregister sozusagen. Heutzutage läßt sich ja überall so viel schneller und einfacher arbeiten als früher. Zum Beispiel haben wir da jetzt diese tollen Monatsbände, unsere tollen Lokalzeitungen werden nämlich zu dicken Büchern gebunden, da kann man das Gesuchte dann direkt am authentischen Ort nachschlagen. Die Zeiten mit Schere und Klebstift, also die sind heute ja zum Glück ein für allemal vorbei, stimmt's, Frau Stangl?«

»Ist das nicht ein bißchen schade? Geht da nicht was verloren?«

»Du meinst das konkret Greifbare?«

Wenzel zwinkerte Asger zu. Der nickte bedeutsam.

»Dieses sinnlich Taktile.«

»Andererseits enthalten Klebstoffe natürlich Lösungsmittel.«

»Suchtmittel.«

»Es soll inzwischen allerdings attraktive Biokleber geben.«

»Die für unsere Zwecke wegen mangelnder Langzeithaltbarkeit leider ungeeignet sind.«

»Keine Alternative zu gesundheitsgefährdenden Substanzen demnach.«

»Zu Drogen sozusagen.«

»Außer die Datenbank.«

»Entfremdete Arbeit also.«

»Was würden Sie denn lieber machen? Kleben oder tippen?«

Asger Weidenfeldt stemmte seine Arme auf Frau Stangls Schreibtisch, lehnte sich weit zu ihr hinüber, als würde er auf den Grund ihrer Augen blicken, ihr Gewissen auf Herz und Nieren prüfen. Die entgeisterte Bürokraft, die endlich eine Lücke im unbegreiflichen Sermon der Männer lokalisiert zu haben glaubte, setzte auch wirklich zu einer Antwort an, als Wenzel Poßmann dem Freund auf die Schulter klopfte und sich zum Gehen wandte.

»Komm rein.«

Wenzel schloß die Tür des hinteren, durch eine Glaswand abgetrennten Büros. Sie lachten und schauten sich freudestrahlend an. Ihre alte Methode der Gesprächsverwirrung funktionierte immer noch. Sie stammte aus der gemeinsamen Internatszeit. Es war eine Art Überrumpelungstechnik. Sie diente dazu, lästige oder unliebsame Mitschüler durch einen Schwall abstruser Dialoge abzuschrecken, und der Spaß bestand darin, dem improvisierten Schlagabtausch ein möglichst hohes Tempo zu geben.

»Entschuldige, aber das ging jetzt nicht anders. Sie ist eine von diesen Ayurveda- und Nordic-Walking-Tanten. Dieser unerträgliche, idiotische Gesundheitsfanatismus überall, das ist schon krankhaft. Neulich hab ich sie wieder über Land staksen sehen mit ihrem Ehegatten und ihren Stöcken und ihren pinkfarbenen Laufhosen. Pausenlos foltert sie mich mit diesen Antiraucherparolen, die jetzt auf jeder Packung stehen: ›Rauchen kann tödlich sein, Herr Poßmann‹.«

Schweigen machte sich breit zwischen den beiden etwas über dreißigjährigen Männern. Sie hatten eine verwehte Gepflogenheit noch einmal aufleben lassen. Es war wohl ein bißchen zu viel gewesen für ein Wiedersehen nach so vielen Jahren. Nun standen sie nebeneinander und wußten nicht recht, was tun.

Asger schaute sich um. An der rückseitigen Bürowand hing ein großes buntes Plakat aus dem späten 19. Jahrhundert, das im Vordergrund eine Dame in Weiß mit Hut und Schirmchen zeigte und um Sommerfrischler warb. Über der Tischplatte, die sich die ganze Seitenwand bis zum Fenster entlangzog und vor der drei Bürostühle standen, war ein Stich mit einer bäuerlichen Prozessionsszene ungefähr aus derselben Epoche zu sehen. Durch die Glaswände und über die kopfschüttelnde, noch immer kichernde Frau Stangl hinweg blickte man in das geräumige, hohe Magazin.

Asger hatte die Schautafel in der Eingangshalle des Rathauses studiert: Dr. Poßmanns Stadtarchiv befand sich im Untergeschoß, die Nummer lautete U 14.

Es war ein Souterrain in Südhanglage. Der Rasen begann auf Hüfthöhe.

Wenzel riß das Fenster auf und steckte sich eine Filterlose an.

»Ist natürlich strikt verboten hier.«

»So sieht heute also ein Archiv aus.«

»In dessen Benutzerraum du dich gerade befindest. Deswegen das Glas.«

Wenzel klopfte an die Scheibe.

»Damit keiner was anstellt. Man hat immer alles unter Kontrolle. Die da draußen auch.«

Die brennende Zigarette zwischen den Fingern, winkte er seiner Angestellten, die skeptisch herüberblickte.

»Ich bin vollkommen auf das Wohlwollen dieser Frau angewiesen, kannst du dir das vorstellen: Das Miststück hat mich buchstäblich in der Hand. Immerhin sind sie schalldicht, die Scheiben. Übrigens: Stell dir vor, wer hier regelmäßig auftaucht: Der Stricker.«

»Der Stricker? Unser Stricker?«

»Natürlich längst raus aus der Schule, pensioniert, schreibt aber immer noch Aufsätze zur Lokalgeschichte. Kleine, gut recherchierte Sachen. Zur Zeit arbeitet er über die fünfziger Jahre.«

»Und was machst du hier den ganzen Tag?«

»Oh, danke der Nachfrage.«

Wenzels Miene verdüsterte sich.

»Was willst du hören? Daß ich eine ruhige Kugel schiebe?«

Erstaunt über den verärgerten Ton, erinnerte sich Asger im selben Moment wieder an die mimosenhafte Überempfindlichkeit, die schon zu Schulzeiten charakteristisch für Wenzel gewesen war.

»Ein Archivar hat ja nur alte, verstaubte Dokumente zu verwahren, ab und zu ein paar neue dazuzulegen und sie schön säuberlich zu ordnen. Damit man alles jederzeit wiederfinden und gebrauchen kann zum Nutzen der Behörden und zum Schaden der Bürger. Was für ein Job, nicht wahr. Vierzig gut bezahlte Stunden pro Woche. Obendrein ist man unkündbar, und im Alter gibt's auch noch 'ne hübsche Pension.«

Wenzel wandte sich zum Fenster, paffte. Offenbar hatte er Asgers Frage in den falschen Hals bekommen. Nun lehnte er am Fensterbrett, blies den Rauch ins Freie, der sich in der Sonnenhelligkeit kringelte, und schwieg. Die Falten auf seiner hohen Stirn zuckten.

Strähnige Büschel, überfällig für einen Haarschnitt, standen ihm wie eh und je vom Kopf, nur der Bewuchs insgesamt hatte sich gelichtet und ließ die künftige Halbglatze ahnen. Als er sich wieder zu Asger kehrte, zuckte der die Schultern.

»Ich habe mir meinen Job übrigens auch mal anders vorgestellt. Mit der Digitalisierung, ich meine, in dem Ausmaß, hat schließlich kein Mensch gerechnet.«

Damit begann Wenzel sich über die Auswirkungen der neuen Technologien auf das Archivwesen auszulassen, die einerseits natürlich die Arbeit erleichterten, sie andererseits natürlich ungemein komplizierten.

Asger hörte ihm unaufmerksam zu. In Momenten des Verlegenseins, fiel ihm ein, hatte Wenzel immer eine Neigung zu barock ausufernden Monologen gehabt. Auch jetzt spulte er mit sonorer Baßstimme seine Satzgirlanden ab, und das Nußknackerkinn mit dem Grübchen zermahlte so lange jede Silbe zwischen den Zähnen fast zur Unkenntlichkeit, bis seine Befangenheit abgeklungen war.

Das schien nun eingetreten.

»Egal, es ist ein weites, ödes Feld, mein Lieber, Archive sind eben eine staubtrockene Angelegenheit, daran ändern die besten Klima- und Lagerungstechniken nichts. Der Archivar herrscht über ein tristes, graues, Tag für Tag wachsendes Reich namens Vergangenheit. Er ist der einzige, der bei der ständigen Transformation des Aktuellen in Geschichte den Überblick behält, das ist sozusagen seine Bestimmung. Zumindest soll das angeblich früher so gewesen sein.«

Asger wunderte sich, was Wenzel, kaum daß sie sich wiedersahen, dazu bewegen mochte, sofort die Licht- und Schattenseiten seiner Arbeit vor ihm auszubreiten. Auf der anderen Seite entsprach es durchaus dem bizarr verkrampften Kommunikationsstil, den er von ihm im Gedächtnis hatte. Damals wie heute unterstrich seine Physiognomie das verschrobene Auftreten. Das Kinn und die stark vorgewölbte Stirn gaben dem Kopf eine fast bananenartige Form und, als er sich nun zu lächeln bemühte, das Aussehen eines sichelförmigen Märchenmonds. Er wirkt, dachte Asger, wie der surreale Herrscher über ein unterirdisches Königreich.

»Von Staub ist wirklich nichts mehr zu riechen.«

Sagte er, um die Stimmung wieder ein wenig aufzulockern, und schnupperte. Das intensive Aroma des schwarzen Tabaks, den Wenzel nicht nur mit der französischen Zigarette, sondern durch seine Kleidung und aus allen Poren verströmte, gab ihm das Gefühl, die Unterbrechung ihrer Freundschaft über mehr als ein Jahrzehnt habe gar nicht stattgefunden.

Er blickte weiter um sich, entdeckte die Handbibliothek, griff sich einen schweren, in helles Leder gebundenen Folianten. Wenzel nahm ihn seinem Besucher sofort wieder ab.

»Ein Repertorium von 1680.«

Asger mußte fast lachen, mit wieviel Zärtlichkeit Wenzel die Blätter des alten Buchs umwendete.

»Auch Findebuch genannt. Seinerzeit genügte das völlig, um sich hier zu orientieren.«

Er stellte den Band in den Schrank zurück und drehte sich mit ungestümer Gebärde Asger zu.

»Woher weißt du eigentlich? Und wie hast du herausgefunden?«

Dieses Stammeln war nicht gespielt, der Stadtarchivar unübersehbar bewegt. Asger beobachtete seine Finger mit den gelbbraun verfärbten Spitzen, die zwischen den Zügen die heruntergebrannte Zigarette hin und her rollten. Früher hätte er die alte Kippe weggeworfen und sich sofort eine neue gedreht: Die Hände mit dem Tabakpäckchen vor dem Bauch, in der Haltung eines hohen dünnen Fragezeichens.

»Ich habe mit deiner Frau telefoniert.«

Wenzel Poßmann sah seinen Gast scharf und unbeweglich an. Der überraschende Besuch dieses Menschen, dessen Freundschaft ihm einst viel bedeutet und dessen Aufstieg er aus der Entfernung verfolgt hatte, brachte ihn tatsächlich durcheinander. Daß Asger nach dem Abitur ihre, wie jede andere Verbindung sofort hatte abreißen lassen, war ihm seinerzeit wie Verrat erschienen. Andererseits war sein eigener Antrieb, diese Verbindung aufrechtzuerhalten, ebenfalls bald erloschen. Der angehende Kulturredakteur hätte auch schlecht hineingepaßt in Wenzels biedere Studienjahre an der Beamtenhochschule im Hauptstaatsarchiv, samt verfrühter Familiengründung und nahtlos anschließendem Berufseinstieg. Daß sich der Schulfreund trotz seines großen Erfolgs, der ihn sicher mit spannenderen Leuten als Provinzbeamten zusammengebracht hatte, überhaupt an ihn erinnerte, freute ihn natürlich. Gleichzeitig spürte Wenzel ganz deutlich, daß sein unerwartetes Auftauchen ihn eigenartig unter Druck setzte. Er verstand selbst nicht recht, warum das so war. Asgers Karriere beeindruckte ihn. Aber damit hatte es nicht zu tun, wenn er sich vorkam wie auf dem Prüfstand. Ihm war seine eigene Arbeit nie weniger bedeutsam oder gehaltvoll erschienen als die des Freundes. Er hatte seine Ausbildung sogar mit einem Anflug von stolzem Trotz gewählt. Als wollte er den Beweis für diese Überzeugung antreten. Eine Unterscheidung zwischen großer und kleiner Welt ließ er nicht gelten. Er wies sie als Anmaßung zurück. Jeder erfüllte seine Aufgabe und Verantwortung an seinem Ort. Doch genau hier lag wohl der wunde Punkt. Er konnte nicht dienen mit Resultaten, wie er sie gerne vorgewiesen hätte. Ein Gefühl der Schalheit und Beklemmung machte sich jetzt mit solcher Selbstverständlichkeit breit in ihm, daß sofort klar war, es mußte schon lange in ihm geschlummert haben.

Wenzel beendete sein stummes Starren. Mit einem letzten tiefen Zug trennte er sich von seinem Zigarettenstummel und schnippte ihn ins Freie. Dann musterte er den Gast noch einmal ausgiebig von unten bis oben. Er wußte, daß sein Verhalten befremdlich auf ihn wirken mußte, daß er sich verrannt hatte mit seinem Gerede und Asger ihm die Möglichkeit zu geben versuchte, den Kurs zu ändern. Aber etwas zwang ihn weiterzumachen. Vielleicht war es die Erinnerung an ihre alte Freundschaft, an die Aufrichtigkeit und das Vertrauen, die einmal zwischen ihnen geherrscht hatten, vielleicht auch Rachegelüste. Seufzend hob er die Arme und schlüpfte in seine Rolle als kauziger Archivar zurück.

So zumindest erschien es Asger, der sich nicht wehrte und durch die beiden Glastüren, an einer von ihrer Beschäftigung reinweg aufgesaugten Frau Stangl vorbei, ins Magazin gezogen wurde.

»Wo du aber schon einmal da bist und sozusagen mittendrin in der Betriebsbesichtigung, sollst du auch die ganze Show haben. Führungen gehören für mich zum Alltag. Ob Schulklassen oder Berühmtheiten, spielt alles keine Rolle.«

Sie standen zwischen einer Bücherwand nebst einer Reihe metallgrauer Kartenschränke auf der einen und einer riesigen Rollregalanlage auf der anderen Seite. Wenzel räusperte sich.

»Das also ist es, mein Archiv. Beim Umzug in den Neubau von mir selbst konzipiert. Eingerichtet nach dem damals neuesten Standard.«

Er drehte an einer lenkradgroßen schwarzen Kurbel, so daß sich zwischen den eng zusammengeschobenen Gestellen ein schmaler Gang auftat.

»Der Platz sollte für die nächsten dreißig Jahre reichen. Bis ich in Pension gehe. Mindestens.«

Wenzel wies auf die schier endlosen Reihen gleichbrauner Ordner, während er den Gast in den Regalstollen führte. Links stehe der städtische E-Mail-Verkehr seit der Jahrtausendwende, sagte er, gegenüber befinde sich ausschließlich der vom letzten Jahr, der fast so viel Raum beanspruche wie alle vorherigen Jahrgänge zusammen. In der Archivistik herrsche nämlich Ratlosigkeit. Kein Mensch wisse, wie lange digitale Datenträger hielten. Daher müsse alles ausgedruckt und abgeheftet werden, und zwar komplett. Denn wer sollte was aussortieren? Nach welchen Kriterien und juristischen Befugnissen? Und die Flut steige weiter. Im Registraturbestand sei der Aktenumfang seit seinem Amtsantritt auf mehr als das Dreifache angeschwollen, die Korrespondenzmappen platzten. Bei Schulführungen vergleiche er diese Wachstumsexplosion gerne mit den Folgen der Klimaerwärmung, sagte Wenzel und schlug den Ton des Referenten an.

»Wenn wir uns Geschichte als einen Flußlauf namens Zeit vorstellen, der statt Wasser alle Arten von Akten, Urkunden, Rechnungen und sonstigem Papier führt, dann sind Archive wie Stauseen. In ihnen sammelt sich, was sonst unweigerlich dem Meer des Vergessens zutreibt. Der Archivar ist der Ingenieur des Stauwehrs und der Verwalter des Staubeckens. Er kontrolliert den Pegelstand, bestimmt, was zurückgehalten, was über Schleusen abgelassen wird. Wie aber soll er reagieren, wenn der Strom immer mehr anschwillt, wenn zu fürchten ist, daß die Staukapazitäten, die Höhe der Staumauern bald nicht mehr ausreichen, um ein Übergehen zu verhindern? Soll er immer höhere Mauern bauen, noch größere Becken anlegen? Obendrein ist unbekannt, wie es bei anhaltendem Druck um die Statik insgesamt bestellt ist. Womöglich brechen die Dämme, das Umland wird überschwemmt, und zurück bleibt nur schlammig zäher Datenmüll, der zu nichts mehr zu gebrauchen ist. Die frühe Stadtgeschichte läßt sich relativ problemlos aus ein paar Jahresabrechnungen rekonstruieren. Archäologen, die eines Tages unsere Zeit freischaufeln wollen, werden auf eine undurchdringliche Kruste aus verhärtetem Schlick stoßen. Kurz gesagt: Dieses nagelneue, supermoderne Archiv mit all seinem High-Tech-Schnickschnack ist im Grunde nur Bluff, Augenwischerei, Selbstbetrug.«

Nach kurzem Schweigen sagte Asger:

»In dir steckt offenbar immer noch der alte Idealismus, mein Lieber.«

Wenzel wischte sich die Augen und lachte auf.

»Na, ich weiß nicht.«

Er meinte eigentlich gerade das Gegenteil demonstriert zu haben und fühlte sich von Asger verspottet. Doch dann sah er ihn an und bemerkte, wie konzentriert und ernst er seinen Ausführungen folgte.

»Ich würde eher sagen, mir gehen allmählich selber die Argumente für diesen Job aus, bei dem man tonnenweise wertloses Altpapier stapelt. Und in den meisten anderen Orten scheint sich dieselbe Meinung durchzusetzen. Diese Stadt ist inzwischen eine der letzten, die sich überhaupt noch einen Archivar leistet.«

Wenzel war selbst überrascht, sich das so klar und entschieden aussprechen zu hören. Er spürte plötzlich etwas wie Neid auf Asgers Tätigkeit, die ihm immerhin interessant und auch nützlicher erschien. Das überraschte ihn. Aber er sagte nichts davon, sprach statt dessen von dem Mißmut, der sich oft einstellte, weil es ihm nicht mehr gelang, die Übersicht zu behalten über das Geschehen in der Stadt. Er frage sich nur, ob der Wust an nichtssagendem Material mehr dazu diene, über die Banalität monotoner Anpassungsprozesse hinwegzutäuschen, oder um irgendwelche unlauteren Machenschaften zu vertuschen, sagte er, und es war ihm dabei, als müsse er sich überzeugen von einer Sicht der Dinge, die ihn selber ein wenig überrumpelte.

Er führte seinen Gast wieder aus dem Korridor zwischen den Aktenwänden hinaus.

Im großen und ganzen bleibe doch alles immer beim Alten, und in Asgers Ohren klang das jetzt fast wie ein Aufatmen. Den Bürgern von Kleinstädten gehe es im Grunde seit jeher nur um eins: das Geschäft, den eigenen Vorteil. Zu allen Zeiten habe sich der Stadtrat in erster Linie aus Fachhändlern zusammengesetzt, städtische Politik werde nach wie vor von Zunftinteressen geleitet, Unterbrechungen durch Kriege und andere überregionale Unfälle einmal ausgenommen.

»Neu sind höchstens diese sogenannten Citymanager mit ihren sogenannten Gutachten, aber das ist sozusagen eine ephemere Erscheinung.«

Wenzel kurbelte die Regale in ihre Ausgangsposition. Mit jedem neuen Gewerbegebiet, die sich allmählich wie ein Belagerungsring um den Ort legten, wachse jedoch das Mißtrauen gegen ihre Phrasen über Abschöpfungsquoten, Betriebstypenmix, bindungsfähiges Umsatzpotential, gegen die Horrorszenarien, die sie entwerfen, wenn man ihre Ratschläge nicht befolgt. Gerade werde das fünfte Fachmärkte-Zentrum mit etwa viertausend Quadratmetern Verkaufsfläche fertig. Und der Verweis auf Mehreinnahmen durch ein höheres Gewerbesteueraufkommen sei eine Milchmädchenrechnung, wenn gleichzeitig die Infrastruktur der Innenstadt zusammenbricht, die letzte Kaufkraft von dort abgezogen wird. Schon jetzt mache jeder zweite Laden am Stadtplatz dicht, aber immer noch lade man die Großfilialisten ein, ihre Kuckuckseier ins kommunale Nest zu legen.

Sie gingen zurück in den Benutzerraum, wo Wenzel sich am offenen Fenster sofort wieder eine Zigarette anzündete. Er wirkte erleichtert. Frau Stangl war in die Mittagspause entschwunden.

Inzwischen hatte sich auch für Asger die Spannung gelöst, die ihn auf dem Weg zu Wenzels Büro begleitet hatte und die durch dessen überhitzte Reaktion auf das unverhoffte Wiedersehen zunächst verstärkt worden war. Während der kleinen Führung war seine Stimmung nach und nach umgeschlagen. Jetzt hatte er gar kein Interesse mehr daran, diese Begegnung zweier alter, einander fremd gewordener Jugendfreunde in eine lockere Unterhaltung zu überführen, wie sie dem Anlaß vielleicht besser entsprochen hätte. Es beruhigte ihn vielmehr, daß es nicht gelungen war. Wenzels Wesen und Temperament hatten sich offenbar wenig verändert. Langsam begann er zu begreifen, warum er ausgerechnet ihn als ersten nach so langer Zeit aufsuchte. Asger meinte deutlich zu erkennen, was sich hinter dem Auftritt des Archivars verbarg. Es handelte sich um eine Art Lebensbeichte, das Eingeständnis enttäuschter Erwartungen und einer kaum befriedigenden Berufsroutine. Der Impuls, hierher zu kommen, verdankte sich wohl einem ganz ähnlichen Gefühl.

Asger schloß die Augen, lehnte den Hinterkopf an die Glaswand. Es entsprach nicht seiner Art, Schwierigkeiten offenzulegen, die er mit sich herumtrug. Aber das Beispiel des Freundes ermutigte ihn. Wenzel hatte ihm sein Vertrauen geschenkt. Das war die Voraussetzung, es überhaupt zu wagen. Für den Bruchteil einer Sekunde flackerte die Erinnerung auf an all das, was sie einst auseinandergebracht, ihre Freundschaft beendet hatte. Er zögerte. Dann verstand er plötzlich, daß wahrscheinlich gerade ihre früheren Streitigkeiten der Grund waren, daß er sich an Wenzel gewandt hatte. Nur er kam als Zeuge für seine Zweifel, seine Zerrissenheit in Frage.

»Sag mal, kannst du eine halbe Stunde weg hier? Ich hab nicht gefrühstückt.«

Stadtarchivar Poßmann sah eine Weile schweigend aus dem Fenster, bevor er nickte und die Zigarette ins Freie knipste. Dort brannte sie zwischen dem schütteren Gras noch eine Zeitlang weiter, als die beiden U 14 schon längst verlassen hatten.

8. Kapitel
ALTE WÜNSCHE, ALTE WUNDEN

Gegen zwölf Uhr überquerte Dr. Wenzel Poßmann in Begleitung eines Unbekannten den verkehrsberuhigten Stadtplatz. Wie üblich grüßte er die vielen Kollegen aus den Ämtern, die auf dem Weg zum Mittagessen waren, mit seinem typisch weit ausholenden Armschwung. Man grüßte mit einem Nicken und einem Lächeln zurück und betrachtete neugierig das ungleiche Paar. Die stets ein wenig zerknitterte Gestalt des Stadtarchivars zog normalerweise keine Beachtung auf sich, man hatte sich an sie gewöhnt. Doch neben dem modisch gekleideten Herrn sprang sein vernachlässigtes Äußeres und vor allem seine bizarre Gangart wieder drastisch ins Auge. Während sich der Fremde mit langen, fast femininen Schritten über das bucklige Pflaster elegant, beinahe wie über einen Laufsteg bewegte, watschelte, trippelte, stolperte der Archivar mit wirrer Frisur und heraushängendem Hemd vor ihm her. Das Ganze wirkte um so alberner, als Poßmann sich ständig schräg nach hinten zu seinem Begleiter wandte, um wie ein Versicherungsvertreter auf ihn einzureden, sich andererseits ständig selbst unterbrach, um mit dem Arm zum nächsten Gruß auszuholen. Trotz des durchaus vergleichbaren, hohen und schlanken Körperbaus war der Kontrast zwischen den beiden Personen so stark, daß man sich nicht vorstellen konnte, sie wären imstande, etwas anderes als Geschäftsinteresse füreinander aufzubringen.

Keinesfalls hätte einer vermutet, daß die Männer einmal eng befreundet, in den letzten Schuljahren sogar intim vertraut waren mit der Denkweise und Mentalität des jeweils anderen. Als Freundschaft zweier Einzelgänger hatte sie sich freilich nicht auf die sonst unter Heranwachsenden übliche Weise durch gemeinsame Vorlieben etwa beim Sport, der Musik oder den Mädchen ergeben. Beide standen derlei Neigungen damals ziemlich fern, wenn auch aus ganz unterschiedlichen Gründen. Der Schüler Weidenfeldt konnte seiner Herkunft gemäß einen gewissen elitären Habitus nicht ablegen. Er blickte ein bißchen hochnäsig auf die Stillosigkeit seiner infantilen Altersgenossen herab. Der Internatsaufenthalt des Schülers Poßmann verdankte sich allein seiner Hochbegabung und einem staatlichen Stipendium. Aus ärmlichem und kinderreichem, mit einem Wort: problematischem Milieu stammend, hatte er dem selbstsicheren Auftreten seiner Klassenkameraden mit Markenkleidung und vollem Geldbeutel weder ideell noch materiell etwas entgegenzusetzen.

Trotz ihrer hervorragenden Zensuren jedoch konnten sich sowohl Asger als auch Wenzel am Rand des schulischen Sozialgefüges eine Position sichern, die sie weder zu Strebern noch zu angepaßten Sonderlingen stempelte. Sie waren, jeder für sich, durchaus in Kreisen geduldet, wo lässige Halbwüchsige den Ton angaben und gemeinsame Nachtausflüge oder Zechgelage planten. Solange man sich nicht auf ihre Kosten amüsierte, fiel es keinem von beiden schwer, sich in die Hierarchien des Internats einzufügen. Außerdem hatten sie bei den geheimen Aktionen eine wichtige Funktion: Regelmäßig neigten ein paar unerfahrene oder psychisch labile Jugendliche dazu, sich bis zur Besinnungslosigkeit mit Alkohol und anderen Drogen abzufüllen, um darauf dramatisch zusammenbrechen zu können. Fünfzehnjährige verfielen in Heulkrämpfe, Sechzehnjährige erbrachen sich pausenlos oder kündigten an, aus dem Fenster zu springen. Dann war es gut zu wissen, daß man Leute wie Weidenfeldt und Poßmann dabeihatte, die nie zuviel tranken, die in jeder Hinsicht Zurückhaltung wahrten, nur nicht, wenn es darum ging, Samariterdienste zu leisten.

Dennoch und obwohl die beiden Außenseiter derselben Jahrgangsstufe angehörten, nahmen sie lange Zeit kaum Notiz voneinander. Zu gegensätzlich waren die schüchternen Signale, die ihr Eigenbrötlertum aussandte. Auf einer dieser heimlichen Parties allerdings änderte sich das. Es war eine klirrend kalte Januarnacht, als sie sich zufällig draußen auf dem Schulgelände trafen, während drinnen das Fest seinem trunkenen Höhepunkt entgegentaumelte. Beide suchten denselben Neuntkläßler, auf den sie schon seit geraumer Zeit ein Auge hatten: Hopsend und grölend feierte der Junge im Vollrausch sein Idol, einen zu Tode gekommenen Popsänger, und rief ihn immerfort zum Messias aus. Dann blieb er plötzlich verschwunden. Sie entdeckten ihn auf einer eisüberkrusteten Parkbank. Sein Kopf hing vornüber. Er war eingeschlafen und wäre erfroren, hätten sie den über und über besudelten und am ganzen Körper schlotternden Vierzehnjährigen nicht auf sein Zimmer geschleppt, ausgezogen, gesäubert und ins Bett gepackt.

Wenzel Poßmann und Asger Weidenfeldt hockten als Nachtwache vor der angelehnten Zimmertür auf dem Korridor, redeten, rauchten, schwiegen, noch ganz aufgekratzt von dem Umstand, daß sie vermutlich gerade einem Menschen das Leben gerettet hatten. Bei Tagesanbruch wußten sie, welche Ansicht sie teilten: Die idiotische Begeisterung ihrer Mitschüler für Pop, Drogen und all den anderen Müll widerte sie an.

Wenn man sich von Kindheit an anders als alle anderen fühlt, nirgends dazugehört, sich ausgeschlossen weiß von den Selbstverständlichkeiten der Mehrheit, den Ritualen ihrer Normalität, kann man auf zwei Weisen lernen, mit seiner Sonderrolle umzugehen. Entweder man verhält sich so unauffällig wie möglich, um sich desto geschützter in einer einsamen Welt aus selbstgeschaffenen Ritualen abzuschotten. Oder man beginnt, seine abweichende Art zu kultivieren und sie als Talent und Spezialität unter die Leute zu bringen. Letzteres geschieht oft über den Umweg von Freundschaften, die einem die eigene Einzigartigkeit bestätigen.

In der Nacht auf dem Internatskorridor hatten die beiden so grundverschiedenen Jugendlichen Sympathie füreinander gefaßt. Sie trafen sich von jetzt an häufiger, setzten sich mehr und mehr von den anderen Schülern ab. Nach dem Mittagessen blieben sie länger im Speisesaal sitzen, spazierten durch den nahegelegenen

Auwald bis zum Seeufer oder hockten abends noch auf dem Zimmer zusammen. Sie verloren die Scheu voreinander. Ihre Eigenarten, die sie bisher so gut es ging vor aller Welt versteckt hatten, zeigten sich nun auch in der Körpersprache, und wer ihnen zuschaute, wenn sie sich unterhielten, besprachen, ereiferten, konnte schon damals den Eindruck eines fast komischen Mißverhältnisses zwischen den beiden Charakteren gewinnen. Während Poßmann sich immer impulsiver, wirrer, ungepflegter zeigte, schlugen die vornehmen Manieren Weidenfeldts erst jetzt ins leicht Geschraubte um. Bald begann man sich über sie lustig zu machen. Ihnen war es egal. Sie fragten nicht, ob etwas seltsam, lächerlich, falsch war an ihnen. Sie beglaubigten einander ihre Sensibilität und Einmaligkeit. Das genügte. Nicht ihr eigenes Verhalten zogen sie in Zweifel, sie mißtrauten der Außenwelt.

Und das Selbstbewußtsein der Freunde wuchs weiter. Seit die beiden jemanden gefunden hatten, mit dem sie sich austauschen konnten, beobachteten sie ihre Umgebung genauer, interpretierten ihre Beobachtungen schärfer, diskutierten die Interpretationen gründlicher. Stolz auf ihre naiven Theorien über die Welt, glaubten sie Zusammenhänge herzustellen, die sonst niemand erkannte. Sie genossen ein Glück, das auf einer vollkommen neuen Erfahrung gründete und ihnen eine rauschhaft rasante Erweiterung ihres Horizonts bescherte. Es wurde fast zur Obsession.

Zum Beispiel führten sie die blinde Schwärmerei ihrer Mitschüler für Stars, Markenartikel und so weiter auf eine allgemeine Zunahme der Oberflächlichkeit zurück. Massive Unselbständigkeit war nach ihrer Auffassung eine der Folgen, sie konnte sich bis zur lebensgefährlichen Fahrlässigkeit steigern. Doch stärker noch als von der Ignoranz ihrer Altersgenossen waren sie von den Geschäften abgestoßen, die mit ihr betrieben wurden. Und es schockierte sie zu sehen, wie nahtlos der Übergang zum infantilen Lebensstil von Erwachsenen verlief, die sich mit der gleichen Begeisterung auf eine nur leicht variierte Produktpalette stürzten. Von der Gutgläubigkeit angeblich mündiger Kunden zur hemmungslosen Ausnutzung dieser Gutgläubigkeit durch angeblich mündige Anbieter war es nur ein winziger Schritt. Als würde man mit voller Absicht den Verstand der Leute lahmlegen, dachten die juvenilen Skeptiker, als ließen die Leute es mit voller Absicht geschehen. Der gesamte technische Fortschritt, darüber herrschte zwischen ihnen bald Einigkeit, war in den Dienst dieser Überrumpelung gestellt, die ausschließlich daran interessiert war, Verlangen nach überflüssigen Waren in einem künstlichen Ambiente zu erzeugen. Das war es also, was sie erwartete, das war die Zukunft, die vor ihnen lag: eine Welt, in der sie, wollten sie einen Zipfel Wirklichkeit erhaschen, sich ununterbrochen durch ein Labyrinth mutwilliger Täuschungen zu kämpfen hätten.

Die Vorstellung war unerträglich, aber der Kampf mußte geführt werden. Das Unerträgliche war jedoch auch schön und der Kampf nicht übermäßig anstrengend.

Asger Weidenfeldt und Wenzel Poßmann schworen sich feierlich, ihre geistige Freiheit zu verteidigen, wenigstens so weit das unter den gegebenen Umständen noch möglich war. Sie beschlossen, ihre Wahrnehmung zu trainieren, mit dem Ziel, jede Trübung des Verstandes durch Gefühle auszuschalten. Dafür, so waren sie überzeugt, gab es nur ein Mittel: Denken. Präzises, strenges, asketisches Denken. Freilich hatten sie keine Ahnung, wie dieses Training genau zu bewerkstelligen war. In ihrer siebzehnjährigen Phantasie stellten sie sich vor, es ließe sich so etwas wie der gegenwärtige Erkenntnisstand der Menschheit ermitteln. Aus allem vorhandenen Wissen, allen einmal gewonnenen Einsichten wollten sie eine Art Extrakt destillieren, der dann stets griffbereit und auf jede Sachlage anwendbar wäre. Sie glaubten, dies müßte mit einiger Ausdauer und mit Hilfe von Büchern auch ohne Anleitung zu erreichen sein.

Deshalb trafen sich die beiden, zur großen Freude des dort Aufsicht sitzenden Personals, jetzt regelmäßig in der Schulbibliothek. Zwei Nachmittage pro Woche waren sie dort an einem der Arbeitstische zu finden, wo sie sich zusätzlich zum schulischen Lehrstoff durch historische Monographien und philosophische Abhandlungen wühlten oder in enzyklopädische Beiträge zur Politik, Soziologie oder Volkswirtschaft verbissen. Sie versuchten sich in die kuriosesten Denkgebäude hineinzufinden. Selbstverständlich ließen Verwirrung, Mutlosigkeit und Enttäuschung angesichts der unlösbaren Aufgabe, die sie sich gestellt hatten, nicht lange auf sich warten. Zugleich aber blieben sie mit ihrem ins Maßlose übersteigerten Verlangen nach geistiger Freiheit weiterhin unter sich. Sie gaben nicht auf. Wenn kein Panorama des Geistes zu haben war, stachelten sie sich gegenseitig an, dann zumindest eins der aktuellen Meinungen und Blickwinkel, und widmeten sich der ausführlichen Lektüre verschiedener Tages- und Wochenzeitungen. Da sie die von der Bücherei abonnierten Titel aufgeteilt hatten und einander referierten, bemerkten sie bald, wie uneinheitlich die Berichterstattung über ein und dasselbe Geschehen sein konnte. Vor allem durch ein ebenfalls von der Schule bezogenes amerikanisches Wochenmagazin wurde ihnen klar, daß die Gegenwart vom Standpunkt verschiedener Weltregionen aus sich völlig unterschiedlich darstellte.

Der Wirklichkeit kamen sie auf diesem Weg nur sehr bedingt näher, Objektivität ließ sich so erst recht nicht herstellen. Statt dessen entdeckten sie etwas anderes, nämlich die Existenz eines Zeitgeists, der sich auch innerhalb der kurzen Phase, in der sie ihre Studien betrieben, schon wieder geändert hatte. Auch das mehr oder weniger unterschwellige Operieren von Ideologien samt ihrer verkappten Propaganda glaubten sie allmählich zu durchschauen. Gerade am Gebrauch von Begriffen wie Freiheit oder Wirklichkeit ließ es sich gut beobachten. Das positive, aber unscharfe Gefühl, das sie hervorriefen, kaschierte oftmals die genau entgegengesetzten Absichten, und je häufiger sie verwendet wurden, desto weniger bedeuteten sie, je weniger sie bedeuteten, desto mehr Propaganda oder Zeitgeist war im Spiel.

Solcher Art waren die Überlegungen, die Asger und Wenzel in ihren Gesprächen austauschten und vorantrieben. Ihr Leitsatz lautete inzwischen: Nicht nur die Sehnsüchte der Menschen, auch ihre Gedanken waren in einem Hamsterrad aus Bluff und Irreführung gefangen. Dabei kamen sie sich selbst sehr scharfsinnig, sehr souverän vor. Zugleich erlahmte ihr alter Wissensdurst, beschränkte sich mehr und mehr auf ein beiläufiges Überfliegen der Kulturdebatten in den Feuilletons. Dort lernten sie den Jargon, die Rhetorik, das Vokabular des unaufhörlichen Bescheidwissens kennen, das stets klang, als durchschauten dessen Benützer noch den exzentrischsten Film und die unverständlichste Theorie, als könnten sie in jedem einzelnen Fall akkurat trennen zwischen Mode, faulem Zauber und echter Tendenz. Instinktiv fingen die beiden an, sich selber in diesem Jargon zu üben, und je besser sie ihn beherrschten, desto mehr fielen sie auf ihn und sich selbst herein. Sie bemerkten nicht, daß sie ebenfalls unter den Einfluß des so kritisch betrachteten Zeitgeists geraten waren, sich ihre Scharfsinnigkeit nur von ihm geborgt hatten.

Jedenfalls gewannen die beiden Freunde nun bald die unkritische Überzeugung, ihr geistiges Niveau sei dem ihrer Mitschüler haushoch überlegen. Und das ließen sie sich auch anmerken. Waren sie früher diskret mit dem Strom geschwommen, hatten sie sich später abgesondert und in ihrer verschworenen Zweisamkeit verkapselt, so traten sie mittlerweile, an der Schwelle zur Volljährigkeit, als Koryphäen in Erscheinung. Ihr Habitus bekam einen Stich ins Hochtrabende. Sie polarisierten ihre Umgebung. Entweder man begegnete ihnen mit schroffer Ablehnung oder mit einer Mischung aus Befremden und Respekt. Auf dem Pausenhof, sogar mitten im Unterricht, in der Biologiestunde, beim Lehrstoff Ethologie etwa, konnte es passieren, daß einer von ihnen aufstand und scheinbar spontan anfing, seine Thesen zu referieren. Das konnte sich dann zum Beispiel so anhören:

»Der Medienkapitalismus ist übrigens auch nichts anderes als angewandte Verhaltensforschung. Er arbeitet nach demselben Prinzip wie Pawlow mit seinen Hunden, läßt Glöckchen klingeln, damit die Menschen kaufen.«

Worauf der andere scheinbar ebenso spontan ergänzte:

»Verschlüsselte Konditionierungen affektiver Reflexe sind bekanntlich ein neuer, noch völlig unkontrollierter Machtfaktor. Macht wird heute hergestellt und gesichert durch permanenten Beschuß sämtlicher gesellschaftlicher Subsysteme mit semantischen Codes.«

Und der erste seinen Faden wieder aufnahm:

»Die am Menschen vorgenommenen Prozeduren sind vielleicht ein klein bißchen komplexer und unübersichtlicher, was die automatische Ausschüttung von Körpersäften betrifft, dafür aber mit Sicherheit von prächtigen Suchtsymptomen und psychosomatischen Störungen begleitet.«

»Wissen Sie, für uns als Elite gibt es ja zum Glück einen legalen Ausweg. Wir können einer Existenz als Laborratten dieser konkurrierenden Firmen und Fernsehsender des Public Behaviourism entkommen, wir können selber anheuern bei denen, forschen, Testreihen entwickeln für die Ratten draußen.«

»Für uns als Elite liegen die Arbeitsplätze der Zukunft nämlich in der Ichprogrammierung.«

»Die Gesellschaft wird dann unser Arbeitstisch sein.«

»Sagen Sie uns, welchen Menschen Sie haben wollen, und wir machen ihn.«

Einige einst politisch engagierte Lehrer waren von der Pfiffigkeit solcher slapstickhafter Einlagen nicht wenig beeindruckt. Sie beließen es, während das obligatorische Gelächter in der Klasse abebbte, bei wohlwollenden Ermahnungen ihrer Musterknaben, deren Darbietungen so eine gewisse Regelmäßigkeit im Schulalltag entwickelten.

Andererseits verdeckte ihre einhellige, neu gewonnene Tollkühnheit den feinen, noch unsichtbaren Riß, den ihre Freundschaft bekommen hatte. Er hätte sich anhand des überheblichen und sarkastischen Tonfalls durchaus diagnostizieren lassen, aber dazu waren sie selbst natürlich nicht imstande. Überdruß, Verbitterung ergriffen Besitz von ihnen, so schleichend, daß sie es kaum wahrnahmen.

Es war der allseits beliebte Dr. Heinz-Ludwig Stricker, der sie aufmerksam machte auf den wunden Punkt ihrer vermeintlich so abgeklärten Auftritte. Auch Poßmann und Weidenfeldt schätzten den kauzigen und ungemein belesenen älteren Herrn, der aus einem schier unerschöpflichen Gedächtnis Zitate und Anekdoten hervorzauberte. Nachdem sie seinen Lateinunterricht mit einer ihrer neunmalklugen Suaden unterbrochen hatten, die er einmal mehr geduldig über sich ergehen ließ, verfiel Stricker in minutenlanges Schweigen. Mit hinter dem Rücken verschränkten Armen marschierte er vor der Tafel auf und ab. Schließlich blieb er stehen, wandte sich langsam herum und sagte leise:

»Sie sind sich doch darüber im klaren, daß Sie mit Ihrer Arroganz genau das wiederholen, was Sie zu entlarven und anzuprangern glauben.«

Einige in der Klasse meinten kichern zu müssen. Es verging ihnen sofort wieder. Die Stunde wurde weitergeführt.

Auf die zwei Freunde hatte der Vorwurf die Wirkung einer Ohrfeige. Kleinlaut verkrochen sie sich, jeder in den hintersten Winkel seiner selbst, und sie brauchten eine Weile, bis sie sich von dort wieder hervorwagten.

Noch länger dauerte es, bis Wut und Scham wenigstens so weit abgeklungen waren, daß sie den ganzen Sinn von Strickers Kommentar erfaßten. Denn als sie endlich wieder miteinander redeten und seine Kritik auf ihre Berechtigung prüften, mußten sie ihr zustimmen. Es kam ihnen vor, als wäre ein Hebel in ihrem Kopf auf Null zurückgesprungen, gerade derjenige, der damals ihr Reflektieren in Gang gesetzt hatte. Sie mochten zwar inzwischen imstande sein, halbwegs Worte für Zusammenhänge zu finden, wo früher nur vages Ahnen war. Aber genaugenommen benutzten sie ihr bißchen Wissen, das sie sich in einem Anfall von Idealismus angeeignet hatten, um andere und sich selbst über ihre Unwissenheit hinwegzutäuschen. Statt ihren Verstand von irrationalen Verführungen zu emanzipieren, wie sie es gern ausdrückten, war er in den Nebel abstrakter Begriffe und fremder Ideen getaucht und hatte sich darin verloren. Mochte ihr Geschwätz gelegentlich die Wahrheit streifen, ihr elitärer Gestus machte sie wieder zunichte, noch schlimmer, er stellte sie über eine angeblich dumme, verblendete Masse und erlaubte ihnen, daß sie diese auch als solche behandelten.

Stricker entging die Wirkung nicht, die seine kleine Lektion auf Poßmann und Weidenfeldt ausgeübt hatte. Ein paar Wochen später lud er sie zum Abendessen ein. Die Privataudienzen in seinem nahe dem Schulgelände gelegenen Haus waren legendär. Die meisten Schüler, hieß es, denen diese seltene Ehre zuteil geworden war, hielten bis zum heutigen Tag Verbindung zu ihrem früheren Lehrer, einige noch nach dreißig Jahren. Der Junggeselle hatte sich einst trotz eines Doktortitels und einer in Historikerkreisen vielbeachteten Arbeit über den Pauperismus für eine schlichte Lehrerlaufbahn entschieden. Angeblich war es ein Entschluß aus Passion. Tatsächlich hatte Stricker immer den Kontakt zu Heranwachsenden gesucht. Von Schülern habe er immer wieder gelernt, die Gegenwart neu und anders zu begreifen, erzählte er gerne jedem, der es hören wollte. Nur dem Umgang mit ihnen sei es zu verdanken, daß sein Geist bis zum heutigen Tag geschmeidig geblieben sei. Als, wie er sich ausdrückte, Gegengeschenk versuche er ihnen Kultur nahezubringen.

Die jungen Männer waren ziemlich nervös, als sie an einem lauen Frühlingsabend an der Haustür ihres Lehrers klingelten. Stricker wohnte in einem schlichten, aber hübsch renovierten, orange gestrichenen und bis unters Dach mit Büchern vollgestopften Häuschen aus den frühen fünfziger Jahren. Er führte die Besucher auf die Terrasse seines üppigen Blumengartens, wo auf Art-Deco-Platten Aperitif und Hors d'œuvres schon bereitstanden. Über ihnen, in den Blättern einer Linde, schwirrten die Maikäfer. Man plauderte, bevor man zu Rotwein und Entenbrust überging, genauer gesagt, es redete fast ausschließlich der kleine, untersetzte Gastgeber.

Stricker liebte die Höflichkeitsfloskeln und den Smalltalk nicht. Ohne Umschweife steuerte er auf sein Ziel los. Was sie unter Kultur verstünden, er definiere sie als die Fähigkeit, ein gutes, ein bejahenswertes Dasein zu führen, sagte er und schenkte Wein ein.

»Natürlich ohne dafür Teile der Realität auszublenden. Es gibt die Auffassung, das sei ganz und gar unmöglich, Kultur und Realismus wären nicht zu vereinbaren, und gerade ein Lebensstil wie meiner beweise das. Er sei eine einzige Demonstration bildungsbürgerlichen Individualismus, anachronistisch und lächerlich bis zum Umfallen. Der Verdacht ist in der Tat nicht ganz unberechtigt und wurde, nebenbei bemerkt, von einem ehemaligen Schüler geäußert. Ich frage mich selbst oft, wieso ich es nötig habe, ihn meinen Gästen jedesmal wieder aufzudrängen. Als könnte nur ein Nonkonformismus wie meiner einen Kopf wie diesen hervorbringen.«

Und der Doktor klopfte sich, während er lachend den schüchternen jungen Leuten zutrank, mit dem gekrümmten Finger der freien Hand an die Stirn. Seine Augen blitzten. Backen, Halbglatze und Nase, diese drei überaus runden Teile eben jenes Kopfes, wurden immer röter, je länger er redete, sich ereiferte, Fragen stellte und sich selbst die Antworten gab. Dazu aß er für zwei, während vor allem Wenzel kaum einen Bissen von seinem Teller bekam, statt dessen linkisch mit dem großen Silberbesteck klapperte.

»Radikale Individualität sei ein Widerspruch in sich, behauptete jener Altschüler. Die Hypothese scheint mir plausibel. Das Allgemeingültige hebt das Einmalige in der Tat auf. Radix, die Wurzel, verweist nun einmal auf den gemeinsamen Nenner einer Sache, gleichsam auf ihre Uridee, also auf ein für alle Gleiches. Was aber wäre daran noch individuell? Außerdem entsteht alles Individuelle erst in Abgrenzung zum Anderen. Einsame Einzigartigkeit gibt es nicht. Ich nehme an, Sie pflichten mir bei, daß es mindestens eines direkten Gegenübers bedarf, nicht nur um der eigenen Persönlichkeit gewahr zu werden, sondern auch um seine Sicht der Dinge zu vertiefen. Differenzierung ist unerläßlich, wenn man Realität erkennen will. Freundschaften können dabei gute Dienste leisten, Ausgangspunkt sein für die Verfeinerung einer …«

Stricker brach mitten im Satz ab. Er sprang auf und eilte ins Haus. In der Tür drehte er sich mit ernster Miene um.

»Andererseits: ›Was das Denken betrifft, so fördert das gemeinsame Nachdenken propagandistischen Schwindel und nicht die Suche nach Wahrheit.‹ Sagt Simone Weil. Was sagen Sie dazu?«

Die Freunde blickten ratlos vor sich hin, bis ihr Gastgeber mit neuem Wein zurückkehrte.

»Sie kennen doch sicher die französische Philosophin und Mystikerin? Was denken Sie? Ist Freundschaft noch Individualismus oder schon Kollektivismus? Tja. Die Dichter sind in diesem Punkt ja völlig uneins. ›Als meine Jugend mein Leben hob in solch ein Licht, kam sie erstaunend deinem nah und liebte dich‹. So schwärmte Stefan George, der Jugendstil-Poet mit der Jüngerschar, während Doktor Benn, Arzt für Haut- und Geschlechtskrankheiten, überzeugt war: Nur ›wer allein ist, ist auch im Geheimnis, immer steht er in der Bilder Flut‹. Gleichwohl hat er sich vorübergehend von braunen Marschkolonnen begeistern lassen, während George nach der Machtergreifung ins Exil ging.«

Stricker ließ eine Pause eintreten. Mit runden Augen schaute er seinen beiden Gästen abwechselnd ins Gesicht.

»Sie verstehen nicht, was das alles soll? Was ich Ihnen damit sagen will? Gehe ich recht in der Annahme?«

Ohne eine Antwort abzuwarten, fügte er hinzu:

»Möchten Sie noch Wein?«

Er schenkte nach, auch hier ohne ihre Zustimmung.

»Sehen Sie, ich habe viel über Sie beide nachgedacht, mich auf Ihren Besuch gewissermaßen vorbereitet.«

Die beiden fühlten sich bedroht und geschmeichelt zugleich.

»Wie andere Kollegen auch, halte ich Ihre Intelligenz für bemerkenswert. Das ist jedoch für mich nicht das Entscheidende. Ich bin während meiner langen Lehrerlaufbahn oft jungen Menschen mit herausragenden Anlagen begegnet. Ausgezeichnete Schüler, mehr Frauen als Männer übrigens, mit glänzenden Abschlüssen, viele haben später Karriere gemacht. Von der Gruppe dieser Hochbegabten heben Sie sich durch eine einzige Eigenschaft ab: Sie haben Ihr Talent aus eigenem Antrieb genutzt, etwas Eigenständiges hervorgebracht. Das ist selten und scheint immer seltener zu werden. Ich habe Ihre kleinen Dramolette stets aufmerksam verfolgt, und Sie auch sonst beobachtet. Sie setzen sich auf eine exzentrische, für mich ganz neue Art zur Realität ins Verhältnis. Ich wußte nicht, daß diese Variante möglich ist, geschweige denn, daß sie wirklich existiert. Mit einem Wort: Sie haben mein Leben bereichert. Dafür bin ich Ihnen Dank schuldig.«

Ihnen zulächelnd, lehnte er sich zurück.

»Im Ernst, meine Herren: Sie werden mir unvergeßlich bleiben. Wenn Sie einmal mein Alter erreicht haben, werden Sie den Wert dieses Geständnisses zu schätzen wissen. Die Lebenszeit versackt immer schneller und spurloser im Schlund des Vergessens. Man stirbt dem Tod entgegen.«

Der alte Mann prostete den immer entsetzter dreinblickenden jungen Männern zu.

»Mit der Einladung heute möchte ich mich bei Ihnen revanchieren. Will sagen, dieser Abend soll für Sie so unvergeßlich werden, wie Sie mir schon geworden sind. Ich will ein wenig Verwirrung stiften in Ihren Köpfen, Ihre Meinungen aufweichen, Sie sozusagen aufwecken aus dem dogmatischen Schlummer, um mit Sokrates zu sprechen. Seien Sie unbesorgt, Sie haben nichts zu befürchten. Lassen Sie sich nur ein wenig füttern von mir, wenn Sie den Ausdruck gestatten. Mit einigen Abschweifungen, etwas Geist in kleinen Happen. Und mit Gaumenfreuden. Der nächste Gang gefällig?«

Wieder verschwand Stricker im Haus.

Asger schüttelte sich, lachte auf, rieb sich die Hände und trank dann sein Glas in einem Zug leer. Wenzel verharrte in verkrampfter Befangenheit.

Dieses Mal brachte der Doktor Käse und Brot.

»Dichotomien sind für klassische Humanisten wie mich grundsätzlich ein spannendes Feld. Kollektiv und Individuum, Vernunft und Sinnlichkeit. Denn es dreht sich dabei immer um Fragen des Gleichgewichts. Auch hierin scheint mir Ihr Fall besonders. Die sinnlichen Aspekte dominieren in Ihrem Alter gewöhnlich die verstandesmäßigen. Bei Ihnen ist es offenbar umgekehrt.«

Er hob das Käsemesser, stocherte in der Luft und hieb es in einen etwas formlosen bläulichen Laib.

»Aber probieren Sie den ausgezeichneten korsischen Chèvre. Wo waren wir stehengeblieben? Ihre Theaterstückchen, genau. Wie gesagt, ich habe mich stets bemüht, scharf hinzuhorchen. Der Kollektivismus, den Sie attackieren, schlägt Profit aus der Sehnsucht der Menschen nach Bedeutung, Berühmtheit, Originalität.«

Stricker legte jeweils ein dreieckig geschnittenes Stück Käse auf die Teller.

»Seine Ideologie arbeitet mit Affekten. Sie appelliert an eine Pseudoindividualität.« Asger Weidenfeldt wagte einen eigenen Redebeitrag.

»Nein, er muß so riechen. Ja, ein durchaus vertretbarer Gedanke. Und daß Sie ihn denken können, verdankt sich gemeinsamer, freundschaftlicher Anstrengung, nicht wahr? Es muß eine großartige Erfahrung gewesen sein, plötzlich zu zweit eine theoretische Höhe zu erklimmen, von der aus die Welt erscheint, als wäre bisher ein Nebelschleier über ihr gelegen, der sich nun auflöst.«

Asger nickte mit großen Augen vor sich hin.

»Was aber, wenn sich eines Tages herausstellt, daß auch dieser Gipfel unter einem nächsten Nebelschleier liegt, der sich wiederum auflöst, vom nächsthöheren Gipfel aus gesehen? Können Sie verbindlich sagen, Ihre Erkenntnisse seien frei von Ideologie? Dahinter verberge sich keine Sehnsucht, vielleicht der Wunsch, etwas individueller zu sein als die Herdentiere um Sie herum? Liefern Sie der Ideologie, die Sie kritisieren, womöglich sogar den Prototyp für eine weitere sublime Spielart von Pseudoindividualität? Entschuldigen Sie, ich frage bloß.«

Wenzel hockte da, die Hände zwischen die Knie geklemmt, und stierte auf seinen Teller.

»Die Gegensätze und ihr Gleichgewicht. Nun ja. Das Interessante ist, daß sie sich obendrein gegenseitig überlagern und beeinflussen. Das macht die Sache natürlich noch komplizierter, aber auch spannender. Zum Beispiel haben wir den asketischen Charakter Ihrer intellektuellen Neigungen noch gar nicht in Betracht gezogen.«

Dr. Stricker lachte, meinte, für heute habe er wohl genug Verwirrung gestiftet, und erhob sein Glas. Letztgültige Gewißheit sei ohnehin nicht zu haben für uns, das Denken nähere sich allenfalls der Wahrhaftigkeit an, und auch das nur, wenn es die dafür nötige Beweglichkeit bewahre, die Bereitschaft, jede Form der Erstarrung immer wieder aufzuweichen. Dualismen wie die zwischen Geist und Körper, Gemeinschaft und Einzelnem gebe es noch viele andere, und sie alle verlangten gleichzeitig nach Balance. Unter Kultur aber sei jene Technik zu verstehen, die sich als fähig erweise, diese scheinbar übermenschliche Aufgabe gleichwohl, wenn auch stets nur vorübergehend zu bewältigen.

»Und darauf wollen wir jetzt anstoßen.«

Das taten sie, der Gastgeber weltläufig, die Gäste manierlich, aber mit einer gewissen, von der ungewohnten Menge Alkohol herrührenden Schwerfälligkeit.

Stricker brachte die Teller in die Küche, Wenzel hatte seinen Käse nicht angerührt. Den Nachtisch, einen Schokoladekuchen nach italienischem Rezept, kredenzte der Hausherr auf silbernem Tablett. Er reichte Espresso dazu und eine letzte Flasche Wein, aus der er allerdings nur sich selbst noch eingoß. Harmlos klang der Abend aus mit Strickers berühmten Anekdoten und Aphorismen, die ein gelöster, gegen Ende sogar etwas übermütiger Asger Weidenfeldt um Zitate aus dem eigenen bescheidenen Fundus zu mehren versuchte; mühselig, aber mit fröhlich glänzenden Augen brachte er sie über die schwere Zunge, und der Doktor schenkte ihm höflich sein Ohr.

Nur Wenzel Poßmann war in bockiges Brüten verfallen. Er kauerte finster auf dem etwas unbequemen Gartenstuhl, bis Stricker gegen Mitternacht die Besuchszeit für abgelaufen erklärte. Augenscheinlich zufrieden mit dem Abend, komplimentierte er seine wackligen Besucher zum Gartentor, nicht ohne ihnen zuletzt noch einen pannenfreien Heimweg gewünscht zu haben.

9. Kapitel
FRAGEN DES STANDPUNKTS

Der mitternächtliche, fliederduftende Heimweg der Schüler von Dr. Strickers orange getünchtem Häuschen zurück auf das nahegelegene Internatsgelände folgte einer anderen Choreographie als der Mittagsbummel der beiden Männer über den sonnigen Stadtplatz. Hier, zwischen teilweise vorzüglich restaurierten, teilweise altertümelnd aufpolierten Fassaden, gestikulierte der Stadtarchivar vor der Nase des jetzt immer wieder anhaltenden und um sich blickenden Kulturmoderators, der den Ort kaum wiedererkannte. Eifrig erläuterte Wenzel, wo welche alteingesessene Konditorei mit Café, wo welches Juwelier- und Eisenwarengeschäft welcher Mode-, Bäckerei- oder Buchhandelskette gewichen war und wie es zum Wiederaufbau des vor zweihundert Jahren abgebrannten Osttors hatte kommen können. Asger staunte sprachlos.

Auf der Dorfstraße damals, die zwischen Scheunen, Ställen und Pferdekoppeln dahinlief, war es Wenzel gewesen, der stumm blieb, während sein trunkener Freund begeistert auf ihn einredete. Beide kamen sie nur in Schlangenlinien voran, aber mit welch unterschiedlicher Verve. Asger war komplett hingerissen von dem Abend. Beschwingt, geradezu tänzelnd torkelte er durch den Vollmond, schwärmte von Wissen und Stil des Lehrers, seiner Eloquenz, der Klugheit seiner Gesprächsführung, summte in Ekstase, um die Pausen zwischen den Sätzen zu füllen, und die Käfer im Mondlicht summten mit.

Wenzel wankte ihm träge mit hängendem Kopf in einiger Entfernung hinterher. Die Hände in den Hosentaschen vergraben, schoß er Steinchen über den Asphalt, was den Kurs seiner Marschroute nicht gerade stabilisierte. Asger rekapitulierte den Gesprächsstoff des Abends und seine Wirkung. Er wisse nun, wie er sein Leben künftig zu gestalten gedenke. Unzählige Male formten seine Lippen das Wort Kultur, es schien eine besondere Anziehung auf ihn auszuüben, er wandte es an auf alles, was ihm gerade einfiel, sprach von einer Kultur des Nonkonformismus, des Lebensstils, der Verfeinerung und Selbstkritik, davon, daß eine Gemeinschaft sowohl eine Kultur des allgemein Verbindlichen als auch des Individualismus pflegen müsse. Er gebrauchte das Wort in Zusammensetzungen wie Wohnkultur, Sprechkultur, Monokultur, Trink- und Eßkultur, betonte die Radikalität einer Kultur der Sinnlichkeit, die neben der Beharrlichkeit einer Kultur der Freude, der Vernunft, der bleibenden Werte unverzichtbar bleibe und in der Kunst, der Literatur, der Poesie und der Kultur an und für sich gipfle, wobei die Lyrik sich zur Sprache verhalte wie die Kultur zum Leben. Er hatte wirklich viel getrunken.

Bei Wenzel, mit seinem größeren Hang zur Sachlichkeit, hatte der Abend einen unangenehmen Eindruck hinterlassen. Asgers letzte Worte brachten für ihn das Faß zum Überlaufen. Lührick, höhnte er, schwürick. Sie waren inzwischen am Schultor angelangt, wo der finster dreinblickende Stipendiat gegen den Torpfosten gestemmt stehen blieb. Und lieg ich dereinst auf der Bahre, dann denkt an meine Guitarre: allein schon der weihevolle Ton, lallte er, verursache ihm Ü-ü-übelkeit. Und überhaupt: Dichter. Ein Synonym für Menschen, die außerstande seien, Ordnung in ihre wirren Köpfe und in ihr Liebesleben zu bringen. Was herauskomme, wenn sie es trotzdem versuchten, nenne man dann Dichtung.

Auch Asger blieb stehen. Er wandte sich schwankend um und erwiderte, ebenfalls lallend, aber mit einem herablassenden, an Unverschämtheit kaum zu überbietenden Ton, manchen Menschen fehle eben jede Inspiration, aber bei einem Proleten wie ihm, Wenzel Poßmann, sei das nicht weiter verwunderlich. Der packte darauf den ohnehin geschwächten Weidenfeldt bei den Schultern, rüttelte ihn, stieß ihn zu Boden und drehte schließlich ab, um den Rest des Wegs allein zu Ende zu torkeln.

Am nächsten Morgen wurde der Streit freilich mit tausend Entschuldigungen beigelegt. Eine gewisse Abkühlung in der gegenseitigen Anteilnahme war jedoch nicht länger zu überspielen. Eine Kluft von Fremdheit hatte sich zwischen den beiden aufgetan, eine Verständnislosigkeit, die mehr war als Wenzels Vorwurf, bei Stricker von seinem Gefährten im Stich gelassen worden zu sein, und als Asgers Ärger über die Unbeholfenheit und die mangelhaften Tischsitten des Freundes.

Es ist auch eher unwahrscheinlich, daß den beiden jungen Männern damals zu Bewußtsein kam, wie stark dieser erste ernsthafte Bruch in ihrer Freundschaft von Eifersucht und Neid auf ihr jeweiliges Herkommen geprägt war. Asger dürfte seine Sehnsucht nach einem von bildungsbürgerlichen Traditionen unbelasteten Milieu kaum begriffen haben. Während Wenzel sich im Grunde von einem Ambiente und einer Konversation wie in Strickers Garten in jeder Hinsicht vollkommen ausgeschlossen fühlen mußte. Was er dort zwar noch nicht hatte erkennen können, ihm dafür später nur allzu deutlich wurde, war das Faktum, daß er niemals lernen würde, sich in dem, was man Gesellschaft nennt, unbefangen zu bewegen.

Geheime Scham, den anderen in seine Familienverhältnisse einzuweihen, hatten die beiden immer, auch in der Zeit ihrer engsten Verbundenheit empfunden. Selbstverständlich war jeder für sich überzeugt, derartige Spießigkeiten hätten für ihn keinerlei Bedeutung. Ins nur zehn Kilometer entfernte Fuchsenhub nahm Asger den Freund dennoch nie mit. Umgekehrt schwieg sich Wenzel restlos über sein Elternhaus aus. Nicht einmal den Wohnort gab er im Internat preis. Einige Mitschüler wollten wissen, daß der Vater ein arbeitsloser Trinker sei, der die Mutter schon mehrfach krankenhausreif geschlagen habe, während die älteren seiner fünf bis zehn Schwestern die Familie mit Putzen ernährten. Es waren nichts als ziemlich unglaubwürdige Gerüchte.

Seit ihrem Besuch bei Stricker herrschte jedenfalls Distanz zwischen Weidenfeldt und Poßmann, die bis zu den Abiturprüfungen anhielt und sich auch bei den Feierlichkeiten danach nicht mehr überwinden ließ. Nach außen zeigte sie sich darin, daß Asger nun häufig allein im orangefarbenen Häuschen verschwand und nach einiger Zeit mit einem Stapel Bücher unter dem Arm wieder herauskam. Wenzel konnte indes in den Schulgängen öfter mit dem alten Heitauer angetroffen werden, wo sie auf einer der Fensterbänke ins Gespräch vertieft saßen. Der frühere Pfarrer von Vössen, ein frommer, asketischer Mann, der seine knappen, wohlbedachten Worte stets mit sehr leiser Stimme vortrug, sprang aushilfsweise beim Religionsunterricht ein, seit er sich in die kleine Nachbargemeinde hatte versetzen lassen, zu der auch die Internatsschule gehörte. Offenkundig suchte Wenzel die Nähe des Geistlichen und wohnte, zur Verblüffung Asgers, in der kleinen Dorfkirche bald regelmäßig der Messe bei. Darüber debattieren ließ sich nun freilich nicht mehr, ebensowenig wie über Doktor Strickers Theorien.

Doch gerade weil sie jetzt Abstand zueinander hielten, entwikkelten sie in den letzten Monaten auf dem Internat eine für ihr Alter bemerkenswert klare Vorstellung vom Charakter des jeweils anderen. Denn so völlig sie sich auf der einen Seite unterschieden, so sehr glichen sie einander weiterhin auf der anderen. Genau aus dieser Mixtur hatte sich die Intensität ihrer Freundschaft ja gespeist, die sich jetzt unaufhaltsam ihrem Ende entgegenneigte.

Im stillen fing Wenzel an, den sich langsam immer weiter entfernenden, einstigen Vertrauten für exakt die Anlagen zu bewundern, die ihm selbst gänzlich fehlten: Begabung zur Phantasie, diplomatische Weltläufigkeit und vor allem sprachliche Geschmeidigkeit. In diesem letzten Bild, das er von Asger mitnahm, bevor sich jeder allein auf den Weg in seine Zukunft machte, hatte er seine Hochachtung über die Zeit bewahrt. Und sie fand Bestätigung in vielem, was während der letzten Jahre über den jungen Weidenfeldt durchgesickert oder von ihm zu lesen, zu hören und zu sehen gewesen war.

Asger besaß kein solches Erinnerungsbild von Wenzel Poßmann. Zuletzt hatte er doch einsehen müssen, daß sogar ein hochintelligenter Mensch wie dieser nicht einfach über seinen sozialen Schatten springt, wenn ihm die entsprechende Konstitution fehlt. Wenzel besaß nicht genug Härte gegen sich selbst, um sich seiner Menschenscheu mit dem nötigen eisernen Willen entgegenzustemmen. Und er wußte das. Seine materielle Angst war zu groß. Asger wiederum wußte, daß er den Freund hinter sich lassen, ihn abstreifen würde als ein Stück Geschichte, das leider nicht einmal würde beanspruchen können, eine wirklich wesentliche Entwicklungsstufe seiner Laufbahn gewesen zu sein. Womöglich ahnte er, daß es überlegene Seiten an Wenzel gab, aber er wollte es sich nicht eingestehen. Vielleicht gehörte es ja auch zu seinen besonderen Talenten, daß er ihn kurzerhand aus dem Gedächtnis strich.

Seit Asger Weidenfeldt sich allerdings entschlossen hatte, seiner Mutter und seiner Heimat einen längeren Besuch abzustatten, war ihm der alte Schulfreund nicht nur wieder eingefallen. Er hatte auch beinahe sofort etwas von der seinerzeit verweigerten Wertschätzung verspürt, die Wenzels logisches Talent, sein Pragmatismus und seine schlichte Herzlichkeit verdienten. In den vergangenen Tagen hatte er sich manchmal sogar gefragt, ob statt einer weiter und weiter gehenden Verfeinerung seines Wissens nicht auch für ihn eine gewisse Annäherung an christliche Werte wie Bescheidenheit oder Demut damals besser gewesen wäre.

»Und den Pfarrer? Gibt es den auch noch? Wie hieß er gleich?«

»Heitauer. Im Ruhestand, wie Stricker, Halbruhestand, genauer gesagt. Ich sehe ihn selten, aber regelmäßig, er liest noch manchmal die Messe.«

Sie betraten gerade eine neue, schick eingerichtete Cafeteria am schräg gegenüberliegenden Ende des Stadtplatzes. Von den Schürzen der Bedienungen über die dickwandigen, original italienischen Kaffeetassen bis zur Pseudokunst, den abstrakten Farbpinseleien an den Wänden, zeugte alles vom typisch provinziellen Bemühen um das Flair von Metropolen.

Noch immer redete Wenzel ein auf seinen alten Schulfreund, während sie Milchkaffee und ein Frühstück bestellten, doch inzwischen klang seine Stimme befreit, beinahe ausgelassen. Eine Last war von ihm abgefallen. Nun erging er sich in Kleinstadtanekdoten, reihte eine an die andere. Soeben erzählte er vom politischen Skandal um die beim Pflastern des Stadtplatzes verwendeten Granitplatten. Die hatten nämlich gegen Ende des Kriegs KZ-Häftlinge im Steinbruch gehauen, für eine nahe der Stadt geplante NS-Eliteschule.

»Und seither lagerten die als städtischer Besitz sozusagen auf einer Halde draußen beim alten E-Werk. Was los war, als das rauskam, kannst du dir vorstellen. Blut klebt an diesen Steinen, stand rot über den ganzen Platz gesprüht, da waren die Platten natürlich längst ...«

»Sei froh, daß du dich nie auf die Ersatzwelten eingelassen hast, in denen ich verkehren muß.«

Mitten im Satz, als er das zweite Cornetto di crema verzehrte, unterbrach Asger plötzlich Wenzels Redeschwall.

Am Tonfall erkannte der Archivar, wieviel Kraft es den früheren Freund kostete, diese sonderbare Behauptung aufzustellen. Er verstummte augenblicklich.

»Alles ist richtig gelaufen in deinem Leben: Stadtarchivar, Beamter, verheiratet, ich nehme an: Kinder. Ja? Zwei? Sehr gut. Ist Frau Stangl deine einzige Mitarbeiterin? Schade. Aber da hast du wenigstens einen Menschen um dich. Nicht zu vergessen das Amt, die Gerüchte, die Akten!«

Er stützte sein Kinn in die Hand und fing an, sich von der Seele zu reden, was nun offensichtlich ihn bedrückte. Zwar habe er immer gewußt, wie wenig Bildung die Leute vor Anpassung schütze, daß sie mit Bildung fremde Meinungen und Verhaltensmuster sogar leichter als andere übernähmen. Aber natürlich sei er trotzdem davon ausgegangen, unter ihnen eher jemanden zu treffen, mit dem er sich auf einem etwas höheren Niveau unterhalten könne, von dem er wenigstens einen ungewohnten Blickwinkel kennenlernen würde. Aber weit gefehlt. Er habe nur starrere, nur einfallslosere Masken gefunden. Diese Leute seien noch viel schlimmer beschädigt als die kleinbürgerlichen Konsumspießer, mit denen Wenzel sich herumschlage. Ständig fühlten sie den Zwang, sich zu verstellen. Verkrüppelt seien sie. Hinkende Seelen, eingesperrt in ihre Selbsttäuschungen, die ihr ganzes Kapital darstellten. Er stieß den Teller mit dem angebissenen Hörnchen von sich, als sei es an allem Schuld.

»Dagegen ist deine Frau Stangl, mein Lieber, die reine Unschuld. Die glaubt immerhin, was man ihr tagtäglich eintrichtert. Im Vergleich zu unseren durch und durch von Angst und Mißgunst getriebenen, sogenannten Celebrities sind ihre kleinen Marotten hochgradig authentisch. Sieh mich nicht so fassungslos an!«

Wenzel steckte sich eine Kippe in den Mundwinkel, kratzte sich am Hinterkopf und schob die Schachtel zu Asger hinüber. Er hatte eigentlich befürchtet, daß seine Augen eher Heiterkeit als Entsetzen ausdrückten.

Asger aber fuhr trotz Wenzels Ironie ungerührt mit seiner pathetischen Beichte und Abrechnung fort.

»Solltest du jemals in die Verlegenheit kommen, irgendwelchen Damen oder Herren mit diesen Fernsehgesichtern, mit Presseausweisen und Kamerateams Rede und Antwort stehen zu müssen, weil sie plötzlich zufällig ihr Interesse für deine Person entdeckt haben, gebe ich dir einen guten Rat: Laß dich nicht drauf ein, egal welche Offerten sie machen. Oder tu es wenigstens nicht eher, als bis du sagen kannst: Ich habe den größten Teil dessen, was ich mir in diesem Leben zu schaffen vorgenommen habe, bereits nach bestem Wissen und Gewissen hinter mich gebracht. Solange nicht jede einzelne Zelle deines Körpers erfüllt ist von einem ruhigen, souveränen Selbstbewußtsein, solange es dir schmeichelt, von ihnen beachtet zu werden, solange dir dein gerechter Stolz auf deinen Beruf, deine Leistung noch steigerungsfähig erscheint: Liefere dich ihnen nicht aus. Vor allem laß es auf keinen Fall zu, wenn du dein Privatleben nicht restlos vor ihnen verbergen kannst. Sonst mach dich auf einen Alptraum gefaßt. Sie werden dein Gesicht, deine Person, dein Image verhökern und dich, falls du zu dem Zeitpunkt noch kein verblödeter Tattergreis sein solltest, unweigerlich zerstören. Und zwar hier.«

Asger Weidenfeldt wies auf die Herzgegend. Dann nahm er sich eine von Wenzels filterlosen Zigaretten, bekam aber nach dem ersten Zug sofort einen Hustenanfall. Mit halberstickter Stimme, von Hüsteln unterbrochen, sprach er weiter von seinem Job, den er sich gerade einmal so eingerichtet habe, daß er nach wie vor mit gutem Gewissen sagen könne, was er tue, schade immerhin keinem. Denn er habe zum Glück einen der letzten Posten ergattert, auf denen man noch halbwegs frei von Quotendruck, Marketing und Mobbing arbeiten könne, und natürlich sei er dabei durch seinen Namen schwer begünstigt gewesen.

»Die Frage ist allerdings, für wie lange noch. Mein Gott, was gäbe ich darum, etwas Anständiges gelernt zu haben und einen richtigen Beruf auszuüben. So wie du.«

Ganz verdreht saß der Kulturjournalist jetzt da auf seinem Stahlrohrhocker, mit übereinandergeschlagenen Beinen, den Fuß des einen unter die Wade des anderen Beins geklemmt. Wenzel Poßmann hatte nicht vergessen, wie schnell Asgers kultiviertes Gebaren ins Affektierte kippen konnte, wenn er unruhig wurde. Dieser Zug von Verbitterung allerdings, der sich jetzt immer deutlicher herausschälte, war neu und überraschend für ihn. Wenzel hätte im Gegenteil eher damit gerechnet, daß die gleichbleibend nette, etwas glatte Fassade der Fernsehauftritte ein wenig auf die Privatperson abgefärbt haben könnte.

»Du denkst bestimmt, ich bin ungerecht und undankbar, ich habe meinen Durchbruch doch gehabt. Noch vor zwei, drei Jahren hätte ich dir wahrscheinlich recht gegeben.«

Asgers Blick folgte nervös jeder Bewegung im Café, während er von seinen Anfängen schwärmte, als man tatsächlich noch habe erfolgreich sein können, gut, herausragend. Man habe sich auf das eigene Format verlassen, und der Markt habe sich auf einen zubewegt. Man sei frei gewesen, habe beinahe alles tun können, was einem als richtig erschienen sei.

»Ich übertreibe wirklich nicht. Mittlerweile verhält es sich schlechterdings umgekehrt: Du selbst bist es, der sich bewegen muß. Auf den Markt zu. Und das bedeutet: Er gibt die Verpackung vor, und du bist nur die Füllung. Eigene Ideen, Gewissen, Charakter und Anspruch, deine Tabugrenzen, das kannst du definitiv vergessen, mein Lieber. Lästiges Zubehör, das du Tag für Tag an der Garderobe abgibst, bis du es irgendwann für immer dort zurückläßt, und zwar aus dem simplen Grund, weil du dich schlicht und ergreifend nicht mehr daran erinnern kannst.«

»Was ist denn mit dir passiert, Weidenfeldt? Du bist ja ganz aus dem Häuschen.«

Wenzel Poßmann schüttelte grinsend den Kopf. Asgers Humorlosigkeit und die Tatsache, daß er sich offenbar überhaupt nicht mehr beruhigen wollte, erinnerten ihn an den Zustand, in den er vorhin im Archiv selbst geraten war.

»Gar nichts. Das ist es ja. Eröffnungen, Empfänge und Festessen, Klatsch, Karrieristen und Opportunisten, Machtkämpfe, Eitelkeiten, Erbärmlichkeiten. Und alles so fade, so unglaublich kleinkariert. Und als sie mir dann diesen Vollidioten von Assistenten reingesetzt haben. Irgendwann hast du die Schnauze voll.«

Er drückte die Zigarette auf dem Fliesenboden mit der Schuhspitze aus, begann wieder sein Cornetto zu zerpflücken.

»Politiker oder Intellektuelle oder Entertainer. Wenn du wüßtest, was das für Geschöpfe sind: Phantome, die sich vor Kameras zusammenrotten, um ihre Schatten auf sie zu werfen. Diese Doppel- und Wiedergänger, die dann per Radiowellen in die Häuser der Menschen eindringen. Man meint, es müßte etwas dahinterstekken, Erkenntnisvermögen vielleicht, oder Genie, irgendein Geheimnis. Aber da ist nichts.«

Asger beugte sich verschwörerisch zu Wenzel hinüber.

»Der Zustand der Intelligenz in diesem Land ist ein Skandal. Aber das Milieu ein Bannkreis. Er hält jeden fest, der sich einmal hineinbegeben hat. Man findet nicht mehr heraus. Und ist man erst einmal etwas länger drin gewesen, will man es gar nicht mehr. Man verwechselt unweigerlich diesen Totentanz mit dem Leben.«

Er flüsterte jetzt.

»Es handelt sich um eine spezielle Form von Wahnsinn. Man muß höllisch aufpassen, Wenzel, und ich habe oft Angst, Angst davor, selber verrückt zu werden. Vielleicht bin ich es ja schon.«

»Entschuldige, wenn ich lachen muß.«

Der Stadtarchivar zündete sich eine neue Zigarette an der Glut der alten an.

»Daß ausgerechnet Herr Weidenfeldt gescheitert und seine Karriere ein Fehlschlag sein soll. Meinst du, ich kenne deine Artikel nicht? Der einzige Grund, warum ich das Abo dieser Zeitung nicht kündige, bist du. Auch deine Sendung habe ich mir ein paar Mal angeschaut, obwohl ich sowas sonst nicht gerade liebe. Du weißt doch selber ganz genau, daß das gut ist, was du machst. Nein, das kannst du mir nicht erzählen, du bist schließlich der Gegenbeweis. Wenn es einen Weidenfeldt geben kann in diesen Kreisen, dann gibt es dort auch andere. Oder willst du behaupten, du wärst der einzige?«

Selbstverständlich genoß Asger Weidenfeldt die schmeichelhaften Worte, wie alle Menschen Lob und Bewunderung zuerst immer genießen, egal von wem sie stammen. Das sagte sich auch Asger und fühlte sich dadurch erst recht aufgestachelt.

»Natürlich nicht. Ich habe einfach keine Lust mehr auf den ganzen Zirkus. Wichtig aussehen, unverzichtbar wirken, ist alles, wozu ich tauge. Ich mag auch nicht mehr davon reden. Reden wir lieber wieder von dir.«

»Sei nicht albern.«

»Doch. Von deiner Familie, deinen Kindern. Deine Frau arbeitet?«

»Halbtags. Seit die Kleine im Kindergarten ist.«

»Und? Ist sie glücklich, eure Ehe?«

»Was ist das für ne Frage!«

Als hätte er plötzlich etwas durchschaut, verstummte Wenzel und wurde ganz rot im Gesicht, ob vor Verlegenheit oder Wut konnte Asger nicht auseinanderhalten. Mit tief gefalteter Stirn, die Kippe wie einen Zeigestab zwischen den Fingern, fuhr er endlich fort.

»Du irrst dich, wenn du in dem tristen Trott von unsereinem irgendwas vermutest, das für jemand wie dich von Interesse sein könnte. Als Ersatz für die angeblichen Ausfälle in deinen Eliten sozusagen. Hier existiert doch überall nur ein Dahindämmern im Mittelmaß. Sämtliche Aufregungen betreffen Kinkerlitzchen oder sind sentimentale Anwandlungen. Ich muß dir sagen, auch ich führe das Leben eines Spießers. Außerdem ...«

Er verriet nicht, was er außerdem meinte, paffte statt dessen dicke Rauchschwaden vor sich hin.

Dafür zeigte sich jetzt auf Asger Weidenfeldts Lippen ein flüchtiges Lächeln.

»Dein Urteil über dein eigenes Leben hört sich aber nicht gerade objektiv an. Immerhin kennst du noch so etwas wie normale menschliche Beziehungen.«

Er schien fast beleidigt, daß ihm Wenzel seine Existenz als ebenso gescheitert hinstellte, wie er seine eigene beschrieb.

»Normale menschliche Beziehungen! Wann denn? Wo denn? Erstens hat hier keiner Zeit zu irgendwelchen menschlichen Beziehungen, weil entweder gefernseht oder gejoggt werden muß. Und was zweitens das Normalsein angeht, also ... «

Ihm gingen offenbar die Worte aus über dieser Zumutung.

»... also: ein einziges Vakuum.«

Aber Asger hörte gar nicht mehr hin, hing vielmehr einem Gedanken nach, den er während Wenzels Archivführung entwickelt hatte und der ihm sehr gefiel. Die Gegenwart wird verschüttet, hatte er gedacht, die Geschichte löst sich in nichts auf. Allerorten schlägt technologische Qualität in materielle Quantität um, wobei die Substanz unaufhörlich abnimmt. Es wie bei einem Verdünnungsvorgang, der sich so lange fortsetzt, bis die Lösungsmittel nur noch Leere transportieren. Vielleicht aber, dachte er jetzt, ist das Leben ja nur scheinbar in uferlos wuchernder Wirrnis ersoffen.

Vielleicht sind die hohlen Dinge gar nicht hohl, verbirgt der Tumult der Daten kein Vakuum, sondern wirkliche, vitale, luxuriöse Fülle. Und ich kann sie nur nicht wahrnehmen.

Inzwischen tränten ihm von Wenzels Qualm die Augen.

»Ich würde jedenfalls gerne mal eine Zeitlang auf deine Seite wechseln.«

»Selber schuld. Ich auf deine.«

Sie verstummten. Jeder ärgerte sich über die lächerliche Verblendung des anderen.

Dann lachte Asger laut auf.

»Andererseits bin ich ja gar nicht in der Lage dazu. Stell dir vor, was mir auf dem Weg hierher begegnet ist: Da fahre ich durch diese Landschaft, die meine Heimat ist. Komme mit Eingeborenen zusammen. Kann aber nicht mit ihnen reden, obwohl sie dieselbe Sprache sprechen. Benehme mich überhaupt wie ein Hanswurst. Werde den Eindruck nicht los, um mich herum existierten nur noch exotische, nicht nachvollziehbare Lebensformen.«

»Wenn ich mir umgekehrt vorstelle, wie ich mich verhalten würde, müßte ich in irgendein sozusagen noch so bescheidenes Rampenlicht treten.«

Auch die Miene Wenzels verriet jetzt eine gewisse Geistesabwesenheit.

»Ich glaube, ich würde davonlaufen. Oder völligen Unsinn von mir geben. Oder erstarren. Ich wüßte nicht, was ich täte.«

Asger betrachtete den Schulfreund mit einem kaum merklichen Ausdruck von Rührung, von dem er selbst wußte, daß er nicht ganz frei von Eitelkeit war.

»Das allerdings war immer eine besondere Gabe von dir, Poßmann, und ein Talent, das ich leider viel zu spät schätzen gelernt habe. Dazu ein Privileg. Du bist gefeit vor gewissen Versuchungen, wenn ich so sagen darf, und deshalb auch der erste Mensch, den ich hier aufsuche.«

Das wurde Asger selbst erst in der Sekunde endgültig klar, als er es aussprach. Erstaunt verfiel er in Schweigen.

Auch Wenzel schwieg. Er war nicht sicher, ob ihn diese Ehre wirklich freute.

Sie tranken ihren Kaffee aus, zankten sich eine Weile, wer zahlen durfte.

Dann standen sie ratlos draußen vor der Tür.

Der Archivar rauchte eine neue Zigarette an, schaute auf seine Uhr.

»Und? Was hast du sonst so vor?«

Es dauerte etwas, bis Asger begriff, daß Wenzels Mittagszeit zu Ende war und er wieder zur Arbeit mußte.

»Oh. Ich werde wohl für einige Zeit hier in der Gegend bleiben.«

»Ist nicht dein Ernst.«

Asger lächelte vor sich hin. Dann, abrupt, als wäre ihm plötzlich eine Idee gekommen, wechselte er in einen anderen, beinahe begeisterten Tonfall.

»In ein paar Tagen hat meine Mutter ihr großes Gartenfest. Viele bekannte Namen stehen auf der Gästeliste. Ich lade dich ein. Dann kannst du dir selber ein Urteil bilden.«

Wenzel erschrak.

»Unmöglich!«

»Der Rahmen ist absolut leger.«

»Tut mir leid, Asger, aber da paß ich nicht hin.«

»Du brauchst mit keinem zu reden, wenn du nicht willst. Dafür sorge ich, das versprech ich dir. Wir bleiben im Hintergrund. Auf Beobachtungsposten. Wie früher.«

Wenzel sah erneut auf die Uhr.

»Ich zeige dir meine Welt, dafür zeigst du mir deine.«

Und um zu beschreiben, welche Welt er mit Wenzels Welt genau meinte, schwang er seinen Arm in einem weiten Bogen über den mittäglich leeren Stadtplatz.

»Wir legen sie beide auf den Seziertisch. Hier oben.«

Asger tippte sich an die Schläfe.

Wenzel Poßmann kratzte sich an der Stirn.

»Ich muß.«

Mit diesen Worten wandte er sich abrupt um und rannte Richtung Stadtarchiv davon. Quer über die Fußgängerzone rannte er, mit großen Schritten und Sprüngen und einem Schlenkern im linken Bein, mehrmals stolpernd bei dem Versuch, sich doch noch einmal umzuwenden auf dem unebenen Granitpflaster. Jedesmal aufs neue winkte er mit ausladender Gebärde, und wenn er wieder losrannte, begannen auch die seitlich vom Kopf abstehenden Haarsträhnen mitzuwippen. Kleiner und kleiner wurde die hüpfende Gestalt, bis sie schließlich vom Rathauseingang verschluckt wurde.

Asger Weidenfeldt aber stand noch eine Weile vor dem Café, nachdem Wenzel verschwunden war, und blickte über den Platz. Dann zuckte er die Schultern und verschwand ebenfalls.

Zweiter Teil
DAS EVENT

»Da die Tragödie geschehen war,
mußte das Satyrspiel folgen.«
Wolfgang Koeppen

1. Kapitel
LETZTE VORBEREITUNGEN

»Ich will berühmt werden.«

Maya Nüsslein lachte, und wie immer, wenn sie lachte, strahlte sie eine hinreißende Unschuld aus. Sie hob die sorgfältig zu feinen Sichelmonden gezupften Brauen, zeigte ein wenig von ihrer oberen Zahnreihe, und auf den glatten, sehr weißen Wangen bildeten sich niedliche Grübchen. Wieland Simon war sofort überwältigt, das erkannte sie am plötzlichen Flattern seiner Augenlider. Schließlich senkte er den Blick, um die Unterhaltung fortsetzen zu können. Die Signale waren ihr vertraut.

»Du hast diese Leute doch kennengelernt. Zu denen gehörst du nicht, zu denen kannst du nicht gehören.«

Wieland rieb sich den dürren Dreitagebart am Kinn. Ein Ausdruck matter Hoffnung zeigte sich um Mund und Augen.

»Nie. Zum Glück.«

Um zu unterstreichen, daß sie das Gespräch für unwiderruflich beendet hielt, begann Maya eine Bierbank vom Lastwagen zu ziehen. Augenblicklich sprang Hackl herbei, der andere junge Bauhof-Arbeiter, um ihr die Last abzunehmen. Sie ließ es zu mit einem Lachen.

Maya lachte viel und gerne. Ihren Charme hatte sie von ihrer Mutter geerbt, sagten die Leute. An Schönheit übertraf sie Nele Nüsslein bei weitem: Auch Mayas Gesicht war kreisrund, auch sie besaß die Lücke zwischen den Schneidezähnen, aber alles an ihr wirkte veredelt. Die kleinen Fehler verliehen der Zwanzigjährigen sogar eine zusätzliche erotische Note, und sie selbst hatte ein sehr feines Gespür für den Eindruck, den sie auf Männer machte.

Natürlich war Wieland Simon noch immer in sie verliebt, wie

auch Hackl, auf seine schüchterne Art, natürlich in sie verliebt war. Aber obwohl ihr Ex-Freund mittlerweile begriffen hatte, daß jemand wie er ein Mädchen wie sie niemals auf Dauer halten konnte, gönnte er Maya natürlich trotzdem keinen Liebhaber, der angeblich besaß, was er angeblich nicht zu bieten hatte. Das schöne Mädchen spürte zwar die Gefahr, die in dieser Eifersucht steckte. Andererseits ertrug sie es nicht, irgendwen ihretwegen leiden zu sehen. Deshalb blieb sie auch Wieland zugewandt, selbst jetzt, vor dem so sehnlich erwarteten »Event«, während er allerdings anfing, ihr ernstlich auf die Nerven zu fallen. Sie meinte ja ständig, alle Welt umarmen zu müssen, und vielleicht kam daher auch der unbändige Wunsch, ein Leben vor der Kamera zu führen.

Simon und Hackl trugen Bänke in den Garten von Fuchsenhub Nr. 7. Maya ging voran. Mit wiegenden Schritten dirigierte sie die beiden über den Innenhof auf die große Veranda, wo Kollegin Mascha gerade Sitzpolster aus dem Magazin heranschleppte und neben dem Torbogen stapelte. Dann führte ihr Weg links drei Stufen hinunter und entlang der bereits von der Sonne erwärmten Südseite um die Ecke des Haupthauses. Dabei rief sie sich den Plan ins Gedächtnis: Auf der Terrasse waren drei Tische vorgesehen, einer davon fürs Buffet an der Wand zum Garagenanbau. Auf der Wiese sollte außer den beiden Stehtischen der Ausschank aufgestellt werden. Runter zum Felsen schließlich, um die große Steinplatte herum, kamen die Klappstühle. Die restlichen Utensilien auf dem Laster, samt einiger überzähliger Bänke, waren für das Zelt bestimmt, das zwischen der Pappelzeile und der schützenden Ostwand des Hauses allerdings nur dann aufgebaut werden sollte, wenn das Wetter umschlug. Es war früh am Morgen, außer Maya, Mascha und den Arbeitern noch niemand da. Franz Stegmüller, der die Anweisungen gab, würde in etwa einer halben Stunde erscheinen, Frau Weidenfeldt überhaupt erst, wenn das Fest schon begonnen hatte. Maya beschloß, sämtliche Gerätschaften erst einmal auf dem Rasenstreifen neben dem Haus aufreihen zu lassen. Bis sie damit fertig waren, würde mit Sicherheit auch Franz da sein.

»Am besten hier an die Mauer, denke ich.«

Sie wischte sich über die Stirn, fuhr mit zum Kamm gespreizten Fingern durch den Pferdeschwanz, der seitlich schräg vom Hinterkopf wie der Schweif eines Tieres abstand, und kehrte sich lachend ihren Trägern zu. Hackl schaute eilig auf den See hinaus. Seine abstehenden Ohren liefen rot an. Wielands braune Hundeaugen dagegen blieben hartnäckig auf Maya geheftet. Die Arme mit den fleischigen Händen hingen schlaff am Rumpf herab. In den Ärmeln des orangen Overalls wirkten sie noch schwerer als sonst.

»Wenn du werden willst wie die, verlierst du alles, was dich ausmacht.«

Seine wulstigen Lippen sahen stets aus wie schmollend aufgeworfen, unter dem extrem kurz geschnittenen Haupthaar trat der höckerige Schädel hervor.

»Was dich zu was Besonderem macht, meine ich. Das hat doch keinen Platz bei denen. Deine ganze Art nicht.«

Alles an ihm wirkte wie eine Nummer zu groß geraten.

»Warum du zum Beispiel so schön bist.«

Maya rollte die kajalumrandeten Mandelaugen und machte sich mit einem zur Eile antreibenden Winken auf den Weg zurück zum Lader. Fast wie auf dem Catwalk schritt sie über die nasse Wiese. Das hatte sie sich von Clara abgekupfert, die ihr in vielem als Vorbild diente. Freilich imponierte ihr die Chefin, wie Maya und Mascha sie für sich nannten, ausschließlich in handwerklicher Hinsicht. Von Clara konnte sie lernen, wie sich ein Star kleidet, schminkt, wie er sich bewegt. Als eigene künftige Rolle schwebte ihr etwas anderes vor. Sie wollte keine unnahbare, unberechenbare Diva, sondern eher wie ihre Mutter Nele werden, nur eben perfekt. Wie sie wollte Maya entwaffnen durch Liebenswürdigkeit, wollte durch Offenheit und überströmende Güte Menschen in ihren Bann ziehen. Das gefiel ihr, das schwebte ihr vor, und bei den Jungs vom Bauhof gelang es bereits ausgezeichnet.

»Und überhaupt. Ihr habt doch alle eine falsche Vorstellung. Nur weil einen alle kennen. Die sind nicht bloß aufgeblasen und so. Manche können ziemlich nett sein. Die meisten sind sogar echt romantisch.«

»Romantisch? Die Ärsche aus den Talkshows?«

»Du willst mich ja gar nicht verstehen.«

Maya wandte sich zum Gehen. Der Satz paßt immer, dachte sie. Hackl folgte ihr auf dem Fuß. Wieland blieb trotzig stehen.

»Ich liebe dich.«

Er steigerte die Lautstärke, als sie im Durchgang zum Innenhof verschwand.

»Du bist aber nicht cool, nicht clever genug für die. Dir fehlt der Pep! Du kannst Leute nicht zum Lachen bringen! Die wollen doch alle nur das Eine! Und hinterher schmeißen sie dich weg! Glaub mir! Maya!!«

»Brüll doch nicht so rum!«

Die begehrte junge Hausangestellte war noch einmal im Torbogen erschienen.

»Willst du die Chefin aufwecken? Willst du unbedingt Ärger kriegen?«

Ihr Flüstern klang jetzt ernsthaft tadelnd, und der pechschwarz gefärbte Haarwedel wippte dazu.

»Einige schaffen es trotzdem.«

Damit zog sie neuerlich ab.

Als Wieland den Lastwagen am Kiesplatz erreichte, fuhr gerade ein Kleintransporter vor. Aus der Beifahrertür, auf der in verschlungenen Buchstaben der Schriftzug »Bonnard & von Wrangel« als Firmenlogo prangte, stieg eine Frau mit langem, glattem, blondem Haar. Sie trug eine weiße Hemdbluse, dunkelblaue Hosen mit Bügelfalte und marschierte forsch, mit zur Begrüßung ausgestrecktem Arm, auf Maya los.

»Sophia von Wrangel. Guten Morgen. Wir machen das Catering. Frau Weidenfeldt: Wo finde ich die?«

Ihr Händedruck war fest und zupackend, fast männlich.

»Ah. Ja. Genau. Sie sollen sich an Mascha wenden. Die weiß Bescheid. Auf der Terrasse. Ich zeig Ihnen den Weg.«

»Nicht nötig, Frau ...«

Sophia steckte sich das Haar hoch.

»Oh. Entschuldigung. Nüsslein, Maya Nüsslein.«

»... liebe Frau Nüsslein. Wir machen das hier nicht zum ersten Mal.«

Ein Lächeln spielte um ihre Lippen, Maya war sich nicht sicher, ob es Wohlwollen oder Spott bedeutete. Diese Frau war vielleicht vier, fünf Jahre älter als sie selbst, höchstens siebenundzwanzig, ihre Gesichtszüge fein, klassisch, der Gesamteindruck allerdings recht herb, dazu war sie bis auf einen dezenten Lidstrich ungeschminkt. Der schmale Nasenrücken sah aus wie eine dünne, gerade Linie, die von der senkrechten Stirnfalte darüber, die sich soeben bildete, aufgenommen und fortgeführt wurde.

Maya fragte sich, welchen Eindruck sie wohl auf Sophia machte, eine Profifrau im Partygeschäft immerhin. Ob sie sich womöglich doch die falsche Garderobe für den heutigen Anlaß ausgesucht hatte? Ihre Wahl war auf eine Kombination von Jeansoptik mit rosafarbenen Applikationen gefallen: Schlaghose stonewashed, Jacke mit gefärbten Wildledereinsätzen, beige Sneakers mit rosaroten Seitenstreifen, der Haargummi, der den Pferdeschwanz zusammenhielt, ebenfalls rosa wie auch die Ohrklipse und der Nagellack. Der Lippenstift selbstverständlich trotzdem dunkelrot. Dazu das enganliegende hellrosa Top mit dem weiten Ausschnitt. Sie hatte sich ausgemalt, daß bei einer Gesellschaft wie dieser ein modisch etwas frecheres Styling durchaus passend sein könnte. Andererseits war ihr Touch von BritPop noch gediegen, geradezu diskret gegenüber der Art, wie Mascha sich aufgedonnert hatte. Allein die Unmenge an Schminke in ihrem Gesicht. Die Absätze der Stiefeletten waren so hoch und dünn und spitz, daß jeder Gang über den Rasen zum Hindernislauf werden mußte. Wiederum andererseits war auch für Mascha dieses Fest eine Premiere als Bedienstete in Fuchsenhub. Obendrein war sie Russin. Frauen aus dem Osten, soviel hatte Maya schon öfter bemerkt, besaßen eine etwas andere Auffassung von Eleganz.

Mittlerweile war auch der Rest des Catering-Personals aus dem Transporter gestiegen, zwei junge Männer und zwei weitere junge Frauen. Sie alle trugen als eine Art Uniform dunkelblaue Hosen, weiße Hemden und weiße, knielange Schürzen, die sie sich soeben umbanden. Einer der Männer brachte Sophia die ihre und reichte Maya darauf die Hand.

»Ludger Bonnard. Guten Morgen.«

Ludger war groß, feingliedrig, mit etwas hervorquellenden Augen, schütterem Haupthaar, dennoch femininen Zügen. Seine Verbeugung wirkte ziemlich antiquiert.

»Der Kiesboden ist trocken. Räumt die Kisten raus.«

Das Kommando der Truppe aber lag offenkundig bei dieser von Wrangel, die sich nun auf den Weg zur Terrasse machte. Im Gehen band sie sich die Schürze um.

Hübsches Ding, dachte Sophia, diese Nüsslein, Mimik und Gestik aber so skurril wie der Name. Vor allem Mayas sanft geschwungener, alabasterfarbener Hals beeindruckte sie, die Serie kleiner werdender Leberflecke, die sich vom Herzen bis zum linken Mundwinkel zogen, sie dachte: Perlen, lose auf eine Schnur gefädelt. Weiter beschäftigte sie das Mädchen mit dem kurios kurzen Pony und dem Haarpuschel nicht.

Als Sophia auf der Terrasse niemanden antraf, setzte sie sich auf die Brüstung und überblickte den Garten. Sie mochte dieses parkartige, teilweise nach englischer Tradition gestaltete Gelände, auch wenn darin Stilbrüche vorkamen, die ihren Geschmackssinn beleidigten. Trotzdem. Man fand außerhalb des öffentlichen Raums selten genug derart großzügig bemessene Flächen, die nicht sofort von neureichen Besitzern durch Ignoranz verschandelt wurden. Die Position des mächtigen Findlings linker Hand etwa korrespondierte großartig mit der Linie der vorderen Bergkette über dem See. Die Birke und das zum Tisch umfunktionierte steinerne Mühlrad vor dem Felsen allerdings machten einen Großteil dieser Wirkung wieder zunichte. Der Eindruck bürgerlicher Verkitschung wurde noch verstärkt durch ein abstruses, zwischen den

Gemüsebeeten rechter Hand mit Kopfpflaster aufgemauertes, spiralförmig aufsteigendes, mit verschiedensten Büscheln bewachsenes Gebilde, das wohl als Kräutergarten gedacht war und Sophia auf ungute Weise an Brueghels »Turmbau zu Babel« erinnerte. Mit der dahinter aus dem Schilf ragenden Skulptur dagegen, einem ausgehöhlten und schwarz abgefackelten Baumstamm, war sie inzwischen versöhnt, auch wenn sie diese Sorte Kunst gewöhnlich ablehnte und ihr die Haare zu Berge gestanden waren, als das Objekt auf einem Fest vor zwei Jahren von Clara Weidenfeldt pompös eingeweiht wurde.

Insgesamt war der Platz für ein größeres Anwesen ideal gewählt. Der Ausblick von dieser leichten Anhöhe konnte an keiner Stelle des Ufers stimmungsvoller, ja erhabener sein. Nicht zuletzt deshalb und wegen des vermutlich feudalen Ursprungs des einstigen Gutshauses nahm Sophia von Wrangel den Auftrag »für eine fürstliche Bewirtung«, wie es im Prospekt und auf ihrer Firmen-Homepage hieß, zu dieser im Vergleich zur sonstigen Kundschaft doch recht kümmerlichen Veranstaltung hier in Fuchsenhub jedes Jahr wieder an.

Die Berge waren trotz des kaum bewölkten Himmels nur schemenhaft zu sehen. Sie lagen unter diesigen Schleiern, die bewaldeten Grate zeichneten sich als dunkle Striche ab, wie chinesisch getuscht. Das aufgerauhte Wasser reflektierte das Sonnenlicht eisengrau und dumpf. Sophia rieb die Finger am Daumen, sog Luft ein. Es konnte durchaus regnen heute.

Eine wie zur Operngala herausgeputzte Frau kam über die Veranda auf sie zu. Das mußte diese Mascha sein.

2. Kapitel
HEITERE ANKUNFT AUF DEM LANDE

»Ich hoffe, die ersten werden auch die letzten sein.«

Mit dieser launigen Bemerkung, die er an dieser Stelle immer für wirkungsvoll hielt, und einem herzhaften Lachen empfing Franz Stegmüller die frisch angekommenen Gäste. Er hatte im Innenhof Aufstellung genommen, quasi als Vorposten eines fiktiven Empfangskomitees. Vor wenigen Minuten war ein Schwung Taxis vorgefahren und hatte ein Dutzend Leute ausgespuckt, darunter zu Stegmüllers Erleichterung einige alte Bekannte. Nun stand er da in der hirschledernen Kniebundhose, ohne Hut und Janker, dafür mit Hosenträgern über dem weißen Trachtenhemd und ausgebreiteten Armen wie der gütige Herbergsvater. Franz drückte Hannah Wildermuth, die schmächtige Kulturfrau, angemessen behutsam an sich. Er klopfte Heiko Gewald, dem Regisseur, ebenso kraftvoll die Schultern, wie umgekehrt ihm der mächtige Intendant, aber gesellige Privatmann Fritz Bohltwein die Hand drückte. Sie alle und besonders Babsi Appelmann, die quirlige Schauspielerin mit dem Charakterkopf, die sich nun unter dezenten Quietschern in seine Arme warf, gehörten zu den wenigen Freunden des Hauses, die auch Franz im Lauf der Jahre ins Herz geschlossen hatte. Die Kriterien, nach denen Clara ihre Einladungen plante, waren ja streng geheim und stets für eine Überraschung gut. So legte Franz es sich als günstiges Omen aus, zuerst diese vier Gäste begrüßen zu dürfen.

In Wahrheit hatte die seit Tagen anhaltende, quälende Nervosität den Bürgermeister nach wie vor fest im Griff. Vorhin, als er die Aufbauten im Garten beaufsichtigte, war er heftigen Fluchtimpulsen ausgesetzt gewesen. Auch jetzt, während er über Babsis geblümte Schulter hinweg ins strahlende Herbstblau hinaufschaute, wo ihm die am Horizont drohenden Wolken zwar nicht zahlreicher, doch dicker und dunkler geworden zu sein schienen, erfaßte ihn die mittlerweile schon gewohnte Panik. Am liebsten wäre er aufs offene Feld hinausgerannt, um sich über alles ein zuverlässigeres Urteil bilden zu können, vor allem über die Entwicklung des Wetters, für das heute sogar im Internet nur mehrdeutige Prognosen angeboten wurden.

Von den anderen Ankömmlingen der ersten Welle, einer Gruppe jüngerer Leute, war Franz Stegmüller niemand persönlich bekannt. Die Blonde mit den großen Augen, dem breitem Mund und dem hübschen Lächeln glaubte er vom Fernsehen zu kennen. Sie lächelte so sehr, daß er ihren Namen nicht verstand. Ihr Begleiter mußte ihm schon oft seine schlechten Zähne auf dem Bildschirm gezeigt haben. Er bellte seinen Namen, als dürfe ihn kein Sterblicher je wieder vergessen: Jochen Koch.

Während die Gäste an ihm vorbeidefilierten und sich brav die Hände schütteln ließen, wurde Franz immer ungeduldiger. Ständig wandte er den Kopf zum Torbogen. Statt seinem wechselnden Gegenüber die gebührende Aufmerksamkeit zu schenken, beobachtete er auf der Terrasse die Mädchen bei ihren letzten Handgriffen an den Tischdekorationen, verstand nicht, wieso sie nicht endlich fertig wurden. Stegmüllers Verhalten grenzte an Unhöflichkeit. Er merkte es selber, aber er war dagegen machtlos.

Unter normalen Umständen schätzte das Gemeindeoberhaupt von Vössen Repräsentationsaufgaben. Sie boten ihm eine angemessene Bühne, um ohne Aufwand auf seinem ureigenen Feld zu glänzen. Auch bei Clara Weidenfeldts Herbstfesten nahm er sonst gerne die Rolle eines gleichsam zweiten Gastgebers wahr. Zum einen half sie ihm die psychologische Hürde gegenüber der jedesmal geballt auftretenden Prominenz überwinden. Zum anderen bot sie eine hervorragende Möglichkeit, Claras heimlichen Absichten auf den Grund zu gehen, die sie mit ihrer obskuren Gästeliste verband. Franz kontrollierte gewissermaßen die Aufstellung von Claras diesjähriger Partie. Er versuchte ihr Spiel im voraus zu durchschauen, seine eigene Funktion darin zu lokalisieren, herauszufinden, wie explosiv die Konstellation war, wo die Gefahrenzonen lagen und durch welche Manöver er sich in Sicherheit bringen konnte. Der Vorgang hatte durchaus Ähnlichkeit mit Politik, und Routinier Stegmüller meisterte ihn gewöhnlich nicht nur mit Bravour, er genoß ihn auch.

Dahin führte heute kein Weg. Das kam Franz mit erschreckender Klarheit zu Bewußtsein, als der Sohn des Hauses mit eiligem Morgengruß an ihm vorbei auf den Vorplatz lief. Dort bremste eben einer der zwei vorfahrenden Kombis mit Berliner Kennzeichen so ungeschickt ab, daß Laub und Steinchen durch die goldene Herbstluft flogen. Franz hatte keinen von den aussteigenden Leuten, die Asger Weidenfeldt freudig begrüßte, weder im Fernsehen noch in Wirklichkeit jemals gesehen. Allein das war bedenklich genug. Darüber hinaus hatte ihm der Junge vor zwei Tagen bei dem flüchtigen Gespräch, das ihnen zwischen Tür und Angel und zwischen zwei Auftritten Claras gelungen war, mitgeteilt, daß er eigenmächtig Gäste eingeladen, seine Mutter kurzerhand vor vollendete Tatsachen gestellt hatte.

Jetzt stand Asger verlegen achselzuckend vor dem väterlichen Freund, sagte nichtssagende Namen auf wie Eberl, Schikora, Stein, brabbelte etwas von Berufskollegen. Dem Bürgermeister schwirrte der Kopf. Er bemühte sich krampfhaft, Asgers Arbeitsfreunde den konstanten Größen der Festordnung als neue Variable beizufügen, sich deren Auswirkung auf das Gesamtklima und speziell natürlich auf die labile Seelenlage der Hausherrin auszumalen. Aber da landete mit einem der mittlerweile im Minutentakt anrollenden Taxis und in Begleitung des unvermeidlichen Karl Pollinger, Chefredakteur der Lokalzeitung, die sonst keine weiteren Redakteure hatte, die nächste böse Überraschung in Fuchsenhub an. Franz Stegmüller befiel umgehend ein dumpfer Magendruck. Das also ist Claras Antwort auf meinen kleinen, nett gemeinten Anschlag von neulich, dachte er.

Kein geringerer als Dr. Heribert Bockwieser rückte seine fliederfarbene Krawatte zurecht, bevor er mit einer gewissen Feierlichkeit durchs Hoftor schritt. Der kleine runde Zeitungsmann, dessen roter Kopf wie abgeschnürt aussah über der Fliege und dem bis zum letzten Knopf geschlossenen Hemd, redete halblaut und ohne Unterlaß auf den Bundespolitiker ein. Neben ihm wirkte Bockwieser um so größer. Der Mittvierziger war schlank, solariumgebräunt, sein dichtes, welliges Haupthaar kastanienbraun und das Hellgrau des Anzugs vorzüglich auf die schon grauen Schläfen abgestimmt. Am Stammtisch galt er als einer jener Männer, die eine starke Anziehungskraft auf das weibliche Geschlecht ausüben. Während sie nun näherkamen, lauschte er mit ernster Miene dem zappelnden Redakteur, einem ausgewiesenen Kenner der politischen Lage im Landkreis. Der Druck in Franz' Magengegend nahm zu. Bisher hatten sich die Wege des Bürgermeisters und des Bundestagsabgeordneten, der seinen politischen Überzeugungen gerne auch auf kommunaler Ebene nachhalf, noch nicht gekreuzt. Bockwieser stammte aus einer anderen Gemeinde, zum großem Glück Stegmüllers, nach den Gerüchten, die von dort herüberdrangen. Der Mann war Machtmensch durch und durch, sein Einfluß enorm. Er konnte im Handumdrehen zum politischen Feind werden. Schon setzten Bockwiesers Gesichtsmuskeln zum Diplomatenlächeln an, schon wurde es gefährlich eng, schon zerrte auch Franz seine Wangen zu einem Grinsen auseinander. Gleichzeitig hatte er den Eindruck, es werde finster um ihn her, er hörte sogar eine Stimme neben sich etwas sagen, bei dem diese plötzliche Dunkelheit gleichfalls eine Rolle spielte.

»Ich schlage also vor, daß wir doch noch das Zelt aufstellen.«

Sophia von Wrangel neigte dezent den Kopf und deutete unwillkürlich etwas wie einen Knicks an, als Franz Stegmüller ihr ein völlig mißglücktes Lächeln zuwandte. Dann entdeckte auch der Bürgermeister blinzelnd die Front regenschwangerer Wolken, die sich über Baumkronen und Dachfirst hinweg heranschob. Drüben, leuchtend orange unter drohend dunkelblau, sah er Simon und

Hackl am startbereiten Laster stehen. Sie rauchten, er pfiff auf zwei Fingern, winkte sie zu sich und fegte, erlöst aus seiner selbstauferlegten Verpflichtung, mit einer saloppen, für den nun doch verdutzten Dr. Bockwieser bestimmten Willkommensgeste davon.

Auch Sophia war ein bißchen verdutzt. So fahrig und wirr hatte sie den Herrn Stegmüller noch nicht erlebt. Die Catering-Chefin mochte die Leute nicht besonders, die hier Jahr für Jahr erschienen. Mit dem durchaus standesgemäßen Gemeindevorsteher dagegen war sie noch jedesmal gut ausgekommen. Etwas bahnt sich an, irgendeine Unregelmäßigkeit, so viel steht fest, dachte Sophia während des Rückwegs zur Terrasse. Sie verspürte wenig Lust darauf.

Am Buffettisch entkorkte Hanns längst Weinflaschen, Ludger und Karla schenkten ein. Adriane stand mit den Gläsern bereits am Torbogen. Sophia von Wrangel sah auf die Uhr. Es war kurz vor elf. Sie griff sich ebenfalls ein Tablett und gesellte sich zu ihrer Mitarbeiterin. Die Vorbereitung war zum Ende hin hektisch geworden, denn die ersten Gäste waren um eine halbe Stunde früher eingetroffen. Auch das irritierte sie. Wenn es etwas gab, wofür sie kein Verständnis aufbrachte, dann war es mangelhafte Organisation. Gründliche Planung hatte auch Eventualitäten zu berücksichtigen, wie das etwa ihr Team praktizierte, wo man wie zuletzt zwar etwas ins Schwitzen geraten konnte, aber nie die Contenance verlor. Drüben, halb hinter dem Haus, begannen die Kerle im orangen Drillich nun unter Anleitung ihres Bürgermeisters das Zelt aufzustellen. Der trieb zur Eile an. Stegmüllers Übereifer wurde immer verdächtiger. Sophia runzelte die Stirn, entspannte sie aber sofort wieder zur neutralen Dienstmimik. Der Arbeitstag versprach anstrengend zu werden.

Um Adriane Paulus, die schon geraume Zeit Getränke verteilte, hatte sich eine Menschentraube gebildet, die den Durchgang zu verstopfen drohte. Sophia von Wrangel gab der sommersprossigen, rotmähnigen, alle anderen überragenden Partnerin ein Zeichen, durch ein paar vorsichtige Schritte nach hinten die Situation zu entzerren. Zugleich sprang sie ihr bei, indem sie einen Teil der Menge zu ihrem Standort herüberlotste. Nun würde, wie Sophia selber bewußt war, unvermeidlich ihre Passion zur Analyse erwachen. Sie setzte jedesmal beinahe zwanghaft beim Prosecco-Umtrunk ein. Stets aufs neue wollte die auf einem Traditionsinternat erzogene Aristokratin wissen, mit was für einem Personenkreis, mit welchen Sitten sie zu tun haben würde.

»... das Haus, die Aussicht, diese Steinschnecke. Hinreißend. Was für Hintergründe ...«

»... lassen Sie sich mal bloß nicht erwischen. Die Weidenfeldt ist fähig und verlangt Tantiemen ...«

»... keine Angst. Ich fotografiere sowieso viel lieber Hunde und Mahnmäler ...«

Es gab immer solche, die zum ersten Mal dabei waren und mit originellen Kommentaren hausieren gingen, und solche, die abgeklärt Routine und Durchblick bewiesen. Lohnender waren Gesprächsfetzen, die Aufschluß gaben über das, was Sophia den »Ressentiment-Pegel« nannte: Je höher er stieg, desto entschiedener hielt sie Distanz.

»... wenn ich die Visagen bloß schon wieder sehe ...«

»... Veteranenklüngelei, ich bitte Sie ...«

»... und dann der Müll, den sie faseln ...«

»... der fällt wohl auch bald das faulende Fleisch vom Knochen ...«

»... guck mal, ein Eingeborener, da drüben ...«

Auf Sophias Meßskala zeigten sich heftige Ausschläge zu einem ungewöhnlich frühen Zeitpunkt. Auch Attacken gegen anwesende, namentlich genannte Prominente wurden bereits geritten, einige wie Leo Mausilatzki, Amelie Neumann, Bastian Korff waren ihr geläufig.

Plötzlich stand das Mädchen mit dem Haarpuschel und dem kurzen Pony neben ihr. Maya Nüsslein hatte sich ebenfalls ein Tablett geholt und teilte mit großer Konzilianz und rosa Fingernägeln Sektkelche aus. Das verstieß gegen die Regeln, Sophia hatte sich ausdrücklich jeglichen Übergriff auf die Kompetenzen des Serviceteams verbeten. Sie wollte den Fremdkörper abstoßen, bedeutete dem jungen Ding vom Land taktvoll, aber entschieden seine Überflüssigkeit an diesem und das Fehlen an seinem vorgesehenen Platz.

»Wenn Sie nicht wissen, was Sie tun sollen, fragen Sie Herrn Stegmüller.«

Aber Sophias Vorstoß blieb fruchtlos, Maya sendete nicht einmal das Signal, überhaupt etwas gehört zu haben. Sie bediente weiter, und ihre joviale Art gefiel den Leuten. Nun lachte sie auf dieselbe niedliche Weise sogar Sophia an. Die traute ihren Augen nicht. So viel Dreistigkeit, gepaart mit so viel natürlicher Anmut, hatte sie noch nie erlebt. Sophia von Wrangel rätselte über Mayas Charakter, über den Erfolg, den sie sichtlich hatte, und kam zu keinem Ergebnis.

Tatsächlich hatte die Hausgehilfin nichts bemerkt von der Irritation, die sie bei ihrer strengen Kollegin auslöste. Sie war gar nicht fähig sich vorzustellen, ihr Auftreten könnte anders als sympathisch wirken. Und die von ihr bedienten Gäste schienen ihre Selbsteinschätzung zu bestätigen. Vor allem die Männer suchten wieder Kontakt mit Worten, die Maya als Berührungen empfand und die sie mit ebensolchen Worten zurückgab. Für sie war es ein gewohnter Zustand von Unmittelbarkeit und Nähe. Sie fühlte sich wohl.

Maya glaubte die passende Rolle zum lang ersehnten Fest schon gefunden zu haben. Das schaffte ihr einen freien Kopf fürs Wesentliche. Ohne die gleichmäßige Verteilung von Gläsern und Liebenswürdigkeiten zu vernachlässigen, speicherte sie zu jedem Gesicht, das Sekt schlürfend vor ihr auftauchte, Informationen, die ihr über Grad und Typ seiner Prominenz Aufschluß geben konnten. Sie hatte sich fest vorgenommen, erst alle Optionen auszuloten, bevor sie gezielt auf einzelne Personen zugehen würde. Maya war sich ihrer alten Schwäche nur allzu bewußt, stets dort kleben zu bleiben, wo am leidenschaftlichsten für sie geschwärmt wurde. Genau das durfte ihr bei dieser seltenen Gelegenheit keinesfalls passieren. Es ging schließlich darum, einen Fuß in die Tür zum Filmbetrieb zu bekommen. Einige Größen hatte sie natürlich auf Anhieb erkannt, wie den inzwischen etwas wacklig gewordenen Leo Mausilatzki, Grandseigneur unter den Kinokavalieren, der Maya mit etwas kalten Lippen die Hand küßte, oder Benjamin Zeisig, den Shootingstar der vorletzten Kinosaison, der sich mit beiden Händen unentwegt das Haar nach hinten strich. Aber man lernte ja schon aus den Filmen selber, daß andere, nach außen weniger blendende Figuren viel wichtiger waren. Vor allem wollte Maya herausfinden, wer von den Gästen Produzent war oder so etwas. Es hieß, auf den Fuchsenhub-Festen liefe immer eine Menge solcher Leute herum.

»Ist das da hinten nicht dieser Regisseur ... wie heißt er gleich?«

Jetzt tat Sophia so, als hätte sie Mayas Flüstern, den Vanilleduft, ihren warmen Atem am Ohr nicht bemerkt. Nachdrücklich behielt sie ihre neutrale Miene bei. Die junge Frau kümmerte es nicht, sie zeigte weiterhin ihre schönen Zähne, brachte lachend neue Gäste zum Flirten. Sie glaubte endlich auch Asger Weidenfeldt entdeckt zu haben, an den sie sich aus Kindertagen dunkel erinnerte. Er schlang einen Arm um die Schultern eines strubbeligen Mannes und fischte drüben vom Tablett der Rothaarigen zwei Gläser. Mit Asger, das hatte Maya sich geschworen, würde sie heute auf jeden Fall Verbindung aufnehmen. Sie überlegte nur, ob es jetzt schon oder doch lieber erst etwas später paßte, da schmiegte sich eine weiche, schwere Hand in die Kuhle zwischen ihrem Hals und ihrer linken Schulter.

»Meerschaumgeboren.«

Die Stimme war tief, rauh, alt, das Gesicht, in das die entsetzte Maya sah, als sie sich umwandte, verlebt, fett, faltig, mit enormen Tränensäcken und einer riesigen Hornbrille auf der Nase. Es roch nach teurem Aftershave und Alkohol und rückte ihr unheimlich nahe.

»Zibulka, der Autor Zibulka, nennen Sie mich Max.«

Max fuhr mit den Fingern unter den Rollkragen seines schwarzen Pullis und kratzte sich. Dann strich er mit fleischigen Händen über die nach hinten gekämmte, weiße Mähne. Schließlich lagen sie auf Mayas Wangen. Er küßte sie auf die Stirn. Ihr Kopf wirkte auf einmal ganz klein.

»Belle de jour. Wie heißt du? Sag nichts, du bist Venus Anadyomene, ich werde dich Schneewittchen nennen.«

Der dicke kleine Mann im schwarzen Samtcordanzug trank sein Glas in einem Zug aus, schüttete ein zweites hinterher, dann noch eins, und schlurfte endlich auf seinen Stock gestützt in den Garten davon.

Auf seine Weise war Max Zibulka von Maya wirklich ergriffen. Da er aus jüngeren Jahren die Frauen gut zu kennen glaubte, war sie ihm sofort als ein neuer Typus erschienen, dieser fremdartigen neuen Zeit entsprungen. Max war überzeugt, die Duftnote eines enormen Versprechens gewittert zu haben, malte sich aus, was er als junger Künstler alles angestellt hätte, um diese blutjunge Schönheit zu erobern.

Max erreichte den Tisch am Felsen. Seinen Stock zu Hilfe nehmend, ließ er sich langsam auf den einzigen Gartensessel unter lauter Klappstühlen nieder, der breit genug für ihn war. Er schaute sich um, wollte sich ein Bild von Claras Anwesen machen und sah das Ambiente eines von Eitelkeit, Halbbildung, Langeweile, verkapptem Spießertum und zuviel Geld geprägten Geistes. Entgleisungen dieser Art gibt es ja häufig in meiner Generation, dachte er, sie sprechen nicht dafür, ihre Verursacher hätten sich zum eigenen Vorteil entwickelt. Zibulka hatte die alte Freundin seit über einem Jahrzehnt nicht gesehen, aber er hatte fast so etwas befürchtet. Er dachte, das beste wird sein, ich vertrinke den Tag.

3. Kapitel
DIE OFFENE GESELLSCHAFT UND IHRE FEINDE 1

»Da hinten siehst du die alte Kerntruppe.«

Asger Weidenfeldt hatte am Buffet für Wenzel und sich etwas Ratatouille, Oliven, Baguette und je eine Hähnchenkeule auf zwei weiße Porzellanteller mit Goldrand geladen. Er zeigte zum anderen Stehtisch hinüber.

»Das Irre ist, das waren lauter simpel gestrickte junge Leute damals, die mit Kunst gar nichts am Hut hatten. Schwaiger hat sie wie Material für seine Arbeit verwertet.«

Wenzel Poßmann traute sich nicht zu fragen, ob der tote Filmemacher nun Asgers Vater war oder nicht.

»Und wieviel Macht ist da heute konzentriert. Der Dürre mit dem Pferdeschwanz, der so schrill lacht, das ist Arne Behrendt, seinerzeit Arbeiter, Großmarkthalle. Heute geht beim Film ohne ihn nichts mehr. Bewohnt übrigens eine Villa am Seeufer gegenüber. Der mit Vollbart ist Hermann Kuhn, Bildhauer, beste Beziehungen zu den Konzernen, Kunst am Bau für jede Wurstfabrik. Die Wildermuth muß ich dir ja nicht vorstellen. Hast du gewußt, daß sie seit Jahren als Kandidatin für ein Bundesministerium gehandelt wird?«

Wenzel kam aus dem Staunen nicht heraus. Wohin er schaute, nach wem er sich bei Asger erkundigte, immer handelte es um eine ungeheuer maßgebliche Persönlichkeit. Noch mehr als das beeindruckte ihn jedoch der Umstand, daß sich ihm die Anwesenheit einer solchen Unmenge irgendwie bedeutsamer Menschen keineswegs auch atmosphärisch vermittelte, wie er es erwartet hatte. Abgesehen vom erlesenen Geschirr, den Leinentischtüchern und dekorativen Arrangements aus Herbstlaub, Hagebutten, Kastanien und Eicheln, der hohen Schule der Bewirtung, abgesehen vielleicht noch vom großen Anteil ausgefallener Physiognomien, konnte Wenzel bisher keinen Unterschied zu einer banalen Gartenparty entdecken.

Mittag war vorüber, seit etwa einer Stunde schien fast durchweg die Sonne, die Gäste zogen ihre Jacken aus. Es kehrte auch etwas mehr Ruhe ein in die anfangs wie entfesselt losschwatzende Schar. Durch das von Gläserklingen und Besteckklappern untermalte Geraune klangen vereinzelt sogar Vogelstimmen. Alle hatten ihren Platz gefunden, Delikatessen vor sich aufgetürmt und Asgers Sondergast sein Lampenfieber überwunden: Unter den Arm des Freundes geduckt, hatte sich Wenzel gleich nach der Ankunft durch die plappernden Leute zum Stehtisch unterhalb der Terrasse gerettet. Ständig rechnete er damit, in eine Situation zu geraten, in der sich seine Unterlegenheit erweisen müßte. Doch langsam gelang es dem Gastgeber, Wenzels Erregtheit zu dämpfen. Er machte ihm den Conférencier, besorgte etwas zu essen und nach dem Prosecco Rotwein. Poßmann trank das Glas in einem Zug leer.

»Das heißt, zwei vom alten Ralf-B.-Schwaiger-Club fehlen. Einer sitzt dort am Felsen.«

Asger deutete mit der Hähnchenkeule.

»Ich meine den Dicken. Max Zibulka, Drehbuchautor und Trinker. Schreibt natürlich längst nichts mehr. Das schwarze Schaf im Verein. Ich wundere mich sowieso, daß Mutter ihn eingeladen hat. Sonst ist schon der Name tabu.«

Die große sommersprossige Bedienung kam zum Nachschenken. Wenzel streckte ihr gierig das Glas entgegen.

»Als Kind mochte ich Max, da kam er manchmal zu uns heraus. Ich mochte ihn wahrscheinlich, weil Mama, kaum betrat er das Haus, wie soll ich sagen, zusammenschrumpfte, auf ein für mich erträgliches Maß. Sie wollte ja Clara von mir genannt werden.«

Asger staunte über sich selbst. Das hatte er noch keinem erzählt.

»Prost! Schön, daß du da bist.«

Poßmann schüttelte lachend den Kopf.

»Ich wäre beinah nicht gekommen. Letzte Nacht hatte ich sozusagen einen Alptraum. Ich war auf einem Diplomatenempfang, sehr feierlich und steif. Es gab nur Männer da. Alle trugen Frack. Bis auf mich. Bald wurde darüber getuschelt, und wie ich an mir hinuntersehe, stelle ich fest: Ich habe meine Pyjamahose an, die auch noch rutscht. Da geht die Begrüßungszeremonie los, dauerndes Händeschütteln, mit der linken Hand halte ich meine Hose. Plötzlich steht jemand vor mir, lüpft den Zylinder, blondes Haar fällt auf die Schultern herab, hinter ihrer Verkleidung erkenne ich deine Mutter, als junge Schauspielerin, sie kommt mit offenen Armen auf mich zu. Schlagartig begreife ich, mich erwartet eine sozusagen protokollarisch vorgeschriebene Umarmung, ich werde gezwungen sein, sie zu erwidern. Vor Schreck wache ich auf, schweißüberströmt.«

»Die gnädige Frau wird ihren Auftritt haben. Worauf du dich verlassen kannst.«

Sie lachten. In Wenzels wächsernes Gesicht kehrten Farbe und das typische expressive Mienenspiel zurück.

»Dürfen wir?«

Zwei Meter entfernt hatten sich die beiden Hausgehilfinnen aufgestellt. Auch sie wollten eine Kleinigkeit essen, nachdem sie am Buffet assistiert hatten. Asger nickte, sie traten näher, er dachte, meine Mutter sucht sich immer die hübschesten Mädchen aus. Mascha, der Asger schon am Morgen nach seiner Ankunft begegnet war, hatte einen Klecks Gurkensalat mitgebracht. Sie wirkte betrübt. Auf dem Teller der anderen jungen Frau lag ein einsames Hühnerbein.

»Interessant auch, daß sich jeweils die Alten und die Jungen zusammenrotten. Gewald zum Beispiel hat sich gleich neben Zibulka plaziert. Das macht was her, dafür hat er ja schon immer ein Händchen gehabt, Heiko Gewald, an der Seite des alten Schwaiger-Kompagnons. Na, der mit den Aknenarben, der aussieht wie eingeschlafen, ›Das Blau der Städte‹ ist von ihm, du weißt schon. Und der kleine Panzer, fahle Dauerwelle, hast du sie? Das ist Vera

Spreti, taucht manchmal in Talkshows auf, auch privat bewegt sich da nur noch der Mund, aber das ist wohl der Preis dafür, daß sie als erste Frau überhaupt bei ihrem Sender in der Chefetage gelandet ist. Und der Sparkassenleiter, der sich hinter Max versteckt, wer ist der? Rate mal: Fritz Bohltwein, da staunst du, was? Intendant und Kanzlerberater für Osteuropa ...«

»Angeblich sind wir uns schon einmal begegnet.«

Mandelaugen tauchten vor Asger auf. Maya beugte sich so weit herüber, daß ihr Kopf ins Blickfeld der beiden Männer ragte.

»Oh. Entschuldigung.«

Sie senkte, scheinbar beschämt, die Lider, schnellte zurück, indem sie sich so stark wie möglich nach hinten bog, und fing dann hinter vorgehaltener Hand zu glucksen an.

»Kann ich etwas für Sie tun?«

Daß Asger ebenso verblüfft wie entzückt auf das sonderbare Benehmen des schönen Mädchens reagierte, war ihm anzumerken. Also blieb Maya bei ihrem Spiel, drehte ihr Gesicht ins Profil, schloß, öffnete die Augen mit einem Blinzeln, stülpte die Hand über Mund und Nase, ohne ihr Lachen verbergen zu können, das sie im nächsten Moment erneut überrannte. Endlich, sagte sie ernst, fast vorwurfsvoll:

»Seien Sie mir nicht böse.«

Schon gluckste und krümmte sie sich wieder. Dabei landete ihre Hand wie zufällig auf Asgers Unterarm.

»Ich habe mir bloß ausgemalt, wie Sie mich herumtragen, Sie haben mich nämlich herumgetragen, als Baby.«

Asger schaute dem kleinen Theaterstück staunend zu. Maya stellte sich vor als Nele Nüssleins Tochter, Asger erwiderte, er habe es sich fast schon gedacht, fragte, ob ihre Mutter noch Sekretärin im Rathaus sei. Maya sagte, Asger möge sie doch bitte duzen, bat ihn aber sofort lachend um Verzeihung, ihr, als der Jüngeren, stehe ein solcher Vorschlag schließlich nicht zu. Natürlich hielt Asger ihr auf der Stelle das Glas hin, gegen das Maya auch prompt mit ihrem Humpen stieß.

Asger Weidenfeldts anfängliche Faszination war indessen umgeschlagen in das Bedürfnis sich in Sicherheit zu bringen. Er wollte jedes Signal vermeiden, das als Aufforderung zum Flirten mißverstanden werden konnte. Nicht daß ihn Mayas Verhalten abgestoßen hätte, im Gegenteil. Asger kannte die irrationale Bedrohung nur zu gut, die für ihn von Frauen ausging, deren körperliche Nähe ihm eigentlich angenehm war. Er wandte sich an das zweite Mädchen.

»Wir kennen uns ja bereits: Mascha. Richtig? Darf ich Ihnen gleichfalls das Du anbieten?«

Dieser Gesprächspartnerwechsel war sowohl für den Gastgeber als auch für Mascha eine kleine Erlösung, so zumindest erschien es Wenzel, der die Szene beobachtete. Eben noch hatten hängende Mundwinkel die glänzend roten, mit einem dünnen Strich dunkel eingefaßten Lippen der jungen Frau zu einer weinerlichen Sichel verzerrt. Nun, da sie Asger von ihrer sibirischen Heimat erzählte, wirkte ihr Gesicht trotz der künstlichen Wimpern und dem kräftig aufgetragenen Lidschatten sofort weniger verunstaltet. Sie sei in der zweihundertfünfzig Kilometer nordöstlich von Nowosibirsk gelegenen Universitätsstadt Tomsk aufgewachsen.

»Daß es in Sibirien nur Wald gibt und Tundra, Kraftwerke und Straflager, ist ein Vorurteil. Tomsk wurde im 17. Jahrhundert gegründet und besitzt eine sehenswerte Altstadt. Im Sommer ist es dort warm wie am Mittelmeer.«

Wirklich war es Balsam für die Russin, mit dem jungen Weidenfeldt sprechen und ein wenig von zu Hause schwärmen zu können. Kam sie sich doch in jeder Hinsicht fehl am Platz vor, und schuld daran war keineswegs nur ihre verunglückte Garderobe. Mascha trug ein dunkelgrünes Kleid, das mit einem rotbraunen Muster aus großen Blüten bedruckt war, dazu eine Samtschärpe als Gürtel und hohe, bordeauxrote Wildlederstiefeletten. Die Kette um ihren im Verhältnis zur schlanken Taille etwas kräftigen Hals bestand aus walnußgroßen, türkisen Steinen. Beim Sprechen strich sie sich ständig die schulterlangen, rotbraunen Haare hinter die Ohren, wo je zwei rubinrote, kirschenähnliche Kugeln baumelten. Daheim war es eine Frage des Anstands, sich dem Anlaß entsprechend schön zu machen. Dabei spielte es keine Rolle, ob man nun Dienstherrin oder Dienstmädchen war, vielleicht, hatte Mascha manchmal gedacht, gehört das ja zum guten Erbe der Sowjetzeit.

Überhaupt vermißte sie die von zu Hause gewohnten Gepflogenheiten, fragte sich, ob es tatsächlich nur ihrer mangelnden Anpassungsfähigkeit zuzuschreiben war, daß sie die Umgangsformen in Deutschland oft als kränkend erlebte. Die meisten der, wie sie durchaus verstanden hatte, illustren Gäste waren leger gekleidet in Fuchsenhub erschienen. Das ließ sich als Ausdruck einer Modeströmung noch nachvollziehen. Aber das Fehlen, wie ihr schien, sämtlicher Regeln der Höflichkeit stieß sie vor den Kopf. Keiner stellte jemanden vor, alle redeten durcheinander. Mascha hatte das Gefühl, ausgeschlossen zu sein aus dieser Gesellschaft angeblicher Kulturmenschen, auf die sie mit genau entgegengesetzten Erwartungen zugegangen war. Als Studentin der Germanistik las sie nach wie vor begeistert Bücher von Goethe, Heine, Thomas und vor allem Heinrich Mann. Sie hatte gehofft, etwas von dem Geist, der darin zum Ausdruck kam und den sie als sehr deutsch empfand, wenigstens in den gebildeten Schichten wiederzufinden. Seit einem Vierteljahr wohnte sie bei einer rußlanddeutschen Schulfreundin, die mit ihrer Familie ausgesiedelt war, wunderte sich über die Unfreundlichkeit, die sie überall im Land fast täglich beobachtete. Von der Feier heute hatte sie sich einen Gegenimpuls versprochen zu ihrer wachsenden Enttäuschung. Auch befremdete sie, daß die Dame des Hauses so lange nicht erschien, als wäre dies kein Fest, sondern eine Bühnenpremiere, und der Vorhang gehe nicht auf.

Die Unterhaltung mit Asger half Mascha, ihre offenbar romantischen Erwartungen noch einmal über die Zeit zu retten. Er und sein kurioser Freund, dessen wirres Aussehen recht gut ihrer Vorstellung von einem deutschen Künstler entsprach, bildeten neben Maya, der vertrauten Kollegin, gleichsam Rettungsinseln im lieblosen Getümmel. Freilich hätte sie es gern gesehen, wenn sich der junge Weidenfeldt noch inniger für sie interessiert hätte.

Sophia von Wrangel schenkte auf der Terrasse Wein nach. Während sie, die linke Hand am Rücken, zwischen den hitzig Speisenden hindurch Flaschenhälse zu leergetrunkenen Gläsern bugsierte, lauschte sie mit einem Ohr der Unterhaltung unten im Garten. Dieselbe Mascha, die eben am Buffet noch über die eigenen Füße gestolpert war und fast die Zuppa Inglese über die Espressomaschine gestülpt hätte, erzählte jetzt ganz ruhig von ihrer Heimat. Aber Sophia war kaum überrascht. Das hat Weidenfeldt junior bewirkt. Auch für sie war Asger ein Lichtblick unter der heutigen Kundschaft. Der Mann kehrt dieser penetranten Dorf-Venus den Rücken, um sich an der barocken Schönheit der Russin zu berauschen, die jeder andere hier mit Sicherheit als bordsteinschwalbenmäßig empfindet.

Erst als das Gespräch abriß und Mascha Richtung Haus ging, drangen wieder andere Satzfetzen in ihr Bewußtsein.

»... das einzige, Freunde, wovor ich mich fürchte, sind die Reden. Ich kann den Jammerton nicht ertragen ...«

»... sie werden sich gegenseitig dazu aufstacheln ...«

»... wie sie damals gekämpft haben und gelitten und am Ende gesiegt gegen Nazis und andere böse Väter ...«

»... früher war ja alles so schön gesellschaftskritisch ...«

»... die wußten auch noch, was eine Jugend ist ...«

»... wie wir solche Lahmärsche werden konnten, obwohl wir immer genau so jung sein wollten wie sie ...«

Jemand lachte meckernd, und Sophia verließ die Veranda, nachdem sie einem bärtigen Jüngling mit großen dunklen Augen, der wie erstarrt am äußersten Rand der Bank hockte und mit einem Arm einen Instrumentenkoffer umklammert hielt, auf seine schüchterne Bitte hin eine Flasche stilles Wasser hingestellt hatte. Sie atmete kurz durch und nahm dann Kurs auf den Tisch mit Asger und seinen lustig aussehenden Freund. Bei ihm stand Maya. Alle rauchten. Asger redete immer noch.

»… es herrscht doch überall Hackordnung. Nach außen bellen, nach innen beißen. Eberl, das ist der mit der Boxernase, will den Chefposten der Dame mit dem Pagenschnitt. Die Frau mit dem Afrolook hofft den langhaarigen Alten zu beerben, der an Parkinson leiden soll – was ihr aber von Schikora, dem mit dem Spitzbart, streitig gemacht wird.«

Asgers Blick ging zwischen den Gästen auf der Terrasse und denen am Felsen hin und her.

»Verleumdung, Intrige, Verrat sind nun einmal die natürlichsten Formen der Thronfolgeregelung.«

»In der Verachtung für ihre Vorgänger in spe sind sich die da drüben jedenfalls einig.«

Sophia zuckte zusammen, als sie ihre eigene Stimme hörte. Sie hatte ihre sonst so strikte Diskretion verletzt.

Asger bekam davon nichts mit. Er lachte, weil ihm ein ganz anderer Gedanke gekommen war.

»Sagen Sie: Wie kommt eigentlich der Adel dazu, sein Geld ausgerechnet im Dienstleistungssektor zu verdienen?«

»Vielleicht hat er etwas zu verkaufen, was sonst kaum einer besitzt? Etwas Stil? Da Ihre künftigen Eliten offensichtlich außerstande sind, selbst Stil zu entwickeln, sich aber danach sehnen, es Ihnen auch nicht am nötigen Kleingeld mangelt, buchen sie ihn. Es ist ein florierendes Geschäft.«

Obwohl Sophia die Zigarette ablehnte, die Asger ihr anbot, trotz mehrfacher Anläufe wegzukommen und sich wieder ihren beruflichen Pflichten zu widmen, geriet sie ins Plaudern über die Servicepakete, die zwar nicht »Bonnard & von Wrangel«, aber andere Catering-Firmen anboten. Von der Rokoko-Party bis zur Fin-de-Siècle-Gala »Tanz auf dem Vulkan«, von den Spielarten »Wittelsbach«, »Windsor« bis »Monaco« reichte die Palette. Sophia träumte davon, das Jagdschlößchen umzubauen, das ihr Verlobter und Geschäftspartner Ludger Bonnard geerbt hatte, und zum Mietobjekt zu machen, für Serviceangebote im großen Stil, mit livrierten Lakaien und so weiter.

Maya Nüsslein stand rauchend daneben. Sie fragte sich, ob diese Sophia mit ihrem seltsam geschlechtslosen Gehabe wirklich bei Asger ankam, der sich eindeutig amüsiert zeigte, oder ob es am Thema lag, bei dem sie nun einmal nicht mitreden konnte. Sie war neidisch auf deren sicheres Auftreten und hielt ihren Neid für Eifersucht. Der Gedanke an ihre Anziehungskraft, die sie für einen steigerungsfähigen Marktwert hielt, tröstete sie. Plötzlich wurde nach ihr gerufen.

Max Zibulka hatte eben noch Hymnen auf den Sex-Appeal der jungen Clara gesungen und war über die wilden sechziger Jahre schließlich auf den Glanz und Charme der Jugend zu sprechen gekommen. Das altbekannte Lied wurde von einigen Leuten, die sich um Max scharten und von ihm die Zeit vertreiben ließen, aufgegriffen und dazu verwendet, sich beifallheischend über die Jugend von heute zu beklagen.

»... Glanz und Elend muß es heißen ...«

»... die träumen nicht mal mehr vom Vögeln ...«

»... mit zwanzig heiraten und gleich Kinder ...«

»... Mamma, Pappa, Tsombie ...«

»... reicht denen der Computer? ...«

»... innerliche Vergreisung ab zwanzig ...«

»... zerstörte Sensoren im vorderen Hirnlappen ...«

»... also doch noch Untergang des Abendlands ...«

»... Blödsinn ...«

»... lang dauert das nicht mehr, wenn ihr mich fragt ...«

»... die Jugend hat ein Recht auf Dummheit ...«

»... und Dummsein macht sexy ...«

»... ständig neue Umfragen darüber, was sie essen, trinken, anziehen, treiben, wo, wann, wie. Es kotzt mich an ...«

»... als wären sie Außerirdische ...«

»... Versuchstiere ...«

»... Gummibärchen ...«

»... zum Glück gibt es Ausnahmen, den jungen Weidenfeldt zum Beispiel.«

Der letzte Satz kam von Babsi Appelmann, die an einem Wiener Mini-Schnitzel kaute und beinahe die einzige Person war, die Zibulka noch von früher her kannte. Damals war sie auf die Nebenrolle des Vamp abonniert. Max dachte, die ist ja aufgegangen wie eine Dampfnudel. Jemand fragte, ob es wahr sei, daß Asger die Leitung einer neuen Kultursendung übernehme, jemand wußte es nicht und jemand bestätigte die überfällige Ablösung eines dreißig Jahre alten, längst an der eigenen Patina erstickten Formats durch die frischen Ideen des allseits beliebten Weidenfeldt. Max Zibulka ärgerte sich. Die Wendung, die das Gespräch ausgerechnet nach seiner Eloge auf die Schönheit der Jugend genommen hatte, ödete ihn an. Keiner weiß mehr zu feiern, hätte er beinahe gesagt, doch dann beließ er es bei dem Gedanken und trank den Rest Wein, der noch in der Flasche schaukelte.

Da fiel sein Blick auf dieses Schneewittchen, das ihm gleich bei der Ankunft aufgefallen war. Sofort erkundigte er sich nach dem richtigen Namen, und während Max bereits den Anblick des mit bemerkenswertem Schwung auf ihn zuschwebenden Märchenwesens genoß, sah er die zweite Hausangestellte die Terrassentreppen herabsteigen und sich auf Stöckelschuhen kippelnd über den Rasen nähern. Auch Mascha winkte er zu sich. Als beide bei ihm anlangten, legte er seine dicken Arme um die Hüften der beiden und zog sie näher heran. Jetzt flankierte leibhaftige Jugend den Thron von Max, dem Häuptling der Felsenrunde.

»Kein Eros? Hier! Botticelli! Rubens! Matisse!«

Dann fing er zur allgemeinen Erheiterung an, den Liebreiz der Mädchen zu preisen, das Flair von Unschuld, das beide je verschieden umgebe, die Makellosigkeit und den Duft ihrer Haut. Als er schließlich in immer expressionistischeren Stummelsätzen die »Festigkeit des Fleisches« feierte und auf Maschas »gut gefüllte Strümpfe« zu sprechen kam, wobei er an den Becken der jungen Frauen zerrte, entwand sich die Russin seinem Griff. Sie lehnte sich schutzsuchend in den Schatten des Felsens. Im Haus hatte sie sich abgeschminkt und nur die Lippen wieder nachgezogen. Sie war in den Garten zurückgekommen mit dem Vorsatz, ihre Scheu zu überwinden. Nun war sie endgültig eingeschüchtert.

Maya hatte keine Probleme mit den Übergriffen des schon merklich angeheiterten Alten. Obwohl ihr der nicht gerade intelligente Charakter seiner Scherze durchaus bewußt war, ließ sie sich von Max sogar auf den Schoß ziehen, sorgte allerdings dafür, daß sie bloß auf seinem Knie landete, und begriff sein Gegockel als eine Art Testlauf und vorgezogenes Casting: Sie hatte die Nebenrolle in einem seichten Sketch zu spielen, zur Unterhaltung der um sie versammelten Zuschauer. Also rollte sie mit den Augen, während sie Max' tätschelnde Hand von ihrer Hüfte entfernte, und lachte dazu ihr ansteckendes Mädchenlachen. Es galt die Leute vom Film durch Ausstrahlung und Schlagfertigkeit zu beeindrucken. Vielleicht ließ sich Zibulkas Schwäche für sie ausnutzen.

»William Hogarth! Line of Beauty and Grace!«

Mit Pathos zitierte Max das Wort des Malers, während er mit den Fingern die Leberflecke an Mayas Hals nachfuhr, sich dann zur Flasche beugte, dabei seine Hand an Mayas Schenkel halb entlanggleiten ließ, halb sich daran festhielt.

»Auf Schönheit und Grazie! Und auf deren göttliche Vollendung von einst: Auf Clara Weidenfeldt! Möge sie erscheinen. Uns. – Oh: leer.«

Wie ein Pirat stierte Max in den Flaschenhals, wandte sich dann an das rittlings auf seinem Knie reitende Mädchen.

»Geh, Kleines, bring mir noch eine. Aber frag die mal, ob sie auch was anderes haben als diesen deutschen Fusel.«

Hinein ins Gekicher, das Max erntete, reckte sich Maya zu seinem Ohr. Laut genug, daß alle es verstehen konnten, flüsterte sie mit kindlich harmlosem Ton:

»Dafür sind die Adligen zuständig. Ich bin fürs Gemütliche da.«

Sophia von Wrangel verfolgte die Szene am Felsen von weitem, wo sie gerade Hanns am Ausschank assistierte. Plötzlich gab es Beifall. Irgendwie ahnte sie, daß man sich auf Kosten ihres Teams amüsierte. Sie winkte Ludger und Karla zu sich. Eben wollten sie aufbrechen, um eventuellen Beschwerden offensiv entgegenzutreten, als die Russin mit leerer Weinflasche und elender Miene herübergestolpert kam, um die Botschaft des dicken Trinkers zu übermitteln.

Sophia und ihre Mitarbeiter falteten gestärkte Leinenservietten um die sechs zur Verfügung stehenden Alternativen, darunter ein Chianti. Sie trugen die Flaschen vor den heruntergekommenen Alten, stellten sie nebeneinander auf.

»Sagen Sie mal, von Wrangel, wer von Ihnen ist das? Verwandt mit Friedrich Graf von Wrangel?«

Ein Mann mit grauen Locken drehte sich Sophia zu. Die kleinen Augen in seinem tantenhaften, von Fernsehdiskussionen enstellten Gesicht leuchteten.

»Meine den preußischen Generalfeldmarschall. Sprengte 1848 die Berliner Nationalversammlung.«

Hartmut Grosser rezensierte historische Publikationen und trat selbst als Autor von Biographien hervor.

»Von Wrangel, mein Herr, ist baltischer Uradel, aber meine Linie, da muß ich Sie leider enttäuschen, ist unbedeutend. Unsere glanzvollsten Vorfahren lebten in Rußland.«

Das letzte betonte Sophia mit Blick auf Mascha, die sich ängstlich im Hintergrund hielt.

»Wir, als deutsche Erzkonservative, hielten es mit dem Militär, schlugen drein, wo der Mob sein Haupt erhob. Wogegen der russische Zweig mehr auf Kunst und Wissenschaft setzte. Von der ostsibirischen Wrangelinsel haben Sie sicher schon einmal gehört. Aber auch wir leisten heute kulturelle Basisarbeit, haben uns nur den Gegebenheiten angepaßt.«

Sophia drehte Grosser den Rücken zu. Inzwischen hatte Ludger den Chianti entkorkt, Karla ein Glas poliert, in das Sophia nun eine Kostprobe füllte. Zibulka nahm einen Schluck, begann zu schmatzen, mit der Zunge zu schnalzen. Maya saß immer noch auf seinem Knie, spielte mit dem Gehstock.

Endlich ließ sich Max vollschenken und kaperte die Flasche. Sophia und ihre Adjutanten traten den Rückzug an.

Mascha nutzte die Chance und ging mit. Am Ausschank angekommen, sah Sophia, daß sie ihre roten Wildlederstiefel in der Hand trug. Ihr Blick wanderte zu den geschundenen Füßen der Russin.

Adriane begleitete Mascha zum Bus, um ihr ein Paar Arbeitsschuhe mit Knöchelriemen zu leihen. Sophia machte sich wieder an die Arbeit.

Auf der Veranda verdrückte Franz Stegmüller eine gehörige Portion Braten und unterhielt die mäßig begeisterte Runde gerade mit Anekdoten über Claras prominente Freunde, die belegen sollten, daß auch sie bloß Menschen waren. Dabei suchte er ständig die Zustimmung Leo Mausilatzkis. Der greise Schauspieler, der seit einem halben Jahrhundert im Geschäft war, ließ zur Antwort die imposanten weißen Augenbrauen auf und nieder zucken. Dazu wechselte seine Mimik fortwährend zwischen Kußmund und breitem Grinsen. Es war sein Markenzeichen. Neben dem Bürgermeister saß ein graumelierter Herr mit lila Krawatte, der den Geschichten mit verbissener Anteilnahme folgte.

Sophia wollte zu Ende kommen mit ihrem Rundgang. Ihr Fazit stand bereits fest: Diese Klientel war noch eine Spur ordinärer als sonst. Sie sehnte sich nach einer Pause, nur die Leute am zweiten Stehtisch mußten noch bedient werden. Sie kannte die drei von früheren Aufträgen in Fuchsenhub, offenbar intime Freunde des Hauses. Zu ihnen hatte sich ein kleiner runder Mann mit großer Fliege gesellt. Er beendete just einen vermutlich schon länger andauernden Monolog. Seine Miene strotzte vor Selbstgewißheit.

»... können wir froh sein, daß die Macht der letzten Achtundsechziger gebrochen ist und wir endlich in ideologiefreien Zeiten leben ...«

Seine Zuhörer verharrten in maskenhafter Aufmerksamkeit, bevor sie ihr zuvor offenbar mutwillig unterbrochenes Gespräch wieder aufnahmen.

Karl Pollinger aber fühlte sich wunderbar. Soeben hatte er glänzend bewiesen, daß auch ein Provinzjournalist auf der Höhe der Zeit sein kann. Er glaubte sogar an eine gewisse Überlegenheit, die sich aus der ständigen Tuchfühlung zum Volk ergebe und erst eine realistische Beurteilung der Lage zulasse. Nachdem er zu dem etwas abseits stehenden Trio hinübergeschlendert war, hatte er entschlossen auf seinen Einsatz gelauert und beim Stichwort Umwälzungen sofort losgelegt. Nur allmählich sickerte in sein Bewußtsein, wen er da eigentlich vor sich hatte. Pollinger verstand nicht, worum sich die Unterhaltung genau drehte, in der die Namen zahlreicher Spitzenpolitiker fielen, Kulturhäuser, Spar-, Sach- und andere Zwänge eine Rolle spielten. Aber bald dämmerte ihm, daß es sich bei den dreien um eben jene Generation handelte, die er gerade als überlebt und rückständig verhöhnt hatte. Schweiß trat ihm auf die Stirn, während er durch permanentes Nicken die Scharte auszuwetzen versuchte. Als die Rede auf den entfesselten Kapitalismus kam, hätte er vor lauter Einverständnis um ein Haar die Bedienung umgerempelt.

Sophia von Wrangel konnte das Malheur durch ihre gutgeschulten Reflexe gerade noch verhindern. Sie ging zu Asger Weidenfeldt. Endlich durfte sie sich eine Zigarette gönnen. Mascha, jetzt in bequemem Schuhwerk, strahlte ihr entgegen. Maya hatte es von Zibulkas Knie geschafft, und Weidenfeldts zerzauster Freund redete regelrecht enthemmt.

»Ich kenne die Gernegroße dieser Gegend. Ihre Kränzchen haben aber nichts mit Hackordnung zu tun, sondern mit mangelndem Selbstbewußtsein. Schau hin, wie sie Mausilatzki anhimmeln, der kriegt vom Lippenspitzen bald einen Muskelkrampf. Es herrscht Unterwerfungslust sozusagen. Einmal im Leben das Denken und die Gelassenheit von Professor Dünwald verspüren, einmal das Selbstvertrauen von den Czernys, einmal im Leben Jochen Koch sein.«

»Jetzt hat es ihn gepackt, erste Entwürfe entstehen in seinem Gehirn, siehst du: Wenzel Poßmann sammelt Inspirationen für den nächsten Film.«

Asger ertrug Mayas penetrantes Flirten nicht länger.

»Wie? Du hast noch nie von Poßmann gehört? Dem großen Nachwuchsregisseur?«

Er hatte den absurden Geistesblitz, Wenzel als Filmemacher auszugeben. So konnte er das Interesse der jungen Schönheit auf den Freund umlenken.

»Was faselst du da?«

»Understatement ist typisch für ihn, weißt du. Er will inkognito bleiben. Wird ihm aber nicht mehr lange gelingen bei dem Rummel, der auf ihn zukommt.«

Wenzel suchte angestrengt nach einer Antwort. Doch die brauchte es nicht mehr, denn am Felsentisch rief jemand:

»Ah, Clara Weidenfeldt ... «

4. Kapitel
DER AUFTRITT

Leise sirrend öffnete sich die Verandatür, mit gleichmäßig sachtem Rollen, bis das Laufwerk einrastete und in der Kerbe nachzitterte. Das Vibrieren übertrug sich von der Handinnenfläche zum Schulterblatt und befähigte sie im Geist, die Zeit wenn auch nicht anzuhalten, so doch zu dehnen, als wäre sie ein elastisches Seil, durch das der Raum schütter wurde, aus seinen Ritzen fernes Rauschen aufstieg, zugleich ein seidiger Rauch, der die Gegenstände mit Milchhaut überzog. Clara Weidenfeldt lehnte im Rahmen und blinzelte in die Sonne. Ihr Körper im blendend weißen Türstock, ein Arm ausgestreckt und über Kopfhöhe gegen das lackierte Holz, der andere angewinkelt in die Hüfte gestemmt: Das war ihre Grundposition vor dem Tanz zwischen den verlangsamten Dingen. Sie rief sich das Sirren des Terrassentürflügels ins Gedächtnis zurück, während sie die Menge überblickte, diese Fülle sich ihr zukehrender Gesichter, als folgten sie einem Befehl, der sie bei Claras Erscheinen intuitiv erreichte. Sie mochte das Geräusch. Es war wie eine Vorwegnahme des Ratterns, das den einheitlichen Ablauf der Bewegungen da draußen steuerte, namentlich das allgemeine Rucken der Köpfe. Als besäße sie den Schlüssel zu einer Sphäre traumhafter Beeinflussung, als hätte sie einen Knopf gedrückt, eine Mechanik ausgelöst. Es klang wie das Schnurren im Laufwerk der Welt, während gleichzeitig alle anderen Laute verstummten, jenem Moment vergleichbar, wenn unmittelbar vor Sonnenaufgang die Rufe der Nachtvögel verklingen und die Tagvögel noch zögern, die Gesänge des Vortags wiederaufzunehmen. Hier, jetzt, in dieser Minute, war Clara die aufgehende Sonne. Sie würde den Nebel auflösen. Alle Gesichter drehten sich ihr zu, die meisten abrupt, synchron, andere etwas zeitversetzt, nachdem wieder andere sie auf das Ereignis aufmerksam gemacht hatten, einige auch mehrfach, in ruckartiger Wiederkehr, als wären ihre Gebärden gefangen in einer Rückkopplung. Und auch das Raunen setzte wie üblich ein, nie konnte sie sagen, woher es stammte oder was es bedeutete oder ob nur sie es hörte. Clara trat auf, und es geschah, was sie gewohnt war, es geschah, was stets geschieht und immer geschehen würde, wann immer sie aufträte. Sie hob den Blick zum Himmel: Golden grundiertes Herbsthellblau fast wie aus einem Guß lag über den Alpen, kaum merklich verblassend über diesigen Gipfeln; weit im Westen streckten Wolkenfinger sich in die strahlende Klarheit. Dann sanken die Augen zur Milch der Berge selbst, den wie schlierenhafte Trübungen erscheinenden Kämmen. Sie verweilten auf der bleigrauen Plane des Wassers, die zum Steg hin Pappelblätter wie gelbe Schiffchen trug zwischen Möwen und Bleßhühnern, huschten über das fahle Gelb des Schilfgürtels.

Ein Kahn wäre schön, dachte sie, ein breites bauchiges Boot, das da läge, in dem man sich schaukeln lassen und die Flucht wagen könnte.

Sie verscheuchte die Phantasie. Es galt sich Überblick zu verschaffen. Sie brauchte ein Gesamtbild. Nach Ralfs Prämissen war immer zuerst die Totale zu nehmen, bevor man auf Details zoomte, den Plot fütterte, wie er sich auszudrücken pflegte: Hälse streckten sich, alle Augen waren auf Clara gerichtet. Manche suchten die ihren, manche wandten sich bald aufs neue den Partnern ihrer durch den Auftritt unterbrochenen Gespräche zu. Sie bemerkte nichts Ungewöhnliches, sogar das gehörte zum Repertoire, daß Clara für die Dauer eines Lidschlags zweifelte, ob es wirklich Bewunderung war, was sie in den Gesichtern zu lesen glaubte. Vielleicht machte sie sich mit ihrer im Rahmen der Terrassentür eingenommenen Pose ja nur lächerlich. Sie entschied, das Bolero-Cape mit dem Fellkragen abzunehmen, und zwar wegen des herrlich warmen Nachsommers. Der Stoff glitt herab, blieb in der Beuge des linken Armes hängen, mit dem sie sich weiter im Türstock einhielt, während sie den anderen Arm langsam hob. Schmetterlingshaft flatternd stieg Claras Hand auf, bis sie sich auf dem von einem grobmaschigen Netz im Nacken gefaßten blonden Haarknoten niederließ. Die Geste, betont durch die oberarmlangen schwarzen Spitzenhandschuhe, lenkte, das wußte sie, die Blicke der Zuschauer auf ihr Dekolleté, wo jetzt, vom Pelzchen bisher verdeckt, ihre neueste Errungenschaft zu bestaunen war: Eine Himmelsscheibe von Nebra en miniature, präzise dem keltischen, unlängst in Sachsen-Anhalt ausgegrabenen Original nachgebildet. Die Goldapplikationen auf der bläulich patinierten Bronze des archäologischen Sensationsfunds wie des auf die Größe eines alten Fünfmarkstücks verkleinerten Duplikats, das auf einen Goldreifen gefädelt über ihrer Schlüsselbeingrube hing, stellten Sonne und Mond dar, die Gestirne samt dem Sternhaufen der Plejaden. Zum Erwerb der Kette hatte sie der rätselhafte, längsgerippte Bogen am unteren Rand der Scheibe bewogen. Es handle sich dabei um die Sonnenbarke, keltische Götter ruderten die Sonne nachts vom West- zum Osthorizont, hieß es im Prospekt des Bestellkatalogs. Aus Pretiosen machte sich Clara normalerweise nicht viel. Doch Wasserfahrzeuge hatten es ihr angetan. Immer waren es Einzelstücke, in die sie sich verliebte und dann pur auftrug, ohne zusätzlichen Schnickschnack wie Ohrgehänge, Armreifen, bevor sie auch davon wieder genug hatte. Lippenstift, ein Hauch Wimperntusche waren alles, was sie als Zierat sonst an sich duldete, abgesehen von der Kleidung natürlich, die sie mit Akribie auswählte. Freilich wußte sie, wie gut ihr dieser Tangorock mit roten Hibiskusblüten auf dunklem Grund stand; dazu die flachen Büffellederstiefel, das samtschwarze Feinstricktop …

Wo war ich stehengeblieben?

Dachte Clara Weidenfeldt und suchte die Menge ab. Richtig, es fiel ihr wieder ein: Sie wollte das Gesicht ihres Sohns sehen, erhoffte sich Aufschluß davon. Worüber? Vielleicht konnte es wie ein Orakel einen Wink geben, so wie Ralfs Mienenspiel ihr einst immer die Richtung gewiesen hatte, auf der Bühne, am Drehort. Endlich fand sie Asger, mit nichtssagendem Ausdruck, neben diesem Poßmann vermutlich, den er gegen ihren erklärten Willen eingeladen hatte, auf diese Weise gleich am ersten Abend den ersten Streit zwischen ihnen vom Zaun brechend. Außerdem befanden sich ausgerechnet ihre Hausmädchen bei ihm. Er ist eben ein Weidenfeldt, dachte sie. Es versetzte ihr trotzdem einen Stich. Asger brachte heute mehr als nur ihre Gästeordnung durcheinander. Er zerrüttete ihre Nerven. Daß er es irgendeiner längst verflossenen Freundschaft zuliebe tat, für einen Schulkameraden, den er seinerzeit nicht einmal ihr vorzustellen für nötig befunden hatte, beleidigte sie. Auch war ihr Sohn, dessen Rückkehr sie so lange Zeit ersehnt hatte, durch kein Bitten und Betteln zu bewegen gewesen, ihren Auftritt, von dem er wußte, wie wichtig er war, gemeinsam zu bestreiten. Sie hätten ja nicht Hand in Hand vor die Leute treten müssen. Statt dessen hatte er darauf bestanden, sich wie ein Fremder unter die Menge zu mischen.

Andererseits spornte seelischer Schmerz sie an, noch tiefer in ihre Rollen zu schlüpfen, das war seit jeher so, oh, erst Leid stachelte sie auf zu Höchstleistungen. Clara konnte spüren, wie sich ihr Lächeln bereits anmutiger über die Kieferknochen legte, wie ihr Lehnen in der Verandatür lockerer wurde. Und als sie gewahrte, wie Asger, der wohl bemerkt hatte, daß sie ihn beobachtete, die Hände hob, bedächtig, als wäre er unentschieden, ob er ernsthaft oder ironisch Beifall klatschen sollte, stieß sie sich sacht vom Türrahmen ab und glitt in den Dunst hinaus.

Jemand winkte. Es war Bohltwein, der brave Fritz, einer ihrer treuesten Verehrer. So fad er sein mochte, es war gut zu wissen, daß es ihn gab. Und neben ihm, als feisten Buddha, erkannte sie Max Zibulka. Er war tatsächlich gekommen, hatte sich mit roter Nase und schwabbelndem Leib auch schon ins Geschehen gestürzt, denn er schüttelte sich gerade vor Lachen. Zibulkas Kopf, es war durch den abziehenden Nebel zu erkennen, hatte im Laufe der vergangenen Jahre noch mehr Falten und Speckwülste bekommen. Er glich stark dem Selbstporträt Horst Janssens, einem Geschenk des verstorbenen Freunds, dieser Fratze, die oben im Durchgang zum Gästetrakt hing. Auch Max winkte nun. Daß Menschen wirklich so aussehen können, dachte sie. Clara winkte zurück, nahm aber Kurs auf Franz, der gleich neben der Tür saß, in weiser Voraussicht, der Gute kannte ihre Choreographie. Sie legte ihre Hände auf seine Schultern, eine Berührung, die sie ihm nur bei Anlässen wie diesem gestattete, stellte sich im Windschatten seines breiten Rükkens der Tischrunde. Hier hatten sich die Vössener versammelt, aber eine ihr unbekannte Person drängte sich vor:

»Gewähren Sie mir Vorfahrt, meine Dame.«

Der Mann, ein Herr mit grauen Koteletten und lila Krawatte, zitierte eine Stelle aus einem Film, Clara konnte sich nicht erinnern aus welchem, sie wollte es nicht, dachte, wahrscheinlich hat er für diesen Schwachsinn sogar geprobt. Jetzt wollte er ihr auch noch die Hand küssen.

»Ich habe das Zelt aufgebaut, Clara. Vorsichtshalber.«

Franz sprang ihr bei, Gott sei Dank, redete über die unsichere Wetterlage. Dieser Mensch, vermutlich war er der Abgeordnete, dieser Bockmeier oder Bockinger, ließ sich aber nicht abwimmeln.

»Wo Sie sind, ist immer Sonnenschein, schöne Frau.«

Mit einem Bückling trat er ihr in den Weg; daß so etwas wahrhaftig immer wieder geschah, sie konnte es jedesmal aufs neue kaum fassen.

»Mein lieber Leo ...«

Einen Bogen um das graulila Hindernis schlagend, flog die Weidenfeldt dem alten Kollegen entgegen. Mausilatzki besaß als einziger Mann der Welt das Privileg, sie zu umarmen, ihren Körper ganz an den seinen drücken zu dürfen. Das tat er nun auch mit spitzem Kußmund, der sich jäh zum breiten Grinsen dehnte. Wie Leo zu dem Vorrecht gekommen war, hatte Clara vergessen. An dem einzigen, gemeinsamen, frühen Film, in dem sie nicht einmal ein Liebespaar gegeben hatten, konnte es nicht liegen. Es war auch unwichtig, anderes war entscheidender, ihre eigentümliche Wahlverwandtschaft etwa, jenseits von Geschlecht und Charakter. Der

Zusammenhang war für Clara schwer herzustellen, aber es hatte damit zu tun, daß öffentliche Objekte der Begierde kaum je selber noch begehren. Solche Menschen erkannten sich gegenseitig an winzigen Zeichen, einem Zucken der Augenbrauen vielleicht, einem Kopfnicken. Man teilte ein kurioses Geheimnis. Clara erschrak, so dürr und etwas zittrig spürte sie Leos Brust an der ihren. Seit er seinen Landsitz in Vössen hatte, konnte sie zusehen, wie er körperlich verfiel. Er wurde auch ein wenig schlicht im Gemüt. Als Verwalterin seiner Villa traf sie ihn relativ oft, trotz seiner seltenen Aufenthalte, denn Mausilatzki hatte nach wie vor ein Engagement nach dem anderen. Als Leo ihr nun mit flirrenden Pupillen in die Augen sah, bemerkte sie, wie spitz seine Nase geworden war, sie dachte, die Nase eines Toten. Schnell begrüßte sie Spielberg und Petersen, die beiden Künstler aus der Kreisstadt, deren Unterhaltung mit dem greisen Kollegen sie gerade unterbrochen hatte.

»Schön, daß Sie herausgefunden haben.«

Spielberg klammerte sich an sein Bierglas, während Clara einen Schwall dialektaler Laute aus Petersens Mund über sich ergehen ließ. Wie kann einer aus dieser Gegend Petersen heißen, fragte sie sich entnervt. Sie kam langsam in Fahrt. Mit honigsüßem Lächeln reichte sie ihre behandschuhte Hand in die Runde.

»Die lieben Czernys. Haben Sie Ihre Instrumente mitgebracht? Sie hatten es mir versprochen.«

Frau Lisbeth übernahm wie immer die Konversation für ihren Mann. Man sei zur Zeit etwas indisponiert, habe jedoch ersatzweise Herrn Halber mitgebracht. Mit Händefalten begleitete Clara ihren verzückten Blick auf den bleichen, seinen Instrumentenkoffer umklammernden Zwanzigjährigen.

»Der junge Mann hat außerdem auch moderne Gitarrenliteratur intus. Ich bitte Sie, zu einem Anlaß wie diesem kann sogar ich auf Barockgeflöte verzichten.«

»Aber läßt sich heute nicht alles mit allem kombinieren, Herr Professor Dünwald?«

»Hm, der Zeitstrom bildet gegenwärtig in der Tat eine Fülle von

Nebenläufen, Spiralen, hm, hm, Strudeln, nicht wahr, linear scheint er sich, insofern er nicht mehr, hm, auf geradem Weg aus einer Vergangenheit in eine Zukunft, kurz gesagt, liebe Weidenfeldt, verzeihen Sie meine Direktheit.«

Clara schaute mit einer gewissen Entgeisterung in die durch die Brille stark vergrößerten Augen des emeritierten Philosophen. Sie hatte wie immer kein Wort verstanden von dem, was nichtsdestotrotz sehr geistreich geklungen hatte. Um sich aus ihrem Lähmungszustand zu reißen, streckte sie Bastian Korff die Finger hin. Der Theaterregisseur ließ sie nach einer kurzen Berührung einfach wieder fallen. Kaum vorstellbar, aber auf Proben wurde der Mann zum Vulkan. Clara hatte es damals selbst erlebt. Natürlich war sie es gewesen, die ihm das Fischerhaus in Vössen vermittelt hatte, trotz seiner schlaffen, muffigen Art. Diesen Bockhuber allerdings, der ihr schon wieder die Bahn verstellte, würde sie keines Blickes mehr würdigen. Als wäre er Luft, stolzierte sie auf ihn los, so daß er ausweichen mußte und sich verneigte. Im Vorbeigehen, fast schon außer Reichweite, gewährte sie ihm ihre Fingerspitzen.

Auf dem Weg in den Garten bemerkte sie den Tisch mit den jungen Leuten. Sie kannte keines der Gesichter, fühlte sich plötzlich wie auf dem Prüfstand. Es wurde ihr unheimlich, Schlieren begannen wieder durchs Sichtfeld zu ziehen. Auch fiel ihr ein, daß Asger gedroht hatte, außer diesem Poßmann weitere Freunde einzuladen. Sie vermutete sie hier. Zum Glück wurde sie schon von ihren lieben Freunden Arne, Hermann und Hannah erwartet, die ein wenig abseits standen.

»Bemerkenswerter Auftritt bislang, Teuerste. Bei Rubens fällt der Rest, aber das Pelzchen bleibt.«

Der sie neckte und am Bolero in ihrer Armbeuge zupfte, während sie Hannah die Wangen küßte, war Hermann Kuhn. Clara verstand die Anspielung nicht, doch durch begleitende Gesten des Bildhauers immerhin so viel, daß er sie mit einer Aktdarstellung in Verbindung brachte. Eine kleine Anzüglichkeit, die freilich nicht mehr als Zuneigung ausdrücken sollte. Clara strich Hermann mit beiden Händen über die Schultern, darauf im Überschwang auch Arne Behrendt, der ihr mit schrillem Lachen antwortete. Sie fühlte sich wieder stark. Selbst dem Mann, der sich als Karl Pollinger von der Lokalzeitung vorstellte, nickte sie wohlwollend zu. Sie war jetzt in ihrem Element, raffte den Rock, flog auf die Rasenfläche zwischen den Tischen und Gästen hinaus, räusperte sich.

»Freunde. Herbst, Wetter, Jahrestage. Genug, um uns zu erinnern: Das Leben verläuft in Zyklen. Auch Feste kehren wieder, auch sie trotzen der Vergänglichkeit. Mit einem Wort: Ich freue mich, daß Sie da sind. Besonders ...«

Sie stockte und machte einen Schritt Richtung Felsen.

»... besonders freut es mich, daß Max Zibulka gekommen ist. Grüß dich, Max. Gut siehst du aus.«

Applaus wollte einsetzen, Clara gebot ihm Einhalt.

»Ich brauche Ihnen über Max nichts zu sagen. Schwaigers Frühwerk wäre undenkbar ohne seine Drehbücher. Ich nenne nur: ›Die Kannibalen‹, ›Heiß oder kalt‹, ›Tiere sind die besseren Menschen‹. Gleichwohl ist es eine Weile her ...«

Ihr Lachen geriet ihr jetzt zu laut, Clara spürte es.

»... daß wir uns das letzte Mal gesehen haben. Doch auch dieser Kreis schließt sich heute. Nur eine Lücke bleibt: Gesundheitliche Gründe haben Albert Schmeller die Anreise unmöglich gemacht.«

Die Pause an dieser Stelle schien ihr dagegen gelungen.

»Vor allem aber bin ich glücklich über die Anwesenheit meines Sohnes.«

Sie schloß ihre Augen, streckte den Arm aus, öffnete ihre Augen wieder. An dem Platz, wohin sie deutete und wo Asger noch vor einer Sekunde gestanden war, gähnte eine Lücke. Unmöglich konnte Clara den einstudierten Text weitersprechen, als wäre er immer noch da, wohin ihr Finger nach wie vor zeigte. Von Geduld und Vertrauen hätte ihre weitere Ansprache handeln sollen. Nun galt es also zu improvisieren. Reiß dich zusammen, du bist Schauspielerin, sagte sie sich, du hast das gelernt. Erst mußte sie aber Zeit gewinnen. Sie nutzte den Umstand, daß ihr Arm noch ausgestreckt war, um tänzerisch einen Halbkreis in den neuerlich aufsteigenden Dunst zu schreiben. Dann, der entgegengesetzten Himmelsrichtung zugekehrt, erblickte sie das Zelt, sein im Sonnenschein blendend weißes Dach, das sich soeben grau mit Schatten überzog.

»Deshalb lassen Sie mich hier und heute auch die liebe Sonne begrüßen, Mutter allen Lebens und Kreisens, die uns bisher so viel Gunst bezeigt. Kurz und gut: Feiern Sie schön.«

Mit einem Wimpernaufschlag gab sie Zeichen zum Applaus, der unverzüglich einsetzte. Clara verneigte sich in eine Brühe hinein, die vom Boden über ihre Stiefel, die roten, nun zu milchigem Altrosa gedämpften Blüten ihres Rocks, ihre Hüften, Brüste, die Himmelsscheibe hinweg bis auf Augenhöhe heraufkroch. Mein eigenes Kind läßt mich ins offene Messer laufen, dachte sie, aber der Gedanke war seltsam nüchtern, wie die Nachahmung eines Gedankens. Sie hatte auch jedes Gefühl für den Eindruck verloren, den ihr Auftreten machte. Zwar gelang es ihr noch, den Gitarristen anzukündigen. Doch kaum hatte der blasse junge Mann den leicht erhöhten Platz im Terrassenwinkel eingenommen, kaum waren die ersten Takte eines populären brasilianischen Préludes erklungen, die Gäste in höfliches Lauschen versunken, breitete Clara die Arme aus und begann sich im Kreis zu drehen.

Auch Max Zibulka breitete die Arme aus, das konnte Clara trotz des Nebels erkennen, und schaute ihr gespannt zu. Allmählich wurde ihr schwindlig. Plötzlich lief sie Luftsprünge vollführend zu ihm. Sie wußte, ihre Mimik verriet einen Anflug von Irrsinn. Es war ihr egal. Sie spielte nur eine Rolle, in der man sie noch nie gesehen hatte, und zwar aus reiner Aufsässigkeit. Wogegen ihr Trotz sich richtete, erfaßte sie nur vage. Er galt wohl Asger, vielleicht auch den Freunden, die er mitgebracht hatte, dieser neuen, unsinnlichen, kleinmütigen, öden, mörderischen Gegenwart, die sie verkörperten. Ja, sie lehnte sie ab, die neuen Zeiten. Sollen sie meinen Auftritt für Altersstarrsinn halten, dachte sie.

Clara begann sich in den Hüften zu wiegen, stürzte knapp an

Max vorbei auf Robert Geiger zu. Auf ihn, einen Gelegenheitsdarsteller, der das halbe Jahr in Paris zubrachte, um unerkannt führen zu können, was man ein Bohème-Leben nannte, war Verlaß. Das winzige Mikrofon einer Freisprechanlage vor den Lippen, führte er Geschäftsgespräche auf englisch. Er war bekannt dafür, nicht das geringste von sich preiszugeben, allen stets nur eine Oberfläche zu bieten, auf die jeder seine eigenen Vorstellungen projizierte. Clara ging vor dem schönen Robert in die Hocke. Sie kraulte seinen Nacken, streichelte sein Ohrläppchen, behauchte seine Schläfe, raunte in sein Mikrofon, küßte beinahe seine Stirn. Geiger ließ es geschehen, setzte sein Auslandsgespräch einfach fort.

Max Zibulka beobachtete das Treiben der Weidenfeldt. Seine Arme waren längst herabgesunken, die glasigen Augen stier auf sie gerichtet, mit etwas spöttischem Ausdruck, wie Clara plötzlich fürchtete. Er rührte sich nicht. Lange. Dann hievte er sich mühsam aus dem Stuhl. Schnaufte, schwankte.

Clara preßte sich die Hand auf den Mund, als Max von hinten die Arme um sie schlang und sie hochhob. Ihr stieg die Schamesröte ins Gesicht, als sie sich auf seinem Schoß wiederfand. Er hielt sie fest. Sie gab die Gegenwehr auf, fühlte sich mit einem Schlag besänftigt, Dunst und Nebel verzogen sich endgültig, der Spießrutenlauf war überstanden.

Alle sahen zu, als Claras Finger zum Weinglas flatterten, sich niederließen und es an die berühmten Lippen setzten.

5. Kapitel
DIE OFFENE GESELLSCHAFT UND IHRE FEINDE 2

»Da sind Sie ja endlich wieder.«

Bockwieser rückte ihm den Stuhl zurecht, und Stegmüller grauste. Vom Klo kommend, hatte er den Umweg ums Haus genommen, dabei zum x-ten Mal das Zelt inspiziert, um seine Rückkehr hinauszuzögern. Er fand noch immer nicht den Mut, sich zu setzen.

Seit Claras Auftritt schien die Atmosphäre aufgelockert. Die anfängliche Steifheit war verflogen, man wechselte zwanglos die Tische, was nicht zuletzt am Alkohol lag, der seither in die Blutbahnen der Gäste geraten war. Das Abendbuffet hatte die Leute zu neuen Grüppchen zusammengewürfelt. Eben erst war das Catering-Team mit dem Umbau fertig geworden, hatte Tabletts mit Muffins, Salzgebäck, Körbchen mit Nüssen aufgestellt, dazwischen Obst, Bonbons gestreut, den Service auf ein Minimum heruntergefahren. Außer dem Pappelrauschen wehte der Wind bruchstückhaft Gitarrenklänge aus der Verandanische heran. Der Himmel hatte sich bedeckt, aber das Wetter hielt. Noch. In zwei Stunden würde es dunkeln. So weit war alles in Ordnung.

»Wo waren wir stehengeblieben?«

Der Abgeordnete hatte inzwischen bestimmt an seinen Formulierungen gefeilt.

»Die Globalisierung, richtig, daß wir lernen müssen, realistisch zu denken, sagte ich. Auch Sie, Stegmüller.«

Nicht einmal eine Schonfrist war Franz gegönnt.

»Sie sollten den Menschen ruhig ein wenig mehr zutrauen. Wir machen das, setzen auf Zuversicht statt auf Zaudern, Stegmüller. Wir leben in einem starken Land. Die Probleme sind heute nicht weniger unlösbar als früher.«

Das unbeabsichtigte Verdrehen von Redewendungen war anscheinend eine Spezialität des Politikers.

»Aber wir müssen sie anpacken. Es handelt sich nicht um die Weltkonjunktur oder den Terrorismus, nicht jeder Elefant verirrt sich gleich in einen Porzellanladen. Fördern und fordern heißt die Devise, ich habe die Zahlen im Kopf, kann sie Ihnen herunterbeten, Stegmüller. Die Region müßte auf dem Entwicklungsindex Spitzenwerte erzielen. Wer heute den Strukturwandel zur Dienstleistungsgesellschaft boykottiert, lebt auf dem Mond. Wir stehen sogar erst am Anfang, lieber Kollege. Manchmal ist es besser, die Sau durchs Dorf zu treiben, statt sie in die Kirche zu sperren. Entweder Wohlstand, also mehr arbeiten. Oder Arbeit und Wohlstand abgeben ans Ausland, an den Osten vor allem. Lassen Sie sich das einmal im Kopf zergehen, Stegmüller.«

»Die Kommune ist ja nicht der Staat. Und umgekehrt.«

Franz wurde immer mulmiger zumute. Nicht daß ihn Bockwiesers Floskeln erschreckten. Aber der Mann redete sich ohne ersichtlichen Anlaß in Rage.

»Das läßt sich nicht trennen, machen wir uns nichts vor. Ohne die Katze aus dem Sack zu lassen, aber jeder ist aufgerufen, seine Hausaufgaben zu machen. Unter uns, Stegmüller, die Gefahr von Parallelgesellschaften betrifft nicht nur die Gastarbeiter.«

Die herbe Abfuhr, die Clara ihm erteilt hatte, kränkte Bockwieser, das war Franz nicht verborgen geblieben. Hinterher war er lange brütend dagesessen, bevor er das Gespräch energisch an sich gerissen hatte. Seither wurde Stegmüller ein dumpfes Gefühl der Bedrohung nicht los. Gut möglich, daß er seine Wut an mir ausläßt, dachte er, vielleicht durchleuchtet er gerade mein politisches Profil, um mir bei nächstbester Gelegenheit in die Parade zu fahren.

Asger saß mit am Tisch, verfolgte die Wirkung, die Bockwiesers Referat auf Stegmüller ausübte. Eine solches Maß an Nervosität hatte er an Franz noch nicht gesehen. Der väterliche Freund warf ihm immer wieder fahrige Blicke zu. Asger hatte ihn als jemanden in Erinnerung, den sonst nichts aus der Fassung bringen konnte. Vorausgesetzt, er erlag nicht gerade einem cholerischen Anfall.

Gleichzeitig hatte er auch ein Ohr auf die Diskussionen, die parallel geführt wurden.

»... was heißt hier handlungsunfähig? Wo Geld knapp ist, muß man es bündeln. Oder Sponsoren auftreiben. Ich kann schließlich nicht das Staatstheater zusperren ...«

Mutters Freundin Hannah verteidigte sich. Als Kulturreferentin war sie kürzlich in die Schlagzeilen geraten, weil mehrere kleine Bühnen schließen mußten, nachdem sie die Subventionen gestrichen hatte.

»... du hältst den Kopf hin, meine Unterstützung hast du, der Publikumsschwund läßt sich nicht wegdebattieren ...«

»... spielen wir eben die Klassiker rauf und runter ...«

»... wenn man sie wie Klassiker inszenieren würde ...«

»... statt dessen Textsteinbrüche ...«

»... Substanzvergessenheit ...«

»... spielen, ohne zu wissen, was man spielt ...«

»... Brecht und Hullebeck ...«

»... sind wir auf dem Weg zur Zweiklassenkultur? ...«

»... Zeitvertreib für Eliten hier, für Analphabeten da ...«

»... das Soziale bildet, hm, in der Tat heute Raumzeitblasen aus, in welchen das Sein oder vielmehr, hm, das Nichtsein als Sein sich monadenhaft abkapselt, einerseits Leibniz, andererseits diese, hm, komplexe ...«

»... mit Verlaub, das ist Quatsch ...«

»... nicht, was Sie gesagt haben, Herr Professor ...«

»... erstens war Kunst nie modefrei. Zweitens: Auch an der Börse des Geschmacks gibt es Konjunkturen ...«

»... Brecht und ...«

»... die Talsohle ist längst durchschritten, hihihi, und als Produzent sage ich: Erfolg ist kein Zufall. Aber ich bin auch kein Steigbügelhalter für irgendwelche Möchtegern-Stars. Auf einmal, hihihi, wird man als Kapitalist, als Verräter beschimpft, nur weil man nicht schwächelt ...«

»... und wo bleibt das Niveau? ...«

»... achte du mal lieber auf die Flachheit der Kritiker ...«

Asger lauschte dem Gesamtklang, der verborgenen Partitur gewissermaßen. Auch ihm löste der Alkohol zusehends den Gedankenstrom. Geübt in der subtilen Dosierung von Rauschmitteln hielt er sich in einem leicht euphorisierten Zustand und malte sich beispielsweise den Machtkampf zwischen Franz und Bockwieser aus, der unter der Oberfläche des politischen Phrasenteppichs wütete. Während sich Franz im globalen Wirtschaftssturm, den der Abgeordnete beschwor, als eine Art Provinzfels behaupten mußte, rivalisierten sie gleichzeitig um Clara, kurz: Es drehte sich wieder einmal alles um seine Mutter.

»... dürfen wir auch vor Auseinandersetzungen über unsere Wertvorstellungen nicht zurückschrecken, müssen wir die Verunsicherung der Menschen ernst nehmen ...«

Bockwieser behielt dabei eindeutig die Oberhand, Stegmüller verstummte mehr und mehr. Andererseits war Franz eben Franz, also ein Sturkopf. Asger nippte am Wein. Unsere Wertvorstellungen, wiederholte er sich in Gedanken belustigt.

Da fiel ihm Wenzel wieder ein, den es ausgerechnet unter die Journalisten verschlagen hatte. Eingedenk des gegebenen Versprechens, ihm zur Seite zu stehen, hatte Asger ihn vor einer Stunde loseisen wollen. Aber der hatte jede Hilfe abgelehnt.

Wenzel Poßmann glaubte endlich ein Mittel gefunden zu haben, um diese Presseleute aus der Reserve zu locken, denen taktische Distanz offenbar zur zweiten Natur geworden war.

»Wie steht es eigentlich mit der Objektivität? Macht man sich bei Ihnen überhaupt noch Gedanken um Sachen wie Simulation, Realität der Massenmedien ...«

Jemand lachte.

»... Theorien, Theorien ...«

»… die süßen achtziger und neunziger Jahre. Nette, etwas naive Zeit damals …«

»… unter uns, Poßmann: Wären Sie wie wir beruflich jeden Tag mit dieser Realität konfrontiert, hätten auch Sie längst die Erfahrung gemacht: Außer dem Schein von Objektivität ist da nie etwas gewesen …«

»… Wirklichkeit wird nun einmal von Menschen gemacht. Leider sind auch wir, ihre Schöpfer, nicht davor gefeit, sie für wahr halten …«

»… das alles klingt vielleicht ein wenig nach Verschwörung, aber es gibt selbstverständlich keinerlei Absprachen. Wo kämen wir da hin? Unabhängigkeit wahrt jenen Anschein von Freiheit, der auch den Anschein von Wahrheit garantiert, den man dann als Objektivität bezeichnet. Nur darum sind wir die vierte Gewalt im Staat …«

»… denken Sie mal drüber nach …«

Dieser Eckart Eberl, ein rotblonder, etwas kurz geratener Mann mit Boxernase, entpuppte sich immer mehr als der große Wortführer am Tisch. Asger hatte vorhin von ihm erzählt. Sein Frauenverschleiß war angeblich enorm. Als Kollegen schätzte er ihn aber offensichtlich.

»… die Wahrheit oder Wirklichkeit oder Objektivität oder wie Sie wollen, die wir produzieren, erweist sich ja sowieso immer schneller als schal. Durch eine einzige neue Information bricht sie von einem Moment auf den anderen in sich zusammen wie ein Kartenhaus …«

»… Glück für uns, wir deuten dann einfach alles um …«

»… Pech allerdings für alle anderen. Die werden dadurch natürlich zu Idioten …«

»… die Medien sind eine Geißel der Menschheit. Ihren Siegeszug hätte man vor Jahrzehnten stoppen müssen …«

»… mit Gewalt …«

»… aber jetzt sind sie da, und alle, die wir hier sitzen, verdienen unseren Lebensunterhalt damit …«

»… sprechen wir ruhig aus, was die Spatzen vom Dach pfeifen:

Die Kriterien der Objektivität sind restlos ersetzt durch die Kriterien des Markts. Daraus folgt: Sämtliche Theorien sind hinfällig, außer Wirtschaftswissenschaften. Und die wahrscheinlich auch …«

Mascha hatte sich an den Journalistentisch verirrt. Nirgends Zugang findend, ständig von einem Tisch zum nächsten weitergetrieben, suchte sie Halt und Beistand bei Wenzel. Doch der wirkte wie gefangengenommen von diesen Leuten, die unausgesetzt auf ihn einredeten und nicht zu Wort kommen ließen. Jetzt stand ein Glatzkopf mit Spitzbart auf, trommelte mit dem Löffel auf sein Glas:

»Sie sehen also, lieber Poßmann: Wir sind objektiv mitverantwortlich für die Zustände. Die Zustände sind wir. Die Kritik an ihnen liefern Kritiker. Die Kritiker sind wir auch. Also, was sollen wir tun? Allenthalben bedient man sich der Sachlichkeit gegen die Sachlichkeit, der Kunst gegen die Kunst, selbst der Kritik gegen sie selber. Genaugenommen verdoppeln wir nicht die Wirklichkeit, sondern setzen uns doppelt und dreifach an ihre Stelle. Wir haben die Macht dazu. Doch haben wir die Wahl? Wer nicht mit uns arbeitet, dem setzt man zu, bis er mit uns arbeitet. Wir sind eine Art Mafia und fallen uns auf Dauer selbst zum Opfer. Aber können wir es ändern? …«

Lachsalven trieben Mascha erneut zur Flucht. Die Journalisten stießen miteinander an. Immerhin lief es sich leichter in den geliehenen Schuhen. Sie landete drunten am Felsen.

»… Großmarkt, Aubräu, anno siebzig …«

»Max!«

»… einundsiebzig …«

»Nicht diese Geschichten!«

»… ich sehe es vor mir wie heute. Sperrstunde, letzte Runde. Und jedesmal steigt sie wieder auf den Tisch …«

»Ist ja nicht wahr!«

»… tanzt. Und wie. Und dann die Schnapsdrosseln am Tresen. Jedesmal solche Augen. Erkannten sie natürlich. Die Plakate: Clara im Ringelschwanzkostüm. Die Stadt war voll damit …«

»Das hatte doch damit nichts zu tun!«

»... Raufereien oft unvermeidbar. Als Szene später in Ralfs ›Die verschlungenen Pfade der Liebe‹. Nicht mehr auf meinem Mist gewachsen. Die Weidenfeldt der klassischen Periode ...«

»Ihr wart doch damals alle hin und weg!«

»Eben. Drum zeig es uns. Dein Tabledance. Einmal noch, oh du, meine Königin ...«

Clara Weidenfeldt dachte nicht daran, die anstößigen, um nicht zu sagen obszönen Bewegungen auszuführen, mit denen sie in jenen Jahren gegen die prüde Nation mit ihrer schrecklichen Vergangenheit rebelliert hatte. Aber das Vergnügen, sie anzudeuten, die einschlägige Stelle im erwähnten Film zu zitieren, ließ sie sich auch nicht nehmen. Sie stand auf, stülpte die Ellbogen nach außen, federte dazu in den Knien, zwinkerte.

»Weiter! Mehr!«

Max schubste Clara mit dem Stock. Clara schubste zurück. Ein kindisches Gezerre entstand. Der Dicke kam ins Schwitzen, gab den Kampf auf. Die Hausherrin taumelte. Auch sie hatte mittlerweile das eine oder andere Glas zuviel. Sie streifte ihre langen Handschuhe ab, knotete sie zusammen, band sie sich als Gürtel um und setzte sich wieder.

»Dann du, Schneewittchen!«

Max Zibulka beugte sich zu Maya Nüsslein, die auf der anderen Seite neben ihm saß, erwischte sie am Handgelenk. Er packte die lachende junge Frau, die sich zu befreien versuchte, an den Oberarmen, wollte sie hochstemmen.

Mascha stand der Mund offen.

»Auf die Platte, Mädchen! Los! Zeig, was du kannst!«

Maya strampelte, als Max es tatsächlich schaffte, sie für Sekunden einige Zentimeter in die Luft zu heben. Ihr war klar, daß sie das Spiel des Alten ein weiteres Mal mitspielen, sogar versuchen mußte, eine gute Figur dabei zu machen. Bis zu einem gewissen Grad. Sie mußte nämlich auch Rückgrat zeigen. Natürlich hätte es ihr nichts ausgemacht, auf den Steintisch zu steigen und mit dem

Hintern zu wackeln. Alle jungen Mädchen, die davon träumen, Filmstar zu werden, wissen, daß auf dem Weg dorthin solche Aufgaben zu erledigen sind; und alle Welt weiß, daß diese Mädchen darum bereit sind, noch viel weiter zu gehen, als nur mit dem Hintern zu wackeln. Maya wiederum wußte, daß solche Mädchen genau deswegen für dumme Gänse gehalten wurden und wirklich dumme Gänse waren, jedenfalls bestimmt keine Filmstars würden. Also wartete sie einfach, bis der Lustgreis sie wieder loslassen mußte.

»... Glänzen, Glitzern, Gleißen, oh ja, das gehört durchaus zu unserem Beruf ...«

Die Worte des auch nicht jüngeren Mausilatzki klangen, als kämen sie bereits aus tiefstem Traum und Jenseits.

Schweigen brach aus.

Robert Geiger telefonierte auf englisch.

Babsi Appelmann rülpste.

Jemand versuchte, das Gespräch wieder auf ernsthaftere Bahnen zu lenken.

»... mir brennen vom Gleißen allmählich eher die Augäpfel. Weil ich sonst nichts mehr sehe ...«

»... vom ersten Engagement an herrscht ein sklavischer Zwang zur Selbstentblößung ...«

»... schauspieltechnisch absolut kontraproduktiv ...«

»... wundert Sie das? ...«

»... alles hängt nur noch von Beziehungen ab ...«

»... Intimität ist doch das wichtigste Werkzeug jedes Darstellers. Er kann den Schleier fallen lassen oder sich hinter ihm verbergen ...«

»... sie verleiht ihm Magie ...«

»... schützt seine Einmaligkeit ...«

»... vor Ausbeutung ...«

»... Selbstverrat ...«

»... wir haben eine Schauspielerschwemme. Das ist es. Dauernd droht die Warteschlange auf dem Arbeitsamt ...«

»… lebenslänglich zum Erfolg verurteilt. Das nützen die aus. Damit haben sie dich in der Tasche …«

»… Kunst und Erfolg haben nichts gemein …«

»… das ist aber ein Gemeinplatz, Babsi …«

»… Brecht und …«

»… Selbstrechtfertigung für Dilettanten …«

»… ich bin trotzdem froh um jeden, der dran glaubt …«

»… und ich finde das alles fuckin' verstaubt …«

Maya Nüsslein spitzte die Ohren, denn der das sagte, war das einzige Gesicht, das sie aus dem Kino kannte. Er hatte bisher auch keinen Laut von sich gegeben. Jochen Koch hieß er, ein junger Typ mit schlechten Zähnen, der bellte wie ein Dackel.

»… Kunst, Magie, sorry, ich kann's nicht mehr hören. Mach deine Arbeit, lächle, umarme deine Feinde …«

»… Hochstapler hofiert man, dann vergißt man sie. Aber Kunst ist Kunst. Vor wahren Künstlern verneigt man sich später, wenn sich ihre ganze Größe zeigt …«

»… höhere Gerechtigkeit …«

»… die schieb dir lieber gleich sonstwohin. Rauf geht's und runter und vielleicht auch wieder rauf, und je höher es raufgeht, desto schöner knallt's hinterher …«

Maya entfernte sich unauffällig. Sie hörte prinzipiell nicht richtig zu, wenn Leute anfingen, Probleme zu wälzen, denen sowieso keiner folgen konnte. Bei diesem Jochen-Koch-Gequassel fiel ihr Wenzel wieder ein, der Geheimtip-Regisseur, und daß es vielleicht an der Zeit war, sich bei ihm in Erinnerung zu rufen. Sie fand ihn auf der Veranda in einer Runde hektisch auf ihn einredender Gestalten.

»… kritischer Journalismus, Poßmann, definiert sich in erster Linie durch Demontage, nicht durch Würdigung von Leistung. Selbst Meisterwerke, Großtaten sind nicht davon ausgenommenn. Nichts ist bedeutsam in sich, alles wird bedeutend erst durch die Meinung der anderen …«

»… Prominente haben immer alles zu verlieren …«

»... wir profitieren dafür von jedem Eklat ...«

»Aber man hat schließlich auch sozusagen eine Verantwortung, damit kann man doch nicht leben!«

Obwohl Maya die Hand auf seinen Unterarm legte, nahm Wenzel keine Notiz von ihr. Der Rothaarige dagegen, den er plötzlich angeschrien hatte, zwinkerte ihr zu, als er erwiderte:

»Können wir etwas dafür, daß die Meinung der anderen uns überlassen wird?«

Auch hier also nur hochtrabendes Gerede, dachte Maya Nüsslein und gähnte. Unschlüssig sah sie sich um. Überall wurde geredet. Nur beim Gitarristen, der immer noch weggetreten weiterspielte, standen ein paar stille Zuhörer. Von weitem, im Brausen der Pappeln, war davon kaum noch etwas zu vernehmen. Auch zum Serviceteam, das unten im Garten mit einem der Gäste sprach, zog es sie nicht. Diese Sophia schüchterte sie ein, spätestens seit der Szene auf Zibulkas Knie. Aber wenigstens wurde dort geraucht. Sie ging hin.

Mit tiefen Zügen aus ihrer Zigarette lauschte Maya dem Mann mit den furchtbaren Aknenarben im Gesicht, der den Catering-Leuten einen Monolog hielt. Sie versuchte sich zusammenzureimen, worum es ging. Er erzählte etwas von einem Projekt, das er plane, einer Geschichte aus den frühen Jahren der Bundesrepublik. Bald begriff sie, es ging um einen Film, und dieser Gewald, jetzt erinnerte sie sich auch an den Namen, suchte nach Statisten. Maya bekam eine Gänsehaut. Durch Zufall war sie genau am richtigen Ort gelandet.

»... schaue ich Ihnen schon Stunden fasziniert zu. Am liebsten hätte ich Sie alle, wie Sie hier stehen. Sie haben diesen Habitus, der noch aus der Kaiserzeit stammt. Ein preußischer, fast soldatischer Zug, aber ganz abgeschliffen, wie ein ironisches Zitat. Er existierte auch in der Adenauer-Ära. Man sieht das in alten Wochenschauen. Zwischenzeitlich schien er ausgestorben. Aber Sie haben ihn nach wie vor im Blut ...«

Namen interessierten ihn, die Herkunft. Karla, die mit dem geölten Kurzhaarschnitt, war mit einem General von Schleicher verwandt, was den Filmemacher offenkundig mächtig beeindruckte. Er zählte Eigenheiten auf: Sophias Senkrechthaftigkeit. Wie Karla den Kopf in den Nacken legte, wenn sie mit dem Tablett durch die Menge schritt. Die liebenswürdige Reserviertheit Ludger Bonnards, Gewald sah ihn schon als fiktiven Empfangssekretär im Bonner Kanzleramt. Hanns von Gerlachs behandschuhte Gesten hatten es ihm angetan. Wie er die Finger in die lose Faust zurückzog, bevor er sie wieder ausstreckte, um auf das nächste Gericht zu weisen.

»... als würden Sie Ihre Handinnenfläche herzeigen ...«

Sophia von Wrangel beobachtete indessen diese Maya, die so gierig zuhörte, wie sie Nikotin saugte. Dieses von Ehrgeiz berauschte Mädchen will vor die Kamera, dachte sie, koste es, was es wolle. Es tat ihr auf einmal leid um die junge Schönheit. Als hätte sie erst ihren Wahn entdecken müssen, dieses schreckliche Verlangen nach Ruhm, erkannte sie jetzt auch das ganze Ausmaß ihrer halsbrecherischen Naivität. Sophias Blick fiel wieder auf diese wie im Augenblick des Zerreißens in Leberflecke verwandelte Kette, die sich von Mayas Busen über den Hals bis zum Mundwinkel schlang.

Der Abgang der Catering-Chefin vollzog sich mit einer vielleicht nicht einmal von der Weidenfeldt zu überbietenden Grandezza. Gewald, der gerade alle Register zog, um sie für seinen Film zu gewinnen, verschlug es die Sprache. Sophia selbst war sich des Effekts kaum bewußt. Doch einige zerstreute Minuten später fand sie sich im hinteren Teil des Gartens wieder und fühlte, während sie dem Spiel des jungen Gitarristen lauschte, wie sich eine wütende Traurigkeit in ihr ausbreitete. Hans Halber hatte augenscheinlich schon länger alles um sich vergessen. Er trug inzwischen sehr zeitgenössische Musik vor, jenseits aller Tonalität. Zwischen flink flitzenden Staccatoläufen zuckten Tontrauben voll harter Dissonanzen auf, erhöhten abrupt gesetzte Pausen die rhythmische Spannung. Dann brach das peitschende Vorwärtsdrängen schlagartig ab, und an seine Stelle trat ein fremdartig waberndes, schlingerndes Scheppern, das Sophia merkwürdig anrührte. Sie schloß die Augen, bis sie unverhofft das Bild einer wiederkäuenden Kuh im Nebel sah und den singenden Draht eines elektrischen Weidezauns.

»... er hebt eine Saite über die benachbarte, so überkreuzen sie sich doppelt. Er schlägt an, die Saiten schwingen gegeneinander. Die Tonhöhe wird durch Dehnung reguliert. Mein Mann sagt, nur die Gitarre besitzt den wahren epischen Klang. Sie leitet sich von der Kithara her, der antiken Schwester der Lyra. Damals waren Musik und Dichtung eins. ›Contemporary Tango‹ ist übrigens eine Eigenkomposition des Interpreten, gleich werden Sie hören, warum sie so heißt. Halber studiert in Buenos Aires. Passen Sie auf. Jetzt ...«

Frau Czerny unterbrach ihr Flüstern, jäh setzten stürmische Wirbel ein, die der Virtuose auf den Resonanzkörper trommelte, immer wieder unterbrochen von disharmonischen Arpeggios. Spielberg und Petersen meinten wirklich Ähnlichkeiten mit einem argentinischen Tango herauszuhören. Je mehr die beiden Künstler aus der Kreisstadt tranken, desto stolzer schienen sie darauf, daß sie an diesem glänzenden Fest teilnehmen durften. Sie verfielen sichtlich immer mehr einer kontemplativen Passivität, und um sich nicht gänzlich darin aufzulösen, hatten sie sich an den Rand des Geschehens zurückgezogen, auf eine Tribünenposition gewissermaßen.

Karl Pollinger registrierte es mit mitleidiger Anteilnahme. Seine Selbstachtung war während der letzten Stunden konstant gewachsen. Das lag am Berufsverständnis des Lokaljournalisten: Die Bedeutung des Zeitungsmanns steigt mit der Bedeutung der Kreise, in denen er verkehrt. Mit jeder Persönlichkeit, die er neu persönlich kennenlernt, kommt er an weitere Neuigkeiten heran. Mit denen war Pollinger inzwischen randvoll gefüllt. Ja, es kam ihm vor, als hätte er ein Fenster aufgestoßen, durch das ihm Zusammenhänge schlagartig in neuem Licht erschienen.

»... tja, es sieht nicht gut aus für die moderne Kunst. Die Kulturreferentin hat neulich erst wieder mit dem Minister darüber gesprochen, gerade haben wir uns noch darüber unterhalten, auch wegen des Interviews. Ich könnte Ihnen Geschichten erzählen ...«

Sophia wurde von einem stummen Lachanfall geschüttelt. Sie verfolgte, wie der Provinzjournalist Teile des Gesprächs zwischen Wildermuth und ihren Freunden wiedergab, als wäre er selbst daran beteiligt gewesen. Sie sah die bewundernden Mienen von Spielberg und Petersen, als er die fremden Ansichten rückhaltlos übernahm und sie zusätzlich aufblies. Dazu jagten feurige Salven häßlicher Rhythmen über sie hinweg und verwehten im Winde. Ihr war schon die letzten Minuten etwas schwindlig gewesen, jetzt wurde ihr schwarz vor Augen. An manchen Tagen entkräftete ihr Beruf sie mehr als an andern. Offenbar war heute so ein Tag. Sie mußte sich setzen, dringend. Neben dem jungen Weidenfeldt war ein Platz frei.

»Sie sind ja ganz blaß. Ist es so schlimm heute?«

Asger schenkte Sophia ein Glas Wasser ein. Sie dankte und trank. Dann war ihr, als müßte sie ihre Diskretion für einen Moment fahren lassen und sich das Herz erleichtern.

»Ich weiß nicht, liegt es nur an mir? Meinen Nerven? Oder sind es doch die Leute? Ich erwarte ja gar nicht, daß die Formen des Miteinander über ein gewisses Maß an Anstand hinausgehen. Aber in letzter Zeit kommt es mir vor, als würde alles nur noch immer schäbiger, noch schamloser. Als würde sich eine neue Art von Herdengeist breitmachen. Oder täusche ich mich?«

Asger zögerte lange mit der Antwort. Dann sagte er:

»Ich glaube nicht, daß Sie sich täuschen, das heißt, ehrlich gesagt, ich weiß es selber nicht so genau.«

Er lächelte sie an, wirkte dabei sehr abgelenkt. Erst jetzt bemerkte Sophia, daß er angespannt und ein wenig unruhig diesem Abgeordneten zuhörte, der dem Bürgermeister nun schon seit mindestens zwei Stunden Vorträge hielt.

»... kommt zum extremen Wettbewerb in der Tourismusbranche auch noch der Ausbau großflächiger Einzelhandelszentren entlang der Grenze auf österreichischer Seite. Das schlägt natürlich dem Faß die Krone ins Gesicht. Also müssen wir im Landesentwicklungsplan die Einstufung als Unterzentrum erreichen. Das bringt bei sechstausend Quadratmetern Gewerbegebiet zusätzlich Steuermehreinnahmen von ...«

»Ich will das aber nicht wissen jetzt.«

Bockwieser kümmerte es offenkundig nicht, was Franz Stegmüller wollte. Er zauberte Papier und Bleistift aus der Innentasche des Anzugs, begann Zahlenkolonnen zu kritzeln.

»... also eine Entlastung der Pro-Kopf-Verschuldung bis zum Jahr 2025 um ...«

Urplötzlich sprang Franz auf. Er packte Bockwiesers Zettel, zerknüllte, zerriß ihn. Sein Kopf war puterrot.

Auch Asger sprang auf.

»Es wäre mir unangenehm, Herr Doktor Bockwieser, Sie daran erinnern zu müssen, daß Sie hier der Gast sind.«

Franz hatte sich augenblicklich wieder im Griff und sank auf die Sitzbank zurück.

»Was habe ich gemacht?«

Bockwieser zuckte verlegen die Schultern.

»Bringen Sie uns doch bitte noch Wasser und eine Flasche Wein, liebe Frau von Wrangel.«

Auch Sophia zuckte die Schultern. Asgers freundlicher Ton kaschierte sein Desinteresse ihr gegenüber nur schlecht. Nun war es ihr peinlich, daß sie ihre Zurückhaltung aufgegeben hatte.

Asger war längst mit anderem beschäftigt. Er fürchtete, das Fest könnte außer Kontrolle geraten. Seine Mutter schien sich betrinken und den wüsten Einfällen von Max ausliefern zu wollen. Franz konnte, solange er von diesem Bockwieser in Beschlag genommen war, unversehens erneut zu toben anfangen. Daher nahm Asger seit einiger Zeit keinen Alkohol mehr zu sich. Alle Verantwortung, so glaubte er, lag jetzt bei ihm.

Auf dem Weg zum Ausschank kam Sophia von Wrangel eine

strahlende Maya entgegen, die ihr zuflüsterte, daß auch sie beim Casting dabei sein werde. Mit einem Mal schossen ihr Tränen in die Augen. Sie rannte zum See, verschwand im Schilf.

Maya Nüsslein blickte ihr verblüfft hinterdrein. Dann setzte sie sich zu Wenzel, lehnte den Kopf an seine Schulter.

»... Poßmann, Sie sind ein sympathischer Zeitgenosse, etwas idealistisch, aber alles in allem sympathisch. Schauen Sie, mit Ihrer Idee von Unbestechlichkeit sind Sie bloß Opfer des Drahtseilakts, den wir nicht müde werden, zwischen dem Kommerz und ein paar echten Künstlern aufzuführen ...«

Maya lächelte dem Rothaarigen die ganze Zeit zu, während der sprach. Sie war glücklich. Sie durfte vor die Kamera. Eberl zwinkerte mehrmals zu ihr hinüber.

Mascha kam, stellte sich vor Maya hin, hielt sich an ihrem Oberarm fest und beklagte sich über den zudringlichen Max, über Clara, die sich immer schlüpfriger benehme.

»Die sind doch alle nur besoffen.«

»... schreiben Sie doch mal etwas für mich, Poßmann.«

Eberl zwinkerte schon wieder. Dann fing auch Mascha noch zu heulen an.

»Du mußt auch etwas trinken.«

Maya nahm Mascha in den Arm.

»Exakt!«

Max Zibulka hatte die Szene von weitem beobachtet. Er goß sich von dem Scotch ein, den er längst hatte bringen lassen, und prostete den beiden zu.

Mascha stand auf, nahm ihren ganzen Mut zusammen. Ihre Hand zitterte, als sie ihr Glas in die Runde hob.

»Bei uns in Rußland sagt man Trinksprüche. Der erste ist der Gegenwart gewidmet, der zweite gilt der Familie und der dritte dem, was wir uns wünschen.«

Zibulka knallte mit dem Stock auf die Steinplatte.

»Bravo! Trinksprüche! Auf geht's!«

Angetrieben von Max erhoben sich nach und nach sämtliche

Gäste. Plötzlich kam Sophia von Wrangel vom See heraufgerannt. Sie zeigte immer wieder zum Himmel hinauf.

Jenseits der zum Ufer hin glatten, grauen, weiter draußen dann, wie durch eine Sperre getrennt, türkisen, aufgerauhten Wasserfläche, waren die Berge in schwarzen Wolkenmassen versunken. Durch kleine Lücken warf die Sonne noch Tupfer aus Gold in die Seemitte. Sie schrumpften schnell. Max hatte gerade angefangen, Scotch für alle auszuschenken. Da rauschte die erste Bö in die Pappeln.

6. Kapitel
DER PLATZREGEN

Mit mächtigem Schwung fuhr der Wind unters Laken, das Tischtuch bauschte sich, blähte sich zum Segel, wischte weiß durch den unteren Sichtkreis, Krawatte, Hemdkragen, Revers des Gegenübers waren mit einem Mal ausgelöscht, auch der Hals, die Mundpartie, die krampfhaft ineinander verhakten Hände, auf die gerade noch der Blick geheftet war. Dann drang Klirren durch das vors Bewußtsein gezogene Schott, hinein in die Stille der um sich selbst kreisenden Gedanken, dann das Klirren ein zweites Mal. Die Augen folgten dem Ton, hinab zu den durchsichtigen Inseln in roten Seen mit zerklüfteten Ufern und fragilen, ins Leere führenden Brücken. Dann warfen die nächsten schwankenden Gläser ihre rubinroten Fahnen aus überschwappendem Wein voraus, die in Bögen niedergingen, bevor sie am Boden zerrissen und gleich wieder zusammenschossen, mit den bereits vorhandenen roten Flächen zu noch größeren roten Flächen verschmolzen und andere Gewässer mit anderen Küstenlinien bildeten. Dort hinein, ihnen nachfolgend, stürzten spritzend die in Splitterregen auseinanderstiebenden Behältnisse, neue Torsi von gläsernen Stielen rollten über die Seenplatte, blieben liegen als weitere absurde Stege ins Nichts, während weitere grobe Scherben auf ihren durchscheinenden Bäuchen im Rot schaukelten. Dann auch die Stille von draußen, mit der Stille im Kopf verschmelzend. Denn so jäh, wie er aufgekommen war, hatte der Wind sich wieder gelegt. Dafür klatschten dicke Tropfen auf die Trümmerlandschaft am Fliesenboden, lauter winzige Wasserbomben.

Franz schnellte hoch, sein Körper riß seinen Geist mit aus dem Schacht, in den er gefallen war, sich gerne hatte fallen lassen; zögerlich, fast widerstrebend folgte er ins Licht einer Wirklichkeit, auf die er im Moment nur beschränkt neugierig war. Er blickte sich um. Überall sprangen Menschen von ihren Plätzen auf, preßten sich Hände auf verrutschte, zerknitterte Tischdecken, wurden Teller, Gläser, Flaschen festgehalten. Man suchte über Bänke steigend sich selbst in Sicherheit zu bringen, verfing, verhakte sich in den Beinen von Nachbarn, rempelte gegen Hüften, das Gesäß eines nächsten, übernächsten. Sakkos, Jacken, Blazer wurden über Köpfen ausgespannt, flatternde bunte Fetzen überlappten sich. Ein wogender Teppich entstand, unter dessen Schutz man Ausschau hielt nach Möglichkeiten besseren Unterschlupfs, um dem massiver werdenden, nun abermals von wuchtigen Böen gepeitschten Regenguß zu entkommen. Jetzt endlich stellte sich eine Verbindung her zwischen Wahrnehmung, Verstand, Muskeln, jetzt erst hörte Franz Rufe, hektische Befehle, schrilles Kreischen, jetzt setzte Begreifen ein.

Mit einer raschen Drehung um die eigene Achse überblickte Stegmüller die Lage und wurde im selben Moment wieder Gastgeber. Er sortierte seine Eindrücke nach der Dringlichkeit des Zugriffs und schritt dann mit dem Verantwortungsgefühl des Bürgermeisters zur Tat. Schon war er an der Verandatür, drückte den Automatikknopf: Die Markise fuhr schnarrend aus. Er hastete weiter in den hinteren Teil der Terrasse, hievte mit den Catering-Männern, die dort bereits Hand anlegten, die zum Buffet gehörigen Utensilien unter das neu geschaffene, im Regen und Sturmwind knatternde Stoffdach. Frau von Wrangel, die eben angerannt kam, trug er die Räumung der anderen Tische mit ihrem Serviceteam auf. Er wies Mascha an, die mit Schaufel und Besen herbeieilte, sich gleich danach um die Versorgung der Gäste mit Handtüchern und warmen Decken zu kümmern. Anerkennend registrierte er, daß neben Spielberg und Petersen auch der Freund von Asger beim Unterstellen der Gartenmöbel mit anpackte. Wenzel schleppte gerade, wenn auch torkelnd, Klappstühle aus dem Garten, als Franz zu dem unterhalb des Terrassenaufgangs sich drängenden Knäuel ratlos erregter Gäste stieß, um sie zum Festzelt zu dirigieren. Jetzt stürmte er ihnen voran, rollte die Plane vor dem Eingang zurück, betätigte den Schalter an der Kabeltrommel: Lampen leuchteten auf, der Heizstrahler erglühte, die Menge strömte ins trockene Innere.

Daneben stand Atem schöpfend Franz und strich sich das Wasser von der Stirn. Er überprüfte die Straffheit des Vordachs, dann erneut die Lage: Draußen durch den Regen huschte das Dienstpersonal samt Helfern, aber im wesentlichen näherten sich die Aufräumarbeiten schon dem Ende. Zu den Freiwilligen hatten sich noch Hannah, Arne Behrendt und zum Glück der kräftige, an das Wuchten schwerer Objekte gewohnte Bildhauer Kuhn gesellt. Bravo, dachte Franz, so reagieren Freunde. Er sah Hermann Kuhn mit dem schüchternen Spielberg, der ihm einmal gestanden hatte, wie sehr er den renommierten Kollegen bewundere, einen der klobigen Stehtische zur Veranda hinaufwuchten und freute sich, die beiden in gemeinsamer Aktion zu sehen. Und dann war er selbst schon wieder auf dem Sprung: Drunten am Felsen nämlich, durch den über dem Gras dampfenden Regen nur mehr schemenhaft zu erkennen, hockte wahrhaftig Max Zibulka noch in seinem Sessel, indes Clara von hinten gegen seine Schultern gestemmt schob und zerrte.

Ganz und gar vergeblich, wie Franz näherkommend rasch feststellte. Er beobachtete Clara und entdeckte unkontrollierte, schwerfällige Gebärden, wie er sie ähnlich nie an ihr erlebt, schaute in Augen, die er selten zuvor so flehentlich gesehen hatte. Das Flattern ihrer Arme war in ohnmächtiges Rudern übergegangen, Wimperntusche rann über die Wangen. Sie machte ihm Zeichen. Max wiederum kam über einige klägliche, von Brummen und Ächzen begleitete Versuche sich zu erheben nicht hinaus. Das Lachen war ihm inzwischen vergangen.

Clara Weidenfeldt keuchte:

»… mußt mir helfen, Max schafft es nicht …«

Franz zerrte den Trunkenbold auf die wackeligen Beine, drückte ihm den Stock in die Hand, stützte auf der anderen Seite Claras fast ebenso wackeligen Gang und machte sich mit den beiden auf den

Serpentinenweg zum Festzelt. Im Eingang wurden sie von Mascha bereits mit Handtüchern und Wolldecken erwartet. Franz bugsierte die schwankend ihr Haar frottierenden Gestalten durch das Gedränge im Innern ans andere Zeltende bis zu einer Bierbank, die quer zu allen anderen aufgebaut war. Dort plazierte er sie in der Mitte unter der Giebelspitze und legte sowohl der zitternden Freundin als auch dem seltsam versteinerten Max Zibulka eine Decke über die Schulter. Sie wickelten sich enger darin ein, und so saßen sie nun: Zibulka mit abstehendem Haar, Clara mit dem Handtuch als Turban um den Kopf geschlungen, ein abgetakeltes altes Königspaar, dachte Franz, das auf seinem Thron darauf wartet, daß sich das Volk wieder um sie schart.

Franz Stegmüller dagegen war in seinem Element. Für den Augenblick hatte er vergessen, was ihn im Laufe des Tages gequält hatte. Er fühlte nicht, er handelte.

Auch schien sich die Stimmung im Festzelt zu entspannen. Die Bänke füllten sich, das Serviceteam verteilte Kanapees und Getränke.

»Was darf es sein? Möchten Sie einen Martini, einen Pernod, einen Kognak auf diesen ... Schock?«

Der sarkastische Unterton in Frau von Wrangels Stimme war nicht zu überhören: Sie klang wie die Parodie einer Stewardeß, die nach heftigen Turbulenzen die Passagiere beruhigt. Sie hatte die Lage im Griff und würde binnen kurzem auch wieder eine lockere Atmosphäre herbeiführen. Man kann sich auf sie verlassen, dachte Stegmüller, bahnte sich einen Weg zum Ausgang und verließ das Zelt, nicht ohne vorher einen prüfenden Blick auf das Dach, die Spannseile und einen argwöhnischen auf den sich langsam aufwärmenden König Max samt seiner angeschlagenen Königin geworfen zu haben. Der Umstand, daß er handelnd wieder aufwachte, bewirkte, daß ihn sukzessive auch der Beweggrund allen Handelns einholte: die Sorge. Und weil jede Sorge gewissermaßen alle Sorge in sich trägt, also sogar Sorgen wie die um Zibulkas Verfassung oder Claras Seelenlage, sah er sich im Handumdrehen erneut in die verworrenen Probleme verwickelt, die er gerade noch glaubte, losgeworden zu sein.

Franz' Hauptsorge aber galt nach wie vor Asger, den er endlich unter vier Augen sprechen mußte, aber nirgends entdeckte, was ihn jetzt erst recht beunruhigte. Er war mehr denn je davon überzeugt, daß der Junge in Gefahr schwebte, hatte aber immer noch keine Ahnung, wodurch. Die zentrale Bedrohung lag bei seiner Mutter, dann aber zunehmend bei Asger selbst. Clara war momentan außer Gefecht gesetzt, ein voraussichtlich sehr kurzlebiges Phänomen. Welche Gedanken wohl durch ihr alkoholisiertes Gehirn spukten? Zweifellos war ihr übermäßiges Trinken einschließlich ihrer bizarren Rolle an Zibulkas Seite bereits die Ouvertüre zu einer Attacke. Franz versuchte sich die Varianten der Eskalation vor Augen zu führen: die Hausherrin konnte ausfällig werden, über die von Asger eingeladenen Gäste, über das Fernsehen, die Jugend herziehen oder den allgemeinen Sittenverfall anprangern. Sie konnte sich einzelne Personen vorknöpfen, sie vor den Kopf stoßen, der Lächerlichkeit preisgeben, oder die Freunde ihres Sohns vor die Tür setzen. Es war durchaus auch denkbar, daß sie den Abend über sich ergehen ließ und erst hinterher auf die eine oder andere Art Rache nahm. Bloß wie?

Franz hatte die Terrasse erreicht. Er stellte sich unter die Markise, schaute hinaus in den Regen und die rasch einfallende Dämmerung. Garten und Ried dampften, das Seeufer war im bleichen, sich zusehends verfinsternden Grau kaum noch zu erahnen. Die feuchte Luft roch nach Algen und modrigem Laub. Drüben, in die Ecke gedrängt, garnierten die Catering-Leute unverdrossen Häppchen, arrangierten sie auf Tabletts. Gleich daneben spielte, ebenso unverdrossen, der junge Gitarrist seine sonderbar schrägen, irgendwie spanisch anmutenden Stücke. Beim Ehepaar Czerny stand Dr. Bockwieser, von der durch nichts abzulenkenden Lisbeth Czerny begeistert auf dem laufenden gehalten über die vorgetragene Musik.

»Das ist eine Petenera, ihr Merkmal ist der periodische Wechsel vom Sechsachtel- in den Dreivierteltakt, hören Sie: tatata, tatata, ta, ta, ta, tatata, tatata, ta, ta, ta. Das zuvor war eine Jota, davor ein Bolero, traditionelle Muster des Flamenco.«

»Tradition. Natürlich. Ganz wichtig.«

Franz schaute auf den Vorhang aus Wasser, der in dichtgereihten Schnüren vor der Markise niederging. Richtig, dachte er, Bockwieser: noch ein Sorgenfall. Fürs erste vermied er jeden Blickkontakt, verdrängte die Gedanken an den peinlichen Zusammenstoß kurz vor dem Sturzregen, indem er weiter über Asger und Clara grübelte. Er fragte sich, wie wohl die abgebrühten jungen Typen darauf reagieren würden, wenn eine alternde Diva sie provozierte, deren Realitätssinn prinzipiell und heute erst recht eingeschränkt war. Was, wenn sie mit vergleichbaren Respektlosigkeiten konterten, die sich zwar eine Weidenfeldt erlauben durfte, aber bei jedem anderen indiskutabel waren, jedenfalls aus Claras Sicht? Ein jäher Angstschauer ließ Stegmüllers Herz schneller schlagen. Er kniff die Augen zusammen.

Als er sie wieder öffnete, sah er hinter dem Wasservorhang Mascha durch den Garten rennen und Gegenstände vom Boden auflesen. Franz erschrak. In seinem gereizten Zustand reichte der Schrecken aus, ihn zur Raserei zu treiben. Mit fuchtelnden Armen rief er die Russin zu sich.

Barfuß, bis auf die Haut durchnäßt, stand sie schließlich vor ihm, eine Handtasche, einen Schuh, zwei Halstücher und ein Portemonnaie in der Hand, lauter auf der Flucht vor dem Regen verlorene Dinge.

»Willst du dich umbringen, Kind? Sofort gehst du trockene Sachen anziehen. Oder muß ich erst böse werden ...«

Maschas ungläubige Miene ließ ihn lauter brüllen:

»Erzähl' mir nichts: Der Schrank im Keller hängt voll mit Mayas halber Garderobe.«

Die hatte sie nämlich mit seinem stillschweigenden Einverständnis heimlich in Fuchsenhub deponiert. Maya, dachte Franz. Er zuckte zusammen.

»Hast du übrigens eine Ahnung, wo sie ist? Maya?«

Natürlich hat sie keine, dachte er, woher denn. Nicht einmal er hatte schließlich irgendeine Ahnung heute.

»Und Asger?«

Franz schrie hinter ihr her.

Mascha schüttelte den Kopf und lief weiter Richtung Hinterhaus und Kellertreppe.

Neben Franz Stegmüller, doch nur für Heribert Bockwieser persönlich, dozierte Frau Czerny weiter mit beharrlicher Weitschweifigkeit:

»Mein Mann sagt, die Jugend spiegelt der Gesellschaft das Bild der eigenen Zukunft. Aber ohne Auseinandersetzung mit der Tradition gibt es auch keine Entwicklung.«

»Für meine Partei eine Selbstverständlichkeit. Tradition einerseits, Innovation andererseits ...«

Stegmüller schloß die Haustür hinter sich. Stille trat ein, er dachte: Ich ertrage den Lärm nicht länger. Jugend, Tradition, Zukunft, dachte er, schon das Denken der Wörter peinigend, und seine eben erst wiedergewonnene Tatkraft schien ihn wieder verlassen zu wollen. Der Bürgermeister sehnte sich danach zu handeln, wußte aber nicht wie und sandte dafür seinem Doppelgänger im goldenen Barockrahmen des großen Spiegels gegenüber jetzt einen geradezu haßerfüllten Blick zu: Er sah dort einen breitschultrigen, stark zur Fülle neigenden Mann, der seinen Zenit deutlich überschritten hatte, in der Diele von Fuchsenhub Nr. 7 stehen, sich beklommen den Schnauzbart reiben und fragen:

»Und was willst du ihrer Mutter sagen?«

Dann lugte er hinauf in den Schacht des Aufgangs. Die Vorstellung, die Tochter seiner Sekretärin droben in Asgers Bett anzutreffen, hatte etwas Irreales, als wäre es von vornherein vollkommen unmöglich. Daß ich nie auf den Gedanken gekommen bin, dachte er, aber es wunderte ihn nicht wirklich. Die beiden waren wie Bruder und Schwester in seinem für Vatergefühle so empfänglichen Herzen. Die Idee, sie könnten ein zwar nur in seiner Einbildung existierendes Tabu verletzen, gab ihm den Rest.

Er lauschte. Nichts. Endlich ein Geräusch. Franz berührte mit der Sohle federnd die Kante des Treppenabsatzes. Er vernahm ein Klappern, ein Rauschen. Dann flog die Toilettentür neben ihm mit solcher Wucht auf, daß er nicht mehr ausweichen konnte. Sie schlug ihm gegen die Schulter. Vera Spreti, im Begriff, den seitlich an ihrer grauen, an den Hüften zu engen Stoffhose angebrachten Reißverschluß zu schließen, gaffte ihn an mit steinerner Miene, bevor sie sich an ihm vorbeischob.

Franz gab sich einen Ruck. Ohne sich noch einen einzigen weiteren Gedanken zu gestatten, ging er die Treppe hinauf. Doch kaum oben angekommen, glaubte er unten Asger sprechen zu hören. Er schaute über die Brüstung hinab: Frau Spreti hatte die Tür zum Saal nicht zugedrückt, so daß sie von selbst wieder aufgeschwungen war. Von dorther drangen Fetzen einer Unterhaltung und eindeutig auch Asgers Stimme.

Zurückgekehrt, blieb Franz auf der Schwelle zum Wohnsaal stehen: Drüben im Zwielicht, auf Höhe des mild von hinten angestrahlten Rokokoaltars lehnte tatsächlich Asger Weidenfeldt am Fenster. Ihm gegenüber wärmten sich nach ihrem Einsatz im Regen Hannah und Hermann Kuhn am Ofen. Der Bürgermeister schlich sich durch den seitlich angrenzenden Raum Richtung Terrassentür davon.

Das Gespräch mit Asger mußte also noch einmal warten. Es war ja gut, wenn der Junge mit den Jugendfreunden seiner Mutter redete. Bestimmt geht es um familiäre Dinge, dachte Franz, vielleicht um Fragen zu Claras Vergangenheit oder um ihre derzeitige Seelenverfassung; vielleicht beraten sie auch darüber, wie es mit Fuchsenhub weitergehen soll, jetzt wo sich Asger offensichtlich dafür zu erwärmen beginnt. Franz wollte die Einzelheiten gar nicht wissen. Soweit sie für ihn von Belang waren, würde er sie früh genug erfahren.

Flamenco-Rhythmen schallten Stegmüller entgegen, als er die Terrassentür aufschob. Er wollte sie eben hinter sich schließen, blickte noch einmal zurück, da entdeckte er neben der hohen, geschlitzten Kuhn-Plastik, Kunstinteresse heuchelnd, Lokalredakteur Karl Pollinger.

»Was für ein großartiges Werk, Herr Pollinger, nicht wahr? Man kann sich gar nicht daran satt sehen.«

Franz kochte. Die Haltung der Lokalpresse zu zeitgenössischer Kunst war schließlich bekannt. Doch setzte er eine überaus freundliche Miene auf, sprach mit nur leicht erhöhter Lautstärke. Er wollte den Zeitungsmann zappeln lassen, Asger und die anderen im Wohnzimmer warnen, daß sie belauscht worden waren, den Schnüffler bloßstellen, ihn spüren lassen, was es heißt, von einem Franz Stegmüller auf frischer Tat erwischt zu werden.

»Führen wir unsere schöne Kunstdiskussion doch im Zelt fort, bei einem schönen Glas Wein, lieber Pollinger. Sehen Sie: Der Regen ist ja kaum noch der Rede wert ...«

Der Journalist scharwenzelte zu Franz herüber, ließ sich den Arm um die Schultern legen. Der zögerte nicht, den ertappten Spion herzhaft lachend in die Zange zu nehmen und so fest zuzudrücken, daß es ihm gehörig weh tun mußte.

Am Eingang zum Festzelt gab Stegmüller den Delinquenten wieder frei. Denn das Bild, das sich im Innern bot, veranlaßte ihn unverzüglich einzugreifen: Seitlich links zur Zeltmitte hatte sich eine Menschentraube gebildet, die als Pyramide bis zum Dach hinauf reichte. Dort war eine Delle entstanden, in der sich eine beträchtliche Menge Regenwasser gesammelt hatte, von der es nicht nur auf die Biertische herabrieselte. Unter dem Gewicht konnte die Plane reißen, wie Spielberg und Petersen erkannt hatten, und sie waren prompt auf den Tisch geklettert. Unter den Augen ihres ohnmächtigen Königspaars bemühten sie sich, die Wanne nach oben zu drücken, damit der Inhalt abfließen konnte. Dabei wurden sie mit hochgereckten Armen umringt und auf dem wackligen Untergrund gesichert. Doch die Wellen, die sie auf diese Weise erzeugten, brachten die Blase nicht zum Überschwappen.

Franz verschaffte sich sofort Durchlaß und stieg ebenfalls hinauf. Unter seinem Kommando holte man Schwung, bald stießen auch Asger und Hermann dazu, und mit vereinten Kräften schafften sie es: Das Wasser ergoß sich in einem Schwall, schlug unter der linken Seitenplane ins Zelt herein bis zu den Waden der am Rand sitzenden Gäste. Und nach ein paar letzten hysterischen Entladungen hatte sich der Rest an Anspannung, der durch den Platzregen entstanden war, endgültig wieder verflüchtigt.

Nur der Bürgermeister blieb gereizt, denn von Maya fehlte weiterhin jede Spur. Der Kampf gegen die Regenblase am Dach schien ihm wie ein zynisches Gleichnis auf seine Sorgen und die Art, wie er sie zu lösen versuchte: Sie entstanden aus dem Nichts, und während er sie zu bewältigen glaubte, ergaben sich schon zehn neue. Jetzt zum Beispiel setzte Clara, angefeuert vom ebenfalls wieder munteren Zibulka, erneut zu etwas wie einer Ansprache an und brachte Franz in die nächste Bredouille: Mußte er wirklich hierbleiben, gegebenenfalls eingreifen?

Stegmüller trat vors Zelt, spähte in den dampfenden Garten hinunter. Es war Nacht geworden, nur ein Schimmer lag wie Lichtstaub auf dem Dunst. Außergewöhnliche Stille herrschte. Nicht nur der Gitarrist, auch die Vögel und Grillen hatten ihre Musik eingestellt, was Franz um so stärker ins Bewußtsein drang, als soeben wieder vereinzeltes Zirpen einsetzte. Gleich darauf ließ sich von drinnen Clara vernehmen. Mit schwerer Zunge hob sie zu sprechen an.

Auf einmal meinte er sich zu entsinnen, im Augenwinkel, mehr unbewußt als bewußt, Gestalten auf dem Weg zum See wahrgenommen zu haben, vorhin, während des Aufräumens, und je länger er darüber nachdachte, je klarer sich abzeichnete, daß Claras Worte den Charakter einer Rede annahmen, desto wahrscheinlicher erschien ihm, daß sich darunter auch Maya befunden hatte. Schon sah er das Mädchen deutlich vor sich: Den linken Arm seitwärts ausgestreckt, in der anderen Hand einen Regenschirm, setzte sie einen Fuß vor den anderen, als balanciere sie auf einem allerdings wie eine Schlange sich windenden Seil. Wenn sie in diesem Zustand am Wasser ist, läuft sie auf den Steg, dachte er. Leise für sich jedoch, mit verkniffenem Gesicht, eher eingeschüchtert als abfällig, sagte er:

»Weiber.«

Dann stapfte er los. Es war nahezu windstill. Am Felsen traf er auf Bonnard und seine maskuline Kollegin Karla. In Gummistiefeln steckten sie Fackeln in den Boden, zündeten sie an. Dann kam mannshohes Schilf, Franz tappte in Dunkelheit hinein, die bald lichter wurde, und dann waren auch schon Stimmen zu hören, Lachen vor allem, Mayas Lachen, das dem ihrer Mutter Nele verblüffend ähnelte, auch ein Platschen und Planschen.

Bei der Sitzbank standen Menschen. Sie redeten auf Maya ein, die auf dem Steg die Beine über dem Wasser baumeln ließ, ab und an lachend zu ihnen hinüberspritzte. Stegmüller zählte drei Männer. Sie forderten das Mädchen auf, die Füße tiefer in den eiskalten See zu tauchen, warnten sie aber im selben Atemzug davor, sich nicht zu weit über den Stegrand zu beugen. Franz erkannte den Schauspieler mit den schlechten Zähnen. Neben ihm standen ein jugendlich wirkender Bursche und ein Mensch in seinem Alter, der eine Zigarre protzig zwischen den gebleckten Zähnen hielt. Ein Vierter, draußen auf dem Steg, spannte einen Regenschirm über Maya. Es war der Rotblonde mit der Boxernase, den Asger ihm als Kollegen vorgestellt hatte.

Jemand rezitierte:

»Für den Liebenden ist eine hübsche Frau ein Objekt der Freude, für den Eremiten ein vergnügliches Thema und für den Wolf eine gute Mahlzeit.«

Maya spritzte Wasser mit den Zehen, krümmte sich vor Lachen.

»Hast du eigentlich alle Tassen im Schrank!«

Außer sich vor Wut, rauschte Vössens Bürgermeister zum Ergötzen der Herren Gäste auf die kleine Uferrodung hinaus. Ihr Gaudium erfuhr eine Steigerung, als das rustikale Original auch noch den Janker auszog und mit ihm die ungeniert weiterkichernde Maya abtrocknete.

»Du fühlst dich schon an wie ein Fisch, ein klammer, ein toter, immer weiter zuckender Fisch.«

Dann steckte er die glucksende junge Frau in seine Jacke wie in einen Sack, warf sie sich über die Schulter und trug sie, während er weiter schimpfte, warnte, drohte, zum Haus hinauf.

Aber da hatte sich der in Franz Stegmüller angestaute Verdruß im Grunde bereits ausgetobt.

7. Kapitel
FROMME WÜNSCHE, DANKBARE ABSCHIEDE

»Auf den Osten! Auf die Zukunft Sibiriens!«

Es geht also weiter mit dem Schnaps und den Sprüchen, sagte sich Sophia von Wrangel. Nie war es ihr so schwergefallen, ihren Berufspflichten bis zur vereinbarten Stunde nachzukommen. Schon das Betreten des überheizten, von Tabaksqualm vernebelten, nach verschüttetem Alkohol und feuchter Wäsche miefenden Zelts kostete sie Überwindung. Dazu kam die allgemeine Betrunkenheit und die entsprechende gehobene Stimmung, an die sie sich heute nicht mehr gewöhnen wollte: Sophia konnte es den Leuten hier in Fuchsenhub nicht verzeihen, daß sie, wenn auch nur vorübergehend, ihren Gleichmut erschüttert hatten.

Vor allem der seit Stunden anhaltende, immer wieder verebbende, dann sich abermals aufschaukelnde Zeitvertreib mit den Trinksprüchen: Der letzte Toast hatte natürlich Mascha gegolten, die das Spiel am frühen Abend mit besten Absichten eingeführt hatte. Der russische Brauch hatte sich in sein glattes Gegenteil verkehrt. Und je länger der Spaß dauerte, desto besser ließ er sich zu Sticheleien oder zynischen Anspielungen mißbrauchen. Genaugenommen wurden seit geraumer Zeit nur noch Verwünschungen im Gewand frommer Wünsche ausgesprochen. Es geht auf Mitternacht zu, ein Teil der Gäste ist bereits auf dem Heimweg, dachte Sophia, aber zuvor gibt man sich gegenseitig kleine Gemeinheiten als Andenken mit nach Hause.

»Ich werde gleich abgeholt und wollte mich noch einmal für die Schuhe bedanken. Ich schicke sie Ihnen per Post.«

Die junge Russin hatte am Eingang auf Sophia gewartet. Seit dem Regen trug sie einen bunten, etwas engen Mohairpullover mit

Zopfmuster, schwarze Samthosen und keine Schminke mehr, nicht einmal Lippenstift. In der einen Tüte steckte das nasse Kleid, aus der anderen lugten die Absätze der Stiefeletten. Mascha griff nach Sophias Hand. Sophia zog sie behutsam an sich, um sie zu umarmen.

»Melden Sie sich bitte bei mir. Sie sind sehr nett.«

Die Catering-Chefin überreichte ihre Visitenkarte. Sie konnte sich Mascha gut als künftige Mitarbeiterin vorstellen.

»Auf die Rückkehr der guten alten Sitten und Werte!«

Der Spruch kam aus derselben Ecke wie zuletzt, es war auch dieselbe bellende Stimme. Sophia von Wrangel spähte durch Rauchschwaden in schlechter Beleuchtung, die Stimme gehörte dem grinsenden Dackel mit dem verwüsteten Gebiß. Seine glasigen Augen funkelten herüber.

»Auf die schöne neue Feudalwelt!«

Sophia ignorierte die plumpe Spitze und widmete sich, nachdem Mascha das Zelt verlassen hatte, wieder ihrer Arbeit. Während Hanns und Ludger schon den Kleinbus beluden, sammelte sie mit den Kolleginnen Müll und restliches Geschirr ein. Mit dem Bürgermeister war alles besprochen, zwei Kartons Wein und frische Gläser standen zur Reserve bereit. In nur einer halben Stunde würde sie auf dem Rücksitz dösend das Seeufer an sich vorbeiziehen sehen.

Dennoch gelang es ihr nicht, das Nagen in ihrem Kopf abzuschalten. Sie kannte das unangenehme Gefühl, nüchtern unter lauter Betrunkenen ein Fest zu beenden. Diesmal war es schlimmer. Sophia zweifelte, der Stolz auf ihr Mini-Unternehmen hatte Risse bekommen. Zwischen den Konsumbürgern, deren Kulturmangel die Geschäftsbasis von »Bonnard & Von Wrangel« darstellte, und ihrem eigenen Stilbewußtsein gab es außerhalb der Dienstzeit keine Berührungspunkte. Darüber hatte sie noch nicht einmal nachdenken müssen. Doch seit ihrem kurzfristigen Ausfall vor dem Sturm war sie sich nicht mehr so sicher.

»Wo ist eigentlich der hellgraue Schleimer mit dem lila Latz hingekommen? Der hat sich nicht mal von dir verabschiedet, Clara.«

Max Zibulkas altes und berauschtes Gehirn war immer noch beachtlich aktiv. Sophia las gerade die um ihn verstreuten Flaschen auf; die Plastikkiste war im Nu gefüllt. Was für Unmengen Flüssigkeit in so einen Körper hineinpassen, dachte sie, wieviel Alkohol ein Mensch vertragen kann. Trotzdem hatte Zibulkas Artikulationsvermögen nicht im geringsten gelitten. Seine Fragen verpufften jedoch ins Leere, denn Clara Weidenfeldt, an die sie sich richteten, saß mit dem Rücken zu ihm und war geistig völlig weggetreten.

Sophia brachte die volle Kiste hinaus vors Zelt, wo Karla sie übernahm und zum Bus trug. Mit einer neuen, leeren tauchte sie zurück in den Mief. Worin unterschied sich ihre Noblesse vom Dünkel dieser Leute, fragte sie sich. Wünschte sie sich tatsächlich die Rückkehr von Verhältnissen, in denen das kulturell Entwikkelte, Höherstehende sich auch in klar gegliederten sozialen Hierarchien spiegelte? Drückte sich in ihrer Sympathie für Mascha, in ihrem Faible für Rußland, in Wahrheit doch mehr aus als eine kokette Neigung zum Altmodischen? Hatte es der betrunkene Schauspieler mit seinem Gekläff also auf den Punkt gebracht? War sie im Grunde ihres Herzens eine verkappte Verfechterin des Feudalismus?

Vielleicht hätte sie auch etwas trinken sollen.

»Auf die Politik! Daß sie weiterhin so prima ihre Selbstentmachtung betreibt!«

»Auf die Metamorphose vom Politiker zur Hure! Ha!«

Mit ruderndem Stock war Max Zibulka aufgezuckt und hatte, mit der anderen Hand jäh die Scotchflasche in die Höhe reckend, den Spruch fortgesponnen. Sophia betrachtete den Drehbuchautor aus der Hocke. Auf den fahlen Speckpolstern um Zibulkas Kinn waren die grauen Bartstoppel nachgewachsen. Sie verliehen seinem Gesicht einen vagen Anschein, als hätte jemand versehentlich mit dem Ärmel ein noch feuchtes Porträt verwischt. Dann hatte er seinen nächsten Sinnspruch fertig.

»Auf den Priapismus der Megakonzerne, das Viagra der Global Players und den dicken Hintern der Demokratie!«

Anscheinend blieb im Fall des aufgedunsenen Trunkenbolds die lähmende Wirkung des Alkohols fast ganz auf den Gleichgewichtssinn beschränkt, während sie sich im Großhirn wohl allenfalls in Form eines etwas eingeschränkten Assoziationsfelds bemerkbar machte.

»Wohingegen ich den Hintern einer schönen Frau natürlich immer vorziehe, Schatzi, das schwöre ich dir.«

Diese raunend, fast zärtlich artikulierte Ergänzung dagegen richtete sich wieder an die ehemalige Filmdiva, die jedoch auch dieses Mal keine Notiz davon nahm.

Sophia richtete sich auf und schob ihre Plastikbox mit dem Fuß zu Clara hinüber, denn auch vor der Gastgeberin türmte sich Leergut, allerdings bloß in Form von Seltersflaschen. Seit ihrer mißglückten Ansprache, die sie kurz nach dem Umzug ins Zelt gehalten hatte, kauerte sie mit verschränkten Armen auf der Bank, wenn sie nicht gerade Wasser in sich hineinschüttete. Ihre Haut sah nach dem vorsätzlichen Alkoholmißbrauch am Nachmittag immer noch krank aus. Sophia verengte die Lider, um sich im Rauchnebel zurechtzufinden. Wirklich verteilten sich Mutter, Sohn und Bürgermeister, jeder einsam vor sich hin brütend, auf die voneinander entferntesten Punkte im Raum.

Stegmüller, dessen Aktionismus während des Platzregens fast manische Züge entwickelt hatte, war sofort nach seiner Rückkehr vom Ufer mit der geschulterten, kurz vor dem Zelt wieder auf ihre eigenen Beine gestellten Maya jäh eingebrochen. Er hatte noch die Ausläufer der seltsamen Auseinandersetzung zwischen den beiden Weidenfeldts erlebt, vor allem die quälende Stimmung direkt danach, und augenscheinlich auf der Stelle kapituliert.

Asger Weidenfeldt wirkte, obwohl er den ganzen Tag nur mäßig getrunken hatte, um zehn Jahre gealtert. Seine eingefallenen Wangen hingen herab, das Kinn war ihm vor die Brust gesunken. Er stierte in den Qualm der Zigaretten, die er eine nach der anderen rauchte, wenn er nicht gerade die Augen geschlossen hielt, und schien auf das Ende zu warten.

Clara schließlich redete leise vor sich hin und ließ mittendrin immer wieder ein bitteres Zischen hören. Sie schmähte die Dekadenz der heutigen Zeit, wo Gastfreundschaft ein Fremdwort sei und mit Füßen getreten werde. Wenn ihr jemand zu nahe kam oder sich im schmalen Zwischenraum zwischen Bank und Zeltwand an ihr vorbeizwängte, beschimpfte sie ihn als Esel, Abschaum, Kretin.

»Hintern einer schönen Frau! Prima! Alle Politiker hier mal die Hosen runterlassen!«

Die Weidenfeldt, als hätte sie die ganze Zeit auf diesen Einsatz gewartet, zischte ins einsetzende Gelächter mit aller ihr zu Gebote stehenden Bosheit:

»Es gibt einen Schlag unverbesserlicher und dummer und niederträchtiger Menschen. Ihr Maul verpestet die Welt.«

Doch darauf steigerte sich das Lachen nur. Clara vergrub sich noch tiefer in ihre Decke; sie glaubt wahrscheinlich, daß ihr Ruf ruiniert ist, dachte Sophia.

»Auf die Generation, die es in kaum zwanzig Jahren geschafft hat, seriöse Politik in ein Selbstversorgungsunternehmen für Windbeutel und Karrieristen zu transformieren! Also: Auf meine Generation!«

Max präsentierte der johlenden Meute sein nacktes Hinterteil. Die Arbeit von »Bonnard & von Wrangel« aber war so gut wie getan. Sophia rief sich eine Szene ins Gedächtnis zurück, die sie vor ein paar Stunden miterlebt hatte: Clara Weidenfeldt war aufgestanden, um auf ihren lieben Sohn anzustoßen. Wie konnte sie vor ihren Gästen nur einen Toast auf seine, wie sie sich ausdrückte, beispiellose Karriere ausbringen, die jetzt ihre verdiente Krönung erfahre? Beispiellose Karriere? Der Mann hatte irgendeinen Job beim Fernsehen! Wer kannte diese Leute überhaupt! Clara sagte, sie gebe hiermit erstmals öffentlich bekannt, daß Asger eine brandneue Kultursendung auf höchstem Niveau und zur allerbesten Sendezeit starten werde. Die angebliche Neuigkeit hatte sogar schon Sophia nebenbei im Laufe des Tags aufgeschnappt. Clara mußte wirklich stark betütert gewesen sein. Obendrein schloß sie ihre Tischrede mit zitternder Stimme und dem Zusatz, daß sicher auch Asgers Vater stolz auf seinen Sohn wäre. Es war schrecklich peinlich, noch der letzte Ignorant mußte die Anspielung auf den toten Filmemacher Schwaiger kapieren.

Prompt erhob sich darauf Asger und bedankte sich. Danke Mama, sagte er und breitete die Arme aus. Es war eine beklemmende Inszenierung. Sie sei eine so wunderbare Mutter, habe so viel, um nicht zu sagen, alles für ihn getan. Dann machte er eine Pause, sie war kaum auszuhalten, schließlich kannte jeder irgendwoher irgendwelche unschönen Details der Familiengeschichte, lächelte in die Runde, Sophia wäre fast ein zweites Mal davongelaufen.

»Deshalb freue ich mich schon sehr auf die Zeit, die uns nun gemeinsam hier in Fuchsenhub erwartet. Denn ich habe die Absicht, länger hierzubleiben. Um es kurz zu machen: Ich habe das Angebot abgelehnt, die Entscheidung über einen geeigneten Ersatzkandidaten für die neue Sendung fällt in den nächsten Wochen.«

In die derangierte, schwer angeschlagene, längst führungslose Truppe war diese Mitteilung eingeschlagen wie eine allerletzte Bombe. Mitten in die tumultartige Auflösung hinein erklärte Asger leichthin, vielleicht sei es ja genetisch bedingt, daß er seinen Beruf genau im selben Alter an den Nagel hänge, in dem auch seine Mutter ihre Karriere beendet habe. Aber, fuhr er fort, als das Lärmen der Meuterer endlich verebbte, er wolle sich nicht hinter schnippischen Bemerkungen verschanzen.

»Mir sind in den letzten Jahren schlicht die nötigen Kenntnisse abhanden gekommen, um eine derartige, meiner Ansicht nach mit immenser Verantwortung verbundene Aufgabe bewältigen zu können. Das Problem ist, ich habe einfach keine Idee, was mit Kultur heute überhaupt noch gemeint sein könnte, nicht einmal, in welchen Nischen sie sich versteckt. Auf dieser Grundlage läßt sich natürlich keine Kultursendung leiten.«

Fassungslos hatte Sophia ihn angestarrt. Sie verstand kein Wort, hörte nur ein absurdes, vollkommen deplaziertes Pathos. Jedenfalls, sagte er noch, habe er entschieden, sich eine Zeitlang in der wirklichen Wirklichkeit umzusehen. Danach sehe er weiter. Und der am besten geeignete Ort dafür sei freilich sein Vater-, Verzeihung: Mutterhaus. In diesem Sinn erhebe er sein Glas.

»Auf die Heimat! Auf Mama!«

Mit diesem phantastischen Trinkspruch war Asger auf die Bierbank gesunken, und hatte sich seither nicht mehr vom Platz gerührt.

Sophia von Wrangel langte am Parkplatz an, wo die Kollegen als spätes Rauchergrüppchen schon warteten. Der Kleinbus stand abfahrbereit, die Innenbeleuchtung strahlte heimelig in der Dunkelheit. Sophia mußte nur noch den obligatorischen Kontrollgang absolvieren, Ludger hielt die Lampe schon bereit, und dann konnte sie sich bei Stegmüller abmelden. Sie machte kehrt, schlenderte durch den Garten, wo zwei Fackelstumpen matte Lichtpunkte setzten in diese sternenlose Nacht, leuchtete Schritt für Schritt das nasse Gras ab. Sophia ging sich verabschieden. Am Zelt hieß sie der tausendneunhundertvierundzwanzigste Toast Zibulkas willkommen:

»Auf die neue Bürgerlichkeit! Auf die Lahmärsche! Auf den Nachwuchs! Auf die Gentechnologie! Auf euch, ihr sexy Klone! Alles prima!«

»Auf die Prominenz an sich! Sozusagen!«

Unversehens, mit völlig zerzaustem Haar, war Wenzel Poßmann aufgesprungen. Er brüllte seinen Satz und versuchte sich torkelnd in stehender Position zu behaupten: Einen Arm als Stützpfeiler zwischen Oberkörper und Bierbank gestemmt, hakte er den anderen um den Rücken von Maya Nüsslein, die kichernd und ihren Kopf an Wenzels Bauch gepreßt sein Becken umklammerte. Die Karikatur eines Rebellen und seiner Geliebten oder eine Allegorie der Maßlosigkeit, dachte Sophia und zwängte sich weiter vor Richtung Stegmüller. Wer hätte das dem verschüchterten Freund des jungen Weidenfeldt zugetraut. Doch sie staunte noch mehr, als Wenzel nun begann, Asgers etwas feminine Gestensprache zu parodieren, seine schlaksigen Handbewegungen, die leicht schräge Kopfhaltung beim Sprechen, sogar den Tonfall mit seinen manchmal recht geschraubten Formulierungen.

»Ob Politik, Film, Presse, werte Damen und Herren, gleichgültig in welchem Metier Sie tätig sind: Ihnen allen, hier und jetzt, nun auch einmal das herzliche Dankeschön eines Kunden, zu denen zu zählen ich die Ehre habe. Alles prima. Ein simples Gemüt wie meins kann Ihre Größe, Ihren Glanz ja gar nicht anders denn als hohe Kunst begreifen, auch wenn die sich bei näherer Betrachtung als billiger Lack erweist. Sehen Sie: In meinem Leben hatte sich für einen sogenannten Blick hinter die sogenannten Kulissen bisher leider noch keine Gelegenheit geboten. Um so glücklicher schätze ich mich, daß ich Sie heute so intim, in Ihrem Lack-ab-Zustand sozusagen, habe kennenlernen dürfen. Prima. Bekanntlich ist ja der Selbstbetrug die einzige Form von Betrug ohne jede Gefahr von Gewissensbissen, gleichwohl unerläßlich, um sich wie Sie über die dumpfe Masse zu erheben und Ihr prima Dasein zu rechtfertigen, worauf wir denn einen heben wollen, prost!«

Wenzel leerte den Schnaps und schenkte sich nach.

»Doch lassen Sie mich einen ganz prima Seitenstrang aus der anfangs vage umschriebenen Gattung mit einem extra Grüß Gott bedenken. Die Rede ist von jenem Sekundärmilieu öffentlichen Glänzens, das die Wissenschaft gewöhnlich unter dem Sammelbegriff Betriebssystem abzuhandeln pflegt. Ursprünglich zuständig, beim Schillern zu sekundieren, hat sich dieser Nebenzweig inzwischen so perfekt an den Wirt angepaßt, daß er ihn sogar überstrahlt. Was wir hier erleben, ist nichts geringeres als Evolution, wozu ich nur sagen kann: Respekt! Chapeau! Wahnsinn! Absolut prima!«

Er kippte auch dieses Glas, füllte es zum dritten Mal.

»Last but sozusagen not least gilt es sich wegen eines Umstands zu besaufen, der nun wirklich prima ist und vielleicht Ihre am meisten zu bewundernde Leistung darstellt: Sie, werte Damen und Herren, haben es nicht nur geschafft, die Aufmerksamkeit an sich zu reißen, Sie haben sie parallel auch noch entwertet. Unter Ihrer

Federführung ist das öffentliche Leben, einst Prunkstück demokratischer Kultur, wieder zu seinen Wurzeln zurückgekehrt: der Hanswurstiade und dem Pranger. Schütten wir uns deshalb restlos die Birne zu mit einem Hoch auf den medienindustriellen Komplex und seine Zirkusspiele im Sklavengeist des 21. Jahrhunderts!«

»Bravo!«

»Prima!«

»Supi!«

Stehende Ovationen kamen dieses Mal vom Tisch der jungen Dauertoaster.

»... kann nicht wahr sein ... mal rübergehen ... aufs Maul hauen ... Fresse polieren ...«

Damit schlug Wenzel, ohne noch weitere Lebenszeichen zu geben, mit dem Kopf auf den Tisch, wobei Maya ihn als eher zweifelhafter Beistand vor Schlimmerem schützte. Offensichtlich hatte ihn die Rede seine letzten Kräfte gekostet, so daß der Alkohol nun auf das Nervensystem durchschlug und sein Oberkörper einknickte wie ein leckes Gummitier.

Maya hielt Wenzels schweren Kopf, der riesig wirkte in ihren kleinen schmalen Händen, lachte und lallte:

»... du bist so komisch, du süßer Wenzel du, wenn du wütend bist, so unglaublich komisch ... verzweifelt ... wegen was eigentlich ... Gespenster sind doch durchsichtig ... kannst du trotzdem nicht durch sie durchschauen ... stockbetrunken doch geheilt oder was ...«

»... man ist groß durch die Liebe, aber durch Tränen ...«

Irgendwer sang.

Sophia hatte sich wieder gefaßt und verfolgte das gemeinsame Wegdämmern des trunkenen Paars mit routinierter Anteilnahme: Im Vorbeigehen und ohne daß sie etwas davon bemerkten, nahm Sophia die halbvolle Flasche Obstbrand an sich und entleerte sie heimlich ins Gras.

Auch Max Zibulka beobachtete Schneewittchen und diesen Komiker. Während Wenzels Monolog war er ganz still, beinahe besinnlich geworden. Sein Atem ging rasselnd, aber tief und ruhig, denn er trat allmählich in diejenige Phase des Rausches ein, die ihm die liebste war: Die Randzonen dessen, was ihn als Max charakterisieren mochte, weichten auf, ein sonst auf engsten Raum zusammengepreßtes Etwas begann sich zu dehnen, auszubreiten und den verbrauchten, trägen und kränklichen Körper hinter sich zu lassen. Damit einher ging eine abrupte Änderung des Lichts. Auch die Luft war wie von anderen Planeten. Alles wurde gedämpfter, ozeanisch, die Gegenstände wie durchlässig, ihre Haut ganz dünn, als hätten alle Begrenzungen ihre Gültigkeit verloren. Beispielsweise sah er jetzt das betrunkene Pärchen ineinander verschlungen dasitzen und war im gleichen Augenblick selber das, was dasaß und ineinander verschlungen war. Gleichsam als ihr Unbewußtes begleitete er die beiden auf eine Reise in die Gefilde des Traums und der Schatten. Als Wenzel und Maya durchquerte Max die Pforten zur Unterwelt, vorbei an den Wächtern und Ungeheuern des Hades, stand Hand in Hand mit sich selbst am Ufer des Styx, winkte dem Fährmann über den Fluß. Bis Charon, der im Körper des alten Zibulka steckte, zu ihnen herüberruderte. Währenddessen zog man seine Kleider aus, Maya streifte ein rosafarbenes Stück nach dem anderen ab, bestieg nackt und unendlich jung das Boot …

»… laßt jede Hoffnung fahren, wenn ihr eingetreten …«

… jetzt faselte Wenzel im Halbschlaf, Max glitt in seinem Kahn unbeirrt dem jenseitigen Ufer zu, und Charon betrachtete jetzt Mayas Haut, diesen zunehmenden Glanz auf ihr, je weiter lautlose Ruderschläge sie in die Fluten hinaustrugen, wo bald, wenn auch erst schwach aus großer Ferne im Bleigrau des Dämmers, ein goldener Schimmer herüberblinkte, Plutons Thron, Kores Mantel …

»… auf die Jugend, die jugendliche Liebe und ihre süße, verstopfte Erotik …«

… immer noch drangen vereinzelt Geräusche von diesseits des Wassers, während Zibulkas ausgelaufenes, vervielfachtes Ich auf die Gestade drüben übersetzte, um vor König und Königin zu treten und den um sie versammelten Rat im Reich der Schatten, diesen Gesichtern aus seiner eigenen Jugend und Kraft: Ralf B. Schwaiger als König der Toten saß neben der jungen Clara als geraubter Persephone, und als Komparsen umringte sie das alte Team am Set, darunter auch er, Zibulka, Autor des Drehbuchs, Geist einer vergangenen Ära …

»… wollten wir Adieu sagen, liebe Clara, adieu, adieu, uns für das wieder einmal grandiose Fest bedanken …

»… das Taxi kommt gleich, und der Weg ist weit …«

»… servus Max, schön, dich mal getroffen zu haben …«

… und dieser Schriftsteller Max Zibulka war Besitzer eines unerschütterlichen, jeder von außen drohenden Störung trotzenden Willens, der sogar massive Belästigungen dazu nutzte, sie als improvisierte Nebeneffekte in sein Traumdrehbuch einzubauen: Da, schon flatterten sie auf, die spukhaft transparenten Statisten: Es huschten vorüber die schwarze Lady mit dem verkniffenen Mund und den verbiesterten Ansichten, der elegante Robert Geiger als weiterhin in sein englisches Freisprechmikrofon murmelnde Personifikation telekommunikativer Fülle, die vom Vamp zum Germknödel mutierte Babsi Appelmann …

»… ciao, ciao …«

… ein herzliches Lebewohl auch Herrn Heiko Gewald, dem trantütigen Regisseur öder Vergangenheitsbewältigungsfilme, der beim Hinausgehen seiner Prinzessin Maya, die doch längst in Max' unterirdisches Märchenreich abgetaucht war, über den halb unter Wenzels Achsel vergrabenen Hinterkopf zu streicheln wagte. Ein Behüt dich Gott auch seinem Kollegen Bastian Korff und der mopsigen Blondine in seinem Arm, diesem Kinodummchen, das sich schon den ganzen Abend mit unterwürfigen Augenaufschlägen an den verstockten Theatermacher heranwarf. Husch, husch, nichts als Schatten, weg, ihr schattenhaften Akteure, weg, weg, Zibulka hat sich um Wichtigeres zu kümmern im Thronsaal des kollektiven Unbewußten, denn dort schreitet man zum hohen Ritus: Die Prozessionen, die nackten Leiber, der mit Persephones Mantel bedeckte Altar, Plutons goldenes Zepter, das Füllhorn, ja, und schließlich Schneewittchen, das sich lächelnd hinstreckt, die glückliche kleine Göttin …

»… auf das Alter! Die Betriebsamkeit der putzigen Greise! Ihre tyrannischen Hirngespinste ersticken jede andere vitale Regung im Keim! …«

… schrie es von irgendwoher, indes die sieben Zwerge aus rauchenden Ritzen quollen und sich vor ihrer unwiderruflichen Verflüchtigung noch einmal in der Unterwelt manifestierten …

»… fahren ja nur zu Arne auf die andere Seeseite …«

… die Fotografin Salomon, die auf Dr.-Atkinson-Diät schwor und noch lieber darüber redete, und Arne Behrendt, der genauso schrill lachte wie früher, wischten grauenhaft durchs Sichtfeld, samt dem gesichtslosen Bohltwein und Kulturreferentin Wildermuth, Hannah, die schöne Seele, der wie eh und je die Kulleraugen herauszufallen drohten, ach ja, die alten Kumpel alter Zeiten …

»… Schatzi … und Spatzi … und Bussi …«

… und tschüs. Der Rat der Schatten hatte sich erhoben, um einer Verkündigung äußerster Weisheit zu lauschen, die als Stimme aus den tiefsten Höhlungen von Mutter Erde heraufdrang, dröhnend den Hades erfüllte und orakelte: Zwischen innen und außen gibt es keinen Unterschied, Betrachter und Betrachtetes, ich und du, alles ist eins. Die Welt existiert ebensosehr nur in deiner Vorstellung, wie du ausschließlich ein Produkt der Welt bist. Ich ist kein Anderer, Ich ist alle andern …

»… weil, wißt ihr, das habe ich durch lebenslange Experimente herausgefunden, wenn ich zum Beispiel so mit dem Kopf ein bißchen rucke, die Augen zumache und sie gleich wieder öffne, dann kann ich für Sekunden keinen Raum mehr sehen. Er hat sich aufgelöst, wißt ihr, alles ist jetzt gleich nah und fern, es gibt überhaupt kein Zentrum mehr, und im selben Augenblick geraten innere und äußere Geräusche in eine einzige Rückkopplung und …«

… aus Max' Körper, der Mundhöhle in seinem Gesicht, aber aus dem Geist einer auf entrückten Fluren wandelnden Seele drangen die Sätze rauh, heiser, fast krächzend nach draußen, jedenfalls völlig zusammenhangslos, ganz und gar unverständlich, Laute einer Seele, die selig im Delirium ihrer Auslöschung schwamm …

»… ihr seid nämlich in meinem Kopf, ich bin in euren Köpfen, ich bin ihr, ihr seid ich, wißt ihr. Auch die Toten sind da drin, wie ich, wir alle immer schon in allen Toten drin gewesen sind. Wir werden auch in den Köpfen der Nichtgeborenen sein. Uns hat bloß dieser verdammte Urknall auseinandergesprengt, aber wir gleiten längst wieder unmerklich in eins …«

… denn es gab nicht einmal die Zeit. Explosion und Drift, Sturz und Einheit, alles war in einem namenlosen Punkt konzentriert, die Durchgänge zur Unterwelt sperrangelweit offen, die Gräber, die Schöße der Mütter …

»Auf die Traumfabriken! Sie verwirklichen die mystischen Eingebungen jedes Idioten und werden täglich besser! Auf die Rückkehr der Mythen! Auf Computerspiele!«

Wirklich kam Max mit diesem Trinkspruch zu schummrigem Bewußtsein, daß er sich in einem Zelt auf dem Anwesen Clara Weidenfeldts befand. Seine Miene zeigte noch eine Weile den alten, verzückten Ausdruck, obwohl sich auf der Netzhaut zuerst in Umrissen, dann sich langsam präzisierend seine natürliche Umgebung abzeichnete, ein Pulk von Kreaturen, die um Clara herumstanden und mit fremdartigen Gesten und Lauten ihren Aufbruch bekanntgaben: Ein Nashorn namens Vera Spreti nickte ihm zu, ah, Max erinnerte sich, sie hatte einst seine letzten Hörspiele abgelehnt und damit das endgültige Aus seiner literarischen Laufbahn besiegelt. Dort winkten ein Okapi, ein Zitterpavian und Grosser, das vornehm gescheitelte Yak mit seiner jungen Albino-Kuh aus dem Stall der Schauspieler im Gefolge: Das Großwild machte sich aus dem Staub, um sich in seine sicheren Zookäfige zurückzuziehen. Daneben tummelte sich noch einiges Kleingetier, mit dessen genauen Artbezeichnungen Max nicht vertraut war, ein Ziegenbock mit Bart und rasiertem Schädel, wahrscheinlich aus Polynesien stammend, dann ein hektisches, gestreiftes Erdhörnchen, die feiste Waschbärin, das kleine süße zappelige Eisbärchen, auch dieser steife Leguan, Wiedersehen, auf Wiedersehen, macht, daß ihr endlich alle abhaut …

Max nahm einen gesunden Schluck Scotch, um sich wieder in sein Paralleluniversum zu katapultieren, da entdeckte er noch ein Lebewesen. Das bizarre Tier reichte ihm die Pfote herüber und schaute ihn dabei auf eine so eigenartig gestrenge Weise an, daß ihm sein Salto rückwärts ins Schattenreich mißlang. Er erkannte die Oberkellnerin mit dem Adelsprädikat, ihr Blick senkte sich mit Widerhaken in seinen, zerrte ihn an die Fuchsenhuber Oberfläche. Außerstande sich zu wehren, wußte er sich von Sophia augenblicklich bis auf den Grund durchschaut. Aber erstaunlich, da lag gar keine Verachtung in diesem Blick, sondern etwas anderes, ganz Ungreifbares, das um so grausamer war, weil es ihn zwang, sich selbst als Inkarnation der Zersetzung zu begreifen.

Was um Himmels willen war denn das, dachte er und schüttelte den Kopf wie ein Pudel, als die junge Frau endlich weggegangen war. Sie hatte sich in ihn hineinfallen lassen wie ein Stein, der in Brei versinkt.

»… ob wir etwa auch schon gehen müssen? …«

»… schade eigentlich …«

»… wer noch da ist, muß einen letzten Toast ausbringen. Anders kommt er hier nicht raus …«

»… und zwar mal auf was Positives!«

»… auf was man sich wirklich wünscht!«

»… auf eine Hoffnung, eine richtige Sehnsucht!«

»… auf eine Nacht mit zehn jungen nackten Frauen!«

Nochmals erwachte Max' schier unerschöpfliche Sinnenlust und schleuderte diese Überschrift zu einem neuen wüsten Traum hervor. Sofort begann er hinter dem Schild seines Schädels mit den Dreharbeiten, es war seinem Gesicht abzulesen, das wie ein eigenständiges Organ ruckte und zuckte. Aber die Kraft reichte nicht mehr aus, sie auch in Worte zu gießen. In der Rebellenecke machte sich Enttäuschung breit, als nur noch dürre Bemerkungen über die Verschmelzung hungriger Leiber fielen. Man versuchte Max noch einmal anzufeuern, jemand brachte ein Hoch aus auf die Aufspaltung der Menschheit in Jockeys und Rennpferde, wurde aber sofort als zwanghafter Witzbold ausgebuht. Auch flohen, bevor die Falle der Trinkspruchpflicht über ihnen zuschnappte, die restlichen heimkehrwilligen Gäste zum Zeltausgang, wo sie verlegen Dankesworte stotterten und sich schließlich von der Dunkelheit verschlucken ließen. Von dem dicken alten Mann drang bloß noch Schnarchen herüber.

»Ich weiß etwas.«

Clara Weidenfeldt meldete sich mit dieser überraschenden Behauptung zu Wort. Die Arme über der Decke verschränkt, in die sie eingemummelt saß, hatte mit ihr seit langem kein Mensch mehr gerechnet. Abgesehen von Zibulkas Sägen wurde es still.

»Ich wünsche die vergangenen vierzig Jahre ungeschehen zu machen. Ich möchte die Erdzeit zurückzudrehen. Anstand und Ordnung sollen wiederkehren, so wie es bei meinen Eltern gewesen ist.«

Das Schweigen dauerte noch eine Weile an, aber die alte Fröhlichkeit kehrte nicht wieder zurück.

Sophia verharrte noch als stumme Zeugin im Ausgang. Sie ließ einen letzten Blick über das verbliebene Dutzend schweifen: Kuhn, der Bildhauer, versuchte Max aufzuwecken und zu überreden, ins Bett zu gehen. Maya Nüsslein war wach geworden und hatte hinüber zur zusammengeschrumpften Gruppe um den rotschopfigen Eberl gewechselt. Wenzel Poßmann, den Oberkörper auf dem Biertisch, die Wange auf den gefalteten Händen, schlief. Die beiden Weidenfeldts und Bürgermeister Stegmüller saßen immer noch jeder für sich allein.

Ja, dachte Sophia, als sie das Zelt verließ, ich wüßte auch etwas, das ich uns wünschte: Achtung voreinander, und Großmut.

8. Kapitel
SCHLUSSKLÄNGE

»Keiner ist schuld.«

Franz Stegmüller saß neben Clara Weidenfeldt auf der Bank. Sie wimmerte, ihr zusammengekrümmter Körper zuckte. Franz streichelte behutsam ihren Rücken, hielt die aus dem bebenden Bündel herausragende Hand.

»... wer denn sonst ...«

Clara brachte nur Satzbrocken zwischen den Schluchzern heraus. Franz bemerkte, daß die Freundin nicht einmal jetzt aufhören konnte, eine Rolle zu spielen.

»Niemand ist schuld. Am allerwenigsten Asger. Wenn überhaupt einer, dann Max selber.«

Asger konnte dort drüben, wo er den Schlaf seines Freundes Wenzel bewachte, zum Glück nichts hören von diesem Gespräch.

»... doch ohne ihn gar nicht erst dazu gekommen ... auch Max niemals eingeladen ...«

Clara richtete sich ein wenig auf, lehnte ihre Wange an die Schulter des Freundes: Ein unerhörter Vorgang, das wußten beide. Franz deutete ihn als Zeichen, daß sie sich gegen die Zwanghaftigkeit ihrer Selbstinszenierung zumindest zu wehren versuchte. Verstohlen betrachtete er den Scheitel ihres Haars. Ihre Kopfhaut roch nach alten Büchern.

»Du willst also behaupten, Asger hat den Unfall verursacht.«

Clara nickte. Natürlich war ihr die Unsinnigkeit der Beschuldigung bewußt, doch andernfalls wäre ihre eigene Verantwortung auf dem Prüfstein gestanden, ein unerträglicher Gedanke. Sie hatte schließlich gar nicht anders gekonnt, als Max zurückzuweisen, nachdem er aus dem Tiefschlaf aufgefahren und mit dieser unglaublichen Penetranz auf sie losgegangen war. Anfangs lagen die feisten Hände ja noch in seinem Schoß. Er drückte und quetschte sonderbar geschäftig seine Oberschenkel und stierte Clara dazu mit tranigen Augen an, wobei ihr eigener Blick auf die schwarzgrünen Ränder seiner Fingernägel geheftet blieb. Wie hätte sie anders damit umgehen sollen, als Max mit ernstem, flehendem Ton darum bettelte, mit ihr, Clara Weidenfeldt, ins Bett zu gehen. Natürlich drehte sie sich so barsch wie möglich weg. Er wolle sich nur neben sie legen. Max Zibulka. Er sei sowieso seit langem nicht mehr in der Lage, mit einer Frau zu schlafen. Sie habe nichts zu befürchten, er sehne sich bloß nach der Illusion, eine Nacht sein Lager mit jemandem zu teilen, dessen Leben mit dem seinen verbunden gewesen sei. Clara habe früher doch auch keine Hemmungen gehabt, sich vor wildfremden Menschen und laufender Kamera ausgezogen, sie sei doch nie prüde gewesen. Er möchte sie nur in die Arme nehmen, zwei nackte Körper, die gemeinsam einschlafen und träumen und wieder aufwachen. Das sei sein letzter Wunsch, ihm verbleibe nur noch kurze Zeit, er werde sterben. Bald.

Dann war Max aufgestanden und auf Clara zugekommen, ungelenk, taumelnd. Zuerst probierte er mit dem Gehstock Halt zu finden, setzte ihn aber jedesmal zu schräg am Boden auf, rutschte im feuchten Gras ab. Dann warf er ihn mit großer Geste von sich. Mit ausgebreiteten Armen watschelte er auf sie zu. Er war schon ganz nah, so lange hatte Clara gebraucht, um die Gefahr zu erkennen. Gar keine Frage, sie war erst im letztmöglichen Augenblick aufgesprungen, bevor sein kolossales Gewicht auf sie gestürzt, sie ihm nicht mehr entkommen wäre. Max hatte sich einfach fallen lassen. Er kippte vornüber, ohne auch nur den Versuch, den Sturz abzufangen. Und selbst das wäre halb so schlimm gewesen, wenn sich im weichen Wiesengrund unter dem Moos nicht der Betonsockel eines alten Zaunpfostens verborgen hätte.

Alle erstarrten, Clara hatte beim Aufprall sogar etwas wie ein Knacksen gehört und sofort gedacht, jetzt ist das Genick gebrochen. Aber er lebte noch, Gott sei Dank, richtete sich stöhnend auf, wandte ihr sein Gesicht zu. Sie hatte aufschreien müssen. Blut, klaffende Wunden und sich unmittelbar einstellende Schwellungen hatten seine Gesichtszüge in einen Brei verwandelt, in dem man sich erst einmal zurechtfinden mußte. Doch die verstörten Augen, die weiß daraus hervorschauten, der Anblick der schmutzigen Finger, mit denen Max im Schockzustand in den riesigen Riß über der linken Augenbraue tappte, verursachten bei Clara umgehend Schwindel und Übelkeit. Sie mußte aus dem Zelt hinaus.

Erst eine Viertelstunde später sah sie ihn wieder, draußen auf der Terrasse, gestützt von Franz und von Hermann, der im Haus untergebracht und gottlob noch nicht schlafen gegangen war. Sie tupften die Blutungen mit Kompressen ab, vorsichtig, Clara wagte noch einmal hinzuschauen: Außer der Stirn, die einen tiefen langen Schnitt aufwies, waren Nase und Oberlippe aufgeplatzt. Eine Gesichtshälfte hatte sich violett verfärbt und war so stark geschwollen, daß vom linken Auge außer einem schmalen Schlitz nichts zu sehen war.

»Max ist nun mal Alkoholiker und nicht mehr der Jüngste. Außerdem sah es schlimmer aus, als es ist.«

Stegmüller wußte, wie sehr er die Lage beschönigte. Als sie Max auf den Rücksitz des Landrovers verfrachteten, ließ ihn der aufgequollene Kopf an die Wasserleiche denken, die vor einigen Jahren ganz in der Nähe an den Strand geschwemmt worden war. Er dachte: Wenn hier einer an irgend etwas schuld ist, dann natürlich du, Clara. Laut sagte er:

»Ein paar Stiche über der Braue, eine Nacht zur Beobachtung, und alles ist wieder gut. Du wirst sehen.«

Wie froh Franz war, daß Hermann Kuhn sich noch nicht hingelegt hatte. Ohne seine Hilfe hätte er den Rettungsdienst rufen müssen, was bedeutet hätte, daß bis Montag früh das ganze Dorf informiert gewesen wäre. Kuhns Kraft und Nüchternheit verhinderten das. Seit dem Bildhauer drei Viertel des Magens herausgeschnitten worden waren, durfte er nichts mehr trinken und blieb daher stets fahrtüchtig. Auch schien er den Transport zur Notaufnahme des Kreiskrankenhauses ganz gern zu übernehmen. Vielleicht hat ihn die Vorstellung erschreckt, dachte Franz, sich sonst um Claras akute Hysterie kümmern zu müssen. Das aber war nun seine eigene Aufgabe, die ihm, je weiter der Alkoholspiegel im Blut sank, zusehends auf die Nerven ging.

»... erzähl mir nichts ... eine einzige Generalvernichtung gewesen ... natürlich hat Asger genau das gewollt ...«

Claras wütende Panik bündelte offenbar alle noch vorhandene Energie auf einen Punkt, ließ sie den Heulkrampf überwinden und plötzlich letzte, vollständige Sätze bilden.

»Ich verweise nur auf den Tatbestand, daß er diese unausstehlichen Personen hierhergelotst hat. Wo er genau weiß, mit welcher Sorgfalt ich meine Gästelisten verwalte. Und warum ich so großen Wert auf sie lege, hast du heute ja gesehen. Was für ein Chaos, was für eine Gemeinheit. Da sitzt sie den ganzen Abend, diese feixende Meute widerlicher Spötter.«

Sie ballte die Faust.

»Du täuschst dich. Es waren ganz wenige. Du täuschst dich auch in deinem Sohn. Wieder einmal. Ich bin sicher. Ich weiß es. Glaub mir.«

Doch die Gastgeberin mußte nicht länger beschwichtigt werden. Sie hatte ihr letztes Gift verspritzt und sackte nun endgültig in sich zusammen. Franz spürte ihren Kopf an seiner Schulter.

»Clara, du solltest wirklich ins Bett gehen. Du wirst mir sonst noch krank. Außerdem wirst du sehen, wenn du erst eine Nacht drüber geschlafen hast: Im großen und ganzen war es sogar ein gelungenes Fest.«

Selbstverständlich war es in Wahrheit ein Debakel, dachte der Bürgermeister, während er der Freundin auf die Beine half. Clara mußte sich an ihn klammern, um nicht in den Knien einzusinken. Er hatte sie fest um die Hüfte gefaßt. Und sie empfand plötzlich Dankbarkeit.

»Bleib heute nacht bei mir, Franz.«

Sie stützte sich mit der Hand am Tisch ab, schaute ihn an mit ihrem verquollenen Gesicht. Stegmüller fühlte sich einen Moment geschmeichelt. Darum hatte sie ihn noch nie gebeten. Dann wiegelte er ab.

»Einer muß sich um die letzten Gäste kümmern.«

Die Premiere von heute endet morgen in einem Alptraum, dachte er und schob sie weiter zum Zeltausgang, während er zugleich Asger mit Gesten verständlich machte, daß er seine Mutter von der Notwendigkeit überzeugt hatte, sich endlich schlafen zu legen.

Da blieb Clara ein letztes Mal stehen, drehte sich um und blickte, die Augen über den geschwollenen Tränensäcken weit aufgerissen, ebenfalls auf ihren Sohn.

»Komisch. Irgend etwas, das mich ein Leben lang begleitet hat, ist heute unwiderruflich zu Ende gegangen. Ich spüre das.«

Asger Weidenfeldt hatte nur die Hälfte von Claras letzten Worten aufgeschnappt. Jetzt sah er zu, wie sie von Franz unter Tröstungen halb aus dem Zelt gezogen, halb getragen wurde. Dann lauschte er weiter dem schweren Atem des schlafenden Archivars. Asger kämpfte mit einem schlechten Gewissen. Schließlich hatte er Wenzel Poßmann die Teilnahme an dieser doch recht erschrekkenden Feier aufgeschwatzt. Soviel er hatte beobachten können, hatte der Freund schwer darunter gelitten. Außerdem erinnerte sich Asger nicht, Wenzel jemals annähernd so betrunken erlebt zu haben. Es war eine überfällige Lektion in Sachen Realismus, sagte er sich. Dabei schockierte ihn der Grad an Liederlichkeit, der ihm heute begegnet war, kaum weniger als Wenzel. Diese unverträgliche Mixtur aus rauschender Party und hemmungsloser Narrenfreiheit im ländlichen Idyll konnte ja nur schiefgehen, dachte er und schämte sich ein wenig, daß er die Gästelisten seiner Mutter immer als reinen Spleen abgetan hatte.

»… Courage … mm … «

Wenzel tauchte aus dem Tiefschlaf auf, um die Liegeposition zu wechseln, und brachte Fetzen seiner Traumarbeit mit an die Oberfläche. Jetzt warf er sich allerdings mit solcher Wucht herum, daß sein Beschützer ihn festhalten mußte. Die Vorstellung, daß ein weiterer Gast sich bei einem Sturz verletzen könnte, war grauenhaft. Der Betrunkene schlug die Augen auf, versuchte sich aufzurichten.

»Du solltest lieber erst deinen Rausch ausschlafen, Wenzel. Es ist noch ein Bett frei.«

Asger konnte die taumeligen Bewegungen des Freundes abfangen und seinen Kopf zurück auf den Schoß drücken.

»Was deine Familie angeht. Deine Frau wird sich Sorgen machen, wenn du nicht auftauchst. Wann soll ich anrufen? Sieben? Halb acht? Gut. Ich bleibe sowieso wach. Nein, ich werde so mit ihr reden, daß sie sich sofort beruhigt, doch, ich kann das, du weißt, daß ich es kann. Immer noch besser, als wenn du in dem Zustand daheim auftauchst und stundenlang mit dem Schlüssel am Schloß herumstocherst. Natürlich, du bist sogar stockbesoffen. Ich kann dich leider nicht hinfahren, einer muß hierbleiben, komm, ich bring dich rüber ...«

Wenzel wehrte sich nur schwach, und so befanden sich die beiden bald auf dem Weg zu den Gästezimmern. Er führte durch Wohnsaal und Diele die Treppe hinauf in den langen Korridor, wo die vielen Gemälde und Zeichnungen hingen, die Clara im Laufe ihres Lebens von Künstlern geschenkt bekommen hatte. Jedes Bild war einzeln beleuchtet, das Licht sprang automatisch an, wenn man davortrat, so daß sich der Flur im Weitergehen erst nach und nach erhellte. Ein sonderbarer Effekt, der Asger jedesmal an eine Geisterbahn denken ließ.

»... unfaßbar ... sozusagen unfaßbar ...«

Es war eine leidige Prozedur, mit der Wenzel im Schlepptau des Freundes durch kantige Kanäle schlingerte, aber seine Gehirntätigkeit kam dabei wieder etwas in Gang.

»... Courage ist das A und O, mein Freund ...«

Er bremste scharf ab, um Asger die Hände auf die Schultern zu legen und ihm in die Augen zu sehen, aus solcher Nähe, daß er mehrmals mit der Stirn gegen die seine bumste.

»… entweder man hat Courage … oder man hat keine …«

Wenzel brauchte einige Zeit, um die spitzwinklige Biegung des Flurs zu überwinden, wo das Selbstporträt Horst Janssens hing.

»… he, den Typ kenn' ich … neben deiner Mutter …«

Auch Asger mußte an Max Zibulka denken, an den Zustand seines Gesichts nach dem Sturz.

Sie erreichten das Gästezimmer. Asger ließ Wenzel aufs Bett gleiten, zog ihm die Schuhe aus.

»Courage, meine ich … weil du hast sie nämlich auch, Asger … du bist ein wirklicher Freund, weißt du das eigentlich … ich versprech dir als mein Freund, daß ich dir meine Courage noch beweise … weil wir halten nämlich zusammen … wie früher, was … Freunde, sozusagen Verbündete … man braucht nämlich Verbündete … sonst ist man verratzt … sozusagen Freunde …«

Wenzel ließ sich kichernd zurückfallen.

»… der Obermotz will, daß ich für ihn schreibe!«

Asger schob Wenzels Beine unter die Bettdecke, da war Wenzel schon wieder eingeschlafen.

Als er auf dem Rückweg um die Ecke des Korridors bog, trat am anderen Ende der Gespenstergalerie gerade Franz Stegmüller aus Claras Schlafzimmer. Hintereinander schritten sie die Stufen zur Diele hinab, durchquerten stumm das Erdgeschoß und gelangten schließlich auf die Veranda. Sie waren allein, Stille herrschte bis auf das Wispern der Pappeln.

Franz und Asger zündeten sich Zigaretten an und schwiegen. Nie hatten sie viel Worte verloren, wenn es darum ging, sich über den Stand der Dinge auszutauschen. Auch hörte meistens einer dem anderen bloß zu, ohne etwas zu erwidern.

»Ich freue mich trotzdem, daß du da bist.«

Sie rauchten. Garten, See, Berge lagen hinter einer schwarzen Mauer aus Dunkelheit.

»Sie wird dich in nächster Zeit noch nötiger haben als sonst, Franz.«

Franz spuckte über die Brüstung.

»Bockwieser macht mir Sorgen.«

Asger schmunzelte heimlich.

»Ich kann seine Gefährlichkeit nicht einschätzen. Bisher ist er mir nie in die Quere gekommen.«

Vom Zelt her war plötzlich leises Lachen zu hören.

»Und Maya.«

Sie nahmen jeder einen letzten Zug. Dann schnippten sie ihre Kippen in den Garten.

»Du kannst auf mich zählen.«

Wir sind zwei coole Kerle in einem coolen Männerfilm, dachte Asger.

»Wenn du mich brauchst.«

Die Glut setzte zwei rote Punkte ins Nichts.

9. Kapitel
KEHRAUS

Im Osten setzte sich die gezackte Linie der Berge vom finsteren Himmel ab. Der Übergang der einheitlichen Nachtfront zu zwei nur in Nuancen voneinander abweichenden schwarzen Flächen ging so schleichend vor sich, daß sein Blick ihm nicht hatte folgen können. Von einem Wimpernschlag zum nächsten war die Linie sichtbar, wurde von da an deutlicher, ins Dunkel der oberen Hälfte mischten sich zusehends lichtere Töne. Gleich mußte der Moment kommen, an dem die Nachttiere verstummen und die Vögel ihr erstes, fast wütendes Geschrei beginnen, jener Bruchteil einer Sekunde vollständiger Ruhe in der Welt. Doch würde er voraussichtlich auch ihn versäumen.

Von der Bank am Seeufer blickte Asger Weidenfeldt über das schwarze Wasser, das nun ebenfalls, wenn auch leicht verzögert, an Licht und Farbe gewann. Eine schwache, nur selten noch auffrischende Brise zergliederte die Oberfläche in leise schwankende, matt glänzende Platten. Dunstschwaden waberten darüber, kringelten und schlängelten sich, bildeten im Aufsteigen organische Formen, körperhafte Figuren: Züngelnde Drachen, Kolibris, Engelchen flatterten auf, verflüchtigten sich wieder. Es war eine leere Welt. Dörfer, Ansiedlungen, Straßen, überhaupt Zivilisation, Menschheit, dergleichen hatte es niemals oder vor undenklichen Zeiten gegeben. Da lag nur ein unbekannter See vor einem namenlosen Gebirge, von Pflanzen, kleinem, fremdartigen Getier und jenem Zusammenspiel amorpher Kräfte belebt, das krause Gebilde ohne Substanz und Dauer gebar, sie wieder verwehen ließ, während man selbst gar nicht vorhanden war. Die Vorstellung hatte eine tröstende und versöhnende Wirkung.

Es war kalt geworden, der Atem als Nebelfahne sichtbar. Mit verschränkten Armen klopfte Asger sich Schultern und Oberarme. Dann sah er auf die Uhr: Es war kurz nach sechs. Bald würden die Männer vom Bauhof eintreffen, um das Zelt, die Tische und Bänke wieder mitzunehmen. So war es von Franz Stegmüller organisiert worden, der inzwischen ebenfalls im Bett lag. Asger hatte ihn vor Stunden nach Hause geschickt.

Wieder war der Ruf eines Käuzchens zu hören, dann ein Rascheln im Ried, gleich darauf huschte eine Spitzmaus um Asgers Füße und über die kleine Rodung, auf der Suche nach einem neuen Versteck. Noch einmal fuhr der Wind in die Büsche und Halme, streute Laub auf die Wasserfläche, eine Armada grauer Schiffchen schaukelte über die aufgerauhte Wasserfläche, ging unter oder wurde zurück ans Ufer geworfen. Es war erneut ein wenig heller geworden, doch noch rührten die vereinzelten Lichtpunkte, die auf den Kämmen winziger dunkler Wellen blinkten, von den Lichtfingern her, die über den Garten bis in den See hinauswiesen.

Asger ging auf den langen schmalen Steg und schritt langsam zum äußersten Ende hinaus, wo der Schilfgürtel schon weit hinter ihm lag und er nun vollständig von Wasser umgeben war. Von hier aus konnte man die Vössener Bucht einsehen, die durch ihr flimmerndes Spiegelbild verdoppelte Lichterkette der Uferpromenade rahmte sie ein. An der Spitze der Dampferanlegestelle beleuchtete eine einsame Laterne die zwischen Mole und Strand liegenden Kähne und Tretboote. Auf der Seeseite gegenüber sah man jetzt die roten Warnlampen der Seilbahntrasse am Bergrücken zittern, als gäben sie geheime Morsezeichen. Daneben auf der Autobahn krümmte sich die Lichtwalze des für Sonntag früh um sechs ausgesprochen regen Verkehrs den Hügel hinauf. Wahrscheinlich beginnen oder enden heute irgendwo die Schulferien, dachte Asger. Zu hören war freilich auch hier draußen nichts als der leise summende Wind und das noch leisere Plätschern der Wellen. Eine alte, vergessene Sympathie für diesen Moment, jetzt kurz vor Sonnenaufgang, erwachte in ihm, eine Zärtlichkeit für den See, seine Weite, die durch Gebirge und Wasser betonte Höhe des Himmels, Tiefe der Landschaft. Asger war sofort bereit, die Stimmung zuzulassen, trotz der sentimentalen Feierlichkeit, die ihn zugleich erfaßt hatte, wie ihm durchaus bewußt war. Er beschloß, auf dem Wasser zu bleiben, bis der Morgen weit genug fortgeschritten wäre, um die künstlichen Lichter zu löschen.

Er setzte sich an den Stegrand, ließ die Beine baumeln. Erinnerungssplitter vom vergangenen Fest blitzten auf. Er war einverstanden und zufrieden mit dem, was er getan hatte. Dennoch blieb ein Rest von Unbehagen. Er kehrte seinem bisherigen Leben den Rücken, aber wenn er ehrlich war, mußte er sich eingestehen, daß er die Gründe selber nicht durchschaute. Andererseits erhöhte das auch den Reiz. Zum ersten Mal erlebte Asger, wie es war, nicht zu wissen, was er auch nur in einem Monat tun würde.

Es ist wie mit der Landschaft in dieser Dämmerung, dachte er. Ich kann sie zwar sehen, doch kaum Einzelheiten erkennen. Sie besteht aus schwarzen Flecken, die mein Verstand zusammensetzt, weil er sich erinnert. Ich sehe keine Landschaft, sondern meine Einbildung von ihr. In Wirklichkeit bin ich fast blind. Aber nie werde ich die Blindheit erkennen, solange mein Verstand arbeitet. Ich muß ihn ausschalten, um zu sehen, wie wenig ich sehe, ihn gleich wieder einschalten, um genau das zu begreifen. Darüber zu sprechen ist lächerlich. Blind unter Blinden, die sich für Sehende halten, würde man für verrückt erklärt …

Asger schaute übers Wasser. Der Himmel, die Berge, der See mit seinen Auwäldern und Schilfrändern traten von Minute zu Minute konturierter und farbiger hervor. Es war, als ströme das Licht aus den Dingen selbst. Das Spiel dieses Lichts im Muster der Wellen, auf jeder Falte, jeder Delle verriet nach und nach ihre je einzigartige Bewegung und Form. Die Langsamkeit des Vorgangs tat seinem müden Geist wohl.

Ja, dachte er, das wäre ein Ziel: die Gegenwart aus ihrem Dämmer schälen.

Dann war es tatsächlich hell geworden. Die Vögel sangen, die

Lampen entlang des Seeufers waren ausgegangen. Asger ging zum Haus zurück. Jetzt zeigte sich auch das Festgelände in einem immerhin beruhigenden Zustand: Außer einem umgekippten Stuhl, einigen in die Büsche geratenen Papierservietten und den im Gras steckenden Stümpfen der abgebrannten Fackeln war alles in Ordnung. Asger las den übrigen Müll auf, trug den Stuhl unter die Terrassenmarkise, wo die anderen gestapelt waren, knipste die Außenbeleuchtung aus. Einen leicht zu reparierenden Schaden entdeckte er im Kräutergarten, wo ein Stück aus der gemauerten Spirale gebrochen war.

Schließlich erreichte er das Zelt, um auch dort einen letzten Blick hineinzuwerfen, bevor die Gemeindearbeiter kamen. Doch unter dem Vordach stockte er, denn die Geräusche, die er hörte, waren unmißverständlich: Ein Quietschen metallener Scharniere wurde begleitet von kontinuierlichen, den monotonen Rhythmus des Quietschens kontrapunktierenden, sich an der Grenze zum Stöhnen befindlichen, zweifelsfrei weiblichen Atemstößen. Asger wußte sofort: Dabei konnte es sich nur um Maya Nüsslein handeln, aber er hatte keine Ahnung, wer der Mann sein mochte. Alle verbliebenen Gäste hatten sich in seinem Beisein auf ihre Zimmer begeben. Allerdings war Maya ebenfalls bereits zum Hoftor hinausgeschlüpft. Sie hatte ihm noch gewinkt, bevor er zum Ufer spaziert war.

Asger schob vorsichtig die Plane zurück. Wirklich, Maya lag rücklings auf einem der Biertische. Zwischen ihren Beinen stand Kollege Eckart Eberl. Der Anblick wirkte keineswegs abstoßend: Das zur Seite gesunkene Gesicht des Mädchens mit den geschlossenen Augen und einem Lächeln auf den Lippen schien von einem seligen Wachtraum am Rande des Schlafes zu erzählen, während feine Wellen die entspannte Haut ihrer Wangen durchliefen. Der Gastgeber zog sich zurück.

Maya Nüsslein erwachte durch ein lautes Räuspern, das von draußen hereindrang. Dann erkannte sie die Stimme Asger Weidenfeldts. Er redete laut auf jemanden ein. Die Antworten kamen einsilbig, schüchtern die einen, abweisend die anderen. Es waren Hackl und Wieland Simon. Zum Glück verwickelte Asger sie in ein Gespräch. Maya rüttelte den Mann, der halb auf dem Tisch, halb auf ihr lag, sacht an den Schultern. Auch er war eingeschlafen. Als er endlich den Kopf hob, lächelte sie ihn an und legte den Zeigefinger auf die Lippen. Gemeinsam lauschten sie.

Vor dem Zelt stellte Asger Fragen nach den Kollegen im Bauhof, ob der alte Gruber noch da sei, erzählte, daß er als Schüler dort gearbeitet habe.

Eckart Eberl richtete sich auf, zog die Hose an, reichte Maya die Jeans. Während sie ihre Beine in die Röhren zwängte, beugte sie sich zu seinem Ohr:

»Du mußt allein voraus. Bitte.«

Eberl glättete mit den Händen seine etwas zerzausten roten Haare und ging. An der Schwelle warf ihm Maya lächelnd eine Kußhand zu und wartete dann einige Minuten.

Sie kramte den Lippenstift aus der Hosentasche, schminkte sich, band den Pferdeschwanz neu. Noch einmal stieg Freude über ihren gestrigen Erfolg und den krönenden Abschluß des Festes in ihr auf. Dann machte auch sie sich auf den Weg.

Maya traf Wieland Simon erst am Kiesplatz vor dem Haupttor, wo er mit Hackl gerade am Laster hantierte. Als er sie erblickte, setzte er sofort eine mürrische Miene auf, die seine Befürchtungen nur unvollkommen verbarg. Sie kam strahlend auf ihn zu.

»Guten Morgen, Wieland. Hast du gut geschlafen?«

Sie holte ihr Fahrrad, das an der Seitenwand zur Garage stand, schwang sich gähnend hinauf.

»Ich auch.«

Lachend, mit wippendem Puschel, fuhr sie davon.

Dritter Teil
WOCHEN DER ERNÜCHTERUNG

»Der Strom unseres Wissens schlängelt sich rückwärts zu seiner Mündung.«
Friedrich Schiller

1. Kapitel
BELEUCHTUNG EINES ÜBERGANGS

Im Leben der meisten Menschen kommt es einmal, oft sogar mehrmals vor, daß man sich eines Tages umsieht und erkennt, irgend etwas hat sich vollständig verändert. Genaugenommen ahnt man es zuerst mehr, als daß man es weiß, und behält die Sache für sich. Bis einem dann Kommentare engster Freunde, danach größer werdende Kreise von Bekannten bestätigen: Nichts ist mehr wie früher. Schön, denkt mancher vielleicht, mein Kopf ist also weder schwermütig noch verwirrt, noch sonstwie krank, den anderen geht es genau wie mir. Aber der Gedanke tröstet wenig, denn immer öfter und überall stößt man auf dieselbe Einschätzung. Bald klingt sie an in jeder Bemerkung, jedem Zeitungsbericht, jeder Nachrichtensendung. Eine Unzahl von Krisenherden scheint einen zu umzingeln, und man muß mit einer Welt sozialer Verwerfungen und kultureller Zusammenstürze fertig werden, in der man sich seltsam fremd fühlt. Plötzlich steht man inmitten einer Flut von Meldungen über Katastrophen, die keiner je für möglich gehalten hat. Jede einzelne Schreckensnachricht beansprucht, Brennpunkt des Geschehens zu sein. Details werden ausgebreitet, umkreist, gedeutet, bis auch letzte Zweifler nicht länger leugnen können, etwas habe sich so vollständig verändert, daß dagegen nun leider nichts mehr zu machen sei.

Gleichwohl wird sich kein halbwegs vernunftbegabter Mensch einreden lassen, die so drastisch beschworenen Umwälzungen seien etwas noch nie Dagewesenes. Es sind nämlich nach wie vor nur die vertrauten alten Spannungen, Schwierigkeiten, Kämpfe, über die schon immer gesprochen, berichtet, geklagt wurde. Niemand ist schließlich in der Lage, den Kern von Veränderungen zu erfassen, der womöglich gar nicht existiert, weil sich womöglich gar nichts verändert hat. Oder so gut wie nichts. Dennoch reicht dieses Wenige offenbar aus, daß viele eines Tages ahnen, dann behaupten, die Welt sei vollständig anders geworden. Daß es sich bei dem Vorgang oft weniger um eine Änderung der Realität selbst, mehr um eine Erschütterung des Schemas handelt, mit dem man sie bisher gedeutet hat, wird in der Regel übersehen.

Ausnahmsweise allerdings, durch die Hintertür solcher allgemein geteilten Selbsttäuschungen gleichsam, ändert eine solche Erschütterung von Wirklichkeitsdeutungen die Realität aber doch. In diesem Fall paßt sich die Welt dem Blick an, mit dem sie gesehen wird.

Genau das schien sich in Fuchsenhub Nr.7 zu ereignen. Hier lag gewissermaßen das Epizentrum eines winzigen unterirdischen Bebens, das sich konzentrisch ausbreitete und zahlreiche dem Haus eng oder lose verbundene Menschen alarmierte oder zumindest irritierte. Später hieß es, das Beben sei durch die Rückkehr Asger Weidenfeldts ausgelöst und von Ereignissen auf dem alljährlichen Herbstfest seiner Mutter Clara nur verstärkt worden. Andere machten weiter zurückliegende Vorgänge verantwortlich, unaufgedeckte Begebenheiten, deren Kräfte sich im Verborgenen gesammelt hätten, um schließlich durch die so vertraute Oberfläche zu brechen. Aber man wußte es nicht. Die Verwirrung seit jenem Samstag im Oktober wäre jedenfalls von jedem Außenstehenden mit Händen zu greifen gewesen, hätte es einen solchen Außenstehenden gegeben. Hinterher rätselte man freilich, was eigentlich geschehen und inwieweit man selbst verstrickt gewesen sei, ob man mit Konsequenzen zu rechnen habe, und wenn ja, mit welchen. In den Köpfen mancher mehr philosophisch interessierter Betroffener tauchten auch hochbedeutende Fragen auf wie: Was kennzeichnet unsere Gegenwart? Wie ist Zeit überhaupt beschaffen? Und ihre Beantwortung stellte sich überraschenderweise auch diesmal als nicht leicht, ja als ausgesprochen knifflig heraus.

Der Ehrgeiz, ein exaktes Bild der Gegenwart zu zeichnen, ist mindestens so diffizil, wie irgendeinen anderen Zeitpunkt zwischen fernster Vergangenheit und fernster Zukunft exakt bestimmen zu wollen. Unschärfe, Vagheit charakterisieren das Hier und Heute und verführen dazu, Wunsch und Wirklichkeit zu verwechseln. Das gilt um so mehr, je weniger wir wissen über das, was vorher und nach welchen Mustern es geschah. Gilt das aber nicht erst recht, wenn wir zuviel wissen? Nimmt mit unseren Kenntnissen umgekehrt nicht auch unser Irrtum zu?

Theoretisch läßt Gegenwart sich als unaufhörlich weiterwandernder Punkt auf der Zeitachse beschreiben. Streng mathematisch besitzt ein Punkt, der Zeit-Punkt Gegenwart in unserem Fall, kein noch so winziges Volumen. Er fällt in eins mit nichts. Als Scheidewand zwischen Einst und Künftig ist die Gegenwart zu dünn, um wirklich in Erscheinung zu treten. Da sie es dennoch tut, wie die Präsenz unseres Daseins beweist, kann sie nur, wie die Trennlinie zwischen Materie und Energie in der Quantenphysik, als Schwelle eines Übergangs aufgefaßt werden.

Leider hilft uns dieser um ein paar pseudowissenschaftliche Anmerkungen ergänzte Gegenwartsbegriff nicht wesentlich weiter, denn was haben wir durch sie gewonnen? Wir lassen etwas räumliche und zeitliche Aura zu, geben dem Jetzt, das fast ein Nichts ist, ein bißchen Fülle und Umfang, schon haben wir noch mehr Probleme am Hals. Geklärt werden muß nun etwa, wie eng wir den Kreis ziehen, in dem das zu ergründende Heute angesiedelt sein soll, wie viele Subjekte und Objekte er umschließt und welche. Relevanz wird auf einmal ein Thema beim Versuch, einen Blick in den Haarriß zwischen Nicht-Mehr und Noch-Nicht zu riskieren.

Allein Fuchsenhub und sein Umkreis boten eine derartige Fülle individueller und kollektiver Erlebnisse von Betroffenheit und Neubeginn, daß sie kaum zu überblicken, geschweige denn in einen sinnvollen Zusammenhang zu bringen waren. Vom vernachlässigbaren Zittern über Verschiebung und Richtungswechsel bis zur buchstäblichen Revolution reichte die Palette der Erfahrungen. Weiterhin sich organisch entfaltende Biographien standen neben frisch entworfenen, konsequent durchgehaltenen oder radikal abgebrochenen Lebensmodellen. Zweifellos bildete ihre Gleichzeitigkeit ein kaum aufzulösendes Knäuel parallel laufender, sich überschneidender, ineinandergreifender, gegenläufiger, kollidierender, in jedem Fall unberechenbarer Kräfte. Sie entzogen sich aller Überschaubarkeit und Ordnung, was fraglos ein weiterer, für jede Gegenwart typischer Charakterzug ist.

Clara Weidenfeldt zum Beispiel hatte keine Veränderung erlebt, die sie überfallen, schleichend erobert oder sich sonstwie ereignet hätte. Die Welt zeigte sich ihr derart kraß in einem anderen Licht, daß von einem Übergang keine Rede sein konnte. Was sie bislang für Stil, Persönlichkeit, Identität gehalten hatte, schien ihr seit der Festnacht ausgelöscht und gehörte der Vergangenheit an. Die Weidenfeldt war untergegangen, Clara aber weilte in der Zukunft, freilich ohne sich schon einen Begriff von ihr zu machen. Das neue Leben, da gab es keinen Einwand, brauchte sich nur noch auszuformen.

Ein paar Tage dauerte es jedoch, bis diese Gewißheit sich in ihr durchsetzte. Clara hatte sich völlig zurückgezogen, kappte die Verbindungen zur Außenwelt. Selbst für Stegmüller war sie seit jenem Wochenende nicht mehr zu erreichen. Maya und Mascha durften den Wohnsaal nicht mehr betreten und bekamen ihre Aufgaben durch die spaltbreit geöffnete Tür mitgeteilt. Nur dem Sohn, der zum ungebetenen Mitbewohner mutiert war, konnte sie nicht dauernd aus dem Weg gehen. Dafür strafte sie ihn, wenn er ihr in der Küche, auf der Treppe, am Gang begegnete, mit eisiger Nichtachtung. Stundenlang widmete sich Clara ihren Übungen, stand, lag, kauerte, kniete, verrenkte sich im Meditationsraum, um hinterher stundenlang reglos am Sekretär zu sitzen. Verbissen kämpfte sie an gegen eine peinigende Mischung aus Groll, Gekränktheit und Panik. Nichts und niemand durfte sie stören. Sie war wütend auf Asger, der sie bloßgestellt, verletzt von der Impertinenz, mit der sich eine Reihe von Gästen auf ihre Kosten amüsiert hatte. Sie fürchtete die Öffentlichkeit. Weder ließ sich voraussehen, welche

Details nach außen dringen, welche Sorte Journalisten sich darauf stürzen, noch was sie daraus machen würden. Dazu kam die Geschichte mit Max Zibulka, der zur Beobachtung in der Klinik lag. Es war ein Heer von Irritationen, das auf Clara einstürmte. Doch so übermächtig der Gegner zu sein schien, ihre Bemühungen waren erfolgreich. Binnen einer Woche hatte sie ihre seelische Balance wieder im Griff, und schon deutete sich ein unbekannter, herrlich weiter Horizont an in Claras Geist.

Sie war selbst erstaunt über das, was sich dort zeigte, was zwar noch nicht zu sehen, aber bereits irgendwie angelegt war. Ihr Leben würde definitiv nicht weitergehen wie bisher. Ein offener Raum, ein noch unbetretenes Land tat sich auf. Das Land war da, unwiderruflich, noch wagte sie sich nicht hinein, verzögerte den ersten Schritt, durchstöberte lieber ihr Gedächtnis, wollte wissen, was die überraschende Selbsterneuerung ausgelöst hatte, wem sie ihr prickelndes Daseinsgefühl verdankte.

Clara erinnerte sich, das Fest bis tief in die Nacht, sogar über Max' Unfall hinaus, mit dem alten, ihr jetzt befremdlich gewordenen Ich erlebt zu haben. Sie erinnerte sich auch, daß sie es bereits abgestreift hatte, als sie endlich im Bett lag. Im Verlauf mehrerer Tage gelang es ihr, den Zeitraum, in dem der Umschwung eingetreten sein mußte, immer weiter einzugrenzen, schließlich bis fast auf jene halbe Minute genau, die in der Psychologie Gegenwartsdauer oder Präsenzzeit heißt: Während der wenigen Schritte vom Festzelt zur Veranda mußte sich ihr Selbst komplett ausgetauscht haben.

In diesen dreißig Sekunden war jedoch überhaupt nichts geschehen. Es hatte weder eine Erweckung noch irgendeine Offenbarung gegeben. Kein sensationelles Gefühl, nicht ein einziges Indiz ließ sich ausfindig machen. Vermutlich war in ihrem Innern seit langem ein Prozeß in Gang gewesen. So nüchtern und so zwingend hatte er sich von selbst vollendet, daß nicht einmal das Unterbewußtsein eine Erinnerungsspur daran bewahrte, dachte sie. Als Clara beim Verlassen des Zelts gesagt hatte, gerade sei unwiderruflich etwas zu Ende gegangen, das ihr Leben begleitet habe, war ihr der Sinn des Satzes gar nicht klar gewesen. Sie hatte nur einen irgendwie passend erscheinenden, irgendwann auswendig gelernten, bruchstückhaft erhaltenen Text zitiert.

Also gab es für Clara gar keinen Grund, sich länger zu beunruhigen. Ein letztes Mal geriet sie kurz in Aufregung, als sie Karl Pollingers Artikel über das »alljährliche Fuchsenhuber Event« in der Lokalzeitung entdeckte. Er stellte sich zum Glück als ein prätentiöses Stück Prosa voller Stilblüten heraus, dem man inhaltlich kaum folgen konnte. Unter dem Titel »Stars im Sturm« verbreitete sich Pollinger in poetisierenden Wendungen über Haus und Garten, Gerichte und Garderoben, Wind und Wetter bei der »Prominentenparty am See«. Dazwischen streute er übergangslos kulturpolitische Thesen ein, forderte bizarre Dinge, etwa eine Vernetzung von Markt und Bildung. »Als phänotypische Realität dämmerte gegen Abend die erträgliche Leichtigkeit des Seins über dem Weidenfeldtschen Anwesen«, endete der Artikel und trug so zur Leichtigkeit von Claras Sein bei. Kein Wort über Zibulkas blutigen Sturz. Statt dessen zeigte das Foto den durchaus passabel aussehenden, keineswegs wie ein Vollalkoholiker wirkenden, ehemaligen Drehbuchschreiber an ihrer Seite mit der Bildunterschrift: »Der Autor und seine leibhaftige Figur. Clara Weidenfeldts Wiedersehen mit ihrem Erfinder Max Zibulka.«

Nach der Lektüre rief Clara sofort im Kreiskrankenhaus an, um sich nach Max zu erkundigen, danach zum ersten Mal auch wieder bei Franz Stegmüller, denn der Patient war längst aus der Klinik entlassen. Franz konnte ihr berichten, der alte Heißsporn sei wohlauf und abgesehen von einigen wohl bleibenden Narben im Gesicht auch wieder ganz der alte, ja, er habe sich persönlich davon überzeugt, schließlich habe er Zibulka noch zum Bahnhof chauffiert.

Von da an begann Clara wieder Lebenszeichen auszusenden, wenn auch nur in kleinen Dosen. Der Wohnsaal durfte wieder gekehrt und gewischt werden, Maya wurde beauftragt, dem Ehepaar

Czerny einen Blumenstrauß samt Dankkarte für ihren jungen Gitarrenvirtuosen zu überbringen. Sie telefonierte mit Babsi Appelmann, die ihr wie immer die Ohren heiß schwatzte und gar nicht mehr aufhörte, von Claras Party zu schwärmen, die wieder einmal unvergleichlich, traumhaft, himmlisch gewesen sei, alle hätten sich so schrecklich wohlgefühlt. Während dieses Gesprächs zerstoben noch die letzten Reste des Horrorbilds, das sich die Gastgeberin vom selben Ereignis gemacht hatte.

Erstaunlich allerdings war, daß das Ende dieses Spukbilds vom denkbar größten Fiasko gerade nicht zur weiteren Normalisierung des Fuchsenhuber Alltags beitrug. Im Gegenteil, Clara stürzte erst jetzt in eine wirklich schlimme Depression. Obendrein hatte sie sich eine unangenehme Erkältung zugezogen, die sie mit Fieber und starken Nierenschmerzen ans Bett fesselte. Ihren Sohn, der sich um sie kümmern wollte, ließ sie trotzdem nicht an sich heran. Statt dessen verlangte sie etwas, was im Haus eigentlich tabu war: ein Fernsehgerät, das Mascha und Maya am Fußende ihres Betts aufstellten. Anfangs konnte sie die Bildsprache des seit langem gemiedenen Mediums kaum entschlüsseln. Vom Fieber zusätzlich geschwächt, kam ihr Verstand bei vielen der niegesehenen Schnitttechniken und digitalen Animationen einfach nicht mit. Auch den befremdlich schadenfrohen Humor begriff sie lange nicht. Als sie ihm nach einigen Tagen dann halbwegs folgen konnte, war sie verblüfft, was für Roheiten man dem Publikum zumutete, und beendete ihren Ausflug in diese, wie sie es nannte, apokryphe Pöbelrealität. Der Apparat verschwand im Abstellraum.

Fast ebensosehr jedoch wie über die Welt, die sie durchs Fenster des Bildschirms gesehen hatte, wunderte sich Clara darüber, was mit ihr selbst geschah. Nachdem sie sich mit dem mißglückten Fest ausgesöhnt hatte, existierte auch kein triftiger Grund mehr, mit ihrem bisherigen Leben zu brechen. Dennoch durfte sie nicht zurücksinken in den früheren Zustand. Das spürte, wußte sie, aber nicht, was an seine Stelle treten sollte. Zwischen Schlafphasen, Fiebermessen und Wachperioden, in denen nichts als Angst regierte, spielte Clara ernsthaft mit der Idee, wieder eine Therapie zu beginnen.

Bald allerdings erholte sie sich auch davon. Die Symptome der Erkältung klangen ab, Clara nahm vorsichtig ihre Gleichgewichtsübungen wieder auf und etwas später auch die Saunabesuche, das Schwimmen danach im mittlerweile sehr kalten See. Selbst für Asger entwickelte sie jetzt zu ihrem eigenen Erstaunen wieder eine gewisse Zuneigung. Eines Morgens ertappte sie sich sogar, daß sie ihm zulächelte. Am selben Tag noch fiel es ihr wie Schuppen von den Augen, wie nebensächlich, ja wie unendlich bedeutungslos es war zu ergründen, warum ihr altes Ich aufgehört hatte zu sein. Es interessierte sie nicht mehr, wer woran wieviel Schuld trug. Auch die Bedrohung von außen war unerheblich geworden. Statt dessen griff in Clara das dringende Verlangen um sich, noch einmal anders, ganz von vorne zu beginnen. Mochten ihr Visionen fehlen, um ein neues Leben zu entwerfen, sie wußte immerhin, wie es unter keinen Umständen mehr aussehen durfte. Das degenerierte Milieu ihrer alten Freunde hatte darin jedenfalls keinen Platz. Das genügte für einen Anfang.

Ihr Sohn hatte sich inzwischen in Fuchsenhub häuslich eingerichtet. Das zeigte sich auch daran, daß er die Lokalzeitung der Kreisstadt abonniert hatte. Vielleicht gab die Sehnsucht nach einer bodenständigen Lebensweise den Anstoß, daß Clara Weidenfeldt regelmäßig das reichlich simple Blatt zu lesen begann, vielleicht ging der Impuls dazu sogar von der beruhigenden Einfalt des Pollinger-Artikels aus. Jedenfalls holte Clara die Zeitung jetzt jeden Morgen heimlich aus dem Briefkasten und steckte sie nach dem Frühstück heimlich dorthin zurück. Bald machte sie sich Notizen, die sie, ihrem alten System der Namenslisten entsprechend, in ihrer ledernen Schreibmappe sammelte, ordnete, organisierte. Clara Weidenfeldt hatte ja keine Ahnung gehabt von den vielfältigen Aktivitäten in ihrer unmittelbaren Umgebung!

Als Franz Stegmüller zirka drei Wochen nach dem Fest den Citroën der Freundin auf seinen Hof rollen sah, wohnte er zwar keiner

Premiere, aber doch einem äußerst seltenen Vorgang bei. Clara saß bei aufgeklapptem Dach mit Sonnenbrille und Kopftuch am Steuer des schwarzgrauen Kraftwagens. Sie bat Franz einzusteigen, er möge ihr doch einmal die Schilfschutzzäune zeigen, die man am Rand der Vössener Bucht aufgestellt habe. Die Sonne schien am wolkenlosen Himmel, es herrschte für einen Tag im Spätherbst ungewöhnlich warmes Fönwetter. Mit einem Seufzer ließ sich der Bürgermeister auf den Beifahrersitz fallen und fügte nach kurzer Pause, während das Auto wie ein kleines Ruderboot nachschaukelte, süffisant hinzu:

»Wie immer zu deinen Diensten.«

Selbstverständlich schmeichelte es Franz, daß Clara es über sich brachte, ihn aus freien Stücken aufzusuchen. Zwar hatte er nicht geglaubt, daß sie die Verbindung zu ihm für immer gekappt hatte. Aber er hatte mit einer wesentlich längeren Strafzeit gerechnet, bis sie ihn dann, unter irgendeinem administrativen oder sonstigen Vorwand, zum tausendsten Neuanfang nach Fuchsenhub bestellen würde. Insofern war dieser unangekündigte Besuch geradezu einzigartig. Jetzt lud sie ihn sogar zu einer Spazierfahrt auf schmutzigen Kieswegen in ihrem heißgeliebten alten Citroën ein.

Etwas ungestüm startete Clara den Wagen. Die Hydraulik hob sich, die Reifen quietschten. Sie fuhr, er saß als Beifahrer daneben. Auch das war neu. Nach all der Zeit, in der Franz, manche seelische Grausamkeit in Kauf nehmend, sich selbstlos für ihre Belange eingesetzt hatte, ohne je eine Gegenleistung zu erwarten, geschweige denn zu erhalten, mußte er Claras Einladung fast als Liebeserklärung werten.

Aber nicht die gewöhnungsbedürftige Fahrweise, das Schlingern des Fahrzeugs bei zu hohem Tempo oder der Umstand, daß seine Chauffeurin keinem einzigen Schlagloch auswich, schmälerte Franz Stegmüllers Befriedigung. Ihn bestürmten seit kurzem andere Sorgen und beanspruchten alle Kraft und Aufmerksamkeit: Wie über Nacht, so kam es ihm vor, war er als Bürgermeister von Vössen politisch unter Druck geraten. Vermutlich war das der

Grund, warum ihm bei aller Genugtuung über Claras Verhalten sein fossiles Kavaliergehabe, das er gegenüber der nicht minder fossilen Diva an den Tag legte, so unendlich albern erschien.

Clara steuerte mit zu niedrigem Gang und überhöhter Geschwindigkeit durch den Ort, dann die Uferallee entlang, an der Abzweigung nach Fuchsenhub vorbei Richtung Alpen und Autobahn. Der Wind pfiff schneidend um Franz Stegmüllers ungeschützte Ohren. Ein Gespräch zu beginnen war unmöglich. Nach einigen zu schnell genommenen Kurven bogen sie ins Sumpfgebiet in der Nähe des Flußdeltas ab und hielten am Ende des Flurwegs auf der leeren Parkfläche beim Jägerhaus. Franz führte Clara auf einem schmalen Trampelpfad zum See hinunter.

Ob er wisse, daß die Wasserschilfbestände zwischen 1960 und 1980 um fünfzig Prozent zurückgegangen seien, begann Clara im Flüsterton, als sie drunten beim Schutzzaun angelangt waren. Man habe zwar den weiteren Schwund durch die Ringkanalisation stoppen können, aber erst das Aufstellen des Zauns führe zu einer langsamen Erholung, denn er verhindere das Eindringen von Graugänsen, Schwänen, Bleßhühnern. Die nahrhaften Jungtriebe würden nicht mehr abgefressen, aber seltene kleine Schilfbrüter wie Drossel- und Schilfrohrsänger hätten weiterhin Zugang, ebenso die Fische, die unter dem Netz hindurchschlüpften. Der Abstand zum Schilfrand betrage drei Meter. Ungefähr vier Jahre dauere es, bis die eingezäunte Fläche wieder bestockt sei, dann werde der Zaun um weitere drei Meter versetzt. In zehn Jahren, wenn der Schilfgürtel seine ursprüngliche Ausdehnung erreicht habe, werde das Verhältnis von Schilfwuchs und Vogelpopulation wieder ausgewogen sein. Dann seien auch keine Schutzzäune mehr nötig.

Franz' Miene schwankte zwischen Verblüffung und Belustigung.

»Du bist gut informiert. Wir Seebürgermeister haben ja am Konzept zum Gewässerentwicklungsplan mitgearbeitet. Aber du solltest mal hören, was die Jäger dazu sagen.«

Franz referierte die Einwände, die von Verschandelung des Sees bis Verschwendung von Steuergeldern für teure Schutzmaßnahmen reichten. Man fordere die Reduktion des gesamten Wasservögelbestands. Das dämme außerdem die Verschmutzung der Badestrände durch Vogelkot ein. Claras empörtes Flüstern ging in Zischen über, als sie die notorische Gefühlskälte der Berufsmörder attackierte. Franz mahnte die Begleiterin, leise zu sein. Sie verstummte.

Franz hatte ohnehin bloß auswendig gelernte Versatzstücke von Antworten aus seinem Bürgermeisteralltag heruntergeleiert, indes sich seine Gedanken unablässig um Zahlen, Beträge, Rechnungen drehten: Noch nie in seiner langen Amtszeit hatte ein so tiefes Loch im Gemeindehaushalt geklafft, noch nie zuvor war es vorgekommen, daß er einfach kein Rezept fand, um das Loch zu stopfen. Eine Menge Kritik hatte er sich auf der letzten Gemeinderatssitzung anhören müssen. Dazu kam die lang schon schwelende Unzufriedenheit der ansässigen Geschäftsleute, die seit kurzem ihre Interessen in Form eines Gewerbeverbands vertraten. Franz hatte gute Miene gemacht und sich bei der Gründungssitzung zum Kassenprüfer wählen lassen. Dabei waren die Ziele des Vereins, die sich hinter harmlos klingenden Slogans wie »Ortskernsanierung« oder »Belebungskonzepte mit peppigen Ideen« verbargen, seiner Dorfpolitik vollkommen entgegengesetzt. Was den Bürgermeister jedoch am meisten beunruhigte, war die angestrebte Kooperation mit dem Bundesverband. Ohne bereits an den Namen Bockwieser zu denken, fürchtete er den Einfluß mächtiger Seilschaften. Fakt war, der Verwaltungshaushalt deckte den Vermögenshaushalt nicht mehr. Seither klapperte das Rechenprogramm in Stegmüllers Gehirn die einzelnen Posten rauf und runter: Dem Einkommenssteueranteil, der Grundsteuer, Schlüsselzuweisung und Gewerbesteuer, dem Fremdenverkehrsbeitrag und der Konzessionsabgabe auf der Einnahmeseite standen Verwaltungs- und Betriebsaufwand, Umlagen und Investitionen auf der Ausgabenseite gegenüber, und nicht zuletzt horrende Personalkosten.

Franz Stegmüller forderte die Freundin durch stummes Nicken

auf, zum Auto zurückzugehen und lotste sie dann über nur eingeschränkt Pkw-taugliche Bewirtschaftungswege zu einer erhöhten Beobachtungsplattform. Sie war von der Gemeinde für die Vogelliebhaber unter den Touristen errichtet worden. Oben war ein Fernrohr montiert, in das Franz nun eine Münze warf. Er justierte es auf den Auwald hinter dem Schilfgürtel. Clara schob die Sonnenbrille in die Stirn, beugte sich zum Okular. Bald gab sie Laute des Entzückens von sich.

»Die Brutkolonie der Kormorane. Fressen Unmengen Fisch, sitzen hinterher zum Verdauen auf den Schwemmbänken. Siehst du die Nester in den Ästen? Es sind über hundert.«

Vom Antrag der Fischereigenossenschaft bei der Bezirksregierung auf Freigabe der Vögel zum Abschuß erzählte er nichts, auch nichts vom Haß der Fischer auf die Naturschützer wegen der Ertragseinbußen. Der Bürgermeister dachte an die eigenen finanziellen Einbrüche, Amtsleiter Stadler hatte sie ihm vorgerechnet: Der Engpaß war durch ein Bündel von Einschnitten entstanden, ebenso beeinflußt von der bundespolitischen Entwicklung wie vom allgemeinen Wirtschaftsklima. Unter anderem waren die Einkommenssteuerbeteiligung stark gesunken und die Kreisumlage gestiegen, aber der Knackpunkt war zweifelsohne der Einnahmerückgang im Fremdenverkehr. Die Gäste verhielten sich neuerdings anders, blieben kürzer, planten spontaner, witterungsabhängiger. Vössen aber, dessen touristische Infrastruktur ohnehin schwächelte, war für Kurzurlauber nicht gerüstet.

Auf der Sondersitzung hatten sich die Gemeinderäte mit ihren Forderungen gegenseitig überboten: Ein neues Gewerbegebiet solle ausgewiesen werden, das bringe mehr Gewerbesteuern; die Personaldichte in der Gemeindeverwaltung sei ökonomisch rückständig; die Kommune solle sich nicht länger am ineffizienten Bürgersolarkraftwerk beteiligen.

Als Clara sich nach zwei weiteren Münzen endlich sattgesehen hatte an den großen, verfressenen Vögeln, die am Kiesufer ihre Flügel zum Trocknen ausbreiteten, ließ Stegmüller sich zum Rathaus zurückfahren. Auch in seinem Dasein war also eine Veränderung eingetreten, hatte ein Übergang stattgefunden, drohte der bisher gültige Status im Orkus des Vergangenen zu entschwinden. Im Gegensatz zu Clara und ihrer diffusen Psyche ließen sich in seinem Fall jedoch objektive Gründe benennen. Sie bewirkten, daß sein ehemals unerschütterlicher Anspruch auf das Bürgermeisteramt ins Wanken geriet. Hätte Franz die gegenwärtige Situation in Worte fassen müssen, wäre ihm neben der desolaten Wirtschaftslage der Gemeinde sofort auch der Umstand eingefallen, daß man natürlich ihn dafür verantwortlich machte. Seine Amtszeit wurde nicht länger mit seinen Verdiensten identifiziert, aber auch noch nicht mit seinen Versäumnissen. Der Blickwinkel, aus dem die Person des Bürgermeisters betrachtet wurde, wandelte sich, und über diesen Umweg wandelte sich der Blickwinkel des Bürgermeisters gleich mit. Franz fing an zu begreifen, daß er als Figur allmählich ins Historische abglitt. Das Bild jeder Persönlichkeit des öffentlichen Lebens wechselt. Derzeit zog die Wirtschaft alle Aufmerksamkeit auf sich, und Stegmüller rutschte in den Augen seiner Wähler quasi automatisch in die Rolle des Bankrotteurs.

Was den finanzpolitischen Einbruch in der Gemeinde Vössen angeht, muß allerdings gesagt werden, daß Franz' Einschätzung nicht ganz realistisch war. In den Wochen nach der Fuchsenhuber Feier lag es nicht zuletzt an der fehlenden Konzentration seiner Sekretärin Nele Nüsslein, daß sich die allgemeine Optik wandelte. Neles Arbeitgeber war es gewohnt, aus Neles Händen den gesamten Amtsverkehr bereits gereinigt von bürokratischem Ballast auf den Tisch zu bekommen. Eingaben, Anträge, Beschwerden et cetera wurden gesiebt, gestuft, im vorweggenommenen Sinn Stegmüllers schonend vorbearbeitet und ihm schließlich mit behutsam erklärenden, in die jeweiligen Sachverhalte einbettenden Worten übergeben. Auf einmal flog ihm nicht nur der ungefilterte Wust der Dienstpost um die Ohren, es gelangten auch einige heikle Unterlagen außer Haus, und zwar ausgerechnet in die Hände des Fraktionsvorsitzenden der Opposition, Josef Mitterbinder.

Neles Schuldbewußtsein hielt sich allerdings in Grenzen. Ihre Gedankenlosigkeit rührte größtenteils von der Angst um die Tochter her, die sich seit der Weidenfeldt-Orgie in ihrer Berufung zum Filmstar bestätigt sah. Sie sah ihr kleines Malheur als durchaus gerechte Strafe für ihren Chef. Immerhin hatte er Maya als Haushaltshilfe nach Fuchsenhub vermittelt, ihren Flausen also indirekt Vorschub geleistet. Jetzt wollte das Mädchen unbedingt an einem Film-Casting teilnehmen. Der bekannte Regisseur Heiko Gewald habe sie persönlich eingeladen. Stegmüller hätte besser auf Maya aufpassen müssen, soviel stand fest für Nele. Sie hielt ihm sonst schließlich auch den Rücken frei. Warum sollte nicht auch er zu spüren bekommen, wie mangelhafte Verläßlichkeit sich auswirken konnte.

Maya Nüsslein dagegen war seit dem Fest die Ruhe selber. Auch ihr erschien die Welt in neuem Licht, aber lag es am Alter oder an ihrem Temperament: Beinahe genauso schnell, wie der Umschwung eingetreten war, hatte sie sich schon an ihn gewöhnt. Von allen Personen, die den Fuchsenhuber Erschütterungen ausgesetzt gewesen waren, ließ sich bei ihr am ehesten von einem deutlichen und direkten Nachhall sprechen: Die Neunzehnjährige hatte die Absicht, in ein anderes, für sie höheres Milieu zu wechseln. Sozialpsychologisch betrachtet, machte sie sich auf den Weg von der Tochter einer alleinerziehenden Mutter aus dem unteren Mittelstand in den gehobenen Dienstleistungssektor. Kulturell gesehen, war der Aufstieg Fiktion, denn der Unterschied zwischen den beiden Gruppen definierte sich allein durch Geld, konnte aber freilich gewaltig sein.

Je näher der Termin für ihr Casting rückte, desto selbstsicherer trat Maya auf. Gegenüber ihren Freunden, Exgeliebten, auch gegenüber der Weidenfeldt, erst recht gegenüber ihrer ins Schlingern geratenen Mutter zeigte sie sich zunehmend von einer unzugänglichen, ja schroffen Seite. In Neles kleiner, populärwissenschaftlicher Bibliothek standen etliche stark zerlesene Taschenbücher zum Thema Familienpsychologie. Darunter hatte es ihr vor allem eine Theorie angetan, nach der soziale Verhaltensmuster über Generationen hinweg zwanghaft wiederholt werden. Sie dachte an ihre eigene düstere Jugend und ängstigte sich noch mehr um ihre Tochter. Nele hatte als junge Frau geglaubt, an vorderster Front eine Art Kulturkampf auszufechten. Sie hätte sich dabei fast aufgerieben. Jetzt glaubte sie sich in Maya wiederzubegegnen. Das Mädchen entwickelte die gleiche Vehemenz, um ihren Willen durchzusetzen. Aus Erziehungsratgebern hatte Nele gelernt, Sanftmut und Gelassenheit zu üben, wollte sie ihre Tochter von Plänen abbringen, die ihr gefährlich erschienen. Mittlerweile aber zankten sie sich nur noch, und manchmal arteten die Spannungen sogar in Handgreiflichkeiten aus. Dann war Neles Verzweiflung groß. Schluchzend führte sie ihre eigene Geschichte als warnendes Beispiel an, verkannte, genau wie ihre Eltern damals, die Grenzen der Vergleichbarkeit: Maya bekämpfte nichts. Sie wollte dazugehören.

Nach den Streitereien ließ die Tochter regelmäßig Neles Versöhnungsrituale über sich ergehen und rollte dabei die Augen. Dennoch hinterließ das verbissene Gezerre zu Hause Spuren in ihrem Benehmen. Asger Weidenfeldt bemerkte einen bitteren Zug um ihre hübschen Mundwinkel, er deutete sich an in ersten feinen Fältchen. Auch verlor Maya ein wenig ihre Unbefangenheit und Leichtigkeit, die kürzlich noch alle Festgäste bezaubert hatte.

Asger bot sich jetzt häufig Gelegenheit zur Unterhaltung mit Claras Hilfskräften, die meist gelangweilt in der Küche saßen, weil die Chefin mit sich selbst beschäftigt war und den Mädchen kaum Arbeit auftrug. Das Verhältnis zwischen Maya und Asger hatte sich entkrampft. Es beruhigte ihn zu wissen, daß sie ihn gesehen hatte, als er sie gesehen hatte, auf dem Fest, frühmorgens im Zelt, mit dem Kollegen Eckart Eberl. Umgekehrt war Mayas Interesse am Sohn des Hauses erkaltet. Eine Affäre mit ihm kam nicht mehr in Frage. Ein Mann konnte noch so gutaussehend, so charmant sein, wenn er die Karrieresegel strich, statt dessen ins gemachte Nest zurückkehrte und dabei auch noch die Provinz in Kauf nahm, hatte er für sie jede Attraktivität verloren. Um so unbeschwerter erzählte sie jetzt von ihrem Leben in Vössen, auch davon, welches Bild man sich im Dorf von Clara machte, von Franz, von ihm selbst. Die junge Frau redete gern. Bald kannte er ihre Zukunftspläne, die Anschauungen der Mutter, von deren Hippieweltbild und ewigem Außenseitertum sie genug hatte. Doch die meiste Zeit schwelgte sie in Träumen. Die Hauptrolle in einer Telenovela wäre der Gipfel des Glücks, behauptete sie. Asger wußte jetzt, daß jemand ein Auge auf Maya haben sollte.

Zuweilen drängte sich ihm auch der wundersame Eindruck auf, die junge Frau habe sich, noch bevor sie die Konventionen des Milieus kannte, das sie erobern wollte, bereits dessen Weltbild angeeignet. Denn ihr Mienenspiel zeigte manchmal einen bestimmten Ausdruck von Souveränität, den er sonst nur an abgeklärten Prominenten beobachtete: Die Pupillen schienen sich langsamer zu bewegen, die Lippen straffer zu spannen als bei gewöhnlichen Sterblichen. Bisher hatte Asger geglaubt, Menschen, die von der Masse verehrt werden, widmeten diesen Blick ihrem imaginären, nur in Form von Verkaufszahlen, Einschaltquoten, Gagenhöhen greifbaren Gegenüber als eine Art Geschenk. Mayas Beispiel lehrte ihn, daß es dafür offenbar bereits genügte, prominent sein zu wollen.

Nicht zuletzt deshalb suchte Asger mehr Maschas Nähe als Mayas, und obwohl ihre Plaudereien sich recht eintönig gestalteten, saß er oft stundenlang mit ihr zusammen. Die junge Russin erzählte ständig von Sibirien, während sie an Möbeln, Geschirr oder sonstigen Objekten herumwischte. Offenkundig quälte sie heftiges Heimweh. Um ihren Putzzwang zu stoppen, mußte Asger ihr jedesmal Fragen über die Heimat stellen. Schon ein bißchen gereizt, wollte er einmal wissen, was man denn eigentlich lieben könne an dieser öden Weite, wo Flüsse, ganze Landstriche verseucht seien und die meisten Städte eher aus dem Boden gestampften Plattenbaukasernen ähnlich sähen und bald von der Taiga zurückerobert würden. Mascha legte ihr Staubtuch weg und begann mit leuchtenden Augen die endlosen Birkenwälder zwischen Tomsk und Nowosibirsk zu beschreiben. Im Mai seien sie am schönsten, sagte sie, wenn sich über den schwarzweiß gesprenkelten Stämmen und dem Violett der kahlen unteren Äste die ersten Knospen in den Wipfeln öffneten. Sie liebe die zartgrünen Zweige, die sich wie Hände ins leichte Hellblau des Himmels streckten. Der Sohn des Hauses lehnte sich zurück, lauschte entzückt Maschas immer wieder sanft strauchelnder Metaphorik und ließ sich von ihrer Begeisterung anstecken.

Sein Enthusiasmus war ihm selbst nicht geheuer, und so versuchte er sich darüber Rechenschaft abzulegen. Er entdeckte Gemeinsamkeiten: Mascha war außer ihm der einzige Mensch im engeren Fuchsenhuber Umfeld, bei dem das Herbstfest kaum Spuren hinterlassen hatte. Asgers Entscheidungen waren bereits Tage vor jenem Wochenende gefallen; die Ereignisse bestätigten sie nur und berührten ihn wenig. Für Mascha hatte der Auflösungsprozeß ihrer Vorstellungen von den Deutschen, die sie aus Romanen gewonnen hatte, ebenfalls früher eingesetzt und auf der Feier bloß eine kräftige Beschleunigung erfahren. So berichtete sie einmal vom ungebrochenen Deutschenhaß ihres Großvaters, eines Veteranen des Großen Vaterländischen Kriegs. Schon der Klang der deutsche Sprache habe ihn rasend gemacht, mehrmals sei sie von ihm wegen ihres Germanistikstudiums grob beschimpft worden. Mascha habe dann immer das geistige vor dem verbrecherischen Erbe der Deutschen in Schutz genommen, das gerade für Rußland von so enormer Bedeutung gewesen sei. Heute allerdings, das müsse sie zugeben, sehne sie sich sehr danach, endlich wieder russisch zu hören und zu sprechen.

Asger dagegen verlangte es nach einem Ort, wo alle Klänge verklingen und statt dessen etwas eintreten würde, das er sich nicht erinnern konnte, jemals erlebt zu haben: vollkommene Stille. Täglich erkundete er zu Fuß die Umgebung, besorgte sich Flurkarten, trug seine Routen in sie ein. Auf Feld- und Forstwegen, an Waldrändern entlang, aus Senken und Schneisen zwischen mannshoch stehenden Maisfeldern heraus, über Wiesenkuppen hinweg gelangte er in kleinere Nachbardörfer, in Weiler und versteckte Einöden. Er erschloß sich das Gelände neu und stellte erstaunt fest, das er es bisher kaum gekannt hatte. Der Eindruck der ganzen Landschaft änderte sich. Asger legte ein einerseits immer engmaschigeres, andererseits sich langsam ausweitendes Netz von Fußwegen darüber, abseits der Staats-, Kreis- und Gemeindestraßen. Manchmal kam er in einen Ort, tappte mit unsicherem Blick darin herum, bis er an einer Durchfahrt oder Kreuzung oder Stoppstelle perplex das zigfach mit dem Auto durchquerte Dorf wiedererkannte. Gerade hatte es noch völlig fremd ausgesehen. In Asger entstand ein ungewohntes, intensives Raumempfinden. Es war, als schwinge in jedem Schritt die gesamte Umgebung mit. Sein Zeitgefühl erfuhr eine Art Verbreiterung, seine Gegenwart berührte sich mit Geschichte. Beispielsweise deckten sich, wie er der wachsenden Kartensammlung entnahm, manche seiner Wanderrouten mit alten Römerwegen, denn schon damals war die Gegend ein beliebtes Siedlungsgebiet gewesen. Oft stand Asger auf Anhöhen mit imposanten Aussichten auf die Alpenkette oder die fransig ausufernde, durch bewaldete Inseln zergliederte Wasserfläche des Sees und dachte: Dieser Ausblick wird noch ein paar weitere Epochen überdauern.

Allmählich ging der Herbst zu Ende, Asger beobachtete das Verblassen, endlich das Verlöschen der Farben. Er war feinfühlig geworden für Gerüche, sog die Luft auf abgeernteten Feldern und kraftlosen Wiesen ein. Er roch den Wald, die Honigsüße später Blüten, das Modern eben noch roten und gelben, schließlich braunschwarzen Laubs. Er gewöhnte sich an zu schnuppern, wenn er das Haus verließ, erahnte witternd das kommende Wetter, studierte das vielfältige Erscheinungsbild des Sees, die plane oder schmierige oder von Furchen durchzogene Ebene, das tobende Gewoge und die märchenhaft glänzende, wie zum Spaziergang einladende Fläche des Sonnenspiegels. Bald schmeckte er die schale, seltsam zuckrige Kälte nahenden Schneeregens auf den Lippen.

Was Asgers Leben bisher ausgefüllt hatte, rückte immer weiter in den Hintergrund. Über Politik hielt er sich nicht mehr auf dem laufenden, kulturelle Großereignisse nahm er nicht länger wahr. Asger trat ein in eine andere Form von Gegenwärtigkeit. Er wurde sich erstmals darüber klar, als er anfing, seine sonderbaren Naturerfahrungen aufzuschreiben. In seinem Fall war der Neubeginn vor allem ein sprachlicher Akt, das Tasten nach angemessenem Ausdruck, nach Worten, die sich seinen ungewohnten Erlebnissen anzunähern versuchten. Er entdeckte gewissermaßen das grammatische Präsens für sich. Es strahlte aus ins Perfekt, bis ins Futur hinüber, wenn Asger etwa schrieb:

»Die Reisenden der Vergangenheit und ich benutzen dieselben Pfade. Wir gehen sie auch nächstes Jahr.«

Selten und ganz unpoetisch dagegen waren die Wiederbegegnungen mit alten Bekannten aus seiner Jugend. Der noch mürrischer als früher gewordene Bauhofchef Alfons Gruber raunte etwas von angespannter Wetterlage und davon, daß Stegmüller der Wind bald scharf ins Gesicht blasen werde. Von Axel Buchinger, dessen jüngerer Bruder mit ihm Kindergarten und Grundschule besucht hatte, wurde er angesprochen, als er an einem Aussiedlerhof gleich hinter Vössen vorbeimarschierte. Axel saß auf dem Traktor und stellte sich als Besitzer des nach ökologischen Richtlinien arbeitenden Bauernhofs vor. Asger hätte den Mann mit Vollbart und Halbglatze nicht wiedererkannt. Seither kamen sie zwischen Acker und Feldrain gelegentlich ins Reden. Axels Gespräche drehten sich um Klimawandel, Preisdumping, die Europäische Union und die Lage der Bauern, lauter Themen, über die Asger so gut wie nichts wußte. Fünfzig Prozent der Mastbetriebe hätten allein in den letzten zehn Jahren aufgeben müssen, erzählte Buchinger, die Zahl der Milchbauern sei innerhalb von fünfundzwanzig Jahren auf weniger als ein Drittel gesunken. Die Gegend sehe zwar noch aus wie Agrarland, aber der Schein trüge. Ob Weidenfeldt sich an den schmächtigen Hubert Gerstl erinnere, der habe sich voriges Jahr im Stall erschossen, in den umliegenden Dörfern gebe es ähnliche Fälle. Asger wunderte sich, wie lässig der Jungbauer die Fakten vorbrachte.

»Als Biobauer kann ich mich immerhin über Wasser halten. Unterm Strich bleibt natürlich nichts übrig. Aber was soll man tun?«

Im Dorf, erzählte Maya, war man auf die Familie Buchinger nicht sonderlich gut zu sprechen.

Von Wenzel Poßmann hatte er allerdings nichts mehr gehört. Das tat ihm leid. Am Tag nach dem Fest hatte er ihn gegen Mittag zu seinem Reihenhaus in der Kreisstadt chauffiert, wo seine Frau schon im Mantel in der offenen Tür wartete. Auf der Fahrt hatten sie kaum ein Wort gewechselt. Wenzel wäre dazu auch nicht in der Lage gewesen. Dann waren die Stimmen streitender Kinder aus der Wohnung gedrungen. Frau Poßmann hatte gewinkt, war zur Garage gerannt. Wenzel war durch den Vorgarten gegangen, hatte sich noch einmal kurz umgedreht, bevor er im Eingang verschwunden war.

An einem nebligen Novembermorgen brach Asger Weidenfeldt zu einer Wanderung in ein Gebiet am äußersten Rand der Gemeinde auf. Seine Karten verzeichneten keinerlei Wege dort. Auch der Pfad, den er fand, verlief sich in einem riesigen Mischwald. Asger ging geradeaus weiter, stieg durch verwilderten Bewuchs, kletterte über umgestürzte, vermooste, morsche Stämme hinweg. Endlich gelangte er auf eine große, rings von Erlen und Birken umstandene Sumpfwiese. Wasser lief ihm in die Stiefel. Fast in der Mitte angekommen, fiel ihm plötzlich auf, wie still es war. Nicht der Hauch eines Geräuschs drang zu ihm, kein Tierlaut, kein noch so leiser Motorenlärm von keiner noch so entfernten Straße. Nicht einmal ein Flugzeug über dem Nebel. Lauschend verharrte er einige Minuten. Dann begannen die Füße vor Kälte zu schmerzen.

Erst mit der Dämmerung kam Asger nach Hause zurück und fand in der Post eine Einladung zum Abendessen. Sie stammte von Familie Poßmann, die Vorderseite der Karte war von einem Kind bemalt.

2. Kapitel
KLASSISCHE IDYLLEN

Daß seine Nervosität unbegründet war, wußte Asger schon, als er vor das freundlich erleuchtete Haus der Poßmanns trat. Am Vorabend war er unruhig gewesen, er wußte nicht, was er anziehen, was er mitbringen sollte, entschied sich endlich für ein schlichtes Sakko über schwarzem Rollkragenpullover. Von Mascha ließ er Astern für die Gastgeberin besorgen. Er hatte sich wie vor einer Prüfung gefühlt, bei der alles vom ersten Eindruck abhängt.

Die Anspannung legte sich, als er im Windfang stand und Wenzels Frau die Blumen übergab. Im Hintergrund steckte ein Kind den Kopf durch die Tür, gleich darauf erschien auch sein Vater und schob mit dem kleinen Mädchen einen etwas älteren Jungen in den Flur.

Wenzel stellte Asger seine, wie er sich ausdrückte, versammelte Sippe vor: Simone, Maximilian und die kleine Sarah, die kurz ihre Zöpfe schüttelte und sofort lossprudelte: Daß sie heuer in die Schule gekommen sei, was für eine nette Lehrerin sie habe, die nur leider gleich krank geworden sei, sie hätten jetzt dauernd andere Aushilfen, das sei nicht schön, aber sie habe der kranken Lehrerin ein Bild vom Sankt Martin gemalt, damit sie bald wieder gesund werde, das schicke sie ihr morgen ins Krankenhaus, und ob ihm, Asger, das Bild von Katz auf der Einladung gefallen habe, Katz sei ihr Kater, der habe gestern eine Ratte heimgebracht.

Sie verstummte und schaute den fremden Gast mit großen runden Augen an. Auch Asger war neugierig. Er blickte gespannt um sich, als er in den geräumigen, lichten Wohnraum geführt wurde. Wenzel als stolzer Eigenheimbesitzer bemerkte es und führte den

Besucher über eine geschwungene Holztreppe hinauf ins obere Stockwerk. Sarah schloß sich an, Simone ging in die Küche.

Poßmanns bewohnten einen dieser typischen Neubauten, die seit Jahrzehnten an allen Ortsrändern wuchern und dabei immer kleiner werden. Asger war kaum je im Innern eines solchen Gebäudes gewesen: Helle Räume gingen auf eine bis unter den Giebel verglaste Südseite. Sie waren mit Discountermöbeln ausstaffiert, auf beheizten Fliesenböden lagen Discounterteppiche, und überall streckten vor Gesundheit strotzende Topfpflanzen ihre Blätter ins üppige Licht. Sie und die vielen Kinderzeichnungen, die überall an die Wände gepinnt waren, verliehen dem zwar knapp bemessenen, fast auf Kajütengröße eingeschrumpften Zimmern eine dennoch großzügige und heimelige Atmosphäre. Das nur zum Teil gebändigte Chaos in Sarahs Kinderzimmer, wo es ein Hochbett, einen blauen Baldachin mit Mond und Sternen als Moskitonetz und ähnlich bewundernswerte Dinge gab, verstärkte den Eindruck.

Jetzt verstand Asger überhaupt nicht mehr, warum er so aufgeregt gewesen war. Gewiß, er hatte eine etwas übertriebene Hochachtung vor der Idee der Familie, die wohl nicht zuletzt daher rührte, daß er sich selbst für durch und durch familienuntauglich hielt. Allein die Vorstellung, mit einer Frau eine feste Bindung einzugehen, erschreckte ihn so, daß er seit langem nicht einmal mehr vorübergehende Liebschaften zuließ. Eigentlich störte ihn das auch nicht. Er dachte gewöhnlich kaum daran. Erst mit der Einladung zu Poßmanns war etwas wie schlechtes Gewissen und die Furcht aufgetaucht, ein solcher Mensch könnte in einer Familie irgendwie defekt wirken.

Aber er war ja kein Eindringling, konnte es gar nicht sein. Wie hatte Asger das glauben können. Zu den Merkmalen der Familie zählte gerade, daß sie ein Bollwerk darstellte gegen schlechte Einflüsse von außen, und die Atmosphäre in Wenzels Haus bestätigte das. Denn so unfähig er selbst dazu war, so sehr bewunderte er auch die Familie als eine der letzten Daseinsformen von Wert. Natürlich hatte er keine Erfahrung damit, und seine Ansichten waren in erster Linie durch Lektüre und durch Anstrengung seines Verstands entstanden.

Familie, das bedeutete nun einmal Keimzelle und sittlicher Urgrund, in ihr war das Modell einer erfüllten Existenz doch fast schon verwirklicht. In der Familie verband sich das Private mit dem Politischen direkt. Alles, was auf der öffentlichen Bühne bloß Gegenstand theoretischer, von Zeitströmungen diktierter Debatten war, hatte auf die Familie die konkretesten Auswirkungen, prägte die Entwicklung der Kinder, die Wahrung des Hausstands und letztlich die Erhaltung der Ehegemeinschaft. Vielleicht waren Familien aus diesem Grund nur so selten intakt, vielleicht lag darin die Ursache für die große Wertschätzung, die Asger für Familien empfand, die es trotzdem blieben.

Als sie von der Besichtigung des oberen Stockwerks zurückkamen, richteten Mutter und Sohn auf der Theke zur offenen Küche gerade die Vorspeisen an. Auch Sarah sprang hinzu, füllte geschnittenes Weißbrot in Körbe, holte kleine Teller aus dem Schrank. Ihr großer Bruder mimte den Barkeeper, denn zum italienischen Abend, das wußte Sarah natürlich, gab es als Aperitif einen Spritz, wie man ihn in Venedig mixt.

Es wurde angestoßen. Die Kinder tranken Limonade mit rotem Sirup im Glas statt Campari mit Weißwein und Soda, und auf ihren Zahnstochern steckten keine Oliven, sondern Weintrauben. Die Erwachsenen simulierten etwas Smalltalk, tasteten sich ab. Als Asger sich nach den köstlichen Antipasti erkundigte, rannte Sarah zur gedeckten Tafel hinüber und holte die von ihr gestaltete Menükarte.

»Pizzette Calzone, das sind zusammengeklappte Minipizzas, mit Schinken, Pilzen gefüllt, und Mozzarella, den habe ich selber gehackt. Und Basilikum. Das da sind Schalotten, kleine Zwiebeln, weißt du, Mama hat sie gestern in so einen Essig eingelegt, mit Sardellenfilets, das ist Fisch, den hat der Papa oben draufgestochert. Magst du eigentlich Zwiebeln? Ich nicht, weil die schmecken so zwieblig.«

Die Sechsjährige verzog den Mund, ihre Mutter strich ihr zärtlich über den Kopf. Simone war zierlich und trug ihr langes, dunkelbraunes Haar offen. Die etwas schräg stehenden Augen verliehen dem Gesicht einen leicht asiatischen Zug. Als sie lächelte bei Asgers Bemerkung über die Hübschheit der Kinder, die sie zweifellos von der Mutter geerbt hätten, zeigte sie ihre Zähne. Doch aus ihrer Kopfhaltung glaubte Asger Skepsis herauslesen zu können. Über den Spritz gebeugt, musterte sie ihren Gast ununterbrochen leicht von unten.

Die Unterhaltung verlagerte sich in den Wintergarten. Er war an den Wohnraum angebaut und diente als Eßzimmer. Auch Tischkarten hatte Sarah gebastelt und bemalt. Asger bewunderte sie ausgiebig. Für ihn war der Platz am Ende der Tafel bestimmt. Bevor er sich setzte, trat er vor die Glaswand und schaute auf den winzigen Garten hinaus. Gegenüber standen dicht an dicht die anderen Einfamilienhäuser.

»Was kannst du denn noch alles, Sarah? Lesen, schreiben, tolle Bilder malen ...«

»Musik. Ich hab einen Schnupperkurs, kennst du nicht, was, Schnupperkurs? Da darf man jeden Monat ein neues Instrument ausprobieren, ich hab schon Cello und Schlagzeug. Aber ich werd Opernsängerin. Kennst du die ›Zauberflöte‹? Ich bin die Königin der Nacht. Hör mal!«

Asger hatte absichtlich Wasser auf Sarahs Plappermühle gegossen. Ihr Feuereifer beeindruckte ihn. Er lauschte geduldig den schwierigen Koloraturen, die sie erstaunlich klar und richtig wiedergab. Während ihres Gesangs ließ er sich lautlos auf seinen Platz nieder, warf einen Blick ins Innere der Wohnung: eine mit grobem olivgrünen Stoff bezogene Couchgarnitur, ein Vitrinenschrank und die bis zur Decke gehende Bücherwand samt Leiter. Als Sarahs Vortrag zu Ende war, klatschte Asger Beifall.

»Na, Kind, dreht sich wieder einmal alles nur um dich? Ich brauche mal deine Hilfe.«

Wenzel nahm seine Tochter auf den Rücken und trug sie in die

Küche. Gleich darauf servierten sie gemeinsam das Primo, während Simone noch am Ofen hantierte.

»Prego: Gnocchi di zucca gialla, Kürbis Marke Eigenbau sozusagen. Hier der Pecorino.«

Asger wollte unbedingt den Jungen ins Gespräch ziehen.

»Du kannst mit Mozart wohl nicht so viel anfangen.«

Maximilian verdrehte die Augen. Ob das eine Antwort auf Asgers Frage war oder ob er durchschaute, warum er sie gestellt hatte, konnte er nicht entschlüsseln.

»Der junge Mann hält es weniger mit den Künsten, mehr mit dem Fußball. Hat er sozusagen von seiner Mutter.«

»Noch nie was von ›Sportfreunde Stiller‹ gehört? Niemals Milians iPod benutzt? Da sieht man, wie weit das Interesse für deine Kinder reicht.«

»An mein Ohr dringt bloß der aktuelle Marktwert von Fußballspielern, und welche Clubs sie sich leisten können.«

Das Ehepaar neckte sich, auf durchaus liebevolle Weise, wie Asger fand. Ihren Elfjährigen schien das Geplänkel um seine Person nicht zu stören.

Während des Essens kam der Junge aber dann doch noch ins Reden. Er präsentierte sich als Comicliebhaber, und seine Schwester hörte ihm andächtig zu. Als Secondo gab es mit Pinienkernen, Rosinen und gerösteten Brotbrocken gefüllten Fisch, Polentaschnitten und für die Kinder etwas Tomatensauce. Als Simone von ihnen wissen wollte, wie sie die Sardinen, von denen sie nur winzige Stücke auf ihre Teller geladen hatte, denn nun fänden, schaute ihr Sohn sie lange mit großen Augen an, leckte sich den Finger und sagte dann:

»Salzig.«

Alle prusteten los. Es schien irgendeine Anspielung zu sein, die Asger nicht verstand. Beim Dolce, einem Latteruolo, der für die Erwachsenen mit etwas Marsala übergossen war, tauchte endlich auch der rote Kater Katz vor der Glastür auf und wollte herein. Jetzt war Asger vom Familienglück der Poßmanns definitiv überzeugt.

Nachdem die Kinder sich ins Bett verabschiedet hatten, nahmen die Schulfreunde ihren Espresso auf der Terrasse. Simone begleitete die Kleine ins Bad.

»Großartige Kinder habt ihr.«

Sie drehten sich Zigaretten. In der Dunkelheit strich Katz um Asgers Beine. Er hob ihn auf. Katz fing an zu schnurren.

»Links Kirsche, rechts Birne: ihre Lieblingsbäume. Die haben sie selber gepflanzt. Mehr Platz ist auch nicht auf diesem Haus-Seitenstreifen sozusagen. Sei übrigens nicht zu zärtlich mit Katz, er fängt sonst zu sabbern an.«

Nach der Gute-Nacht-Geschichte für Sarah kam Simone zurück. Wenzel hatte inzwischen den Tisch abgedeckt und die Küche aufgeräumt. Asger war solange dazu verdammt, in einem Bildband über die Kunstschätze der Region zu blättern. Dann saß ihm das Ehepaar auf der Couch gegenüber.

»Schön ist es bei euch. Behaglich.«

»Sei ehrlich: Du findest es fad. Ein bißchen bieder.«

»Ihr habt das Bestmögliche draus gemacht.«

»Nachdem wir mit Sarah schwanger geworden waren, hätten wir uns sowieso vergrößern müssen.«

»Das Bauförderprogramm für Einheimische begünstigt Familien mit mehr als einem Kind.«

»Ich bin Beamter, mein Arbeitsplatz sicher. Und wir sind Doppelverdiener. Sonst säßen wir noch im Mietblock.«

»Ideale Voraussetzungen. Euer schlagfertiger Nachwuchs ist der Beweis.«

»Sie sind wirklich nicht auf den Mund gefallen.«

»Die Lehrer sind sozusagen berauscht von ihnen.«

Den Eltern war einerseits anzusehen, wie sehr sie sich geschmeichelt fühlten, andererseits wunderte sich Asger über die sonderbare Einsilbigkeit der Unterhaltung.

»Entschuldigt, aber wenn jemand von gelungener Lebensplanung sprechen kann, dann doch ihr. Eure Kinder sind wach, neugierig, sie haben Humor und in ihren Eltern eine sichere Stütze dafür, daß sie es auch bleiben.«

Es entstand eine etwas unheimliche Pause. Als sie peinlich zu werden drohte, sagte Wenzel:

»Bildung ist Vermittlung von Gegenwart durch Vergangenes, Jugend das Zugegensein von Zukunft in der Gegenwart. Ein Sinnspruch Dr. Strickers, weißt du noch?«

Er starrte vor sich auf den Fliesenboden. Seine Hand machte eine wegwischende Geste und fiel zurück auf die Couch, wo Simone sie auffing.

»Ich weiß manchmal nicht, ob unsere Erziehung, oder wie immer du es nennen willst, was wir unseren Kindern an Werten weitergeben, also ob wir ihnen damit nicht alles bloß schwerer machen.«

Sie verstummte, beugte sich vor, krümmte sich über die Hand ihres Ehemanns, die sie auf ihren Schoß geholt hatte. Der versuchte jetzt einen scherzenden Ton anzuschlagen.

»Ich habe deshalb schon angeregt, wir sollten das Geld, das wir jeden Monat im Buchladen, beim Gärtner oder im Bastelgeschäft lassen, besser für einen großen Flachbildschirm sparen und ihn dann da drüben an die Wand dübeln, wo jetzt das Regal steht. Jedes Kind bekommt einen Laptop mit Internet-Anschluß aufs Zimmer, ein Handy zum Fotografieren, ein Snowboard samt Jahreskarte im nächstgelegenen Skizirkus und das entsprechende Markenoutfit, damit sie sich auf der Piste sozusagen nicht schämen müssen.«

Keiner lachte. Wenzel kannte die Wut seiner Frau auf die Mode, die Familie zu verklären. Er wußte, daß sie sich wirklich große Sorgen machte und wie sehr sie sich zusammennehmen mußte, um vor dem fremden Gast nicht die Selbstbeherrschung zu verlieren. Asger kannte nicht den täglichen Kampf mit den Kindern, wer von ihnen wann und wie lange Oma besuchen durfte, die ein paar Straßen weiter wohnte und wo sie dann nur vor dem Fernseher saßen. Ihre Spielkameraden bekamen es wohl wirklich mit der Angst in diesem Haushalt ohne Bildschirm. In Maximilians Klasse hatten angeblich alle einen eigenen Rechner, außer ihm und einem Mädchen, dessen Eltern einer Sekte angehörten. Ein Equipment im Wert von tausend Euro, letztlich nur dazu da, täglich stundenlang in irgendwelche Spielwelten abzutauchen. Nichts war ungeschützter als die Familie, nirgends konkurrierten mehr Usurpatoren um die Machtübernahme.

Simone blieb weiterhin ruhig.

»Maximilian bringt jedenfalls schon lange keine Freunde mehr mit nach Hause.«

»Ihr wollt mir weismachen, eure Kinder wachsen isoliert auf, weil sie durch ein gutes Elternhaus zu sensibel sind für die grobschlächtige Nachbarschaft?«

Asger schüttelte lachend den Kopf und rutschte tiefer in den Sessel.

»Natürlich nicht. Aber wir leben in der Kleinstadt. Da gibt es keine sozialen Biotope in Form behüteter Viertel. Und ehrlich gesagt bin ich froh darüber.«

Simone knetete Wenzels Finger. Er meinte seiner Frau jetzt beispringen, Farbe bekennen zu müssen und richtete sich auf.

»Die Frage ist einfach, was du tun sollst, wenn sich deine ganze Umwelt dem puren Gegenteil deiner pädagogischen Absichten verschreibt. Du versuchst deinen Kindern die Unterschiede zwischen geistloser Massenware und Kunstwerken, zwischen Klischees und kreativer Originalität zu vermitteln. Daß diese Unterschiede nichts mit Geschmacksfragen zu tun haben, sondern damit, ob sie dein Bewußtsein betäuben oder wachrütteln. Unterdessen werden um dich herum genau diese Unterschiede permanent verwischt.«

Simone preßte die Fingernägel in Wenzels Handballen. Er ahnte, was in ihr vorging, und stellte sich vor, was sie ihm später, unter vier Augen, vielleicht sagen würde. Weiß dieser Asger eigentlich, was sozialer Gruppenzwang ist? Könnte sie ihn etwa fragen. Wie es ist, wenn die kleine Tochter unter Heulkrämpfen verlangt, einen Film zu sehen, der für ihr Alter noch längst nicht freigegeben ist, den aber alle ihre Freunde angeblich schon gesehen haben? Glaubt der an die Solidarität von Eltern, außer wenn es darum geht,

Geld für einen Beachvolleyplatz aufzutreiben? Interessiert so einen privilegierten Menschen, wie Kinder heutzutage kommunizieren, was sie im Deutschunterricht lesen?

Asger wurde allmählich nervös. Er begriff nicht, was los war.

Wenzel fuhr fort, auszusprechen, was Simone und er gemeinsam dachten und immer wieder miteinander beredet hatten.

»Die Fähigkeit zu differenzieren, Bedürfnisse zu artikulieren, Unmut zu äußern, setzt Sprachentwicklung voraus. Denkvermögen ist eine Selbstverteidigungstechnik gegen kommerzielle Wahnwelten. Womit sonst sollen Kinder sich später zur Wehr setzen? Es wird ja schlimmer mit jedem Jahr, das sie älter werden. Anfangs, bei den Kleinen, geht es nur darum, welcher Schulranzen es sein muß, welches Federmäppchen, Pausebrot, welcher Füller, aber mit der Zeit ...«

»Auf jeden Scheißfilzstift kommt es an.«

Hustend rückte Asger vor an den Rand seines Couchsessels, in dessen Polstern er während der vergangenen Viertelstunde immer tiefer versunken war.

»Da sind natürlich auch noch andere Familien, in denen es, genau wie bei euch ...«

»Und worauf läuft das hinaus? Auf einen Zweiklassenstaat? Mit Zweiklassenrealität? Auf der einen Seite ruhiggestellte Analphabeten, auf der anderen eine Elite, die sich das soziale Gewissen abtrainiert?«

Asger wunderte sich immer mehr über die wachsende Heftigkeit in Wenzels Ton. Zwar war er inzwischen gewohnt und rechnete auch jederzeit damit, daß seine Stimmung abrupt kippen konnte. Aber hier handelte es sich um etwas anderes, Unterschwelliges, ihm nicht Einsichtiges. Er suchte nach ausgleichenden Worten.

»Weil ihr das alles wißt und bedenkt und euch damit abplagt, seid ihr ja die besten Eltern, die man euren Kindern nur wünschen kann. Es gibt also überhaupt keinen Grund zur Aufregung.«

Simone musterte ihren Gast ungläubig.

Alle spürten die zunehmende Spannung. Wenzel war hin und

her gerissen, aber letzten Endes völlig auf Simones Seite. Auch ihm schien, der Freund wolle unbedingt an einem absurden Idealbild festhalten und dafür alle Schwierigkeiten kleinreden. Asger gehörte offenbar zu den Leuten, die ständig von der Familie als Basis, Sinn, Refugium der Gesellschaft oder des Staats oder von Kultur und Moral quatschten und keinen blassen Schimmer hatten, wie es dort wirklich zuging.

Beklemmendes Schweigen machte sich minutenlang breit. Simone erhob sich.

»Es ist spät, Sarah steht morgen früh um sechs auf der Matte. Ihr habt sicher einiges allein zu besprechen.«

Wenzel starrte seine Frau an. So hatte er sie noch nie gesehen. Er fürchtete, sie könnte zu schreien anfangen. Statt dessen sprach sie mit einer vollkommen fremden Stimme.

»Was ich noch loswerden wollte: Ich denke, ich kenne meinen Mann ganz gut. Trotzdem, nur damit wir uns nicht mißverstehen: Ich möchte, daß er die Chance wahrnimmt. Sie ist eine Herausforderung. Der Schwung, den sie ihm jetzt schon verleiht, wird uns allen zugute kommen.«

Asger, der nicht begriff, wovon Simone redete, rührte sich nicht.

»Selbstverständlich unterstütze ich Wenzel, so gut ich kann. Ich weiß schließlich selber, wie sehr er unter dem stupiden Trott im Amt leidet. Es war auch nicht der brave Staatsdiener, in den ich mich als Studentin verliebt habe. Ich mußte ja unbedingt diesen abgefahrenen Typen haben, um es im Stil meiner Kinder zu sagen. Bin also selber schuld. Schreiben, womöglich eine Debatte anstoßen. Er ist ja jetzt schon ganz außer Rand und Band. Ich möchte nur, daß der Rest, dieser phantastische Appendix namens Familie dabei nicht unter die Räder gerät.«

Sie reichte dem Gast die Hand.

»Es hat mich jedenfalls gefreut, dich kennenzulernen. Ich hoffe, du läßt dich trotzdem wieder mal bei uns sehen. Und nochmals vielen Dank für die Blumen.«

Damit verschwand Simone die Treppe hinauf nach oben.

Die Freunde nahmen sich Zigaretten. Sie rauchten schweigend bei offener Terrassentür. Wie eine Dunstglocke stand das Licht der Straßenlaternen hinter den Nachbarhäusern über den Dächern und unter einem tiefschwarzen Nachthimmel.

Irgendwann warf Wenzel einen kurzen Blick auf seinen Gast. Asger schien ihm vollkommen ruhig. Wenzel stand leise auf, ging die Treppe hinauf. Als er nach einigen Minuten zurückkam, saß Asger so da wie vorher. Wenzel setzte sich und betrachtete ihn von der Seite. Es hätte ihn brennend interessiert zu erfahren, wie es bei ihm um die Liebe stand, ob es eine Frau gab in seinem Leben, denn davon hatte der nie gesprochen und er sich nicht getraut zu fragen. Jetzt glaubte er den richtigen Augenblick gekommen, aber bevor er noch ein Wort sagte, schaute Asger auf, mit einem Ausdruck in den Augen, daß er stumm blieb.

Wieder verging einige Zeit.

Dann sagte Asger:

»Was hast du ihr eigentlich erzählt?«

»Daß ich es versuchen werde.«

»Was versuchen?«

»Einen Artikel schreiben. Für diesen Eberl ...«

Asger erinnerte sich dunkel. Eisige Luft drang von draußen herein. Er drückte fröstelnd die Kippe aus, während Wenzel sich an der seinen eine neue Zigarette anzündete.

»... inzwischen allerdings ... ich weiß nicht. Vielleicht hat Simone recht. Ich sollte den Unsinn besser lassen.«

»Hat sie nicht gerade das Gegenteil gesagt?«

»Allein der Kontakt mit dem Menschenschlag. Ich kann mich ja kaum erinnern, aber die paar Fetzen, die ich sozusagen noch auf dem Schirm habe von diesem Fuchsenhub-Event.«

»Privat mag Eberl ein unerträgliches Arschloch sein, aber beruflich ist er absolut in Ordnung. Wolltest du nicht sowieso herausfinden, wie das so ist in dem Metier?«

»Andererseits, man beteiligt sich vielleicht an etwas, das vom Kern her faul ist.«

Asger war verblüfft und ein wenig belustigt über die Wirkung, die Claras Orgie hinterlassen hatte.

»Du kannst es natürlich auch von vornherein bleiben lassen.«

Wenzel verstummte.

»Ich berate dich jedenfalls gerne. Wenn du möchtest.«

Wenzel schwieg weiter. Dann nahm er Anlauf mit einem Seufzer.

»Komisch, daß mir das Argumentieren so schwerfällt. Es ist wie beim Wehrdienstverweigern damals: Ich grüble und grüble, und am Ende läuft alles bloß darauf hinaus, daß ich leider einfach keine Menschen töten kann.«

Jetzt warf Asger doch einen besorgten Blick auf den gierig paffenden Freund.

»Du sollst doch bloß einen Artikel schreiben.«

»Natürlich, ich übertreibe. Aber ich werde einfach dieses absurde Gefühl nicht los. Als ginge es in eine Schlacht. Oder wenigstens auf ziemlich gefährliches Terrain. Vermintes Gelände sozusagen. Man weiß ja, was die mit einem anrichten können, wenn man sich ihnen ausliefert.«

»Wem sich ausliefert? Den Journalisten? Bist du ein Politiker? Ein Filmstar? Noch einmal: Es handelt sich nur um einen Aufsatz.«

»Ich trau mich einfach nicht. Es liegt an mir. Ich bin der Sache nicht gewachsen.«

Wie Wenzel da so saß im Zwielicht, mit dem wie üblich verstrubbelten Haar, mager, rauchend, vor Kälte zitternd und deutlich gealtert, ein Familienvater, Einfamilienhausbesitzer mit tief in die Wangen geschnittenen, senkrechten Furchen links und rechts des Mundes, verschatteten Augenhöhlen, überkamen Asger wieder Zweifel. Es war die gleiche Unsicherheit, die ihn zurück nach Fuchsenhub getrieben hatte, zum Ausgangspunkt gewissermaßen, wo er auf etwas zu stoßen hoffte, von dem aus sich etwas mehr Klarheit gewinnen ließe. Daß er Wenzel wiedergetroffen und ihn als immer noch wachen Kopf vorgefunden hatte, war für ihn eine Art Versprechen gewesen. Jetzt merkte er, daß Wenzel in einer entgegengesetzten Richtung nicht weniger unsicher war als er.

»Ich sage, daß ich es nicht kann, Asger. Nicht weil mir nichts einfallen würde. Ich habe alles sogar schon ganz genau im Kopf. Nur wenn ich es festhalten will, überwältigen mich Verzweiflung, Wut, Panik. Alles auf einmal.«

»Worüber um Himmels willen hast du denn vor zu schreiben?«

Wenzel ging zur Regalwand, schnappte sich einen Stoß bedruckten Kopierpapiers, der zwischen den Büchern steckte, rollte ihn zusammen und drückte ihn Asger in die Hand.

»Da.«

Sein Körper straffte sich für einen Augenblick und sank gleich darauf wieder in sich zusammen. Dann trug er den Aschenbecher hinaus, schloß die Terrassentür.

Der Gast nahm es als Signal zum Aufbruch. Sie verabschiedeten sich.

In den nächsten Tagen las Asger Wenzels Manuskript. Es stellte sich heraus als eine Reihe hastig in den Computer getippter Notizen, deren innere Einheit sich ihm kaum erschloß. Thema schien im weitesten Sinn der Stellenwert von Kunst im Leben des heutigen Durchschnittsbürgers zu sein. In erster Linie bestand der Text aus einer Auflistung reichlich stupider Äußerungen über zeitgenössische Musik, Malerei und so weiter, offenbar dem Mund irgendwelcher Arbeitskollegen oder Nachbarn entnommen. Dazwischen hatte Wenzel trocken oder schwülstig, in jedem Fall äußerst schwerfällig formulierte Thesenblöcke eingeschoben, in denen er die gängigen Positionen vom Ersticken des Geistes unter den Müllgebirgen der Kulturindustrie vertrat.

Asger war erleichtert und enttäuscht zugleich. Erleichtert, weil er schon gefürchtet hatte, Wenzel könnte sich zu wer weiß was für Verschwörungstheorien verstiegen haben. Enttäuscht, weil er doch gehofft hatte, er würde ihn mit wenigstens streckenweise unkonventionellen Ansichten überraschen. Im Vertrauen auf Intelligenz, Wissen und Schlagfertigkeit des einstigen Weggefährten hatte er vor allem erwartet, Alltagserfahrungen bei ihm formuliert zu finden, die er selbst niemals machen würde. Aber nicht einmal die Zitate waren originell. Wenn er, die dekadenten Gespräche auf Claras Herbstfest im Ohr, wenigstens geschmäht, um sich geschlagen, beleidigt hätte!

Nichts von alledem, dachte Asger und kämpfte mit dem dumpfen Unbehagen, dem Freund die Unbrauchbarkeit seiner Aufzeichnungen beibringen zu müssen. Er ging in seinen Fuchsenhuber Zimmern auf und ab, blieb immer wieder an den Fenstern stehen, schaute auf die diesige Seelandschaft hinaus, beobachtete seine Mutter, die gerade aus dem Wasser stieg. Eine alte Einsamkeit war im Begriff, sich wieder in ihm einzunisten, und allmählich glaubte er zu begreifen, warum Wenzels Notizen nichts von den Beziehungen zwischen Kunst und Mittelmaß, Kultur und Alltag, Geist und Leben erzählten, wie sie es wollten. Vielleicht gab es diese Beziehungen ja gar nicht. Vielleicht hatte es sie nie gegeben. Er sah zu, wie seine Mutter über den Steg zur Uferbank balancierte und sich ins Handtuch wickelte. Er dachte: Claras Welt und meine Welt, die Welt der Poßmanns und die all der anderen; jede dieser Welten existiert nur für sich; geschlossene Einheiten, die einander kaum zur Kenntnis nehmen.

Ein paar Tage später versuchte Asger den Freund davon zu überzeugen, daß das bisher Geschriebene nicht funktionierte und vollkommen neu überdacht werden mußte: Wenzels Theorien seien veraltet, die Analysen von anderen längst besser geleistet worden. Seine Kritik locke keinen Hund hinter dem Ofen hervor und sei sinnlos geworden, seit sich restlos erfüllt hätte, wogegen sie einmal gerichtet gewesen sei. Doch Asger erinnerte sich auch wieder daran, daß seine eigene Absicht, der Bevölkerung Kultur und kritisches Bewußtsein nahezubringen, letztlich aus ganz ähnlichen Gründen gescheitert war. Er war geflohen, er hatte in Wenzel einen Komplizen gesucht, einen Führer durch verdüstertes Gelände, eine Art prosaischen Vergil. Noch gab er nicht auf.

Es war kurz nach Dienstschluß und, da die Sommerzeit zu Ende war, bereits finster, als sich die beiden im Stadtarchiv über Wenzels Blätter beugten.

»... außerdem solltest du pathetische Gemeinplätze vermeiden, Sätze wie diese: ›Hinter den Fassaden des Konsums und des medialen Rauschens verliert die Kultur ihr Gesicht, und mit ihr der Mensch. Wo aber der Mensch über Bord geht, wirft man die Kultur hinterher.‹«

»Es ist aber die Wahrheit.«

»Trotzdem, Wenzel: So geht das nicht.«

»Warum eigentlich nicht? Sogar in den kulturwilligen Milieus unserer Kleinstadt will man vom neuesten Stand beim Film, in der Literatur, der bildenden Kunst, selbst der Popmusik nichts mehr wissen. Man registriert nicht einmal, daß es dort so etwas wie eine Entwicklung noch gibt, man findet es höchstenfalls lächerlich. Noch alberner sind die Zeitungsdebatten, die daraus die Konsequenzen zu ziehen glauben, indem sie sich japsend an politische, wissenschaftliche oder irgendwelche sonstige Großthemen dranhängen. Börse und Kunst, Internet und Kunst, Genetik und Kunst, Terror und Kunst, Sport und Kunst.«

»Sich darüber aufzuregen, ist doch längst genauso öde. Spannender wäre es, mehr über diese neue Sorte Publikum, seine Obsessionen zu erfahren.«

»Du findest also Bücherständer in Supermärkten spannend? Öffentliche Kulturausschußsitzungen? Du möchtest wirklich hören, was man dort heute wieder, oder soll ich besser sagen, nach wie vor über Kunst denkt?«

Uferlos und unbefriedigend zog sich der Streit hin. Und die Verstimmung wuchs: Asger kam nicht einmal in die Nähe dessen, was anzusprechen er sich vorgenommen hatte. Wenzel fühlte sich schulmeisterlich behandelt. Man drehte sich im Kreis. Forderte beispielsweise Asger den rigorosen Blick von unten, konterte Wenzel, exakt diesen Blick einmal auf Asgers Forderung selbst zu richten. Gerade zankten sie sich darüber, was Kultur inzwischen eigentlich sei, ob dabei überhaupt noch von Kultur die Rede sein könne, als sich die Eingangstür öffnete und Dr. Stricker das Archiv betrat.

Einen Augenblick waren alle drei sprachlos. Asger, fast ein wenig gerührt über dieses Wiedersehen nach so vielen Jahren, glaubte dem altbekannten, kurzen Zucken um die Augen des alten Lehrers zu entnehmen, daß auch er sich freute. Wenzel gewann als erster die Fassung zurück.

»Natürlich ... ich hatte vergessen ... guten Abend, Herr Strikker ... der Doktor hat nämlich einen eigenen Schlüssel, ein Privileg sozusagen ... Meriten bei der Erforschung der Lokalgeschichte. Ich muß Sie einander nicht vorstellen.«

Man schüttelte Hände.

»Weidenfeldt, na, das ist freilich eine kleine Sensation. Was machen Sie denn in unseren kümmerlichen Sphären?«

Strickers Hand hielt noch immer die von Asger, aber so, als hätte sich sein Ich bereits wieder aus ihr zurückgezogen.

»So oft kommt es schließlich nicht mehr vor, daß ehemalige Schüler meine Wege kreuzen. Wenigstens Ihren Busenfreund scheinen Sie nicht ganz vergessen zu haben.«

Die Distanziertheit in seiner Miene war deutlich sichtbar, eine Mixtur aus Gekränktheit und Spott blitzte darin auf. Dann ließ er Asgers Hand los und fing wie früher an, mit hinter dem Rücken verschränkten Armen auf und ab zu gehen.

»Wenngleich es seinerzeit so aussah, als hätten Sie ihm für immer den Laufpaß gegeben, sich gar ein wenig über ihn erhoben, nicht wahr. Zugegeben, es war nicht leicht mit Poßmann und seinem plötzlichen Hang zur Frömmigkeit.«

Stricker sprach zu Wenzel im vertrauten Tonfall scherzhaften Wohlwollens, dennoch wurde der rot und rieb verlegen seinen Nacken. Asgers Stimmung hellte sich auf. Sein einstiger und erster Mentor schien noch ziemlich der alte zu sein.

Wie häufig bei unvorhergesehenen Wiedersehen zwischen Menschen, die einander einmal viel bedeutet haben, war eine Pause entstanden. Asger musterte den alten Mann, der mit gesenkter Stirn unermüdlich auf und ab marschierte und dabei ein merkwürdiges Brummen oder vielmehr Summen hören ließ. Stricker mußte inzwischen um die Siebzig sein. In den vergangenen zehn Jahren hatte er sich jedoch kaum verändert. Alles an ihm wirkte kugelig wie eh und je, der Kopf, der kurze, gedrungene Rumpf, der vielleicht etwas weniger füllig, die grobporige Nase dafür knolliger geworden war. Auf den Wangen zeigte sich ein Geflecht blauer Äderchen. Das Haar war noch schwarzbraun, auch wenn überall die Kopfhaut durchschimmerte. Hinter der hohen Stirn, soviel hatte sich schon gezeigt, arbeitete nach wie vor ein wacher Geist. Die Mundwinkel zeichneten jetzt ein Schmunzeln in sein Gesicht. Asger stellte sich vor, wie Stricker sein Rentnerdasein verbrachte, pendelnd zwischen der Privatbibliothek in seinem kleinem orangen Haus und dem Stadtarchiv, ganz seiner historischen Passion ergeben. Von Zeit zu Zeit macht er wahrscheinlich auch heute noch seine berüchtigten Gewaltmärsche in die Umgebung bis zu irgendeiner dreißig, vierzig Kilometer entfernt liegenden Busstation. Den Regionalfahrplan hatte er schon damals auswendig im Kopf gehabt. Und abends trinkt er dann eine Flasche Bordeaux, liest Seneca oder Marc Aurel, Herodot oder Thukydides. Im Original, versteht sich.

»Wenzel hat mir erzählt, daß Sie hier regelmäßig verkehren, Herr Stricker, nur nicht verraten, in welcher Sache.«

»Oh, darüber lohnt es an sich keine Worte zu verlieren. Ich sitze an einer meiner kleinen Studien, über die späten fünfziger, frühen sechziger Jahre dieses Mal, vertreibe mir eben ein wenig die Zeit, Sie verstehen. Nichts für die große Öffentlichkeit natürlich, wie bei Ihnen, Weidenfeldt. Seit ich pensioniert bin, habe ich niemanden mehr, dem ich meine Kenntnisse vermitteln könnte. Die Besuche von früheren Schülern werden auch immer seltener. Einige sind sogar schon gestorben, stellen Sie sich vor.«

Stricker blinzelte.

»Spaß beiseite: An der Schule lief es in den letzten Jahren nicht so gut. Lag es an ein paar schwachen Jahrgängen, die zufällig aufeinander folgten, oder am Alter, an dieser sonderbaren Zeit, ich weiß es nicht. Mein Unterricht ist im wesentlichen immer gleichgeblieben, wie Sie wissen. Plötzlich war der Kontakt weg. Man spürt das. Ich konnte ihn auch nicht wiederherstellen.«

Seine Schritte wurden allmählich langsamer, die Schultern fielen ein. Schließlich hielt er inne, straffte sich abrupt, nahm Asger scharf, fast höhnisch ins Visier.

»Und wie steht's bei Ihnen? Weiter gut im Geschäft? Auch beteiligt am Totalausverkauf?«

Asger war hellwach, und Stricker hatte offenbar nichts von seiner Gabe verloren, Gesprächspartner mit geschickten Wendungen zu überrumpeln und gleichzeitig herauszufordern.

»Ich habe mich soeben zurückgezogen aus dem, was Sie Geschäft nennen. Aber Totalausverkauf? Vielleicht meinen Sie eine gewisse Verselbständigung von Strukturen, die über kurz oder lang nun einmal jedes Gewerbe ereilt und vor der auch die immateriellen Güter nicht gefeit sind. Aber ich begreife das selber alles viel zu wenig. Unter anderem deshalb auch mein Rückzug.«

»Ein ehrenwerter Entschluß, Weidenfeldt, und kein uninteressanter Standpunkt, leider fehlt mir die Zeit, die Sache zu vertiefen ... bin nur hier, um eine Kleinigkeit nachzuschlagen ... mein Bus geht um ... wo haben wir denn ... da ist er ja.«

Stricker war ins Magazin gewechselt, hatte einen großen, schweren Band aus dem Regal gezogen und schleppte ihn, hörbar schnaufend unter der Last, in den Benutzerraum. Daß ihn seine Ansichten nur mäßig interessierten, überraschte Asger kaum.

Er hatte nun Gelegenheit, seinen früheren Lehrer eingehender zu beobachten. Genau darauf schien Stricker zu rechnen. Asger hatte den Eindruck, als sollte er zusehen, wie der alte Mann in eine Rolle schlüpfte. Das war ihm nicht neu. Auch als Lehrkraft hatte Stricker mit Vorliebe dieses Mittel angewandt. Dann war er plötzlich wie eine andere Person vor den Schülern gestanden. So hatte er damals die Kluft zwischen Inhalten und der rhetorischen Wucht seines Vortrags betont und Lehrsätze daran geknüpft, die Asger heute noch parat hatte: Präsentation und Wahrheit von Fakten stimmen niemals überein. Und: Alle Einsicht und alles Wissen können nicht die Richtigkeit der Schlüsse garantieren, die aus ihnen gezogen werden.

Asger hätte gerne gewußt, was Stricker wohl heute damit bezweckte, daß er sich brummend und summend wie ein biedermeierlicher Beamter über die gebundenen alten Ausgaben der Lokalzeitung beugte, darin blätterte und sich scheinbar mit jedem Atemzug tiefer in den Kosmos seiner Quellenstudien einspann. Bald war er fündig geworden, und sein ausgestreckter Zeigefinger begann frohgemut zu tippen.

»Hier diese Reklame, riskieren Sie einen Blick sozusagen, um einmal Poßmanns Diktion zu imitieren. Na?«

Stricker hatte eine vergilbte Anzeigenseite aus den fünfziger Jahren aufgeschlagen. Die stark schematisierte Zeichnung zeigte eine lächelnde junge Frau mit langen Wimpern und Faltenrock. Sie stand neben einem Nierentisch und wies, eine Hand keß in die Hüfte gestemmt, mit der anderen auf einen Teller mit Schnittchen. Es war eine gewöhnliche Werbedarstellung im Stil der Zeit.

»Was ist das? Die Einladung eines Möbelhauses zu einer sogenannten Futterparty. Der Laden existiert selbstverständlich nicht mehr. Historische Reklame, werden Sie sagen. Aber eine typische Aktion für jene Jahre. Überall wurde das moderne Leben geprobt, sogar in der Provinz. Schick sollte es sein, dennoch bürgerlichen Tugenden verpflichtet, genau wie diese Skizze gezeichnet ist. Ich kann mich gut an die Atmosphäre damals erinnern. Sehr ambivalent. Überall diese Sehnsucht nach Neubeginn ...«

Stricker unterbrach sich selbst, warf seinen ehemaligen Schülern ein um Nachsicht heischendes Lächeln zu.

»Es ist das Gehirn, wissen Sie. Mein Gedächtnis ähnelt langsam einem Schweizer Käse, tja. Alt werden ist keine amüsante Angelegenheit, meine Herren. Außerdem werde ich ein wenig sonderlich. Aber es gibt auch noch lochlose Sektoren hier oben, und auf meinen Scharfsinn hat das Ganze ohnehin keine Auswirkungen ...«

Asger fragte sich, während Stricker erneut die alten Zeitungen durchsah, ob diese Zwischenbemerkung ebenfalls Teil einer

Rolle war oder ob er wirklich altersbedingte Ausfallerscheinungen hatte.

»Ich frage mich nämlich die ganze Zeit, wie es möglich war, daß die Grundlagen für Gemeinsinn und Kontinuität so schnell kaputtgehen konnten. Wieso ist der Entwurf zu einer besseren Nachkriegsgesellschaft gescheitert? Ist er es überhaupt? Hat es einen solchen Entwurf wirklich gegeben?«

Die Art, wie der alte Herr nun einen Moment aufblickte, erinnerte Asger an die Mimik eines Kinds, das gerade seine Sterblichkeit entdeckt hat und nun getröstet werden will. Er inszeniert sich als Karikatur seiner selbst, dachte er, es kann nicht anders sein.

»Doppelte Abgrenzung, sehen Sie?«

Stricker zeigte eine andere Werbung aus den fünfziger Jahren.

»Abgrenzung gegen die Vergangenheit und gegen den Kommunismus. Parallel dazu Verdrängung und Flucht. Man reanimierte die Ästhetik vor Dreiunddreißig. Ziel der klassischen Moderne war ja das Aufbrechen von Illusionen gewesen, denn die Fassaden des Scheins waren freilich auch damals schon allgegenwärtig. Staat und Kunst als Potemkinsche Dörfer, der irre zweite Wilhelm im Norden, der verrückte zweite Ludwig im Süden und so weiter ...«

Nun tippte er wieder auf die Anzeige des Möbelhauses.

»Hier haben wir jetzt allerdings etwas Neuartiges. Schulterschluß zwischen Moderne und Markt. So, in dieser flächendeckenden Intensität, hat das vorher nicht existiert. Reduktion und Abstraktion im Dienst der Ware. Wie kommt das plötzlich? Ein Bedürfnis soll geschaffen werden, nach einem bestimmten Design, einem bestimmten Befinden. Ihnen brauche ich nicht zu sagen, wie man künstliche Lebensgefühle weckt und warum. Es ging schon immer darum, moralische Ansprüche über den Umweg des Ästhetischen durchzusetzen. Aus der Perspektive der Politik haben Stil und Geschmack die Funktion von Agenten. Sonst keine. Sie befördern oder behindern eine Zielsetzung, verschleiern oder entlarven Verschlechterungen. Dementsprechend verhält man sich dazu. Wußten Sie eigentlich, daß das Land seinerzeit mit Anstandsbüchern regelrecht überschwemmt wurde? Man erliegt jedoch einer Täuschung, wenn man die Fünfziger ausschließlich mit biederem Spießertum identifiziert. Es wurde auch positives bürgerliches Erbe wiederbelebt, etwa der Gedanke, daß Öffentlichkeit ein Ort sei, an dem sich freier atmen läßt, an dem man dem Mief duckmäuserischer Anpassung entkommen kann. Abstrakte Kunst, kritische Presse, Jazz oder eben Futterparties. Alles Dinge, die in jeder Form von Totalitarismus als erstes ausradiert werden. Sogar hier gab es einen Existenzialistenzirkel. Ich weiß, wovon ich spreche. Einerseits versuchten wir amerikanisch zu sein, andererseits diskutierten wir die europäische Idee des Citoyen. Zum Bürger gehört der Bürgerschreck, davon waren wir überzeugt. Zwar waren wir nur geduldet als Randgewächs, Unkraut, aber das gedieh, schoß auf, trieb Blüten.«

Asger kratzte sich die Schläfe. Er wußte nicht, was er von all dem halten sollte. Einerseits fühlte er sich in seine Jugendzeit versetzt, hatte seine Faszination als Schüler für die Monologe Strickers nicht vergessen. Andererseits schienen die gedanklichen Fäden, die der pensionierte Lehrer verfolgte, seltsam brüchig.

»Schuld war Achtundsechzig, die angebliche Kulturrevolte der Studenten. Das ist heute überall zu hören. Aber ging die Sexualisierung des öffentlichen Raums tatsächlich nur von einer mißverstandenen sexuellen Befreiung aus? Haben wirklich die Forderungen nach Emanzipation und Demokratisierung ein geistiges Vakuum hinterlassen? Schauen Sie sich diese alte Reklame noch einmal an.«

Er hievte das schwere Buch auf Augenhöhe und verzerrte das Gesicht. Asger mußte an Spitzwegs Bibliothekar denken.

»Wie modern das zu sein vorgibt, wie frei, wie individuell. Doch bereits hier ist alles Betrug. Von Anfang an hat man an den Stereotypien einer Pseudoindividualität getüftelt. Schon hier ist das Aufbrechen von Illusionen selbst zur Illusion geworden, sehen Sie. Moderne als Signatur, Simulation als Weltstil, das war die Antwort des Westens auf den sozialistischen Realismus. Die verschiedenen

Formen eines widerständigen Humanismus in den späten Sechzigern und frühen Siebzigern gehörten allerdings nicht zu dieser Scheinmoderne. Ihr Aus kam dann mit dem Zusammenbruch des Sowjetkommunismus Ende der Achtziger. Oder wurde es erst besiegelt durch die dritte technologische Revolution in den Neunzigern? Ist seither unser einziger bleibender Wert der permanente Wandel? Ich weiß es nicht, meine Herren, ich frage nur. Aber das herauszufinden, wäre eine würdige Aufgabe für einen jungen Historiker.«

Dr. Stricker klappte den Band zu, daß es staubte. Er schien hochzufrieden mit dem Finale furioso seines improvisierten Vortrags. Diese kauzige Vorstellung nach so vielen Jahren, dachte Asger, das kann doch nicht alles gewesen sein!

»Mein Arbeitsgebiet ist ja die Kultur, aber ...«

»Kultur! Was soll das sein?«

Strickers Antwort war harsch, fast gehässig.

»Verzeihen Sie. Ich selbst habe Ihnen seinerzeit diesen Unsinn in den Kopf gesetzt, Sie in etwas wie einen unter Umständen etwas geschmeidigeren Lebensstil einweihen wollen. Das meinte ich, wenn ich damals das Wort Kultur benutzte. Heute hielte ich es für ratsam, es ganz aus unserem Vokabular zu streichen. Der Begriff ist ein Schwamm, ein Placebo. Schlimmer. Er wird von allen mißbraucht. Lassen Sie uns künftig lieber von Zivilisation sprechen. Das ist jede Gesellschaft, in der Bürger noch den Eigenwert ihrer Existenz behaupten können. Wo es gelingt, blühen auch die Künste, wo nicht, herrscht eben Barbarei. Das ist der ganze Witz. Adieu. Mein Bus, Sie wissen.«

3. Kapitel
SCHÄRFERE KONTUREN

Bereits im Stadtarchiv, noch während der kläglichen Bemühungen, zuerst mit Wenzel Poßmann, dann mit Dr. Heinz-Ludwig Stricker in ein vernünftiges Gespräch zu kommen, war in Asger Weidenfeldt der Gedanke entstanden, eine erste Bilanz seines Aufenthalts zu ziehen. Er glaubte inzwischen genug Material über diejenigen Seiten der Wirklichkeit gesammelt zu haben, die seiner Aufmerksamkeit so lange entgangen waren. Eine Ahnung davon hatte den selbstbeurlaubten Kulturjournalisten ja schon bei seiner Anreise vor zwei Monaten gestreift, in einem Raucherabteil zweiter Klasse. Damals war es noch mehr eine unbewußte Witterung, ein hauchfeiner, verschwommener Verdacht gewesen, der nun auch im Großhirn angelangt war und verarbeitet sein wollte.

Seine Notizen kreisten nun um das Phänomen einer klammheimlich in die Menschen eindringenden, sich tauartig auf ihren Geist legenden Ratlosigkeit. Sie erschien ihm wie ein Befall, eine noch unerkannte Krankheit mit zum Teil drastischen Auswirkungen auf das Gemüt. Die Verwirrung der vom Übel Gezeichneten schien oft mit geradezu abnormer Intensität hervorzubrechen, und Asger meinte erkannt zu haben, daß sie offenbar desto komplexer ausfiel, je überraschender die Ansteckung erfolgt war. Hysterisch ratlos standen diese Ratlosen dann der eigenen Ratlosigkeit gegenüber. Sie konnten nicht glauben, daß ausgerechnet ihnen das Dasein auf einmal derart unkenntlich, verwischt, richtungslos geworden war. Als wäre ihnen über Nacht jedes Erkenntnisvermögen abhanden gekommen. Als hätte man gestern die Zusammenhänge noch durchschaut, die Ereignisse einander zugeordnet, ihre Entwicklung vorausgesehen, und jetzt war alles der Ungewißheit überliefert. Auch fühlte man sich plötzlich einsam. Aus der Ferne, im Gespräch, überall glaubte Asger diese Verunsicherung beobachten zu können. Sie äußerte sich im Umgehen klarer Urteile, schlug oft auch in Aggression um. Ohnmächtige Verbalattacken richteten sich, stellvertretend für das Phantom eines ungreifbaren Gegners, gegen Einzelheiten des gesellschaftlichen Lebens. Einen Augenblick lang schienen sie sinnfällig und hassenswert und sanken gleich darauf in die Masse der Nichtigkeiten zurück. Am meisten schockierte Asger der Umstand, daß sich die Symptome am gravierendsten gerade bei Personen zeigten, denen man am ehesten zugetraut hätte, ihre Selbstgewißheit über alle Erschütterungen hinweg zu bewahren.

Ein Beispiel dafür glaubte er in Dr. Stricker zu sehen. Asger war mit ihm noch zum Bus gegangen, nachdem es der pensionierte Lehrer strikt abgelehnt hatte, sich von ihm heimfahren zu lassen. Der sinnlosen Aussprache mit Wenzel überdrüssig, nutzte Asger die Gelegenheit zum vorzeitigen Aufbruch. Das Unverständnis zwischen den Schulfreunden hatte ihn doch mehr erschüttert, als er sich fürs erste eingestand. Vielleicht, tippte Asger einige Tage später in seinen Laptop, entsteht zwischen Menschen, deren intellektuelles Erwachen so eng miteinander verknüpft war, durch andersartige Lebenserfahrungen sogar eine besonders tiefe Kluft: Man glaubt eine gemeinsame Sprache zu besitzen, doch die Bedeutung der Wörter hat sich in entgegengesetzte Richtungen verschoben.

Vor allem aber wollte Asger noch weiter dem seltsamen Selbstgespräch seines einstigen Erziehers zuhören. Er hatte Stricker immer bewundert. Nie war er jemandem begegnet, der gleichzeitig soviel geistige Klarheit und Lebenslust ausgestrahlt hatte. Keiner schien seinen Weg geradliniger zu gehen. Für Asger verkörperte er die Idee des Kultur- und Geistesmenschen. Stricker führte die Tradition des Bürgers, des Gelehrten fort, verband Kantsche Pflichterfüllung und Schopenhauersches Einzelgängertum mit der Sinnenfreude eines Jean Paul. Doch gleichgültig, wie sein Rollenspiel im Archiv zu deuten war: So empfand es Asger nicht mehr. Obwohl

Stricker scheinbar nicht anders redete als früher, hätte er nicht gewußt, mit wem er ihn vergleichen sollte. Kant, Schopenhauer und Jean Paul wären ihm jedenfalls nicht eingefallen.

Asger versuchte nicht mehr, den Monolog seines Lehrers zu unterbrechen. Es war schließlich nicht zu übersehen, daß der Pensionär die einst an seine Schüler weitergereichte, von ihm selbst so genannte Sokratische Methode der Gesprächsführung aufgegeben oder verlernt hatte. Anstatt wie damals Begriffe in einem Frage- und Antwortspiel zu analysieren, folgte er Assoziationsketten, die sich wie blindlings aus seinem Gedächtnis abspulten. Aus dem weisen Epikureer, wie Asger ihn oft liebevoll für sich genannt hatte, war offenbar ein launischer alter Mann geworden, der scheiterte beim Versuch, sich selbst zu imitieren. Doch als sein Schüler erkannte Asger darin sofort den hilflosen Versuch, die Mitwelt und auch sich selbst darüber hinwegzutäuschen, daß er die Gegenwart immer weniger verstand.

Sie verließen den Verwaltungskomplex der Kreisstadt. Dr. Stricker hakte sich bei seinem Begleiter unter. Anknüpfend an das zuvor angeschlagene Thema beschwor er das dünne Eis der Zivilisation und die mannigfaltigen Gefahren des Einbrechens. Seine Stimme klang weicher. Erst jetzt bemerkte Asger, wie wacklig sein Lehrer auf den Beinen war.

Stricker wollte Korrespondenzen zwischen Mega-Events und den Opern, Feuer-, Wassermusiken der Barockzeit festgestellt haben. Ob sich Pomp und Künstlichkeit, Aufwand und Oberflächlichkeit in beiden Fällen nicht verblüffend ähnlich sähen? Fragte er, um im selben Atemzug den Gedanken auch schon wieder zu verwerfen: Die Menschen jener Epoche hätten die Welt des Profanen immerhin als Trugbild eines Todesuniversums erkannt, die Welt der Kunst als rauschendes Intermezzo und Eingeständnis menschlicher Schwäche. Nein, fuhr Stricker fort, man müsse sich schon ein Stück tiefer in den Brunnenschacht der Vergangenheit hinablassen, um auf einen Zeitabschnitt zu stoßen, der dem unsrigen ähnlich sehe. Am Ausgang des höfischen Mittelalters habe sich die Kultur – dabei imitierte er die neuerdings beliebte Geste, mit zu Krallen gebogenen Zeige- und Mittelfingern Anführungszeichen in die Luft zu stanzen – ebenfalls aufgespalten in eine Gelehrtenwelt mit eigener, lateinischer Sprache und elitärer Pseudokunst, und in eine Realität der ahnungslosen Massen, wo man sich in den dumpfen Niederungen geistiger Bedürfnislosigkeit mit abgesunkenen Künsten wie dem Fastnachtsspiel die kurze, entbehrungsreiche, sinnarme Zeit vertrieb. Ob sich der gleiche Vorgang nicht auch bei Fernsehen und Internet beobachten lasse? Nehme die Empfänglichkeit für Ablenkungen und Zerstreuungen nicht allenthalben zu? Müsse man sich darüber wundern in einer Phase, wo Menschen immer ausschließlicher damit beschäftigt sind, ihren Lebensstandard zu sichern?

Asger wunderte es nicht, daß in Strickers Kombinationen und Schlußfolgerungen trotz ihrer Sprunghaftigkeit und methodischen Fragwürdigkeit immer noch Geistreiches steckte. Lücken, mangelnde Belege hatte er früher schon mit dem sonst nur Künstlern zugestandenen Kunstgriff phantastischer Ausschmückung überspielt. Dennoch war sein wildes, spekulatives Denken der Wahrheit in manchen Punkten oft nähergekommen, als es jede streng wissenschaftliche Vorgehensweise vermocht hätte. Auch hatte Stricker, um zu provozieren, immer gerne riskante Thesen aufgestellt. Indessen schienen sich seine Vermutungen und Unterstellungen mittlerweile verselbständigt, ein Eigenleben entfaltet zu haben in Strickers Verstand, der spürbar die Fähigkeit eingebüßt hatte, Abstand zu sich selbst zu halten. Asger kämpfte mit einer eigenartigen Traurigkeit. Es war nicht zu sagen, ob sie dem Siebzigjährigen selbst galt, seiner Gesundheit, seiner Lebenserwartung, oder dem Idealbild, das er sich von ihm gemacht hatte und das nun mit jedem seiner Sätze schütterer wurde.

Wofür er überhaupt kein Verständnis aufbringen könne, machte Stricker übergangslos weiter, sei der sogenannte Wirtschaftsliberalismus. Seit dem Triumph über den Kommunismus verspreche man beispielsweise den Menschen, durch Privatisierung, Öffnung der Märkte et cetera werde alles besser, während gleichzeitig alles immer nur schlechter geworden sei. Er, Stricker, würde gerne wissen, woher man die Dreistigkeit nehme, beinahe überall offen zutage liegende Wahrheiten wie diese zu leugnen. Halte man sich in diesen Kreisen für unfehlbar? Verfolge man dort inzwischen eher die Prinzipien einer Religion als einer Ideologie? Laute deren Credo, die Ökonomie werde schon alles richten, im 19. Jahrhundert habe sie es schließlich auch bewiesen?

Wirklich sei damals die Massenarmut durch die Industrialisierung besiegt worden, Stricker nahm sein Spezialgebiet in Angriff. Sie habe letztlich die Menschen vorm Verhungern gerettet, den Pauperismus überwunden. Dies sei aber kein Kausalgesetz, das man auf die heutige Situation übertragen könne. Deutschland sei ein Agrar- und Entwicklungsland mit enormer Bevölkerungsexplosion gewesen. Es habe ein schier unerschöpfliches Reservoir an jungen Menschen gegeben, zu allem bereit, weil nichts zu verlieren gewesen sei. Erfindungen seien noch echte Wohltaten für die Menschheit gewesen. Wissenschaftliche Entdeckungen, neue Anbaumethoden in der Landwirtschaft etwa, hätten das Überleben der Bevölkerung gesichert. Das Brikett habe das Heizen, das Linoleum das Putzen, das Zündholz das Anzünden der neuen Gaslichter erleichtert.

Demgegenüber herrschten heute diametral entgegengesetzte Bedingungen. Wie sollte der derzeitige Modernisierungsschub jemals einer satten, überalterten Gesellschaft dienen? Wie könne man dergleichen den Menschen vormachen? Sowieso würde ihn einmal interessieren, wie man sich vorstelle, eine Bevölkerung zu motivieren, all das in Kauf zu nehmen und gutzuheißen und trotzdem die sprichwörtlichen Ärmel hochzukrempeln. Wer unterstütze denn eine Entwicklung, deren Erfolge für einen selbst nur Nachteile bedeuteten? Beispielsweise seien alle Lebensbereiche in Abhängigkeit von Gerätschaften geraten, die in immer kürzeren Abständen veralteten und teuer ersetzt werden müßten.

Andererseits, lieferte der alte Mann sich selbst die Widerrede, seien wirtschaftsliberale Konzepte, aufs globale Ganze gesehen, vielleicht die christlichsten, sozial gerechtesten aller Zeiten. Nicht daß die Afrikaner in den Dürreregionen, die Südamerikaner in den Favelas, die Moslems in den vom Krieg verheerten Gebieten jemals bessere Lebensbedingungen bekämen. Aber erstens könne es nicht mehr weiter bergab gehen, zweitens gebe es dort exakt den Rohstoff, der hierzulande knapp und knapper werde: Jugend, Sehnsucht auszubrechen aus dem Elend, die Bereitschaft, erhebliche Entbehrungen dafür hinzunehmen. Schließlich sei die Menschheit alles andere als vom Aussterben bedroht. Sie stehe vielmehr schon bereit vor den Türen Europas, als die besseren Sklaven.

Ob diese Global Players die langfristigen Folgen ihrer großen, humanen Mission bedächten, die sich mit etwas Geschichtsbewußtsein voraussehen ließen? Ob ihnen ihre Mitverantwortung für die Katastrophen des 20. Jahrhunderts noch im Gedächtnis sei? Ob sie sich ausmalten, wie künftige Formen von Entfremdung, Entwurzelung, Klassenbildung aussehen könnten? Ob sie sich wohl in ihrer Haut fühlten?

Als Dr. Stricker in den Bus stieg, bemühte er sich um sein übliches verschmitztes Schmunzeln, aber es wollte ihm nicht gelingen. Es klang auch eher wie eine Entschuldigung, als er zum Abschied Novalis' Satz »Philosophie ist Heimweh« auf die Geschichtswissenschaften ausdehnen wollte, aber da schnitt ihm die automatische Tür die Rede mit einem saugenden Plopp ab. Asger blieb mit gemischten Gefühlen zurück. Die unterdrückte Niedergeschlagenheit in Strickers Stimme, die zum Ende hin immer leiser geworden war, seine Verlegenheit hinter der Maske eines abgeklärten Lächelns, während er auf den Stufen stand und sich an einer Stange festhielt, trug Merkmale einer geradezu filmischen Inszenierung und ließ das Wort Heimweh in Asgers Kopf weiter- und nachschwingen.

Die Szene verfolgte Asger während der nächsten Tage hartnäkkig. Er verstand sie als Aufforderung, noch einmal genauer hinzuschauen. Und je öfter er es tat, desto besser meinte er zu begreifen, welche Botschaft ihm Stricker, ob nun beabsichtigt oder unwillkürlich, mit auf den Weg gab. Als bitte er ihn darum, dem Anschein eines senilen Greises, der seine alten Überzeugungen über Bord geworfen und sich zum Pessimisten gewandelt hat, nicht allzuviel Glauben zu schenken. Als wollte er sagen: Vorsicht, Weidenfeldt, der Schein könnte wie so oft trügen. Was wie Selbsttäuschung aussieht, mag einer durchaus bewußten Entscheidung geschuldet sein. Kann dieser Schritt nicht sogar notwendig gewesen sein? Ein Akt des Selbstschutzes? Eine Überlebensmaßnahme? Sie offenzulegen aber indiskutabel? Weil sonst der Panzer bräche, dessen Träger zerfiele wie ein ins Freie gezerrtes Weichtier? Lassen Sie sich nicht blenden, Weidenfeldt. Der Zweck von Quellen und ihrer Auslegung besteht niemals darin, Ansichten als Wahrheit durchzusetzen. So etwas verliert man nicht aus dem Gedächtnis, überlegen Sie. Auch heute noch vertrete ich Überzeugungen keineswegs mit dem Gestus der Rechthaberei. Gönnen Sie mir das in Ihren Augen vielleicht etwas abstruse Asyl, das ich mir geschaffen habe. Denken Sie an ›Don Quijote‹. Es bleibt mir nicht mehr viel Zeit …

Offenkundig, notierte Asger am Laptop, erliegen Personen, die am gegenwärtigen Typus der Ratlosigkeit leiden, ab einem gewissen Stadium einem Zwang zum Festhalten, Abstecken, Konservieren. Die bis zur Undurchschaubarkeit komplexen Zusammenhänge überfordern die Kräfte. Generell liegt ein instinktiver Impuls zugrunde, den Selbstverlust im Wirrwarr des Beliebigen zu verhindern. Der spezifische Verlauf hängt unter anderem vom Alter ab. Die Funktion der Fixierung ändert sich. Dient sie in jungen Jahren in erster Linie dazu, quälende Bedenken auszuschalten, um die Karriere nicht zu behindern, wittert man im Alter darin eine Möglichkeit das Entkommens. Dazwischen aber liegt die oftmals sehr kurze Etappe eines Erwachsenendaseins, dessen obskures Verdienst darin besteht, mit offenen Augen immer weiter durchs Chaos zu waten …

Asger vertiefte seine phänomenologischen Studien nicht zuletzt, indem er seine Mutter noch gründlicher als bisher beobachtete. Selbstverständlich hatte er ihre eigentümliche Metamorphose bemerkt – wem wäre es möglich gewesen, sie nicht zu bemerken. An ihr fesselten ihn gerade die Unterschiede zu Dr. Stricker. Schnell kam er zu dem Ergebnis, im Fall Claras müsse eine wahrhaft krasse Form des Selbstbetrugs vorliegen.

Fast ein Vierteljahr war seit Asgers Ankunft in Fuchsenhub vergangen. Die Tage wurden kürzer und kürzer. Bald schon trugen überall Lichtergirlanden über den Straßen dazu bei, Wärme in die Herzen und Geschenkideen in die Köpfe der Menschen zu befördern. Clara Weidenfeldt hatte die Kontaktsperre zu ihrem Sohn mittlerweile aufgehoben. Sie sprach wieder mit ihm, wenn auch bloß über Belanglosigkeiten des Alltags, den sie jetzt zwangsläufig teilten, und in der für sie charakteristischen Art, wonach ausschließlich ihre Erlebnisse und ihre Gefühle gemeinsamer Gesprächsstoff sein konnten.

Was Asger zuerst auffiel, war die Herablassung, mit der sie nun alles bedachte, was bisher im Zentrum ihres Lebens gestanden hatte. War zum Beispiel jemand von ihren früheren Kollegen am Telefon, wenn ausnahmsweise er einmal dranging, war er von Clara angehalten, ihre Anwesenheit grundsätzlich zu verleugnen. Kaum aber hatte er aufgelegt, ließ sie ihrer Verachtung freien Lauf. Claras Geringschätzung für diese Subjekte, ihr verkommenes, lästerliches Dasein unter dem Unstern degenerierter, durch und durch absurder Wertvorstellungen schien grenzenlos. Sie bebte förmlich vor Abscheu. Regisseur Gewald war ein Schaumschläger, Intendant Bohltwein ein Spießer, Philosoph Dünwald ein Scharlatan und der Bildhauer Kuhn ein Kunstlump. Nichts und niemand entging ihrem bitteren Hohn. Selbst beste Freundinnen wie Hannah Wildermuth und Babsi Appelmann wurden in Claras Rundumschlägen des Verrats oder der angeborenen Begriffsstutzigkeit bezichtigt. Alle, alle waren sie lächerlich.

Clara war nicht lächerlich. Der Grund dafür lag auf der Hand: Sie hatte die Welt des Lächerlichen nicht nur durchschaut, sondern aufgegeben, unwiderruflich. Auch ihr Sohn war ausgenommen. Er hatte gleichfalls die Konsequenzen gezogen und der dekadenten Bande die kalte Schulter gezeigt, wie sie ihm gegenüber beiläufig bemerkte. Das war eine überraschende Wendung.

Asgers Argwohn wuchs. Keineswegs teilte er Claras pauschale Verurteilung. Freilich traute auch er den Leuten alles zu, aber eins waren sie bestimmt nicht: Dummköpfe. Im Gegenteil handelte es sich um ein Kollektiv von lauter Individualisten, die größtenteils mit überdurchschnittlicher Intelligenz gesegnet waren. Charakterlich entsprachen sie selbstverständlich dennoch dem Querschnitt. In seiner eigenen Laufbahn war Asger weder von einzelnen Konkurrenten noch von einem gegen ihn verschworenen Team jemals kaltgestellt worden. Nicht wegen dessen Verkommenheit hatte er sich aus dem Milieu zurückgezogen, sondern weil es ihm den Realitätsbezug verloren zu haben schien. Auch beabsichtigte er es keineswegs für immer aufzugeben.

Seine Skepsis gegenüber der Mutter aber setzte sich fest. Ihr kleiner Aufstand gegen die Schickeria – oder besser gesagt, gegen das, was sie dafür hielt – bedeutete mehr, als sich Asgers Karriereabbruch schönzureden. Verdächtig war insbesondere Claras seltsame Geheimniskrämerei. Auch konnte sich ihr hitziges Temperament schließlich nicht in Luft aufgelöst haben. Es mußte auf irgendein neues Objekt der Begierde übergesprungen sein. So fiel Asger nach einiger Zeit auf, daß sich Claras Pupillen jedesmal weiteten und ein Strahlen ihre Miene zu verklären begann, wenn sie sich mitten in einem Satz selbst unterbrach, der anscheinend in verräterische Gefilde abzugleiten drohte.

Eines Nachmittags fand Asger seine Mutter am Sekretär sitzend über eine Menge verstreuter Zettel gebeugt. Er versuchte durch Hüsteln und andere Geräusche auf sich aufmerksam zu machen. Zuletzt stand er doch unbemerkt hinter ihr und beobachtete verstohlen, wie sie akribisch ihre obskuren Karteikarten beschriftete. Asger erkannte Tabellen, Listen. Daneben lagen die üblichen, angeblich von Ralf B. Schwaiger übernommenen Schemata aus sich umschlingenden und überschneidenden Kreisen. Ihre winzigen Buchstaben ließen sich bis auf die Überschriften nicht entziffern. »Wald« las er, »Wasser«, »Flora«, »Fauna«. Als Clara ihn gewahrte, bedeckte sie erschrocken ihre Blätter.

Am folgenden Tag gesellte sie sich beim Frühstück unerwartet zu ihm. Asger hatte die Zeitung aufgeschlagen. Sie wickelte sich fest in ihren Morgenmantel, bediente eigenhändig die Espressomaschine und wies auf einen Artikel über das Uferstreifenprogramm des Wasser- und Bodenverbands hin. Endlich würden die fünf Meter breiten Pufferstreifen entlang des Sees durch eine Güllepflockung markiert, als Grenze für das Ausbringen von Jauche, sagte sie und rümpfte die Nase. Asger verblüffte Claras skurrile Wortwahl, fand sie aber genau so in dem Artikel wieder. Clara gestand mit gespielter Reumütigkeit, daß sie sich seit längerem sein Lokalblatt zur Lektüre borge. Vor allem der Naturschutz interessiere sie brennend. Was etwa, oft aus schierer Ignoranz, durch Überdüngung angerichtet werde, sei eine Tragödie. Nahrungsketten würden unterbrochen, ganze Biotope zerstört.

Sie habe sich ein neues Aufgabenfeld gesteckt, begann sie daraufhin. Bisher sei ihr gar nicht bewußt gewesen, in was für einem vitalen Landkreis sie lebe. Leider sei es überall dasselbe: Keiner verstehe die Dinge richtig zu organisieren und mit dem Nimbus zu versehen, der für nachhaltige Erfolge nun einmal unerläßlich sei. Ein Mangel, den zu beheben sie sich geschworen habe. Denn neben Kompetenz und Know-how sei eben auch echte Autorität gefragt. Ja, sie wolle sich einbringen, die Vernetzung von Aktivitäten vorantreiben, an außer- und überregionale Netzwerke anknüpfen. Außerdem habe sie beim Film gelernt, daß Menschen sich mit einem Projekt identifizieren müßten, damit das Endprodukt stimme. Das sei bei ihr hundertprozentig der Fall. Spät, aber nicht zu spät sei ihr doch noch ein Licht aufgegangen. Jedenfalls halte sie es geradezu für ein Gebot der Stunde, ihren Namen in den Dienst der Natur zu stellen.

Nach diesen Bekenntnissen schien Asger das Rätsel von Claras

Metamorphose gelöst: Sie hatte gar nicht stattgefunden. Was auf den ersten Blick wie eine Verwandlung ausgesehen hatte, war in Wahrheit nur das Abstreifen eines abgetragenen alten und das Überstreifen eines schicken neuen Kostüms gewesen.

Er notierte:

Im Kern pflegt Mama weiterhin nichts als ihren Geltungsdrang. Er hängt sich bloß an andere Objekte. Sie möbliert ihr Dasein um, tauscht die Inneneinrichtung aus, bleibt aber wohnen im selben baufälligen Haus. Es ist eine Spezialform von Antiquiertheit. Sie orientiert sich nicht an Werten, sondern gerade an deren Austauschbarkeit. Sie verteidigt die Gewohnheit, das eigene Leben durch äußere Impulse definieren zu lassen. Biographie wird zu einer Geschichte der Moden. Sie garantiert gutes Aussehen und das Gefühl, stets auf der richtigen Seite zu stehen. Tauchen dennoch Abweichungen auf, werden sie als Freistilzonen im Strickmuster des Wohlstands solange geduldet, bis sie von selbst wieder verschwinden. Allerdings bleiben diese Zonen immer mehr einer schrumpfenden Minderheit vorbehalten …

Wenig später erhielt Asger einen weiteren Mosaikstein für seine Bilanz zum Stand der Dinge: Franz Stegmüller erschien unangekündigt in Fuchsenhub und konfrontierte ihn zum ersten Mal mit einer Form von Ratlosigkeit, die sich aus durch und durch konkreten Problemen ableitete. Seine gehetzte Atemlosigkeit deutete auf einen cholerischen Anfall voraus, der dann auch wirklich eintrat.

Als Jugendlicher hatte Asger manchen Wutausbruch von Franz miterlebt. Aber erstens waren davon immer nur seine Untergebenen betroffen gewesen und zweitens hatte sich der Freund der Mutter offenbar jedesmal so schnell es ging wieder beruhigt. An jenem Sonntagabend – eine Duftkerze verbreitete das Aroma von Nelke und Orange im Raum; Mutter und Sohn saßen, er in Nipperdeys »Deutsche Geschichte«, sie in die Broschüre »Überlebensraum Feuchtgebiet« vertieft, bei einer Kanne Darjeeling – stürmte Franz den Wohnsaal ohne anzuklopfen und begann auf der Stelle loszuwettern. Korruption, brüllte er unausgesetzt, Klüngelei, Komplott. Als er nach einiger Zeit doch einmal durchatmete, glaubte Asger, der väterliche Freund habe sich jetzt ein wenig gefaßt, doch donnerte er hinterher bloß mit vermehrter Kraft. Er sei einer Verschwörung zum Opfer gefallen, wütete er im Brustton der Überzeugung. Man habe ihm hinterrücks den Dolchstoß versetzt, und nun wolle man ihn verbluten lassen. Der Bürgermeister von Vössen ließ sich krachend auf einen Stuhl fallen.

Wie Franz dann so dasaß und von der Gemeinderatssitzung berichtete, in der man mit dreizehn zu vier Stimmen und gegen seinen ausdrücklichen Willen eine Zweitwohnungssteuer beschlossen hatte, wurde aus dem imposanten Mannsbild nach und nach ein Häufchen Elend. Aber noch könne man sich wehren, maulte er, noch könne man Druck ausüben. Es klang nicht sehr überzeugend. Die Bagage wisse offenkundig nicht, mit wem sie es tun habe. Sollen sie sich die Finger verbrennen. Auch ihn unterstützten einflußreiche Freunde. Einen Bundestagsabgeordneten habe er nicht zu fürchten, und der Beschluß sei immer noch zu kippen. Allerdings müsse man schnell reagieren, eine Gegenoffensive starten, Claras prominente Freunde alarmieren, am besten gleich.

»Warum sollen diese Leute nicht auch Beiträge bezahlen, wenn sie hier schon wohnen dürfen?«

Der Bürgermeister glaubte seinen Ohren nicht zu trauen. Ob Clara denn nicht begreife? Als Bemessungsgrundlage für die Zweitwohnungssteuer diene die Jahresrohmiete, errechnet auf Basis der Grundsteuer. Die Höhe des Betrags sei bei der Größe der Anwesen von Korff, Mausilatzki, Dünwald, und wie sie alle hießen, enorm.

»Die haben doch Geld genug.«

Acht Prozent seien selbst für diese Leute kein Pappenstiel, er, Franz, habe ja noch versucht, wenigstens eine alternative Mustersatzung mit abgemildertem Abstufungsmodell durchzuboxen. Aber er sei erneut überstimmt worden, diesmal mit dem Argument, es trage zur Verringerung des Verwaltungsaufwands bei, die Grundsteuern direkt beim Finanzamt abzurufen. Er frage sich natürlich schon, woher Mitterbinder so erstaunlich detaillierte Informationen darüber habe, wie man Claras Freunde am besten ausnehmen könne. Jedenfalls wachse sich die Opposition unter der Führung dieses Bockwieser-Kumpans allmählich zur ernsthaften Bedrohung aus.

»Wenn dein Haushalt Löcher aufweist, mußt du sie eben irgendwie stopfen. Spannender ist die Frage, wohin deine freiwilligen Leistungen fließen. In was investiert die Gemeinde? Was tust du, um Gewerbe, Fremdenverkehr und Ökologie miteinander zu verzahnen? Vössen könnte eine Vorreiterposition beim sanften Tourismus einnehmen.«

Franz war regelrecht verdattert. Nie zuvor hatte Clara die Niederungen der Kommunalpolitik gestreift. Woher kam auf einmal dieses Wissen, dieser Wortschatz, dieses Interesse? Nicht nur, daß er ihr dergleichen nicht zugetraut hätte. Auch der Umstand, daß ihn nun sogar hier, in seinem Entlastungsbezirk, auf seiner Rückzugsinsel und Fluchtmeile politische Debatten erwarteten, schockierte ihn. Nach einem kurzen Moment der Fassungslosigkeit trat ein Kurzschluß auf in seinem Kopf, und Asger erfuhr, was es wirklich hieß, einem Wutausfall Stegmüllers ausgesetzt zu sein.

Franz schrie. Ständig habe er sich mit Ignoranten herumzuschlagen. Überall lauerten verkappte Lobbyisten, bliesen Rechthaber ins gleiche schmutzige Horn. Alle seien sie nur auf den eigenen Vorteil bedacht. Freiwillige Leistungen, von wegen. Damit sei es sowieso bald ganz vorbei. Aber er, der Bürgermeister, solle es jedem und könne es keinem recht machen. Ihm schiebe man grundsätzlich den Schwarzen Peter zu.

Je länger Franz tobte, desto ruhiger wurde überraschenderweise Clara, die ihm ihren Standpunkt so gelassen und nüchtern antrug, als hätte sie seit Jahrzehnten Erfahrungen im Umgang mit Berufspolitikern gesammelt. Sie forderte eine gentechnikfreie Kommune, ein Programm für Umweltpädagogik, einen Bio-Radweg …

Das Kinn auf die Faust gestützt, verfolgte Asger die sonderbare

Kontroverse. Zum einen hatte er noch nie zuvor erlebt, daß Franz kommunale Interna ausplauderte und obendrein mit Daten und Zahlen um sich warf. Daß er es nun doch tat, legte den Schluß nahe, daß die Lage der Gemeinde in der Tat prekär sein mußte. Zum anderen wußte er zwar inzwischen vom neuen Steckenpferd seiner Mutter, war aber doch über das Spektrum ihrer Kenntnisse erstaunt. Besonders verblüffte ihn die Geschwindigkeit, mit der sie sich in wenigen Wochen nicht gerade unkomplizierte umweltpolitische Zusammenhänge erschlossen haben mußte.

Wie ungeheuerlich diese Auseinandersetzung zwischen Franz und Clara wirklich war, konnte Asger freilich gar nicht ermessen. Er nahm an, die beiden hätten im Lauf der Jahre seiner Abwesenheit eine Form des Streitens entwickelt, bei dem sie ihre intimen Konflikte, als objektiven Schlagabtausch getarnt, indirekt austrugen. Daher hatte Asger auch keine Vorstellung von dem Ausmaß an Verzweiflung, mit dem Stegmüller an diesem Sonntag Fuchsenhub verließ.

Franz Stegmüllers Raserei beschäftigte Asger selbstverständlich auch in seinen Notizen. Sie erschien ihm als eine weitere Variante jener hysterischen Ratlosigkeit, der er seit seiner Rückkehr nun immer öfter begegnete.

Seit Ende November lag das Land unter einer dünnen, geschlossenen Schneedecke, die immer wieder antaute und mit jedem neuen Kälteeinbruch gründlicher vereiste. Große glatte Platten bildeten sich auf Wiesen und matschigen Forstwegen, in schattigen Senken und Knicken, an Waldrändern oder um alleinstehende Bäume herum. Von Schnee überzuckert, wurden sie den Fußgängern zur ständig lauernden Gefahr. Asger rutschte mehrmals aus, konnte den Sturz aber jedesmal gerade noch abfangen. Bald beschränkte er seine Märsche auf die gestreuten Wege der näheren Umgebung.

Dann schneite es einen Tag und eine Nacht lang ununterbrochen. Asger saß am Fenster und schaute dem Schneetreiben zu. Anfangs fielen die Flocken dicht wie ein Vorhang aus dünnen weißen Schnüren und begruben in kurzer Zeit den Garten unter sich. Sah er nach oben, schossen Pfeile herab, senkte er den Blick, verlangsamten sie sich, um weiter unten erneut schneller zu werden. Sie legten sich als Schleier über die Außenwelt. Sträucher und Pappeln, der Schilfgürtel mit der schwarzen Baumplastik und die graue Öde der nur zu ahnenden Wasserfläche dahinter waren nur noch schemenhaft zu erkennen. Es war, als sähe man eine Bildfolge auf verwittertem, porösem Zelluloid, endlose meditative Exerzitien zu Leere und Bewegungslosigkeit, mit einem schleichend abnehmenden Licht als letzter Handlung. Jäh trieb eine Brise vom See her den Schnee in schrägen Strichen ostwärts, hob den schütteren Teppich aus plötzlich riesigen, wie Daunenfedern gondelnden Flocken, gab den Blick frei auf eine jetzt tief verschneite Landschaft.

Es lag nicht allein an der Kürze der Tage oder an den Temperaturen, die sogar Rekordtiefen erreichten, daß Asger nun immer engere Bahnen um Vössen zog. Er suchte nicht mehr die Stille, sondern den Kontakt mit Menschen, auch wenn draußen in der Eiseskälte nur noch wenige Passanten unterwegs waren. Sein Wunsch, die Gegend zu erkunden, wich einer Neugierde auf die Stimmung in der Gemeinde. Wer immer Asgers Weg kreuzte, wurde freundlich gegrüßt. Er versuchte belanglose kleine Unterhaltungen vom Zaun zu brechen. Vielleicht, so dachte er, könnte er seinem jeweiligen Gegenüber Äußerungen entlocken, die ihm Einblick ins Dorfleben gewährten. Er wollte wissen, ob er auch hier auf Zeichen dieser hysterischen Ratlosigkeit stoßen würde und ob sich die heikle Lage, in der sich Vössen laut Franz befand, unter den Einheimischen bereits herumgesprochen hatte.

Asger nahm jetzt immer die kürzeste Route ins Dorf. Dort drehte er dann seine Runden. Der Weg führte meistens am See entlang. Eine erste Eisschicht hatte sich gebildet. Sie reichte weit aufs Wasser hinaus, konnte aber an den seichtesten Stellen bereits als Abkürzung benutzt werden. Am Ende der Landzunge mußte er über einen steilen Pfad durch den Auwald auf einen Hügel, von dem es dann wieder hinunterging in die Vössener Bucht. Auf der Kuppe betrachtete er jedesmal Atem schöpfend und mit einem leichten Schwindelgefühl die gefrorene Fläche. Wie von einem Flugzeug aus gesehen, lag sie im breiigen, den Horizont verkürzenden Winterlicht als endlos plane Tundra unter ihm. Wo Strömungen das Anfrieren verhinderten, zeigten sich gewundene schwarzgraue Bahnen, als verlören sich halb verschneite Straßen im Nebeldampf, der über dem Eis waberte und zu Wolken verdichtet aufstieg. Von hier überblickte man auch das Dorf. Unter den tiefhängenden Himmel geduckt, wirkten die Häuser und die mit Reif überzogenen Bäume wie eine Ansammlung von Würfeln und Kugeln mit weißen Hauben. Es war eine Version von Pieter Brueghels Winterlandschaft ohne Menschen und mit dem orangen Heck eines Räumfahrzeugs, das aus einer Hofeinfahrt ragte, als einzigem Farbpunkt.

Dem Dorfrand zu passierte Asger ein Schneehaus. Kinder hatten es am Ufer errichtet, als es noch weniger kalt war. Jetzt, in der Menschenleere, glich das spitz zulaufende, verschneite Schilfdach auf den weißen Mauern, mit seinem Gebälk aus ausgebleichtem Treibholz, einer archaischen Behausung. Das Kreischen der Möwen, das Keuchen der Langläufer, die Asger nun vereinzelt begegneten, verstärkten den Eindruck vorgeschichtlicher Unwirklichkeit. Dann begann die Seepromenade, und mit ihr kamen die Rentner und Hundebesitzer. So oft es ging, wechselte er ein paar Worte mit ihnen. Sie schienen meist froh, für einen Augenblick die Totenstille durchbrechen zu können.

Asgers Erkundigungen, seine behutsam tastenden Nachfragen brachten seine Recherche allerdings nicht nennenswert voran. Von Angst, Unsicherheit, Empörung war selten etwas zu spüren. Hier und da besaß man zwar diffuse Informationen über Vössens Notlage, aber Bitterkeit lösten sie nicht aus. Eher verfiel man in leichte Ironie bei diesem Thema. Asger verstand sie als Ausdruck eines generellen Desinteresses. Als habe man sich lange genug mit nutzlosen Bedenken abgequält. Meistens endeten diese Wortwechsel mit einem Achselzucken oder der Feststellung, man könne eh nichts tun und irgendwie werde man schon durchkommen.

Das einerseits Verwirrende, andererseits Angenehme an diesen Unterhaltungen war, daß Asger manchmal die Trägheit seiner Gesprächspartner sogar teilte. Sie haben ja recht mit ihrer Gleichgültigkeit, sagte er sich dann. Was interessiere ich mich denn für solche Nichtigkeiten? Warum genieße ich nicht einfach mein Leben? Zum Beispiel dieses herrliche Wintermärchen ...

Doch diese Stimmung schlug beim Weitergehen rasch wieder um. Sie ging über in einen Zustand innerer Zerrissenheit. Asger schwankte zwischen Teilnahmslosigkeit und Unbehagen. Es begann zu dämmern. In Vössens Wohnsiedlungen sprangen die Lichter an und funkelten ihm entgegen. Jeder einzelne dieser aus den Äckern gestampften Neubauten war die Verwirklichung eines persönlichen Wunschtraums. In jedem zweiten Vorgarten stand ein illuminierter Nadelbaum. Auch in vielen Fenstern war er, drei Wochen vor dem Fest, bereits erleuchtet. Unzählige Lichterketten rankten sich über Ziersträucher, an Hecken entlang, Balkone hinauf, wo lebensgroße Puppen mit weißen Rauschebärten und Einbrechersäcken an den Balustraden klebten. Es war ein Spektakel, ein irrlichternder Tanz von Tand und Flitter, der auf Asger desto gespenstischer wirkte, je seltener hier noch Fußgänger anzutreffen waren. Statt dessen stieß er nach einer scharfen Kurve auf einen vier Meter hohen Weihnachtsmann. Aufgeblasen und mit Tauen an Pflöcken befestigt, erschreckte er Kleinkinder, wenn sie arglos um die Ecke bogen, und Erwachsene wie Asger.

Jetzt war er nur noch angewidert, fühlte sich abgestoßen, verlassen. Sind die Leute denn völlig verrückt geworden, redete er laut in den lastenden Adventsfrieden hinein. Wenzel fiel ihm wieder ein, sein Artikel. War es das, worüber er schreiben wollte? Diesen Abgrund, diese unüberbrückbare Kluft? Konnte man ihr mit Sprache überhaupt beikommen? Oder war man auf ewig dazu verdammt, am Rand zu stehen und sinnlos sein Urteil hinüberzurufen?

Asger rannte über einen blinkenden Rummelplatz. Überall

Kitsch, Fassaden des Sinns, dachte er, lächerliches und zugleich bedrohliches Pathos. Geborgenheit unter künstlicher Beleuchtung. Das Glück von Ersatzwelten. Überall das gleiche Heimweh. Den Dr. Strickers die Geschichte, den Clara Weidenfeldts der Ruhm, den Poßmanns die Deutungen und mir die Schönheit. Aber den Banausen die bunten Lämpchen. Wieso nicht? Er dachte: Alle, alle sind wir auf der Flucht. Jeder möchte nur seine Existenz irgendwo verankern, an einem Ort, in einer Idee oder wenigstens in einigen Konsumartikeln.

Vielleicht sollte Wenzel genau davon erzählen, kam es Asger in den Sinn. Man sucht den freundschaftlichen Umgang mit Kollegen, Nachbarn, anderen Familien; man möchte doch zu gerne einmal etwas weiterkommen als bis zum Wetter, den Kinderkrankheiten, dem Unkraut im Garten. Aber komisch, man prallt jedesmal zurück. Ist man zu anspruchsvoll? Oder spürt man schon die Vergeblichkeit? Rituale, an denen man nicht teilhat, Zeichen, die nicht zu begreifen sind, Sprache, die sprachlos macht. Was für den einen Bedeutung schafft, Wert besitzt, Reichtum darstellt, ist für den anderen undurchdringlich, beunruhigend, bösartig …

Bis kurz vor Weihnachten verfiel Asger selber immer tiefer in Ratlosigkeit. Auch sie unterschied sich von denjenigen, die er an anderen beobachtet hatte. Seine Ratlosigkeit war kein existenzieller Mangel und keine zwanghafte Trägheit. Sie war beides.

An einem Samstag, es war das letzte Wochenende vor Weihnachten, bekam sein Grübeln neue Nahrung. Die Vössener Hauptstraße war voller Menschen und Autos. Man tätigte letzte Einkäufe. Wie so oft um diese Zeit hatte Tauwetter eingesetzt und den Schnee in schmutzige Grütze verwandelt. Entgegen Claras Verdikt, die den Konsumrausch vor Heiligabend seit jeher verabscheute, wollte er Plätzchen und eine Christrose besorgen, um Fuchsenhub ein wenig weihnachtliche Atmosphäre aufzuzwingen.

Asger parkte am Rathaus. Er ging in den Blumenladen, danach zum Bäcker. Auf dem Weg sah er von weitem jemanden in oranger

Montur auf sich zukommen. Es war der junge Bauhof-Arbeiter, der am Morgen nach dem Herbstfest der selig strahlenden Maya so unglücklich nachgeblickt hatte. Asger setzte zum Gruß an, aber er meinte zu bemerken, wie der Junge zusammenzuckte, und brach sein Vorhaben ab. Prompt wechselte Wieland Simon, der Name fiel Asger eben wieder ein, die Straßenseite. Von dort blinzelte er herüber, als sei er irritiert darüber, von einem Wildfremden angestarrt zu werden. Asger fragte sich schon, ob er sich nicht getäuscht hatte, als Wieland urplötzlich wieder auf seine Seite herüberkam. Er näherte sich auf seine etwas trampelige Art, blieb vor Asger stehen, spuckte aus. Dann ging er schnell weiter.

Vor der Bäckerei reichte die Warteschlange bis aufs Trottoir. Asger rätselte noch, was die Geste des sichtlich ein wenig einfältigen Jungen zu bedeuten hatte, als er freudestrahlend von einer Frau mit bunter Häkelmütze und rotem Haar begrüßt wurde. Natürlich erkannte er Nele Nüsslein auf Anhieb. Aufgeräumt wie eh und je sprang die Sekretärin Stegmüllers auf ihn zu und umarmte ihn stürmisch. Dann sprudelte sie los. Maya habe ihr von ihm erzählt, die sei inzwischen ja weg, in Berlin, das Casting bei diesem Freund von Asgers Mutter, er wisse schon, verkündete Frau Nüsslein lautstark, daß alle es hören konnten. Die Rolle habe Maya leider nicht bekommen, dafür aber was anderes, beim Fernsehen, es gehe ihr gut, sie habe angerufen, Nele hätte sich wegen Maya sowieso heute in Fuchsenhub gemeldet, um zu kündigen, aber jetzt treffe sie Asger ja persönlich. Was für ein Glücksfall.

Sie sei selber überrascht, fuhr Frau Nüsslein leiser fort und ließ Asger los, wie wenig ihr Maya fehle. Jetzt habe sie endlich mehr Zeit fürs Tai-Chi, es seien ja immer die eigenen Nerven, die einem zu schaffen machten, aber sie habe ihre Mitte nun Gott sei Dank wiedergefunden …

»Und da ist der Herr Stadler! Erkennen Sie sich noch?«

Der Amtsleiter des Vössener Rathauses war die gleiche graue Bürogestalt wie früher. Nur die Nase war noch spitzer, die Halbglatze eine Spur größer geworden. Er stellte sich zu ihnen, zeigte sich gleichfalls sehr erfreut über das Wiedersehen. Max Stadler erinnerte sich gern an den Jugendlichen, der damals den Bürgermeister begleitet und sich so glühend für verwaltungstechnische Details interessiert hatte. Im Amt schwärme er heute noch regelmäßig von Asgers Wissensdurst, verriet Nele zwinkernd. Und Stadler ergänzte mit beamtenmäßiger Trockenheit, die er offensichtlich auch im Alltag nicht ablegen konnte, derzeit würde er ihm leider nicht mehr so viele positive Dinge zu berichten haben.

Asger witterte neue Informationen. Den gemeinsamen Rückweg zum Parkplatz am Rathaus nutzte er, um nachzuhaken. Was hier eigentlich los sei, wollte er wissen, auch Stegmüller sei in letzter Zeit auffallend gereizt, mache ihm gegenüber jedoch nur vage Andeutungen.

»Schlimm, wenn es anders wäre, Herr Weidenfeldt. Wie Ihnen gewiß bekannt ist, gibt es ein Amtsgeheimnis. Aber so viel darf ich Ihnen sicher anvertrauen: Wir haben mit schwerwiegenden Problemen zu kämpfen. Es geht um einen Stau ungewollt oder, wenn Sie so wollen, vorsätzlich verhinderter Maßnahmen, um Entscheidungen, die seit Jahren aufgeschoben werden. Die Folgen machen sich nun schlagartig bemerkbar, und der Bürgermeister trägt dafür nicht nur satzungsgemäß die Verantwortung. Mit einem Wort: Vössen steckt in der Schuldenfalle.«

»Soviel ich weiß, ist das ein Trend, der mehr mit der Gesamtentwicklung zu tun hat.«

»Aber nicht in dem verheerenden Ausmaß, junger Freund. Gut, die Bundespolitik ist natürlich auch in diesem Fall der Tropfen gewesen, der das Faß zum Überlaufen gebracht hat. Sehen Sie, ich bin Bürokrat mit Leib und Seele, kein Volkstribun und erst recht keiner zum Liebhaben. Aber ich kann rechnen, Sachlagen nüchtern beurteilen. Auch die Geschäftsleute bekommen die Auswirkungen langsam zu spüren, durch sie sogar die Gemeinderäte. Sie ahnen: Die Situation ist kritisch. Und dieser Vorgang ist sogar vom Parteibuch unabhängig. Nur Ihr Stegmüller weigert sich, die Fakten zur Kenntnis zu nehmen.«

»Was für Fakten denn?«

Stadler verstummte, schob nervös die Brille zurecht.

»Geben Sie mir wenigstens einen Anhaltspunkt.«

»Der Kern jeder Kommunalpolitik ist der Haushalt, wie Sie wissen. Ein Bürgermeister hat Sorge zu tragen, daß die Bevölkerung in seiner Gemeinde leben kann. Dazu braucht er in erster Linie Arbeit und Geld, das über Steuern und Zuweisungen, Gebühren und Beiträge hereinkommt. Natürlich gefährden immer Unwägbarkeiten die Stabilität dieser Einnahmen, wie etwa der Einbruch der Übernachtungszahlen im Fremdenverkehr, der mit dem Wetter zusammenhängt und dieses wiederum mit dem Klimawandel. Dazu kommen die Billigreisen der Tourismusbranche. Die Möglichkeiten einer Gemeinde, solche Schwankungen und Entwicklungen abzufedern, sind freilich begrenzt. Man kann Gewerbegebiete ausweisen, dann bekommt man mehr Gewerbesteuer und obendrein Arbeitsplätze. Man kann Beiträge erhöhen, Steuersätze heben. Stegmüller will nichts von alledem. Er bevorzugt es, Vössen im Nachkriegszustand zu konservieren. Und es ist mehr dem Zufall als der Geschicklichkeit dieses Bürgermeisters zu verdanken, daß wir nicht schon früher baden gegangen sind.«

»Ich dachte, gerade die Unberührtheit wäre der Charme dieser Gegend, die für Erholungssuchende …«

»Man kann aber auf Dauer keine Insel der Idylle aufrechterhalten, Weidenfeldt. Die Kosten, die jetzt beim Hochwasserschutz entstehen, der vermehrte Winterdienst bei zunehmendem Schneeaufkommen, das neue Räumgerät, um nur ein paar Beispiele zu nennen. Ganz zu schweigen von den Aufgaben, die der Bund auf die Kommunen verschiebt. Das alles will bezahlt werden.«

»… immerhin wurde Franz genau deswegen gewählt. Das Grundgesetz garantiert das Selbstverwaltungsrecht der Gemeinden. Sogar Sie haben seinerzeit eingeräumt …«

»Die Zeiten haben sich aber geändert, Weidenfeldt. Stegmüller betreibt Raubbau an der Substanz. Kommunale Finanzhoheit bedeutet nicht nur politische Autonomie, sondern eben auch, an adäquate Einnahmen zu denken, statt ständig neue Kredite aufzunehmen. Er tut nichts, um die Attraktivität des Orts zu verbessern, weder für Unternehmer noch für den Fremdenverkehr. Er setzt keine Schwerpunkte. Ortsgestaltung, Gemeindewerbung, Verkehrsentwicklungsplan: alles ungelöste Fragen. Der Transportverkehr im Ortskern: tourismustechnisch eine Katastrophe. Wo gibt es hier moderne, weltoffene Freizeitangebote? Dann die leidige Hotelfrage, der aufgeblähte Verwaltungsapparat mit seinen viel zu hohen Personalkosten: Sie liegen jetzt bei über vierzig Prozent der Gesamtausgaben. Es fehlt an Outsourcing. Schließlich der europäische Binnenmarkt, das Schengener Abkommen, bedenken Sie die Nähe zu Österreich. Das alles scheint im Kopf dieses Bürgermeisters keine Realität zu besitzen. Aber einzelne Räte merken, es geht vielleicht bald ums ökonomische Überleben. Deshalb spielen sie nicht mehr mit, wenn Stegmüller die anstehenden Probleme wieder einmal aussitzen will.«

Stadlers Weihnachtswünsche, als sie sich zum Abschied die Hände schüttelten, klangen hastig, gemessen an seiner sonstigen steifen Förmlichkeit. Offenbar fürchtete er, in seiner Begeisterung darüber, einen Zuhörer für sein Fachwissen gefunden zu haben, mehr verraten zu haben als womöglich rechtens war.

Seit diesem Gespräch aber fühlte sich Asger endgültig erschöpft. Unfähig spazierenzugehen, zu lesen, seine Notizen fortzusetzen, lag er den ganzen Tag auf dem Bett. Sein Gesicht war fahl und schlaff. Mascha beobachtete es mit Sorge. Die russische Studentin hatte auch Mayas Stunden übernommen und kam jetzt täglich nach Fuchsenhub. Manchmal wurde sie von einem jungen Rußlanddeutschen in einem rostigen Kleinwagen gebracht. Meistens ging sie von der Bushaltestelle aus zu Fuß. Massen von Schneematsch machten den kilometerlangen Weg zum Parcours, und Asger versprach immer wieder, Mascha aus Vössen abzuholen. Zwar lehnte sie das Angebot jedesmal ab und behauptete, sie sei an solche Märsche vom Winter zu Hause gewöhnt, sie stillten sogar ein wenig ihr Heimweh. Trotzdem fand sie es befremdlich, daß er sein

Versprechen nie einlöste. Vielmehr gab er es jedesmal wieder wie zum ersten Mal.

Überhaupt wirkte Herr Weidenfeldt auf Mascha fast wie ein gutmütiger Greis. Fragte sie, ob sie etwas für ihn tun könne, erreichten ihn ihre Worte offensichtlich nur aus großer Ferne. Asger hatte sich in eine Gegenwelt geflüchtet, dessen war sie gewiß. Ihr selbst war dieser Vorgang ja gut vertraut. Sie wußte, was es hieß, psychisch verstopft und chronisch ernüchtert zu sein. Schon die Stunden, die sie jeden Tag in Clara Weidenfeldts düsterem Reich zubringen mußte, erstickten sie beinahe. Sie fühlte sich merkwürdig an ihre Kindheit erinnert, an das lähmende Klima der letzten sowjetischen Jahre und danach. Den Umgangston, als verständige man sich durch eine Glaswand, das Museumsartige des Areals, dieses Gedämpfte, Schleichende, als hausten in Wahrheit Gespenster hier, konnte ein feinfühliger Mensch nicht lange ertragen. Wie erst, wenn man wie Asger ohne Unterbrechung damit leben mußte. Andererseits hätte sie ihre Arbeit in diesem beklemmenden Spukhaus längst beendet, wenn er nicht hier gewesen wäre. So litt sie mit ihm, warf sich immer wieder vor, schuld zu sein, daß er nicht wegging. Als würde er ausgerechnet meinetwegen bleiben, dachte sie gleich darauf und schämte sich. Asger hatte diese Unbehaustheit im eigenen Elternhaus, diesen Eisberg von Mutter jedenfalls nicht verdient. Sie hätte ihm gerne die Hand auf die Schulter gelegt, auf den Arm, die Stirn. Sie wagte es nicht, fürchtete Mißverständnisse, die ihn zusätzlich belasten könnten. Nicht ganz ein Jahr bis zur Heimkehr, noch zehn Monate Gelegenheit zum Geldverdienen. Das Auslandsvisum galt noch für eineinhalb Semester, die sie weiterhin mit furchtbar schlechtem Gewissen ungenutzt verstreichen lassen würde. Aber eine einträglichere Stelle als die hier würde sie nirgendwo finden.

Mascha glaubte, ein Opfer bringen zu müssen. Also drängte sie Asger abzureisen: Es befreie die Seele. Zugleich war sie traurig, daß er wahrscheinlich nicht wiederkommen würde. Und wirklich, als hätte er nur auf einen solchen äußeren Anstoß gewartet, flog

Asger noch Heiligabend, eine Tüte Plätzchen im Gepäck, nach Berlin zurück.

In Claras Festplan war der Sohn sowieso nicht vorgesehen. Sie hatte das von »Bonnard & von Wrangel« angebotene »Dinner for One« in Auftrag gegeben, um »der Einsamkeit an Feiertagen«, wie es im Prospekt hieß, »ein Schnippchen zu schlagen«. Sophia von Wrangel ergriff die Gelegenheit, die sympathische Russin endlich mit einem Auftrag zu betrauen, und gleichzeitig für sich selbst die Möglichkeit, sich einer ungeliebten Kundschaft zu entziehen. Sie kam am späten Vormittag, plante mit Mascha den präzisen Ablauf, weihte sie ein in die Sonderwünsche der Auftraggeberin, überließ ihr blaue Hosen, eine weiße Bluse und Schürze als Uniform, empfahl ihr, das Haar hochzustecken. Zusammen bereiteten sie Mahl und Details vor. Dann ließ sie die Catering-Chefin allein.

Mascha blieb mit ihrer anfangs verdutzten Dienstherrin zurück, die jetzt zur Kundin geworden war, servierte die Gänge wie gewünscht lautlos, legte die von Clara notierte Musik auf: Schütz zum Horsd'œuvre, Schubert zur Fischpastete, Schönberg zur Entenbrust, Stockhausen zum Limonen-Sorbet.

Kurz nach zehn ging die Weidenfeldt zu Bett, um elf stand das Taxi vor dem Tor. Mascha eilte in den Keller, holte die Christrose vom Schrank. Der Topf war mit Goldpapier umwickelt. Zwischen den Blüten steckte eine Karte:

»Für Mascha. Frohes Fest! Asger«

Vierter Teil
DAS JAHR DES STAUNENS

»In der Nähe von Fehlern
wachsen die Wirkungen.«
Bertolt Brecht

1. Kapitel
DER ANTRAG

Was ist Gegenwart? Wodurch wird sie als solche empfunden? Woher rührt die selten erlebte Erfahrung eindringlicher Anwesenheit? Was an ihr bohrt sich ins Bewußtsein, durchdringt den Geist so sehr, daß man glaubt denken zu können, geradezu genötigt ist zu denken, jetzt, hier, in diesem Moment, ist mein Dasein unumstößlich präsent? Warum wird eben dieser Augenblick wahrgenommen, als wäre er mehr als nur Augenblick, als würde man mit und durch ihn über sich selbst hinausgehoben, hinüber in etwas wie eine Überzeitlichkeit, in der man beinahe die Ewigkeit berührt?

Es muß in einen Zustand höchster Intensität geraten sein, wer von einer Minute oder auch nur vom Bruchteil einer Sekunde seiner Existenz behaupten kann: Da bin ich doch wahrhaftig einmal angekommen im Wirklichen. Vermutlich gibt es in jeder Lebensgeschichte solche luziden Flecken. Zwar wird die Zahl gering sein, aber man wird immerhin fündig werden. Jene Momente, in denen entweder das Ruhen oder die Bewegung des eigenen Ichs in Raum und Zeit emphatisch und mit äußerster Klarheit erlebt wird, bewahrt man anders im Gedächtnis als die üblichen, halb verwischten Erinnerungen. Einmal gespeichert, lassen sie sich mühelos aufrufen, wie auf ein Fingerschnippen hin. Farben, Klänge, Kleinigkeiten wie ein Geruch, ein Schatten, die Richtung eines Lichteinfalls, die Hitze oder Kälte einer Stunde, ein Windhauch und minimales Flirren der Luft sogar stehen sofort mit letzter Genauigkeit und Schärfe vor dem inneren Auge. Dann meint man den eigenen Körper, die ausdrückliche Wahrnehmung seines Dortseins damals wiederzufühlen. Wie am Lebensfaden aufgefädelt ziehen sich Leuchtpunkte größtmöglicher Identität durch unser Dasein, die gleichzeitig Momente weitestgehender Selbstauflösung sind. Immer neu, vielleicht im Laufe der Jahre ein klein wenig schwächer werdend, kehren diese wie immer schon geschehenen, wie nie vergehenden Eindrücke zurück, und jedesmal wieder weiß man mit Bestimmtheit: Dann und dann und dann habe ich wirklich gelebt.

Mit etwas Geduld dürfte es den meisten Menschen ohne größere Schwierigkeiten gelingen, sich diese persönliche Lichterkette ins Bewußtsein zu rufen. Nun also liegen die einzelnen Glieder nebeneinander: lauter fest umrissene Bilder, Töne, Stimmungen. Was aber löst sie aus, diese außerordentlichen Zustände? Wodurch erhalten sie ihre Wucht, ihr Strahlen, diese eigentümliche Unauslöschlichkeit? Welchen Umständen verdanken sie ihr Entstehen? Sind sie nicht mit einer Glückseligkeit, einer um und um wälzenden Lust verbunden? Liegen ihnen andernfalls nicht Schmerzen zugrunde, Erfahrungen eines innerlichen Verzehrtwerdens, des Zusammenziehens auf einen einzigen, alles in sich aufnehmenden, alles auslöschenden, lichterlohen Punkt, der sich dann für immer in jenen eigenartigen Sektor vegetativen Erinnerns einbrennt?

In jedem Fall sind derartige Erfahrungen mit einem besonders hohen Maß sinnlicher Sensibilität verknüpft. Es ist, als lausche man durch allmählich nachlassendes Rauschen, als blicke man durch dichten Nebel, der sich gerade verzieht, auf eine taufrische, wie aus dem Nichts geronnene Welt. Mit einem Mal wird zusammenhängend erfaßt, was bis dahin unübersichtlich, schwammig und chaotisch gewesen ist. Unversehens scheint ein Prozeß abgeschlossen, ein Übergang vollzogen. Einen Lidaufschlag lang rückt das Jetzt so nahe, als lasse es sich berühren und festhalten. Man staunt. Man möchte am liebsten gar nicht mehr aufhören zu staunen …

Für Franz Stegmüller hatte das Schicksal offenbar entschieden, es sei an der Zeit, die private Kette unsterblicher Momente um ein neues Glied zu verlängern. Zwei Wochen nach Silvester fand die erste Gemeinderatssitzung des neuen Jahrs statt, und da der Bürgermeister von Vössen während der sogenannten besinnlichen Tage zwischen den Jahren in sich gegangen war und nach und nach seine frühere Souveränität wiedergewonnen hatte, sah er ihr ohne jede Nervosität entgegen. Abgesehen von der Jahresversammlung des Trachtenvereins, für die er ein Grußwort samt Rückblick auf das vergangene Trachtenjahr fest zugesagt hatte, war er die stille Zeit über mit sich allein geblieben.

Franz hatte sich vorgenommen, im Geist noch einmal gründlich seine Aufgaben als Gemeindeoberhaupt durchzugehen. Und das tat er auch, obwohl Nachdenken nicht eben zu seinen Stärken zählte und er sich zunächst ständig von Nebensächlichkeiten ablenken ließ. Mit in sich gekehrter Miene streifte er auf dem eigenen Hofgelände herum, begutachtete die vielen reparaturbedürftigen Schäden. Das väterliche Bauernhaus, das instand zu halten er seit langem keine Zeit mehr fand, war schwer vernachlässigt. Im dusteren Innern roch es nach Moder, draußen bröckelte der Putz, die Eisenstäbe vor den kleinen, quadratischen Fenstern hatten Roststreifen auf die Mauersimse getropft. Den verholzten Obstbäumen fehlte seit Jahren der Fruchtschnitt, und die Gießkanne, die am faulenden Lattenzaun des Gemüsegartens hing, barg ein verlassenes Rattennest. Beinahe schon ein Schandfleck im Dorfbild, dachte er, aber das Anwesen war ihm mittlerweile so fremd geworden, als gehörte es jemand anderem. In der Scheune war ein Tragbalken durchgebrochen. Gerade noch hielten die morschen Stümpfe den Dachstuhl. Der Traktor darunter war zentimeterdick eingestaubt. Franz schwang sich hinauf, versuchte, den Motor anzulassen. Bald gab er es auf, blieb aber noch eine Weile dort oben sitzen.

Er erinnerte sich, wie alles angefangen hatte: Zuerst die Zeit seiner unglückseligen Bemühungen um etwas, das als biodynamisches Kollektiv gedacht war. Der seinerzeit weit verbreitete Wunsch, die Welt zu verbessern, war ja bald in endlosen Debatten aufgerieben gewesen, und seither verwahrloste auch der sinnlos gewordene Hof. Stegmüllers Gedanken eilten weiter: der fast zufällige Absprung in die Politik, das Hineinwachsen in die ungewohnte

Rolle des Volksvertreters, behindert und gleichzeitig angespornt von seinem Festhalten an alten Idealen, trotz allem gebotenen Pragmatismus, über jeden Mißerfolg hinweg …

Über Stunden lag Franz auf dem schäbigen Kanapee seiner kargen Stube und grübelte. Zwischendurch kramte er Videocassetten mit frühen Schwarzweißfilmen von Ralf B. Schwaiger aus der Truhe, sah sich ein paar Minuten daraus an, fragte sich, was ihn einst so sehr fasziniert hatte. Die Aura der jungen Clara Weidenfeldt, ihr Ausdruck wild entschlossener Wahrhaftigkeit berührte ihn auch heute noch. Franz hatte gleichfalls immer vor allem um Wahrhaftigkeit gerungen. War das nicht im Grunde das Leitmotiv seines Lebens? Nie hatte er preisgegeben, wofür er als Bürgermeister stand, nie würde er es in Zukunft tun. Die gewachsenen Strukturen, das Ökosystem jeder Kommune, mußten einerseits vor den Zugriffen egoistischer Interessen geschützt werden, andererseits vor der Ignoranz und Trägheit der Einheimischen selbst. Erst wenn diese Prämissen erfüllt waren, konnten behutsam, wenn überhaupt, auch Modernisierungen ins Auge gefaßt werden. Instandhaltung vor Erneuerung lautete die Devise, Natur vor Technik, Tradition vor Innovation. Bei der Mehrheit der Bevölkerung hatte der Rückhalt für seine Politik stetig zugenommen.

Und das Ergebnis seiner zweieinhalb Amtsperioden konnte sich Stegmüllers Meinung nach durchaus sehen lassen. Er hatte den Ortskern sowohl gegen den erbitterten Ansiedlungskampf großer Handelsketten verteidigt, als auch dessen Verschandelung zur kitschigen Postkartenansicht verhindert. Dies sah er als seine wichtigste Leistung an. Fast alle anderen Orte rund um den See waren in den vergangenen zwanzig Jahren dermaßen für den Fremdenverkehr aufgedonnert worden, daß sie heute mehr rustikalen Vergnügungsparks als Dörfern glichen. Außerhalb der Saison offenbarten sie ihre ganze tote Fassadenhaftigkeit. Für Franz dagegen war immer die Lebensqualität der Bewohner im Vordergrund gestanden. Erst an zweiter Stelle kamen ökonomische Interessen, auch die des Tourismus. Im selben Sinn hatte er, nicht zuletzt durch Clara Weidenfeldts Mithilfe, ein wenig vom Glanz der großen Welt in den Ort hereingetragen und alles in allem Vössen zu dem Ruf verholfen, wenigstens hier sei noch etwas von der ursprünglichen, urwüchsigen Atmosphäre eines Bauerndorfs erhalten geblieben und zugleich niveauvoll aufgewertet worden. Von Wahl zu Wahl wurde ihm der Auftrag erteilt, genau diese Linie fortzusetzen. Und was finanzielle Engpässe betraf, die es auch in früheren Jahren gegeben hatte, waren sie noch jedesmal zu lösen gewesen. Warum sollte das nicht auch jetzt, in diesem zugegeben etwas brenzligen Fall, gelingen?

Nein, Bürgermeister Stegmüller war kein Auslaufmodell, dessen war er sich inzwischen fast wieder sicher. So begab er sich Mitte Januar gutgelaunt und in gewohnt selbstbewußter Manier zur Sitzung. Die sechs oppositionellen Räte um Mitterbinder hatten die Köpfe zusammengesteckt und verstummten just, als Franz den Saal betrat. Dies war Teil des rituellen Ablaufs. Zwölf der sechzehn Damen und vor allem Herren hatten sich bereits eingefunden, wie er auf einen Blick erfaßte. Zwei waren als krank entschuldigt, Ralf Lössl verhandelte für seine Fertighausfirma in Kasachstan, Axel Buchinger senior würde wie immer zu spät kommen. Franz setzte sich. Die Querelen um die Zweitwohnungssteuer fielen ihm ein. Es war ihm nicht bange.

Die Selbstverwaltung der Gemeinden ist ein tragender Pfeiler der demokratischen Grundordnung. Anders als im Staat, wo Gewaltenteilung und parlamentarische Kontrolle die übermäßige Konzentration und den Mißbrauch von Macht verhindern, ist es in der Kommune umgekehrt die Kompetenzfülle des Bürgermeisters, wodurch die Beteiligung der Bürger an den politischen Prozessen ihrer unmittelbaren Umgebung garantiert wird. Der Bürgermeister wird direkt in sein Amt gewählt. Als Beauftragter des Volkswillens erfüllt er es sachbezogen, nicht als Funktionär irgendeines parteipolitischen Programms. Auch der Gemeinderat arbeitet als kollegiale Körperschaft, nicht als Parlament mit opponierenden Parteien. Außer beim Rechnungsausschuß ist der Bürgermeister stimmberechtigter Vorsitzender in sämtlichen Gremien. Als Regierungschef und Staatsoberhaupt, Dienstvorgesetzter und Vertrauensmann, oberster Repräsentant und Rechtsvertreter in einer Person ist die Macht des Gemeindeoberhaupts fast so gewaltig wie die eines Monarchen, allerdings mit entgegengesetzter Zielsetzung. Gewährleistet sie doch gerade seine Unabhängigkeit gegenüber staatlicher Willkür und dient »dem Aufbau der Demokratie von unten nach oben«, wie es in der Verfassung heißt. Der Bürgermeister, nicht die Bundes- oder Landesregierung, setzt die politischen Akzente vor Ort. Er gestaltet durch greifbare Maßnahmen, insbesondere in Bereichen wie Infrastruktur und Gewerbeförderung, das kommunale Gemeinwesen.

Der hohe Stellenwert direktdemokratischer Elemente in den Kommunen ist allerdings eine recht neue Errungenschaft. Erst im Lauf der neunziger Jahre wurden sie durch flächendeckende Reformen in Deutschland durchgesetzt. Wiesen die Verfassungen der Länder bis dahin starke Unterschiede auf, wurden sie nicht zuletzt unter dem Eindruck der friedlichen Revolution in der DDR und der Parole »Wir sind das Volk« einander angeglichen: Ein Jahr nach der Wiedervereinigung stimmten zweiundachtzig Prozent der hessischen Bevölkerung für eine basisdemokratische Reform der Kommunalverfassung. Der Vorgang machte Schule und war gewissermaßen der einzige nachhaltige Einfluß, den der Osten in einer sonst recht einseitigen Entwicklung auf den Westen genommen hat.

Dabei mag es diejenigen, die mit den unterschiedlichen politischen Kulturen in den deutschen Bundesländern ein wenig vertraut sind, vielleicht überraschen, daß für diese Reform ausgerechnet das süddeutsche Modell Pate stand. Hier jedenfalls hatte schon früh die Erfahrung absolutistischer Willkür den Widerstand der Gemeinden heraufbeschworen. Man weigerte sich, den gängigen Machtfilz und die Klüngelei im Namen von Staat und Regierung hinzunehmen. So war das Bayerische Gemeindeedikt von 1818 in eben jenem Reformgeist verfaßt, mit dem ein Freiherr vom Stein, so verhängnisvoll für den weiteren Verlauf der deutschen Geschichte, in Preußen gescheitert war. Die in jener Verordnung garantierte Verwaltungsautonomie mit direkt gewähltem Oberhaupt wurde daher nach der Nazidiktatur ausdrücklich bestätigt.

Neu jedoch auch für Bayern, wo der Filz bekanntlich durch die verfassungsrechtlichen Ritzen dringt, ist die erweiterte Form der Machtkontrolle durch Bürgerbegehren und Bürgerentscheid, deren Auswirkungen bisher noch nicht abzusehen sind. Denn die Reform der Gemeindeverfassungen bedeutet nicht nur eine stärkere demokratische Beteiligung seiner Bürger an politischen Prozessen. Sie wertet zudem das ländliche Milieu auf, trägt der Tatsache Rechnung, daß die Bundesrepublik Deutschland nicht von Metropolen, sondern nach wie vor von der Provinz geprägt wird. Gemeinden mit bis zu zwanzigtausend Einwohnern stellen fast die Hälfte der Gesamtbevölkerung, während nur ein knappes Viertel in Städten mit über zweihunderttausend Menschen lebt. So kann heute jeder Bürgermeister dieses Landes mit dem stolzen Bewußtsein auftreten, als verlängerter Arm seiner Bürger unmittelbar und maßgeblich an der politischen Wirklichkeit Europas mitzuwirken.

Franz Stegmüllers Platz befand sich an der Stirnseite der im Hufeisen aufgestellten Tische. In seinem Rücken hing riesig, fast drohend das große schwarze, im gestischen Duktus des Informel gemalte Kreuz des Malers Spielberg in einem Rahmen aus mattem Chrom. Es war auf seine Initiative hin angeschafft worden und hatte ein mittelmäßiges Seestück aus dem späten 19. Jahrhundert ins Hinterzimmer verdrängt. Neben ihm, mit einem leeren Stuhl dazwischen, saßen Amtsleiter Stadler und Kämmerer Piller. Vor ihnen lagen die zur Sitzung nötigen Unterlagen. Piller hatte den Beamer aufgebaut und an den Laptop angeschlossen. Franz strich sich bedächtig den Schnauzbart. Nach und nach kehrte Ruhe ein.

Wenn es etwas gab, woraus ein Mann wie Stegmüller, ohnehin mit ausgeprägtem Selbstvertrauen gesegnet, zusätzlich Durchsetzungskraft schöpfte, dann war es die fünfzehnjährige Praxis. Die Räte kannten den ebenso leutseligen wie autoritären Führungsstil ihres Bürgermeisters. Mit ihm hatte Stegmüller schon damals, gleich nach Amtsantritt, die anfangs äußerst feindselige Atmosphäre entgiften und die Gemeinde Schritt für Schritt auf seinen Kurs einschwören können. Durch eine spezielle, unbezwingliche Mischung aus Strenge und Humor, Entschiedenheit und Leutseligkeit war es ihm mit der Zeit sogar gelungen, den Sumpf der Vetternwirtschaft auszutrocknen, den ihm der frühere Bürgermeister hinterlassen hatte. Dies war um so beachtlicher, als zwar sein Vorgänger die Wahl verloren hatte, seine Parteigenossen aber weiter die größte Fraktion im Rathaus stellten.

Gegenüber solchen Herausforderungen war die heutige Sitzung also Kinderkram. Schließlich standen bloß Lappalien auf der Tagesordnung. Ein Heimspiel für einen Stegmüller, er dachte, eigentlich geht es nur darum, das frühere, gemütliche Betriebsklima wiederherzustellen. Die Mitterbinder-Anhänger würden wie jedesmal auf ihren Positionen beharren und das übliche Gewäsch von mangelhaften Gewerbestrukturen vorbringen. Dies war das einzige politische Rezept, das ihnen je eingefallen war. Mit ihren sechs Stimmen, auf die ihre Partei mittlerweile zusammengeschrumpft war, konnten sie sowieso nichts ausrichten, und das wußten sie auch. Franz aber würde noch rechtzeitig einfallen, durch welche vergnüglichen Bemerkungen und mit welchen Zugeständnissen er den Rest der Versammelten auf seine Seite ziehen würde. Zugegeben, die Tatsache, daß man die Zweitwohnungssteuer gegen seinen ausdrücklichen Willen durchgeboxt hatte, war ein herber Schlag für seine Autorität gewesen und nur damit zu erklären, daß Franz sich zum Zeitpunkt der Abstimmung einfach nicht auf der Höhe seiner Willens- und Geisteskräfte befunden hatte. Auf der heutigen Sitzung standen die Streitpunkte Haushaltsloch, Schulden, Steuern zum Glück nicht zur Debatte. Franz glaubte inzwischen wieder felsenfest daran, daß es ihm zu einem späteren Termin und nicht zuletzt nach einem starken Auftritt heute leichtfallen dürfte, die abtrünnigen, für ihre Beeinflußbarkeit bekannten Räte doch noch in seinem Sinn umzustimmen. Am Ende würde er wie immer seine Linie durchsetzen, eine Linie, die sich naturgemäß mit aller Entschiedenheit gegen die im Haushaltsausschuß anvisierte Ausweisung eines zweiten Gewerbegebiets richtete. Und nur darauf kam es an.

Die Sitzung begann mit der Verlesung des ersten Tagesordnungspunkts: Aufstellung eines Info-Point samt Dorfplan für regionale Veranstaltungshinweise an der Uferpromenade, Höhe Tretbootvermietung. Amtsleiter Max Stadler gestaltete seinen Vortrag in gewohnt sprödem Ton, der Unparteilichkeit signalisieren sollte. Dann ergänzte er mit in die Stirn geschobener Lesebrille die verwaltungstechnischen Details: Der vorgesehene Platz sei Gemeindegrund; Verwitterung und Vermorschung des alten Plakatierungsgestells mache die Aufwendung ohnehin notwendig; es habe sich zudem für heutige Anforderungen als zu klein, zu unscheinbar erwiesen und stehe an ungünstiger Stelle; der neue, mit Glashaube und Vordach versehene Schaukasten werde wetterbeständig und mit einer freundlichen, einladenden Optik als Blickfang für jeden Feriengast ausgestattet, der sich über das Dorf und seine Angebotspalette informieren möchte.

Der Bürgermeister ließ seinem Amtschef freien Lauf. Er wußte, das Projekt Info-Point stieß bei allen auf Zuspruch, er brauchte es eigentlich nur durchzuwinken. Die Einzelheiten waren den Ratsmitgliedern aus den regelmäßigen Vorinformationstreffen, die Franz vor über einem Jahrzehnt eingeführt hatte, hinlänglich bekannt. Aber er nutzte die Zeit, die während Stadlers umständlichen Ausführungen verrann, um herauszubekommen, mit welchem Dreh er das etwas verkrampfte Klima im Saal auflockern konnte. Von Anfang an wollte er sich in wiedererstarkter Positur präsentieren, als der alte unerschütterliche Felsblock.

Als der Gemeindebeamte endlich fertig mit seinem Sermon war, glaubte Stegmüller gefunden zu haben, was er gesucht hatte. Wie beiläufig, dabei ironisch das Amtsdeutsch Stadlers imitierend, fügte er hinzu, der werte Kollege habe leider zu erwähnen vergessen, daß der Auftrag zur Herstellung eines Luxusschaukastens selbstverständlich öffentlich ausgeschrieben werde. Stadlers Kopf lief sofort rot an. Franz fuhr mit pfiffiger Miene fort:

»Es liegt natürlich auf der Hand, daß ortsansässige Bewerber für uns Priorität haben. Da es in Vössen nur eine, die Schreinerei Wittmann gibt, wird sie wohl auch den Zuschlag erhalten. Vorausgesetzt, Kostenvoranschlag und Entwurf bewegen sich in halbwegs vertretbarem Rahmen.«

Er machte eine Pause und blickte schmunzelnd reihum.

»Insbesondere beim Entwurf werde ich allerdings persönlich ein Auge darauf haben, daß er nicht zu oberammergaumäßig ausfällt.«

Franz wartete einen Augenblick. Als die Lacher ausblieben, obwohl er selbst das Gefühl hatte, genau den richtigen, sonst regelmäßig zu guter Laune ansteckenden Ton getroffen zu haben, forderte er zur Abstimmung auf, zu der, gerade noch rechtzeitig, auch Buchinger senior auftauchte. Der Beschluß fiel einstimmig.

Dasselbe war auch für Punkt zwei zu erwarten: Erweiterung einer Montagehalle der Firma Lössl Fertigbau im Gewerbegebiet Hagenauer Moor. Gekränkt, weil ihm die Gefolgschaft in die Heiterkeit verweigert worden war, unterbrach Franz seinen Oberbeamten nun mitten im Amtsakt. Dieses Mal wollte er das Verfahren abkürzen, um zum wesentlichen Punkt drei zu kommen. Doch unvermutet erwachten gerade hier die Gemeinderäte zu ungewöhnlicher Lebhaftigkeit. Man wollte plötzlich alles noch einmal ganz genau diskutieren. Kämmerer Piller mußte Lage- und Bauplan, Flurkarte und Fotos vom Gelände an die Wand projizieren. Man erkundigte sich nach der vorgesehenen Bauhöhe, der zusätzlichen Lärmbelästigung durch neue Maschinen, dem Belüftungssystem, der Ausrichtung der Abluftrohre und ob sie nicht die Nutzung der benachbarten Tennisplatzanlage beeinträchtigten. Max Stadler zuckte also die Schultern gegen seinen Chef und nahm das Referat wieder auf. Er faßte die in früheren Sitzungen erarbeiteten Argumente zusammen, ergänzte sie um Statistiken, sprach vom Erhalt regionaler Arbeitsplätze, von den Sachzwängen eines internationalen Wettbewerbs bei schwieriger Auftragslage, von der landschaftlichen Einpassung des Umbaus mittels Giebeldach, Strauchwerkstreifen.

Franz konnte von seinem Platz aus die Bilder nicht sehen, die Piller an die Wand warf. Er hätte sich umdrehen müssen. Statt dessen studierte er seine debattierenden Räte. Stumm ließ er ihre künstliche Betriebsamkeit auf sich wirken. Er wunderte sich zum ersten Mal, denn gerade Lössls Antrag war im Vorfeld erschöpfend wie selten erörtert worden. Als Franz feststellte, daß die Nachfragen allmählich verebbten, beschränkte er sich darauf, zum Votum überzuleiten, konnte sich jedoch eine spitze Bemerkung nicht verkneifen:

»Im übrigen ist die Firma Lössl ein schönes Beispiel dafür, daß auch unter meiner Ägide ökonomische Interessen zum Zug kommen, wenn sie dorfgerecht auftreten.«

Er lehnte sich befriedigt zurück, denn die spontane Äußerung schien ihm ein geschickter Schachzug vor dem letzten Punkt der Tagesordnung zu sein: Antrag auf Änderung des Bebauungsplans für die Flurstücke 168/1 und 3 an der Ortsausfahrt Ost. Es handelte sich um eine große, partiell mit Laubwald bestandene, sanft in einer Senke auslaufende Fläche, die schräg und leicht versetzt zum Campingplatz auf der gegenüberliegenden Seite der Uferstraße Richtung Autobahn lag. Der Grund gehörte der Betreiberin des Platzes, Antonie Hupfauf, die sich mit dem Ausbau des Kiosks zum Gastronomiebetrieb übernommen hatte. Frau Hupfauf, das war allgemein bekannt, hatte sich völlig verkalkuliert und konnte kaum ihre Kredite abzahlen. Schuld daran trug nur zum Teil sie selbst, denn die drastischen Einbußen beim Tourismusgeschäft hatte niemand voraussehen können. Seit ihr jedoch für ihr Grundstück lukrative Kaufangebote von gleich drei konkurrierenden Lebensmitteldiscountern gemacht worden waren, witterte sie die Chance, sich auf einen Schlag zu sanieren. Dazu bedurfte es aber einer Änderung des Bebauungsplans, genauer gesagt, das ganze Areal mußte vom reinen Wohn- zum sogenannten Mischgebiet umdeklariert werden. Denn die Grundstücke für maximal vier Wohnhäuser, die dort theoretisch gebaut werden durften, würde Antonie aufgrund Überschwemmungsgefahr und der ungünstigen Lage am stark befahrenen Zubringer zur Autobahn nie gewinnbringend verkaufen können. Es war allerdings ebenfalls bekannt, daß Bürgermeister Stegmüller einem solchen Ansinnen niemals zustimmen würde.

Franz hielt es für ein gelungenes taktisches Manöver, die Entscheidung über Lössls Montagehalle unmittelbar vor den Hupfauf-Antrag gestellt zu haben. Seine Anspielung auf eine seiner politischen Leitlinien lieferte ihm jetzt eine Steilvorlage für die geplante Strategie. Kaum war Stadler mit der Verlesung der wesentlichen Abschnitte zu Ende, würgte sein Chef ihn erneut ab und warf sich selbst in den Ring:

»Sehen Sie, da haben wir gleich das Gegenbeispiel. Antonie ist ja ein lieber Mensch, eine ganz alte Freundin. Sie verdient unsere Solidarität. Wer von uns würde nicht alles in seiner Macht Stehende tun, um ihr wirtschaftlich wieder auf die Beine zu helfen. Aber daß die Gemeinde dabei irreparablen Schaden erleidet, ist nicht zu verantworten.«

Ohne Atempause ging Franz dazu über, die durch die Ansiedlung eines Discounters entstehenden Probleme und finanziellen Folgelasten für die Kommune aufzuzählen: Die Straße sei an dieser Stelle viel zu schmal, es gebe noch nicht einmal einen Gehweg. Auch eine Verbreiterung mit Abbiegestreifen wäre erforderlich, aber kaum durchzuführen, da die beengten topographischen Gegebenheiten zu wenig Spielraum ließen; das Verkehrschaos sei deshalb vorprogrammiert. Überhaupt habe man ein gut sortiertes Lebensmittelgeschäft im Ort, und es sei wissenschaftlich belegt, daß die aggressive Dumpingpreispolitik der Konzerne in einem Dorf wie Vössen nicht nur die direkte Konkurrenz, sondern den gesamten Einzelhandel austrockneten. Man sei doch ohnehin umzingelt von diesen häßlichen Warenlagern, mit dem Auto erreiche man sie in zehn Minuten, ihr schädigender Einfluß sei auch so groß genug, von der Verschandelung unserer herrlichen Landschaft gar nicht zu reden. Wie es heute mit dem Geschäftsleben im Ortskern von Manzing, Sturzbach, Brumfting et cetera stehe, sei außerdem bekannt. Ein Billig-Supermarkt am Ortseingang, direkt am See, und daneben das Schild »Willkommen im Erholungsort Vössen«: Eine schöne Visitenkarte gebe das ab. Nebenbei bemerkt sei von diesen Konzernen kein Cent Gewerbesteuer zu erwarten, die zahlten sie nämlich nur am Stammsitz. Er, Franz Stegmüller, weigere sich jedenfalls, die Prosperität eines ganzen Orts aufs Spiel zu setzen wegen der Leichtfertigkeit einer einzelnen.

Gleich zu Beginn der rhetorischen Darbietung des Bürgermeisters hatte sich Buchinger senior zu Wort gemeldet. Wie ein übereifriger Schüler streckte er seither den Zeigefinger in die Luft. Jetzt wurde es ihm endlich von Franz erteilt. Der wußte im voraus, was kommen würde. In der Tat sprang der wie immer in Arbeitskluft erschienene Austragsbauer sofort vom Stuhl auf, stemmte die Arme auf die Tischplatte, lehnte den Oberkörper vor. Der alte Buchinger stand seit jeher im Ruf eines fanatischen Wirrkopfs, und seit er vor einigen Jahren an den Sohn übergeben hatte, nahmen seine politischen Aktivitäten noch weiter zu. Neuerdings engagierte er sich bei den Globalisierungsgegnern.

»Wir leben im Zeitalter des Turbokapitalismus. Vielleicht haben sogar Sie schon einmal davon gehört. Selbst ein Dorf wie Vössen kann nicht so tun, als gehe einen das nichts an. Jede Entscheidung, die wir hier treffen, ist indirekt auch für die Lage in Entwicklungs- oder Schwellenländern mitverantwortlich. Ob Sie das wollen oder nicht.«

Einige Räte rollten mit den Augen, in der Mitterbinder-Ecke stöhnte man höhnisch auf. Buchinger fuhr fort in provokativ bedächtigem Tonfall:

»Auch hierzulande sind die Arbeitsbedingungen in den Billigmärkten skandalös. Man unterläuft die Sozialversicherungspflicht, Betriebsräte werden nicht zugelassen, Lehrstellen gibt es sowieso keine. Von der durch die globalen Warenströme verursachten ökologischen Katastrophe, von der Ausbeutung in den Billiglohnländern, von Gentechnologie, Düngemittel, Pflanzengift will ich gar nicht erst reden.«

»Na, das wird wohl das beste sein, Axel. Nicht schon wieder. Immerhin gibt es Arbeitsgesetze in unserem Land. Und wir leben zum Glück in einem Rechtsstaat, der unter anderem auch den freien Wettbewerb garantiert.«

Franz hatte gewartet, bis die Unruhe im Sitzungssaal weit genug fortgeschritten war, um mit dem Einwurf den vorgesehenen Effekt zu erzielen. Mit dem Mißmut, den der ideologische Übereifer Buchingers wie üblich unter den Räten auslöste, hatte er nämlich gerechnet. Er war die perfekte Vorbedingung für seine zugegeben etwas populistische Äußerung, mit der sich jedoch mühelos der Verdacht zerstreuen ließ, Franz selbst könnte in dieser Frage weltanschaulich befangen sein. So konnte er sich ganz als Realpolitiker präsentieren, der nur das Wohl der Gemeinde im Auge behielt.

Es gab keine weiteren Wortmeldungen mehr. Auch das hatte Franz vorausgesehen. Mit der schönen Gewißheit, seine kleine Schlacht nicht nur bereits gewonnen, sondern nachgerade glorreich geschlagen zu haben, forderte er den Gemeinderat zum Votum auf.

Und hier nun setzte der Moment ein, der sich unvergeßlich in Stegmüllers Gedächtnis eingrub und mit einer besonderen Sensibilisierung seiner Sinnesorgane einherging. Als bedeckte ein dünner durchsichtiger Belag die objektive Welt, schien sich dahinter plötzlich eine andere, wirklichere Schicht der Dinge zu zeigen. Im Kopf des staunenden Bürgermeisters aber schossen sie zu jenem wie für die Ewigkeit gemachten Gesamtbild zusammen: Bis auf Buchinger und seine zwei stur loyalen Parteigänger reckten sich, wie schon vor einigen Wochen beim Beschluß über die Zweitwohnungssteuer, die Arme sämtlicher Gemeinderäte in die Höhe und stimmten der Bebauungsplanänderung zu. Franz' Augen wanderten, nachdem er den Sachverhalt einigermaßen erfaßt hatte, die Reihen entlang, unendlich langsam, wie ihm vorkam, als er plötzlich wie neben sich stand und sich selbst beobachtete, in einer Atmosphäre sonderbar gedämpfter, allen Nachhalls beraubter Lautlosigkeit. Auf jedem einzelnen Ratsmitglied verweilte sein Blick endlos, so schien es ihm, als müsse er sich jede Einzelheit ihrer Mienen einprägen: Die noch schärfer wie sonst geschnittene Nase im mageren, todernsten Gesicht Josef Mitterbinders, das trotzige, naive, hämische Grinsen seiner Nebenmänner; des weiteren auch peinlich berührtes Starren, zu Boden gesenkte Blicke, gleichgültiges Glotzen auf die Tischplatte, amüsiertes Gaffen in den offenen Dachstuhl hinauf oder ins eigene, heiter unbeschwerte Innere hinein. Dabei erschien Franz die fahle Helligkeit, die durch die vorhanglosen Fenster hereinfiel, aus unerfindlichen Gründen besonders beachtenswert, dieses Licht eines typischen Januarnachmittags unter geschlossener Hochnebeldecke, in dem die Gegenstände stumpf wirkten, wie mit Grauschleier überzogen. Aber er allein nahm es wahr, nur er wußte von der echten Farbe darunter, die jetzt rasch eindunkelte, denn die Dämmerung brach über das Rathaus von Vössen herein wie eine Sturmfront. Man kann der Nacht bei der Arbeit zusehen, dachte Franz und erschrak über den Gedanken, bemerkte dazu einen muffigen Geschmack auf der Zunge, während er gleichzeitig sein Herz den Hals heraufpochen spürte, nicht einmal aufgeregt jagend, nur nachdrücklicher, vielleicht auch ein wenig stechend. Dann hörte er Max Stadler mit spröder und abgespannter Stimme das Ergebnis der Abstimmung verkünden.

Der Amtsleiter packte die Unterlagen zusammen, Kämmerer Piller klappte den Laptop zu, die Räte drängten zum Ausgang. Einige defilierten gewohnheitsmäßig am Bürgermeister vorbei, schüttelten ihm zum Abschied die Hand, manche murmelten dabei auch entschuldigende, rechtfertigende, tröstende Worte in Stegmüllers Taubheit hinüber. Da war der Augenblick des Staunens schon wieder vorbei.

Dennoch blieb Franz sitzen.

Dann war er endlich allein. Er fühlte das große grobe Kreuz auf dem Gemälde über seinem Scheitel, er brauchte nicht hinzusehen. Als eine Art Zielschiebe hing es da, justiert auf seine Stirn. Zugleich spürte er einem Schmerz nach, der sich nicht lokalisieren und erst recht nicht deuten ließ in Hinblick auf die Schwere der Wunde, die er, das allerdings wußte er mit Bestimmtheit, soeben empfangen hatte.

2. Kapitel
NACH DEM BEGRÄBNIS

Asger Weidenfeldt erreichte das kleine Dorf Heid, als das Ende des Leichenzugs die Aussegnungshalle gerade hinter sich ließ, aber vorne mit dem Sarg bereits an der Graböffnung anlangte. Ein enormer bunter Ring aus Menschen in bäuerlicher Tracht und Uniformen schlang sich um Kirche, Friedhof und Dorfanger. Auch zahlreiche Leute in gewöhnlicher Kleidung waren darunter. Asger beobachtete das Geschehen vom Auto wie aus der Vogelperspektive, denn die Straße führte über eine Kuppe, die sich unmittelbar vor der ebenfalls auf einem niedrigeren Hügel gelagerten Ortschaft erhob. Noch lagen vereinzelt Schneebretter auf den niedergedrückten, wie mit fahlgrünem Schleim bedeckten Wiesen ringsum. Vor einem wolkenlos blauen Horizont marschierten Feuerwehrmänner, Schützen- und Trachtenvereinsmitglieder mit aufwendig bestickten Brokatfahnen hinter einer Blaskapelle. Dann kamen die Honoratioren. Alles, was Rang und Namen in der Kommune besaß, schien sich zum Begräbnis des alten Pfarrers eingefunden zu haben, Handwerker, Bauern, Geschäftsleute und natürlich Bürgermeister Stegmüller, zu dessen Amtsbezirk Heid gehörte. Auch Wenzel Poßmann bewegte sich unter ihnen wie selbstverständlich. Asger zögerte, sich dem Kreis der Trauernden anzuschließen. Das Ritual schien ihm für jemanden wie ihn tabu.

Beinahe überstürzt hatte er am Morgen Berlin mit dem Flugzeug verlassen. Das Stadtleben war ihm in den letzten Wochen immer uninteressanter geworden. Es wollte ihm nicht gelingen, die früheren Gewohnheiten wiederaufzunehmen, seine alte Rolle zu spielen. Sie kam ihm vor wie die knittrige und verzogene Maske eines Fremden. Anfangs hatte er sie dennoch getragen, war wieder regelmäßig ins Theater, in die Clubs gegangen, auf Konzerte, Vernissagen, zu Vorträgen, hatte sich in dem uferlosen Bekanntenkreis bewegt, den die Metropole einem wie ihm zu bieten hatte. Dort nahm er wie eh und je teil am endlosen Gespräch über den aktuellen Stand der Dinge in Kunst und Weltpolitik. All das fand er auch wirklich nett, kurzweilig, manchmal sogar spannend, doch blieb stets ein Beigeschmack zurück. Dazu kam das geschäftige, gut gelaunte Flair seines Stadtteils im Osten, dieses wie aufgedrehte, selbstgefällig die eigene Betriebsamkeit zur Schau stellende Straßenleben, von dem er sich ausgeschlossen fühlte und das ihn zunehmend abstieß. Meistens blieb er zu Hause.

Er schlief viel, blieb auch hinterher lange im Bett liegen, las, hauptsächlich Gedichte, blickte dann, über einzelne Verse weniger sinnierend als seine Gedanken in ihnen auflösend, zum Plafond, durchs Fenster, ins kahle Geäst der Platane davor. Es verging ein Monat, bis er sich endlich eingestand, daß wohl irgend etwas für ihn unerledigt geblieben war dort in Vössen, auch wenn er nicht hätte sagen können, was. War es doch unvermeidlich gewesen, daß eine Provinzexistenz einem wie ihm auf Dauer zu einer reizlosen, ja albernen Angelegenheit werden mußte. Warum sollte ausgerechnet er einem Dornröschenschlaf beiwohnen, den zu beenden kein Prinz jemals vorüberkommen würde? Und hatte er das Schlafverhalten in dieser dem Vergessen anheimgegebenen Region nicht ausgiebig erforscht? Obwohl sein Ergebnis dürftig ausgefallen war. Aber lag das an ihm? Andererseits fragte er sich, ob der Unterschied zwischen Stadt und Land wirklich so groß war. Im wesentlichen, dachte er, unterscheiden sich meine Tage hier in der Hauptstadt von denen in Fuchsenhub doch kaum; nur die Aussicht ist weniger hübsch.

Nur für eine Sache hatte Asger in diesen zwei Monaten des Rückzugs dauerhaft Interesse aufbringen können. Sie hatte allerdings mit seinem Aufenthaltsort nichts zu tun: Gleich nach seiner Flucht aus Fuchsenhub hatte ihm Wenzel per E-Mail einen kleinen Text geschickt, der sich als atmosphärisch dichte, ebenso originelle wie witzige Studie herausstellte. Es handelte sich um einen kurzen Dialog mit einem Jedermann. Von dem Bedürfnis getrieben, irgendwo in seinem näheren Umfeld einen Partner für ein etwas tiefer schürfendes Gespräch zu finden, bemühte sich ein Ich-Erzähler im Lauf der Unterhaltung, den geistigen Stand seines Gegenübers zu ermitteln, um ihn genau dort, wie er sich sagte, abzuholen. Dabei stieß er mit jedem Satz auf neue, unüberbrückbare Hürden und mußte mit jeder Erwiderung das intellektuelle Niveau seiner Äußerungen immer noch ein Stück weiter absenken. Schließlich erreichte er einen Punkt, an dem ihm die Worte endgültig ausgingen und er sich fragte, wozu er seine Bildung, all sein Wissen überhaupt erworben, seinen Scharfsinn geschult hatte. Der Dialog war clever gearbeitet. Kleine eingeschobene Kommentare verstärkten geschickt die Dynamik und wurden nirgends besserwisserisch oder abfällig. Sie erzeugten vielmehr einen Sog und eine Tragikomik, die Asger während der Lektüre mehrmals zu schallendem Gelächter hinriß. Zusätzlich gesteigert wurde der Effekt dadurch, daß sowohl die allmähliche Zersetzung der Geisteskräfte beim Ich-Erzähler als auch die Begriffsstutzigkeit seines Bekannten durchaus nachzuvollziehen waren. Dieser wirkte am Ende seinem schier verzweifelt um Sinn und Sprache ringenden Befrager gegenüber sogar heillos überlegen. Nahezu weise klangen seine Gemeinplätze, als sollten sie belegen, daß man mit ihnen in Zeiten wie diesen besser fuhr und der Wirklichkeit näher kam als durch unnützes Reflektieren.

Im Nu war Asgers Interesse für Wenzels Artikel wieder geweckt, an dessen Verwirklichung er schon längst nicht mehr geglaubt hatte. Die Miniatur sei ein Nukleus, um den herum sich weiterbauen lasse, hatte er dem Freund sogleich geantwortet. Seither waren laufend neue Fragmente eingetroffen. Asger prüfte, korrigierte sie, schlug Verbesserungen vor. Gemeinsam überlegte man taugliche Anschlüsse, Erweiterungen, wobei Asger nie die Rolle des Ratgebers überschritt. Endlich lag der vollständige Aufsatz sprachlich und stilistisch geschliffen vor und hatte sich zu einem veritablen, ebenso humorvollen wie traurigen Kommentar zur Geisteslage der Nation ausgewachsen.

Asger war regelrecht aufgewühlt, nachdem er das fertige Manuskript gelesen hatte: Seiner Ansicht nach hatte Wenzel einen Prosaessay von durchaus literarischem Rang zustandegebracht. Er würde auf jeden Fall ein gewisses Aufsehen erregen.

Mit Eckart Eberl handelte er für den Beitrag eine gute Sendezeit auf seinem überregionalen Radiokanal aus und brachte ihn zudem in einer großen Wochenzeitung unter. Tags zuvor war mit den Druckfahnen der Bescheid gekommen: Nach Absprache mit Eberls Redaktion werde der Artikel in der kommenden Nummer zeitgleich mit dessen Ausstrahlung im Rundfunk erscheinen.

Asger buchte einen Flug nach Süden. Er wollte dem Autor die Nachricht persönlich überbringen. Als er den Koffer packte, ertappte er sich, wie er über Utensilien nachdachte, die auch für einen längeren Aufenthalt nötig wären. Er schüttelte lachend den Kopf.

Am Flughafen nahm er sich einen Leihwagen und fuhr direkt zum Stadtarchiv in der Kreisstadt. Aber Wenzel war nicht da, und Simone, die ihm überrascht, aber keineswegs unfreundlich die Tür öffnete, als er am Poßmannschen Eigenheim klingelte, leitete ihn weiter zur Beerdigung in Heid: Pfarrer Heitauer sei gestorben. An Leukämie. Er habe ihrem Mann viel bedeutet. Ohne weiter nachzudenken, nahm Asger Kurs auf das etwa fünf Kilometer nordwestlich von Vössen gelegene Dorf.

Was er über den Geistlichen und Wenzels Beziehungen zu ihm wußte, war nicht viel. Daß Heitauer für den Freund während der Schulzeit eine Art Gegenfigur zu Dr. Stricker darstellte, als Asger die Besuche bei ihm ausdehnte, war immer nur eine Vermutung geblieben. Wenzel selbst hatte sich nie darüber geäußert. Außerdem war Poßmann Protestant, also auch nicht in Heitauers Religions-, sondern gemeinsam mit ihm im Ethikunterricht gesessen. Gerade das hatte den Gesprächen der beiden, die Asger gelegentlich auf den Schulgängen hatte beobachten können, ja ihren außergewöhnlichen Status verliehen.

Asger war nicht getauft, daher hatte er den ehemaligen Pfarrer von Vössen kaum gekannt, allenfalls von den Gemeinderundfahrten mit Stegmüller. Von Franz erfuhr er später, als er die Provinz längst verlassen hatte, daß Heitauers Pfarramt auf eigenen Wunsch in den kleineren Nachbarsprengel verlegt worden war. Es hatte Asger nicht sonderlich interessiert.

Als er sein Auto am Ende der Reihe abgestellt hatte, die weit über die Dorfgrenze hinausreichte, blieb er sitzen und kurbelte das Seitenfenster herunter. Vom Friedhof, der Trauergemeinde, war von dieser Stelle aus nichts zu sehen. Aber mit der trotz strahlenden Wetters eiskalten Luft und dem Weihrauch wehten, etwas verwackelt und schief, die Töne der Blechbläser herüber. Sie spielten eine volkstümliche, getragen klagende Melodie. Asger erinnerte sie an Trauermelodien aus anderen Weltgegenden, und er dachte, daß sie sich im Grunde alle gleich anhörten. Gleichgültig ob die Klänge aus Afrika, den Südstaaten, vom Mittelmeer stammten: Wenn er sie hörte, vermittelten sie ihm jedesmal das Gefühl, einem rätselhaften Geschehen beizuwohnen, von dem er selbst unwiderruflich ausgeschlossen war.

Dieses Gefühl wiederholte sich jetzt. Wieder einmal kam es ihm vor, als sei er mitten im eigenen Land von Eingeborenen mit exotischen Riten umgeben. Dieses Mal schlug die Befangenheit eines Fremden, die ihn sonst befiel, jedoch um. Nicht sie, ich bin die bizarre, die unzugängliche Erscheinung, dachte er plötzlich. Es war nicht in erster Linie sein Abgeschnittensein von diesen Trauernden, was ihn bewegte, sondern der Umstand, daß hierzulande diese aus tiefen Vergangenheiten herüberreichenden Traditionen immer noch gelebt wurden. Damit hatte er nicht gerechnet, dergleichen war ihm nicht einmal aus seiner Kindheit vertraut.

Nach einiger Zeit stieg er doch aus. Zaudernd, hinter der Parkreihe Deckung suchend, bewegte er sich auf die Kirche zu, bis knapp vor die Mauer des Friedhofs. Von hier aus ließ sich das Geschehen wieder verfolgen. Umgeben von Ministranten und etlichen Priestern, die offenkundig ihrem Kollegen das letzte Geleit gaben, sprach ein junger Pfarrer über eine kleine Lautsprecheranlage. Danach übergab er das Mikrophon dem Bürgermeister.

Asger ließ den Blick über die Menschengruppen in ihren verschiedenen Trachten und Uniformen und über die zum Himmel gestreckten, im Sonnenlicht glänzenden Fahnen gleiten. Ihre Anordnung um die Grabstelle wirkte wie komponiert. Es war, als betrachte er ein altes Gemälde, ein Werk von großer Schönheit, wie er sich eingestehen mußte. Die Autos im Hintergrund änderten nichts daran. Asger war seltsam gerührt. Er mußte wegschauen.

Nach einer Salve von Böllerschüssen blickte er wieder auf. Der Sarg wurde hinabgelassen, die Menschen zogen am offenen Grab vorbei, die Versammlung begann sich aufzulösen.

Asger wich bis ans Ende des Vorplatzes zurück, wo er Wenzels Wagen ausgemacht hatte. Dort wollte er den Freund abpassen. Doch der säumte, stand rauchend vor dem Friedhofstor. Asger war schon im Begriff, ein paar Schritte auf seinen Freund zuzugehen, als er den jungen Pfarrer, der die Beerdigung geleitet hatte, auf ihn zutreten sah. Der kleine stämmige Mensch legte die Hand auf Wenzels Schulter, während er auf ihn einredete. Dann drückte er ihn kurz an sich, bevor er ihn endlich zu seinem Auto aufbrechen ließ. Unterwegs schien Wenzel sich Tränen von den Wangen zu wischen. Asger war sich nicht sicher.

Wenzel Poßmann bemerkte den Freund spät, er sah erst beim Auto wieder vom Boden auf. Zwar freute er sich, doch fühlte er sich zugleich gestört. Asgers wunderbare Nachricht, selbst der Umstand, daß er dafür eigens aus Berlin angereist war, konnten nichts daran ändern. Asger Weidenfeldt hatte hier einfach nichts verloren. Wenzel staunte selbst über die Gewißheit, mit der er dies dachte.

»Simone hat mir gesagt, wo ich dich finde. Der alte Heitauer war dir wohl wichtig.«

Asger nickte Richtung Kirchhof.

»In der Schule, ich erinnere mich …«

»Eine Zeitlang war er sozusagen alles, was ich hatte. Bevor

meine Frau, meine Kinder da waren, gab es eigentlich nur ihn. Vermutlich würde es sie ohne ihn gar nicht geben ...«

Wenzel konnte nicht weitersprechen.

»Davon hast du mir nie was erzählt.«

»Die Krankheit hat sich jahrelang hingezogen, man mußte jederzeit damit rechnen. Aber dann ging alles rasend schnell. Er wollte sein Amt ja um keinen Preis aufgeben. Er hätte es tun können. Seine Stimme bei der letzten Messe ... sie war kaum mehr zu hören. Es war schlimm mit anzusehen, wie er immer mehr verfiel ... so alt war er übrigens gar nicht ...«

Es ist absurd, dachte Wenzel, jetzt ausgerechnet von Asger Trost zu erwarten.

»Ich habe ein wenig die Beherrschung verloren, verzeih.«

Unerträglich allein schon der Gedanke, von ihm auch nur berührt zu werden.

»Mit neunzehn, als es aus war mit unserer Freundschaft, da war mir alles unerträglich. Bei dir ging es immer steiler bergauf, bei mir ging es im Sturzflug abwärts. Keine Ahnung, was passiert wäre, hätte es nicht diesen alten Pfarrer gegeben, der sich genauso linkisch durch die Schulgänge drückte wie ich selber. Eines Tages traute ich mich, sprach ihn an. Er war auch sofort bereit, mich anzuhören. Dabei bin ich nicht einmal katholisch.«

»Dabei wären Sie es seinerzeit beinahe geworden, nicht wahr, Herr Poßmann? Was war es, das Ihrem Schritt am Ende doch im Wege stand? Das Dogma der Transsubstantiation? Die Konsekration? Die liturgische Weihehandlung beim Abendmahl? Weil sie nicht symbolisch, sondern wahrhaftig die wirklich und wesentlich verstandene Gegenwart Christi mit Leib und Blut erwirkt?«

Der junge Geistliche mit dem vollen dunklen Haar baute sich so dicht vor Asger auf, daß der den Weihrauch riechen konnte, der dem Priesterkleid entströmte. Mit leuchtenden Augen stellte er sich vor als Werner Schanze, Seelsorger der Gemeinde Vössen seit einigen Jahren. Asger Weidenfeldt war noch ganz durcheinander von dieser verspäteten Lebensbeichte seines Freundes, während in

Wenzels Miene offenkundig Scham und Trotz miteinander stritten. Asger fiel die für einen Dorfpfarrer ungewöhnlich gehobene theologische Diktion zuerst gar nicht auf. Er war mit der Frage beschäftigt, warum sich Wenzel über dieses Kapitel seiner Biographie bislang ausgeschwiegen hatte, das ihm als Gegenentwurf zu seinem eigenen durchaus eine gewisse Folgerichtigkeit zu haben schien. Es war für Wenzels Situation seinerzeit wohl angemessen und notwendig, sich ein anderes Fundament für sein psychisches Heil zu suchen, dachte er. Andererseits ist ihm das Andenken an diesen Lebensabschnitt heute vielleicht peinlich. Womöglich wollte er selber Priester werden.

Erinnerungsfetzen tauchten auf, während Asger dem Priester höflich lächelnd zunickte, als würde der ihm nur altbekannte Einzelheiten erzählen, und spulten sich in rasender Geschwindigkeit ab. Bilder, Bruchstücke von Gedanken wirbelten auf wie Staub, der sich durch einen Windstoß jäh von den Gegenständen hebt, Sätze, Blicke, die ihm auf einmal in neuem Licht erschienen: Wenzels anfangs wütende, später spöttische, schließlich übertrieben gelassene Kommentare über Asgers Begeisterung für Dr. Stricker und seinen Glauben an das »emanzipatorische Potential von Kunst«; seine Rechtfertigungen dafür, daß er eine Beamtenlaufbahn einschlagen wollte; der pathetische Vorsatz, von nun an ein bürgerliches Leben zu führen, Teil der früher von ihnen verachteten Normalität zu sein. Einen Überblick, ein Urteil ließ dieser sekundenschnelle Vorgang nicht zu. Asger wußte nur, daß er den Freund jetzt nicht bloßstellen durfte.

Pfarrer Schanze, bei dem jede Einzelheit seiner Gesichts- und Körpersprache Entgegenkommen ausdrückte, fühlte sich in seinem Auftritt bestätigt. Ihm sei natürlich bekannt, wen er vor sich habe, sagte er. Wer könne sich da seiner Neugier erwehren? Auch Priester seien Menschen. Ob Asgers öffentliche Präsenz in letzter Zeit weniger geworden sei? Ob der Eindruck täusche? Er wage im übrigen ja nur deshalb so frei und unbefangen auf ihn zuzugehen, weil er sicher sei, daß sich Asger als autonomer Geist prinzipiell auch Theologen gegenüber aufgeschlossen zeigen werde. Außerdem gebe es zahllose Berührungspunkte zwischen dem Glauben und der Freiheitsidee der Künste. Mit Herrn Poßmann habe er schon des öfteren die Möglichkeit zum Disput genutzt. Er sei natürlich auch über ihre Freundschaft informiert, wie man über so etwas eben informiert sei in einem Dorf.

Durch eine abrupte Wendung zur Kirche schaffte es Schanze, Weidenfeldts Gedanken von Poßmanns Geheimnissen ab und auf sich zu lenken. Er streckte beide Arme aus und zeigte zum Friedhof hinüber. Die Geste ließ Asger an einen seine Skistöcke schwingenden Wintersportler denken. Er habe das Begräbnis ja miterlebt, dieses Wirrwarr unterschiedlichster Lebensentwürfe und Ansprüche, die da versammelt gewesen seien, begann der Dorfpfarrer jetzt. Nichts vereine diese Menschen in ihrem gottfernen Alltag, jeder suche in anderer Richtung nach dem, was seinen Erdentagen wenn schon nicht Sinn, so doch zumindest einen gewissen Freizeitwert und so wenig Angst wie möglich beschere, fuhr er fort, und Asger staunte über den strahlenden Gesichtsausdruck, den er dabei an den Tag legte. Ein derart selbstgewisses, vor Kraft strotzendes Auftreten hätte er einem katholischen Geistlichen gar nicht zugetraut. Sie verbündeten sich in Gruppen, sagte Schanze, verbarrikadierten sich in ihren Einfamilienhäusern oder in politischen Lagern. Sie verteidigten ihre Berufs- und Eigeninteressen, meist achtlos gegeneinander, oft auf Kosten anderer, manchmal in offener Feindschaft. Asger hatte das seltsame Gefühl, einer wie speziell auf ihn zugeschnittenen Predigt beizuwohnen.

»Das ist der gemeinsame Ausgangspunkt, von dem ich vorhin gesprochen habe, Herr Weidenfeldt. Das Dorf Vössen ist die ganze Welt im kleinen, nicht wahr? Und Religion und Kunst haben scheinbar gleichermaßen keinen Platz darin.«

Andererseits bildeten diese Menschen trotzdem so etwas wie ein Ganzes. Jeder trage blind, aber unabweisbar Verantwortung für alle. Und dann stünden sie unversehens doch friedlich vereint als Lämmer um ihren toten Hirten, am Sarg des Mannes, der bis zuletzt unter ihnen ausgeharrt habe und sich seines verlorenen Postens stets bewußt gewesen sei.

»Als Bilanz eines christlichen Lebenswegs mag das wenig erscheinen. Aber die Amtszeit Heitauers fiel auch in die finstersten Jahrzehnte der Entchristianisierung Europas. Er hat immerhin über die Zeit gerettet, was zu retten war. Mitten in der geistlichen Wüste der modernen Konsumwelt hat Pfarrer Heitauer das Leben eines Asketen geführt. Und mit Gottes Beistand brachte er auch die nötige Demut dafür auf. Daher rührte wohl auch seine spezielle Anziehungskraft auf gewisse Schüler, ist es nicht so, Herr Poßmann? Oder wollen Sie behaupten, Sie hätten schon mit neunzehn erkannt, daß die katholische Kirche den letzten Gegenpol zu Kapital und weltlicher Macht bilden würde?«

Wenzel war von Schanzes Überfall vollkommen überrascht. Gewiß, er hatte den nur wenig älteren Pfarrer von Vössen an Heitauers Krankenbett als keineswegs unsympathischen Nachwuchsseelsorger kennengelernt und das eine oder andere anregende Gespräch mit ihm geführt. Als ihn beim Verlassen des Kirchhofs Trauer übermannte, hatte er die Umarmung des Geistlichen gerne in Anspruch genommen, als eine zum Priesteramt gehörige Pflicht. Der klerikale Plauderton, den er jetzt anschlug, war ihm jedoch höchst unangenehm.

Asger hingegen folgte mit wachsender Neugierde den für ihn gänzlich fremdartigen Ausführungen des jungen Priesters, der gerade erzählte, daß Heitauer gemeinsam mit dem Heiligen Vater das hiesige erzbischöfliche Studienseminar besucht habe. Doch sei er aus dieser Schulkameradschaft keineswegs als Intellektueller hervorgegangen. Wissen, Bildung, Vernunft seien auch nicht zwingend nötig für eine christliche Lebensweise. Das zeige ihre zweitausendjährige Geschichte. Das Eremitentum des Heiligen Antonius, die Mönchsregeln Benedikts von Nursia, Franz von Assisis Bettelorden, selbst die ›Geistlichen Übungen‹ des Ignatius von Loyola seien sehr gut ohne sie ausgekommen. Ihr Credo habe gelautet: bedingungslose Selbsthingabe, nicht Selbstverwirklichung, die heute gemeinhin mit Freiheit verwechselt werde. Das sei auch Pfarrer Heitauers Credo gewesen. Er habe es ihm, Schanze, gegenüber wiederholt, so oft er in seinen letzten Monaten mit ihm zusammen gekommen sei. Selbstverwirklichung habe er als ein anderes Wort für die Versklavung ans eigene Ich betrachtet, die den Menschen schutzlos den Einflüsterungen eines ständig wechselnden Zeitgeists ausliefere.

»Wer den Abarten der Knechtschaft entgegentreten will, bedarf, wie auch Sie zugeben werden, einiger Wahrheit jenseits von Meinung und subjektivem Gewissen. Sogar der liberale Rechtsstaat ist unverfügbaren, wenn Sie so wollen, christlichen Grundsätzen verpflichtet. Kein Mensch darf zum Beispiel einen anderen Menschen besitzen, kein Staat, keine Macht. Kein Vertrag darf das vereinbaren.«

Der junge Pfarrer blickte auf die Uhr, machte aber weiter mit seiner immer gehetzteren Privatpredigt. Als bestünde Gefahr, nicht alles loszuwerden, dachte Asger.

»Gott sei Dank erleben wir heute einen Zeitenwandel. Ist Ihnen schon einmal aufgefallen, daß der Ajatollah Chomeini und Johannes Paul II. im selben Jahr auf dem historischen Schauplatz erschienen? Zufall? Daß ich als Theologiestudent im August 1989 mehr oder weniger ebenfalls zufällig auf dem katholischen Weltjugendtag in Santiago de Compostela gelandet bin, um dort den wegweisenden Impuls für mein künftiges Priesteramt zu erhalten, sehe ich jedenfalls als schicksalhaft an. Die kommunistischen Terrorregime waren noch nicht besiegt, als uns dieser große Papst bereits seine Vision eines zusammenwachsenden Europa offenbarte. Er forderte uns, die damalige Jugend, auf, Europa neu zu evangelisieren. Nicht die Kirche, die ideologische Vergötterung von Größen wie Nation oder Klasse haben Europa im 20. Jahrhundert ruiniert, sagte er. Und mit derselben Schärfe, mit der er zuvor den Kommunismus gegeißelt hatte, wandte er sich nun gegen den neuen Liberalismus. Dieser ist womöglich noch schlimmer, sagte der Papst. Seine Verführung der Menschen zur Diesseitsvergötzung stellt bloß eine schlauere Art der Unterwerfung dar. Der selbstsüchtige Wohlstandsmensch als Zwillingsbruder des sozialistischen Untertans, Herr Weidenfeldt. Was sagen Sie dazu? In ›Centesimus annus‹, der Enzyklika über Wirtschaft und Gesellschaft, gab uns Johannes Paul eine Analyse dieses Liberalismus. Sein perverser Begriff von Freiheit erniedrige den Menschen zum beziehungslosen Sozialatom. Offene Geschäfte am Sonntag mögen das Familienleben und altmodische religiöse Gefühle stören, aber niemand werde ja zum Einkaufen gezwungen, kontern die Demagogen. Dauerfernsehen mache die Menschen stumpf, aber man habe doch die Freiheit abzuschalten. Im Liberalismus wird alles relativ: Ausbeutung ist relativ, Menschenrechte sind relativ, Wahrheit ist relativ. Aber gleichzeitig wächst auch ein neues Selbstbewußtsein unter den Gläubigen. Die Gewißheit von der Würde der Person setzt sich wieder durch. Das ist sogar in Vössen zu spüren. Die Gottesdienste füllen sich, mit jungen Eltern vor allem, die ihre Kinder an christliche Werte heranführen möchten. Und wir versuchen mit Geduld und Gottes Hilfe, das Unsere zu dieser Entwicklung beizutragen.«

»Kennt Ihr Optimismus denn gar keine Schattenseiten? Zum Beispiel die Open-Air-Live-Events, die dieser Papst eingeführt hat und die das Wort Gottes mit den Mitteln des Feindes verbreiten. Haben Sie keine Angst, daß die Predigt sozusagen zur medienkonform durchgestylten Jesuspropaganda verkommt? Fürchten Sie kein Telepontifikat unter der Fuchtel der Massenmedien? Eine Zielgruppenreligiosität, die absolut folgenlos verpufft?«

Wenzel klang äußerst gereizt. Er schaute gleichfalls auf die Uhr. Lächelnd hob Pfarrer Schanze die Hände, wich im Krebsgang zurück.

»Ein interessanter Aspekt, Herr Poßmann. Bilder, Musik, Dichtung haben der Kirche allerdings noch nie geschadet, nicht wahr. Denken Sie an die Gedichte des Johannes vom Kreuz, an die Kunstschätze unserer Gotteshäuser. Medienschelte kann auch zum Dünkel werden. Wir dagegen nehmen die Hilfe des Gebets in

Anspruch. Aber derlei müßte man gründlicher besprechen. Herr Weidenfeldt: Schauen Sie doch einmal bei mir vorbei. Sie sind jederzeit herzlich willkommen. Und behüte Sie Gott.«

Damit verschwand er im Laufschritt.

Asger blickte der schwarzen Soutane entgeistert hinterher.

»Was war das denn?«

»Ein Bekehrungsversuch? Ich weiß nicht. Du hast doch gehört: Die Remissionierung hat eben erst begonnen. Warum sollte sie vor geistigen Eliten haltmachen? Es geht das Gerücht, Schanzes Versetzung in die dörfliche Provinz sei eine Art Erziehungsmaßnahme gewesen. Wegen seines etwas hochfahrenden Wesens. Wie auch immer. Ein dummer Zufall, dieses Zusammentreffen. Entschuldige also bitte den römisch-katholischen Übergriff.«

Der Archivar mußte zurück an seinen Arbeitsplatz, auch er hatte es eilig. Sie verabredeten sich für den Abend.

Bevor Wenzel ins Auto stieg, drehte er sich jedoch noch einmal um. Auf seinem Gesicht zeigte sich wieder diese Mischung aus Scham und Trotz.

»Und vergiß die ganze Sache am besten. Sie ist nicht wirklich wichtig. Für dich schon gar nicht.«

Auch ihm sah Asger noch lange verwundert nach.

Erst auf dem Weg nach Fuchsenhub bemerkte er das Ausmaß seiner eigenen Erregung. Er erinnerte sich, in welchem Zustand er vor einem Vierteljahr nach Berlin geflohen war. Die Unvereinbarkeit der Eindrücke, die er vom Leben auf dem Dorf empfangen hatte, dieses bedrohliche Schwanken zwischen Zukunftsangst, einsamer Wut und Teilnahmslosigkeit, das sich zuletzt auch auf ihn übertragen hatte. Jetzt fuhr er über die Landstraße, und die Einzelteile schienen plötzlich doch ein Gesamtbild zu ergeben. Gab es diesen Sprung ins Religiöse wirklich, den Pfarrer Schanze behauptete, dann mußte er sich seit langem vorbereitet haben. Freilich, mit ihrem Sinnvakuum schlug sich die moderne Welt schon seit einer halben Ewigkeit herum. Sie schaffte es einfach nicht, das metaphysische Loch zu stopfen, sie unternahm noch nicht einmal mehr die Anstrengung dazu. Das Loch wurde größer und größer, vielleicht war ja tatsächlich die Zeit reif, sich kopfüber hineinzustürzen.

Aber nicht das stiftete Verwirrung in seinem Geist. Was ihn beunruhigte, war, daß er nichts davon bemerkt hatte, daß er so blind hatte sein können. Und womöglich war er auch jetzt wieder nur auf dem Holzweg.

Asger fuhr, verlor sich in seinen Gedanken, bis tote Flecken entstanden im Gehirn, die wie Muster auf geschlossenen Augenlidern hin und her, auf und ab wanderten. Weiße, sonderbar grelle, wie überbelichtete Stellen. Als er endlich und zum Glück unbeschadet Fuchsenhub erreichte, wußte er nur eins: Er würde wohl doch noch einmal eine Weile hierbleiben müssen.

3. Kapitel
VÖGEL, FISCHE UND VEREINE

Für viele Menschen in Vössen und Umgebung lag eine Aura des Unnahbaren und Geheimnisvollen um Fuchsenhub Nr. 7. Niemand hätte es zugegeben, aber schon die Kenntnis, wer in dem Anwesen lebte, verlieh diesem einen Zug ins zauberisch Entrückte. Geriet jemand auf seinen Spaziergängen, Jogging- oder Radtouren in diesen Bannkreis, dann streifte ihn jedesmal ein rätselhaftes Gefühl, wenn plötzlich durchs dichte Augehölz die rot und weiß gestrichenen Fensterläden aufblitzten. Manchmal schallte zeitgenössische Orchestermusik von der Veranda herüber, ein seltsam schriller Geräuschteppich. Die Abgelegenheit des Areals, seine Entfernung zum Ort, der Inselcharakter der Landzunge, das hohe Holztor in der stets frisch getünchten Mauer, an der die Feldstraße ein Stück entlangführte: All das trug zum Besonderen, nahezu Erhabenen des Gebäudes bei. Pappeln streckten über dem Dach ihre schmalen Wipfel in den Himmel. Ihr Rauschen verstärkte den märchenhaften Zug. Man stand vor einer Festung. Zwar wehten keine Flaggen auf ihren Zinnen, aus deren aufgezogenem oder herabgelassenem Zustand Rückschlüsse zu ziehen gewesen wären über die Vorgänge im Innern. Dafür gaben gelegentlich Anzahl und Marken der auf dem Vorplatz abgestellten Autos und besonders ihre Kennzeichen Auskunft über Glanz und Prestige der gerade auf Burg Fuchsenhub weilenden Gäste. Ausnahmsweise ließ sich dann auch ein Blick durchs offene Tor der verschlossenen Schanze erhaschen. Und mit einer gewissen Scheu, aber auch mit gesteigerter Ehrfurcht setzte man seinen Weg danach fort.

Leibhaftig tauchte Clara Weidenfeldt so gut wie nie im Dorf auf. Sie mußte sich natürlich vor dem gemeinen Volk schützen, das begriffen die Vössener durchaus. Kaum jemand wußte, wie die Weidenfeldt heute eigentlich aussah, und die Zeiten, als Dorfburschen heimlich durchs Uferschilf robbten, um der berühmten Schönheit beim Baden zuzuschauen und hinterher damit zu prahlen, waren längst passé. Immerhin war sie gelegentlich als vorüberrauschende Ahnung zu sehen. Sommers preschte mit aufgeklapptem Verdeck der schwarzgraue Citroën durch die Ortschaft, die Fahrerin mit Sonnenbrille und Kopftuch gut getarnt. Ganz selten konnte man auch ihren Beetle auf der Landstraße beobachten, allerdings hieß es seit kurzem, nur ihr Sohn würde ihn benutzen.

Man kann sich daher die Fassungslosigkeit vorstellen, die beim ersten, gut besuchten Frühjahrstreffen der Naturschützer entstand, als die Tür zum Hinterzimmer im Gasthof Schneider aufging und Clara Weidenfeldt eintrat. Schwer zu sagen, ob Erregung oder Erschrecken überwogen. Einige reagierten mit ausgelassener Liebenswürdigkeit, andere duckten sich tiefer über ihr Glas. Die meisten schienen zwischen sich widersprechenden Empfindungen hin und her gerissen zu sein und blickten mit stupid wirkender Gelassenheit überallhin, nur nicht auf die den engen Raum dominierende, blonde Ikone. Denn selbstverständlich hatte sie jeder auf Anhieb erkannt, wirkte sie in den wesentlichen Zügen doch völlig unverändert, allenfalls ein bißchen gealtert gegenüber dem Bild, das man von ihr im Gedächtnis hatte.

Clara nannte ihren Namen, fragte, ob sie hier richtig sei beim Naturschutzverein. Sie wollte wissen, wie man Mitglied werden könne, welche Auflagen es gebe, ob sie störe. Sie artikulierte präzise, aber so leise, daß man gezwungen war, die Ohren zu spitzen. Nachdem sie, immer wieder unterbrochen von ausgiebigem Räuspern und Hüsteln, durch den Vereinsvorstand erfahren hatte, daß man zwar im Moment leider den betreffenden Antragsbogen nicht zur Hand habe, Frau Weidenfeldts Ansinnen jedoch prinzipiell nichts im Wege stehe, schritt sie durch die Reihen, wo Stühle quietschend auseinanderrückten, und setzte sich bescheiden auf die Bank an der hinteren Schankstubenwand.

Der Bericht über die Umrüstung des heimischen Walds gegen den Klimawandel wurde wiederaufgenommen. Der Experte bemühte sich jetzt vermehrt um den Eindruck von Sachkompetenz und um eine hochdeutsche Wortwahl, als er sich weiter über die Zukunftsfähigkeit von Baumarten verbreitete, die sowohl der zunehmenden Hochwasserbelastung als auch dem Trockenstreß gewachsen sein müßten und deren Sturmfestigkeit und Widerstandskraft gegen Parasiten immer drängender werde. Die Diva verharrte in der Pose einer scheuen Zuhörerin.

Bald wechselte das Thema. Eine Referentin widmete sich dem schwelenden Konflikt um die Brutkolonie der Kormorane, der, wie sie sagte, just im Begriff sei sich zu verschärfen. Die Berufsfischer hätten in Kooperation mit dem Jagdverband eine Änderung der Kormoran-Verordnung durchgesetzt, und die Abschußgenehmigung für vierundachtzig Vögel sei mittlerweile von offizieller Seite erteilt. Man habe alles versucht, um eine derartige Zuspitzung zu vermeiden, erklärte sie in melancholischem Ton. Aber mit den von Existenzangst getriebenen Fischern, deren Gesamtertrag heuer in der Tat um über zehntausend Kilogramm unter Vorjahresniveau gesunken sei, könne man nicht reden, geschweige denn mit den Jägern. Alle Probleme würden generell auf die Gefräßigkeit der Kormorane geschoben. Dabei sei nachweislich die unbeständige, kalte Witterung der letzten Jahre verantwortlich gewesen für zu wenig Plankton, das die Nahrungsgrundlage der Renken bilde. So und so wäre also die Fangmenge zurückgegangen. Zu diskutieren wäre, welche Schritte man nun noch unternehmen könne, schloß die Rednerin bitter.

Unmut machte sich breit, die Forderung nach einer Kampagne wurde laut, Klage sollte eingereicht werden. Da erhob sich die Weidenfeldt. Dieser Freibrief für Mord, sagte sie gelassen und verschaffte sich mit ihrer bühnengeschulten Stimme sofort Gehör, dürfe nicht hingenommen werden, nicht in diesem Land. Hier liege eine regelrechte Verpflichtung zum zivilen Ungehorsam vor, und sie fühle sich persönlich dazu aufgerufen. Denn die Seevögel seien ihre nächsten Nachbarn und ihr daher ans Herz gewachsen. Clara tippte mit den Fingerspitzen der rechten Hand gegen ihr linkes Schlüsselbein. Es blieb die einzige Geste. Dann setzte sie sich wieder.

Es dauerte etwas, bis die Befangenheit unter den Versammelten so weit überwunden war, daß die Debatte fortgeführt werden konnte. Clara ergriff das Wort nicht mehr. Ihr ganzer Körper signalisierte Zurückhaltung bis zum Ende der Diskussion. Endlich, fast schamhaft, verabschiedete sie sich und ging.

Die Stippvisite der Weidenfeldt blieb hinterher freilich Gesprächsstoff. Niemand zweifelte am Wunsch der Schauspielerin, den Naturschutz durch ihre Mitgliedschaft zu unterstützen. Derlei kam bei renommierten Personen bekanntlich häufiger vor. Ihren Auftritt hielt man indessen für eine temporäre Erscheinung, eine Art Ausschweifung und Tick.

Er stellte aber nur die Eröffnung einer Serie von Aktivitäten dar, die man bis dahin für undenkbar gehalten hätte. Binnen weniger Wochen stellte Clara ein Aktionsbündnis »Rettet die Kormorane!« auf die Beine, für das sie beinahe sämtliche in der Region ansässigen Prominente mobilisierte. Sie ließ Plakate auf Hochglanzpapier drucken, verteilte eigenhändig Flugblätter vor dem Vössener Lebensmittelladen. Für Grafik und Design hatte sie Kunstprofessor Hermann Kuhn und die Fotografin Salomon zur Zusammenarbeit überredet. Effektvolle Aufnahmen ins Wasser stoßender oder ihre Flügel sonnender Vögel waren darauf zu sehen, ein Ensemble teilweise zerstörter Nester. Den Begleittext war sie mit dem Philosophen Dünwald und dem Regisseur Korff solange durchgegangen, bis dessen rhetorische Wucht jedem Gegenargument die Luft abschnürte. Unter anderem zierten Unterschrift und Konterfei Leo Mausilatzkis das Faltblatt. Außerdem wurde der charmante Publikumsliebling aus Film und Fernsehen mit einem Appell zu mehr Zivilcourage zitiert. Aus den Lautsprechern am Infostand erklang Musik von Olivier Messiaen, auf der Basis notierter Vogelstimmen komponiert, vom Ehepaar Czerny für Cembalo und Fagott bearbeitet und eigens für Clara auf CD eingespielt.

All diese Einzelheiten konnte Karl Pollinger dem Leporello entnehmen, das sein für die Vössener Lokalmeldungen zuständiger junger Kollege in die Redaktion mitgebracht hatte. Auch seinen wie üblich windigen, mit Syntax- und Grammatikfehlern gespickten Artikel hatte der leider hoffnungslos untalentierte Nachwuchsschreiber dabei. Pollinger rieb sich das Kinn. Unabhängig davon, ob sich ein vermeintlicher Knüller auch als solcher herausstellte, liebte er die rauschhafte, im provinziellen Tagesgeschäft oft schmerzlich vermißte Vision, ihn wenigstens wie von weitem zu wittern. Pollingers Neugierde war aufgestachelt, seine Phantasie malte sich Schlagzeilen aus, die zu schreiben er schon immer geträumt hatte, sein Blutdruck stieg. Nachdem das Material gesichtet war, wollte er von seinem Mitarbeiter, der offenkundig nicht die geringste Ahnung vom Sensationspotential der Story hatte, wissen: Wie ist die Weidenfeldt aufgetreten? Was hat sie angehabt? Wie haben die Leute reagiert? Was gesagt?

Schulterzuckend und fade spulte der Anfänger seine Antworten ab: Künstlich, geschraubt, eingebildet habe sie auf ihn gewirkt mit ihren komischen Handbewegungen, ihrem unechten Lächeln. Einen gewöhnlichen dunklen Mantel habe sie getragen, einen roten Schal, die Haare irgendwie immer noch genauso blond wie im Kino. Einzelne Passanten seien zu ihr hingegangen, oft ältere Menschen, hätten ihr die Hand geschüttelt, manche sich sogar verneigt. Die meisten aber, so wie er, seien schnell weitergegangen, hätten einen Bogen um den Stand geschlagen. Daß das Gehabe der Weidenfeldt einem richtig Angst einflößen könne, habe er im Geschäft an der Kasse noch aufgeschnappt, daß sie einen anschaue, als sei sie selber ein Kormoranweibchen, das um sein Leben flehe; es sei auch viel gelacht worden.

Als Chefredakteur Karl Pollinger den Kollegen mit der Order nach Hause schickte, ihn über vergleichbare Ereignisse künftig umgehend zu informieren, hatte er längst den Entschluß gefaßt, sich persönlich des Themas anzunehmen. Es dauerte nur zwei Tage, bis sich die nächste Gelegenheit dazu bot: Die Aktion wurde im Nachbardorf wiederholt, das ebenfalls von der Kormoran-Frage betroffen war. Pollinger fuhr sofort hin, sah und wußte: Daraus war etwas zu machen, und zwar im großen Stil. Bis weit nach Mitternacht kämpfte er am Schreibtisch mit den Formulierungen. Zuletzt las er sich einzelne Stellen aus dem fertigen Text immer wieder selbst vor:

»Der Kampf ums nackte Überleben ihrer gefiederten Freunde trieb sie aus der klösterlichen Zurückgezogenheit.«

Das klingt, dachte Pollinger.

»Nie hatte Natur eine reizendere Fürsprecherin.«

Das klingelt, dachte er euphorisch. Besonders stolz war er auf die Überschrift. Er hatte eine Ewigkeit nach der richtigen Formel gesucht. Griffig, ein klein wenig anzüglich sollte sie sein, wenn möglich eine Anspielung enthalten:

»Schutzengel der Vögel.«

Mit Inbrunst sprach der Redakteur die Worte in die nächtliche Einsamkeit des Großraumbüros, während er den Artikel in den Stehsatz kopierte. Und in wenigen Stunden, wenn er sich mit den Kollegen vom Boulevard in Verbindung gesetzt haben würde, hätte er in seiner endlos öden Berufslaufbahn doch einmal einen Coup gelandet.

Unterdessen hatte auch der Jagdverband vom Vorstoß des Aktionsbündnisses unter Federführung einer ehemaligen Leinwandgröße Wind bekommen. Wolf, Ehrenhornmeister der Jagdbläser, lieferte seinen höhnischen Kommentar über die zwiespältige Tierliebe der Naturschützer persönlich bei der Lokalredaktion ab. Pollinger erkannte in ihm sofort die ideale Ergänzung zum eigenen Beitrag. Nur Vogelnarren, hieß es dort, könnten sich für die unkontrollierte Vermehrung von Kormoranen einsetzen, die der Volksmund nicht umsonst Seeraben nenne. Einerseits schütze man Schädlinge, andererseits sei man der Not des Wildes gegenüber vollkommen gleichgültig, und die in ihrem Fortbestand bedrohten Fische würden offenbar erst gar nicht als Lebewesen eingestuft. Sogar die Staatsforstverwaltung sei von dieser Schizophrenie befallen. »Wald vor Wild«, laute die Devise des neuen Waldgesetzes. Dabei lebten die Tiere im Dauerstreß. Rehe hätten zwar zum Glück gelernt, Jogger von Jägern zu unterscheiden, aber alle anderen Wildtiere gerieten in Panik vor den Heeren der Walker, Biker, Paraglider, flüchteten sich in immer unzugänglichere Bergwälder und schädigten nun dort die Bäume durch Verbiß, was wiederum die Erosion begünstige. Gemsen beispielsweise hielten Drachenflieger für riesige Adler. Doch deswegen vergieße man keine Mitleidstränen. Der Auftrag des Jägers bestehe darin, ein Gleichgewicht herzustellen, aber ohne zustimmende Unterstützung der Allgemeinheit sei er auf Dauer machtlos. Die Natur sei nun einmal kein Freizeitpark, der Naturschutz keine Spielwiese für Filmstars, um ihre Spleens zu pflegen. Im übrigen komme die Dezimierung der Kormorane allen zugute: Die Fischer verkauften wieder mehr Fische, die Naturschützer sparten das Geld für teure, umweltbelastende Broschüren, und der Steuerzahler sei auch aus dem Schneider, denn das Abschießen koste ihn keinen Cent.

Beide Artikel erschienen untereinander auf der ersten Seite des Lokalteils und landeten natürlich auch bei der Bezirksregierung, wo man die Lage umgehend als prekär klassifizierte. Um eine weitere Eskalation zu verhindern, vielleicht auch beeinflußt von einer alten Jugendschwärmerei des Bezirkspräsidenten für die Filmikone Weidenfeldt, vor allem in ihrer Rolle als »Engel«, wurde die Zahl der zu beseitigenden Wasservögel noch einmal deutlich reduziert. Zudem wurde ein Ornithologe mit der sachverständigen Prüfung des Brutbestands in der bundesweit einzigartigen Kolonie beauftragt.

Doch die Bemühungen kamen zu spät. Beim nächsten Treffen des Jagdverbands, das traditionsgemäß ebenfalls im Hinterzimmer des Gasthof Schneider stattfand, trat Clara Weidenfeldt auf in der Rolle der Agitatorin. Man bilanzierte gerade die letzte Pflichthegeschau und den besorgniserregenden Rückgang bei den Trophäen, als sie in Jeans, Parka und mit Trillerpfeife bewaffnet den Raum stürmte. Sie befand sich in Begleitung einer gleichfalls schon etwas älteren Unbekannten. Gemeinsam entrollten sie ein Transparent mit der Aufschrift: »Jäger sind Mörder! Wehret den Anfängen!« Dazu brüllte die Fremde Parolen in ihr Megaphon. Man verstand kein Wort, bis die Weidenfeldt ohne Verstärker, aber mit schneidender Strenge verkündete, ihre Mittel und Wege seien noch lange nicht ausgeschöpft. Schließlich rauschte sie, ihre Genossin hinter sich herziehend, ab mit den giftigen Worten:

»Sie wissen nicht, mit wem Sie sich angelegt haben.«

Der ganze Vorfall dauerte nicht länger als fünf Minuten, und als er vorbei war, meinte man nur geträumt zu haben. Für eine Gruppe blutjunger Nachwuchsjäger lagen die Dinge allerdings sonnenklar auf der Hand: Seit Jahrzehnten war ihre Heimat der Zerstörung nicht zuletzt durch einen Freizeittourismus preisgegeben, dem rücksichtslos Landschaft und Natur geopfert wurden. Brutale Vergnügungssucht war die Ursache, die Schönen und Reichen aber lebten sie täglich den Massen im Fernsehen vor, tummelten sich auf Galaveranstaltungen, hangelten sich von Talkshow zu Talkshow. Sie waren die Wurzel des Übels, und die Schickeria von Fuchsenhub gehörte natürlich dazu.

Die jungen Männer blieben an diesem Abend noch lange beim Bier im Schneiderschen Hinterzimmer sitzen und heckten einen Plan aus. Wenn uns die Weidenfeldt droht, waren sie sich einig, müssen wir ihr eben zuvorkommen. Ihren Plan tauften sie schließlich »Aktion Entenbrust«. Zwei Stunden vor Sonnenaufgang gingen sie zum See hinunter, bestiegen ein Boot, ruderten ein gutes Stück hinaus und dann gemächlich Richtung Fuchsenhub hinüber. Als sie die Landzunge erreichten, ließen sie sich ans Ufer treiben. Eine Hütte im Schilf tauchte auf, wo sie sich mit Gewehren versahen, um dann auf die andere Seite der Halbinsel zu rudern. Unterhalb des Weidenfeldtschen Anwesens glitt das Boot ins Ried. Dort erwarteten sie leise kichernd den Tagesanbruch. Sie malten sich den Schreck der aufgeblasenen Alten aus, wie sie angerannt kommen würde, im Nachthemd, mit ihrem großen, schaukelnden Busen. Und wahrhaftig mußte Clara ebenso gewaltsam aus dem Bett geschreckt worden sein wie die Stockenten und Bleßhühner aus ihren Verstecken, als die Burschen in der Dämmerung zu schießen begannen. Denn schon nach der zweiten Salve kam sie angesaust im wehend offenen roten Morgenmantel, und wirklich wogten ihre Brüste voran. Der Jägernachwuchs aber machte sich lachend aus dem Staub.

Ein paar Stunden später hätten sie verfolgen können, wie Clara auf der Veranda kriegerisch auf und ab marschierte und ein Telefonat nach dem anderen führte. Auch mit dem Naturschutzverein sprach sie: Der mit der Zählung des Kormoranbestands betraute Experte habe die Kolonie verlassen vorgefunden; alle Nester seien leer, nur vereinzelt noch Altvögel auf den Schwemmbänken zu beobachten.

Dies war der Stand der Dinge, als der Massenansturm auf Vössen begann. Armeen von Fotografen, Filmteams, Reportern fluteten das Dorf, wimmelten durch die Straßen, drangen in die Geschäfte, die Bank, die Poststelle, zertrampelten Vorgärten, behinderten den Verkehr. Wer ihnen entgehen wollte, hatte weite Umwege in Kauf zu nehmen, Erledigungen am besten ganz zu verschieben, Einkäufe gleich in der Kreisstadt zu machen. Wie immer gab es auch hier vor Ort genügend willige Opfer für Nahaufnahmen, Fragen, Stimmungsbilder, Menschen, die sich liebend gerne vor laufende Kameras zerren ließen, um den verschüchterten beziehungsweise abweisenden Rest der Bevölkerung zu vertreten und ihre Meinung zum besten zu geben über die Weidenfeldt, ihr Verhalten, ihr Aussehen.

Nur ein einziges Interview hatte Clara zugesagt, Länge und Drehort exakt vorgegeben. Für zwanzig Minuten stand sie den Journalisten am Promenadenufer zur Verfügung, wo sonst Schwäne, Möwen, Stockenten, Haubentaucher um die Brotbrocken der Touristen stritten und im Hintergrund der Dampfersteg malerisch auf hohen Pfählen über dem Wasser schwebte. Auch Karl Pollinger vom Lokalblatt war zugegen. Er stand etwas abseits der Traube der mit Mikrophonen bewaffneten Reporter, die sich in Erwartung ihres Zielobjekts auf dem Kiesstrand gebildet hatte. Gewiß, er hätte sich den Kollegen anschließen, mit etwas Entschlossenheit vielleicht sogar eine Frage stellen können. Aber wozu? Die Bilder würden über sämtliche Fernsehsender gehen, das Thema sowieso die Titelseiten der Boulevardpresse beherrschen, soviel stand fest. Was konnte dem der Beitrag eines kleinen Provinzschreibers einer windigen Provinzzeitung noch hinzufügen? Selbstverständlich war Pollinger leer ausgegangen bei seinem laienhaften Poker um irgendwelche Exklusivrechte. Das Spiel war von vornherein verloren. Er hätte es wissen müssen, aber er hatte es nicht wissen wollen. Jetzt beobachtete er das Schauspiel aus der Ferne.

Dann traf die Limousine mit der Weidenfeldt ein. Man öffnete die Wagentür, half ihr beim Aussteigen. Clara schritt vor den bunten Packen der Mikros, begann unverzüglich einen offenbar einstudierten Text vorzutragen. Pollinger war zu weit weg, das Gerangel zu laut, um irgend etwas verstehen zu können. Er konzentrierte sich statt dessen auf Claras Mimik. Der Mund mit seinen heftigen Lippenbewegungen kam ihm riesig vor, die Nase wirkte unter der wuchtigen Sonnenbrille ebenfalls groß, fast zinkenartig. Aus irgendeinem Grund stimmten die Proportionen nicht. Die Wangen bildeten viel zu breite Flächen, Strähnen konnten sie nicht kaschieren, alles Haar war unter ihrem Kopftuch verborgen. Ihr Gesicht schien ihm plötzlich grob, derb, beinahe monströs, er dachte, das Gesicht einer Fanatikerin, und begriff auf einmal selbst nicht mehr, wie er je Interesse hatte aufbringen können für diese Frau.

Die meisten Einwohner von Vössen sahen die Weidenfeldt erst am Abend im Fernsehen. Vielen erschien ihre berühmte Mitbürgerin eigenartig verwandelt. Man fühlte sich irgendwie beschmutzt. Nicht daß ihr Anliegen auf allgemeines Unverständnis gestoßen wäre, immerhin ergriff sogar die Berichterstattung indirekt Partei für sie. Doch ihr Glanz, die Ausstrahlung war weg, von der bisher immer auch das Dorf ein bißchen profitiert hatte. Andere reagierten feindseliger. Sie fanden, aus der unnahbaren Schönheit sei ein geiferndes altes Weib geworden, das obendrein einen Sprung in der

Schüssel habe. Das ergab sich in den nächsten Tagen aus Unterhaltungen beim Bäcker, am Bankautomaten, an der Tankstelle.

Kamen seither Vössener Radler, Spaziergänger, Jogger an Fuchsenhub vorbei, glaubten sie keine Märchenburg mehr vor sich zu haben. Das Anwesen Clara Weidenfeldts war nur noch eine protzige Villa mehr in einem dieser Sperrbezirke für Leute mit zu viel Geld.

4. Kapitel
DOPPELSCHLÄGE

Perioden überwältigender Gegenwärtigkeit, von Staunen erfüllter Präsenz, sich scheinbar ins Überzeitliche erhebender Umbrüche in der Wahrnehmung von Welt, des eigenen Platzes in ihr – auch sie gehen vorbei, und natürlich gibt es ein Leben danach. Sie tickt weiter, die Lebensuhr, schneller, als sich manch einer wünschen mag, zu schnell jedenfalls, um sich die Wesensart des Erfahrenen wirklich begreiflich machen zu können. Aber was für ein Leben entwickelt sich daraus? Ein Augenaufschlag hat die Drehung der Erde zum Stillstand gebracht. Dreht sie sich hinterher denn anders? Die Sinne erfassen bisher übersehene Nuancen, der Verstand verarbeitet sie auf vielleicht ungewohnten Wegen, regt neue Handlungsweisen an oder die Abkehr von alten. Kümmert das den herkömmlichen Gang der Dinge?

Geschichte schreibt sich unerbittlich fort, soviel steht fest. Der Faden wird weitergesponnen, die Geschichten hören nicht auf. Es scheint sogar, sie kämen erst jetzt wieder richtig auf Touren. Als könnten in der Tat singuläre Gesten ganze Ketten von Reaktionen auslösen, die dann ähnlich überwältigend wirken wie jene einzigartigen Augenblicke des Innehaltens, die den Gesten vorausgingen. Mehr Staunen greift um sich und zeitigt mehr Wirkungen. Ständig und überall werden Entscheidungen getroffen, die es so noch nicht gegeben hat. Liegt darin der Ursprung für diese eigentümliche Macht jedes einzelnen, die man seine Freiheit nennt? Nur daß sich die Richtungen, in der die Entscheidungen ausschlagen, immer weniger vorhersehen lassen. Ist es das, was uns zu sittlicher Verantwortung zwingt, ohne uns je aus schuldhafter Verstrickung lösen zu können? Und die Kette reißt so bald nicht wieder ab.

Der beherzte Einsatz der Weidenfeldt für die Kormorankolonie im Flußdelta verursachte erhebliche Reaktionen mit prompten Auswirkungen. Und es war Bürgermeister Franz Stegmüller, der sie zuerst und sehr konkret zu spüren bekam. Noch ehe man Zeit fand, über die Konsequenzen von Claras Fernsehauftritt nachzudenken, waren sie schon eingetreten. Die Medien berichteten in seltenem Einklang, stracks folgte die Nation. Ein Hagel wütender Telefonanrufe und E-Mails traf das Rathaus unmittelbar nach Ausstrahlung des Interviews. Vössen wurde als Unterschlupf für Umweltschweine und Vogelausrotter, als Abschaum, Mördergrube und ähnliches mehr beschimpft. Es liefen auch Schmähbriefe ein, die unverhohlen vor Übergriffen warnten, darunter eine Bombendrohung, die kurzzeitig sogar die Kriminalpolizei auf den Plan rief.

Das alles hätte Stegmüller noch verkraftet. Vernichtend wirkten sich allerdings die zahllosen Stornierungen für die kommende Hauptsaison aus, die nach dem Gästerückgang im kalten Vorjahr eine mittlere Katastrophe für die wirtschaftliche Situation in der Gemeinde bedeuteten. Sommergäste, die in Vössen seit Jahrzehnten ihren Sommerurlaub verbrachten, zogen ihre Buchungen zurück, die kommunale Finanzlage wurde zusätzlich geschwächt, der Rückhalt im Gemeinderat wie in der Bevölkerung ebenfalls. Zumindest war das der Eindruck des Bürgermeisters. Er kämpfte ohnehin schon mit dem Rücken zur Wand. Jetzt war es ausgerechnet Clara, die ihn schachmatt zu setzen drohte. Denn natürlich fielen die Mätzchen der Weidenfeldt auf ihn zurück, hielt man die beiden doch nach wie vor für ein Paar, wenn auch längst für kein besonders glückliches mehr. Hätte er sie doch sonst an ihren Absichten hindern müssen.

Das war die Lage, wie Franz Stegmüller sie sah. Und sie verhieß nichts Gutes angesichts der äußerst heiklen Konsolidierungsphase, in der sich die hochverschuldete Gemeinde befand. Mittlerweile war der Streit um die Haushaltssanierung voll entbrannt. Daß man einerseits zum Sparen gezwungen war, andererseits neue Einnahmequellen erschlossen werden mußten, das hatte seit der Sitzung im Januar auch Franz eingesehen. Aber woher sollte er jetzt die Autorität nehmen, um dem politischen Kontrahenten zu widerstehen? Anfang Mai war es unterdessen geworden, und der Ton, den Josef Mitterbinder und seine Leute im Gemeinderat anschlugen, wenn es um die wirtschaftspolitischen Weichenstellungen ging, wurde immer selbstsicherer, immer polemischer. Außer bei der Zweitwohnungssteuer – seine Niederlage in dieser Frage legte er sich mittlerweile als eine Art Bauernopfer zurecht – war Stegmüller jedoch noch keinen Schritt zurückgewichen. Und weiter würde er seine Grundsätze auch nicht aufweichen lassen. Denn nach seiner Überzeugung versprach das Konzept Mitterbinders allenfalls vorübergehend Erfolg. Langfristig aber würde es alles zerstören, wofür er sich über fünfzehn Jahre hin stark gemacht hatte.

Der Grundkonflikt zwischen dem Bürgermeister und seinen Gegnern ließ sich etwa so zusammenfassen: Während die Mitterbinder-Fraktion darauf drängte, dem ökonomischen und gesellschaftlichen Wandel so weit wie möglich entgegenzukommen, versuchte Stegmüller vorhandene Strukturen entgegen dem allgemeinen Trend so gut es ging zu erhalten. Die Opposition wollte klare Einschnitte; einer Zukunftsfähigkeit der Region zuliebe durften sie durchaus auch übers Ziel hinausschießen. Franz lag vor allem daran, die Überlebensfähigkeit des Bestehenden zu stärken. Mitterbinder forderte einen radikalen Sparkurs durch Personalabbau in der Verwaltung, beim Bauhof, im Kindergarten, die Ausweisung eines zweiten Gewerbegebiets und die Erschließung neuer Zielgruppen im Fremdenverkehr mittels Erweiterung des Hotel- und Freizeitangebots. Franz setzte auf behutsame und ausgewogen verteilte Beitragserhöhungen bei Kurtaxe und Bettenpauschale, Kanalnutzung und Grabplatzgebühren, eine weiterhin kompromißlose Verteidigung des Ortskerns und des Uferstreifens gegen den aggressiven Ansiedlungskampf der Handelsketten und an erster Stelle auf den Ausbau eines sanften Tourismus. Gerade letzteres war nach seinem Dafürhalten der Schlüssel und für das gesamte Seegebiet zukunftsweisend, um den allgemeinen Trend zum Kurzurlaub abfedern und obendrein zu einer Belebung der Nebensaison beitragen zu können.

Sanfter Tourismus – so lautete die zentrale Losung seit jener schrecklichen Januarsitzung, die ihm den Ernst der Lage vor Augen geführt, sich ihm als Dreh- und Wendepunkt seines Lebens als Bürgermeister eingebrannt hatte. Franz wußte nicht, warum er nicht schon früher darauf gekommen war. Die Formel bündelte alle seine Anliegen auf geradezu geniale Weise. Daß es ausgerechnet Clara Weidenfeldt gewesen war, die ihn im letzten Herbst, und zwar nicht gerade sanft, darauf gestoßen hatte, verdrängte er völlig. Das Konzept ›Sanfter Tourismus‹ war der letzte Trumpf in seinem Ärmel, verkörperte all sein Hoffen, bedeutete ein allerletztes Aufbäumen. Seine ganze Argumentation basierte mittlerweile auf der Idee.

Die Schönheit der Gegend war das Kapital der Region, ein stabiles Vermögen, ein solider Wert, in seiner Unverwechselbarkeit konkurrenzlos. Niemand konnte sie einem wegnehmen, nur die Einheimischen sich selber, durch ökologischen Raubbau und ökonomische Aufrüstung. Der Wettbewerb mit den Anbietern von All-Inclusive-Billigurlauben konnte nur scheitern. Es war ein schwerer Fehler zu glauben, mit den Sport- und Freizeitparks, der Rund-um-die-Uhr-Animation und den Mega-Events südländischer Ferienghettos konkurrieren zu wollen. Man mußte auf das setzen, was die anderen nicht zu bieten hatten, die Region aber in Hülle und Fülle besaß, und das waren vor allem Ruhe, Unberührtheit und nicht zuletzt eine gewisse Schlichtheit. Kurzum: Schon beim Namen Vössen sollte jeder Erholungssuchende ein Dorf inmitten intakter Natur assoziieren, ohne Betongürtel und Asphaltwüsten. In Vössen, mußte es unter Touristen als Flüsterpropaganda umgehen, sei der Verschandelung von Land und Ortschaft, der Rationalisierung des Alltags noch ein Riegel vorgeschoben.

Nach Claras Fernsehinterview jedoch glaubte Franz auch diese Hoffnung begraben zu müssen. Das war nur begreiflich. Seither nämlich besaß der Ort das dem angestrebten Ruf genau entgegengesetzte Image.

Aus diesem Anlaß fand sich Franz seit langer Zeit einmal wieder in Fuchsenhub ein. Er wollte sich mit seiner alten Freundin aussprechen und wenn möglich sogar ein bißchen bei ihr ausweinen. Wieder einmal knechtete ihn Verzweiflung. Doch dieses Mal suchte Franz nicht die Konfrontation, er kam keineswegs mit angestauter Wut, die sich cholerisch entladen wollte. Vielmehr bedrängten ihn melancholische Phantasien: Er hatte sich vorgenommen, offen seine bedingungslose Kapitulation einzugestehen. In einer Vision während der Anfahrt sah er sich sogar vor Clara niederknien mit der Bitte, sie möge ihren verdeckten Rachefeldzug gegen ihn beenden oder ihm hier und jetzt mit ihrer schönen Hand persönlich den Todesstoß versetzen.

Franz Stegmüller war sich klar, wie sehr er seine Freundin in den vergangenen Monaten vernachlässigt, wie wenig er an sie gedacht hatte. Und wie viele Menschen, wenn sie von den Ereignissen überrollt werden, suchte auch er zunächst die simpelsten, idealerweise privat zu behebenden Ursachen für sein Unglück. Franz bildete sich allen Ernstes ein, Claras erster öffentlicher Auftritt nach mehr als zwanzig Jahren sei in allererster Linie eine Strafaktion gegen ihn gewesen, wegen fortgesetzter Unachtsamkeit.

Als der Bürgermeister dann neben seiner Freundin, die in eine Kaschmirdecke gewickelt im abgedunkelten Meditationsraum ruhte, am Rand ihrer Chaiselongue saß, wäre er am liebsten sofort wieder heimgefahren. Sie streckte ihm die Hand hin, er mußte sie halten. Es war ihm zuwider, aber er hatte keine Wahl. Clara hätte doch allen Grund, ihr Unternehmen als vollen Erfolg zu verbuchen, sagte er sich. Doch statt zu triumphieren, litt sie. Dabei war es Franz, der sich vor ihr hatte erniedrigen wollen. Jetzt präsentierte umgekehrt sie sich genauso schwach und bedürftig nach Unterwerfung wie er selbst. Er glaubte ihrer Büßermiene nicht, hielt sie für eine Komödie, eine weitere Herabsetzung und eine gewiefte Verlängerung ihrer Vergeltung.

Clara Weidenfeldt nahm die Gemütslage des Bürgermeisters gar nicht wahr. Auch als er ihr von den Folgen des Interviews berichtete, regte sich kaum Anteilnahme. Sie überließ ihm die eine Hand, hielt sich die andere vor die Augen. Die Vogelschützerin quälte sich. Sie war sich durchaus bewußt, was sie mit ihrem Medienauftritt angerichtet hatte. Aber in ihrer Version der Geschichte spielten dabei weder Franz noch das Dorf eine Rolle. Daß sie sich nun auch noch auf den Tourismus und die politische Konstellation im Vössener Gemeinderat auswirkte, tat ihr zwar leid, erschien ihr aber als Nebensächlichkeit gegenüber den Nachwirkungen, die sie selbst zu ertragen hatte.

Während der letzten Monate war Clara der alte Freund des Hauses nicht weniger aus dem Gedächtnis entschwunden als sie ihm. Die Kormorane waren ganz allein ihre Sache gewesen, und es war ihr Renommee, das sie für die armen Tiere in die Waagschale geworfen hatte. Nun war es ebenfalls ausschließlich ihre Sache, daß dieses vermeintliche Renommee und damit Claras ganze Existenz ihre komplett unnütze Nichtigkeit offenbarten. Die einstige Filmdiva glaubte in der Tat, sie sei von nun an für immer zu einem schädlichen, ja beinahe kriminellen Subjekt gestempelt. Zwar konnte sie nichts dafür, wie sich die ganze Affäre entwickelt hatte, aber sie konnte auch nichts mehr daran ändern. Die Öffentlichkeit hatte die Weidenfeldt zu einer ebenso lächerlichen wie anrüchigen Gestalt erklärt. Sie aber war den Medienpraktiken, die sich seit ihrem letzten Auftritt vor über zwanzig Jahren verschärft hatten, einfach nicht gewachsen. So war sie verraten und verramscht worden, und sie hatte es nicht einmal gemerkt. Da saß der Schmerz, der sie demütigte.

Natürlich erzählte Clara ihrem Besucher nichts von dem Anruf aus dem Naturschutzverein. Dringend, mit fast flehendem Ton hatte ihr eines der Vorstandsmitglieder nahegelegt, ihre Mitgliedschaft zurückzuziehen und sie vor allem gebeten, ihre öffentlichen Vorstöße in Sachen Kormorankolonie in Zukunft zu unterlassen. Sie ruiniere nicht nur die Verbandsarbeit, indem sie Gräben neu aufreiße, die man im Laufe der Zeit mühsam geschlossen oder zumindest überbrückt habe. Sie schade durch die Massenhysterie, die sie auslöse, auch der Natur selber. Flora und Fauna des Schutzgebiets seien durch ihr Verhalten schwer in Mitleidenschaft gezogen, der Bestand mancher vom Aussterben bedrohten Spezies erneut gefährdet. Ganze Journalistenhorden hatten offenbar die Verbotsschilder mißachtet und waren ins Flußdelta eingebrochen, um dort Uferläufe zu verwüsten, Schilfbrüter zu verscheuchen, Orchideen und andere seltene Pflanzenarten zu zertrampeln. Einige hatten nicht einmal davor haltgemacht, die leeren Horste der Kormorane von den Bäumen zu zerren, um anschaulichere Fotos schießen zu können, die ihre angebliche Vertreibung dokumentierten.

Seit Clara von der Schändung des Deltas erfahren hatte, tauchten immer wieder dieselben Bilder vor ihr auf. Es waren einzigartige Impressionen natürlicher Harmonie, die sie mit eigenen Augen gesehen hatte und im Gedächtnis bewahrte. Bereits im März, als noch Eisschollen das Ufer säumten, hatte sie ein Fernglas und ein Boot erworben, das inzwischen unten neben dem Steg sogar ein Bootshaus bekommen hatte. Sobald das Wetter es zuließ, war sie frühmorgens regelmäßig über den See gerudert, bis zu einer der weißen Sperrbojen mit der Aufschrift: »Halt! Naturschutzgebiet! Durchfahren der Bojenkette verboten!« Dort legte sie an und beobachtete stundenlang die großen schwarzen Vögel.

Sie sah sie auch jetzt, während Franz ihre Hand hielt, vor sich: Hunderte, auf den hellen Sandbänken nebeneinandersitzend, wie sie ihr glattes, von der Fischjagd noch nasses, glänzendes Gefieder ausbreiteten. Von weitem hätte man sie für Rudel kleiner Robben oder Pinguine halten können, jedenfalls für etwas, das es vielleicht in unwirtlichen, für Menschen schwer zugänglichen Weltregionen noch geben mochte, aber doch niemals hier, in der dichtbesiedelten Mitte Europas. Es war ein kleines Wunder, daß sie dort zwischen Streifen sehr hellblauen, sand- und schlammhaltigen Flußwassers täglich ihre wahrscheinlich ohrenbetäubende Vollversammlung abhalten konnten. Beschirmt von einem Treibholzgürtel vor Schilf und dichtem Gestrüpp, das die Bucht einfaßte, wiegten sie sich in absoluter Sicherheit. Und droben in den Astgerippen abgestorbener Weiden schwebten die wuchtigen, kunstvoll geflochtenen Nester, auf deren Rändern die Elterntiere hockten und mit langen, an der Spitze hakenförmig gebogenen Schnäbeln die Brut fütterten. In ihrem sacht schaukelnden Kahn hatte Clara jedesmal ein großes, bis dahin unbekanntes Glück empfunden. Bald auch war sie überzeugt, daß ihr schlimme, unsichtbare Mächte dieses Glück ein Leben lang vorenthalten hatten. Inzwischen jedoch, jetzt, während ihr alter Freund Franz weiter von den Auswirkungen ihres fatalen Engagements berichtete, verzerrten sich die herrlichen Bilder in ihrem Kopf zu alptraumhaft entstellten Szenarien einer vergewaltigten und entseelten Landschaft.

Asger Weidenfeldt wußte nichts von den Phantasien seiner Mutter. Aber er hatte bemerkt, daß sie ausgesprochen empfindlich geworden war, seit die Geschichte mit den unverschämt gefräßigen Seeraben eskaliert war und ein so erbärmliches Ende gefunden hatte. Sie gab sich offenbar alle Schuld an der Misere, alles sprach dafür. Mit ihrer Zerbrechlichkeit, ihrem plötzlichen Kleinmut und einer absolut ungewohnten Warmherzigkeit zeigten sich lauter ganz und gar atypische Wesenszüge. Im Vergleich zu der Zeit nach dem verunglückten Herbstfest, als Clara ebenfalls mit ihrer bisherigen Lebensform zu brechen vorgegeben, in Wahrheit jedoch nur eine Variante ihrer üblichen Maskierung gewählt hatte, verhielt sie sich geradezu mysteriös. Damals hatte sie vorübergehend eine neurotisch misogyne Seite ihres Charakters gezeigt. Jetzt mußte man den Eindruck haben, sie wünschte sich von aller Welt umarmt und getröstet. Asger machte sich ernsthaft Sorgen um diese entkräftete, schwierige Frau, die ihn geboren hatte.

Während der zwei Monate, die er sich nun bereits wieder in Fuchsenhub aufhielt, hatte er die Entwicklung von Claras Vogelschutz-Hysterie aufmerksam verfolgt. Er interessierte sich seither nämlich für jeden Hinweis auf möglicherweise religiöse oder quasireligiöse Motive. Auf seinen Erkundungsgängen, die er umgehend wiederaufgenommen hatte, stieß er nun überall auf Merkmale heimlicher, oft etwas einfältiger, dafür desto innigerer Glaubensäußerungen. Unter anderem hatte er mitten in einem unwegsamen Waldstück ein gerahmtes, liebevoll mit Plastikrosen umkränztes Foto einer Schwarzen Madonna entdeckt. Es war an einem Fichtenstamm aufgehängt, und dicht davor stand eine grob zusammengenagelte Betbank. Die neuen Gläubigen, notierte er, wenn es sie denn gibt und sie überhaupt neu sind, suchen sich gerne verborgene Plätze für ihre Andachten, die sie vor jeder mitmenschlichen Anteilnahme schützen. Einmal überraschte er einen jungen Mann, der auf einer Wiesenkuppe mit ausgebreiteten Armen eine Art von Gregorianischem Gesang angestimmt hatte. Im Fall dieses Sängers in Anzug und Krawatte, der wie ein Bankangestellter aussah, glaubte Asger halbwegs nachvollziehen zu können, welches Bedürfnis hier auf bizarre Weise zum Ausdruck kam. Er vermutete darin eine Sehnsucht, die vielleicht mit seinem eigenen Bedürfnis nach Stille verwandt war.

Seine Mutter war schon immer mit esoterischen Kulthandlungen beschäftigt gewesen, das wußte Asger seit seiner Jugendzeit. Bis vor kurzem hatten sie der Pflege ihres künstlich-künstlerischen Egos gedient. Zuletzt waren an die Stelle ihres Ichs die Kormorane getreten. Sie benutzte die Vögel als Fetisch.

Asger war während Claras Vogelschutzaktivitäten die ganze Zeit überzeugt gewesen, daß die Sache nicht gut ausgehen konnte. Die Auswirkungen auf Claras Psyche jedoch hatten ihn völlig überrascht. Empörung, auch Verzweiflung über die provinzielle Ignoranz im allgemeinen, den spießigen Pöbel im besonderen, und so weiter: Mit derlei Selbstschutzreaktionen hatte er gerechnet. Auch war es klar, daß seine Mutter hinterher, nach diesem längst vorprogrammierten Kollaps, unverzüglich beginnen würde, nach einem neuen Fetisch in einem benachbarten Bezugsfeld Ausschau zu halten. Ein Anschluß an die Projektgruppe für historische Wanderrouten beispielsweise wäre als Option vorstellbar gewesen, etwas wie die Rekonstruktion des Jakobswegs durch Südbayern, dachte er, hätte ihren Enthusiasmus womöglich reanimieren können.

Nichts davon war eingetreten. Im Gegenteil zog Clara ihr eigenes Leben offenkundig ebenso elementar in Zweifel, wie sie sonst ihre Umwelt elementar in Frage gestellt und als bösartig bewertet hatte, wenn bei ihren Planungen etwas schiefging. Das war das Befremdliche, wahrhaft Beunruhigende an ihrer Entwicklung. Als habe sie sich selbst in einen Abgrund gestürzt, dachte Asger, und damit alles verworfen, worauf ihr Selbstwertgefühl gegründet war: Teil eines unsterblichen Kunstwerks, Teil eines unsterblichen moralischen Anspruchs zu sein. Als ob sie sich plötzlich als das Artefakt, das sie war, einer Mitverantwortung bewußt geworden wäre für diese artifizielle Gegenwart, die sie weder schätzen noch tolerieren wollte, ja nicht einmal begreifen konnte.

Seine Mutter fiel. Es ging abwärts, ohne Aussicht auf Halt, und ein Ende des Sturzes war nicht absehbar. So erschien es Asger, und das war vermutlich die Ursache, daß es ihm zum ersten Mal seit der Kindheit mißlang, sein Mitleid mit der von endlosen inneren Konflikten geplagten und seiner Ansicht nach unheilbar neurotischen Frau zu unterdrücken.

Er traf jetzt ständig auf sie, wenn er seine Zimmer verließ, durchs Haus mußte. Kaum stieg er die Treppe hinunter, kam auch Clara wie zufällig gerade aus dem Wohnsaal, der Küche, ihren Privatgemächern. Dann verwickelte sie den Sohn in Problemgespräche über das Hausdach, die Heizung, die Gärtner, die Krankenkasse, Probleme, die keine Stunde Aufschub mehr duldeten, weil sie ihr angeblich den Schlaf raubten. Sie stellten sich natürlich jedesmal als Bagatellen heraus. Clara konnte auch übergangslos mit der Frage auf ihn losgehen, ob denn wirklich alles nur falsch gewesen sei, was sie in ihrem Leben gemacht habe. Dabei riß sie die Augen auf, tappte nervös mit den Fingern durch die Luft. In solchen Momenten legte ihr Asger neuerdings den Arm um die Schulter oder strich ihr behutsam über den Rücken, während er sie an ihren vorherigen Platz, zu ihrer vorherigen Tätigkeit zurückbrachte. Es war ein ungewohntes Gefühl, aber er spürte es deutlich: Er wollte dieser mit jeder Woche wirrer werdenden, wie im Zeitraffer alternden Frau wirklich beistehen.

Eine andere Merkwürdigkeit im Verhalten der Mutter war das ausgesprochen zärtliche Verhältnis, das sie zu ihrem Rokokoaltar entwickelte. Auch er liebte das filigrane Gebilde, das der Architekt Albert Schmeller einst für seine Jugendfreundin erworben und das Asger schon als Kind fasziniert hatte. Aber im Unterschied zu ihm tat es Clara mit einer kuriosen Inbrunst. Nicht daß sie geradezu betend vor dem Prunkstück, das immerhin eine Mariendarstellung war, gekniet wäre. Aber sie kauerte manchmal eine halbe Stunde und länger davor, fuhr mit dem Zeigefinger Blüten und Schleifen nach, die Falten im Mantel Marias, auch ihre Wangen und kleinen nackten Füße. Es wirkte fast, als liebkoste sie die hübsche kleine Figur unter ihrem Baldachin aus Wolken und Engeln, so daß Asger annahm, es müßten noch andere Dinge eine Rolle spielen als die Bewunderung für ein Meisterwerk der Holzschnitzkunst.

Mascha wiederum war froh, daß sie den Sohn beim Beobachten seiner Mutter beobachten konnte, die ihre Madonna streichelte. Sie spürte endlich einen Funken Menschlichkeit in ihrer Umgebung. Als Asger nach Fuchsenhub zurückkehrte, lag gerade ein ausgesprochen tristes Vierteljahr hinter ihr. Clara hatte ja nie anders als dienstlich mit ihr gesprochen, und die junge Russin hatte natürlich auch nie mehr von ihr erwartet. Aber so ganz allein konnte sie die schreckliche Stille in dem großen Haus mit den vielen alten Kunstgegenständen kaum aushalten. Dazu wurde ihr Aufenthalt bei der Familie ihrer rußlanddeutschen Freundin immer bedrückender. Nach der anfänglichen Gastfreundschaft hatte dort bald der Alltag wieder Einzug gehalten, der von Ausgrenzung, Arbeitslosigkeit und mangelnden Zukunftsaussichten geprägt war.

In dem etwa zwanzig Kilometer von Vössen entfernten Ort lebten hauptsächlich Nachfahren sudetendeutscher Flüchtlinge, zu denen später türkische Gastarbeiter gestoßen waren. In den neunziger Jahren nahm man dann auch die Spätaussiedlerströme noch auf. Man hatte wohl geglaubt, sie würden dort leichter als anderswo ins Gemeinschaftsleben hineinwachsen. Die Bedingungen waren nicht mehr danach. Hatte man hier in den Fünfzigern einen Industriestandort aus dem Boden gestampft, um das Wirtschaftswunder anzukurbeln, wanderten jetzt immer mehr Firmen ins Ausland ab. Arbeit schien damals unerschöpflich, heute war sie am Versiegen. Entsprechend gering war die Integrationsbereitschaft für eine Volksgruppe neuer Arbeitswilliger, und inzwischen gab es ganze Straßenzüge, die ausschließlich von Rußlanddeutschen bewohnt wurden. Niemand sonst betrat sie freiwillig.

Wenn Mascha Tugorski aus Fuchsenhub kommend abends im Dunklen dort aus dem Bus stieg, gaben ihr die Betonblöcke mit den schütteren Grasstreifen davor das Gefühl, nie die heimischen Plattenbauviertel verlassen zu haben. Dazu paßte die einerseits wie tote, andererseits wie kurz vor der Explosion geladene Atmosphäre. Oben in der Wohnung erwartete sie dieselbe Stimmung. Auf der Couch im Wohnzimmer saßen Claudias Vater, dessen Leben seit seiner Ankunft in Deutschland aus Schweigen, Trinken und Fernsehen bestand, und Claudias Brüder. Laufend wurden am Handy obskure Geschäfte abgewickelt. Mascha empfing keinen Gruß. Mutter und Tochter putzten bis Mitternacht in den Fabriken. Auch sie hatten ihrem Dauergast mittlerweile nicht mehr allzuviel zu sagen, wenn sich Gelegenheit zum Zusammensitzen bot. Sie redeten noch nicht einmal unter sich selbst.

Mascha überließ der Familie einen beträchtlichen Teil des Geldes, das sie in Fuchsenhub verdiente. Den Rest sparte sie. Ihr schlechtes Gewissen nahm dadurch ebensowenig ab wie die finstere Stimmung. Am schlimmsten waren die Wochenenden, die Schießübungen der Brüder drüben im angrenzenden Wäldchen, das Echo der getroffenen Blechbüchsen, die Formel-Eins-Rennen und Boxnächte im Fernsehen.

Asgers Rückkehr hatte für Mascha ein einziges großes Aufatmen bedeutet. Und seither war in der Tat eine Freundschaft zwischen ihnen entstanden, die etwas Besonderes war, ohne daß einer von beiden dieses Besondere so recht hätte benennen können. Für Mascha sah es jedenfalls so aus, als habe der junge Weidenfeldt sie zu seiner Vertrauten erwählt, denn er erzählte ihr privatere Dinge, als sie je erwartet hätte.

Ausgelöst wurde Asger Weidenfeldts unverhoffte Mitteilsamkeit durch den Artikel seines Freunds Wenzel Poßmann, den Mascha auf dem großen Herbstfest kennengelernt hatte. Der Artikel war in einer dicken Zeitung gestanden, auch im Radio gesendet und später anscheinend mehrfach kommentiert worden. Asger hatte sich offenbar eine stärkere Resonanz versprochen. Mascha gegenüber gestand er seine Enttäuschung.

Bisher hatte Asger geglaubt, sich auf seinen Spürsinn verlassen zu können. Als Journalist war es ihm öfter gelungen, im voraus zu erahnen, was die Öffentlichkeit bewegen würde. Einigen Kollegen hatte er gar als der Mann mit dem Finger am Puls der Zeit gegolten.

Damit schien es vorbei. Die Reaktionen auf Wenzels Beitrag, der das dramatische Auseinanderdriften sozialer Schichten in Bildungsgrad und kulturellem Horizont weniger in Thesen formulierte als anhand kleiner Begebenheiten sinnfällig machte, waren mau, fast apathisch. Hatte Asger damit gerechnet, ein solcher Text würde wenigstens ein kleines Fenster aufstoßen und etwas frischen Wind hereinlassen, kam er offenbar bloß als heiße Luft an. Hatte sein Freund über ein Thema geschrieben, das im Grunde längst ausdiskutiert war? Warum hatte dann ausgerechnet er nichts davon mitbekommen? Hielt man es für irrelevant? Für etwas, mit dem man sich einfach abzufinden hatte? Konnte es sein, daß schon ein halbes Jahr Abwesenheit von seinem Beruf ausreichte, um sich so sehr von ihm zu entfremden?

Genau das erschien ihm am wahrscheinlichsten und irritierte ihn am meisten. Denn gleichzeitig fühlte er sich in dem Leben, das er statt dessen gewählt hatte, fühlte er sich unter den Menschen in und um Vössen weiterhin wie ein vollkommen Fremder. Es war, als hätte sich die Tür hinter ihm geschlossen, während er die Tür vor ihm einfach nicht aufbekam. Beobachtete er zum Beispiel die rituellen Handlungen seiner Mutter, begriff er letztlich immer noch genauso wenig, was sie bedeuteten und worauf sie möglicherweise hinausliefen. Nun sei er also zwischen zwei Welten gerutscht und finde zu keiner mehr Zugang, sagte er zu Mascha.

Die verkappte Auslandsstudentin nickte. Auch sie pendelte hier in Deutschland pausenlos zwischen im Grunde genommen unbegreiflichen Welten, und fragte sich, ob das ihre unverhoffte Wahlverwandtschaft begründete. Vielleicht ähnelte sich ihre Fassungslosigkeit über das, was um sie herum geschah. Als Asger wieder einmal bemerkte, wie Mascha ihn beim Beobachten seiner Mutter beobachtete, flüsterte er ihr unvermittelt die Frage ins Ohr:

»Bist du eigentlich auch irgendwie religiös?«

»Bist du es?«

Keiner von beiden gab Antwort, aber für sich dachte Asger, daß er immerhin an seinen Mitmenschen hing, obwohl beinahe nichts für diese ihm doch reichlich überzogen scheinende Empfindung zu sprechen schien.

Asgers Mitgefühl intensivierte sich sogar, als wenige Tage nach dem Kormoran-Debakel die Nachricht von Max Zibulkas Tod in Fuchsenhub einlief und Clara noch tiefer in beängstigende Wirrheit abglitt. Der Leichnam des Drehbuchautors, der einst den Typ von Filmheldin erfunden hatte, mit dem Clara Weidenfeldt dann unverwechselbar und weltberühmt wurde, lag wochenlang tot in seiner Wohnung, bevor man ihn entdeckte. Ein Nachbar war auf den Verwesungsgeruch aufmerksam geworden und hatte die Polizei alarmiert. Die Obduktion konnte jede Fremdeinwirkung ausschließen. Als Todesursache ergab sich ein Schlaganfall.

Clara weigerte sich, auf Max' Beerdigung zu gehen. Allein die Vorstellung, zuschauen zu müssen, wie seine Urne in der Erde versenkt werde, bringe sie um den Verstand, raunte sie ihrem Sohn zu. Da könne sie ja gleich auf ihr eigenes Begräbnis gehen. An Stelle von Trauer bemerkte Asger jetzt manische Betriebsamkeit bei ihr. Die Yoga- und Meditationsübungen, ihre skurrilen Marienandachten dehnten sich uferlos. Vor allem aber bereiteten ihm Claras sich immer weiter ins Offene hinauswagenden Schwimmexerzitien Sorge. Die Kehrseite von Hyperaktivität ist die Depression, diese psychologische Binsenwahrheit kannte natürlich auch Asger. Mit Einbruch der Dämmerung wurde Clara dann regelmäßig träge, dumpf. Je rastloser der Tagesverlauf, desto gräßlicher die abendliche Lethargie. Stundenlang saß sie unansprechbar am Sekretär. Der letzte Ausweg aus der Depression ist der Selbstmord.

Morgens, bei jedem Wetter, schwamm Clara auf den See hinaus. Asger stand auf dem Steg und schaute ihr nach. Manchmal war die Luft so klar, daß ihr Kopf, vom glatten Spiegel des Wassers verdoppelt, ganz nahe wirkte. Dann beruhigte er sich schnell, obwohl er wußte, der Eindruck, er könne sie in wenigen Zügen erreichen, war eine Täuschung. An anderen Tagen verschwand sie nach wenigen Metern hinter dem Gekräusel der Wellen oder tauchte aus dem Dunst erst nach endlos scheinender Zeit urplötzlich wieder auf. Trotz seiner Angst konnte sich Asger einer gleichzeitigen Faszination für das Wechselspiel von Licht, Wind und Weite nicht entziehen. Der Raum über dem Wasser dehnte sich, verdichtete sich wieder, wurde zu einem pulsierenden, atmenden Ding.

Als zwei ungewöhnlich heiße Frühlingswochen die Badesaison bereits Mitte Mai eröffneten, faßte sich auch Asger ein Herz und sprang, mit gebührendem Zeitabstand, seiner Mutter hinterher.

Dann schlug die Wetterlage mit einem Polartief gehörig um. Sogar Clara sah sich gezwungen, ihre Wasserübungen einstweilen einzustellen.

Es waren aber nicht Weidenfeldts, denen die Natur nun als Schicksalsmacht mit weiteren Prüfungen drohte, sondern Bürgermeister Franz Stegmüller. Der freilich stürzte sich mit einer Passion auf die erneute Herausforderung, als gelte es, eine Titanic zu retten.

5. Kapitel
BERICHTE AUS DER WEITEN WELT 1

Wenzel Poßmann saß im Flugzeug, sah auf den schmutzigen Schaumbrei der geschlossenen Wolkendecke unter sich und wußte genau, was er in Zukunft wollte. Schreiben, das heißt, weiterschreiben, aufschreiben, das heißt, die Erlebnisse des gestrigen Abends durchdringen, die seine Nerven immer noch in Aufruhr versetzten, mit ihnen zu Rande kommen irgendwie. Er konnte nicht fassen, was ihm geschehen war, was er mit sich hatte geschehen lassen.

Auch Maya Nüsslein flog, mit einer anderen Maschine und in entgegengesetzter Richtung. Nach einer Stippvisite bei ihrer Mutter war sie auf dem Weg ins Studio. Eben hatte sie sich statt des Mittagsmenüs Prosecco nachschenken lassen von der etwas frostigen Stewardeß, die vielleicht ein, zwei Jahre älter war als sie. Saftschubsen hatte ein älterer Kollege sie neulich genannt, Saftschubse, sagte sie halblaut und mußte gleich wieder kichern über den Ausdruck, hinter vorgehaltener Hand. Dem giftigen Blick der Flugbegleiterin war zu entnehmen, daß sie Maya gehört hatte, die nun lächelnd die Schultern zuckte und sich zum Fenster wandte. Sie sah auf dieses Daunenbett eines Riesen, trank Prosecco, schmiegte sich in den Sitz, schloß die Augen.

Wenzel war hellwach. Seine Augen hätten nicht größer und runder sein können, wenn auch der Blick ganz nach innen gerichtet war, auf den Erinnerungsfilm über das absurde Spektakel vom Vortag. Wieder und wieder spulte er ihn zurück, vor, hielt ihn an, ließ ihn langsamer, dann erneut schneller weiterlaufen. Nicht daß ihn irgend etwas wirklich überrascht hätte im Verlauf dieses sogenannten Diskussionsabends, an dem teilzunehmen er aus freien Stükken, wenn auch in fahrlässiger Selbstüberschätzung zugestimmt hatte. Auch der Charakter der Akteure hatte ihn nicht erstaunt. Entsprach er doch exakt dem Bild, das er sich in Fuchsenhub von vergleichbaren Vertretern ihres Metiers gemacht hatte, damals, beim entsetzlichen Herbstfest der Weidenfeldt, auf dem zu allem Übel auch noch die Schnapsidee zu diesem unseligen Artikel geboren worden war. Die Wahrheit war, daß er es ihnen hatte zeigen wollen. Geradezu berauscht hatte er sich während der Anreise zum Veranstaltungsort an der Schlagfertigkeit und Unerschrockenheit der Antworten, die er ihnen geben würde. Er dachte sich Rededuelle aus, die ihm in dem Moment auch vollkommen realistisch erschienen. Und da er überzeugt war, von einer moralisch überlegenen Position aus zu attackieren, wäre sein Sieg, bei aller Schärfe der zu erwartenden Angriffe, unabwendbar. Womit er jedoch nicht gerechnet hatte, war die irrationale Seite des ganzen Vorgangs, die taktischen Manöver, die darauf aufbauten und eindeutig mit zu den Spielregeln gehörten. Jetzt, nachdem alles vorbei war, begriff er, warum in solchen Runden niemals die Art von Gespräch stattfinden konnte, die er trotz aller Skepsis doch zu erzwingen gehofft hatte: respektvoll geführte Kontroversen, bei denen es um das Für und Wider von Argumenten ginge. In Wirklichkeit handelte es sich um einen verkappten Feldzug, eine Schlacht mit Worten, in dem hinterrücks Begriffe wie Hiebe, Nebensätze wie Salven, ironische Bemerkungen wie Streubomben eingesetzt wurden. Und wie bei jeder anderen Kriegshandlung auch triumphierte natürlich keineswegs automatisch diejenige Partei, die für die gerechtere Sache eintrat. Die Vortäuschung einer Debatte gehörte nämlich mit zur Kriegstaktik, Wenzel hätte es sich eigentlich im voraus denken können. Aber war er bisher nicht selber immer auf diese Täuschung hereingefallen? Wie oft hatte er geglaubt, ernsthafte Wortgefechte zu verfolgen, wo alles bloß Show war, wie er von heute aus zu erkennen meinte. Die Kunstfertigkeit im Zusammenspiel professioneller Diskussionsleiter mit ihren Meinungsdarstellern bestand ja offensichtlich gerade darin, stets die Illusion einer debattierenden Runde aufrechtzuerhalten. Jetzt hatte er es selber erlebt.

Jetzt wußte er, wie der Bluff vor sich ging, wozu er diente, begriff, daß dabei Dinge eine Rolle spielten, die sich aus der Distanz gar nicht wahrnehmen, geschweige denn durchschauen ließen und die allesamt mit etwas zu tun hatten, das Wenzel behelfsweise den menschlichen Faktor nannte. Wie viele unerfahrene Leute, befangen im blinden Glauben an die Autorität von Experten und die Aufrichtigkeit ihrer Dialoge erschienen auf den öffentlichen Kampfplätzen, verirrten sich vielmehr dorthin. Sie alle waren, genau wie er, emotional berechenbar und rhetorisch ungeschützt, sie alle ließen sich medientechnisch problemlos lenken. Es war ein leichtes, diese Leute vorzuführen, ihre Standpunkte abzuwerten, lächerlich zu machen, völlig unabhängig von den vorgebrachten Inhalten. Dasselbe galt freilich auch umgekehrt: Sogar aus nichts ließ sich etwas scheinbar Bedeutendes machen. In Wenzels Fall hatte man jedenfalls ersteres versucht. Und zwar erfolgreich. Das Land lachte über ihn. Es fühlte sich zumindest so an.

Maya fühlte sich gechillt. Sie freute sich auf die Dreharbeiten und war sicher, daß sie ihr nicht die geringsten Probleme bereiten würden. Überhaupt konnte sie nicht begreifen, daß es Leute gab, die sich wegen ein paar Scheinwerfern oder einem launischen Regisseur oder wegen irgendwelchen bekannten Fernsehgesichtern auf dem Set vor Aufregung in die Hosen machten. Maya fand das alles eher cool, bewegte sich eher noch einen Tick normaler als sonst. Daß ihr der Job allerdings so leicht fallen würde, hätte auch sie nicht gedacht. Als sie zum ersten Mal vor die Probekamera trat, kam es ihr vor wie eine zweite Geburt. Es war, als hätte man sich das Brimborium extra für sie ausgedacht. Während sie in ihre Sitzschale gekuschelt einem leicht beschwipsten Halbschlaf verfiel, erinnerte sie sich, was einer der Typen zu ihr gesagt hatte, vor denen sie hatte herumhüpfen, ein paar Sätze aufsagen, auch ein bißchen hatte singen müssen. Mädchen, hatte er gesagt, du hast eine Zukunft. Genau, dachte Maya, sie ist nämlich längst in mir drinnen, die Zukunft, und alles, was ich tun muß, ist, daß die andern das auch sehen.

Für Wenzel war völlig klar, daß dieser erste auch sein letzter Ausflug in die Öffentlichkeit bleiben würde. Verrückt, daß er sich das angetan hatte, erst recht verrückt, würde er es noch einmal tun. Er wunderte sich bloß, wieso man ausgerechnet ihn zu dieser Diskussion über »Bildung oder Klassenbildung?« eingeladen hatte. War er wirklich das perfekte Opfer? Bestand seine Funktion vielleicht darin, fehl am Platz zu sein? Litt er an Verfolgungswahn? Der Eindruck, daß man ihn von Anfang an ins offene Messer hatte laufen lassen: War das nur Einbildung? Aber so war es ihm vorgekommen. Was hatten diese Debattenzombies eigentlich von ihm gewollt? Wenzel lehnte die Stirn an die Scheibe des Bullauges. Er stierte auf das amorphe Gebilde, das alle Welt zudeckte. Der Anblick dämpfte seine Erregung ein wenig. Da unten hätte jetzt jeder beliebige Ort sein können und er irgendwo im Luftraum über dem Planeten. Himmel und Erde. Zwei durch eine dicke Wolkenschicht getrennte Wirklichkeiten, die sich nirgends berührten. Der Gedanke tröstete ihn. Zum Glück blieb auch zwischen Dasein und Informationsverwertung ein letztlich unwiderruflicher Abstand. Seit er nachzudenken angefangen hatte, so kam es ihm jetzt vor, hatte die ungeheure Kluft zwischen der konkreten und der von Menschen künstlich geschaffenen Realität etwas Bedrückendes für ihn gehabt. Auf einmal war er froh darum. Auch wenn sich die beiden Realitäten wechselseitig stark beeinflußten, auch wenn sie sich zueinander verhielten wie Wetter und Leben, ließ sich doch die zweite, unberechenbare ignorieren für die erste und greifbare. Einmal hatte er von der anderen Seite her auf die Dinge schauen wollen. Auch diese Erfahrung hatte Wenzel nun also gemacht. Sie hinterließ allerdings eine Art Riß in ihm, und die beiden Hälften hielten im Moment nur notdürftig zusammen. Er mußte sie flikken. Dort die Macht flüchtiger Zeitgeistgesetze und der Tatbestand persönlicher Ohnmacht, die Vergeblichkeit jeden Widerstands gegen sie. Hier die Wirklichkeit eines gelebten Lebens, das trotz der Tendenz, immer mehr der Künstlichkeit preisgegeben zu werden, doch immerhin wert war, daß man es lebte. Wenzel dachte an seine Kinder, an Simone, von der er gelernt hatte, was es hieß, Konflikte auszutragen, dachte an seine Bibliothek, die geistige, über die Enge der Gegenwart hinausgreifende Welt, mit der er gleichsam fortlaufend in Gedankenaustausch stand. Er bemühte sich anzunehmen, daß selbst Medienprofis jenseits von Rhetorik und Berechnung etwas wie ein Berufsethos besaßen, daß sogar sie daran glaubten, klärend zur unendlichen Unterredung zwischen den Menschen beizutragen. Und wenn jemand wie er sich mit all seiner Vertrauensseligkeit ihrem Kalkül auslieferte und dabei zermalmt wurde, dann war das zwar traurig, aber unvermeidlich. Außerdem, sagte sich Wenzel, und sein Blick wühlte sich förmlich ins Wolkenmeer hinein, weiß man hinterher, daß es da etwas gibt, das sie nicht kaputt machen können. Es befreite ihn, dieses Wissen, machte ihn leicht jetzt. Plötzlich war er sich nicht einmal mehr sicher, ob seine Niederlage wirklich eine Niederlage bedeutete.

Noch viel leichter war Mayas Gemüt. Sie fühlte sich nicht befreit. Sie war durch und durch frei. Im Dämmer zwischen Traum und Wachen spann ihr Geist ein dünnes duftiges Gewebe, und sie schwebte darin. Noch einmal gingen ihr die Bedenken ihrer Mutter Nele durch den Kopf, auch die der Freunde, von Wieland vor allem. Und obwohl ihr bewußt war, daß nicht alles an ihnen der Eifersucht entsprang und der begründeten Angst, Maya würde ihr kleines Vössener Leben für immer hinter sich lassen, trugen sie auch jetzt wieder zu ihrem Vergnügen bei. Über ihre Lippen lief ein Zittern, um den Mund spielte ein Schmunzeln, als sie an einige dieser Warnungen dachte: Daß man sie verheizen, mißbrauchen werde, den Körper als Ware verkaufen, die Seele vergewaltigen. Was aber, fragte sie jetzt im Halbschlaf zurück, wenn ich genau das möchte? Es bereitete ihr sogar Lust wie nichts sonst. Sie wollte teilhaben an diesem angeblich so brutalen Geschäft. Ja. Natürlich war Mayas Einsatz bedingungslos. Was sonst? Mit Lust stellte sie ihren Körper zur Verfügung, mit Lust lieferte sie ihre Seele aus, wenn sie dadurch ihrem Ziel näherkam. Und das Ziel war, gut zu werden, richtig gut, so gut, daß ihr das große Publikum die Füße küßte.

Warum sollte ausgerechnet sie sich etwas vormachen? Alle Bewerber hatten dieses Ziel, alle wollten es um jeden Preis erreichen. Sollten sie dabei auch noch nett miteinander umgehen? Auch Maya war schließlich nicht zimperlich. Sie verstand die Aufregung nicht über einen völlig normalen Konkurrenzkampf, vor dem man sie natürlich gleichfalls gewarnt hatte. Gnadenlos sei er, über Leichen würde man gehen, wenn es darauf ankomme. Na und? Alle wußten, worauf sie sich einließen, im Grunde erklärten sie sich mit den Regeln schon dadurch einverstanden, daß sie mitmachten. Nur die besten schafften es. Also war es konsequent, wenn die schlechten untergingen. Maya wäre auch dazu bereit gewesen, das wußte sie. Aber sie wußte auch, daß ihr das nicht passieren würde. In ihrem Tagtraum über den Wolken erschien sie sich selbst. Was ihr da als Spiegelbild entgegenblickte, war noch ein paar Jahre jünger als jetzt. Träumerisch schaute diese Spiegel-Maya in den Himmel hinauf. Heute war sie schon dort, den Sternen zum Greifen nah. Überhaupt kam ihr alles so nah vor, so überschaubar, winzig, Menschen, Tiere, Städte, Berge, Meere, und sie, Maya, schwebte riesig darüber hin, lächelnd, geliebt, begnadet. Alle Hindernisse wichen zurück, jede Pforte schwang auf. Was sollte daran schlecht sein? Daß ihr der Sieg so leicht gefallen war? Daß man bald aufsehen würde zu ihr, andere Frauen sie beneiden, unzählige Männer sie begehren, Kinder bald anfangen würden, sie nachzuahmen? Waren das nicht alles nur Ängste von Menschen, die niemals bewundert werden, die niemand je begehrt, denen jede Tür vor der Nase zuschlägt? Einwände von schrecklich verkümmerten Existenzen ohne jedes Durchsetzungsvermögen? Vorurteile aus dem Mund von Sittenwächtern, deren zwergenhafte Persönlichkeit sich in irgendeinem Winkel ihrer monströsen Körper versteckt hielt? Während Mayas Ich im Gegenteil wuchs, in jede Zelle ihres Körpers drang und weiter über das Gefäß Maya hinaus, das nicht mehr ausreichte, dieses Ich zu fassen, das zur Welle wurde, immer größere Kreise zog. Bis alles schwamm in ihrem Ich, sich badete in Maya, eins wurde mit ihr, eine einzige Bewegung in diesem Kraftfeld Maya Nüsslein.

Anfangs hatte bei Wenzels Abenteuer sogar eine erstaunlich wohlwollende Atmosphäre geherrscht, nämlich solange, als man beim Vorgespräch im Büro der Veranstalter saß. Zwar deutete sich in der Verteilung von Sprechzeit bereits die spätere Hackordnung an, doch für die Dauer einer halben Stunde bildete Wenzel sich wirklich ein, gleichberechtigt in einer Runde kluger Köpfe mitreden zu können. Dieser Eindruck befremdete ihn erst im nachhinein. Solche Leute hatten es schließlich nicht nötig, jemandem wie ihm etwas vorzumachen. Mittlerweile fragte er sich allerdings, ob das betont unverfängliche Klima nicht kalkuliert war. Als würde man optimale Vorbedingungen für den kommenden Waffengang schaffen, dachte er, als gelte es, das geeignete Kampfgerät zu bestimmen, die ungeschützten, verwundbaren Stellen auszukundschaften. Zum Glück gab es auch in diesem Kreis einen Lichtblick. Während die Veranstalter mit Moderator Schikora noch geschäftig organisatorische Details abklärten, verwickelte ihn die Journalistin, die zufällig neben ihm saß und gleichfalls zur Diskussionsrunde gehörte, in ein Zwiegespräch. Ihr Interesse für Wenzels Aufsatz, dessen Erscheinen immerhin ein Vierteljahr zurücklag, war spürbar ohne Heuchelei. Mit ihrer differenzierten, an literarischen Formen geschulten Sprache äußerte sie sich zu der längst wieder in Vergessenheit geratenen Minikontroverse darüber. Sie teilte Wenzels Einschätzung. Die Kluft zwischen den neu entstehenden Bildungsklassen, die er verborgen unter einer etwas komödiantischen Oberfläche beschrieben hatte, kannte auch sie aus eigener Erfahrung. Sie tat Wenzel gut, die seriöse Plauderei mit dieser klugen Intellektuellen, die vielleicht doppelt so alt war wie er. Vermutlich war sie es, die ihn später durch den Abend rettete. Man tauschte sich aus über die Gratwanderung, die es bedeutete, sich weder dumm zu stellen noch arrogant zu wirken. Ständig schwebe man in Gefahr, sagte sie, sich selbst zu erniedrigen oder die anderen als Mob zu verachten und damit den alten Haß auf die Intelligenzbestie wiederzubeleben. Ausgerechnet an dieser Stelle ihres schönen Gesprächs mischte sich Schikora ein. Auch er habe den Aufsatz mit

Gewinn studiert, verkündete er und ließ eine Pause entstehen. Doch statt den Gesprächsfaden aufzunehmen, schnitt er ihn ab. Der Moderator schickte um Wein. Denn was er im Moment brauche, sei ein kühles Glas Chablis und keinen schlappen Filterkaffee, schließlich komme er direkt vom Fernsehinterview mit einem äußerst schwierigen Künstler von Weltrang. Schikora wieherte. Der Kunstbetrieb sei ja inzwischen restlos dem Kommerz verfallen, sagte er, immerzu Blickkontakt mit Wenzel haltend, der sich nun, hier im Flugzeug, fragte: Was hatte er damit bloß bezweckt? Er rief sich Günter Schikoras Auftreten beim Weidenfeldtschen Herbstfest ins Gedächtnis. Auch dort markierte er in Konkurrenz zu Ekkart Eberl den Platzhirsch, indem er überfallartig die Unterhaltung sprengte, das Wort an sich riß. Die spiegelnde Glatze, der Spitzbart, die stieren Augen halfen dabei. Dann fand jedoch auch dieser Rudelführer sein höheres Leittier, wie sich Wenzel mit Genugtuung erinnerte. Heillos verspätet, mit wehendem Mantel, rauschte Schikoras Stargast ins Zimmer und übernahm stracks das Kommando. Seltsam, daß sich der renommierte Meinungsmacher und ehemalige Kanzlerberater ebenfalls sofort auf Themen wie Reklameverseuchung, Quotendruck, Marktzwänge, das kontinuierliche Absinken des Bildungsniveaus stürzte. Er tat es in einem fast intimen Ton, als wollte er Abbitte leisten. Waren das Lockerungsübungen vor dem Auftritt? Als Hauptadressaten für seine Beichte wählte er übrigens weder Schikora noch die Journalistin, noch ihn, den Provinzintellektuellen, sondern eine weitere, ziemlich aufgedonnerte Diskutantin, die bislang kein Wort gesprochen hatte und auch jetzt nur krude Satzbrocken von sich gab. Wenzel aber, angeregt, aufgeschlossen, zutraulich in diesen Minuten kurz vor dem Auftritt, versuchte sich an einem Kommentar. Was genau hatte er eigentlich sagen wollen? Daß man die Menschen durch das ständige Wiederholen von Klagen und Anklagen nicht endlos vertrösten dürfe? Daß sonst irgendwann der Verdacht entstehe, man wolle sie damit nur blenden? So wie auch ihm jetzt allmählich dämmerte, daß er sich hatte blenden lassen? Wenzel war nicht weit gekommen mit seinen verhaspelten Worten. Was hatte ihn auf einmal verunsichert? Die Autorität dieses Debattenexperten? Der jedenfalls tätschelte schon bald Wenzels Schulter und gab ihm den Rat, nicht schon vorher sein ganzes Pulver zu verschießen. Worauf Schikora sich lachend die Schenkel klopfte und bemerkte, man sehe es eben sofort, wenn man einen Profi vor sich habe.

Maya hatte zuerst gar nichts und später nur das gesagt, was man ihr sagte, daß sie sagen sollte. Das Wummern und Wackeln der Maschine ließ sie nicht einschlafen, also überließ sie sich weiter ihren Träumereien: Hinter der Probebühne liefen offene Leitungen entlang der Wände. Weiß angestrichener Beton, an der Decke dicke Rohre, die Tür zum Nebenraum offen, darin zwei leere Schminktische. Alles gefiel ihr. Sie kam sich vor wie in einer Zauberkiste, der sie in Kürze verwandelt entsteigen würde. Eine Menge Konkurrenz schwirrte aufgekratzt herum, viele fläzten sich in den braunen, abgewetzten Cordsesseln, von denen Unmengen herumstanden. Alle sahen gut aus, lauter schöne Gesichter, auch sympathisch, bis auf eins. Geschminkt wie eine Pornoqueen, spielte sie die Rolle des Routiniers unter den Kandidatinnen. Das Drehbuch sei scheiße, sagte sie allen, die es hören wollten, der Regisseur ein arrogantes Arschloch und sie überhaupt nur hier, weil sie das Geld brauche. Wie ein Stück Vieh lasse sie sich aber deswegen noch lange nicht behandeln. Sie warten zu lassen wie auf dem Sozialamt, maulte sie und blies sich dabei ständig die viel zu schwarz gefärbten Strähnen aus der Stirn. Wirklich dauerte es ein halbe Ewigkeit, bis das Team endlich auftauchte. Doch alles, was Maya ärgerte, war diese Zicke, der sie jeden nur denkbaren Mißerfolg wünschte. Sie vergaß sie in dem Augenblick, als die Jury auftrat. Diese Leute waren genau so, wie sie es sich vorgestellt hatte. Wenig Gesten, wenige, aber präzise Anweisungen. Vor allem der Wortführer hatte es ihr sofort angetan. Er erinnerte sie entfernt an Stegmüller, nur war er viel jünger und vor allem unglaublich cool. Hier gehe es nicht darum, irgendwie Kunst zu machen, den Satz hatte Maya noch wörtlich im Kopf. Sie war die einzige, die darüber lachen mußte.

Und daß sie keine Schauspieler suchten, sondern Typen, die sind, was sie spielen. Das war der entscheidende Hinweis, von da an gab es keine Zweifel mehr. Maya würde die Rolle bekommen. Und als das eigentliche Casting anfing, musterte Maya die beiden Schauspieler, die mit in der Jury saßen, bereits wie Kollegen. Sie freute sich auf die Zusammenarbeit mit ihnen, bei der sie bestimmt wahnsinnig viel lernen würde.

Wenzel hatte seine Angst beim Betreten des Podiums zu kaschieren versucht. Er gab sich den Anschein von Gelassenheit. Von nun an stehe ich unter Beobachtung, hatte er gedacht, von nun an kam alles auf Selbstkontrolle an. Rückblickend schien es ihm, als hätte sich in diesen Minuten sein Bewußtsein geteilt, sich eine Trennwand zwischen beide Teile geschoben. Eine Seite überwachte streng die andere. Er sah die Mikrophone, dann die Techniker, dann die Kollegen. Ihre Mienen wirkten erstarrt, wie im Krampf erfroren, und er fragte sich, wie sein eigenes Gesicht jetzt wohl aussah. Schikora moderierte die Sendung an. Währenddessen überblickte Wenzel das Saalpublikum, hätte gerne gewußt, ob es sich auch seltsam fühlte. Nahm es doch an einem Ereignis teil, das erst Tage später ausgestrahlt werden würde. Ob man dort unten jetzt ebenfalls eine Maske aufsetzte? Eine Art Publikum-Maske? Achtete man, sozusagen vom Blickwinkel der Zukunft aus, auf das Erscheinungsbild heute? Schikora stellte die Runde vor. Wenzel kam als letzter an die Reihe, wurde als Essayist, Experte für Alltagsleben eingeführt und mit der ersten Frage konfrontiert. Wort für Wort, bis in die feinsten Klangnuancen schwang sie in seinem Gedächtnis nach: Herr Poßmann, Sie schauen auf das Treiben Ihrer Mitmenschen ein bißchen wie ein kleiner Gott herab; ist das ein gutes Gefühl? Wenzel war wie vor den Kopf geschlagen. Was war das denn? Wie sollte er darauf antworten? An Schikoras wippenden Spitzbart erinnerte er sich dunkel, an erste, vereinzelte Lacher aus dem Saal, dann an die eigenartig nervös winkende Hand des Moderators, der ihn anscheinend zur Eile antrieb. Doch er konnte nichts sagen. Ein schwarzer Block saß unter seinem Schädel, ein Rauschen schwoll an in seinen Ohren. In diesem Moment meinte er erstmals zu ahnen, wozu man ihn eingeladen hatte. Man brauchte ihn als Hanswurst.

Nicht mehr denken, das Denken ausschalten, sich fallenlassen. Wohinein? In der Phantasie betrat Maya jetzt noch einmal die Bühne. Es gab keine Hindernisse, wenn man sie nicht akzeptierte. Sie fühlte sich großartig. Strahlend. Unschlagbar. Unten im Dunkeln, im blendenden Scheinwerferlicht, unsichtbar für sie, saßen die Entscheider, die Geburtshelfer für ihre Karriere. So sah sie es heute, zwei Wochen danach, so sah sie es im Grunde auch da schon. Sie wußte genau, was sie tun mußte, man hatte es ihr schließlich gesagt. Was war daran so schwer? Sie redete, bewegte, drehte sich, spielte mit sich. Sie war ihre eigene Puppe, Spielerin und Gespielte in einer Person. Das war alles, nichts Ungewöhnliches, sie spielte gerne mit sich. Niemand war zärtlicher.

Zeit verging. Schikora wartete, das Publikum, die Regie wartete. In Wenzel dehnte sie sich ins Unendliche. Was sollte er tun? In seinem Gedächtnisfilm sah er sich dort auf dem Podium wie im Innern eines Cockpits sitzen, für dessen Funktionieren er die Verantwortung hatte, ohne die richtigen Knöpfe zu kennen. Gleich darauf löste sich das Trugbild auf. Plötzlich war er nicht der Pilot, sondern man hielt ihn für einen Terroristen, durchsuchte Gepäck, Leib, Gehirn nach Waffen, Sprengstoff. Dann verschwand auch diese Halluzination, machte, immer noch dort oben auf dem Podium, der nächsten Platz. Wenzel befand sich nun außerhalb der Maschine. Er sah sie vor sich, es war eine Art Blechfigur, bunt mit Lackfarbe angestrichen und um den gemalten Mund mit Haarbüscheln beklebt, die wippten bei jeder Bewegung, die der Gnom drinnen machte. Man konnte ihn sehen, durch den Blechmantel des Automaten hindurch. Er war winzig, dieser Gnom, wie eine Maus rannte er in dem Gehäuse auf und ab, suchte sich zu verstecken, belauerte ihn, Wenzel Poßmann, den Feind. Und endlich spürte er seinen Kehlkopf, seine Lippen sich bewegen, hörte Wenzel sich sprechen in diesem Saal zu diesem Schikora, zu dieser Moderator-

Maschine, und die eigene Stimme war ihm so fremd, als er sagte: Nein. Und dann, nachdem er erneut verstummte und schwerfällig noch einmal den mechanischen Apparat der Lautbildung angeworfen hatte, sagte er: Darum geht es nicht. Worum geht es dann? Kam es aus dem Schikora-Automaten und der Spitzbart wackelte und das Publikum lachte. Ja, fragte Wenzel laut zurück, fragte er sich auch jetzt wieder in Gedanken, worum eigentlich.

Worum es ging? Wie konnte man nicht wissen, worum es ging? Fragte sich Maya leichthin und gab sich zur Antwort: Da war der Text, die Rolle, das Thema, und da war sie, und dann machte sie die Mauer dazwischen einfach weg. Sie krachte irre schnell ein, wie bei einer Sprengung, nur ohne Knall. Als wäre sie vorher eingesperrt gewesen in einem Gastank und strömte jetzt aus, füllte erst jede einzelne Pore ihres Körpers, drang dann weiter, durch die Poren auf die Bühne, bis hoch in den Schnürboden, erfüllte die Luft über den Sitzreihen, doch bald stieß sie auch hier überall an, denn noch mehr Raum hätte sie einnehmen können, es war, als trommelte sie an alle Türen des Saals. Es fühlte sich phantastisch an. Und alles, worauf sie sich konzentrieren mußte, war, das Gefühl aufrechtzuerhalten, nicht zurückzuschrumpfen auf die Dimensionen dieses einzelnen kleinen Ichs, das sie zuvor war und nie wieder sein wollte. Solange sie sich ausdehnte, hatte sie keine Form, paßte sie sich jedem Gefäß an, nur um es gleich darauf wieder verlassen zu können. Darum ging es.

Immer seltener richtete der Moderator von da an seine Fragen an Wenzel, immer kleiner wurde der Spielraum für seine Antworten, kaum setzte er an, leitete Schikora die Frage schon weiter. Oft unterbrach er ihn mitten im Satz. Es grenzte an Rüpelhaftigkeit. Im Grunde saß er wie unbeteiligt in der Runde. Es wäre also jedesmal Zeit genug gewesen, die vorgebrachten Ansichten zu studieren und die Erwiderungen exakt vorzubereiten und etwas Richtiges und Wichtiges zu sagen. Er schaffte es nicht. Warum nur? Dem ehemaligen Regierungsberater wurde naturgemäß die meiste Redezeit zugebilligt. Er vertrat die üblichen Thesen, die dauernd zu hören und zu lesen waren. Sie gipfelten wie immer in der Forderung nach besserer Eliteförderung. Dreh- und Angelpunkt der Diskussion war der Weltmarkt, und alle Sorge galt dem Anschluß, den man nicht verpassen dürfe. Was hatte Wenzel dem hinzuzufügen? Hätte er einstimmen sollen in den gängigen Angstchor? Sich selber belügen mit der Behauptung, mit gesunden Eliten würde sich alles von selber richten? Während gleichzeitig Bildungsstrukturen aus Spargründen zerstört wurden? Ist Ihnen wirklich nicht klar, welche Signale Sie setzen? Hätte Wenzel das sagen sollen? Wären das nicht auch nur die üblichen Gegenthesen gewesen? Aber es ging sowieso nicht, weil er es nicht einmal dachte, es gar nicht denken konnte, eher gar nichts denken konnte, als er da saß und sich sein Unvermögen allmählich in ein Ausgeschlossensein von jedem Mitreden verwandelte. Draußen vor dem Bullauge tauchte winzig ein anderes Flugzeug auf, und Wenzel fragte sich, ob der Lähmungszustand in seinem Kopf vielleicht sogar ein Wink war in die Richtung, in die er zu jenem Zeitpunkt hätte denken müssen. Denn während dieses zweite Flugzeug näher kam, wurde ihm klar, daß er auf dem Podium tatsächlich niemals hätte anders sprechen können als in den holzschnittartigen Verkürzungen, die dort offenbar unvermeidlich waren. War seine Entgeisterung vielleicht sogar eine Art instinktiver Selbstschutz?

Maya träumte noch immer vom freien, ungeschützten Verströmen, sah sich schweben auf der Bühne, über der Bühne, schwebte auch jetzt, hier, in ihrer Sitzschale über den Wolken. Was war das nur für eine Gabe, die sie da besaß? Hatte sie wirklich nicht jeder? War sie tatsächlich so etwas Besonderes? Man hatte es ihr gesagt, aus allen Mündern war es zu hören gewesen, ein Naturtalent sei sie, mit Anlagen versehen, um eine ganz Große zu werden. Was passierte mit ihr, wenn sie spielte? Wuchs sie wahrhaftig über sich hinaus? Löste sich für die Dauer eines Auftritts ihr Ich auf? War es mehr als ein Hirngespinst? Eine Art Tod? Als wäre die Bühne keine Bühne. Sondern was? Maya öffnete die Augen. Hinter der von außen mit dünnen Ketten aus Eiskristall überzogenen Doppelscheibe war ein Flugzeug zu sehen, groß, rasch größer werdend. Sie erschrak, drückte den Knopf für die Stewardeß …

Der Raum ist so gigantisch, dachte Wenzel. Und jeder fliegt in seiner eigenen Maschine seine eigene Route darin, manchmal scheint eine die andere zu kreuzen. Man fürchtet die Kollision, doch meistens täuschen die Entfernungen …

Die Flugbegleiterin kam, beruhigte Maya mit geschulten Sätzen. Was in dieser Höhe wie Nähe aussehe, sagte sie sanft, liege oft viele Kilometer auseinander …

Wenzel dachte: Professionalität ist, wenn man seine Lage erkennt und danach handelt …

Ob Maya wolle, daß sie sich beim Piloten nach den genauen Daten erkundige …

Berechnung des Kurses, dachte er, Erwägung etwaiger Turbulenzen, um im Moment der Herausforderung Souveränität zu bewahren …

Das andere Flugzeug wirkte plötzlich nah oder fern, je nachdem, ob sie ihren Augen oder ihrer Kenntnis vertraute. Maya konnte jetzt zwischen zwei Lesarten hin und her springen. Sie dankte der Stewardeß, als sie wiederkam, und als sie danach hinaussah, war die Maschine aus dem Blickfeld verschwunden. Sie lehnte sich zurück. Wo war sie stehengeblieben? Beim Vorspielen, richtig, bei dem sie sich wie neu geboren und dann doch ein klein wenig wie gestorben fühlte. Da gab es auch so ein merkwürdiges Hin und Her …

Etwas in Wenzel hatte sich geweigert, den vom Moderator und seinen routinierten Mitgliedern vorgetrampelten Pfad einzuschlagen. Das war doch erstaunlich. Er hätte kalt bleiben müssen, nicht zulassen dürfen, daß die Attacken ihrer verbalen Kriegskunst den Kern seines Wesens trafen. Er hätte zurückschlagen müssen, mit demselben Maß an Kalkül. Unbewußt entschied er sich gegen diese Schule der Profis. Er steckte die Schläge als Schläge ein. Für ihn gab es nichts zu zwinkern später, auf dem Weg ins Speiselokal, zu dem Schikora auf Kosten des Senders, wie er mit befremdlicher

Ironie verkündete, eingeladen hatte. Wieso war es nicht auch ihm möglich, seinen Auftritt einfach als einen Auftritt zu nehmen? Die Pointen als mehr oder weniger gelungen zu betrachten? Man hatte brilliert, man klopfte sich gegenseitig auf die Schulter. Wenzel war da schon froh darüber, daß er nicht einbezogen wurde ins Ritual. Selbst die aufgeputzte, im Vorgespräch so schweigsame Diskutantin hatte sich auf dem Podium als schlagfertige Sachbuchautorin mit veritablen Theorien entpuppt und bekam nun Lob für ihre moderaten Vorschläge zur Umverteilung im Bildungshaushalt. Vergleichbares hatte Wenzel freilich nicht aufzuweisen. Vorschläge von ihm, der nicht einmal anzudeuten fähig war, was ihm unter den Nägeln brannte. Wo hätte er ansetzen sollen? Auch im nachhinein fand er keinen Anhaltspunkt. Die Probleme schienen ihm so umfassend, so übergreifend. Wieder einmal hatte man öffentlich an Symptomen herumgedoktert, und er hatte nichts entgegenzusetzen gehabt als Stammeln und hundertmal das Wort »sozusagen«. Er zerbrach sich den Kopf über elementare Dinge, den zunehmenden Mangel an Respekt, an Selbstachtung, an Selbstkritik zum Beispiel. Wie sollte man darüber reden in einer Runde, die diese Mängel Punkt für Punkt selber demonstrierte?

Der leise Gong, mit dem das Zeichen zum Anschnallen über dem Sitz aufleuchtete, kündigte den Landeanflug an, und die Maschine begann zu wackeln. Maya drückte die Lider fester zu, dachte an den Freudentanz, den sie aufführte, als ihr Name auf der Siegerliste verlesen wurde. Ihr Jubel war überschwenglich und echt, auch der Mitjubel der andern war echt, genau wie Mayas Mitleid, als sie die vielen weinenden Verliererinnen umarmte. Ein Meer einander um den Hals fallender schöner Mädchen. Sogar die affektierte, jetzt aber völlig in Tränen aufgelöste Zicke von vorher freute sich aufrichtig mit Maya, so wie umgekehrt Maya aufrichtig mit der Zicke trauerte. War das nicht ein kleines Wunder? Trotz aller Konkurrenz verschmolzen sie alle, nachdem sie ein paar Stunden hinter der Bühne gemeinsam gehofft und gezittert hatten, zu einer großen Familie. Es war genau die Art von Erregung, die den anderen auf der Probe gefehlt hatte. Erst als es zu spät war, entfaltete sich ihre Leidenschaft. Maya hatte das bessere Timing, und wenn sie ehrlich war, mußte sie zugeben, daß sie dieses Fest der Tränen und der Glückseligkeit, schon während es stattfand, wie aus weiter Entfernung wahrnahm. Nicht daß sie gelogen hätte, aber sie war nur noch halb anwesend. Als wäre bloß ein kleines Stück von ihr in das alte Maya-Gehäuse zurückgekehrt und das große schwirrte noch immer im Raum, schaute dem Gehäuse zu, beim Feiern dort unten auf dem Boden der nackten Tatsachen. Maya aber flog schon einmal voraus Richtung Zukunft.

Leer, erschöpft war Wenzel in diesem schnieken Speiselokal gesessen, konfus, auch schreckhaft, die Nerven überreizt. Andererseits fühlte er sich unbeschreiblich erleichtert. Wovon? Zu diesem Kreis von Leuten gehörte er nicht, würde er nie gehören. Jetzt kannte er den Grund, wußte, warum geschehen war, was er mit sich hatte geschehen lassen. Auch am Tisch des Restaurants stellte sich sofort die eingespielte Hierarchie her. Schikora blühte auf als Gourmet, Kosmopolit, empfahl Gerichte, Weine, bestellte auf französisch. Wenzel orderte Bier und Hering. Das gab es, zum Glück, auch wenn sein Teller dann ebenfalls im Stil der Nouvelle cuisine angerichtet war. Schikora schmunzelte und Wenzel verstand, daß er seinen Abgrenzungsversuch durchschaute als beleidigte Geste eines Kleinbürgers. Doch er wollte es so, wollte, daß er ihn durchschaute, sie alle sich suhlten in ihrer Überlegenheit.

Das Flugzeug hatte aufgesetzt. Nur noch wenige Minuten bis zum Start in Mayas neues Leben. Sie würde vom Exit direkt ins Studio gebracht. Worauf kam es jetzt an? Auf nichts. Alles war spannend, solange man es liebte. Mayas Herz war groß. Die Maschine dockte ans Gate. Von ihrem Platz in der Business class aus war sie als erste am Ausstieg. Der Saftschubse schenkte sie zum Abschied ihr hübschestes Lächeln. Die konnte nicht anders, sie mußte zurücklächeln.

Wenzels Sitzplatz befand sich im hinteren Teil des Billigfliegers. Nun wartete er, bis das Gedränge auf dem Gang nachlassen würde.

Er fragte sich, wie weit die Journalistin, mit der er sich im Vorgespräch so gut verstanden hatte und die beim Essen erneut neben ihm saß, erraten hatte, was in ihm vorging. Sie machte diese etwas rätselhafte Bemerkung, die ihm nicht aus dem Kopf wollte. Die Öffentlichkeit, sagte sie, verwandle seit jeher jeden in ein Gespenst, und man habe dann nur die Wahl zu spuken oder zu verblassen. Sie selbst war auf dem Podium ganz unauffällig geblieben, ihre sachlichen Kommentare fanden im Publikum kaum Beifall. Jetzt erzählte sie Wenzel von einem Vortrag Hannah Arendts, den sie noch als Studentin erlebt hatte, vom stets zum Selberdenken ermutigenden Geist der großen Denkerin, von ihrer immensen Durchsetzungskraft. Genau so habe sie danach werden wollen, sagte sie, aber bald erkannt, daß sie niemals dazu imstande sein würde. Und zwar schon aus gesundheitlichen Gründen, schloß sie und verabschiedete sich frühzeitig. Erst als sie das Lokal verließ, fiel Wenzel auf, wie behutsam sie Schritt vor Schritt setzen mußte, um nicht ins Taumeln zu geraten. Dann war er allein mit den Spukgestalten, die mittlerweile Anekdoten austauschten über Begegnungen mit großen Namen, Reisen zu internationalen Meetings und ähnlich wichtigen Begebenheiten. Wenzel sagte kein Wort mehr. Jetzt allerdings, im Flugzeug, dachte er: Zum fehlenden Talent kommt in meinem Fall, daß sich obendrein entschieden die Zeiten geändert haben. Er stieg aus.

6. Kapitel
TOTER MANN

Vom frühen Morgen an hatte Asger Weidenfeldt von seinen Fenstern aus dem Regen zugeschaut. Es goß vom Himmel, wie seit Monaten nicht. Das Wasser toste, der Wind tobte, wollte nicht nachlassen in seiner Wucht. Außergewöhnlich schnell trat der See über die Ufer, und der Pegel stieg weiter an. Asger begleitete das Versinken des Stegs beinahe andächtig. Er war gefesselt von der Geschwindigkeit, mit der das vertraute Gelände sich veränderte. Auf einem Foto hätte er es nicht wiedererkannt. Eben noch hatte es diesen verfrühten Bilderbuchsommer gegeben, der die Menschen schon im Mai scharenweise zum Baden getrieben hatte. Jetzt herrschte ein desto unwirtlicheres Klima. Anfang Juni war es so schauerlich klamm da draußen, daß sich Schnee unter die Regenfluten mischte. Binnen kurzem war von der Bank am Strand nur noch der oberste Rand der Lehne zu sehen. Das neue Bootshaus schien einzusacken. Vom Schilf lugten vereinzelt Fahnen aus der schäumenden, graubraunen Brühe, schmale flatternde Hände auf dürren Armen. Zwischen ihnen ragte schwarz der Baumstamm des Künstlers Petersen in die peitschende Wasserfront. Man konnte nicht weiter blicken als bis dorthin, wo normalerweise der Schilfgürtel endete. Die Alpen waren durch den Dampf nur als verwischte weiße Zacken zu ahnen. Asger fühlte sich wie auf der Kommandobrücke eines Hochseeschiffs, und allenfalls die unerschütterlich stabile, gut beheizte Behaglichkeit hinter den Fensterscheiben schmälerte die Vision.

Von seiner Mutter war er dann aus seiner Kontemplation gerissen worden. Sie klopfte, ganz entgegen ihren sonstigen Gepflogenheiten, an seine Tür und zeigte sich auf eine für sie erstaunlich konventionelle Weise aufgeregt. Denn inzwischen reichte das Wasser bis zum Garten herauf, was, wie sie sagte, solange sie in Fuchsenhub lebte, noch nicht vorgekommen sei.

In der Tat, Wellenzungen leckten bereits an Claras schneckenförmig angelegtem Kräuterbeet, unterspülten die fragilen Mäuerchen, die sich immer schräger neigten. Asgers Stimmung schlug um. Etwas Bedrohliches, Unheimliches gewann Oberhand über seine schöne Begeisterung. Er schlüpfte in die kniehohen Gummistiefel und das Ölzeug, das er sich letztes Jahr nach seinem Ausflug in den Sumpf gekauft, aber seither nie gebraucht hatte, stakte über den aufgeweichten Rasen, der schon nachgab und wegrutschte unter seinen Füßen, vorbei an der jetzt wie eine Sandburg auseinanderbrechenden Spirale, hinunter zum See. Es war ihm schleierhaft, wie ein so plötzliches Anschwellen der Wassermassen in dieser so seicht auslaufenden Bucht überhaupt möglich war, ein Vorgang, mit dem niemand, offensichtlich auch alteingesessene Anlieger nicht, gerechnet hatten. Denn im nächsten Augenblick trieb die halbe Strandhütte von einem der Nachbargrundstücke vorbei. Asger kämpfte sich vor bis zum neuen Bootshaus. Der Kahn mußte ins Trockene gezogen werden, sollte er nicht ebenfalls davonschwimmen. Er zerrte an ihm, Wasser schwappte in die Stiefel, doch durch den hohen Pegelstand wurde das Boot unters Dach gepreßt und verkeilte sich im Giebel. Asger gab bald auf und watete zurück. Die Wellen wuchsen weiter, liefen immer länger aus. Er wandte sich noch einmal um und sah auf eine wütende Meeresbrandung, als knirschend und krachend das Bootshaus zerspellte. In Kürze würde die Veranda zur Kaimauer geworden sein.

Dann war grau im grauen Dunst Stegmüllers Landrover erschienen. Clara eilte ihm mit dem Schirm entgegen. Franz, ebenfalls in Stiefeln und Regenhaut, erkundigte sich nach dem Stand der Dinge in Fuchsenhub, berichtete, nachdem er fürs erste beruhigt war, von den Sicherungsmaßnahmen an der von Unterspülung bedrohten Uferstraße. Dorthin müsse er auch gleich wieder zurück, außerdem zu anderen gefährdeten Orten, Clara solle keinen

Unsinn machen und im Haus bleiben. Asger bot seine Unterstützung an.

Wie er dann neben ihm im Auto gesessen war, hatte ihn die Atmosphäre ein wenig an damals als Schüler erinnert, als er Franz' Bürgermeisterfahrten mitgemacht hatte. Nur sprachen sie jetzt noch weniger. Hier galt es auch keine Reden zu schwingen, sondern anzupacken beim Dammbau mit Sandsäcken, mitzuhelfen am Campingplatz, wo Wohnwagen aus dem Schlamm gezogen, Vorkehrungen zu treffen draußen in den Einöden, wo Kühe aus von den Fluten eingeschlossenen Ställen gerettet werden mußten. Asger beteiligte sich gemeinsam mit anderen Helfern, zu denen neben den Leuten von der Feuerwehr und vom Bauhof immer mehr Freiwillige stießen. Er half, so gut seine ungeschickten Hände es zuließen. Auch Wieland, dem jungen Mann, der ihm letzte Weihnachten vor die Füße gespuckt hatte, begegnete er wieder. Sie arbeiteten zusammen, als hätte der Vorfall nie stattgefunden. Viele, doch nicht alle ihre Anstrengungen hatten Erfolg. Das Vieh konnte vollzählig geborgen werden, einige Wohnwagen nicht. Asger kam es manchmal vor, als kämpfte er gegen einen verschlagenen Gegner, der ihn mit Tricks und Tücken überrumpelte. Der Feind triumphierte oder wütete, aber was immer er anrichtete, Asger empfand eine sonderbare Ehrfurcht vor ihm.

So muß es gewesen sein, als man noch mit Göttern zu ringen glaubte, hatte er später notiert, als das Hochwasser glücklich überstanden war. Strahlend schöne Tage waren auf den Dauerregen gefolgt, erzeugten aufs neue drückende Hitze, und beinahe so schnell wie der Pegel gestiegen war, sank er nun wieder.

Dank des von Bürgermeister Stegmüller koordinierten Einsatzes konnten größere Katastrophen abgewendet werden. Auch bei den Aufräumarbeiten hatte sich Asger beteiligt, nachdem der väterliche Freund ihn darum gebeten hatte. Gemeinsam fuhren sie das von Treibholz und Müll gesäumte Ufer ab. Auf dem See glitzerte das Sonnenlicht in lieblich schaukelnden Scherben. Nur sein expressionistischer Trauerrand zeugte von den dramatischen Ereignissen, bei der die Gemeinde Vössen nur knapp einer noch schlimmeren Verheerung entgangen war. Asger las Plastik und Kadaver aus dem Dreck in Sondermüllsäcke. Das Wasser blitzte unschuldig, versöhnlich, gleichgültig, spöttisch. Er wußte es nicht zu deuten. Jede Stunde schien es ihm etwas anderes sagen zu wollen.

Später war er wieder am Fenster gestanden und hatte das Schauspiel der endlosen Sommerabenddämmerungen beobachtet, das saumselige Changieren von Bahnen aus grellem Gelb und sattem Orange über glühend rote, leuchtend grüne, funkelnd türkise und violette Kaskaden hinauf zu den blauschwarzen Schattenfurchen der Nacht. Das Janusgesicht des Sees bannte Asger, die nahtlosen Übergänge vom rauschhaften Entzücken zu dieser ungreifbaren Bedrohung, die von ihm ausging. Die Wasserfläche schien ihm etwas mitteilen zu wollen, nach Art eines Orakels.

Immerhin hatte er bald angenommen, daß dieses Etwas mit seinem inzwischen mehr zwanghaften als freiwilligen Aufenthalt in Fuchsenhub zu tun hatte. Er war getrieben. Unablässig wurde er von Fragen bedrängt, auf die er nichts zu antworten wußte. Die Dinge waren für ihn offenkundig anders geworden. Er wollte sie genau nehmen, so, als sehe er sie zum ersten Mal. Aber wenn er sie dann noch einmal und noch einmal betrachtete, waren sie erneut vollkommen verändert.

Bald absolvierte seine Mutter Clara wieder mit eiserner Disziplin ihre morgendlichen Schwimmeinheiten, und da sich ihre Psyche anscheinend gefestigt hatte, ließen Asgers Sorgen allmählich nach. Übrigens war diese neuerliche Änderung ihrer seelischen Verfassung gerade zu dem Zeitpunkt eingetreten, als Sturm und Flut am gräßlichsten wüteten. Asger hatte es leicht befremdet festgestellt, aber kein Interesse verspürt, sich ausführlicher Gedanken darüber zu machen. Befreit von der Furcht, jederzeit mit einem Selbstmordversuch Claras rechnen zu müssen, begann auch er wieder hinauszuschwimmen, so oft seine etwas labile Konstitution es erlaubte.

Woraus er nun eigentlich die Befriedigung bei dieser Verrichtung bezog, konnte Asger selbst nicht so genau sagen. Das heißt, der Umstand, daß er es nicht sagen konnte, war letztlich ein Mitgrund dafür, es täglich von neuem herausfinden zu wollen. Er entwickelte ein beinahe suchtartiges Verlangen nach Wasser. Allein die Vorfreude erzeugte schon Gänsehaut, wenn er zum Strand hinunterging. Das papierene Knistern des Schilfs im Wind, das Plätschern an seinen Zehen, während er aus den Badesandalen schlüpfte, der kühle Kies an den Sohlen, dazu gelegentlich das Auffliegen eines Vogels, das Kreischen einer Möwe. Asger breitete das Handtuch über die Banklehne. Im weißen Lack steckte noch die Kälte des Taus, doch soeben begann die Morgensonne sie daraus zu vertreiben, dieselbe, die draußen funkelnde Leuchtpunkte auf die winzigen Wellenkämme tupfte. Algengeruch lag in der Luft, ganz leicht, er würde beißender werden im Lauf des Vormittags. Kleine Fische schnellten ihre schillernden Leiber über die Oberfläche.

Dann bestieg Asger den Steg. Sechs Bahnen seidig glatter, silbern verwitterter Bretter waren auf je zwei Längsbalken genagelt und wurden zwischen je zwei Pfählen von Querstreben gehalten, die sie wie Scharniere verbanden. Anfangs machte der hölzerne Pfad einen Knick, um danach in einer sanften Schlangenlinie ungefähr vierzig, fünfzig Meter über die sehr seichte Uferregion hinauszuführen. Je weiter er kam, desto mehr Vogeldreck bedeckte Pfahlköpfe und Bretter. Asger balancierte zwischen den weißgrauen Klecksen hindurch. Endlich erreichte er die Leiter am Ende des Stegs, über deren oberste Sprosse Clara ihr Badetuch zu hängen pflegte. Er spritzte sich die Herzgegend naß. Ein Schauer durchlief ihn, während er sprang.

Asger stieß sich ab, löste sich vom Festland, streckte sich, hechtete flach, um nicht am Boden aufzustoßen, denn auch noch hier draußen war das Wasser nicht besonders tief, tauchte ein, sank unter. Er fühlte seine Haut kalt und zugleich weich umsäumt, fühlte seinen Körper, der aufgefangen, emporgehoben, leichter wurde. Ohne Atem zu schöpfen, kraulte er los. Es war, als schnellte er über das Gekräusel der kleinen Wellen dahin wie ein Kanu. Wenn ihm die Kraft ausging, warf er sich herum, blickte schnaubend zum Ufer, das nun weit und mit jedem Tag ein Stück weiter zurücklag. Er legte sich mit geschlossenen Augen auf den Rücken und ließ sich treiben, untergehen, treiben, hörte das Rauschen und Plitschen unter Wasser, den Wellenschlag am Ohr, das Gurgeln vom Schlammgrund, das Pulsen in den eigenen Adern und das Pumpen der Lungen. Doch schon bald schwamm er weiter, drehte sich allerdings immer wieder um, denn nach und nach verschmolzen jetzt Strand, Bank und Steg mit dem Ufer. Dann verschwand das Haus hinter Bäumen, dann verschwommen die Bäume zu einem einzigen Streifen Grün, dann versank auch dieser zwischen Horizont und See. Asger brauchte nur etwas blinzeln, und die Illusion war perfekt: Sein Körper glitt auf einer endlosen Ebene dahin, nur der Himmel sah auf ihn herab, und sogar die Alpen waren im Dunst der sich aufheizenden Luft matt wie eine Fata Morgana. Getragen vom Wasser, dessen Frische ihn durchdrang, fühlte er sich stark. Für eine Weile existierte nichts mehr auf der Welt als er. Aber zugleich war es auch, als wäre er in eine unbekannte, eine zweite Welt übergetreten. Wie einer, der sich selbst verliert und im selben Moment mit absoluter Klarheit wiederfindet auf der anderen Seite einer unsichtbaren Membran, so badete Asger in einem Nichts aus Blau.

Jedesmal schaffte er es noch ein Stück weiter in die grandiose Leere hinaus und noch tiefer in den Schlitz zwischen Himmel und See hinein. So war es auch an diesem Morgen. Wieder empfand er dieselbe, früher nie gekannte Lust. Sie war verwandt mit der Freude, die er im vergangenen Herbst auf einer Sumpfwiese erlebt hatte, als er meinte, die Stille zu hören. Aber sie war auch anders, schöner, bedeutsamer. Die Lautlosigkeit damals hatte eine Art Stillstand herbeigeführt. Asgers Gedankenstrom war plötzlich unterbrochen, das Zeitgefühl aufgehoben, sein Leben für einige Sekunden wie angehalten gewesen. Jetzt, hier im Wasser, mitten auf dem See, hörte nichts auf. Er meinte vielmehr das Verrinnen der Zeit, die Veränderlichkeit von Welt stärker zu spüren als sonst. Der

Vorgang vollzog sich in seinem Bewußtsein vollkommen selbstverständlich, das war das Beglückende. Nichts veränderte sich, obwohl sich alles veränderte, jeder Schwimmzug sagte es ihm, das Leben würde weiter, immer weitergehen, und solange er seine Arme und Beine in diesem ihn tragenden, flüssigen Element bewegte, würde er teilhaben daran. Die höhersteigende Sonne brannte ihm auf den Scheitel, während seine Gedanken weitergingen, für Asger klangen sie jetzt jedoch, als würde er sie mit der eigenen, aber gleichzeitig doch fremden, jedenfalls nicht mit der gewohnten inneren Stimme laut in seinen Kopf hinein denken. Das also ist es, sagte ihm diese kuriose Stimme, so will das Dasein genommen werden; du kannst die Beschaffenheit deiner Zeit nicht fassen mit zwei Händen und einem Geistesblitz, aber das macht nichts; sie ist wie das hier, glasklar an einem Tag, undurchdringlich trüb an einem anderen, angenehm warm oder frostig kalt, wild aufgerauht oder glatt und überschaubar; sie läßt sich nicht auf einen Nenner bringen; was nicht heißt, daß sie nicht vorhanden wäre, die Gegenwart; sie umgibt dich wie dieses Wasser hier; du planschst darin, die Oberfläche stützt dich, die Tiefe bettet dich, es liegt an dir, ob du oben bleibst oder untergehst; du könntest deine Bewegungen einstellen, und es ist deine Entscheidung, wenn du weiterschwimmst; du kannst auch von vornherein draußen bleiben; kein Mensch zwingt dich, das Element jemals kennenzulernen; aber wenn du es tust, wirst du bald merken, daß es geht, leicht ist, daß es besser, immer schöner wird …

Zug um Zug schob Asger sich weiter hinaus auf dieses grell spiegelnde, zunehmend blendende Plateau. Die Hände stießen kräftig nach vorne, teilten die Fläche, die sich gleich darauf in wirbelnden Spiralen wieder schloß. Die Beine stemmten sich gegen den Widerstand des Wassers, der ihrem Druck sofort nachgab. Als ihm unversehens ein Krampf in den rechten Fuß schoß, war es zuerst nur wie ein unscheinbares Ziepen in der Mitte des Spanns. Dann fühlte es sich an, als lägen plötzlich der zweite und dritte Zeh überkreuz und wären in dieser Stellung aneinandergewachsen. Asger achtete nicht darauf, dachte die eigenartige Empfindung durch das ruhige Gleichmaß seiner Bewegungen gleich wieder abschütteln zu können. Er wollte sich nicht stören lassen in seinem Hochgefühl von etwas, das nicht hineinpaßte in seine allumfassende Entspanntheit. Doch statt dessen nahm die Verkrampfung weiter zu. Die Lust verpuffte, der Schmerz weitete sich aus. Jetzt hatte er den Wadenmuskel erreicht, stand im Begriff, den Oberschenkel zu erobern. Asgers Arme ruderten hektisch, er bemerkte es selbst erst in dem Moment. Sein Körper war in eine Schräglage geraten, lag auf dem Wasser wie ein havariertes Schiff. Er stellte es fest mit seltsamer Belustigung. Was sich eben noch zärtlich seiner Haut anzuschmiegen schien, begann jetzt an ihm zu saugen, zerrte ihn abwärts. Der See ist offenbar nicht mehr bereit, mich zu tragen. Das war der Gedanke, den er unwillkürlich dachte, als dieses quälende Jucken und Stechen sein ganzes Bein ergriffen hatte, das nun völlig verhärtet war. Asger warf sich herum, umfaßte mit beiden Händen den Muskel, und während er so, in der eingekrümmten Stellung eines Embryos langsam versank, dachte er plötzlich, jetzt werde ich wohl ertrinken.

Aber es gelang ihm, wieder nach oben zu kommen, er wußte selbst nicht genau wie, denn die Hände umklammerten weiter den verhärteten Schenkel. Nur das noch bewegliche Bein schaufelte eigenmächtig weiter. Asger brachte den Kopf über die Oberfläche. Er konnte Luft schnappen, bevor er erneut unterging und endlich einsah, daß seine Panik den Krampf bloß verstärken würde. Er sammelte all seinen Willen auf einen Punkt, wollte dieses mechanische Zucken eindämmen, zwang sich zu ruhigen Bewegungen, die ihn schließlich wieder nach oben trugen. Japsend rang er um Atem und begriff, wie entkräftet er bereits war. Der Puls jagte, das Herz tobte. Kaum daß er sich über Wasser halten konnte, das ihm in den Mund schwappte. Er drehte sich um die eigene Achse, lag auf dem Rükken, noch immer berührte der See am Horizont das Firmament, noch immer wölbte sich die riesige blaue Glocke über ihm, schloß ihn ein in diese gleißend helle Kammer. Doch allmählich erkannte er wieder ihren Rand, die schüttere Nahtlinie, die sich ganz langsam zu einem dünnen, dunkleren Streifen verbreiterte. Asger kam es vor, als hätte irgendwer den Himmel leicht angehoben, als wäre der eine kolossale, hydraulisch bewegliche Kuppel. Und dahinter wurde flirrend der Sockel einer Art Rundmauer erkennbar, vor der ein Vorhang sich öffnete, vielleicht erschienen Bilder auf dieser Wand, vielleicht war es das Ufer, das unerreichbar entfernte. Er konnte das im Moment nicht recht auseinanderhalten, um ihn kreisten, flimmerten, wirbelten Wasser, Himmel, Rand, alles schoß zu einer weißen Kugel zusammen, die nun blitzartig auf ihn zustürzte, auf diesen winzigen schwarzen Punkt, den sein Kopf über der Wasserfläche darstellte, er dachte, ich sterbe ja wirklich …

Dann stand dieselbe Kuppel doch wieder über ihm, war offenbar zurückgeschnellt in ihre alte Form und Ausdehnung. Asger lag flach auf dem Rücken, mit ausgestreckten Armen und Beinen. Der Krampf hatte nur wenig nachgelassen. Aber er war gerettet, plötzlich wußte er es, er war noch einmal davongekommen. Noch zu geschwächt für den Rückweg, bewegte er sich nicht mehr als nötig war, um nicht unterzugehen. Es galt Kraft zu sammeln.

Als der Atem ruhiger ging, machte er sich auf den Weg. Die kahle blaue Kammer begleitete ihn. Als weigerte sie sich, den erschöpften Körper freizugeben, bot sie sich seinen ermatteten Sinnen wieder als uferlose Ewigkeit dar. Doch Asger steuerte instinktiv, fühllos, mit gleichmäßigen Armzügen und behutsamen Beinbewegungen einem imaginären Fluchtpunkt zu, während immer neue Szenen vor seinem inneren Auge aufstiegen und sichtbar wurden auf der gigantischen Bluebox aus Wasser und Luft. Türen öffneten, schlossen sich, er befand sich in einem Labyrinth künstlich beleuchteter Gänge. Andere Türen schlugen auf und wieder zu, und er lief durch Studios, Redaktionsräume, Konferenzsäle. Mehr Türen sprangen auf, und er rannte vor seiner aus dem Wasser steigenden Mutter davon, versteckte sich im Garten, mehr Türen knallten zu, und er spazierte zum Rathaus von Vössen. Bürgermeister Franz Stegmüller erwartete ihn vor dem Eingang, sämtliche Bauhof-Arbeiter, Amtsleiter Stadler, Pfarrer Schanze, alle trugen sie rote, mit blinkenden Leuchtherzen geschmückte Zipfelmützen, winkten stürmisch. Doch Asger wehrte ebenso stürmisch mit beiden Händen ab, rang nach Worten, wollte sagen, daß er niemanden verachte, weder die Katakombenmenschen noch den Stamm der Weihnachtsmänner, bloß sei er überall immer nur Zuschauer geblieben, was er allerdings nicht mehr herausbrachte, denn da waren schon wieder neue Türen auf- und zugegangen. Dahinter gab es eine Art Nachruf zu sehen, der handelte von Asgers Jugend, der Zeit seines Aufbruchs, handelte von Wenzel Poßmann und Dr. Heinz-Ludwig Stricker, von seinem Werdegang, seiner Karriere, den Eberls und Schikoras, Grossers und Spretis, den Menschen, mit denen er gesprochen, Interviews gemacht hatte, bis alles abrupt doch in seinem Heimatdorf endete, genauer gesagt, mitten auf dem Wasser, jetzt.

Denn da war er wieder, der See, immer noch lag die gleiche weißgraue Fläche vor Asger, immer noch war dieses weißblaue Nichts darüber ausgespannt und brannte ihm auf den Scheitel, aber seitlich voraus zeigten sich ocker, braun, grün die Kiesbänke, die Konturen von Bäumen, Sträuchern, Ried. Er heftete den Blick darauf, schwamm vorsichtig weiter. Nach wie vor schien es, als rückte das Ufer keinen Zentimeter näher. Aber er wollte, er würde es schaffen, daran gab es keinen Zweifel mehr, warum, Asger hatte keine Idee, er besaß den Willen, der Wille war einfach da, ohne sein Zutun, er dachte, jemand anders hat in letzter Sekunde beschlossen, meinen Lebensfaden doch nicht durchzuschneiden.

Und wirklich, nach einer Zeitspanne, die ebenso endlos wie verschwindend kurz war, schleppte er sich irgendwo ans Ufer, taumelnd, stolpernd, fast kriechend, ganz ohne jenen stillen Jubel, von dem er eben noch gedacht hatte, er würde sich im Moment seines Anlandens von selbst einstellen. Als wiederhole sich an ihm der Vorgang, mit dem das Leben das Festland erobert hatte, bekam er wieder Boden unter die Füße, schleppte sich ans Ufer, blieb auf den Kieseln liegen. Es würde also weitergehen mit dem Vorhandensein. Asger akzeptierte die fremde Entscheidung. Ihm wurde kalt.

7. Kapitel
BÜRGERS WILLE

Die Welt ändert sich, aber auch das Leben möchte weitergehen. Schlagartig gelten neue Regeln, man kennt sie noch nicht genau, ahnt eher, daß sie statt der alten befolgt werden sollen. Erfahrung zählt nicht mehr, bisherige Einstellungen erweisen sich als unhaltbar, bewährte Vorgehensweisen als absurd. Solange die Erschütterung über den Verlust an früheren Handlungsspielräumen nicht abgeklungen ist, kann es daher passieren, daß Welt und Leben vorübergehend getrennte Wege gehen. Dann ist es, als herrschten verschiedene Geschwindigkeiten für beide beim Voranschreiten der Zeit. Und je vitaler sich die äußere Lage entwickelt, die Zeiger der Weltuhr zu rasen scheinen, desto mehr hat es den Anschein, als nähere sich das Ticken sämtlicher für den privaten Gebrauch bestimmten Wecker dem Stillstand.

Passivität und Erstarrung sind die üblichen Todesmale beim Absterben alter Gewißheiten. Doch nicht für immer ersetzt ohnmächtiges Staunen unser Handeln und Melancholie unsere Tatkraft. Es kommt der Zeitpunkt, an dem auch der Fassungsloseste wieder aufzuckt und bemerkt, jenseits seines Erschreckens hat sich unmerklich eine Meinung, ein Anliegen herangebildet, das darauf drängt, sich auszusprechen. Doch was gibt den letzten Anstoß, es wirklich zu tun?

Anfangs ist der Staunende mit seinen Staunen allein. Seine Einsamkeit steigert das Staunen zusätzlich. Es gehört beinahe zum Wesen des Staunens, daß der Staunende die Existenz anderer Staunender nicht wahrnimmt. Was veranlaßt ihn, diese Einsamkeit dennoch zu verlassen? Vermutlich zeigen sich trotz aller Vereinzelung nach einer Weile Anzeichen dafür, daß anderswo gleichfalls ein Mißbehagen gären, ein Anspruch im Entstehen sein könnte. Sie erscheinen dem Einsamen sofort verblüffend vertraut, schwingen nach in seinem Gedächtnis, rühren an seine Selbstachtung. Kann es sein, fragt er sich vielleicht, daß ich nicht der einzige bin, den Ohnmacht und Lähmung gepackt haben, daß ich nur zu schwach oder zu feige bin, um mich dagegen zur Wehr zu setzen? Aufgerüttelt, sucht er nach deutlicheren Anzeichen, bis eines Tages der Moment für ihn kommt, an dem er es wagt, selbst ein Zeichen zu setzen.

Verstreutes Unbehagen ballt sich mit der Zeit, schießt zusammen zur kollektiven Erfahrung. Der in seiner Erstarrung Vereinzelte findet sich wieder in einer noch verdeckten, aber unterschwellig spürbaren Gemeinschaft, als Teil von etwas, dessen Existenz er bislang für ausgeschlossen gehalten hat. Man verfolgt neue Absichten gegen neuartige Widerstände. Sie rücken allmählich an die Spitze des Eigeninteresses. Bald wird ihnen jedes andere Interesse nachgeordnet. Es ist, als könnte schlechterdings kein Problem je angegangen werden, wenn nicht zuvor dieses alles entscheidende Hauptproblem gelöst worden ist.

Noch immer herrscht die trügerische Ruhe der Ohnmacht, doch der Gelähmte ist jetzt auf dem Sprung zum Handelnden. Sein Bewegungsdrang steigert sich, es fehlt nur der Auslöser zum Umschlag. Ist er erst eingetreten, tauchen von überallher Gleichgesinnte auf. Sie werden aktiv, zum politischen Subjekt. Ausgeruht von langwieriger Tatenlosigkeit, strotzen sie vor angestauter Kraft. Und sie besitzen ein Ziel, einen Sinn, Hoffnung. Weltzeit und Ichzeit nähern einander an, fallen wieder in eins, die vormals in Staunen und Schrecken Erstarrten finden zurück in ihre Gegenwart …

Bürgermeister Stegmüller saß im Büro, wälzte Unterlagen und befand sich keineswegs in Aufbruchsstimmung. Es gab auch keinen Grund dafür. Seit dem Frühjahr hatte sich die Finanznot der Kommune kontinuierlich verschlimmert. Inzwischen war es September geworden, auf dem Schreibtisch lagen die Übersichten aus dem Verkehrsamt zur eben beendeten Hauptsaison wie ein Vollstreckungsbescheid.

Stegmüller blätterte. Die Statistiken samt Computerauswertung ließen keinen Zweifel. Hier ging es nicht mehr um Lösungen, nur noch um die offene Bankrotterklärung. Die katastrophalen Übernachtungszahlen und die entsprechenden Einbußen für Gastronomie und Gemeindehaushalt waren freilich vorauszusehen gewesen. Wer nach dem Kormoran-Skandal seine Urlaubsbuchung nicht storniert hatte, tat es nach dem Jahrhunderthochwasser. Zum Schluß waren noch die letzten Unerschrockenen vom erneut völlig verregneten, für die Jahreszeit viel zu kalten August vertrieben worden. Damit war Vössen endgültig abgewirtschaftet.

Zu den Pflichten des Bürgermeisteramts, für das Franz vor sich selbst spätestens heute jede Legitimation verloren hatte, zählte es, die volle Verantwortung für das Fiasko zu tragen. Es war ihm nicht gelungen, mit seiner kommunalpolitischen Linie den Zusammenbruch abzufedern, geschweige denn zu bannen. Was hätte er den Vorwürfen eines Bockwieser-Kumpans wie Josef Mitterbinder jetzt noch entgegensetzen sollen, ohne allseits Spott und Hohn zu ernten? Die Pläne des Kontrahenten waren ihm bekannt, der Lebensmitteldiscounter auf dem Hupfauf-Grundstück am Ortseingang wäre nur der Startschuß für den anvisierten Politikwechsel. Ein zweites Gewerbegebiet, Schneiders Hotelkomplex, weitere Niederlassungen von Handelsketten würden folgen. Unter den gegebenen Umständen war diese Entwicklung durch nichts mehr und schon gar nicht von einem Stegmüller aufzuhalten.

Insgeheim hatte Franz daraus schon längst die Konsequenz für sich gezogen. Und da nun die offiziellen Zahlen auf dem Tisch lagen, war er entschlossen, bei nächster Gelegenheit den Gemeinderat in Kenntnis zu setzen. Es war nur noch zu klären, ob es anständiger wäre, dem Nachfolger den Weg durch Rücktritt, aus gesundheitlichen Gründen etwa, oder erst nach dem Ablauf der Amtszeit freizuräumen. Den Kampf hatte er jedenfalls eingestellt, und daher kam es wohl auch, daß er im Vergleich zu seiner früheren

Unrast heute, im Augenblick der definitiven Entscheidung, diese erstaunliche Gelassenheit an den Tag legte.

Wie ein Spieler seine Schritte weit vorausplant, dabei den Gegner nicht aus den Augen zu verlieren und vor allem niemals in die Defensive zu geraten versucht, so war Franz als Bürgermeister genötigt gewesen, strategisch, oft genug auch populistisch zu denken und zu handeln. Seit die Partie, trotz der paar Spielzüge bis zum unvermeidlichen Aus, definitiv verloren war, konnte er sich erstmals wieder von dieser Berufskrankheit lösen. Franz überblickte die Niederlage aus einem veränderten Blickwinkel. Er beachtete stärker die Einzelheiten, setzte sie erst im zweiten Schritt zum Mosaik zusammen, anstatt sie sofort in das vorgestanzte Muster einzufügen, das ihm die Fülle der Sachzwänge jahrelang aufgenötigt hatte. Und je mehr Bruchsteine er sammelte, desto deutlicher erkannte er, daß seine Hoffnung, das Ruder noch herumreißen zu können, von Anfang an zum Scheitern verurteilt gewesen war.

Nicht daß er allein deswegen seine Amtsgeschäfte an den Nagel gehängt hätte. Vielmehr war an die Stelle seines alten politischen Instinkts für Strömungen und Tendenzen eine Art Gespür für menschliche Verantwortung getreten. Entlassen aus der Verpflichtung, dauernd gegensätzliche Ansprüche ausgleichen zu müssen, meinte Franz nicht nur seine persönliche, sondern die Situation der ganzen Gemeinde mit weniger verstelltem Blick zu sehen. Er hatte sich vorgenommen, solange ihm noch ein Rest an Macht verblieb, denen Hilfe zukommen zu lassen, die sie angesichts der kommenden Entwicklungen am nötigsten hätten. Das waren vor allem kleine Geschäftsleute und einige Nebenerwerbsbauern, die sich bisher mit dem Fremdenverkehr gerade so über Wasser gehalten hatten. Nun drohte ihnen, durch menschliches Versagen und eine Verkettung unglücklicher Zufälle, der Ruin.

Aber nicht nur ihnen, den meisten Vössenern schien es schlechter zu gehen, das heißt, überall herrschte spürbar Verunsicherung. Viele sahen ihre Existenzgrundlage gefährdet, teilweise zu Recht, dachte Bürgermeister Stegmüller. Sein Programm hätte ihnen ökonomische Zuversicht vermitteln müssen. Aber sein viel zu spät entworfenes Konzept eines sanften Tourismus hatte keine Chance mehr. Hier waren Mächte im Spiel, gegen die ein einzelnes kleines Dorf nun einmal nichts ausrichten konnte. Auch die Gemeinderäte standen schließlich unter Zugzwang, selbst Franz' Widersacher mußten diesen Mächten Rechnung tragen. Entweder man unterwarf sich ihnen, oder man war imstande, einen Sonderweg mit langfristigen Erfolgsaussichten zu gehen, der sich natürlich trotzdem in die neue Marktlandschaft einfügen mußte, um konkurrenzfähig zu bleiben. Ein Bauerndorf in bezaubernder Landschaft, am Rand eines Sees und eines Gebirges, besaß nach wie vor die besten Voraussetzungen für eine solche Abweichung, davon blieb Franz überzeugt. Die Gelegenheit dazu war allerdings auf lange Zeit vertan.

Was aber konnte ein Franz Stegmüller unter diesen Umständen überhaupt noch leisten? Mit welchen Argumenten hätte er zum Beispiel gerade jenen kleinen Geschäftsleuten und Bauern die Idee schmackhaft machen sollen, in Zukunft den Trend zum Kurzurlaub besser zu nutzen? Die Gemeinde werde nach und nach die Radwege ausbauen, sich um Naturführungen, zielgruppenorientierte Wander- und Wellnessangebote kümmern; vertrauen Sie deshalb weiterhin auf Ihren Bürgermeister, setzen auch Sie auf eine Belebung der Nebensaison? Gegen die berechtigte Furcht vor der nächsten wetterbedingten, durch die Dumpingangebote der Reisebüros und Internet-Anbieter oder mittels Medienrufmord potenzierten Flaute richtete schließlich selbst der leutseligste Bürgermeister nichts aus. Franz würde auch künftig bloß die meteorologische und konjunkturelle Wetterlage verfolgen können und für den Bedarfsfall persönlichen Beistand zusichern.

Beistehen. Genau das hatte er beim Hochwasser getan. Nicht mehr und nicht weniger. Die Katastrophe war eingetreten, Franz organisierte die Nothilfe. Er packte selber mit an, wo immer es Sinn hatte. Stellte ohne Rücksicht auf Taktik und Wählergunst all seine nicht geringe Kraft zur Verfügung. Die Aufgabe füllte ihn aus. Er erschöpfte sich in ihr. Es war das mindeste, aber auch alles, was er leisten konnte. Und er würde es immer und jederzeit wieder tun, einerlei ob als Gemeindeoberhaupt oder als einfacher Mitbürger.

Stegmüller klappte die Mappe zu, versah sie mit seinem Kürzel. Dann rief er über die Sprechanlage seine Sekretärin. Nele Nüsslein sollte die Unterlagen abholen und sie an Stadler weiterleiten. Franz rieb sich den Schnauzer.

Andererseits waren es gerade die Erfahrungen jener schrecklichen Tage, die ihm heute zu seinem Gleichmut verhalfen. Rettung und Vernichtung waren so dicht beieinander gelegen. Die schreienden Kühe, der in den Fluten versinkende Campingplatz. Hätte Franz nur ein Mal innegehalten und seinem Jubel oder seiner Verzweiflung nachgegeben, er hätte vermutlich vor Sentimentalität seine Einsatzfähigkeit eingebüßt. Dabei ging es gar nicht um Erfolg oder Mißlingen, sondern darum, in jedem einzelnen Fall das Menschenmögliche zu tun. Der Gedanke hatte sich in ihm festgesetzt. Übermüdet, naß bis auf die Knochen, inmitten des Tobens der Elemente fühllos geworden, bestimmte allein die Not sein Handeln.

Immerhin brachte man seither im Dorf Stegmüller wieder einen gewissen Respekt, manche sogar Dankbarkeit entgegen, auch wenn der durch seinen Einsatz abgewandte Schaden angesichts der Zerstörungen kaum ins Gewicht fiel. Insbesondere die Instandsetzung einiger Gemeindestraßen würde trotz der von der Landesregierung zugesagten Zuschüsse den Haushalt zusätzlich schwer belasten. Wenn er sich, wie jetzt, sein die Grenzen normaler Einsatzfähigkeit übersteigendes Engagement vergegenwärtigte, schien es ihm sogar seltsam pathetisch. Solange die Strapazen andauerten, war ihm das keineswegs so vorgekommen. Mit Pathos luden sie sich erst hinterher auf, in der Erinnerung der Leute, in seiner eigenen. Franz wunderte sich darüber, fand den Nachruhm, der ihm entstanden war, reichlich albern. Er sagte sich allerdings auch, daß Handeln wahrscheinlich überhaupt nur möglich war, wenn ihm das Pathos einer Moral zugrundelag. Nicht einmal willentliches Nichthandeln schien von der Regel ausgenommen.

Pathetisch war auch Stegmüllers stille Freude darüber gewesen, daß Asger Weidenfeldt damals mit an seiner Seite schuftete. Was hätten die nach dessen Rückkehr prompt wiedererwachten Vatergefühle da draußen im Unwetter auch anderes auslösen sollen als den Wunsch, ihm ein Vorbild zu sein? Der Junge war inzwischen über dreißig, hatte Karriere gemacht, kannte die Welt, kam nach Hause zurück und wirkte immer noch grün, unbedarft, sozial vollkommen inkompetent, manchmal wie von einem anderen Planeten. Selbstverständlich hatte sich Franz bemüht, seine besten Eigenschaften herauszukehren. War das nicht legitim? Ein willkommener Anlaß, sich endlich wieder einmal selbst zu übertreffen?

Durch Asger erfuhr Franz außerdem, wie es um Clara bestellt war. Der Bericht traf ihn wie ein Stromschlag. Als ihr bester Freund hatte er noch nicht einmal mitbekommen, daß Max Zibulka tot und auf welche traurige Weise er gestorben war. Nach der Flut erschien er wieder regelmäßiger in Fuchsenhub, beteiligte sich auch dort an den Aufräumarbeiten, blieb zum Tee, stand freilich vor allem als Publikum zur Verfügung für Claras immer monotoneren Vorträge über Schauspielkunst, Kultur als solche.

Das ist unendlich viel wichtiger, als das politische Hamsterrad auf meinem verlorenen Posten zu treten, dachte Franz. Erst vor wenigen Wochen hatten sogar stockkonservative Volksvertreter auf einem Regionalentwicklungskongreß vom finanziellen Austrocknungsprozeß der Gemeinden durch Staat und Wirtschaft gesprochen, das Ende kommunaler Selbstverwaltung in wenigen Jahren prognostiziert.

Seit über fünfzehn Jahren kannte er die Weidenfeldt, kümmerte, bemühte sich um sie, ließ sich von ihr auf Distanz halten, herumkommandieren. Zweifellos war diese Frau neurotisch, hochmütig, grausam. Immer wieder hatte sie ihn verletzt, gequält, erniedrigt, zuletzt mit ihrer Vogelschutzkampagne so tief, daß Franz sicher gewesen war, ihr nie wieder in die Augen blicken zu können. Aber welcher Mensch hatte keine Macken? Wieviel seelisches Leid beruhte auf bloßem Mißverständnis? Und wie sehr hatte er dennoch stets von dieser ungleichen Verbindung profitiert? War ihm letztlich nicht auch die Idee mit dem sanften Tourismus von der Weidenfeldt eingepflanzt worden? Franz Stegmüller erinnerte sich wieder. An den Beginn des Abstiegs. Seinerzeit, als er die Zweitwohnungssteuer nicht verhindern konnte. An seinen zugegeben einfältigen, auch etwas dünkelhaften Widerstand. Den Streit mit Clara darüber, der ihre Entzweiung und sein Elend einleitete. Er dachte: festhalten an den Menschen, die einen durchs Leben begleiten. Trotz allem. Sogar ihre Dummheiten tolerieren, in welcher Form sie dir immer begegnen, auch wenn du manchmal glaubst, daß sie dich zugrunde richten.

Dann bemerkte er Nele Nüsslein. Sie stand bei der Durchgangstür. Franz Stegmüller wußte nicht, wie lange sie sich schon im Zimmer aufhielt und ihn anschaute. Auch er schaute sie jetzt an, weiter stumm an seinem Schnurrbart reibend. Nele lächelte ihm wie immer zu, auch wenn in den letzten Monaten ein recht ernstes Lächeln daraus geworden war. Ihr Kleidungsstil hatte sich wieder einmal geändert. Er war schlichter, strenger, etwas weniger farbenfroh als früher. Ocker und braun beherrschten die Palette, aufgelockert durch unscheinbare Muster in mildem Hellblau und hellem Rosa. Das leuchtend rot getönte Haar allerdings hatte sich als greller Sprenkel erhalten, unterstützt von exotischen Accessoires um Hals und Handgelenke, auf die sie offenbar nicht verzichten konnte. Doch die Frisur war anders, kurz und überraschend modisch. Sie stand ihr blendend, fand Franz. Ein fransiger, schräg zur Seite gekämmter Pony fiel tief in Neles Stirn und milderte das Mondrund ihres Gesichts. Seine sonst so eigenwillig angezogene Sekretärin wirkte fast ein wenig damenhaft auf ihn, als wäre sie über Nacht vornehm geworden.

Franz wußte auch sofort, woran Nele ihn erinnerte: an ihre Tochter Maya nämlich, genauer gesagt, an die Figur der Lauren, die sie in der brandneuen gleichnamigen Vorabendserie spielte. Natürlich hatte er sich die erste Folge angesehen. Und natürlich hatte er Maya großes Talent bescheinigt. Nele hatte ihm eine Kopie der

Sendung schon vor dem eigentlichen Ausstrahlungstermin aufgedrängt und sich tags darauf nach seinem Urteil erkundigt.

In Wahrheit berührte ihn natürlich der Stoff der Schmonzette mit seiner Überdosis an Herzweh und Liebeshändeln herzlich wenig. Auch konnte er sich über Mayas darstellerische Leistung schon allein deshalb kein Urteil bilden, weil er beim besten Willen keinen Unterschied entdecken konnte zwischen der Rolle und ihrem von Vössen her gewohnten Auftreten. Glücklicherweise war er ohnehin hauptsächlich damit beschäftigt, ihre Mutter zu besänftigen, obwohl sie seit dem Start von »Lauren« wesentlich ruhiger geworden war. Wenigstens brauchte er sich so nicht auch noch im Büro Gedanken über den aktuellen Stand der Schauspielkunst zu machen. Aber nach wie vor fürchtete Nele, Mayas Psyche wäre, wie sie sich ausdrückte, im Fall eines Platzens ihres Traums von einer Fernsehkarriere in höchster Gefahr.

Franz Stegmüller sorgte sich mehr um die Psyche seiner Sekretärin, zumal ihre Nerven spürbar in Mitleidenschaft gezogen worden waren, seit ihre Tochter sich Hals über Kopf in ihr Casting-Experiment wie weiland sie selbst sich ins wilde Punkerleben gestürzt hatte. In den vergangenen Monaten hatte sich Nele Franz gegenüber ausgesprochen taktvoll verhalten. Das rechnete er ihr hoch an. Die kleinen Mißstimmigkeiten von vor einem Jahr, als sie indirekt ihm die Schuld gab an den fixen Ideen der mittlerweile Zwanzigjährigen und anschließend beim Aktenverkehr die eine oder andere Weiche falsch stellte, hatten sich nach einiger Zeit von selbst erledigt. Seither ergänzten sie sich mehr denn je, wie ein altes Ehepaar. Und endlich stand auch für Mayas Abenteuer ein Happy-End in Aussicht. Neles Mutterstolz wuchs, verdrängte die Panik zusehends. Sogar ihr Selbstbewußtsein schien weiter und weiter zu wachsen, wie Franz aus der Art folgerte, mit der sie ihn nun schon geraume Zeit unverblümt musterte.

Ja, auch das Privatleben von Nele Nüsslein war Franz neuerdings wichtig. Er bemerkte, wie sie hoffte, es würde sich noch alles zum Guten für Maya wenden, und freute sich mit ihr, wenn sie glaubte, ihre Hoffnung könnte sich wirklich erfüllen. Dann steigerte Nele die Liebenswürdigkeit gegen ihren Chef ins beinah Zärtliche, dem sie in solchen Momenten ganz verwandelt, ihr Blick fast bezaubernd erschien.

Gewiß entstand dieser Eindruck nicht zuletzt durch die Veränderungen, die Stegmüllers eigener Blick erfahren hatte. Denn als Bürgermeister nahm er heimlich bereits Abschied vom Rathaus, seinem Zuhause seit über fünfzehn Jahren. Wehmut, gepaart mit dem unbedingten Verlangen nach einem versöhnlichen Ausklang, tauchten Amtsräume und Angestellte in ein beschönigendes Licht. Franz war sich dessen bewußt. Er ließ es trotzdem geschehen. Noch mit den gedankenlosesten Fehlern seiner Untergebenen übte er Nachsicht, sogar dem Amtsleiter gegenüber empfand er mildes Wohlwollen.

Max Stadler, der aus seiner ideologischen Feindschaft nie ein Hehl gemacht hatte, schlich seit Wochen nur noch wie der Mitarbeiter eines Beerdigungsinstituts durchs Gebäude. Franz konnte es kaum mit ansehen, wie das schlechte Gewissen plötzlich ausgerechnet den Mann plagte, der Stegmüllers Tätigkeit von Anfang an immer mit dem größten Mißmut begleitet hatte. Er muß in dem Gefühl leben, dachte er, nicht nur ein Leben lang sein Potential sinnlos an eine grundlegend falsche Amtsauffassung vergeudet, sondern zuletzt auch die Arbeit seines Vorgesetzten bewußt hintertrieben, zu dessen Sturz beigetragen zu haben. In ein paar Jahren würde Stadler in Rente gehen, und im Rückblick erschiene ihm dann Stegmüllers Scherbenhaufen immer auch als der eigene. Ihm durch ein wenig Verbindlichkeit übers schlechte Ende hinwegzuhelfen und dafür zu sorgen, daß sein Amtsleiter das gemeinsam oft nur mit zusammengebissenen Zähnen durchgestandene Berufsleben trotz allem in leidlicher Erinnerung behalten könnte, sogar das war vielleicht wichtig.

Nele beobachtete den Chef schon seit einer Viertelstunde. Sie hatte ihn nicht aus der Versenkung reißen wollen. Mit den Jahren hatte sie herausgefunden, daß sie desto tiefer war, je roher er an seinem wuchtigen Schnauzbart rupfte. Allerdings berührte sie der Ausdruck sonderbar, mit dem Stegmüller, nachdem er sie endlich bemerkt hatte, regungslos ihren Blick erwiderte. Dies war ein Vorgang, den sie nie zuvor erlebt hatte. Sie konnte ihn nicht deuten und blieb unschlüssig, ob sie darüber belustigt oder erschüttert sein sollte. Daß die Lage in der Gemeinde ziemlich verfahren war, konnte sie sich selbst zusammenreimen. Sämtliche Akten gingen schließlich über ihren Tisch. Die Wände des Rathauses waren dünn. Nele wußte, seine Chancen für die nächsten Wahlen standen schlecht, doch dachte sie sowieso, daß Stegmüller sich nicht noch einmal aufstellen lassen sollte. Er war übergewichtig, ernährte sich ungesund, sein viel zu rotes Gesicht bereitete ihr seit langem Sorgen.

Doch die Schicksalsergebenheit, die ihr Chef seit neuestem zur Schau trug, fand sie gehörig übertrieben. Über zweieinhalb Amtsperioden stand Franz jetzt der Gemeinde Vössen als Oberhaupt vor. Er kannte die Tricks des übermächtigen Gegners, war sich klar, in welchem Bundesland er seinen Job machte, aber auch darüber, daß gerade in der Kommunalpolitik nie so heiß gegessen wie gekocht wurde. Noch blieb ihm Zeit bis zum Ende der Legislaturperiode. Bis dahin konnte er in aller Ruhe seine alte, mehr vom Instinkt als von Theorien und Grundsätzen geleitete Arbeit fortsetzen, für die man ihn schließlich gewählt hatte. Zwar würde er heute, unter dem unmittelbaren Eindruck der Misere, voraussichtlich keine Mehrheit mehr hinter sich bringen. Aber auf die Rükkendeckung, die er bei einem respektablen Teil der Dorfbevölkerung nach wie vor genoß, durfte er sich trotzdem etwas einbilden. Es war also längst nicht aller Tage Abend.

Dies war auch der wahre Grund dafür, daß Nele so lange auf Stegmüllers Rückkehr aus den Sphären seiner Entrückung gewartet hatte. Er sollte gebührend aufnahmebereit sein, um zu würdigen, was sie ihm mitgebracht hatte.

Dann war es soweit. Nele trat vor den Schreibtisch des Chefs, nahm wie gewünscht die Verkehrsamtakten an sich, legte aber zwei neue Mappen vor. Und machte kehrt. Wortlos. Betont langsam. Allerdings nicht ohne zuvor mit dem Zeigefinger mehrmals auf die oberste Seite getippt zu haben, dorthin, wo auch ihr Name stand.

Was immer geschah, man durfte sein Leben nie jemand anders, egal welchen Mächten überlassen. Es selber in die Hand nehmen, das Leben, loszuwerden versuchen, was einen daran hinderte, es zu tun. Dafür hatte sie in ihrer Jugend einmal alles riskiert und hätte sich dabei um ein Haar selbst zerstört. Natürlich war sie damals schrecklich naiv gewesen, natürlich war es Maya heute nicht weniger. Aber erst durch sie hatte Nele wieder begriffen: Angst war nur die eine Sache, die andere war Courage, Zivilcourage, wie Leo Mausilatzki geschrieben hatte, auf dem Flugblatt für die Kormorankolonie. Immer war sie stolz gewesen, für einen Bürgermeister zu arbeiten, der keiner von oben vorgegebenen, von oben überwachten Linie folgte. Es hatte ihr geholfen, in Vössen durchzuhalten, als Alleinerziehende, mit dieser Vergangenheit. Jetzt konnte sie ihm etwas dafür zurückgeben.

Neles Name auf der Unterschriftenliste war der geringste Beitrag. Mit dem alten Buchinger hatte sie maßgeblich am Zustandekommen der Bürgerinitiative mitgewirkt. Die Spendenaktion war allein ihre Idee, wenn auch das Musikerehepaar Czerny, die selber viel gaben, bei den Reichen im Ort das meiste Geld gesammelt hatten. Eine beträchtliche Summe hatten sie für die Instandsetzung der verwüsteten Uferregion zusammengebracht. Und zu den nötigen zehn Prozent der Wahlberechtigten, um ein Bürgerbegehren gegen die Ansiedlung eines Discounters durchzusetzen, fehlten nur noch ein paar Unterschriften.

Das alles reichte freilich nicht, um die Probleme der Kommune zu beheben oder die Lage ihres Gemeindeoberhaupts entscheidend zu verbessern. Das wußte Nele auch. Aber es ließ sich damit Politik machen. Ein Wahlverfahren für ein Bürgerbegehren würde die Gemeinde noch einmal eine Stange Geld kosten, das sie bekanntlich nicht besaß. Doch was andererseits für Allianzen in der Bevölkerung plötzlich entstanden waren zwischen Anliegern,

Biobauern, Einzelhändlern, Bildungsbürgern, Globalisierungsgegnern.

»Was soll das denn bedeuten?«

Fragte baff Franz Stegmüller.

Mit dem schönen Gefühl, einer guten Sache auf optimale Weise gedient zu haben, und im Vertrauen auf die Geschicklichkeit ihres Chefs hatte Nele Nüsslein die Zwischentür zu ihrem Büro jedoch schon wieder hinter sich geschlossen.

8. Kapitel
TANZ AM SEE

Schönheit rettet die Welt, sagt man in Rußland. War Fuchsenhub ein schöner Ort? Konnte er die Welt retten? War das Leben dort schön und Asger ein schöner Mensch?

Marja Tugorski, die hier von allen immer nur Mascha genannt wurde, war froh, daß ihr überhaupt noch Schönes widerfahren oder, wie es in diesem Fall wohl richtiger heißen mußte, sich andeutend gezeigt hatte in den fast eineinhalb Jahren in Deutschland. Die letzten Wochen sollten also mit einem späten Behagen ausklingen. Aus Güte hatte sie für die ihr verbleibende Restzeit eine der prächtigen Gastwohnungen im Anbau des Seeanwesens belegen dürfen. Zwei geräumige, durch einen Durchgang verbundene Zimmer voller Antiquitäten standen ihr zu Verfügung, das Bad mit Wanne, Bidet und Marmorboden. Sie schlief in einem breiten Himmelbett mit gedrechselten Füßen. Die cremefarbene Bettwäsche war aus Seide. Das war schon etwas wie das glückliche Ende einer Seifenoper gegenüber der bedrückenden Betonmietblockenge bei Claudia und ihren furchterregenden Brüdern. Anstatt nachtlangem Fernsehkrach umflüsterte sie nun Pappelstille, ein endloses Rascheln und Rauschen, das durch die hohen, von zierlichen Eisengittern gesicherten Fenster hereinwehte. Wenn sie die Augen schloß, konnte sie sich einbilden, sie weile in einer Datscha. Sie mußte nicht einmal Miete bezahlen, so wie sie die meiste Zeit zuvor ihre Gastfamilie bezahlt hatte dafür, daß sie mit ihnen die Zelle teilen durfte, wovon der Unfrieden aber nicht geringer wurde.

Und auch für gerettet konnte Marja sich einstweilen halten. Das Leben im Viertel der arbeitslosen Rußlanddeutschen war zuletzt zum Alptraum geworden. Manchmal war es ihr schon vorgekommen, als wäre der Sowjetunion unbemerkt doch die Weltrevolution gelungen. Ihr Herz wurde so beklommen und verschreckt, daß sie einmal sogar weinen mußte vor Asger, dem sie dergleichen eigentlich nicht zumuten wollte. Aus Versehen erzählte sie ihm sogar, wieviel von ihrem Verdienst sie monatlich abtreten mußte. Bei den Russen ist es uns schlecht gegangen, bei den Deutschen geht es uns noch schlechter. Die Kommunisten haben uns ausgebeutet, die Kapitalisten lassen uns im Stich. Das war die bittere Rechtfertigung der Brüder, und bei ihrer naiven, gutmütigen Maschenka aus Tomsk konnten sie den Spieß immerhin für kurze Zeit einmal umdrehen.

Aber das war es gar nicht, was sie am Ende vertrieben hatte aus ihrer Wohnung, sondern die Polizei, die eines Tages vor der Tür stand und herein wollte, jedoch eine ganze Weile daran gehindert wurde mit Geschrei und sogar mit Handgemenge. Mascha hatte vom Hinterzimmer aus beobachtet, wo sie sich eine Schlafecke hatte einrichten dürfen, wie einer der Brüder sein kleines Schlageisen hinter dem Rücken in der Faust verbarg. Als die Polizisten endlich doch hereingelassen wurden, fanden sie zwar nichts von dem, was sie offenbar gehofft hatten anzutreffen. Doch in Maschas Herz tobte seither ein Sturm und mochte nicht mehr aufhören. So durcheinandergerüttelt war es, daß sie eines Tages nicht mehr zurückzukehren wagte in den Aussiedlerbezirk. Aufgelöst und zittrig berichtete sie Asger, was vorgefallen war. Und das war dann ja auch eine wirklich schöne Tat von ihm, daß er mit ihr hinfuhr und sogar ihre Sachen packen half. Zu dieser Stunde befand sich außer Claudia zum Glück nur einer von den bedrohlichen Brüdern in der Wohnung. Dennoch war das Gesicht ihrer Schulfreundin ganz naß bei den Küssen zu diesem Lebewohl auf immer. Und auch Marja rannen die Tränen über die Wangen. Sie fühlte eine lang vermißte Wärme, auch Dankbarkeit für Claudia, trotz allem. Kaum saß sie jedoch wieder im Auto, war sie heilfroh, dieser Familie entkommen zu sein. Abschiede, dachte sie, machen wohl alle Menschen schöner.

Auch ihre letzten Monate in Fuchsenhub standen natürlich unter dem Stern des Abschiednehmens, der alles Geschehene und alles, was jetzt noch geschah, in ein mildes Licht tauchte. Gleichwohl hätte sie sich niemals träumen lassen, von ihrer Dienstherrin persönlich willkommen geheißen zu werden. Asgers Mutter öffnete das Tor am Tag ihres Umzugs, öffnete es für Marja Pjotrowna Tugorski, die für sie immer nur Mascha, das Putzmädchen, gewesen war. Anfangs, als Marja aus dem Auto stieg und Clara im Portal stehen sah, war sie noch ganz verzagt. Sie rechnete damit, daß die Chefin ihr den Zutritt verweigern würde, oder sie zumindest mit einem Zornausbruch empfangen. Nicht daß sie statt dessen mit offenen Armen aufgenommen worden wäre, so etwas war im Haus Weidenfeldt überhaupt nur schwer vorstellbar. Aber während die Hausherrin den Gemäldegang vorausushuschte, um Marja zum vorgesehenen Unterschlupf zu führen, und sich im Schritt für Schritt heller werdenden Tunnel immer wieder nach ihr umsah, meinte sie wahrhaftig Mitgefühl zu erkennen.

Hatte sich Fuchsenhub Nr. 7 am Ende doch noch in einen schönen Ort verwandelt? War das Haus vorher ein verwunschenes Schloß gewesen? Und wer hatte es erlöst? Und wodurch? Asgers Fürsorglichkeit in den ersten Tagen nach Marjas Flucht war rührend. Er stellte ihr sogar das Frühstück vor die Tür. Aber auch Maschas Dienstherrin, die bislang trotz ihrer extrem sprunghaften Gemütszustände ihren Mitmenschen stets mit der gleichen Unnahbarkeit begegnet war, trat ihr seit der Übersiedlung mit erstaunlicher Offenheit entgegen. Marja wußte nicht, was der alten Frau widerfahren war, so daß sie ihre einst unerbittliche Verschlossenheit aufgegeben hatte. Vielleicht hing es mit dem traurigen Ende dieses dicken alten Trinkers Zibulka zusammen, dessen reichlich zotiges und auch ein bißchen unheimliches Naturell sie aus nächster Nähe hatte studieren können, auf jenem schauerlichen Herbstfest im letzten Jahr. Nur mit ihm hatte sie Clara Weidenfeldt jemals halbwegs gelöst gesehen, und daraus war dann aber gleich ein peinlich enthemmter Zustand geworden.

Unbestreitbar war jedenfalls, daß die Chefin ihrer Umgebung heute mehr Aufmerksamkeit schenkte als vor Max Zibulkas Tod. Mutter und Sohn unterhielten sich jetzt öfter miteinander, manchmal sogar nahezu ungezwungen. Und auch Marja gegenüber erhielt sich die einmal bezeigte Liebenswürdigkeit. Mitunter reichte sie ihrem Mädchen eine Tasse Tee beim Bügeln, erkundigte sich nach dem Wohlbefinden, während Mascha die Treppen wischte. Aber Herzenswärme bedeuteten diese Signale trotzdem nicht, die sie vermutlich vorwiegend ihrem Sohn zuliebe aussandte. Denn Clara machte kein Geheimnis daraus, daß sie aus Marjas Verweilen in Fuchsenhub keinerlei soziale Verpflichtungen für sich abzuleiten gedachte. Dafür sei ausschließlich Asger zuständig, und er werde schon wissen, worauf er sich da eingelassen habe, äußerte die Hausherrin beiläufig und scherzhaft, anläßlich eines Essens zu dritt.

Sogar so etwas fand mittlerweile gelegentlich statt, und hin und wieder stieß auch der Bürgermeister von Vössen noch hinzu. Dann saßen sie wie eine Familie um den Tisch, mit Vater, Mutter und zwei erwachsenen Kindern. In Marja aber regte sich der leise Verdacht, man mißbrauche sie als Testperson, an der man unter Laborbedingungen wunderliche Verhaltensweisen erprobt.

Aber das Weidenfeldtsche Familienexperiment, oder was immer es vorstellen mochte, blieb stets eine vollkommen harmlose Angelegenheit. Gemeinhin beschränkte man sich darauf, Alltagserlebnisse auszutauschen. Das war freilich nicht viel. Es passierte ja nichts in der Fuchsenhuber Abgeschiedenheit. Doch Clara schwelgte in Erinnerungen, wobei sie zeitweilig in Melancholie versinken und der Tischrunde die verhältnismäßig gute Laune verderben konnte. Oft kam auch Langeweile auf, denn die Geschichten wiederholten sich. Dennoch glaubte Marja eine neue, unbekannte Seite an den früher immer etwas überspannten Umgangsformen ihrer Arbeit- und Gastgeberin zu entdecken. Eine gewisse Unkompliziertheit, beinahe etwas wie Zurückhaltung schien Einzug gehalten zu haben im Hause Weidenfeldt. Demut war vielleicht nicht ganz der treffende Ausdruck dafür, wies aber in die richtige Richtung. Die Russin kannte vielleicht bloß keine weniger heilige Vokabel für den Umstand, daß man sich in Fuchsenhub anscheinend nicht mehr so wichtig nahm wie früher.

Dasselbe galt auch für Asger. Er verhielt sich außerordentlich taktvoll, dabei zugewandt und herzlich. Marja hatte manchmal den Eindruck, ihn vor lauter Takt und Herzlichkeit kaum wiederzuerkennen. Sein ganzes Wesen schien sich darin aufzulösen. Es trat gleichsam in den Schatten der Diskretion zurück. Aber zugunsten wovon? Einer leeren Larve des Anstands? War das schön gehandelt? Konnte es denn Rettung bedeuten? Für wen? Oder war es vielmehr eine Kapitulation? Wovor? Die Sympathie für ihren Wohltäter blieb von solchen Fragen immerhin unberührt. Sie wuchs sogar unablässig weiter, nur wollte sich Marja nicht recht erschließen, wohin. Während ihr Asgers Persönlichkeit sonderbar fassadenhaft oder schwammartig wurde, suchte sie weiter nach Anzeichen für den versteckten oder verschütteten Kern jener schönen Seele, die sie ihm nach wie vor zutraute. Marja fand diese Zeichen, wenn er sich unbeobachtet glaubte und gehenließ, doch sie konnte nicht einmal sagen, ob sie mehr geworden waren oder weniger. Denn seit sie in Fuchsenhub wohnte, verbrachte sie ja automatisch auch viel mehr Zeit mit ihm.

Asger und Marja saßen so gut wie jeden Abend für ein, zwei Stunden zusammen. Manchmal hatten sie sich gar nichts zu sagen und schwiegen nur gemeinsam. Doch auch das war schön. Ab und zu stritten sie noch immer über diese seltsame Sache, die sie den Geist der Deutschen und der Russen nannten. Es war jetzt schon beinahe ein altes Spiel zwischen ihnen, aber es hatte eine neue Qualität bekommen: Sie ließen die gängigen Vorurteile wie Luftballons aufsteigen, nur um sie gleich darauf zu zerstechen. Die Blasenfetzen jedoch sammelten sie hinterher auf und lasen in ihnen wie in einem Kaffeesatz. Zudem erlaubte ihnen dieser meist ausgesprochen amüsante Zeitvertreib, in verschlüsselter Form etwas von ihrem Befinden zu übermitteln. Zumindest hoffte Marja, daß auch

Asger es ähnlich auffaßte. Wenn sie zum Beispiel von der Spannweite russischer Empfindsamkeit redete, umschrieb sie natürlich vor allem ihre verworrenen Gefühle in bezug auf ihn. Und sie ging davon aus, daß Asger gleichfalls vornehmlich von sich selbst sprach, wenn er die Angst vor der inneren Leere, die fieberhaften Versuche, diese Leere aufzufüllen und das regelmäßige Scheitern der Versuche als typisch deutsche Merkmale bezeichnete.

Es dauerte nicht lange, bis Marja Tugorski sich eingestehen mußte, daß sie mehr Zuneigung empfand für diesen Mann, von dem sie in wenigen Wochen wahrscheinlich für immer scheiden würde, als ihr lieb und geheuer war. Sie litt. Doch sie wußte weiterhin nicht genau, wieso. War sie verliebt? Dazu fehlte ihr jedes körperliche Begehren. Sie konnte sich Asger in diesem Sinne gar nicht als Mann vorstellen. Existierte wirklich eine verborgene Wahlverwandtschaft zwischen ihnen? Dafür gingen ihre Neigungen viel zu weit auseinander. Der Wahrheit am nächsten schien noch dieses seltsame Geschwistergefühl zu kommen, das sich bei den Familienessen mit Clara und Franz Stegmüller einstellte: Wie einem geliebten Bruder fühlte sie sich ihm von ganzem Herzen nah und zugleich unermeßlich fern.

Marja wurde trübsinnig. Es gab ja kaum die Möglichkeit, dem Nebel der Empfindungen auszuweichen, der sich hier beständig auf sie legte. Nachdem sie in den ersten Wochen die vielen Gemälde und Kunstgegenstände im Haus studiert hatte, erschöpfte sich ihr Interesse zusehends. Auch der Garten, der See samt seinen Vögeln boten auf Dauer nicht die Ablenkung, die sie ersehnte. Auf mehr Zerstreuung brauchte sie aber in Fuchsenhub, demgegenüber Sibirien ein wahrer Erlebnispark war, gar nicht erst zu hoffen. Marja hätte sich zum Beispiel gerne einmal wieder eine Vorabendserie angeschaut. Doch es gab hier keinen Fernseher. Auch ein Diskobesuch, am liebsten in einem Club mit russischer Popmusik, wäre eine schöne Abwechslung gewesen. Sie hatte nur keine Freunde, mit denen sie hinfahren konnte. Und statt mit ihr tanzen zu gehen, half der schöne Asger beim Saubermachen.

Oder sie trugen einander Gedichte vor. Und das war oft noch nicht einmal das schlechteste, denn beide mochten die Literatur. An einem stürmischen, pappelbrausenden Oktoberabend mit langen Schweigeperioden holte Asger plötzlich eine zweisprachige Anthologie moderner russischer Lyrik aus seiner Bibliothek. Marja sollte das Original, Asger die Übersetzung lesen. Er deklamierte mit wachsender Begeisterung, sie aber hatte bald den Eindruck, die Versionen hätten eigentlich nichts miteinander zu tun. Je länger sie einander vorlasen, desto mehr schien ihr, als bekämpften sich die Sprachen geradezu. Es lag nicht so sehr an der Form, am Rhythmus, an inhaltlichen Details. Die Worte als solche stießen sich ab, generell und immer. Asger wiegte sich weiter im fremden Klang des Russischen, philosophierte mit glänzenden Augen über das Verhältnis von Musik und Sprache. Marja dagegen starrte immer ratloser auf die Schlachtordnungen aus lateinischen und kyrillischen Buchstaben auf jeder Doppelseite.

Plötzlich, gleichsam auf dem weißen Grund dieser Textkluft, bemerkte sie etwas, was sie vorher übersehen, überhört hatte. Es war nicht leicht zu entdecken und noch weniger leicht auszudrükken: Zwischen den aufeinanderprallenden Wörtern, diesen Gegenkörpern zweier hoffnungslos getrennter Ausdrucksformen, existierten trotz der Unüberbrückbarkeit all der unzähligen feinen, aber fundamentalen Bedeutungsunterschiede doch Annäherungen. Sie waren weich, fließend und erfolgten wie in einem Traum, von der ungewußten Seite her, wie hinterrücks, aus einer heimlichen Krümmung heraus. Blitzartig traf Marja die Erkenntnis, daß exakt dies auch ihr Verhältnis zu Asger Weidenfeldt beschrieb. Anziehung als Abstoßung, Fremdheit als intime Vertrautheit. Der Gedanke berauschte sie förmlich. War es doch Liebe? Sie würde es noch herausfinden, bevor sie heimging nach Rußland, und an diesem Abend fehlte nicht viel, daß sie es wünschte.

Gottlob, wenn auch leider viel zu selten, kam sie durch ihre Mitarbeit bei »Bonnard & von Wrangel« aus diesem Wechselbad der Gefühle heraus. Es war zwar nicht gerade Entspannung, aber immerhin eine gewisse Abwechslung. Sie gewann Abstand und verdiente obendrein ein wenig Geld hinzu für zu Hause, nachdem sie so viel davon an Claudias Familie hatte abgeben müssen. Außerdem bot ihr der Job den Blick auf ein etwas breiteres Spektrum deutscher Menschen und ihrer Sitten, als sie es in dem doch eher beschränkten Fuchsenhub fand.

Obwohl für das exquisite Programm der Catering-Firma nur betuchte Kunden aus den oberen Schichten in Frage kamen, zeigten sich in deren Verhalten doch erstaunliche Unterschiede. Auf der einen Seite folgte man hier wie überall den Gepflogenheiten jenes neuen Einheitsstils, der die Feste auf der ganzen Welt, sogar jenseits des Ural, auf den ersten Blick einander so zum Verwechseln ähnlich macht. Auf der anderen Seite gab es Nuancen, die beispielsweise einen klassischen Unternehmensvorstand von einem New-Economy-Neureichen prinzipiell unterschieden. Sophia von Wrangel, die für Marja offenkundig Sympathie hegte, nutzte die Verschnaufpausen zwischen den Gängen, um sie ihr anschaulich zu machen.

Sophia verfeinerte laufend ihre Methodik zur Analyse der besseren Gesellschaft. Zuletzt hatte sie die Palette der zu bewertenden Eigenschaften um die Kategorien Achtung und Großmut erweitert, außerdem ein regelrechtes Meßsystem entwickelt, mit dem sich anhand von Kleinigkeiten in der Tischordnung, von Garderobe, Wahl der Speisefolge oder Dekorationswünschen das spezifische Sittenprofil bestimmen ließ. Lautstärkepegel, Lachverhalten, Techniken des Serviettengebrauchs und ähnliches vervollständigten das Soziogramm. Auch wenn schon allein die Form der Rechnungsbegleichung genug über ihre Manieren verrate, wie Sophia einmal nach einer besonders aufreibenden Nacht bemerkte, vom Trinkgeld ganz zu schweigen.

Mit den Wrangelschen Meßmethoden waren natürlich auch die übrigen Mitarbeiter vertraut. Sobald man im Kleinbus saß und auf der Heimfahrt war, verglich man die ermittelten Werte und berechnete nach einem komplizierten Schlüssel den nie besonders hohen

Punktestand der jeweiligen Kundschaft auf der Anstandsskala. Je geringer der ausfiel, desto turbulenter und ausgelassener ging es zu. Marja lachte jedesmal Tränen. Adriane Paulus mit ihrem Sommersprossengesicht parodierte die Leute mit erstaunlicher Treffsicherheit. Ein paar Gesten, etwas Mienenspiel, schon stand einem der ganze Typus vor Augen. Sie meisterte das feiste Grinsen des notorischen Charmeurs genausogut wie das schlaksige Halsrucken der fettabgesaugten Jet-set-Schickse oder das noch schlaksigere ihrer Rivalin.

Asger, der Marja einen Schlüssel für die Straßenschranke hatte nachmachen lassen, war jedesmal noch wach, wenn der Kleinbus ihre russische Kollegin in den frühen Morgenstunden vor dem Haus absetzte. Eines Tages lud er Sophia und ihr Team ein, doch noch auf einen Sprung hereinzukommen. Von da an wurde Claras prächtiger Wohnsaal zu einer Après-Catering-Zone, wo man regelmäßig noch ein wenig plauderte, bevor es endgültig nach Hause ging. Ebenso regelmäßig saß Asger bei ihnen. Marja Tugorski machte es eigentümlich stolz zuzuschauen, mit welcher Leichtigkeit ihr Gönner und geheimer Seelenbruder sich auf dem Niveau der strengen Freunde vom Dienstleistungsadel bewegte. Er blühte regelrecht auf in der elegant beschwingten Gesellschaft dieser Berufsästheten. Sie bewunderte den Ton, den er anschlug, seine Großzügigkeit. Gewiß schießen auf Sophias Meßtabellen jetzt die Werte in schwindelnde Höhen, dachte sie mit glühenden Wangen und überlegte, ob Schönheit nicht immer auch etwas mit Benehmen zu tun hatte.

Fast zwangsläufig kam man irgendwann auf Clara Weidenfeldts großes Fest vor einem Jahr zu sprechen. Sophia machte kein Hehl aus ihrer Abscheu und fällte ein vernichtendes Urteil. Die Kollegen stimmten zu. Man war sich einig, daß das Haus Weidenfeldt gut daran tat, dieser Sorte elitärer Barbarei künftig keinen Raum zur Entfaltung mehr zu geben. Selten habe man eine so grausige Nachtschicht geschoben, und die Firma hätte in diesem Jahr den Auftrag auf keinen Fall angenommen. Um so erstaunter war man, daß Clara selbst ihr turnusmäßig wiederkehrendes Spektakel abgeschafft hatte, noch erstaunter allerdings, als man von der wunderbaren Verwandlung der exaltierten Altschauspielerin in einen Menschen zu hören bekam, der seit neuestem sogar eine zwar recht steife, aber unbestreitbare Freundlichkeit gegenüber ihrem russischen Dienstmädchen an den Tag legte. Das Urteil der semi-aristokratischen jungen Leute, ob man den Vorgang nun für einen Sonderfall oder doch eher für eine Finte halten sollte, war jedoch gespalten.

Da machte Asger einen erstaunlichen Vorschlag: »Bonnard & von Wrangel« sollten in Fuchsenhub ein Fest nach eigenen Vorstellungen organisieren und es selber feiern. Bei der Zusammenstellung der Gästeliste hätten sie freie Hand, Clara und er wären nur am Rand mit dabei, würden aber selbstverständlich die Kosten tragen. Er wisse, es falle nicht leicht, seine Mutter zu mögen, schloß er, bitte jedoch darum, das Angebot ihm, vor allem aber Mascha zuliebe zu prüfen, für die es ein schönes Abschiedsgeschenk wäre.

Nachdem die erste Sprachlosigkeit verflogen war, nahm Sophia von Wrangel im Namen des Catering-Teams den Auftrag dankend an. Man werde Asgers überraschende Offerte gleichfalls mit einer Überraschung beantworten. Marja war glücklich.

Den Termin hatte man um einen Monat später als für die Feste in den Jahren zuvor ansetzen müssen, so daß von vornherein klar war, daß es nur im Haus stattfinden konnte. Clara schien von der Idee nicht sonderlich begeistert, doch sträubte sie sich auch nicht dagegen.

An einem Samstag Mitte November war es soweit. Das Team erschien gegen Mittag und machte sich unverzüglich an die Arbeit. Zuerst wurde der Wohnsaal freigeräumt. In die leeren Fensternischen stellte man große, mehrarmige Kerzenhalter. Hanns von Gerlach, für die Beleuchtung verantwortlich, kam aus brandschutztechnischen Gründen jedoch sofort wieder davon ab und montierte statt dessen haufenweise Punktstrahler und dimmbare Deckenfluter an den Wänden. Es gelang ihm, das Ensemble der Lampen so aufeinander abzustimmen, daß doch noch halbwegs der Eindruck eines von Kronleuchtern erhellten, feudalen Ballsaals entstand. Den Madonnenaltar hatte man mit dem Orpheus aus der Diele vertauscht. Er blieb als einziges Objekt im Raum. Hanns postierte einen Strahler zu Füßen des göttlichen Sängers und illuminierte ihn so, daß der über den Kopf erhobene Arm einen zauberischen Schatten auf das Parkett warf. In dem sich eine Stufe tiefer anschließenden, auf die Terrasse hinausführenden Zimmer wurde das Buffet aufgebaut. Spartanisch in Quantität und Auswahl wurden auf drei diagonal in den Raum drapierten, mit weißem Leinen gedeckten Tischen erlesene Petits fours arrangiert. Zusammen bildeten sie die Konturen eines tanzenden Paars. Wasserkaraffen wurden daneben aufgestellt, ein paar Flaschen Champagner, von dem nur ein winziger Vorrat vorhanden war.

Marja war ungeheuer aufgeregt. Denn als Kleidervorschrift war Gala verlangt. Sie wußte nicht recht, was sie mit dieser Information anfangen sollte. An ihren Reinfall vor einem Jahr, als sie mit ihrer Garderobe so schrecklich danebengegriffen hatte, erinnerte sie sich noch allzu gut. Doch da sie sonst nichts zum Anziehen besaß, was auch nur annähernd für elegant gelten konnte, hatte sie doch wieder das Ballkleid aus dunkelgrünem, mit großen rotbraunen Blumen bedrucktem Stoff hervorgeholt, das ihre Mutter eigens für den Gastaufenthalt in Deutschland genäht hatte. Auch die seit damals nie wieder getragenen Wildlederstiefel hatte sie ausgepackt, ebenso ihre kirschartigen Ohrgehänge und die Kette aus türkisfarbenen Steinen. Da ihr Haar seit dem letzten Jahr länger geworden war, hatte sie sich zu einem kunstvoll geflochtenen, wenn auch etwas altertümlichen Haarknoten durchgerungen. Sich zu schminken hatte sie allerdings nicht gewagt.

So betrat Marja reichlich befangen den bereits illuminierten Saal. Und staunte. Es funkelte, als wäre sie plötzlich auf einem Ball im 19. Jahrhundert. Ihr Herzklopfen steigerte sich. Sophia von Wrangel kam auf sie zu. Sie habe gehofft, Marja noch einmal in diesem Kleid wiederzusehen, sagte sie und ermunterte sie zu einem kräftigen Make-up. Die Russin atmete auf. Lächelnd, mit glänzend roten Lippen kehrte sie nach wenigen Minuten in den Ballsaal zurück.

Dann kamen die Gäste. Es waren zwanzig bis dreißig junge Leute. Marja Tugorski hatte keinen von ihnen je zuvor gesehen, und sie nahm an, daß auch Asger niemanden kannte. Die Männer trugen dunkle Anzüge, manche sogar Frack. Die weiblichen Besucher hingegen wirkten enttäuschend konventionell, so daß sich Maschas Furcht erneuerte, sie könnte unpassend gekleidet sein. Doch kaum hatten alle mit einem Glas Wasser oder Champagner Sophia oder einem der anderen Veranstalter zugetrunken, fingen die Frauen an, sich an Ort und Stelle umzuziehen. Aus mitgebrachten Tüten kamen die hochhackigsten Schuhe, unter übergestreiften, weiten Sweatshirts die enganliegendsten, paillettenglitzerndsten, weitestausgeschnittenen Tops der atemberaubendsten Kostüme zum Vorschein, dazu Schminkutensilien, Taschenspiegel und Rundbürsten. Claras Yogakubus verwandelte sich in den Umkleideraum einer Varietébühne. Eine leise, operettenhafte Musik lief im Hintergrund, bis, wie mit einem Paukenschlag, die erste Tanznummer erklang. Augenblicklich verebbte das Geraschel und Geschnatter.

Jetzt erschienen mehrere Paare auf der Tanzfläche, allen voran Sophia und ihr Verlobter Ludger Bonnard. Gleichsam als Gastgeber eröffneten sie den Festball. Gespielt wurde ein Tango, ein Klassiker seines Genres, selbst Marja hätte die Melodie mitsummen können. Auch die tanzenden Paare schienen sie in- und auswendig zu kennen, nach der Inbrunst zu schließen, mit der sie sich in die exaltierten Posen des Tanzes warfen. Sophia von Wrangel und Ludger Bonnard aber taten sich auch hierin als erste Vortänzer hervor. An einer besonders feurigen Stelle des Stücks stürzte sich Sophia derart ungestüm in den Arm ihres Partners, daß Marja fürchtete, der nicht gerade kräftig wirkende Ludger wäre womöglich nicht in der Lage, die Wucht abzufangen, mit der sie nun auch noch ihren Oberkörper hintenüber kippte. Der Kopf hing auf der

Höhe der Knie, das linke Bein ragte über Ludgers Schulter hinaus, der Arm baumelte kraftlos nach unten, die Fingerspitzen berührten das Parkett. Sophias schmächtiger Partner schien unter ihrer Last zu schwanken, Marja bildete sich ein, seine ohnehin leicht hervorquellenden Augen wären noch weiter aus ihren Höhlen getreten. Sie war froh, als im nächsten Moment beide Tänzer mit einem Ruck die Köpfe herumwarfen und ihr Wange an Wange die zu strengen Masken versteinerten Gesichter zuwandten. In dieser Haltung ging es sogleich rückwärts ins Mittelfeld der Tanzfläche zurück, begleitet von einem tollkühnen Schlingern der Hüften. Noch immer lag Sophia beängstigend schräg im Arm ihres Verlobten, die Finger der rechten Hand schleiften fast am Boden, bis ihr endlich Ludger mit kaum zu glaubender Mühelosigkeit wieder in eine aufrechte Position verhalf.

Der Tango endete. Es folgte ein nächster, ein übernächster. Mit jedem Tanz gewöhnte sich Marja an die wie Attacken wirkenden Einlagen. Ihre Irritation verflog, ihre Neugierde wuchs. Mehr Paare betraten die Fläche, präsentierten ihre ebenso leidenschaftlichen wie spektakulären Figuren. Allmählich dämmerte ihr, daß der ganze Abend im Zeichen des Tango stehen würde, daß alle eingeladenen Gäste glühende Anhänger dieses Tanzes waren. Bei einigen Posen hätte Marja am liebsten geklatscht, was aber offenkundig tabu war. Gerne hätte sie selbst die Schritte ausprobiert. Aber wen sollte sie darum bitten? Seit der Tanz begonnen hatte, verlief das Fest nahezu stumm. Es gab keine Gespräche, nirgends das kleinste Tuscheln, weder am Saalrand noch am Buffet. Nicht einmal Rauchen war erlaubt. Man tanzte oder schaute den Tanzenden zu.

Clara und Asger Weidenfeldt standen nebeneinander im leergeräumten Wohnsaal und waren ebenfalls stumm. Ihre Mienen wirkten nicht weniger versteinert, sollten aber wohl eher etwas wie ein wohlmeinendes Lächeln vorstellen. Was Clara hinter ihrer Maske zu verbergen versuchte, war nicht schwer zu erraten. So lange hatte sich der alte Ausdruck des Hochmuts nicht mehr in ihren Augen gezeigt, daß er jetzt kaum zu mißdeuten war. Aber Marja Tugorski hielt sich ohnehin lieber an Asger. Sie stellte sich dicht neben ihn, suchte immer wieder seinen Blick, wollte ihm unbedingt ihre Begeisterung vermitteln von der Überraschung, die Sophia und ihr Team sich für sie ausgedacht hatten. Nach und nach begann sie sich allerdings zu fragen, was diese Larve eines Lächelns, die er ihr jedesmal zur Erwiderung präsentierte, bedeuten mochte. Natürlich wünschte sie, daß ihr verehrter Freund dieses vorgeblich ihr zu Ehren veranstaltete und obendrein von ihm bezahlte Fest ebenfalls genoß. Seit Tagen träumte sie davon, sich irgendwann, zu vorgerückter Stunde vielleicht, egal zu welcher Musik, vielleicht auch ein bißchen beschwipst, damit es ihr leichter fiele, mit Asger Weidenfeldt im Takt zu wiegen. An mehr wagte sie nicht zu denken. Sie wollte doch nur herausbekommen, ob ihr Herz stärker zu schlagen anfangen würde, und wie stark genau. Doch je öfter Asger ihr diese rätselhafte Grimasse zeigte, desto mehr zweifelte sie, ob sie es immer noch wollte.

Eine Tanzpause wurde eingelegt. Das Paar Bonnard und von Wrangel hatte es so arrangiert, daß es mit dem Schlußakkord vor den Hausherren zu stehen kam und sich unter dem Applaus aller Besucher verneigte. Doch als Asger zu Dankesworten ansetzen wollte, legte Sophia sofort den Zeigefinger auf ihre Lippen und entfernte sich.

An ihrer Stelle erschien Karla von Schleicher und reichte Marja ein Glas Champagner, um mit ihr anzustoßen. Karla trug Nadelstreifenanzug und Krawatte. Zusammen mit dem kurzen, geölten Haar und dem scharf gezogenen Seitenscheitel betonte sie ihre ohnehin männlichen Züge, gleichzeitig sahen die hohen Absätze und die hochgeschlossene, aber durchsichtige Seidenbluse ausgesprochen sexy aus. Die Musik setzte wieder ein, neue Konstellationen drängten aufs Parkett. Karla forderte die russische Kollegin zum Tanz.

Marja wehrte sich heftig in der ersten Verlegenheit, sie habe den Tango nicht gelernt. Im selben Augenblick fürchtete sie jedoch, ihre Scheu würde als Eitelkeit ausgelegt und auf eine Stufe mit

Claras Hochmut gestellt werden. Also ließ sie sich von Karla schließlich doch zwischen den tanzenden Paaren hindurch zum hinteren Saalrand führen, etwas abseits, damit sie die Schritte ausprobieren konnte. Ihre Lehrerin fixierte sie mit strengem Blick, legte die Hand auf ihren Rücken und zog sie in einem Ruck fest an sich heran. Marja spürte Karlas Becken, dort, wo sich an einem Punkt ihre Hüften berührten, spürte auch die Wärme ihrer nahen Stirn, als sie nach unten schaute und die Kombination der Schritte kontrollierte. Karla flüsterte die Anweisungen in Marjas Ohr. Der Hauch ihres Atems strich über Marjas Nacken, während sie weiter übte. Es ging eigentlich ganz leicht, zudem fühlte sie sich gehalten von Karlas Arm, der sich wie ein Sicherungsseil um ihre Taille schlang. Schon folgten ihre Füße dem Schrittmuster von selbst.

Plötzlich, ohne Vorwarnung, bog Karla ihr mit Wucht den Oberkörper zurück. Marja durchfuhr erneut der Schreck, doch bemerkte sie in der nächsten Sekunde, wie vollkommen sicher sie im Griff ihrer Partnerin lag, deren Augen jetzt mit gespielter Verwunderung über den ihren, vor Angst gewiß weit aufgerissenen waren. Dann stand sie wieder aufrecht, folgte den Schritten der entschlossen führenden Karla von Schleicher, die an feststehenden Taktstellen in regelmäßigen Abständen ihren Körper in neue Positionen hob oder stieß oder preßte. Mit der Zeit durchschaute Marja das Schema. Sie fügte sich dem Rhythmus der Figuren, überließ sich rückhaltlos ihrer Führerin. Karlas Miene signalisierte Anerkennung, Marja dankte, indem sie jedem sanften Druck von Karlas Armen, ihren Schenkeln, ihrer Hüfte und Brust gehorchte. Das war ein schönes Erlebnis, sinnlich, aber frei von Begehren, und Marja völlig neu. Sie wollte nur weiter tanzen, gehorsam die straffen Regeln des Tango und die sanften Befehle eines namenlosen Partners befolgen und dafür belohnt werden, sich immer wieder von neuem fallen lassen und aufgefangen werden.

Der Tanz war zu Ende, Marja eilte zu ihrem Platz neben Asger zurück. Jetzt war sie bereit für das Wagnis, überzeugt, daß auch mit ihm möglich sein mußte, was mit Karla so mühelos geglückt war.

Es wäre natürlich anders zwischen ihnen, verlegener, unbeholfener, aber immerhin ein Versuch ihrer Körper, sich zu verständigen, aufeinander zu antworten, einmal einer anderen, universellen Sprache zu lauschen.

Marja nahm all ihren Mut zusammen, ergriff Asgers Hand und forderte ihn zum Tanz auf. Er schaute sie eine Weile reglos an. Dann schüttelte er, immer weiter dasselbe starre Grinsen beibehaltend, den Kopf.

Die Art, mit der Asger ihr einen Korb gab, erschien Marja spöttisch und verletzte sie. Den Tränen nahe, schluckte und schluckte sie, um den Schmerz zu unterdrücken, während Asger sich zu ihrem Ohr beugte und mehr fauchend als flüsternd auf sie einredete. Natürlich bemühte er sich auch hierin um eine dezente Ausdrucksweise, wenn er sagte, alles an dieser Zurschaustellung eingebildeter Leidenschaften sei doch künstlich und, wenn er ehrlich sei, auch reichlich verkrampft. Allerdings hörte Marja immer deutlicher diesen süffisanten, geradezu verächtlichen Ton heraus, den sie ihm niemals zugetraut hätte. Ob die Unterwerfung unter ein rigides Bewegungsdiktat, das noch dazu einem fremden Kulturkreis entstamme, zischte er, ob das etwa eine Antwort auf den sexuellen Liberalismus und seine Folgen sein solle. Ihn erinnere das Maskenhafte, Manierierte, der Pomp eher an kultische Rituale einer Priesterkaste, die ihre Privilegien mittels Initiationsriten und Geheimwissen verteidige, als an die Avantgarde einer angeblich neuen Kulturelite. Er jedenfalls könne dergleichen weder niveauvoll noch erotisch, sondern nur albern finden.

Ein strafender Blick Sophias, die an ihnen vorbeigeflogen kam, unterbrach seinen bizarren Redefluß. Marja spürte, wie Asger bereits ansetzte, sich auch noch darüber aufzuregen, und nutzte die Gelegenheit zu entkommen. Wie grotesk sie ihn auf einmal fand, wie einseitig und undankbar, und dumm. Ja, er erschien ihr plötzlich mit all seinen intelligenten Reden einfach als dumm.

Nachdem sie sich noch ein Glas Champagner geholt hatte, lehnte sie sich etwas entfernt von ihm an die Saalwand. Vor ihr drängten sich die ineinander verschlungenen Paare. Jetzt war sie nicht nur enttäuscht, sondern wütend. Dieser Abend war herrlich, Tango tanzen aufregend und natürlich erotisch. Sie ließ sich ihre Freude nicht kaputtmachen von jemand, der selber absolut künstlich war. Marja Tugorski war dazu bereit, sich auf Neues einzulassen, Asger Weidenfeldt dagegen nicht. Das war der ganze Unterschied. Schon früher hatte sie manchmal den Greis in ihm gesehen, so verronnen erschien ihr sein Leben. Jetzt fand sie ihn außerdem feig, fast böse.

Vor ihr jedoch, im Schatten von Orpheus' Arm, der sich über die Tänzer streckte, als wolle er sie segnen, gab man sich dem Geist des Tango hin. Bloß Marja war verurteilt, den Tanzenden bei ihren exzentrischen Windungen, Schrauben, Kippdrehungen zuzuschauen, statt mitzumachen. Alle Männer befanden sich auf der Tanzfläche. Karla glich den leichten Frauenüberschuß aus, indem sie Adriane Paulus übers Parkett dirigierte. Parfümwolken wehten heran. Marja war das Mauerblümchen.

Sophia und Ludger trieben die Intimität ihres Tanzes mittlerweile so weit, daß sie die Hände hinter dem Rücken verschränkt hielten und sich nur berührten, indem sie die Köpfe aneinanderlehnten. Mit geschlossenen Augen ließ sich die kühle blonde Schönheit von ihrem Verlobten führen, vermutlich durch feine Impulse gelenkt, die direkt von seiner auf ihre Stirn übergingen. Marja versuchte sich vorzustellen, wie es sich anfühlen mußte, Ludgers Schritten in dieser Haltung zu folgen, sich blind der Wärme seiner Haut, seines Atems zu überlassen. Vielleicht war es Gedankenübertragung, vielleicht teilten sie nun ein einziges Bewußtsein miteinander, das die Bewegungen beider steuerte. Es mußte eine wundervolle Empfindung sein, eine höchste Stufe der Innigkeit.

Dann erschien, sehr charmant an der Hand Hanns von Gerlachs in die Mitte des Ballsaals geleitet, sogar Clara Weidenfeldt unter den Tanzenden. Selbst sie, die sich ihre Gegenwehr mit ein wenig Applaus schnell hatte ausreden lassen, glitt nun im Arm eines Mannes übers Parkett. Tatsächlich beherrschte sie die Schritte perfekt und nahm nach wenigen Takten bereits die temperamentvollsten Posen ein. Daß es dabei nicht bleiben würde, hätte Marja sich allerdings denken können. Denn schon nach wenigen Bahnen trennte sich Clara von ihrem ein wenig ratlos zurückbleibenden Partner und begann frei mit weiten, kranichhaften Armschwüngen über die Tanzfläche zu hüpfen. Das Haar löste sich und flog, die Finger flatterten wie die kurzen Federn eines Laufvogels, das Kleid wehte Arabesken um die nackten Beine, in ihrer Miene spiegelte sich Theaterbewußtsein. Weil Claras Figuren immer mehr Raum beanspruchten, stellte ein Paar nach dem andern das Tanzen ein. Bald wirbelte Clara allein in dem Kreis, der sich um sie bildete und die nach wie vor unglaubliche Bühnenpräsenz der legendären, seit dem Sommer wieder skandalumwitterten Diva bestaunte. Auch Marja konnte sich der Faszination nicht entziehen, die von ihrem Solo ausstrahlte. Es schien eine Hommage an den Tango, sprengte aber jede Form. Erneut begegnete sie den aus Bewunderung und Angst gemischten Gefühlen, die in Fuchsenhub schon so oft ihr Herz verwirrt hatten. Als die Schauspielerin nach einer furiosen Apotheose des Tanzes allerdings zu einem exaltierten Schlußbild erstarrte, fragte sich Marja doch, ob Clara für solche Kaprizen nicht eigentlich zu alt sei.

Jetzt setzte frenetischer Beifall ein, weckte die lebende Statue aus der Trance, in die sie sich offenbar getanzt hatte, und schlug sie in die Flucht. Mitten durch die immer weiter klatschende Menge bahnte sie sich ihren Weg, verschwand im Haus. Im selben Moment wurde auch Marja durch eine Berührung an ihrer Schulter aufgeschreckt. Als sie aufsah, bedeutete ihr Asger mit einem Kopfnicken, mit ihm zu kommen. Marja trank ihr Glas leer und gehorchte.

Sie verließen das Fest über die Veranda, gingen durch den Garten zum See hinunter. Zuerst redete Asger vor sich hin, sagte Dinge wie, daß es natürlich so habe kommen müssen und vorauszusehen gewesen wäre, raunte etwas Unbegreifliches von Schiller und Wallenstein, dem Namen Wrangel als böses Omen, als Anfang vom Untergang. Dann verstummte er.

Marja konnte ihm nicht folgen, und sie wollte es auch nicht mehr. Leicht beschwipst, wie sie war, hatte die Traurigkeit des Abends sie ganz ergriffen. Der Zorn auf Asger war verraucht. Das, dachte sie, ist also der Abschied.

Am Strand blieben sie nebeneinander stehen. Es war kalt, die winzigen Wellen plätscherten kaum hörbar. Vom Haus drang dünn der Tango zu ihnen. Asger zeigte auf eine Bergspitze. Das Licht dort sei erst seit kurzem zu sehen. Sie schwiegen erneut. Marja sah nichts mehr als das matt schimmernde, leise schaukelnde Wasser. Ihre Hand griff nach der seinen. Er ließ sie ihr. Weiterhin Schweigen. Sie spürte nach innen, ihrem Herzen nach. Es schlug wie gewöhnlich. Er fragte, ob sie ihm die Schritte zeigen könne. Sie legte sich seine Hand auf den Rücken und versuchte es. Er folgte unbeholfen ihren Anweisungen. Sie wollte ergründen, wie es wäre, wenn sie ihm sagte, daß er ihr fehlen werde. Sie sagte es. Er schwieg und versuchte immer wieder von neuem die Schritte, die ihm nicht gelingen wollten. Ist Asger nun ein schöner Mensch, fragte sich Marja. Das war keine Übertragung zwischen zwei Körpern, wie bei Karla, sondern nur ein hölzernes Verhaspeln und Aneinanderprallen. Sie wußte es nicht, hatte aber plötzlich einen Verdacht. Sie mußte fast lachen, als sie den Verdacht in Gedanken formulierte. Er konnte es einfach nicht, Asger war einfach vollkommen unbegabt.

9. Kapitel
ALLES WEISS

»Frappant.«

Mit aufgeblasenen Backen und rollenden Augen kippte Babsi Appelmann den Rotwein in einem Zug.

»Findest du? Ich fühle mich unsäglich gelangweilt.«

Arne Behrendt ließ sein berüchtigtes Keckern hören.

»Das also sind die Arbeiten …«

Babsi stellte das Glas zurück, wischte sich schwer atmend die Hände am Rock, griff sich ein neues. Bald würden die typischen roten Flecken in ihrem Gesicht erscheinen.

»… auf die wir so lange gewartet haben.«

»Auf denen nur, hihihi, leider nichts drauf ist.«

»Jetzt hör doch mal auf, Arne.«

Dabei unterdrückte Hannah Wildermuth selber ein Kichern, was aber nicht heißen sollte, daß sie ebenfalls spottete.

»Als ich reinkam, dachte ich, wo sind hier die Bilder?«

Bastian Korff schnitt das Gekicher des Produzenten ab.

»Ich habe seit Jahren nichts annähernd vergleichbar Radikales gesehen.«

Der arbeitslose Regisseur war ungewohnt erregt.

»Wie lange war der Mann von der Bildfläche verschwunden? Und jetzt taucht er ausgerechnet im Rathaus von Vössen wieder auf.«

»Bastian hat recht, Arne. Wenn man die Wucht der frühen Fotos bedenkt: Zorn eines verletzten Auges, wie Grosser das damals genannt hat. Und nun das. Sicher ein Meilenstein in Liebls Alterswerk. Andererseits …«

Als Kulturreferentin besaß Hannah eine gewisse Übung, Kunststreitereien zu entschärfen, zumal wenn es um die alte Feindschaft zwischen Anspruch und Kommerz ging.

»… ist das heute natürlich kaum noch zu vermitteln.«

»Käme natürlich drauf an, wer es macht, hihihi.«

»Einer deiner Kumpels in einer dieser Kunstvernichtungsboutiquen vielleicht …«

Korff stand kurz vor einem seiner gefürchteten Anfälle.

»… verkehrt herum blind, blind vor Leuchtkraft …«

Babsi hörte gar nicht erst hin, vertiefte sich lieber weiter in Fotos und Wein.

»… und dazu diese eigenartig verwischten Spuren. Was das wohl sein soll? Kratzer? Hieroglyphen?«

»Mich würde mehr interessieren, was mit Clara los ist.«

Nicht nur um abzulenken, brachte Hannah das Gespräch auf ihre alte Freundin. Sie warf einen Blick auf sie. Clara sonderte sich nach wie vor von allen Besuchern ab.

»Wieso diese Ausstellung? Warum macht sie das?«

»Ach, das geht vorbei. Ein Tick. Ich kenn mich aus mit Schauspielerinnen.«

Arne lehnte die Stirn an Hannahs Hals, schüttelte wiehernd den Pferdeschwanz. Sie stieß ihn kichernd weg …

Seit ihrer knappen Eröffnung hielt Clara Weidenfeldt sich in der Tat strikt im Abseits. Es war ihr schwer genug gefallen, die drei vorbereiteten Sätze über die Lippen zu bringen und das Fernbleiben des Künstlers zu entschuldigen. Jetzt stand sie in einer Ecke, rührte sich nicht vom Fleck, vermied jede Mimik. Sie wollte keine Unterhaltung, weder mit den alten Freunden, die beim Getränketisch zusammenstanden, noch mit sonst jemand. Nur ihr Körper, als wäre er süchtig, verlangte danach. Er war es. Wie hätte er es nicht sein sollen. Clara kannte nichts als die Konventionen ihrer Selbstdarstellung, und diese hatten das Selbst, das sie angeblich darstellten, mit der Zeit in nichts aufgelöst. Sie wollte keine Rolle spielen. Sie hatte aber nichts anderes gelernt. Also warf sie ihre Kraft darauf, den bislang glücklich behaupteten

Abstand zu wahren. Sie hatte sich geschworen durchzuhalten, wenigstens dieses eine Mal. Daß Clara den Affront nicht vermeiden konnte, sich neuerlich ins Vössener Gemeindeleben zu drängen, war heikel genug. Selbstredend hatte man ihr im Dorf den Skandal vom Sommer noch nicht verziehen. Manche haßten sie dafür. Sie konnte es inzwischen verstehen. Nicht zuletzt deshalb hatte ihr Franz vehement von dieser Ausstellung abgeraten. Auch das zu Recht. Aber Clara bettelte so lange weiter, bis er sie widerstrebend für die fünf Tage vor Neujahr bewilligte. Er konnte nicht begreifen, was sie sich davon versprach, und sie konnte ihm den Grund nicht sagen, obwohl sie ihn genau kannte. Insgeheim dachte sie an eine freiwillige Selbsterniedrigung, eine Art Autodafé ihrer Vergangenheit. Gleichzeitig war ihr natürlich bewußt, daß der Gedanke nur in ihrem Kopf harmlos und einleuchtend klang, während er laut artikuliert alles in ein völlig falsches Licht gerückt hätte und sich auch für sie fragwürdig, ja irr angehört hätte …

»… das sind doch nur überbelichtete Dias.«

Amtsleiter Stadler faltete unwillkürlich die Hände. Er wagte nur zu flüstern. Mit den riesigen, wie von innen heraus leuchtenden Fotos an den Wänden kam ihm der Große Sitzungssaal vor wie eine Kirche, allerdings wie eine falsche und gefälschte.

Dagegen fühlte sich Josef Schneider, der in seiner grellen »Seewirt«-Montur erschienen war (was er sich zum Sonntagsgottesdienst nie erlaubt hätte), sofort wie zu Hause.

»Du mußt dich auf die Atmosphäre einlassen, Max. Künstler von heute schaffen Atmosphären. Die hier ist einfach super. Alles ist so rein, macht einen offen irgendwie.«

Natürlich waren Weltkenntnis und Grips des Geschäftsmanns (immerhin hatte er einmal ein Vierteljahr in den Vereinigten Staaten gelebt) dem seiner Provinzkameraden haushoch überlegen. Er durfte es sie bloß nicht zu sehr spüren lassen. Daher verstummte er, entrollte statt dessen im Geist die Pläne für seinen Hotelanbau, studierte den Aufriß der Lounge. Er würde den Architekten fragen, ob man dort, mit billigeren Mitteln, nicht denselben Effekt erzielen könnte.

»Aber wozu brauchen wir das in unserem Dorf?«

Daß Bauhofchef Gruber überhaupt den Mund aufbrachte, war allein schon erstaunlich. Doch bei der sogenannten modernen Kunst, die heutzutage ja überall in der Gegend herumstand, juckte es ihn immer in den Fingern. War Vössen von derlei Scheußlichkeiten bisher verschont, sollte es das auch weiterhin bleiben. Das war Alfons Grubers Meinung. Jetzt hatte er sie einmal gesagt. Außerdem konnte er Clara Weidenfeldt sowieso noch nie ausstehen.

»Ich verstehe ja auch nichts davon, aber so etwas machen, wird am Ende schon eine Kunst gewesen sein.«

Josef Mitterbinder glaubte bereits ein bißchen üben zu müssen für seine künftigen Aufgaben als Nachfolger Stegmüllers im Bürgermeisteramt. Natürlich dachte er keinen Augenblick daran, diese leeren Flächen könnten wirklich etwas bedeuten. Aber solange so etwas zum öffentlichen Leben dazugehörte (er hatte zum Glück das unbestimmte Gefühl, daß es damit bald ein für allemal vorbei sein würde), mußte man sich als Politiker eben damit arrangieren.

»Wir stemmen das bloß nicht im Kopf, das müssen wir uns nun einmal eingestehen ...«

Clara stand bewegungslos und lächelte nicht, schaute auch nicht ernst oder gleichgültig drein, reagierte nicht auf Versuche, sich mittels Augenkontakt oder anderer Gesten mit ihr in Verbindung zu setzen. Wem es gelang, den unsichtbaren Sperrgürtel dennoch zu durchbrechen, wurde leise und höflich, aber bestimmt gebeten, sie wieder allein zu lassen. Sie hielt auch kein Glas in der Hand, trank nichts, wechselte nur hin und wieder das Standbein, behielt innerlich stets die gleiche Haltung bei, die sie beim Yoga seit Jahren trainierte. Blickte sie um sich, dann ohne Interesse. Hörte sie zu, weil in ihrer unmittelbaren Nähe gesprochen wurde, dann ohne jegliche Neugier. Anders als von der Gruppe der zirka zehn Dorfbewohner, die sich wie eine Herde vor einer namenlosen Bedrohung auf der gegenüberliegenden Seite des Saals zusammendrängten, erreichte von der Unterhaltung eines alten Manns mit dem neuen Pfarrer, dem sie heute zum ersten Mal begegnete, jeder Satz ihr Ohr.

»...hat man mir viel von Ihnen berichtet, Herr Doktor, allem voran von Ihren Kenntnissen, doch, doch, Sie gelten unter anderem als ausgewiesener Kunstexperte. Ich bin nur Laie, wissen Sie, und würde mich daher glücklich schätzen, wenn Sie mir etwas zu diesen ... wie soll man es nennen: Bildern? ... sagen könnten.«

Pfarrer Schanze rückte so dicht an den Herrn mit den verschmitzten Augen heran, daß dieser einen Schritt zurückwich. In die etwas feisten Backen des Seelsorgers stieg Röte. Er war tatsächlich ein wenig aufgeregt, was ihn seinem Naturell gemäß jedoch erst recht anspornte, die Barriere zu überspringen, die den geistlichen Stand von den Kapazitäten weltlichen Lebens seit zwei Jahrhunderten abschnitt – nach katholischer Zeitrechnung nicht mehr als eine Episode. Schanze sah es als Teil seines spirituellen Auftrags, Brücken zwischen den auseinanderdriftenden Schollen eines zerschlagenen Zusammenhalts zu bauen und so die Kirche im Zentrum der Gesellschaft neu zu verankern.

»Einverstanden, Herr Pfarrer. Unter der Bedingung, daß zuerst Sie mir schildern, wie die Exponate auf Sie wirken. Wenn Sie erst einmal meine Interpretation gehört haben, dürfte es Ihnen nämlich kaum noch möglich sein, sich frei darüber zu äußern. Was eine notorische Forscherseele wie meine höchst bedauerlich fände. Schließlich bietet sich nicht alle Tage die Gelegenheit, mit einem Theologen über Ästhetik zu diskutieren.«

Der junge Pfarrer hatte Dr. Strickers Neugierde erregt. Er schien ihm von einem Missionseifer erfüllt, wie er ihn seit den fünfziger Jahren nicht mehr erlebt hatte.

»Gilt das aber umgekehrt nicht genauso? Kann Ihr Verstand sich dieser Dialektik denn entziehen?«

Schanzes Replik verriet ein unerwartet hohes Maß an Scharfsinn. Stricker horchte auf, verschränkte die Arme hinter dem Rükken und nahm jene leicht gebeugte Körperhaltung ein, die seit jeher sein konzentriertes Zuhören begleitete.

»Doch wie Sie wollen, Herr Doktor: Ich bin ganz hingerissen. Ich sehe Licht, ein die Seele des Betrachters durchdringendes, um nicht zu sagen erleuchtendes Licht, wenn Sie mich verstehen. Auch die Kirche hat ja ihre Farbenlehre. Ich sehe aus sich selbst heraus strahlende Lichtblöcke, eine Apotheose der Unschuld, der Sündlosigkeit.«

»In China symbolisiert die Farbe Weiß Trauer.«

»Im Himmel stehen die Seligen in weißen Gewändern vor Gottes Stuhl. Das, finde ich, ist hier zu spüren.«

»Weiße Fahnen stehen für Frieden oder für Kapitulation. Unter weißer Flagge marschieren Armeen, um vermeintlich durch Gott legitimierte Ordnungen zu verteidigen.«

»Was wollen Sie mir sagen, Herr Doktor?«

Stricker lachte. Er hob den Zeigefinger.

»Weh dem, der Symbole sieht.«

Auch Pfarrer Schanze lachte. Er durchschaute den rhetorischen Trick des pensionierten Lehrers, fühlte sich an seine Zeit auf dem Priesterseminar erinnert. Den Unterricht in Demut und Gehorsam, der ihm dort zuteil wurde, hatte man auf das in seinem Fall vorliegende Ungleichgewicht zwischen Vernunft und Glauben eingestellt.

»Sie selbst waren erpicht auf meine Exegese, und sie dürfte Sie kaum überrascht haben. Nun sind Sie an der Reihe.«

»Ihr tapferer Blick eines Christen auf die moderne Kunst, wenn ich mir diese Wendung gestatten darf, übersieht freilich die zwar in der Tat kaum wahrnehmbaren, aber doch zahllosen Schattierungen überall. Hier. Sehen Sie?«

Stricker trat näher an eine der weißen Flächen heran.

»Der Fotograf hatte durchaus etwas vor der Linse, als er abdrückte. Die Fotos sind nur scheinbar leer, die Objekte bis zur Unkenntlichkeit überblendet. Es liegt an dem Licht, das Sie so begeistert. Schauen Sie noch einmal genauer hin. Was sehen Sie jetzt?

Gegenstände? Zeichen? Fetzen davon? Ist hier nicht eher ein Zerspringen fixiert, junger Mann? Ich behaupte, hier findet im Grunde eine Sprengung statt, Ihre sündlose Reinheit ist der Lichtblitz einer Explosion. Nicht Unschuld, sondern Zerstörung ist hier zu sehen, Herr Pfarrer. Es geht um die Vernichtung von Transzendenz. Oder um es in Ihrer Terminologie zu sagen: Der Künstler will uns das Blendwerk des Bösen zeigen.«

Blinzelten die Augen des alten Herrn triumphierend oder gequält? Der Geistliche konnte es nicht entscheiden.

»Jedem Ende wohnt das Wunder eines Anfangs inne, Doktor Stricker. Wenn der Schleier irdischer Wirklichkeit zerreißt, offenbart sich göttliche Wahrheit. Tod und Auferstehung Christi künden davon. Das Alte ist vergangen, Neues ist geworden, wie der Apostel sagt.«

Stricker schmunzelte und zitierte sich in Gedanken eine andere Paulus-Stelle: ›die Erkenntnis macht aufgeblasen, die Liebe dagegen baut auf.‹

»Vorher fliegt uns allerdings vielleicht noch schnell die Welt um die Ohren, lieber Herr Pfarrer. Nur liegt es dieses Mal nicht an der nihilistischen Leere der Seelen, sondern ist vielmehr dem Umstand zu verdanken, daß sie vollgestopft sind, bis an den Rand, daß sie überquellen vor Sinnfülle. Sie können sich nicht entschließen, worauf sie sich denn nun werfen sollen, Ihre Seelen. Blendung, nicht Finsternis heißt die Misere der Zeit ...«

Auch dieser Disput sickerte in Claras kontemplative Rückzugsstarre nur brockenweise. Worte wie Licht, Reinheit, auch Seltsamkeiten wie Transzendenz oder Leere der Seelen, Sinnfülle oder Blendung drangen durch den wattigen Filter, in den sie ihren Geist gepackt hatte. Als sie die Fotos vor einigen Wochen zum ersten Mal sah, war sie von ihnen schier überwältigt. Liebl hatte sie erst nach endlos langem Zögern und zähem, unablässigem Bitten auf dem Boden seines riesigen Ateliers ausgebreitet, und Clara kniete nieder vor ihnen. Es war die einzig gebührende Position, um ihre Essenz in sich aufzunehmen, ihre ganze Tiefe auszuloten, das spürte sie sofort. Die Wirkung, die sie auf sie ausübten, war ungeheuerlich. Was an diesen spröden Rechtecken aber hatte sie derart ergreifen können? Was empfand sie? Ehrfurcht? Fassungslosigkeit? Weil sich in den Bildern ihre innere Realität spiegelte? Keine Sekunde hegte Clara Zweifel an einer Übereinstimmung von Liebls künstlerischem Blick und ihrer momentanen Verfassung. Intuitiv erkannte sie jene zwar seltene, aber im Lauf der Geschichte immer wieder vorkommende Identität zwischen Kunstwerken und historischen Umbrüchen, die von versprengten einzelnen als Erweckung und jähes Selbsterkennen erfahren werden. Eine Geschichte, eine Musik, ein Lied oder Gedicht bringen Menschen dazu, von einem Tag auf den anderen ihren Beruf, ihre Beziehungen, ihren Besitz aufzugeben, das Land zu verlassen, Asket oder Tagedieb zu werden, sich oder andere zu töten. Durch ihre Erfahrungen als Ralf B. Schwaigers erste Schauspielerin war Clara sensibilisiert für derartige Vorgänge, hatte jedoch seither nie wieder Vergleichbares erlebt. Bis zu diesem Moment. Was genau also war es, das Clara auf diesen eigenartigen Fotos Erstaunliches über sich selbst erfuhr? Sie schaute wie in Feuer, es war, als befände sie sich mitten darin, an der heißesten Stelle, als blickte sie um sich in der letzten Sekunde vor ihrem Verglühen. Ein Aufglimmen, dann würde es vorbei sein. Etwas stand kurz vor der Auflösung, eine Rolle, ein Leben, eine Welt, sie wußte, daß es im Grunde schon nicht mehr existierte, allenfalls als Schein noch vorhanden war, bis zuletzt auch dieser zusammengezurrt, verschwunden sein würde und mit ihm alles, was ein Dasein wie ihres jemals gerechtfertigt hatte. Die Weidenfeldt sah ihr eigenes Verbrennen. Aber sie fühlte keinen Schmerz. Es kam ihr in diesen Minuten, in denen sie vor diesem Dutzend fenstergroßer Abzüge kniete, vielmehr vor, als hätte sie sich aus Versehen beim Sterben ertappt …

»Toll, oder?«

Nele Nüsslein verstand nichts von Kunst, das heißt, früher war sie ihr sogar superwichtig gewesen, aber da hatte es sich erstens vor allem um Musik gehandelt und zweitens um die Texte, die gesungen wurden, genauer gesagt, um Bruchstücke davon, so weit die eben mitzubekommen waren im Gewummer der Verstärker, der Show, dem Ausflippen. Hauptsache, die Aussage hatte gestimmt, Hauptsache, es war darin zum Ausdruck gekommen, was sie fühlte, nur selber nicht sagen konnte. Später war das alles ja immer kommerzieller geworden. Oder eben völlig abgehoben und elitär. Wie das hier. Es interessierte sie nicht.

»Hm, toll, ja. Wahrscheinlich.«

Daß Künstler oft Sachen schufen, die er trotz größter Denkanstrengung nicht kapierte, störte Bürgermeister Stegmüller gewöhnlich nicht. Es war auch völlig normal, daß es ihm die Sprache verschlug, wenn er darüber reden sollte. Aber es gab eine Grenze (die für Franz jedoch nicht weniger unbegreiflich war als diese sogenannte neueste zeitgenössische Kunst selber), die bei diesen ›Bildern ohne alles‹, wie er sie für sich nannte, definitiv überschritten war. Franz hegte den Verdacht, ihr Rätsel könnte darin bestehen, keins zu besitzen, ihre Kunst darin, diese Tatsache zu kaschieren.

»Interessant, meine ich, schon interessant.«

Natürlich fand Nele Kunst immer noch wichtig, aber es passierte dabei eben nichts mehr in ihr drinnen. Alles war so kopflastig. Man sollte nachdenken statt fühlen. Vielleicht, wenn sie sich darauf eingelassen, wenn sie sich ein bißchen angestrengt hätte, vielleicht wäre dann sogar ein ähnlich schönes Gefühl wie damals zustandegekommen. Aber sie verspürte nicht die geringste Lust dazu.

»Das ist sowieso klar.«

Überhaupt war Franz alles so fremd geworden, was mit Clara zusammenhing. Er hatte sich zuletzt doch wieder sehr um sie gekümmert, aber es wurde einfach nicht mehr so wie früher. Es war, als hätten sie es verlernt, sich miteinander zu verständigen. Ihre spezielle Intimität, die im Lauf der Jahre entstanden war, hatte sich in Luft aufgelöst. Auch diese Fotoausstellung bestätigte den verkappten Bruch.

»Schöne Bluse übrigens, die du da anhast. Neu?«

Demgegenüber löste sich in Nele Nüssleins Nähe die ständige Anspannung, die Franz nun seit über einem Jahr plagte, wie von selbst. Sein Prestige als Bürgermeister war dahin, die politische Lage aussichtslos, das Ende seiner Amtszeit mit den nächsten Kommunalwahlen besiegelt. Alles das wußte seine Sekretärin. Sie redeten aber nicht darüber. Nele engagierte sich weiterhin in ihrer Bürgerinitiative, bei der es nicht um seinen Posten, sondern nur um die Sache selbst ging. Auch das tat ihm gut.

»Ein Weihnachtsgeschenk von Maya.«

Es gab schließlich heutzutage genug anderes und bestimmt Wichtigeres zu tun, als sich mit Kunst zu beschäftigen. Das war Neles Ansicht. Andererseits tat ihr wiederum die Weidenfeldt leid. Wie ein klappriger alter Kleiderständer stand sie drüben in der Ecke und wirkte so abgezehrt und unglücklich. Irgendwie krank. Bloß ihr Haar war blond und mähnig wie eh und je. Nele wurde außerdem das dumpfe Gefühl nicht los, Clara bezwecke noch etwas anderes, als nur Fotos auszustellen, hatte jedoch keinen Schimmer, was es sein könnte. Aber auch das war bestimmt nicht wichtig.

»Ist Maya denn über die Feiertage hier gewesen?«

»Natürlich nicht. Bei den Terminen …«

Die Idee, Liebl in seinem auf der anderen Seite des Sees gelegenen Haus aufzusuchen, hatte sich in Clara Weidenfeldt kurz nach dem kuriosen Tanzfest festgesetzt, das Asger mit diesen jungen Leuten vom Catering veranstaltet hatte. Warum sie gerade auf den völlig zurückgezogen lebenden Fotografen gekommen war, blieb ihr selber lange schleierhaft. Dabei waren die Gründe naheliegend. Ähnlich prominent wie sie, hatte auch Liebl einen Schutzwall um sich und sein abgelegenes Anwesen errichtet. Er hielt ihm die Öffentlichkeit vom Leib, schuf andererseits eine Aura des Mysteriösen. Doch damit endeten die Gemeinsamkeiten auch. Denn Claras Absicht war es niemals gewesen, ihren Nimbus als Filmstar auszulöschen, sondern ihn im Gegenteil auf dem Höhepunkt seines

Glanzes einzufrieren. Dazu war es erforderlich, ihn gelegentlich aufzufrischen. Mit ihren Herbstfesten zum Beispiel. Etwas Schimmer mußte von Zeit zu Zeit nach draußen dringen. Deshalb hatte sie ihre Verschanzung von Anfang an mit Durchlässen versehen, gut zu kontrollierenden Aus- und Zugängen, die je nach Bedarf geöffnet oder geschlossen werden konnten. Der Fotograf hingegen schien es tatsächlich darauf angelegt zu haben, seine Berühmtheit aufzulösen. Der Unterschied bestand in dieser minimalen, aber entscheidenden Akzentverschiebung. Clara mußte unbedingt wissen, was diese Abweichung bewirkt, was sie im Lauf der Zeit aus dem Leben des Manns gemacht hatte, ob sie eine echte Alternative zu ihrer Methode bedeutete. Erst hinterher hatte sie verstanden, daß dieser Wunsch das unbewußte Eingeständnis der eigenen Niederlage war. Auch empfand sie im nachhinein die Schwierigkeiten, überhaupt mit Liebl in Verbindung treten zu können, als angemessen. Zuallererst war ihr gekränkter Stolz zu überwinden. Jahrelang hatte sie Liebl nach Fuchsenhub eingeladen, jedesmal ließ er sich durch Arne Behrendt entschuldigen, der mit seiner zwei Kilometer entfernt liegenden Villa Liebls nächster Nachbar war. Claras Stolz hätte verlangt, daß der Fotograf sich endlich beugte und bei ihr meldete. Nun war sie es, die ihr Ressentiment bezwang. Sie konnte Liebl jedoch wochenlang nicht erreichen. Dies war die zweite Stufe ihrer Selbsterniedrigung gewesen. Von Arne hatte Clara Liebls Geheimnummer erhalten, doch der Anschluß war tot, anscheinend abgemeldet. Nach mehreren vergeblichen Briefen kündigte sie im letzten kurzerhand ihren Besuch für einen Montagnachmittag Anfang Dezember an. Ein letztes Hindernis stellte die versperrte Einfahrt zum Lieblschen Anwesen dar. Clara klingelte, klopfte, rief, klingelte, trommelte mit den Fäusten gegen das Tor, ging zum Auto zurück, hupte, lief die Gartenmauer ab bis zum Ufer. Dort fand sie einen Durchschlupf zum Gelände, über das sie fortgesetzt rufend durch verwilderten Bewuchs bis zum Haus vordrang. Nach einer weiteren halben Stunde unausgesetzten Klopfens und Rufens reagierte Liebl doch noch. Ein großer, unrasierter Mann im Hausmantel, mit krausen Haaren von schönem, virilem Grau und tiefliegenden, wasserhell blauen Augen bat Clara herein, als er sie nach etlichem, durchaus feindseligem Hin und Her endlich erkannt hatte. Außer Tisch und Stuhl stand in dem hohen kahlen Raum nur ein schmales Bett, auf das er sich setzte. Sie hatte den Fotografen aus dem Schlaf geholt, das war sowohl seinem zerknitterten Gesicht als auch dem Laken anzusehen. Darauf allein konnte seine ruppige Verschlossenheit jedoch kaum zurückzuführen sein. Er wolle nicht reden, sagte er, zu seiner Unterhaltung genüge ihm, was ihm der See an den Strand spüle. Claras Insistieren wirkte offenbar authentisch genug, um den Fotografen nach einer Weile dazu zu bringen, dennoch über sich zu sprechen. Unscharf, lakonisch und ausweichend berichtete er von der Fotografie als der Mitte seines Lebens, dem schöpferischen Stocken, das ihn eines Tages überfallen und ihm sein ästhetisches und damit existenzielles Scheitern vor Augen geführt habe. Nur selten, immer inkognito, verlasse er seither sein Mausoleum zu Lebzeiten. Vor einiger Zeit habe er jedoch etwas entdeckt, das ihm vielleicht ermögliche, noch einmal anders, wie von vorne anzufangen. In seinen müden Augen blitzte es kurz auf. Schlagartig war Claras Aufmerksamkeit aufs höchste gespannt. Nicht der Rede wert, weil eine rein persönliche Angelegenheit, sei der Fund für ihn trotzdem ein Schlüsselerlebnis gewesen. Er habe ihn sogar mit der Kamera eingefangen. Die Abzüge seien allerdings privat, Schnappschüsse einer elementaren Erschütterung gewissermaßen. Seitdem versuche er die Spur weiterzuverfolgen, von der er noch nicht wisse, wohin sie ihn führen werde, ob aus seiner künstlerischen Sackgasse hinaus oder bloß zum nächsten Abgrund. Clara wußte sofort: Diese Bilder mußte sie sehen …

»… habe ich oft drüber nachgedacht, was das ist. Hier geht es mir auch so: Ich atme auf.«

Simone Poßmann rang um Formulierungen, daher fielen sie so hilflos aus. Sie hatte immer noch ein schlechtes Gewissen wegen des verunglückten Abendessens vor über einem Jahr. Seither waren sie sich nur flüchtig begegnet. Es war ihr daran gelegen, Asger offen und optimistisch gegenüberzutreten, und da ihr die Ausstellung wirklich gefiel, erkannte sie in ihr das geeignete Sujet für ihr Vorhaben.

»Ich denke, es hat mit der Wahrhaftigkeit zu tun. Daß gerade nicht so getan wird, als ließe sich Wahrheit überhaupt zeigen, und daß genau das mitgezeigt wird.«

»Unsere Tochter jedenfalls bewegt sich total angstfrei und beschwingt durch deine Wahrheit, o Gattin.«

Wenzel beobachtete amüsiert seine Siebenjährige, die von Bild zu Bild hopste, um jedes eingehend zu studieren. Zwischendurch knöpfte sich Sarah auf gleiche Weise die in Grüppchen zusammenstehenden Erwachsenen vor.

Auch Asger hatte ein schlechtes Gewissen. Seine Schwärmerei für Wenzels Familie seinerzeit war ihm peinlich.

»Als wollte Liebl das obskure, wabernde Zwischenreich der Unschärfe ablichten. Man weiß nicht, ist das noch sichtbar und verflüchtigt sich gerade, oder gewinnt es erst durch Verflüchtigung an Schärfe. Ich frage mich nur, ob das als Idee nicht zu pathetisch ist.«

Warum er auch jeden Kontakt zu Wenzel abgebrochen hatte, war ihm allerdings selbst nicht ganz klar. Nach der Ausstrahlung jener unseligen Expertendiskussion mit Schikora vor einem halben Jahr hatten sie ein letztes Telefonat geführt. Asger bekundete sein Bedauern über dessen Verlauf. Wenzel erklärte übertrieben aufgeräumt, er habe seine Lektion gelernt. Auch begreife er jetzt, warum Asger seinen Job hingeschmissen habe. In Zukunft werde er sich hüten, noch jemals ein solches Schmierentheater mitzumachen. Seither hielt Asger ihr gemeinsames Experiment für beendet.

Für Wenzel war längst entschieden, daß Asger und er getrennte Wege gingen. Das schöngeistige Gefasel des Schulfreunds regte ihn nur noch auf. Er sah nicht ein, wozu Asger seine Zeit hier in Vössen verplemperte. Gerne hätte er von ihm gewußt, ob er nicht endlich genug Erfahrungen gesammelt habe und was er damit nun anfangen wolle. Daß etwas Brauchbares dabei herausgekommen sein könnte, glaubte er ohnehin nicht. Vielmehr verdächtigte er Asger, er habe nur einen Vorwand gesucht, einfach nichts zu tun.

»Pathos ist unvermeidlich, mein Lieber, wenn einer zu zeigen versucht, wie utopisch es geworden ist, die Wahrheit zu zeigen. Natürlich haftet dem immer etwas zutiefst Absurdes an, aber das wird in Kauf genommen. Sozusagen um der Sache willen.«

»Als ob die Probleme der Kunst und das Unglück, daß Menschen die Wirklichkeit trotz größter Anstrengung letztlich nie begreifen werden, identisch wären.«

Asger hatte sich in der Tat weit von seiner Anfangsidee entfernt, die Heimat als terra incognita zu erforschen. Denn bei seinem Bemühen, den blinden Fleck zu schließen, hatte er bloß einen weiteren gefunden: sich selbst. Seine Todesangst draußen auf dem See, schließlich die läppischen Tanzversuche mit Mascha hatten ihm plötzlich seine individuellen Grenzen aufgezeigt. Was ihm bislang wesentlich war, erschien ihm mittlerweile zweitrangig. Zugleich blieb, wenn es wegfiel, so gut wie nichts übrig von seinem Lebensprogramm, seinem Selbstbewußtsein, seinem Ich.

»Kunstwerke sind künstlich. Fiktive Realitäten. Glücklicherweise, weil sie sich nur so vom echten Unglück lösen, ihm vorgreifen, es manchmal für einen Moment aufheben können. Im besten Fall schaffen sie Schönheit. Pathos ist immer das Versagen vor dieser Aufgabe.«

Spät, aber nicht zu spät hatte sich Wenzel von der angemaßten Überlegenheit des Freunds emanzipiert. Nichts war bloß künstlich. Nirgends gab es einen Ort außerhalb, und drinnen nur tote Leere. Überall herrschte die bis zum Platzen gespannte Fülle gelebten Lebens. Sie tauchte bloß nicht mehr auf an der Oberfläche kollektiver Beachtung. Aber die Spannung staute sich, nahm weiter zu.

»Siehst du, und genau deswegen finde ich diese Fotos belanglos und, verzeih, kitschig. Dies und das fügt uns konkreten Schaden zu. Es existieren sozusagen Dinge. Zusammenhänge, die unserem Verhalten die eine oder die andere Richtung aufzwingen.

Wie sollen wir ihnen begegnen, wenn sie noch nicht einmal sichtbar werden?«

»Ich verstehe nicht, worüber ihr streitet. Schein und Wirklichkeit. Ist das ein Gegensatz? Hebt ihn das Kunstwerk nicht auf? Ich meine, ist die Scheinwelt der Kunst nicht ein Asyl für das Wirkliche?«

Simone bemerkte natürlich, daß zwischen den beiden ganz andere Spannungen herrschten. Sie hatte Wenzels wüste Vorwürfe über Asgers intellektuell verbrämte Feigheit noch im Ohr, die er in den letzten Monaten immer wieder vorgebracht hatte.

»Schön gesagt. Schein als Asyl.«

»Als Bresche in einer geschlossenen Welt der Sachzwänge. Man betritt einen freien Raum und schöpft wieder Atem.«

»Und nimmt etwas davon mit hinüber in die uns aufgezwungene Wirklichkeit. Oder etwa nicht? Stirn gegen Stirn zeige sich uns das böse Verhängnis. Wer hat das gleich gesagt? ...«

Es gab aber noch eine andere, noch gewichtigere Ursache als verletzten Stolz für Clara Weidenfeldts Hemmnis, Liebl aufzusuchen. Asgers Anwesenheit erinnerte sie daran. Der unterschwellige Wunsch, sich durch demütiges Handeln selbst zu bestrafen, half zwar gewiß ihre Skrupel überwinden. Doch haderte sie vor allem mit der Aufrichtigkeit sich selbst gegenüber. Galt Claras Interesse wirklich Liebls Leben als möglichem Gegenentwurf zu ihrem eigenen? Oder war es wieder nur eine Wiederholung alter Muster mit geringfügig geänderten Nuancen? Spielte sie, betrog sie sich selbst damit, ohne es zu merken? Ihr Sohn ging offenbar nach wie vor fest davon aus. Natürlich konnte sie nicht vollends über ihren Schatten springen, doch Asger schien diese Möglichkeit gar nicht erst in Erwägung zu ziehen. Clara war es egal, was ihr Sohn dachte. Er war ihr überhaupt erschreckend gleichgültig geworden. Gänzlich unwirklich der Gedanke, daß sie diesen Menschen geboren hatte. Sie hatte nie dieses angeblich biologische Muttergefühl gehabt. Selbst Mascha war ihr näher gewesen, solange sie bei ihnen wohnte, vielleicht gerade weil keine Verpflichtung dazu bestand. Ohne endgültige Gewißheit zu erlangen, entschied Clara jedenfalls, daß es der richtige Schritt war. Sie fuhr zur anderen Seeseite hinüber, weil sie einen Schlußstrich ziehen mußte unter den Prozeß, der schon mit ihrem blamablen Einsatz für die Brutkolonie der Kormorane begonnen hatte. Vor aller Welt lächerlich geworden, hatte die Rufmordkampagne selbstverständlich nicht lange auf sich warten lassen. Aber das alles war noch nicht weiter schlimm. Nicht sie, ihr Sohn Asger machte sich Sorgen um ihr inneres Gleichgewicht. Er hielt sie für gefährdet, fürchtete, sie könnte sich töten. Irritiert nahm Clara auch das zur Kenntnis. Dabei handelte es sich um einen für Menschen ihres Schlags keineswegs unnormalen Vorgang. Notgedrungen hatte sie im Lauf ihrer Karriere damit umgehen gelernt. Sie präsentierte sich der Öffentlichkeit, und diese schlug zu, berauscht vergötternd oder erbarmungslos vernichtend, in jedem Fall unberechenbar. Es gehörte zum Alltag der Prominenz, und es gab Techniken, derlei zu verkraften. Man zog sich in eine Art innere Immunzone zurück, ins Zentrum jener letztlich unantastbaren Identität als Künstler. Auch angesichts ihrer Diffamierung zum geifernden Tierschutzzombie praktizierte Clara die gängigen Schutzmaßnahmen, wunderte sich allenfalls über Wucht und Roheit der Schmähungen. Sie las sie als Zeichen für ihre nun allmählich doch verblaßte Popularität, glaubte, daß sie angreifbarer geworden sei. Die Nachricht von Max Zibulkas Tod kratzte noch ein wenig mehr an ihrem Ich. Max' Ende bedeutete, daß das Skript ihrer Lebensrolle, die er einst miterfunden hatte, auf ewig festgeschrieben war. Korrekturen waren freilich ohnehin nicht vorgesehen, Clara hatte vielmehr stets für eine gewisse Kontinuität ihrer äußeren Erscheinung gesorgt und damit auch ihre Selbstachtung gefestigt. Doch obwohl ihr die Widersinnigkeit der Idee bewußt war, irritierte sie die Vorstellung, von nun an wäre jede Änderung ihres Charakters generell ausgeschlossen. So geschwächt, war sie durch das Hochwasser in einen Zustand irrealer, aber übermächtiger Verstörung gerissen worden. Sie stand auf der Veranda, sah das Wasser immer näher und näher kommen. Gleich erreichte es vielleicht das Haus und sie selber. Womöglich gab es für eine Clara Weidenfeldt ja grundsätzlich keinen Platz mehr da draußen, womöglich reichten die Maßnahmen zur Sicherung ihrer Größe inzwischen nicht mehr aus, womöglich waren die Fundamente jener Weltbühne unterspült, auf der ihr Ruhm bisher noch nachgeglänzt hatte, und wurden soeben weggeschwemmt. Die Flut war Sinnbild ihres Alptraums geworden. Sie meinte dabei zuzuschauen, wie ihrer Persönlichkeit die Grundlage entzogen wurde. Die Spuren, die sie hinterlassen und für bleibend gehalten hatte, standen im Begriff zu verschwinden. Clara schien es, als bliebe ihr plötzlich nichts mehr als ihr nacktes Dasein: ein welkender Körper, ein verwehender Geist. Den überfluteten Garten betrachtend, spürte sie buchstäblich den Atem des Todes. Erst jetzt fing sie an, ihr bisheriges Leben als Lüge zu empfinden. Sie war nicht mehr als andere Sterbliche auch, begann diese von Masken und Kostümen entkleidete Existenz zu bejahen. Mit dem Abschwellen ihrer Panik wuchs ein Gefühl der Befreiung und eben jene Sehnsucht, sich eine Haltung der Demut anzueignen. Aber sehr schnell erfuhr sie auch, wie schwer es war, hierbei keinem weiteren Selbstbetrug zu erliegen. Ihr Auftritt beim Tangofest führte ihr das vor Augen. Sie sah das Treiben der jungen Leute und glaubte darin die neue Zeit zu erkennen, in der Figuren vom Format einer Weidenfeldt nichts mehr verloren hatten. Gewiß, es war nicht mehr ihre Zeit, aber dann regte sich doch wieder nur der alte Furor in ihr, diese Wut, es ihnen allen noch einmal zu zeigen. Sie hatte die Begabung. Sie würde das neue Spiel auf Anhieb besser spielen, wenn sie nur wollte. Von diesem Ehrgeiz war sie getrieben. Scham und Reue überfielen Clara erst im Rauschen des Applauses nach ihrem Solo. Danach folgte das Bewußtsein ihres Fehlers, ihrer Schwäche. Sie schaffte es nicht aus eigener Kraft, ihre lebenslange Rolle vollständig abzustreifen. Sie brauchte Hilfe. Der Entschluß, Liebl zu besuchen, war Claras Nagelprobe für ihre Ernsthaftigkeit. Sie hatte den Eindruck, bestanden zu haben. Kein Rückfall, keine Eitelkeiten, nur die Fotos, nichts sonst.

Clara spürte, wie ihr ans Handgelenk getippt wurde. Ein kleines Mädchen sah zu ihr auf.

»Warum ist das alles weiß?«

Clara ging in die Hocke.

»Magst du es nicht?«

»Doch. Aber ich würde es anmalen.«

Fünfter Teil
WILLKOMMEN, NEUE TRÄUME!

»O Zukunft! du verborgener Friede
Du unterirdisch Weh –
Ist da kein Gnadenwanderweg
Der wegführte von dir –«

Emily Dickinson

1. Kapitel
UNTERNEHMEN ZUKUNFT

Zeit verging. Und wie! Kaum hatte tatendurstig, vorsatzreich, hoffnungsfroh ein Jahr begonnen, neigte es sich schon seinem matten, ernüchternden Ende zu. Der laufende Monat war erfüllt mit der Organisation des nächsten, die vergangene Woche mit der Planung der über-, über-, übernächsten. Arbeitstag um Arbeitstag stand im Dienst künftiger Arbeitstage, die im Dienst künftiger Arbeitstage standen. Voll, übervoll, zum Bersten voll schritt die Zeit voran. Nur an Wochenenden, Urlaubs- und Feier-, Jubel- und Gedenktagen gab es vereinzelt flüchtige Momente, in denen die Zeit sich selbst aus den Augen geriet. Sekundenlang riß das Gewebe der Termine und Fristen, gab durch das entstandene Loch den Blick frei auf einen schwindelnden Abgrund. Dann war es, als sei den Dingen ihr gegenwärtiger Stand, der Welt ihr heutiges Hier und akutes Jetzt abhanden gekommen, als wäre das Leben nie mehr als eine Illusion gewesen.

Dabei war die Zeit mit nichts intensiver beschäftigt als mit sich selbst. Ständig hatte sie ihre eigene Dynamik im Visier, die Veränderungen, die sie nimmermüde hervorbrachte. Eine weltpolitische Konstellation jagte die andere, eine Regierung löste die nächste ab. Die eben herrschende Mode-, Kino- und Buchsaison schielte längst auf die kommende, die Ausstellungs- und Messelandschaft dieses auf diejenige des folgenden Jahres. Neue Steuern aufgrund neuer Zahlen wurden erhoben, um neue Zahlen für neue Steuern zu schaffen. Gesetzesreformen an Gesetzesreformen wurden durchgeführt, um die Reformen der Reformen der Reformen vorzubereiten.

Und die Zeit hatte es nötig, sich selbst zu beobachten. Alles ging so rasend schnell. Unablässig wurden Entdeckungen und Erfindungen gemacht, die Computer-, die Bio-, die Nanotechnologie überschlugen sich vor lauter Fortschritt. Unaufhörlich gelangten frische, verbesserte, völlig neue Maschinen, Mittel, Methoden auf den Markt, verdrängten die vom vorletztem, vom letzten Jahr, von gestern, von heute früh. In der Revolutionierung des einen Geräts, Modus, Programms war die Revolutionierung dieser Revolutionierung schon eingeplant und vorbereitet. Funktionen und Kapazitäten wurden unentwegt erweitert, Kombinationen umgestellt, Synthesen neu definiert. Zu Recht fürchtete sich die Zeit vor ihrem eigenen Veralten, arbeitete ihm entgegen. Jeden Tag, jede Stunde trat sie vor den Spiegel, kontrollierte ihr Aussehen, ihre brandaktuell jüngste Fassung. Sie schien hinter sich selbst herzuhetzen, den Menschen davonzulaufen.

Doch die Zeit hatte sich immerzu im Griff. Wieviel Gegenwart allerorten und rund um die Uhr! Nie wurde sie präziser, prompter gemessen, gemeldet, gebündelt, nie ausführlicher kommentiert. Gerade für ihre Gegenwärtigkeit wurde die Zeit nicht müde, ständig neue Meßtechniken zu entwickeln, Apparate zur Nachrichten- und Meinungsbereitung auszubauen, aufzustocken, zu vervielfältigen. Weltweit galt es die Lage zu erfassen, im Viertelstunden-, im Minutentakt. Das allerneueste Ergebnis löschte unverzüglich das eben noch neue. Eine Katastrophe überblendete die gestrige, ein Anschlag löste den vorherigen ab. Zusammenschlüsse, feindliche Übernahmen, Verschlankungen von Personaldecken, Konkursanmeldungen, Offenbarungseide, Korruptionsskandale reichten einander den Stab im globalen Staffellauf der Unternehmen, Konzerne, Banken.

Aber nicht nur die totale Aktualität des Weltgeschehens war gewährleistet, auch die der dazugehörigen Stimmungen. Mannigfache Meinungsbaro-, -thermo-, -hygrometer wurden konzipiert und konstruiert. Als Fieberkurven des Hic et nunc erfaßten sie Schwankungen aller Art, gaben Auskunft über jede Tendenz: Wie würde am Wochenende gewählt? Wieviel Vertrauen genießt die Politik in genau diesem Moment? Wie entwickelt sich die Zahl der

Arbeitslosen, das Kaufverhalten, der Alkoholkonsum? Wächst oder schrumpft die Prozentzahl der Rauchverbotsgegner, der Todesstrafenbefürworter? Erhebungen, Umfragen, Statistiken wucherten. Die Gegenwart wurde zum Gegenstand einer Börse der Bewertungskriterien. Experten durchdrangen die ewig neue Unübersichtlichkeit, verfolgten die Wechselbeziehungen und gegenseitigen Beeinflussungen, begutachteten, prognostizierten, appellierten, warnten. Schlugen ihre Messungen in diese oder jene Richtung aus, forderten sie diese oder jene Reaktionen und Konsequenzen. Je nach Meßmethode fielen die Resultate unterschiedlich aus. Wie ein Rudel Ärzte das Krankenlager umstanden Spezialisten das Jetzt, um ihre konkurrierenden Diagnosen und Heilverfahren auf ihren zahlungskräftigen Patienten anzuwenden. Sanierung tat allenthalben not. Gesundheit wurde zentrales Schlagwort. Sie galt es zu wahren, zu schützen, zu einem erweiterten Arbeitsfeld für neue Experten zu machen. Gefährdungen, Ansteckungen, Epidemien sollten wenn schon nicht verhindert, so doch weitestgehend eingedämmt werden. Zusätzliche Disziplinen wurde geschaffen, sie erfaßten die Gegenwart nach Art der Wetterkarten. Man eruierte die meteorologischen Krisenregionen und Krisensituationen des Heute. Unterschiedliche Druckzonen konnten für Turbulenzen sorgen, ruhige Lagen mit Hitze- und Dürreperioden, Kälte- und Regenphasen, Stürmen und Orkanen wechseln. Schäden und Opfer waren dadurch natürlich nicht zu vermeiden, aber für die Bewältigung der Folgen war immer besser, schneller, gründlicher gesorgt. Drohte Gefahr, konnte nun immerhin frühzeitig informiert und zur Selbsthilfe angeleitet werden. Dafür wurde umfassend Sachberatung geboten. Krisenbewältigungstechniken, Krisenmanagementkonzepte, Beratungsstellennetzwerke für Ernst- und Notfälle wurden entworfen, geplant, installiert. Denn trotz aller Vergegenwärtigung der Gegenwart vergaß die Zeit niemals, daß jeder einzelne unwiderruflich seinem Einzelschicksal überlassen blieb und seinen Lebensweg frei, selbstverantwortlich und allein zu gehen hatte.

Der Einzelmensch ging diesen Weg außerdem unerkannt, beinahe unsichtbar. Soviel Neuigkeit erfüllte die Zeit, daß vor und hinter ihr kaum Raum zur Verfügung stand. Aus Platzgründen wurde ununterbrochen aussortiert, weggeworfen, gelöscht, Beachtung entzogen, übersehen, vergessen, begraben. Nicht daß Subjekte in dieser Sorte Gegenwart nicht mehr vorkamen. Im Gegenteil fielen die Blitzlichter des allgemeinen Interesses auf eine rapide wachsende Zahl von ihnen. Nicht daß nichts berichtet wurde von dem, was ihnen widerfuhr. Bloß war die Zeit zu knapp bemessen, um den Hintergründen ihres jeweiligen Loses nachzuspüren. Auch reichten Geduld, Konzentration, Anteilnahme über die Beleuchtung der unmittelbarsten Ursachen gar nicht hinaus. Denn schon erschien im nächsten Blitzlicht die Momentaufnahme des nächsten Schicksals. Aus demselben Grund konnten auch Lebenslinien nicht weiterverfolgt werden. So wie Vergangenheit gezwungen war, immer schneller vergangen zu sein, für immer zu verschwinden, als hätte es sie niemals gegeben, so mußte notgedrungen auch der Blick voraus immer kurzsichtiger werden. Der Effekt dessen, was auch immer neu begann, sich entfaltete, anschwoll, überhandnahm, war nicht weiter absehbar als bis zur Schwelle allererster Auswirkungen. Traten Spätfolgen auf, waren Anfangsgründe längst in Vergessenheit geraten und kaum mehr zu ermitteln. Die Zeit hatte auch kein Interesse daran. Sie setzte Gegenwart aus Schnappschüssen zusammen. Und je ausgiebiger sie das tat, je gründlicher sie ihren Ort auf der Zeitachse bestimmte, desto tiefer versank die reale Existenz gelebten Lebens im Dunkel ihrer Nichtbeachtung.

Noch einmal also, ein letztes Mal, die Frage: Was ist Gegenwart? Offenkundig existieren verschiedene, unterschiedlich mächtige, einander widersprechende, zerstörende Gegenwarten, simultan, parallel, nebeneinander. Kommt es bloß darauf an, von wo aus sie mit welcher Absicht betrachtet wird? Ist Gegenwart vielleicht das, was diese Spiel- und Unterarten von Abbildern umgreift wie das Licht die Farben? Ein spektrales Gebilde, das sich aus wenigstens drei Komponenten zusammensetzt? Aus dem dunklen Bereich ihrer Herkunft, aus ihrem trostlos schillernden Jetzt und aus der grellen Ungewißheit ihrer Zukunft? Wären nicht jedesmal mindestens drei Standpunkte gleichzeitig einzunehmen, um Antwort zu erhalten darauf, wie es ist? Wodurch es wurde? Worauf es hinauswill? Müßte dieser Dreiklang nicht für jeden speziellen Ort, jede Biographie hergestellt werden? Enthielte der Zusammenklang all dieser Dreiklänge mehr Gegenwart? Eine weniger undurchsichtige, einseitige, rechthaberische, betrügerische Fiktion davon? Käme sie der Realität näher? Nahe genug, um sich, statt von ihr erschlagen zu werden, wieder zu ihr verhalten zu können?

Es war einmal ein Landstrich, dort hatten die Menschen seit eh und je als Bauern gelebt, und da seine Böden fruchtbar, die Wiesen saftig waren, prägten imposante, prächtig bemalte Höfe auf lieblichen Hügeln die Gegend. Auch gab es einen großen See samt sehenswerten Baudenkmälern, das Hochgebirge lag nicht weit, die Winter waren weiß, die Sommer heiß, so daß früh der Erholungswert der Region erkannt wurde und der Fremdenverkehr den ohnehin schon beträchtlichen Reichtum noch vermehrte. Eines Tages aber begann die Rentabilität der Agrarwirtschaft zu schrumpfen. Bald reichte sie trotz Subventionen für die meisten Betriebe nicht mehr aus, um zu überleben, geschweige denn mit dem in allen übrigen Berufen wachsenden Wohlstand mitzuhalten. So verkauften viele Bauern ihre Äcker als Baugrund und bauten ihre Scheunen und Ställe zu Ferienunterkünften aus. Nach einem verheißungsvollen Start jedoch ging die Zahl der Urlaubsgäste nach einigen Jahrzehnten wieder zurück. Denn auf den Schnee war plötzlich kein Verlaß mehr, ebensowenig auf die Sonne, die neuerdings anderswo billiger schien. So kam es, daß vielerorts Konkurs drohte. Und da man allgemein nicht mehr daran glaubte, daß es auf Dauer weitergehen konnte wie bisher, begann man über neue Verdienst- und Existenzformen nachzudenken.

In einer kleinen, am See gelegenen Ortschaft namens Vössen, das einem Bauerndorf immer noch sehr ähnlich sah, bestritten einst gerade zwei Familien noch ihren Lebensunterhalt ausschließlich mit der Landwirtschaft. Zu ihnen kamen ein Bankangestellter, ein Versicherungsfilialleiter und ein Vertreter für Landmaschinen als Nebenerwerbsbauern, denen ein Leben ohne Sähen, Mähen und Silieren, ohne ein paar Kühe, auch wenn damit nur Arbeit, keinerlei Gewinn verbunden war, schlicht nicht lebenswert erschien. Obwohl sich das Dorf nicht zuletzt wegen seines dickschädelig hagelbuchenen Bürgermeisters am wenigsten von allen Seeorten an die Erfordernisse des Fremdenverkehrs angepaßt, sich daher noch am meisten Unabhängigkeit von den Konjunkturschwankungen der Tourismusbranche bewahrt hatte, geschah es, daß es durch eine Verkettung unglücklicher Umstände aus seinem so lange Zeit unangetasteten dörflichen Frieden gerissen wurde. Gleichsam über Nacht sah es sich allenthalben vor Engpässen finanzieller Natur. Da aber ein Großteil der Einwohner sowieso längst in den näher oder weiter gelegenen Kleinstädten, zunehmend auch in der recht weit entfernten Landeshauptstadt, flexibel und temporär sogar in ganz Deutschland, Europa, ja der großen weiten Welt seinen Lebensunterhalt verdiente, fragten sich einige, was eigentlich gegen die Ansiedlung neuer Geschäfte und Unternehmen am Ort spreche. Der Strukturwandel sei sowieso nicht zu stoppen, und dem Dorf würde aus der Finanznot geholfen. Außerdem würden auf diesem Weg nicht nur Arbeitsplätze entstehen und zusätzliche Steuergelder fließen. Auch für mehr Lebensqualität wäre endlich gesorgt. Attraktive Einkaufsmöglichkeiten, zumal Kleidungs-, Möbel-, Lebensmittel-, Fastfoodketten, Baumärkte gehörten andernorts schließlich längst zur Basisausstattung. Man wolle die ohnehin stets zu knappe Freizeit nicht länger mit endlosen Fahrten in die umliegenden Gewerbegebiete verplempern, die Geld in Form von Benzin kosteten und obendrein umweltschädlich waren.

Es gab einen Gemeinderat, der träumte weniger davon, sich Konsumparadiese vor die eigene Haustür zu zaubern, sondern fürchtete vielmehr die Schuldenfalle. Auch hatte er Angst, die Zeichen der Zeit zu verschlafen, vor allem aber noch länger dem fortschrittsfeindlichen Jähzorn seines Oberhaupts ausgesetzt zu sein.

Einstmals existierte eine Minderheit, und dieser erschien, wovon andere Minderheiten träumten, als Alptraum. Sie wollte verhindern, daß Vössen durch Wellblechmonstren, Parkplatzwüsten, Reklamegroßflächen und Markenlogos den gleichen scheußlichen Einheitslook verpaßt bekäme wie die meisten anderen Ortschaften, wollte verhindern, daß kleine Läden im Ortskern kaputtgehen sowie Verkehrsaufkommen, Lärm, Gefährdung von Radfahrern, Rentnern, Kindern auf dem Schulweg zunehmen, der Identifikationsgrad mit dem Heimatort abnehmen würde. Darum machte die Minderheit von ihrem basisdemokratischen Recht Gebrauch und tat sich zu einer Bürgerinitiative gegen die Änderung des Bebauungsplans für die Flurstücke 168/1 und 3 zusammen. Prominente Persönlichkeiten und Pensionisten, die sich teuer in die ländliche Idylle eingekauft hatten, um hier ihre Rückzugs- und Ruhephasen beziehungsweise den Lebensabend zu verbringen, fanden sich ebenso darunter wie unmittelbare Anlieger am vorgesehenen Discountergelände, wie Eltern, Geschäftsleute, ökologisch denkende Lehrer, Bäcker, Steuerberater, Blumenhändler, Verwaltungsangestellte oder Tracht tragende Traditionalisten. Gemeinsam verfaßten, vervielfältigten, verteilten sie Flugblätter, argumentierten, debattierten, agitierten. Sie veranstalteten Informationsabende, luden Experten zu Vorträgen ein, in denen die Raubtiermentalität der Konzerne und deren Ausbeutung von Billiglohnländern angeprangert wurden. Sie scheiterten beim Versuch, den Gemeindesaal für ihre Veranstaltungen in Anspruch zu nehmen oder ihre Position im kommunalen Amtsblatt zu veröffentlichen, gaben aber dennoch nicht auf. Doch blieben sie weiterhin eine Minderheit, die zwar größer als die Minderheit der Befürworter des geplanten Marktes, kleiner jedoch als die Mehrheit all derjenigen war, die gleichgültig, desinteressiert, schicksalsergeben, schlau, naiv oder faul um ihren kleinen TV-Seelenfrieden bemüht die Schultern über die ganze, in ihren Augen viel zu hoch gehängte Angelegenheit zuckten.

Auf einer abgelegenen, durch einen Auwaldgürtel zusätzlich wunderbar abgeschotteten Landzunge lag eine Streusiedlung, die hieß Fuchsenhub. Im Haus mit der Nummer Sieben, dem weitaus größten, aufwendig, aber stilgerecht renovierten und fürstlich erweiterten Anwesen des zur Gemeinde Vössen zählenden Fleckens wurde nur wenig Anteil am gesellschaftlichen und politischen Leben der Kommune genommen. Das war nicht immer so gewesen. Zwar hielt man sich dort nach wie vor auf dem laufenden. Auch über Stand und Zuspitzung des Geschehens rund um den Discounter-Konflikt war man durchaus informiert, denn einige Freunde des Hauses engagierten sich aktiv in besagter Bürgerinitiative und gaben darüber Auskunft. Aber man hatte dort genug zu tun mit anderen Dingen. Genauer gesagt, man war in der Hauptsache mit sich selbst beschäftigt und mit der Absicht, endlich einmal ein von eingebildeten Zwängen befreites Leben zu führen. Und in der Tat herrschte bei Weidenfeldts in letzter Zeit eine entspannte, beinahe beschauliche Atmosphäre, die jedem auffallen mußte, der sie je persönlich hatte kennenlernen können. Dies galt sowohl für Clara, eine ehedem gefeierte, früher stets überreizt wirkende Filmschauspielerin, als auch für ihren Sohn Asger, einen hübschen, freundlichen, meist etwas fahrigen jungen Mann, der vor einiger Zeit wieder in der Gegend aufgetaucht war und sich inzwischen offenbar im Haus seiner Mutter häuslich eingerichtet hatte. Es war ein sehr stilles Leben, das die beiden dort mehr nebeneinander her als miteinander führten. Sie machten dennoch einen ungewohnt zufriedenen, fast unbeschwerten Eindruck auf die wenigen Besucher, die noch nach Fuchsenhub herauskamen. Auch das war nicht immer so gewesen. Seltener als früher begaben sich alte Lebens- und Weggefährten auf den weiten Weg in die Provinz, um Clara zu beehren. Darunter befanden sich auch jetzt noch sehr berühmte Leute wie der Schauspieler Mausilatzki, der allerdings ganz in der Nähe ebenfalls eine Villa besaß. Wer sich jedoch kaum mehr blicken ließ, war Bürgermeister Stegmüller, der früher ständig vor Ort und ein enger Vertrauter der Weidenfeldt gewesen war. Schenkte man den spärlichen Schilderungen vereinzelter Gäste Glauben, schien dies die Stimmung im Haus aber kaum zu trüben. Dafür wurde seit kurzem der Pfarrer von Vössen öfter in Fuchsenhub gesichtet.

Es war einmal eine Schauspielerin, die hatte sich vor langer Zeit, auf dem Höhepunkt ihres Ruhms, aus dem Filmgeschäft zurückgezogen und sich einen imposanten, aber verfallenen Bauernhof am See gekauft. Ihr Jugendfreund, der Stararchitekt Albert Schmeller baute ihn nach ihren Vorstellungen um und aus. Seither führte sie die zurückgezogene Existenz einer alternden Diva. Nicht mit völliger Gewißheit zu sagen war, ob sie auf ihren einmal erworbenen Nimbus nicht verzichten wollte oder konnte. Denn sie hörte nicht auf, sich wenngleich selten und nur im privaten Rahmen, dann jedoch um so mächtiger in Szene zu setzen. Es war auch kein ganz leichtes Leben, das Clara Weidenfeldt führte. Komplexe psychische Verstrickungen mit ihrem Entdecker und Liebhaber, dem Regisseur Ralf B. Schwaiger, der unter bis heute ungeklärten Umständen gestorben war, erforderten jahrelange Therapiebegleitung. Erschwerend kam damals die Geburt ihres Sohns Asger hinzu. Ihr Selbstbild als bedeutende Künstlerin ließ sich mit dem Dasein eines Kinds nicht vereinbaren. Die Spannungen wuchsen, bis der Junge die Konsequenz zog und schon früh auf eigenen Wunsch auszog. Etwa fünfzehn Jahre später kam er zurück, inzwischen selbst ein bißchen bekannt geworden. Clara Weidenfeldt glaubte sich mit ihrem verlorenen Sohn versöhnen und ihm wenigstens nachträglich etwas von der lange verdrängten, sie mittlerweile überschwemmenden Mutterliebe schenken zu können. Aber ihre seit langem gehegten, von Schuldgefühlen manchmal bis zur fixen Idee gesteigerten Hoffnungen schlugen fehl. So sah sie sich unversehens auf sich selbst zurückgeworfen. Als auch noch ihre Freundschaft mit Franz Stegmüller zu erkalten begann, die über all die Fuchsenhuber Jahre ihrem Leben eine gewisse Stütze gegeben hatte, faßte sie den Entschluß, sich noch einmal ganz aus eigener Kraft der Welt entgegenzuwerfen. Sie wollte die Menschen verblüffen, ihrem Image eine neue Facette hinzufügen, sich von einer unbekannten, ihrer uneigennützig zupackenden Seite zeigen. Der Versuch aber schlug fehl, ihr Comeback als Vogelschützerin endete im Desaster. Doch mehr als dieser Mißerfolg setzte der Weidenfeldt die neue Erfahrung eines ihr rätselhaft gewordenen Publikums zu. Denn ihre bewährten Posen zielten neuerdings entweder ins Leere oder zeitigten eine ihrer Erwartung entgegengesetzte Wirkung. Erst jetzt geriet Clara in eine wirkliche Krise. Sie bildete sich plötzlich ein, man habe sie, die sich längst unsterblich geworden wähnte, bereits vergessen. Eine Serie überbelichteter Bilder des Meisterfotografen Liebl brachte ihr außerdem ihre Selbstauflösung zu Bewußtsein. Sie organisierte eine Ausstellung im Rathaus von Vössen, verstand sie als eine Art Porträt ihrer aktuellen Befindlichkeit. Als Eingeständnis. Abbitte. Geste der Bescheidung. Die einstige Schauspielerin hatte sich beinahe schon ihrem ich-entleerten Dasein ergeben, als sie bei der Eröffnung ein junger Pfarrer namens Schanze ansprach. In ihm fand sie einen Menschen, der die bittere Deutung ihrer Biographie überzeugend ins Positive zu wenden verstand.

Ein gutaussehender, sehr gebildeter junger Mann, der sich schon als Student einen Namen im Kulturjournalismus gemacht hatte (wobei ihm gewiß, aber nicht ausschließlich der klangvolle Name seiner Mutter geholfen hatte), begann sich einst, als er nach kontinuierlich steilem Aufstieg ein erstes Hochplateau seiner Karriere erreicht hatte, in seinem Traumberuf zu langweilen und hängte ihn von einem Tag auf den anderen an den Nagel. Das Kopfschütteln unter den Kollegen war groß über diesen Schritt des hochbegabten, überaus telegenen Asger Weidenfeldt. Eisern hatte er sich dem Wirkkreis seiner für narzißtisch geltenden Mutter Clara entzogen, sich auf eigene Beine gestellt und den Kopf mit beeindruckenden Gedanken angefüllt. In gewisser Hinsicht repräsentierte Asger einen ästhetisch-moralischen Gegenentwurf zu dem, was seine Mutter in Ralf B. Schwaigers Kultfilmen ehemals vorgestellt hatte. Der junge Weidenfeldt hatte sich als fundierter Entzauberer der

Nachkriegskultur, als begnadeter Entstauber und Verwerfer erwiesen, immer auf Augenhöhe mit den Altvordern, Aushängeschild für ein zeitgemäßes Stilbewußtsein, aufgepflanzt auf der Gipfelhöhe der Zeit. Asger hatte überall in der für Kultur relevanten Welt mit Persönlichkeiten sämtlicher Künste vor und hinter den Kulissen gesprochen, war mit Interviews, Porträts, Features am Brückenschlag zur Gedankenwelt maßgeblicher Wirtschaftsmagnaten, Politiker, Wissenschaftler, Werbeagenten, Philosophen, Trendforscher, Schriftsteller maßgeblich beteiligt gewesen. Doch plötzlich behauptete derselbe Mensch, der im Ruf stand, neue Standards gesetzt zu haben, kurz bevor er mit einer von ihm selbst konzipierten Kultursendung an den Start gehen sollte, das alles reize ihn allenfalls noch zum Gähnen. Asger glaubte zu wissen, daß er in einer tristen Parallelwelt feststeckte, die er (und die sich selbst) mit der Realität verwechselte und deren riesigen Rest schlichtweg ausblendete, übersah, ausschloß. Sein Verlangen, sich auf die Suche nach diesem Rest zu machen, wurde stärker, der Alltag mit dem Heer der sich für unverzichtbar haltenden Menschen fader und immer vorhersehbarer. So erschien ihm eines Tages als simpelster Weg, seinen Wunsch in die Tat umzusetzen, eine Rückkehr in die Landschaft seiner Kindheit und ins Haus seiner Mutter. Es sollte gleichsam als Basislager für seine Expedition ins Innere jenes weißen Kontinents dienen, zu dem er sich das Leben seiner Mitmenschen gemacht hatte. Doch trotz zahlreicher Anläufe und Vorstöße, mancher Rückzüge und Neuanfänge, Phasen des Zweifels am Sinn und Zweck des Unternehmens, trotz Verlagerungen der Forschungsschwerpunkte, ausufernder Notizen, Pläne, Systematisierungen, ließ sich die vakante Stelle auf der Plankarte seiner Kenntnisse nie befriedigend füllen. Kaum glaubte er sie geschlossen, brach sie wie eine schlecht heilende Wunde wieder auf, schien hinterher größer als je zuvor. Es bedurfte einer Reihe einschneidender Grenzerfahrungen, um jenen blinden Fleck als das Resultat der eigenen Wahrnehmung, diese Wahrnehmung als Resultat des eigenen Zustands zu erkennen: Auch im freiwilligen Exil hatte sich

Asger selbst immer noch als Kulturmoderator gesehen. Nun stellte sich die Frage, was übrigbliebe von seinem Ich, würde er dieses Selbstbild streichen. Er fand nicht viel, so gut wie nichts. Was aber sein Dasein sonst bedeuten mochte, jenseits dieses schwankenden, trügerischen Grunds, ahnte er nicht. Was soll ich weiter anfangen mit mir, hier in diesem Fuchsenhub, ausgerechnet bei dieser Mutter? Fragte er sich. Hänge ich am Ende noch an ihrer Nabelschnur? Sollte es wirklich nicht zu schaffen sein, sie endgültig zu durchtrennen? Woher sonst stammt meine Kulturbeflissenheit, dieser obsessive Zwang, sich abgrenzen, Gegenpositionen vertreten müssen gegenüber allem, was auch für mich einmal Gültigkeit besessen hat, wenn nicht von einer unbewältigten Abhängigkeit? Er mußte schließlich nichts sich, nichts der Welt, erst recht nichts seiner Mutter beweisen. Der Gedanke erleichterte Asger schlagartig. Druck fiel ab von ihm. Doch sein Alltag änderte sich darum kaum. Vielleicht las er mehr, etwas systematischer, noch einmal die klassischen Texte des Abendlands. Kontinuierlicher als zuvor durchwanderte er die Umgebung, notierte er seine Beobachtungen, trug er in Flurkarten ein, wo die Brachfelder, die aufgelassenen Kiesgruben, heimlichen Andachts- und Betplätze lagen, wo Windbruch und Fichtensterben Löcher, ganze Trassen in die Wälder gerissen hatten. So bildeten Punkte, Symbole, schraffierte Flächen ein immer dichteres Netz vergewisserter Topographie. Doch es bedeutete ihm nicht mehr dasselbe wie anfangs. Sein Erkundungsdrang galt kaum mehr dem vergessenen Umland. Er war vielmehr zu einer Fluchtbewegung geworden, weg von sich selbst und dennoch wie aus dem Fremden hinaus, nach draußen, aber doch zurück zu sich. Er umkreiste sich wie ein Fragezeichen ohne Gegenstand. Er wollte die Gegenwart nicht mehr begreifen, sie nicht länger sein müssen, sie statt dessen womöglich haben können. Ihm schien, die Welt machte ihm ein Angebot. Er wußte bloß nicht, was an ihr wert war, ergriffen zu werden. Das herauszufinden, wurde ihm zum neuen Ziel. Als Richtschnur legte er seine Lust zugrunde. Er folgte dem Behagen, dem Appetit. Es war eine zweite Expedition, nunmehr ins Innere eigener, unerforschter Höhlengänge, mit dem festen Vorsatz, sie diesmal zu irgendeinem Ende zu führen. Nun erst richtete sich Asger dauerhaft in Fuchsenhub ein. Währenddessen beobachtete er, wie auch das Leben seiner Mutter eine bemerkenswerte Wendung nahm. Sie betraf Veränderungen in ihrem Bekanntenkreis und äußerte sich in der Hauptsache darin, daß ihr bisher engster Vertrauter, Bürgermeister Stegmüller, allmählich durch Pfarrer Werner Schanze ersetzt wurde. Auch legte Clara eine neue Zaghaftigkeit an den Tag. Fast wie ein schüchternes Mädchen wirkte sie, wenn sie dem Sohn mit zusammengepreßten Knien gegenübersaß. Ihr legendäres blondes Haar, das sie zum straffen Knoten aufsteckte, zeigte am Scheitel authentisches Grau. Auch besuchte sie gelegentlich die Messe, wo sie sich, so ging das Gerücht, mit ihrem glockenreinen Sopran hervortat. Vor allem aber die nachmittäglichen Treffen mit Pfarrer Schanze wurden nach und nach regelmäßig und erweiterten sich schließlich zu einem kleinen Kreis, dem eine Handvoll Vössener Senioren angehörte, darunter das Musikerehepaar Czerny. Der Pfarrer hatte sie nach Fuchsenhub mitgebracht, um über philosophische, ästhetische und natürlich theologische Dinge zu plaudern. Bald entwikkelte sich eine wöchentliche Gesprächsrunde, mit altertümelnder Hausmusik auf historischen Instrumenten zwischen kleinen Lesungen und Vorträgen. Asger, der ein paar Mal dazustieß, hörte gespannt zu, wenn unter des Pfarrers Vorsitz gemeinsam über Gott und das Nichts, über Liebe und Erlösung nachgedacht wurde. Er spürte wohl eine gewisse Nähe solcher Themen zum eigenen Bemühen, den Anschluß ans Leben zu erneuern. Auch hatte er seit seiner Rückkehr, wenn er unverhofft und staunend auf Anzeichen echter Religiosität in der Gegend gestoßen war, stets eine gewisse Sympathie empfunden. Doch waren ihm die erbaulichen Runden mit Schanze dann doch mit zuviel frommer Seligkeit gespickt. Seine Mutter hatte ihm erzählt, wie vor der blendenden Helle von Liebls Bildern die Worte des Pfarrers sie getroffen und aufgerichtet hätten. Wer die Fülle des Lichts erblicke, hatte er laut Clara gesagt, stürze ins Dunkel der Läuterung; die Erfahrung des Sinkens auf den Grund des eigenen Nichts sei Voraussetzung, um sich wiederzufinden im Nichts einer höheren Liebe. Asger übte sich in demütiger Nachsicht gegen den Einzug so viel christlicher Mystik in Fuchsenhub, vermied jedoch künftighin, wie er sich Wenzel Poßmann gegenüber ausdrückte, mit den Oblatensurrogaten seiner Mutter in Berührung zu kommen. So brachte er seine Tage in kontemplativer Einsamkeit zu, zumal die russische Haushaltshilfe Mascha nicht mehr da war, mit der er so nett die Stunden verplaudert hatte. Die Verbindung zu Poßmann, dem Schulfreund und einzigen Ansprechpartner in der Provinz, riß ebenfalls ab. Man trennte sich endgültig im Streit, nachdem Wenzel Asger unterstellt hatte, sich im Selbstfindungswahn zu verlieren, dieser umgekehrt dem andern, ein ewiger Weltverbesserer zu sein.

In einer Kreisstadt lebte einmal ein allseits beliebter, trotz seiner relativen Jugend bereits reichlich kauziger Archivar, der mochte seinen Beruf. Er mochte es, auf dem Weg in die Arbeit den Kollegen der Stadtverwaltung zu begegnen, sie je nachdem lakonisch oder höflich, freundlich oder ironisch mit kleinen Scherzen zu begrüßen. Er hörte sich auch mit Anteilnahme den jüngsten Stadtklatsch bei Herrn Simanek an der Pforte an, wo er die Post abholte, zog gerne seine Mitarbeiterin, die liebe Frau Stangl auf, wenn sie ihm stolz das neueste Pulsmeßgerät oder ihren brandaktuellen, atmungsaktiven, in der Dunkelheit fluoreszierenden Walkerdress präsentierte (denn sie ging nicht, sie walkte ins Büro) und ihm einen ihrer Antiagingvorträge hielt. Weniger erfreut war Wenzel Poßmann jedoch über die verschärften Nichtraucherbestimmungen, die ihm seine Sucht sogar am offenen Fenster verbot. Aber er hatte eine Frau, die er liebte und mit der er immer noch eine in jeder Hinsicht glückliche Ehe führte, hatte zwei prächtige Kinder, die zu selbständigen Persönlichkeiten heranwachsen würden. Daran dachte er immer, wenn er sich von seinen Gelüsten abzulenken versuchte, denn an seiner Familie hing sein Herz, so sehr, daß es ihm manchmal weh tat. Er sah nämlich eine Zukunft auf sie zukommen, in der das Unselbständige überhandnahm. Hierin gründete Wenzels Schmerz und Misere und Einsamkeit. Die Gegenwart, so kam es ihm vor, entfernte sich immer mehr von denjenigen Werten, die er für die wichtigsten, ja einzig wertvollen hielt. Und er erkannte sich dieser Entwicklung gegenüber als absolut ohnmächtig. Andererseits konnte und wollte der Stadtarchivar ihre Zwangsläufigkeit nicht einfach hinnehmen, gerade weil er schon von Berufs wegen mit den Zwangsläufigkeiten historischer Prozesse vertraut war. Er glaubte sich zu einer wie auch immer gearteten, doch in jedem Fall konstruktiven Gegenwehr aufgerufen und rechtfertigte sie nicht zuletzt mit dem, wie er selbst wußte, etwas übertriebenen Pathos elterlicher Verantwortung. Er war es seinen Kindern schuldig, so sagte er sich, nicht tatenlos zuzuschauen, wie der freie Geist der Menschen von einer immer dreister auf Mittelmaß zielenden Allgemeinheit erstickt wurde. So kam es, daß aus Wenzel ein Streiter gegen die Lauheit wurde, dessen moralisch vergleichsweise empfindlicher Charakter zweifellos durch seine Biographie verstärkt worden war. Aus desolaten Verhältnissen stammend, hatten seinerzeit karitative, darunter kirchliche Einrichtungen die Ausbildung des begabten, geistig regen Jungen unterstützt und die Unterbringung in einem Internat ermöglicht. Vermutlich lag hier die Wurzel für Wenzels soziales Gerechtigkeitsgefühl und für den Wert, den er Erziehung und Bildung beimaß. Einst war ihm durch fremde Hilfe die Chance geboten worden, sich aus dumpfer und aussichtsloser Lage herauszuwühlen. Heute versuchte er seinen Kindern zu vermitteln, wie sie sich ihre geistige Unabhängigkeit gegenüber allem erhalten konnten, was immer ihnen künftig als Wirklichkeit vorgespiegelt werden mochte. Dies war Wenzels Beitrag, die Förderung, die er selbst erfahren hatte, an die Nachwelt weiterzugeben, seine Auffassung von Dankbarkeit. Freilich reichte das nicht aus, um das Gewissen eines Menschen zu befrieden, der als Gymnasiast vorübergehend sogar geglaubt hatte, aus Pflichttreue eine priesterlich zölibatäre Laufbahn einschlagen zu müssen. Nach einer Zeit der Zweifel und des Zauderns kam er daher zu der Einsicht, daß er seiner Verantwortung besser gerecht werde und auch seinem Naturell mehr entspreche, wenn er genau diejenige Form weltlichen Lebens verwirklichte, die man ihm so großzügig ermöglicht hatte. Denn Wenzel sehnte sich nach privater Erfüllung, und er fand sie. Doch selbstverständlich konnte er den immer selteneren Glücksfall, das Leben eines (wie er das nannte) Citizen führen zu dürfen, auf Dauer nicht genießen und dabei über einen Prozeß hinwegsehen, der ihm ein solches Leben immer mehr zu erschweren schien. Denn nachdem er sich in der Mitte der Gesellschaft eingerichtet zu haben geglaubt hatte, fühlte er sich eines Tages erneut an den Rand gedrängt. Die Gespräche mit dem Schulfreund Asger Weidenfeldt, der urplötzlich wieder aufgetaucht war, seine Teilnahme an einer Prominentenfeier von dessen Mutter bestätigten diese Befürchtungen. Ein Aufsatz, den er in der Folge schrieb und durch Vermittlung des einflußreichen Freundes veröffentlichte, die Erfahrung einer Live-Diskussion mit sogenannten Experten konnten sein Erschrecken weder besänftigen noch seinen Protestwillen einschüchtern. Wie eine Infektion setzte sich in ihm die Idee fest, diejenigen Veränderungen, die in der neuen Datenflut untergingen, fixieren oder doch zumindest den Versuch dazu unternehmen zu müssen. Seither blieb er zusätzlich zu den gewöhnlichen Überstunden, die er schon lange nicht mehr aufschrieb, und nachdem Frau Stangl in den Feierabend gewalkt war, oft bis in die Nacht im Archiv, um seine persönlichen Aufzeichnungen zu sichten und zu ergänzen. Sie waren ähnlich angelegt wie Asgers Landschaftserkundungsaufzeichnungen, doch war es ihm mit ihnen nicht um Spurensuche zu tun. Er wollte auch kein selbstgesponnenes Netz über die Wirklichkeit werfen, wie es Clara mit ihren Namenslisten versuchte, um sie gleichsam kleinzukriegen. Wenzel hegte vielmehr ein grundsätzliches Mißtrauen gegen alle Informationen. Er behandelte jede Quelle als Fälschung und Palimpsest, unter deren Oberflächenbeschriftung er als gelernter Archivwissenschaftler abgekratzte Schichten wieder lesbar machen wollte. An einem Wochenende fand er beim Frühstück in der Zeitung ein Interview mit einem bekannten Schriftsteller und ärgerte sich maßlos über dessen Bemerkung, es sei heute unerheblich, das konkrete Dasein der Menschen darzustellen, die Comédie humaine müsse nicht noch einmal geschrieben werden. Fehlschlüsse wie diese waren in Wenzels Augen ein Mitgrund dafür, daß das öffentliche Nachdenken so oft an jenem Dasein vorbeiging. Nichts wisse man mehr über das Leben der Leute. Aber schreibend ließe es sich vielleicht wieder einfangen. Das Schreiben sei womöglich sogar prädestiniert dafür, solange es außerhalb des öffentlichen Raums stattfinde, frei sei von dessen Zwängen, nur seinem eigenen Anspruch verpflichtet. Ein solches Schreiben könne all das festhalten, was von den Tonangebenden, Wenzel sagte, diesen Fuchsenhub-Menschen, noch nicht einmal wahrgenommen werde. Simone und die Kinder aber wunderten sich über die Heftigkeit, mit der sich der sonst meist fröhliche, allenfalls zum Spotten aufgelegte Familienvater an jenem Samstagmorgen aus heiterem Himmel echauffierte. Von nun an vertiefte sich Wenzel erst recht in das, was angeblich so banal geworden war. Er sammelte Stoff, verwickelte Freunde und Kollegen in Dialoge, notierte markante Formulierungen. Er durchstreifte die Stadt, immer mit einem offenen Auge für die sichtbaren und unsichtbaren Beschriftungen ihrer Fassaden. Bald entdeckte er ein Konterfei, das immer häufiger als Werbeträger in den Schaufenstern von Kosmetik- und Bekleidungsgeschäften, an Kiosken auf den Titelblättern der Illustrierten zu sehen war und ihm ziemlich bekannt vorkam. Mit dieser jungen Frau habe ich doch auf dem Weidenfeldt-Fest Bekanntschaft gemacht, sagte er sich. Von diesem Mädchen bin ich für einen Regisseur gehalten worden. Sie hat sich mir an den Hals geschmissen, weil sie in meinem nächsten Film mitspielen wollte. Jetzt ist sie also wirklich im Geschäft und von Nation und Massenmedien offenbar sofort ins Herz geschlossen worden. Ab und zu kaufte sich Wenzel ein Heft. Er wollte wissen, was man aus der draufgängerischen Dorfschönheit von damals inzwischen gemacht hatte, studierte die wattige Märchensprache, in die ihr Superstaralltag gepackt war.

Nele Nüsslein, Bürgermeistersekretärin in Vössen, hatte ihre Tochter Maya allein großgezogen. Es war kein leichtes Leben gewesen für sie, die mit fünfzehn schwanger geworden war und die Laufbahn einer drogensüchtigen Punkerin eingeschlagen hatte. Doch gleichsam in letzter Sekunde bekam sie ihr Leben wieder in den Griff und kümmerte sich von da an aufopferungsvoll um ihr Kind. Zwanzig Jahre waren vergangen, als die junge Maya wie über Nacht berühmt wurde. Seither verdiente sie viel, viel Geld. Nele machte sich anfangs große, große Sorgen. Denn sie fürchtete, an ihrer Tochter könnte sich, unter veränderten Vorzeichen freilich, ein vergleichbares Schicksal wie das ihre wiederholen. War Mayas Flucht in die Fernsehglamourwelt im Grunde nicht dasselbe wie ihr eigener Ausbruch aus dörflicher Beengung? Fragte sich Nele und rechnete mit einem vergleichbar heftigen Absturz, so wie er bei ungezählten Newcomern und Senkrechtstartern ja bekanntlich an der Tagesordnung war. Außerdem hegte sie Bedenken ideologischer Natur gegen ein Metier, das einst bevorzugte Zielscheibe für ihren No-Future-Haß gewesen war. Ausgerechnet ihre Tochter spielte in einer Daily-Soap, lieh ihr hübsches Gesicht dem Klischee eines gutmütig biederen, auf Geld und Partnerwahl zurückgestutzten Bewußtseins, das dem Muff von Neles Elternhaus so beängstigend ähnlich sah. Aber wie Nele sich mit Provinzialität und Spießigkeit im Laufe der Zeit nicht nur ausgesöhnt, sondern darin durchaus positive, menschlich warme, sogar richtig schöne Seiten für sich entdeckt hatte, so war sie heute auch willens und fähig, den Träumen ihrer Tochter von einem Leben zwischen Drehorten, Fernsehstudios und Hotels, Paparazzi und kreischenden Fans eine gewisse Legitimität, ja sogar Anziehungskraft zuzusprechen. Es gab keinen Grund, diesem ohnehin viel zu kurzen, einförmigen Leben auch noch engstirnige moralische Beschränkungen aufzuhalsen. Das war ihre Einstellung schließlich immer gewesen. Und wenn jemand wie Maya (wie ursprünglich vielleicht auch Nele selbst, die zu ihrer Zeit nur leider die falschen Voraussetzungen vorgefunden hatte) den Drang, die Fähigkeit und die Option besaß, sich aus einem kleinlichen Dasein ins Größere und Freiere zu katapultieren, was sprach dagegen? Daß Maya in der Scheinwelt der Reichen und Schönen gelandet war, statt wie Nele als coole Punkerbraut in einer Entzugsklinik? Die Geldofferten, die Maya ihr anfangs machte, enorme Summen vor dem Hintergrund ihres Sekretärinnengehalts, lehnte Nele trotzdem ab. Daß sie als Mutter Almosen von ihrer Tochter nahm, war indiskutabel. Aber es fanden sich Umwege, und so kam Nele Nüsslein in den Luxus, sich gelegentlich doch ein bißchen verwöhnen zu lassen. Geschenkgutscheine von Wellnesspraxen im Auftrag Mayas liefen ein, und diese Form der Zuwendung ließ sie sich gefallen. Ab und zu den Vorteil professionell betreuter Entspannung in Anspruch zu nehmen, dazu war sie ganz ohne schlechtes Gewissen bereit. So ließ sie sich von nun an in hübscher Regelmäßigkeit individuelle Wohlfühlpakete zusammenstellen und verbrachte manches verlängerte Wochenende, auch ganze Kurzurlaube auf Schönheitsfarmen, in Ayurveda-Instituten, bei Spiritual-Balance-Seminaren. Und die hatte sie weiß Gott nötig. Denn seit sie in Vössen mit Gleichgesinnten eine Bürgerinitiative gegen die Ansiedlung eines Lebensmitteldiscounters ins Leben gerufen hatte und bei ihr, als Vorsitzender, alle Fäden zusammenliefen, waren die Nerven der Sekretärin einer erheblichen Doppelbelastung ausgesetzt. Einerseits hatte sich ihr Aktionskreis unmerklich zu einer Zelle kommunalen Widerstands ausgeweitet, aus deren Sicht Vössens Zukunft zwischen den Alternativen Wohn-, Naherholungs- und Urlaubsort in naturnaher und bürgerfreundlicher Umgebung oder totes graues Gewerbegebiet schwebte und gefährlich zu letzterem tendierte. Andererseits war sie beruflich und zunehmend auch privat damit beschäftigt, Franz Stegmüller, ihren trotz des wieder breiter werdenden Bürgerzuspruchs mehr und mehr in Lethargie versinkenden Chef, aufzumuntern und bei der kommunalpolitischen Stange zu halten. Die Bürgerinitiative brauchte ihn gegen die Seilschaften ihrer Gegner, und Nele Nüsslein spürte, daß umgekehrt auch er sie brauchte. Daher nutzte sie ihr Wellness-Privileg nicht zuletzt, um immer wieder ausgiebig und vollkommen entspannt über die aktuelle Lage nachzudenken. Nicht nur ihre Tochter, auch sie schien plötzlich Bewegungsfreiheit für weiter um sich greifende Gesten zu besitzen. Sie hatte sie bereits genutzt, und sie verspürte mächtige Lust, sie auch weiterhin zu nutzen. Ganz besonders tief war sie durchdrungen von dieser Lust, wenn sie, gehalten von den Armen der Shiatsu-Therapeutin, im Schwimmbecken lag und sich dem Floating im warmen Wasser überließ. Dann stiegen vor einem heiteren inneren Auge Bilder auf, etwa die bockigen Gesichter der Gemeinderäte bei der Schlußabstimmung der sogenannten vorgezogenen Bürgerbeteiligung. Diese war anberaumt worden, nachdem deutlich geworden war, daß die Unterschriftenliste die Hürde von zehn Prozent der Wahlberechtigten ohne weiteres nehmen würde. Man glaubte ein teures Bürgerbegehren auf diese Weise in letzter Minute doch noch abwenden zu können. Aber trotz der ausführlich, teilweise leidenschaftlich vorgetragenen Einwände und Ängste der Bevölkerung, trotz der Anlieger, die um ihren Blick vom Balkon, der Vermieter, die um ihre Ferienwohnungen, der Einzelhändler, die um ihre Existenzgrundlage, der Rentner, die um die zu Fuß zu erreichenden Einkaufsmöglichkeiten, und der Mütter, die um das Leben ihrer Schulkinder bangten, wich kein Volksvertreter von der alten Linie ab. Nele erinnerte sich aber auch an die Woge der Empörung und der Wut, die durch den Sitzungssaal lief und die Teilnehmer mit einem ebenso trotzigen wie verzweifelten Jetzt-erst-Recht in den Vössener Abend hinausstapfen ließ. Als drittes Bild sah sie ihre immer zahlreicher werdenden Mitstreiter in Scharen ausströmen, um in jedem Privathaus für ihr Anliegen zu werben. Dies war eine wohltuende Bilderfolge, die sich jedesmal einstellte, wenn Shirodhara, der indische Stirnölguß, danach die asiatische Kopfmassage, schließlich eine ganzheitliche Balance-Vollmassage ihren Energiefluß stimulierte. Und zum Schluß ließ sie natürlich die wunderbaren Bilder des Jubels vor sich aufsteigen, als sie das Bürgerbegehren tatsächlich gewonnen hatten. Einer engagierten Gruppe von Bürgern war es gelungen, den Großkonzernen einen Strich durch die Rechnung zu machen. David hatte gegen Goliath gesiegt. Das war das Gefühl gewesen, das sie alle, alle teilten. Wie sie sich freuten und umarmten, wie auch Franz Stegmüller sich freute, der ja ebenfalls gegen die Bebauungsplanänderung gewesen und bloß überstimmt worden war, wie Nele ihn umarmen und sogar küssen durfte. Zur Feier bereitete sie ihrem Chef ein Festmenü. So konnte, so sollte es weitergehen, dachte Nele Nüsslein auf dem Weg von einem Wellness-Room in den nächsten, oder bei sich im Wohnzimmer mit Franz, der seine freien Stunden nun immer öfter bei ihr statt apathisch auf seinem ungemütlichen Hof verbrachte. Sie kochte gerne. Auch führte sie einen Einpersonenhaushalt, seit ihre Tochter weg war. Jetzt schauten sie sich nach dem Essen oft gemeinsam Maya im Fernsehen an. Nach Fuchsenhub hingegen fuhr Franz schon lange nicht mehr. Wenn Nele im Ayurveda-Hotel in ihrer lichtdurchfluteten Suite auf dem Bett lag und in Ermangelung eines TV-Geräts, das es hier selbstverständlich nicht gab, in der Zeitschrift zur Serie blätterte, die Fotos ihrer Tochter betrachtete, Bildtexte und Geschichten überflog, dann begann sie nun darüber nachzudenken, wie es mit dem Chef und ihr weitergehen sollte. Da war zum einen sein Ausgebranntsein, sein sprödes, aber unverkennbares Anlehnungsbedürfnis. Zum anderen aber hatte Nele mittlerweile erkannt, wie wichtig es entgegen ihrer früheren Meinung war, daß er sich doch für eine weitere Amtszeit zur Verfügung stellte. Eine Alternative, die sich gegen den Kandidaten Mitterbinder hätte behaupten können, existierte nicht. Ohnehin treffe längst ich den größten Teil der anstehenden Entscheidungen, sagte sie sich. Über meinen Schreibtisch gehen die Akten. Ich sage Franz, was am besten zu tun ist. Er unterzeichnet. Warum sollten wir diese Arbeitsteilung nicht auch in Zukunft fortsetzen? Und wahrhaftig, sie waren ein großartiges Team. Mehr als das. So überlegte Nele beim Entschlackungstee meist noch eine Weile, wie sie Franz doch zur Kandidatur bei den kommenden Kommunalwahlen bewegen konnte, bevor sie friedlich in ihren Wellness-Mittagsschlaf sank.

Ein aufstrebender Kommunalpolitiker namens Josef Mitterbinder rechnete sich ehedem nicht zu Unrecht gute Chancen aus, Bürgermeister von Vössen zu werden. Der amtierende Mann hatte zu viele Fehler gemacht, als daß er ernsthaft Hoffnung auf eine Wiederwahl haben konnte. Den größten Teil des Gemeinderats hatte der neue Kandidat längst auf seine Linie eingeschworen. So eindeutig waren die Mehrheitsverhältnisse, so glatt schien der Weg vorgezeichnet, daß er schon im voraus die politische Wende einzuläuten begann. Auch als sich Widerstand formierte, wähnte er sich noch auf der Gewinnerstraße. Zu spät startete er in Form von Wurfsendungen eine Gegenoffensive, in der die Discounter-Befürworter unter dem Slogan »Ja zu Vössens Zukunft! Stoppt die Bremser!« zu erkennen gaben. Als bald nach dem Bürgerentscheid publik wurde, daß Mitterbinder wider Erwarten doch gegen den eigentlich bereits angezählten Stegmüller antreten mußte, als obendrein eine sehr großzügige anonyme Spende für den Hochwasserschutz einlief (man konnte sich natürlich denken, woher sie stammte!) und den Haushalt einigermaßen sanierte, wurde der Kandidat fuchtig und ließ sich im Wahlkampf zu Beleidigungen und leeren Versprechungen hinreißen.

Dr. Heribert Bockwieser, Mitglied des Bundestags, der in seinem am Südrand Deutschlands gelegenen Wahlbezirk unterwegs war, hatte sich damals spontan zu einem Abstecher in die Gemeinde Vössen entschlossen, um den Parteifreund Josef Mitterbinder aufzusuchen. Der arme Kerl hatte ihn in der Wahlnacht völlig aufgelöst angerufen, nachdem er die Kommunalwahl, die er schon so gut wie in der Tasche zu haben glaubte, doch noch verloren hatte. Bockwieser verließ in seinem Leihwagen soeben das Flughafengelände, als er sich vorstellte, wie das Gesicht des Kollegen zuerst eingefallen, dann versteinert sein mußte, als das Auszählungsergebnis bekanntgegeben wurde. Er mußte schmunzeln. Über die Lage in Vössen war der Parteifunktionär genau informiert, denn Mitterbinder war sein politisches Ziehkind. Er hatte ihm eine Menge Tips gegeben, besaß sogar einen speziellen Ordner, in dem sich außer sämtlichen verfügbaren Vössener Zahlen und Fakten auch Manöverskizzen befanden. Doch nicht konkrete Schützenhilfe beabsichtigte der Abgeordnete diesmal zu leisten, sondern Nachhilfe in politischer Philosophie. Daran mangelte es dem Vössener Anfänger offenbar erheblich. Denn diese Wahlschlappe bei optimaler Ausgangsposition war allein seiner Ahnungslosigkeit zu verdanken. Er würde ihn sich einmal gründlich zur Brust nehmen, ihm an derselben aber natürlich auch Trost und Zuspruch spenden. Jeder hatte sein Lehrgeld zu zahlen. Jeder mußte lernen, Niederlagen einzustecken, wenn er weiterkommen wollte. Davon ging ein Politiker nicht unter. Es machte ihn im Gegenteil stark, hart im Nehmen, geschickter im Austeilen. Das war Bockwiesers Auffassung, für den die taktischen Fehler seines Schützlings glasklar auf der Hand lagen. Im Prinzip wurzelten sie allesamt in einem einzigen kapitalen Trugschluß, und den galt es ihm auseinanderzusetzen, dachte er, während er bei herrlichstem Wetter und Fernblick über die heimatliche Autobahn rauschte, untermalt von Bruckners dem lieben Gott gewidmeter, leider unvollendeter Neunter, die er speziell für Fahrten vor Alpenpanorama immer mit im Gepäck führte. Der Kollege ließ sich viel zu sehr von den Auftritten irgendwelcher Minoritäten kopfscheu machen. Freilich gehörten sie zum Alltagsgeschäft. Aus allen ideologischen Himmelsrichtungen fielen permanent Klagemeuten ein und meldeten ihre Minderheitenansprüche an. Drastisch, aber im Grunde substanzlos durchkreuzten sie die Bahnen des politisch Handelnden. Aber ein Profi, und ein solcher war Dr. Bockwieser selbstverständlich, vergaß nie, daß er sich nicht mit Minderheiten anzulegen, sondern darauf zu achten hatte, Mehrheiten hinter sich zu bringen. Und die Mehrheit verstand unter Politik nur Schlagworte und Gesichter. Das war der simple, doch alles entscheidende Punkt. Wer politisch etwas erreichen wollte, mußte das wissen. Aus Nichtpolitik Politik machen, so lautete die Grundregel. Ob auf der großen Bühne, wo es galt, die Öffentlichkeit entsprechend zu füttern, oder auf der Ebene kleinster politischer Einheiten, wo es vielleicht mehr auf die eine oder andere Vereinssitzung mit anschließendem Umtrunk ankam, die Regel galt immer gleich. Nur wer sie befolgte, blieb handlungsfähig. Nicht daß man Randgruppen ignorieren durfte. Oft war es sogar ein Gebot politischer Vernunft, ihnen Rechnung zu tragen, wenn auch mehr mit Gesten. Nicht daß man sich wirklich den Willen der Mehrheit zu eigen machte, was naturgemäß gar nicht möglich war, weil ein solcher Wille überhaupt nicht existierte. Politik war die Kunst, dem nicht existierenden Willen der Mehrheit zu entsprechen und gerade dadurch die Verwirklichung der eigenen, folgerichtig einzig realen politischen Ziele voranzutreiben. Bockwieser nannte das politischen Pragmatismus, und den würde er auch Mitterbinder noch beibringen. In dessen Fall gab es schließlich nicht den geringsten Grund, die weggeworfene Flinte im Korn liegen zu lassen. Nach der Wahl war vor der Wahl, der Mann noch relativ jung, ehrgeizig, lernwillig. Außerdem blieb der Bürgerentscheid rechtlich nur für ein Jahr bindend. Danach konnte der Vorgang sofort von vorne aufgerollt werden und der Parteikollege den Beweis antreten, als waschechter Politiker am Ende doch den längeren Atem gehabt zu haben. So weit waren die Gedanken des Abgeordneten gediehen, als mit Paukensalven der zweite Satz der Neunten anhob, jenes auf einzigartige Weise Pathos und Humor miteinander verschmelzende Scherzo, bei dem Bockwieser regelmäßig das Herz überging. Bruckners symphonisches Gottesgelächter vor der heroischen Kulisse des Hochgebirges, während er auf der Autobahn dahinraste, gab ihm stets ein Gefühl von Unbesiegbarkeit, und er begann dann, entgegen seiner sonstigen Gehemmtheit in künstlerischen Dingen, jedesmal den Rhythmus auf dem Lenkrad mitzutrommeln. Das abenteuerlich auf- und abschwellende Pizzicato der Geigen ließ ihn an Flügelschläge denken, an einen von Alpengipfel zu Alpengipfel schwebenden Adler. Das scharfe Auge des Vogels überblickte das zergliederte, zerfurchte Land, und dem Bundestagsmitglied kam es vor, als betrachte er selbst seine Heimat von oben. Jetzt glitt die triumphale Stimmung hinüber in ein verhaltenes Überlegenheitsgefühl. All die kleingeistigen Partikularinteressen dort drunten. Er empfand Mitleid mit ihren beschränkten Horizonten. Das Trommeln brach ab. Bockwieser fragte sich, warum er sich gerade Vössen als kommunalpolitisches Steckenpferd ausgesucht hatte. Natürlich wollte er dort einen weiteren Sieg für seine Partei einfahren. Das reichte als Begründung allerdings nicht aus. Vor zwei, drei Jahren hatte Dr. Bockwieser den nun überraschend wiedergewählten Bürgermeister des Orts auf einem Fest kennengelernt und war nicht eben als Sieger aus dem Treffen gegangen. Doch nicht Rachegelüste trieben ihn, nicht einmal geheime, darauf hatte er sich immer wieder geprüft. Naturgemäß war dieser Stegmüller ein politischer Gegner. Dennoch stand er ihm keineswegs feindselig gegenüber, im Gegenteil. Mit seiner Statur eines Brummbärs und der Schlauheit eines alten Fuchses hätte er sehr gut auch in seine Partei hineingepaßt. Es war mehr die sportliche Herausforderung. Denn alles in allem erkannte der Abgeordnete in dem beleibten Herrn mit Schnauzbart ein durch und durch würdiges Gemeindeoberhaupt. Gleichzeitig stand er jedoch leider auch stellvertretend für einen Politikertypus, dessen Zeit definitiv abgelaufen war. Nun, solche Burschen gab es auch noch anderswo. Was jedoch gerade Stegmüller zu einem Gegner machte, gegen den anzutreten für Bockwieser, an Mitterbinders Stelle, eine Ehre bedeutet hätte, war seine Verbindung zu einem Milieu, das inzwischen zwar ebenfalls am Untergehen war, aber dabei immer noch mächtig glänzte und ein wenig von diesem Glanz auch auf diesen Bürgermeister übertrug. Namen wie Schwaiger, Weidenfeldt, Mausilatzki verkörperten großes deutsches Nachkriegskino. Und das hatte leider, auch wenn großspurige Kulturevents das ständig zu überspielen suchten, bislang keine adäquate Nachfolge gefunden. Die neue Zeit war da, die dazugehörige neue Kunst nicht. Kunst, hier lag der Kitzel für Bockwieser. Große Kunst, für sie hatte der Doktor der Betriebswirtschaft zwar immer ein Faible, aber nie ein Händchen gehabt. Er hatte sie gesucht, war auf sie zugegangen. Sie hatte ihn gemieden, war ihm ausgewichen, hatte ihn zurückgestoßen. Er hatte ihr seine Passion gezeigt, sie ihm die kalte Schulter. Der Abgeordnete wußte natürlich genau, diese unverblümte Antipathie hatte einiges mit seinem Parteibuch zu tun. Jene alte, die Kulturnation einst so exzellent repräsentierende Künstlergarde war ja nicht zuletzt deshalb mit solchem Esprit aufgetreten, weil sie eine Politik, wie seine Vorgänger sie damals repräsentierten, rigoros abgelehnt hatten. Sie hatte selber politische Kraft sein wollen, das kurzzeitig sogar geschafft, hatte selber entschieden, welcher Sache sie ihre Stimme lieh. Zu lange waren in der deutschen Vergangenheit Kunstwerke zu Propagandazwecken mißbraucht oder unterdrückt worden. Daher hatte das manchmal berechtigte, aber oft auch überzogene und vor allem, wie Bockwieser fand, einseitige Mißtrauen der Künstler gegen Politiker wie ihn gerührt. Ihr moralischer Kampfgeist hatte ihn trotzdem immer stark beeindruckt. Nein, er fühlte sich nicht gekränkt, daß dieses inzwischen historisch überholte Mißtrauen immer noch nachwirkte. Vielmehr dachte er jetzt daran, daß seit dem Ende der Nachkriegszeit auch im Verhältnis zwischen Kunst und Politik eine Veränderung eingetreten war. Etwas ist da in Bewegung geraten, murmelte er hinter seinem Lenkrad, etwas mit noch vollkommen offenem Ausgang. Er hätte allerdings nicht sagen können, worin diese Veränderung genau bestand, spürte nur, wie schwer sich beide Seiten derzeit taten, überhaupt miteinander umzugehen. Nicht einmal Feindschaft existierte. Das war einerseits freilich schade, andererseits nun einmal der Lauf der Dinge. Bockwiesers Gemüt war mit dem elegischen Schlußsatz der Neunten, der mittlerweile aus den Lautsprechern tönte, seiner drängenden, dann wieder stockenden Melodik ein wenig ins elegisch Abschweifende geraten. Nicht nur Rentenmarkt und Außenhandel, auch die schönen Künste hatten nun einmal ihre Konjunkturzyklen, dachte er melancholisch. Wie bei jedem Warenverkehr verloren auch hier altbewährte Strategien irgendwann die Zugkraft und waren durch erst allmählich zu entwickelnde, andere zu ersetzen. Wie in der

Politik wurden über lange Jahre eindeutig festgeschriebene Richtungsentscheidungen plötzlich falsch, überflüssig, mußten neu formuliert werden. Als Wirtschaftsexperte seiner Partei wußte er, wovon er redete, wenn er das Wort Globalisierung in den Mund nahm. So ziemlich alles Hergebrachte geriet ins Wanken. Der Abgeordnete seufzte. Zum Glück hortete man die Schätze der Vergangenheit in Museen oder auf immer perfekter werdenden Konserven. Die herkömmliche Einteilung zwischen links und rechts, der man je nachdem fortschrittliche oder rückschrittliche Vorstellungen zuordnete, war ein weiteres Beispiel für diese ins Schlingern geratenen Traditionen: eine Form der Unterscheidung, die heutzutage nur noch komisch war. Wer stand den gegenwärtigen Umbrüchen skeptischer gegenüber als ausgerechnet jene klassischen Vertreter sozialer Ideale, denen es früher mit dem Verändern nicht schnell genug gehen konnte? Jetzt, wo der Wasserkopf des Wohlfahrtsstaats überall am Platzen ist, redete Bockwieser leise vor sich hin, wollen sie um jeden Preis an ihm festhalten, selbst um den eines ökonomischen Niedergangs. Während auf der anderen Seite Traditionalisten und Konservative wie er, im übrigen aus exakt demselben Grund wie früher, heute auf radikalen Strukturwandel setzten. Bockwieser dachte an die Agrarpolitik. Ein hoher Prozentsatz der Stammwähler waren immer die Bauern gewesen. Und obwohl die meisten von ihnen die Landwirtschaft aufgeben und sich beruflich umorientieren mußten, obwohl sie als Stand inzwischen bald ausgestorben waren, wurde man sowohl von den Rest- als auch den Exbauern wieder und wieder gewählt. Diese Menschen schlugen sich nicht plötzlich auf die Seite irgendwelcher sozial oder ökologisch motivierter Fortschrittsgegner. Sie blieben seiner Partei treu, weil die ihnen stets versprochen hatte, ihre Lebensgrundlagen zu erhalten und sogar zu verbessern. Wenn man fünfzig Jahre zurückblickte, war das glatte Gegenteil eingetreten, und sie wählten weiterhin ihn und seine Parteifreunde. Und warum ist das so? Fragte Bockwieser jetzt sogar laut in die Neunte hinein. Seine Melancholie hatte sich sichtlich abgeschwächt, seine Stimmung wurde wieder vergnügter. Trotz aller Verwischungen und Vermengungen, ein elementarer Unterschied zwischen den politischen Blöcken bestand immer weiter und ließ sich auch eindeutig benennen: Entweder man arbeitete mit den gegebenen Bedingungen oder gegen sie. Und diese Bedingungen hörten nun einmal auf den Namen Globalisierung. Hier erreichte das Mitglied des Bundestags die Autobahnausfahrt nach Vössen, die Streicher tropften gerade ihre letzten gezupften Noten in den Schlußakkord der Hörner, die lange in versöhnlichem Dur aushielten, bevor sie endgültig verklangen. Wer zu spät kommt, den bestraft das Leben, dachte Bockwieser. Dies war der Leitsatz, der über dem Eingang der neuen Epoche prangte. Genau das wollte er Mitterbinder klarmachen. Sich mit den Umständen arrangieren oder auf der Strecke bleiben. Genau davon mußte Mitterbinder die Bevölkerung mit den sanften Mitteln der Politik überzeugen. Er fuhr ein geraumes Stück am See entlang, der an diesem windstillen sonnigen Herbsttag dalag wie samtgraues Tuch. Zwei Schwäne, einige Bleßhühner und Möwen dellten es ein. Draußen ruderte mit gemessenen Schlägen ein einsames Kanu, verschwand, als sich die Straße vom Ufer entfernte, in einem der Dunststreifen, die aus dem Wasser aufstiegen. Bockwieser hätte jetzt gerne die Fahrzeuge getauscht. Er liebte seine Heimat. Natürlich. Wußte auch, was seine Gegner fürchteten. Zu Recht. Aber ohne Konzessionen (und vor allem ohne Kapital) würde hier nicht nur an der einen oder anderen Stelle ein wenig landschaftliche Schönheit, sondern womöglich alles miteinander kaputtgehen. Konservative Modernisierung hieß das Stichwort. Zeitgeschichte war nicht aufzuhalten. Darum vielleicht Vössen. Um es stellvertretend für alle, die an veralteten Rezepten klebten, in die Gegenwart zu holen. Unternehmen Zukunft, lautete die Devise. Politik, lieber Josef Mitterbinder, würde Dr. Heribert Bockwieser in wenigen Minuten sagen, muß in Zeiten, in denen die Dynamik der Weltwirtschaft unsere Geschicke bestimmt, eben auch wie das Management einer Firma denken können. Die Gemeinden sind wie Filialen des Großunternehmens Deutschland. Filialen können geschlossen werden, Mitterbinder. Wir dürfen den Menschen nicht das Blaue vom Himmel versprechen. Wir müssen ihr Weiterkommen sichern, ihr Überleben. Es geht um dasselbe wie damals bei den Bauern. Nicht darauf kommt es an, daß Menschen ihren alten Beruf behalten können, sondern darauf, daß sie überhaupt weiter in Lohn und Brot stehen. Nicht obwohl ihnen ihr früheres Leben genommen wurde, Mitterbinder, sondern weil wir ihnen ein neues Leben ermöglicht haben, darum wählen sie uns. Bockwieser fuhr ins Dorf ein.

2. Kapitel
RENAISSANCEN

Und die Uhren tickten weiter, alle gleich und für jeden anders. Und ihr Ticken verband sich zu einem Brausen. Als Nebengeräusch des mächtigen Zeitstroms, auf dem die Erde, den Menschen untertan, Richtung Zukunft trieb, konnte man es bei großer Stille hören. Bei Druck und Panik wurde es zum Höllenkrach. Unablässig traten nie gehörte Töne und Tempi hinzu, brach vertrautes Klingeln und Klappern unversehens ab. Was eben noch obenauf schwamm, war im nächsten Moment untergegangen; was für längst versunken galt, stieg zur Oberfläche, um früher oder später erneut abzutauchen.

Konflikte kehrten wieder, mit ihnen ihre Lösung oder deren Unmöglichkeit. Auf der politischen Weltbühne gab es diplomatische Fortschritte wie Einbrüche zu verzeichnen. Krisen wurden gemildert, während zugleich neue Reibungen entstanden. Alles schuf mannigfaltige Ursachen für unabsehbare Wirkungen. Nachdem der Außenhandel jahrelang an Boden verloren hatte, zog die Konjunktur wieder an. Exportzahlen und DAX schnellten nach oben, um sich danach mehr oder weniger leicht nach unten zu korrigieren. Spitze folgte auf Delle, Höhenflug und Talfahrt auf müden Wellengang. Der Arbeitsmarkt entspannte sich, geriet neuerlich unter Druck. Erholung blieb weiter in Sicht, genau wie der nächste Einbruch. Zwar gab es keinen Grund zur Entwarnung in der demographischen Entwicklung, aber der Dienstleistungssektor brachte positive Beschäftigungsimpulse, während das heiße Eisen Bildungsmisere mit Fingerspitzen angefaßt wurde.

Der Bevölkerung ging es bei alledem gut. Laut Umfrage lag der Rückzug ins private Glück im Trend, wobei Kinder als Glücksquelle nach wie vor unterschätzt wurden. Zwei Drittel erlebten oft glückliche Momente, hingen jedoch trotzdem der Meinung an, es gehe bergab mit der Welt. Dafür war womöglich das Wetter verantwortlich. Nach einem ungewöhnlich heißen und trockenen Sommer hatte es einen ungewöhnlich strengen Winter gegeben, der wiederum in einen extrem verregneten Sommer mit anschließend extrem milden Wintertemperaturen gemündet war. Obstbäume blühten zu früh, Fruchtstände erfroren. Zugvögel flogen zu spät oder gar nicht gen Süden. Waldstriche, die hauptsächlich mit dem Brotbaum der Holzbauern, der flach wurzelnden, schnell und kerzengerade aufschießenden Fichte bestückt waren, wurden durch Wassermangel geschwächt, anfällig für Parasitenbefall mit Borkenkäfer und Fichtenblattwespe und mußten gerodet werden. Orkane taten das Ihre. Der See war wegen Sauerstoffmangels wochenlang vom Umkippen bedroht. Vereinzelt trieben Brachsen, Rotfedern und sogar Renken bäuchlings auf dem Wasser. Man war gezwungen, den Badebetrieb einzustellen. Dafür kamen die Kormorane an ihre alten Brutstätten zurück und vermehrten sich weiter. In den Bergen nahmen die Murenabgänge zu. Auch Personen wurden mehr und mehr in Mitleidenschaft gezogen. Überall im Landkreis brachen Dächer von Supermärkten, Turn- und Eishallen unter Schneelasten ein. Ganze Neubauviertel, die zu nahe an Gebirgsflüssen ausgewiesen worden waren, wurden überflutet, vereinzelt Häuser weggeschwemmt. Einöden mußten umgesiedelt werden. Es gab Tote, Verletzte, Verzweifelte. Aber in den meisten Fällen konnte wiederaufgebaut, gesichert, umgerüstet, Zuversicht eingeflößt werden. Die Renaturierung von Flußläufen, Seeuferstreifen, Feuchtflächen schritt weiter voran. Umweltschutzministerium, Abwasser- und Umweltverband, Wasserwirtschaftsamt, das Amt für Landwirtschaft und Forsten nebst anderen Einrichtungen arbeiteten immer effektiver zusammen. In Fragen der Umweltpädagogik scheute man keine Mittel und Mühen. Schilder wurden aufgestellt, die Touristikbranche in die Aufklärung einbezogen. Die Aufforstung insbesondere von Gebirgshängen mit sturm- und trokkenstreßfesteren Baumsorten wie Buche, Eiche, Linde, Tanne, Elsbeere, Kiefer lief auf Hochtouren.

Auch Vössen regenerierte sich. Die Kommunalwahlen hatten stattgefunden, die vom Wahlkampf aufgeheizte Stimmung kühlte ab, der neue Bürgermeister war der alte. Seine Sekretärin blieb ebenfalls dieselbe. Es war erstaunlich, wie schnell die Lage sich normalisierte, wie problemlos die liegengebliebenen Amtsgeschäfte abgearbeitet werden konnten. Nele Nüsslein schienen sie sogar leichter denn je von der Hand zu gehen, und das war nicht allein ihrem Zuwachs an persönlicher Stärke, Ausgeglichenheit und Selbstliebe zu verdanken. Obwohl sich die Mehrheitsverhältnisse im Gemeinderat noch mehr zuungunsten ihres Oberhaupts verschoben hatten, wurden neuerdings Anträge durchgewinkt, die zu stellen vorher fast undenkbar gewesen wäre. Dem Förderprogramm »Sanfter Tourismus« mit seinem Ausbau der Walking-, Reit- und Radrouten stand mit einem Mal ebensowenig im Weg wie der Auflösung und Umgestaltung des Autoparkplatzes am Dampfersteg zum Dorfplatz mit Musikpavillon samt moderner Plastik. Vor allem der bei den Wahlen nur knapp unterlegene Gegenkandidat Josef Mitterbinder trug wesentlich dazu bei, den mit der Bürgerinitiative gegen die Ansiedlung eines Lebensmitteldiscounters aufgebrochenen Riß zu kitten. Er legte eine erstaunliche Aufgeschlossenheit an den Tag, zeigte sich unerwartet kooperativ, wurde geradezu zum Förderer der Stegmüller-Nüssleinschen Politik. Denn als solche mußte die neue Linie im Rathaus bezeichnet werden, seit Bürgermeister und Sekretärin ein zunächst geheimgehaltenes, dann immer offener zur Schau getragenes Bündnis freundschaftlich-intimer Natur pflegten. Das Dorf schien jedenfalls zu profitieren von dieser doppelten Großen Koalition. Nur Franz Stegmüller selbst traute dem Frieden offenbar nicht recht. Die Sitzungen verliefen ihm zu reibungslos. Immer wieder erwachte sein Argwohn, schlug um in Sarkasmus, manchmal in cholerische Attacken. Er witterte Fallen, Intrigen, einen von langer Hand vorbereiteten Putsch, andererseits zeigte er auch keine erkennbare Gegenwehr, versank vielmehr zunehmend in lustlose Passivität. Wenn Nele ihm ihre Ideen unterbreitete, übernahm er sie meist ohne jeden Vorbehalt. So wollte sie auf Gemeindekosten die Kinderbetreuung ausbauen. Franz bat sie, eine entsprechende Vorlage auszuarbeiten, und unterzeichnete dann, wie Nele vorkam, blind. Er trug sein Amt zwar nicht als Last, aber wie eine überflüssige, sinnlos gewordene Aufgabe. Dabei hatte sie den Eindruck, daß Franz in jeder anderen Hinsicht aufblühte. Aus einer Laune heraus hatte sie ihn eines Tages zu massieren begonnen, und da er dies, im Gegensatz zu dem gemeinsamen Wochenende auf ihrer Lieblingswellnessfarm, zu dem sie ihn trotz Gegenwehr überredet hatte, sichtlich genoß, wurde eine feste Gewohnheit daraus. Er revanchierte sich mit Einladungen ins Kino, in den Biergarten oder nach einer Runde im Tretboot zum Italiener am See. Irgendwann küßten sie sich. Es ging ein wenig unbeholfen dabei zu, immerhin waren beide seit einem Vierteljahrhundert aus der Übung, und Franz' Erfahrungen hatten nie nennenswerte Intensität erreicht. Dann verbrachten sie eine Nacht zusammen, schliefen eng umschlungen ein, nachdem sie rasch an die Grenzen ihrer körperlichen Belastungsfähigkeit gestoßen waren. Zum Ausgleich belegte Nele Reiki-Kurse und knetete, rieb, klopfte, riß, schrie Franz seither die Spannungen aus dem Leib. Franz wiederum wiegte Nele tröstend wie ein kleines Kind, wenn sie um ihre Tochter Maya litt, die immer öfter wegen ihre ständigen Affären in die Schlagzeilen geriet. Schließlich schenkte Franz Nele ein Pferd, worauf sie bei ihm einzog.

Auch Asger Weidenfeldt hatte eine neue Bleibe für sich gefunden. Freilich zog er nicht aus Fuchsenhub aus. Aber er mietete eine Ferienwohnung auf dem Aussiedlerhof des Biobauern Axel Buchinger junior, wo er je nachdem Einkehr hielt oder Zuflucht suchte, und das aus vielerlei Gründen. Zum einem fing er wieder einmal an sich zu langweilen. Dem Spektrum seiner sinnlichen Neu- oder Erstbelebungsversuche haftete jetzt etwas Dürftiges an, während ihn zugleich eine Rückkehr in die Großstadt nach wie vor nicht reizte. Er hatte inzwischen durchaus wieder etwas mehr Selbstgewißheit erlangt, wußte allerdings nicht recht, wohin damit. So versuchte er sich neuerlich in praktischer Tätigkeit. Wie in den Tagen des Hochwassers, als er beim Retten und Aufräumen geholfen hatte, verschaffte er sich jetzt eine gewisse Befriedigung dadurch, daß er die Sträucher schnitt oder bis zur Erschöpfung den Garten umgrub. Als er das Bootshaus, das die Fluten damals zerstört hatten, wiederaufbauen wollte, wurde er sich jedoch schnell seines kümmerlichen handwerklichen Geschicks bewußt. Franz Stegmüller empfahl ihm bei einem der sehr selten gewordenen Treffen den jungen Buchinger als richtigen Mann für alle künftigen Fuchsenhuber Belange, denn er selbst habe jede Verbindung zu Clara verloren, wolle sie auch keinesfalls auffrischen und komme daher nicht mehr in Frage.

Axel Buchinger erschien mit einem Kanu am Bauplatz, in dem er auch das Werkzeug verstaut hatte. Diverse Sägen, Äxte, Hämmer, Messer in teilweise nie zuvor gesehenen Formen, Holz- und handgeschmiedete Eisennägel kamen zum Vorschein. Schon allein das mußte Asger beeindrucken, daß Buchinger, um so weit wie möglich jede Motorisierung oder Elektrifizierung zu vermeiden, die immerhin einen halben Kilometer lange Strecke vom Hof zum Ufer mit dem Handkarren zurückgelegt hatte, um von dort nach Fuchsenhub herüberzurudern. Noch besser gefielen ihm die sparsamen Bemerkungen, die er während der Arbeit, bei der Asger den Handlanger machte, fallen ließ, ausgeführt übrigens in zeitaufwendig altertümlicher, aber für desto mehr Stabilität und Bestand sorgender Technik, wie er auf Nachfrage mehrmals versicherte. Sie waren der zweite Beweggrund, sich auf dem Buchinger-Hof einzumieten. Schon früher, auf seinen Erkundungsgängen, hatte er den Biobauern gelegentlich getroffen und seinen sachverständigen Erläuterungen zur Lage der Landwirtschaft, die von einem nichts beschönigenden Realismus zeugten, gern zugehört. Jetzt stellte sich heraus, daß Buchinger die Zeichen der Zeit insgesamt tief pessimistisch las. Er trug seine Ansichten allerdings mit einer so unerschütterlichen Gelassenheit vor, wie Asger ihr nie zuvor begegnet war. Buchinger war um Sach- und Detailwissen selten verlegen, sobald Asger nachhakte. Am Ende stand ein schlichtes, jedoch von Grund auf solides Urteil zum Stand der Dinge: Technologie und Wirtschaft hatten eine Eigendynamik entwickelt, die inzwischen genausowenig aufzuhalten oder zu kontrollieren war wie der Klimawandel. Als einzelner sei man ohnehin machtlos, sagte Buchinger, aber seiner Meinung nach könnten auch die Institutionen hier nichts mehr ausrichten. Selbstverständlich wirke sich diese Dynamik umfassend zerstörerisch für die Menschheit aus, und selbstverständlich seien das meteorologische und das ökonomische Debakel aufs allerengste miteinander verknüpft. Als Apokalyptiker wollte er natürlich trotzdem nicht gesehen werden. Die Stürme würden sich austoben, die Menschen sich an die Veränderungen anpassen, wie sie es in der Geschichte immer getan hätten. Und während er in aller Seelenruhe diese tristen Diagnosen und Prognosen vorbrachte, zimmerte er weiter mit Hingabe und höchster Sorgfalt an dem nutzlosen, aber schönen Pfahlbau im Schilf.

Asger Weidenfeldt faszinierte dieser Gleichmut Axel Buchingers. Hätte er seine Ansichten uneingeschränkt geteilt, wäre er in Hoffnungslosigkeit versunken und zu jedem weiteren Handeln unfähig gewesen. Woher dieser Mann entgegen jeder Einsicht, aber zweifellos auch jenseits aller esoterischer Selbstbetäubung seine unverdrossene Vitalität bezog, das zu entschlüsseln war ein weiteres Motiv, sich auf seinem Hof einzumieten. Er hoffte, ihm dort auch künftig assistieren zu dürfen. Beim Bau des Bootshauses hatte Asger eine Menge gelernt über die Eigenschaften von Holzsorten, über Faserung, Schneide-, Verzahnungstechnik, Orientierung nach Himmelsrichtungen, und er wollte noch mehr darüber erfahren. Auch erinnerte er sich an die finanzielle Situation der Kleinbauern. Gezwungen, Nebenjobs anzunehmen, um sich über Wasser zu halten, riß sich Buchinger bestimmt nicht darum, Frondienst für reiche Leute zu leisten, wenn er statt dessen eine Monatsmiete bekam, wie Asger sie ihm dann auch anbot.

Endlich gab es Gründe, zeitweilig Abstand von Fuchsenhub zu gewinnen, die das Zusammenleben mit seiner Mutter betrafen: Clara Weidenfeldts Selbstbewußtsein war neuerlich erstarkt, und diesmal schien es ihr wirklich gelungen, sich neu zu erfinden. Damenhaft mondän, mit kurzgeschnittenem grauen Haar stand sie an der Seite von Pfarrer Schanze einem sich stetig verbreiternden Zirkel vor, den Salon zu nennen sie sich bald angewöhnte. Der große Wohnraum im Erdgeschoß war regelmäßig brechend voll bei den im wöchentlichen Turnus stattfindenden Treffen, das Interesse an den anfangs nur per Mundpropaganda weitergegebenen Terminen und Themen der Abende enorm. Aus der ganzen Region, vereinzelt sogar darüber hinaus, ja bis aus der Landeshauptstadt strömten Zuhörer herbei, so daß man kurzzeitig überlegte, die Veranstaltungen in den Vössener Pfarrsaal zu verlegen. Doch man entschied sich anders, gegen die Öffnung für ein breiteres Publikum, für die Beibehaltung der ursprünglichen, bewußt privaten Form. Der Salon sollte Salon und unter der Schirmherrschaft Claras bleiben. Fuchsenhub aber stand binnen kurzem im Ruf, ein Mekka für die Erneuerung christlicher Lebenskultur zu sein.

Längst hatte man das Konzept freier Zusammenkünfte mit spontanen Redebeiträgen und künstlerischen Darbietungen aufgeben müssen, längst saß die Weidenfeldt wieder jeden Tag stundenlang an ihrem Sekretär und komponierte Einladungslisten. Der Wohn- wurde vollends zum Vortragssaal. Er glich mit der Rokoko-Madonna, die als letztes Möbel neben den Stuhlreihen verblieben war, inzwischen einer Kapelle. Um der Sache willen hatte Clara diese Mutation gerne geschehen lassen.

Asger hatte der Entwicklung zuerst mit einer Mischung aus Wohlwollen und Spott zugesehen, sich später jedoch jedesmal sofort in seinen Zimmern verbarrikadiert, wenn die Eheleute Czerny und ihr Musikerkreis mit Laute, Cister und Theorbe, Viola da Gamba oder Baryton, krummem Zink, schlangenförmigem Serpent, Okarina, Schwegel samt kleiner Trommel, ganzen Familien von Block- und Querflöten gegen Abend ins Erdgeschoß einzogen.

Denn ihr Stimmen und Einspielen war Vorbote für die baldige Ankunft des Pfarrers, und ihm vor allem mußte Asger unbedingt entkommen.

Schanze versuchte den Sohn des Hauses jedesmal in eine Debatte zu verstricken, wenn er ihm in die Arme lief, und zwar auf eine für Asgers Geschmack viel zu joviale Art. Er nahm dabei seine Hand zwischen die eigenen, als wäre sie ein kleines, zu behütendes Tier. Die Mixtur aus Weihrauch, Knoblauch und Rasierwasser, die er verströmte, ging ihm noch nach Stunden nicht aus der Nase. Meistens demonstrierte Schanze ihm die Geburt der europäischen Kultur aus dem Geist der Gegenreformation, wollte ihn zu einem Vortrag überreden, damit einmal der Standpunkt eines qualifizierten Skeptikers zu diesen Fragen gehört werde. Als Claras Salon dann größere Kreise zog, immer professioneller und feierlicher gestaltet wurde, untersuchte Asger das Phänomen, das sich in den Räumen unter ihm abspielte, doch noch einmal genauer. Später ließ er sich sogar, wenn auch eher scherzhaft, zu einem kleinen Referat hinreißen, bevor seine Neugierde endgültig umschlug in das Bedürfnis, von dem neuen Wirkungsfeld seiner Mutter fortan gar nichts mehr zu sehen.

Clara Weidenfeldt hatte sich bemüht, ihrem Sohn den Zweck des Salons und die Rolle, die sie darin spielte, zu erklären, sobald sie diese Rolle selbst einigermaßen begriffen hatte. Es war ihr nicht recht gelungen, denn Asger schüttelte erst nur den Kopf, schien sich dann über sie und ihre neuen Freunde lustig zu machen, winkte schließlich resigniert ab. Dabei hätte sie ihm so gerne bewiesen, daß sie weder die Ansichten von Pfarrer Schanze noch irgendwelche anderen Einsichten einfach übernommen hatte, sondern daß sie gewissermaßen zum ersten Mal zu einem wahrhaft eigenständigen Urteil gekommen war. Natürlich hatten ihr die Gespräche mit dem Geistlichen und nicht zuletzt seine Vorträge über den zeitgenössischen Kapitalismus aus katholischer Sicht geholfen, endlich die Augen zu öffnen für das, was sie den Menschen und sich selbst mit ihrer bisherigen Lebensweise angetan hatte. Dieses

Bewußtsein war erst in ihr gewachsen, nachdem sie sich bereits auf den Verlust ihres Nimbus eingestellt und es als Tatsache hingenommen hatte, daß ihr einst so großer Name auf ewig verklungen war. Gleichsam in Sack und Asche hatte Clara den Ausführungen Schanzes zur moralischen Entleerung des Abendlands durch ein perverses Freiheitsverständnis gelauscht, das den einzelnen unter dem Deckmantel scheinbarer Freiwilligkeit unter das Belohnungs- und Bestrafungssystem des Konsums zwinge, ihn der Würde beraube, zum Sklaven der Medien mache, der Gnade von Konzernmagnaten ausliefere. Bis sie eines Tages blitzartig erkannte, in welchem Maß sie mit ihren Filmrollen, ihren öffentlichen Auftritten, ihrem ganzen Selbstverständnis dazu beigetragen hatte, daß es so weit hatte kommen können. Das war von Schanze keineswegs beabsichtigt gewesen, wie er Clara erschrokken mitteilte, nachdem sie ihm ihre jüngsten Einsichten gestanden hatte. Ästhetische Befreiung und sexuelle Befreiung, das Abstreifen, Lächerlichmachen, Demolieren des bürgerlichen, der Unterdrückung verdächtigten Korsetts, mißverstanden als Emanzipation zur Selbstgestaltung der eigenen Persönlichkeit und so weiter: Dies alles konnte einerseits nur funktionieren, solange Rudimente dieses Korsetts eine Verständigung in leidlich kultivierter Form gerade noch aufrechterhielten. Andererseits wurde so der Grundstock für eine Pöbelästhetik gelegt, die sich nun wiederum beeilte, die Saboteure des bürgerlichen Erbes auszulöschen. Das hatte sich Clara ganz allein ausgedacht. Jedenfalls war sie entschlossen, den Rest ihres Lebens in den Dienst dieses Erbes zu stellen. Das war der Sinn ihres Salons. Sie wollte, sie mußte, sie hatte die moralische Pflicht, eine Tradition wiederzubeleben, die sie früher selbst bekämpft hatte, ohne zu ahnen, daß sie damit das Daseinsrecht von allem untergrub, was ihr wertvoll erschien.

Zur selben Zeit, etwa zehn Kilometer entfernt, zog Wenzel Poßmann, der Archivar der Kreisstadt, aus durchaus vergleichbaren Überlegungen grundverschiedene Schlüsse. Denn die Idee einer Wiederbelebung von Bürgerlichkeit, um mit ihrer Hilfe die Normen und Sitten der abendländischen Zivilisation zu retten, stand für ihn unter Generalverdacht. Das vermehrte Auftreten neokonservativer Anstrengungen in diese Richtung, das er zu beobachten glaubte, schien ihm eher dazu beizutragen, die Kluft zwischen den neu entstehenden Klassen zu vertiefen. Er meinte sogar zu erkennen, daß die wohlhabenden und gebildeten Schichten wieder anfingen, sich kulturell nach unten abzuschotten. Das aber mußte der aus der Unterschicht stammende Beamte als barbarischen Akt bewerten. Nie hatte er seine Sympathie für die Un- oder Halbgebildeten abstreifen können oder wollen, die den Tricks politischer Populisten oder gewiefter Marketingstrategen schutzlos ausgeliefert waren, auch wenn er oft bis zur Schwermut litt unter ihrer Anfälligkeit für jede neue, als Befreiung getarnte Zote. Sie verloren zu geben, gleichsam kulturell im Stich zu lassen, wäre ihm Verrat an der Herkunft, am eigenen Werdegang gewesen. Auch Wenzel Poßmann sah die Gefahr einer wachsenden Trivialisierung, die nach seiner Einschätzung am abnehmenden Unterscheidungsvermögen der Allgemeinheit, sich selbst nicht ausgenommen, bereits deutlich abzulesen war. Er fürchtete sie wegen des Machtmißbrauchs, die ihr bewußter Einsatz ermöglichte. Wenzel setzte auf die Kraft der Aufklärung. Ihm hatte sie schließlich immer wieder den Weg aus Blendung und Bevormundung gewiesen. Kurz, er glaubte weiterhin weniger an Kultur, mehr ans Denken, dessen Fähigkeit, sich selbst zu kritisieren und das Handeln zu ändern. Form, Stil, Ästhetik, das waren nur Dreingaben, Mittel zum Zweck.

Mit exakt diesen Mitteln jedoch schlug der Archivar sich unwillkürlich herum, wenn er nach der Arbeit über seinem Material saß und es zusammenzufügen suchte. Während Pfarrer Schanze in Fuchsenhub über die Entstehung des Asketen- und Eremitentums in Nordafrika zur Zeit des Antonius im 3. Jahrhundert referierte, es als erstes christliches Programm gegen die Selbstversklavung an einen sich weltfeist ins Außen blähenden Eigenwillen auslegte, der in Wahrheit niemals Freiheit bedeute, sondern stets den Verführungen eines an Besitz und Begierde geknüpften Reiches der Täuschung und der Angst erliege, stand Wenzel vor dem Dilemma, wie das Puzzle seiner vielfältigen Notizen, Exzerpte, Zitate jemals ein Wirklichkeitsbild ergeben sollte. Wenn sich schon Realität grundsätzlich nicht abbilden ließ, so mußte doch zumindest etwas mehr reale Greifbarkeit herauszuholen sein. Er suchte nach einem Gerüst für das Buch, das er schreiben wollte, analysierte, interpretierte, destillierte Fragestellungen, Leitmotive, kombinierte zu Themenblöcken, konfrontierte sie miteinander. Aber was immer er anstellte, es wollte nicht zusammenpassen, fiel auseinander, blieb ein unübersichtliches Sammelsurium willkürlicher, letztlich nicht objektivierbarer, obendrein einander widersprechender Einzelheiten. Es war, als sollte er mit irrationalen Zahlen rechnen, mit denen sich ja ebenfalls rationale Ergebnisse erzielen ließen, kannte jedoch die nötigen Rechenwege nicht. Er entwarf und verwarf, probierte und scheiterte, schrieb und strich aus, löschte, zerriß.

Bei dem Aufsatz, den Wenzel unter Mithilfe Asger Weidenfeldts über seine Erfahrungen mit dem zeitgenössischen Kulturbewußtsein geschrieben hatte, war er vor im Grunde vergleichbaren Schwierigkeiten gestanden. Die Lösung, die er damals fand, brachte ihn hier aber nicht weiter. Seinerzeit ging es darum, den Schein von Objektivität und Sachlichkeit durch einen ironischen Subjektivismus zu vermeiden, der so übertrieben, so unmöglich zu übersehen war, daß in dessen Schatten wieder etwas wie gelebte Wirklichkeit sichtbar wurde. Inzwischen wollte Wenzel anderes, Präziseres, mehr. Die auf einen einzelnen eingeschränkte Perspektive reichte nicht aus, um der Breite des Wirklichkeitsstroms gerecht zu werden und so vielleicht mehr von seiner Verlaufsform zu erhellen, wie es jetzt seine Absicht war. Dazu bedurfte es eines ganzen Tableaus sich gegenseitig beleuchtender und beeinflussender Perspektiven.

Auch dieses Mal ließ sich Wenzel Poßmann indirekt von Asger Weidenfeldt inspirieren, der ihm einmal von seinen Recherchen in der Vössener Umgebung erzählt hatte. Indessen Pfarrer Schanze in

Fuchsenhub, wo sich immer öfter auch junge Zuhörer einstellten, über Benedikt von Nursia und die Erfindung des Klosters im 6. Jahrhundert sprach, begann der Archivar nach dem Vorbild des Schulfreunds in seinem Wohnviertel herumzustreifen. Er kannte nur die wenigsten seiner Nachbarn, hatte sie kaum je gesehen, geschweige denn gesprochen. Von nun an lauerte er ihnen beinahe auf. Er verstrickte sie nicht, wie Asger, bloß in zwanglose Unterhaltungen, sondern hatte sich ein System zurechtgelegt, um ihnen unauffällig ein ganzes Paket von Informationen aus der Nase zu ziehen. Auf Claras Anwesen erschienen derweil auch wieder Ludger und Sophia von Wrangel-Bonnard, deren Catering-Geschäft inzwischen zu einem florierenden Großunternehmen gediehen war, als Interessenten für vorkapitalistisches Brauchtum. Die beiden hatten geheiratet, ihr Jagdschloß renoviert, eine Tochter Maria Ina Annabel bekommen, für die sie ein reizendes russisches Kindermädchen engagierten. Auf seinem Neubauhügel am Rand der Kreisstadt testete Wenzel indessen Konversationstechniken. Unter anderem hatte er sich Fragen ausgedacht, die er halb humoristisch ins Gespräch einfließen ließ:

Halten Sie Ihr Leben für sinnvoll?

Wenn ja, was genau daran?

Wozu haben Sie Freunde?

Besitzt etwas über Ihren Tod hinaus Wert für Sie?

Immer weiter schwoll das Material unter der sammelnden und ordnenden Hand des Stadtarchivars. Pfarrer Schanze präsentierte in Fuchsenhub Benedikts Klosterregeln als frühes Modell antikapitalistischen Gemeinwesens, sprach über Mäßigung, Disziplin, Gehorsam, Beichte als Waffen der Soldaten Christi im Kampf gegen die Regungen des Eigenwillens, über Aufstieg durch Erniedrigung auf der Stufenleiter der Demut, über das Armutsgelübde im Bettelorden des Franz von Assisi als Radikalisierung dieses Konzepts siebenhundert Jahre später. Wenzel Poßmann entdeckte derweil in seiner unmittelbaren Umgebung, daß die eigentliche Armut unserer Zeit die soziale Vereinsamung war. Bei seinen zahllosen Nachbarschaftsgesprächen, die er immer ungenierter führte, zeigte sich ein enger Zusammenhang zwischen beruflicher Flexibilität und privater Anonymität. Die allermeisten Viertelbewohner wechselten alle paar Jahre Arbeitsplatz und Wohnort oder nahmen weiteste Wege in Kauf, um sich ihr Eigenheim zu erhalten, für das sie sich auf Jahrzehnte verschuldet hatten. Viele Paare lebten nur aus finanziellen Gründen noch unter dem einst gemeinsam gebauten Dach. Einige suchten ihrer Isolation im Fitneßcenter oder auf LAN-Parties zu entkommen, andere in Chatrooms oder Extremsportarten.

In der Siedlung wurde Poßmann allmählich als Unikum und Spaßvogel mit einem kleinen Dachschaden angesehen. Er nahm es hin, solange man sich nur weiterhin auf die schrägen Unterhaltungen mit ihm einließ. Seinem eigentlichen Vorhaben, über die Gegenwart zu schreiben, kam Wenzel dadurch allerdings nicht näher. Die Fülle der Details verschwamm ihm immer mehr ins Uferlose. Zu allem Überfluß erhielt er eines Tages ein Paket von Asger Weidenfeldt mit einem Konvolut von Aufzeichnungen, wunderbaren Karten, mysteriösen Schemata. Er könne nichts mehr damit anfangen, schrieb der Freund knapp in seinem Begleitbrief, Wenzel solle machen damit, was er wolle. Der Archivar war darüber ebenso begeistert wie verzweifelt.

Etwa zu dieser Zeit kehrte Asger vorübergehend unter die Fuchsenhuber Zuhörerschaft zurück. Neben Pfarrer Schanze ergriffen nun auch andere Redner das Wort. So beleuchtete zum Beispiel ein emeritierter Kunstprofessor die klassizistischen Tendenzen in der zeitgenössischen Malerei und Architektur. Regisseur Bastian Korff zeigte Analogien zwischen christlichen Mysterienspielen und Science-fiction-Filmen auf. Die wegen des Vorwurfs der Vetternwirtschaft kürzlich vom Amt als Kulturreferentin zurückgetretene Hannah Wildermuth zog eine Linie von der mittelalterlichen Dämonenkunde zur aktuellen Medientheorie: Ständig dem tagtäglichen Informationsstrom ausgesetzt, nehme auch der heutige Mensch wieder am Allwissen einer unsichtbaren, ja übersinnlichen

Instanz teil und werde mit verschlüsselten Befehlen gefüttert. Sogar Dr. Heinz-Ludwig Stricker durfte, leider mit mäßigem Beifall, die Wurzeln des Individualismus aus der christlichen Mystik des 14. Jahrhunderts bei Meister Eckhart und Johannes Tauler ableiten.

Wenzel Poßmann hingegen bekam tüchtig Streit mit Simone Poßmann, die weder die Rolle ihres Mannes als Narr des Wohnviertels schätzte, noch dem Umstand etwas abzugewinnen vermochte, daß er seit Monaten jede freie Minute seiner fixen, überdies vollkommen ergebnislosen Schreibidee widmete. Sie warf ihm vor, bei seiner aberwitzigen Jagd nach dem totalen Überblick die begrenzte Welt seiner eigenen Familie aus den Augen zu verlieren. Was er von seinen Kindern eigentlich noch mitbekomme, deren Zukunft ihm angeblich so viel bedeute und denen sein skurriles Treiben im übrigen ebenfalls langsam peinlich werde? Wie er sich ihr weiteres Eheleben vorstelle? Ob er nicht selber merke, daß er immer blinder statt hellsichtiger werde? Während also Pfarrer Schanze Anlauf nahm, die These Dr. Strickers, nach der die mystische Vereinigung von Gott und Mensch, als Verwirklichung Gottes im einzelnen, den Humanismus vorbereitet habe, mit einem mehrteiligen Referat zur Gegenreformation zu kontern, fing Wenzel an, seiner Frau recht zu geben. Schanze rechtfertigte den Ketzerprozeß gegen Eckhart. Wenzel ging auf Elternabende und in Lehrersprechstunden. Der Pfarrer geißelte die Hybris eines Menschenbilds, nach dem jeder Mensch Gott nicht allein in sich trage, sondern eins mit ihm, das heißt selbst Gott werden könne. Der Archivar sah PowerPoint-Präsentationen zum Leistungsprofil verschiedener Gymnasien, die um den Übertritt der inzwischen bald zehnjährigen Sarah konkurrierten. Schanze nahm Taulers Lehre vom Glauben als Weg zur Ich-Auslöschung gegenüber Eckhart ausdrücklich in Schutz. Wenzel ließ sich über die technologische Ausstaffierung der Unterrichtsräume, über spezielle Trainingsangebote für die Arbeitsmärkte der Zukunft informieren. Der Pfarrer dozierte über den Einfluß Taulers auf die Karmeliten Teresa von

Avila und Johannes vom Kreuz, sprach von der dunklen Nacht des Geistes, der Erfahrung der Leere, der Blindheit der Seele und Abwesenheit Gottes als Abgrund seiner Gnade, pries die Doktorarbeit Karol Wojtyłas über den spanischen Mystiker, die ihn wieder für die Gegenwart fruchtbar gemacht habe. Der Familienvater betrieb unter beratender Begleitung seines Sohns Maximilian, der ihm mittlerweile über den Kopf gewachsen war, Studien zur kontemporären Volkskunst und schaute unter anderem Zeichentrickfilme auf abgelegenen TV-Jugendkanälen, in denen Toleranz-, Protest-, Therapie-, Gesundheits- und sonstige Wohlfühlidyllen der westlichen Welt permanent genießerisch in die Luft gejagt wurden.

Währenddessen machte sich Asger Weidenfeldt in Fuchsenhub an die Arbeit zu einem eigenen Redebeitrag. Er hatte nicht nur das Bedürfnis, seinem alten Lehrer beizuspringen. Er wollte endlich auch zu dem immer schwüler und schwüler werdenden Klima in Claras Wohnzimmer Stellung beziehen, sich mit aller Deutlichkeit von seiner Mutter und ihrem Bibelkreis abgrenzen. Zu diesem Zweck wollte er zuerst über die Rolle der Schinkensemmel in Thomas Manns Erzählung »Beim Propheten« sprechen, aber das erschien ihm dann doch ein wenig plump. So präludierte er schließlich ein wenig über Goethes Flucht vor den feinen Weimarer Kreisen nach Italien, seine Rückverwandlung zum rüstigen Barbaren dort, bevor er einige »Römische Elegien« vorlas. Den anschließenden Vortrag des eigens angereisten Feuilletonisten Hartmut Grosser über die neue Bürgerlichkeit der Eliten hörte er nicht mehr. Er ertrug Grossers tantenhaft feiste Miene nicht, mit der er zu einer Art Kulturrevolution von oben aufrief. Asger verließ nach wenigen Minuten den Saal.

Auf der Treppe ihres Einfamilienhauses saß stumm das Ehepaar Poßmann, neben sich einen mittleren Umzugskarton, gefüllt mit Notizheften, Planskizzen, Zeitungsausschnitten, Listen und Tabellen und Computerausdrucken. Simone hatte lange auf ihren Mann eingeredet, er solle mit dem Wegschmeißen doch wenigstens noch warten. Nachdem sie gemeinsam eine Viertelstunde lang geschwiegen hatten, stand Wenzel auf und schleppte die Kiste tatsächlich in den Keller statt zum Müllcontainer. Ein paar Tage später begann er an einer Geschichte zu schreiben, in der er alles, was er wußte, noch einmal wie neu erfand.

3. Kapitel
GLÜCK

Aber für Asger stand die Zeit bald wie still. Als hätte er immer nur die Hand ausstrecken müssen, um ihr ins Räderwerk zu greifen, als wäre es möglich, ihren Ablauf mit einer Geste zu stoppen, schloß er am frühen Morgen das Fuchsenhuber Tor hinter sich und machte sich auf zum Buchinger-Hof. Mit jedem Schritt seines dreiviertelstündigen Fußmarschs entfernte er sich weiter von allem, was er einmal für wichtig und wesentlich gehalten hatte, und kam dem ersehnten Zustand näher, in dem das ständige Fieber akuter Dringlichkeit von ihm abfiel. Er brach noch im Dunkeln auf oder schmeckte den Tau, Nebel, Niesel im Dämmer oder ging durch die klare Luft ersten Sonnenscheins. Oder er hörte schon beim Aufwachen den Hahn krähen, kam aus der gemieteten Ferienwohnung in die durch tiefe Fensterschächte spärlich erhellte Stube herunter, trank ein Glas Wasser, stieß dann zu Buchinger, der bereits das Vieh versorgte.

Nicht daß Asger die Vorgänge draußen in der Welt verborgen geblieben wären, aber er nahm sie wahr, als heulte eine Maschine im Leerlauf. Er schlüpfte in seine Gummistiefel, schob die Karre zur Scheune und legte gähnend Heu für Axel Buchingers Milchkühe auf. Er mochte es, wenn nach leichtem Frösteln seine Muskeln während der Arbeit warm wurden, mochte das Knistern beim Aufladen, den Duft des Staubs, der in den Lichtfingern zwischen den Ritzen tanzte. Er kroch durch den Schlag des Hühnerstalls, tastete zwischen dem Federvieh, das ihm aufgeregt über Rücken und Kopf flatterte, nach Eiern im Stroh. Die Verstecke kannte er inzwischen. Und wenn er seine Beute zwischen den Küken, Gänsen, Katzen, Pfauen hindurch über den Hof ins Haus trug, meldete sich der Appetit auf ein ausgiebiges Frühstück, bei dem Axel Buchinger die anstehende Arbeit mit ihm besprach.

Die vermehrten Unwetter, Überschwemmungen, Dürreperioden beeinflußten zwar auch den Tagesablauf auf dem Buchinger-Hof. Doch nicht die Probleme der Tourismusbranche hatte Asger im Sinn, wenn er unter sengender Sonne statt am Saumpfad entlang über die Kiesbänke und Flächen rissig verbackenen Schlamms des ausgetrockneten Seeufers nach Fuchsenhub zurücklief. Der Kampf gegen den weiter anhaltenden Rückgang der Gästezahlen mittels Ausbau der Direktbuchungsmöglichkeiten per Internet zog ebensowenig seine Wißbegier auf sich wie die neuesten Versuche, die Attraktivität des Feriengebiets durch ein vermehrtes Angebot geführter Erlebnistouren, die Verlosung von Kurzurlauben oder das brandneue Besucherleitsystem zu erhöhen, mit dem die Gäste über ein kleines Empfangsgerät via Satellit Infos zu touristischen Veranstaltungsschmankerln geliefert bekamen. Ihm fiel auch nicht mehr ein, sich nach den Hochwasserfluten, die immer größere Schäden hinterließen, freiwillig an den Aufräumarbeiten von Bauhof und Feuerwehr zu beteiligen. Sich eingehend mit dem kommunalpolitischen Spagat zwischen den Bereichen Umweltschutz, Tourismus und Wirtschaft zu befassen, hatte er gar nicht die Zeit, und für den wirtschafts- und steuerpolitischen Kannibalismus zwischen den Gemeinden bei gleichzeitig hohem Leerstand von Gewerbeobjekten fehlte ihm jeder Sinn. Nicht die zunehmende Beeinträchtigung des Landschaftsbilds, nicht die Sorgen um familiengerechte Entwicklung bei wachsender Abwanderungstendenz, auch nicht die enormen Finanzspritzen für den Marketing-Etat oder die Mobilisierung privaten Kapitals bei klammen öffentlichen Kassen bereiteten ihm Kopfzerbrechen.

Asger hatte genug zu tun, mit Axel Buchinger alte, von den Stürmen heruntergerissene Bretterwände und Schindeln an den Stallungen zu ersetzen. Vor allem aber mußten ständig umgeknickte und entwurzelte Bäume aus dem Wald geschafft werden. Der Borkenkäfer, der sich besonders in den Trockenphasen vermehrte, nistete bevorzugt in beschädigten Fichten, und die übereinandergeworfenen und zerspellten Stämme waren aufs höchste vom Befall gefährdet. Buchinger erklärte ihm bei jedem Gang ins Holz aufs neue, woran ein kranker Baum zu erkennen war. Aber Asger konnte noch nicht einmal die fünfzehn Meter hohen Wipfel auseinanderhalten, geschweige denn eine eventuelle Verfärbung ins leicht Gelbliche unterscheiden. Der Biobauer zeigte ihm sogenannte Fangbäume, die erst kurz vor dem Ausfliegen der Käferbrut entfernt wurden. Am Rieseln des Holzmehls, am Harz in den Bohrlöchern ließ sich der richtige Zeitpunkt dafür ablesen. Auch wurden die Fraßspuren und Larven des Buchdruckers mit denen des kleineren Kupferstechers verglichen, der sich vorwiegend in Äste und Gipfel bohrte und erst seit kurzem in der Gegend ausbreitete. Jeder neue Windbruch aber brachte die Gefahr einer epidemischen Ausbreitung des Schädlings. Sie zu unterbinden, lag natürlich im gemeinsamen Interesse aller Waldbesitzer, die außerdem genau wußten, daß jeder von ihnen ein Auge auf die sachgerechte Beseitigung der umliegenden Sturmschäden hatte. So herrschte ein archaisch rauhes Männer- und Sippenklima draußen im Holz, und Asger hatte unweigerlich daran teil, etwa wenn seine Säge mit den Sägen der andern durch den Wald jaulte oder sich auf Holzwegen die Traktoren begegneten. Um so willkommener, stiller, schöner waren dann die schweren Regengüsse, wenn alle sich unterstellen mußten und die Motoren vorübergehend verstummten. Dann drehte sich Asger eine Zigarette, schaute durch den Vorhang aus Wasser, der vom Kabinendach tropfte, ins dampfende Grün und horchte auf das sanfte grieslige Sausen und Zischen der Nadeln und Blätter.

Mit der Zeit gewann er ganz von selbst einen Überblick über die Lage der Landwirtschaft. Doch sogar erschreckende Details wie die Tatsache, daß Fördergelder neuerdings an die Größe der bewirtschafteten Fläche gekoppelt und damit den letzten kleinen Bauern die Überlebenschancen geraubt wurden, konnten ihn nicht mehr dauerhaft in Erregung versetzen. Etwas empfänglicher zeigte sich Asger, wenn es um Effektivität in der Tierhaltung ging. Bei

Buchinger hatte er zugesehen, wie Kühe besprungen wurden. Es kostete ihn Überwindung, bei den Geburten dabei zu sein. Einmal half er mit, ein Kalb aus dem Mutterleib zu ziehen. Das Blut, das Fruchtwasser, der Geruch, die Augen der Tiere. Es war eine heftige, eine aufwühlende Erfahrung. Hier auf Buchingers Biohof durften die Jungtiere, auch die jungen Bullen zusammen mit den Kühen auf die Weide. Überall sonst stand der Ertrag im Vordergrund. Um Zuchtstier und Milchvieh zu schonen, wurden die Kühe künstlich vom Tierarzt besamt, früh von der Muttermilch entwöhnte Kälber steigerten rascher ihr Gewicht, Rindfleisch büßte nun einmal an Qualität ein, wenn die Tiere sich frei bewegen konnten.

Aber es waren nicht in erster Linie die nebenher durch Praxis erworbenen Kenntnisse, die Asger eine tiefe Zufriedenheit bescherten, wenn er abends erschöpft mit bleischweren Gliedern ins Bett sank. Manchmal saß er mit dem jungen Landwirt nach dem Abendbrot noch in der Stube zusammen. Dann führte sie ihr bäuerlicher Gesprächsstoff jedesmal fast wie von selbst zu existenziellen Grundfragen. Das heißt, vermutlich legte es Asger instinktiv ein wenig darauf an, denn erst die Unterhaltungen mit Buchinger machten die Tage auf dem Hof komplett.

Was Asger fesselte und herausforderte, war die gleichbleibende Gelassenheit dieses Mannes. Axel Buchinger verfügte über kein geschultes Denken. Sein Bedürfnis, das aktuelle Zeitgeschehen zu verfolgen, hielt sich in Grenzen. Es gab keine Bücher im Haus, nicht einmal die Lokalzeitung, nur ein Transistorradio in der Küche, auf dem er wahrscheinlich morgens, lange bevor Asger aufgestanden war, die Nachrichten hörte. Buchinger zeigte sich stets in wesentlichen Zügen über die politischen Vorgänge informiert, erfaßte ihre Bedeutung für das Alltagsleben oft klarer als er selbst.

Asger brauchte lange, bis ihm Axel Buchingers geistige Haltung einigermaßen klar wurde. Zwischen seinem ausgeprägten Pessimismus und der anscheinend vollkommen ungebrochenen Befriedigung, die er in seinem Beruf erfuhr, schien für Asger ein Widerspruch zu bestehen, der ihn faszinierte, weil er ihn nicht auflösen konnte. Doch für Buchinger existierte dieser Widerspruch offensichtlich nicht im geringsten. Es schien ihm eher Vergnügen zu bereiten, wenn er bemerkte, daß sein sonderbarer Dauergast nicht in der Lage war, die Unausweichlichkeit eines Verhängnisses mit dem Gedanken in Einklang zu bringen, sein Handeln trotzdem als zeitlose Notwendigkeit zu begreifen. Nach seiner Auffassung nämlich war dieser Widerspruch nicht nur kein neues Phänomen, sondern begleitete als Kernfrage die Menschheit durch die Jahrtausende. Wahrscheinlich wunderte er sich, daß ein so kluger Kopf sie nicht längst für sich beantwortet hatte.

Asger wollte zum Beispiel eines Tages wissen, wieso Buchinger nicht wenigstens Einfluß zu nehmen versuche auf einen Verlauf, der eine Lebensform wie seine in dieser Region vielleicht schon in absehbarer Zeit abschaffen würde. Schließlich gebe es eine Gemeinde mit einem Rathaus, da ließe sich einiges erreichen, wenn man es nur ernstlich darauf anlege. Eine solche Idee mußte Buchinger, der seinem Untermieter gerade von seiner langen, vergeblichen Suche nach einer Frau erzählt hatte, ein Los, das er mit vielen jungen Berufskollegen teilte, für einen Scherz halten. Und Asgers Vorschlag, Buchinger solle für sein bäuerliches Existenzrecht streiten, war auch wirklich in erster Linie eine Provokation gewesen. Im Grunde wußte er im voraus, daß Buchinger junior Kommunalpolitik als sinnlos ansah, zumal Asger bereits über das gespannte Verhältnis seines Gastgebers zu seinem Vater Axel Buchinger senior Bescheid wußte, der als permanenter, reichlich fanatisierter Quertreiber im Gemeinderat saß. Sein generelles Bestreben, jede Lage so illusionslos wie irgend möglich zu beurteilen, mußte daher in diesem speziellen Fall sogar eine zusätzlich strenge Note bekommen. Ob Asger ernsthaft glaube, ein einzelner oder eine einzelne Gemeinde oder sogar eine ganze Region wäre noch imstande, die Entwicklung auf Dauer zu beeinflussen. Zwar betonte er gleich darauf seine grundsätzliche Bereitschaft zum persönlichen Engagement, ergänzte aber sofort, daß die Verfahrenheit und Verflochtenheit der Interessenssphären jede politische Beteiligung geradezu verbiete. Er hielt das heute übliche Gerangel um Macht für Selbstbetrug, weil es die Ohnmacht in den entscheidenden Belangen vernebelte, und für Augenwischerei, weil es das Trachten einzelner nach Privatvorteilen vertuschte. Unter diesen Bedingungen war demokratische Mitwirkung nach seinen Worten zur Farce geworden. Dies sei ein alter Streit zwischen ihm und seinem Vater, sagte er, der weitermache, als herrschten noch die Bedingungen der Nachkriegszeit. Wir aber lebten in einer Phase des sich auflösenden Zusammenhalts, was im übrigen eine immer wiederkehrende Erscheinung und ein Übel sei, das sich erst recht nicht dadurch bekämpfen lasse, indem man dessen Fundamente verbreitere.

Asger jedoch nahm vordergründig Partei für den alten Buchinger und drang in den jungen, indem er gespielt entrüstet darauf beharrte, er könne doch nicht tatenlos zusehen, wie seine und vielleicht die Lebensgrundlagen überhaupt vernichtet würden. Man könne eine Menge tun für den Umweltschutz, und nie und nirgends sei so viel dafür getan worden wie in dieser Gegend. Es klang angesichts der Auswirkungen des Klimawandels, deren Zunahme in den vergangenen Jahren er selbst hatte eingehend beobachten können, auch in seinen Ohren absurd. Insgeheim aber lauerte er auf Argumente, um den eigenen Rückzug aus dem öffentlichen Leben sich selbst gegenüber zu rechtfertigen. Und Buchinger tat ihm den Gefallen, indem er nach einer Bedenkzeit, während der er an einer Pfeife herumschnitzte, den Sinn von Maßnahmen bezweifelte, die sich auf die Verwaltung von Steuergeldern beschränke, um die kollektive Lage zu verbessern, und gleichzeitig den einzelnen immer mehr die Möglichkeit zur Eigenständigkeit raube. Als könnte das Glück von außen erzwungen werden, sagte er, als wäre das jemals möglich gewesen. Er finde, es komme darauf an, daß man sein Leben selber bestimmen könne, und zwar ohne Brüche bis zum Ende. Aber genau dafür lasse sich mit Politik gar nichts erreichen, so zu tun, als wäre es anders, sei Betrug.

Ob er eigentlich nie fürchte, sein persönliches Geschick überzubewerten und dadurch gleichfalls einer Täuschung zu unterliegen, hakte Asger nach, weil er sich diese Frage selber ständig stellte. Doch statt einer Antwort zeigte ihm Buchinger sein fragendes Lächeln, das ihm allmählich zur Gewohnheit wurde gegenüber dem wunderlichen Gast. Strenggenommen, setzte er nach kurzer Pause endlich gleichmütig hinzu, gebe es gar keinen Rückschritt, ebensowenig wie es je einen Fortschritt gegeben habe. Das sei wie in der Natur. Da bleibe sich im ganzen auch immer alles gleich, und nur die Menschen passen hier mehr, dort weniger hinein.

Asgers Interesse an dem Gegenstand hatte noch einen zweiten Grund, und das war der jüngste Gesinnungswandel seiner Mutter. Ihre ewige Überreiztheit schien verflogen und an deren Stelle ein überraschend hohes Maß an Ausgeglichenheit, Weitsicht, ja Vernunft getreten. Nicht daß er Anteil nahm an Claras Geistesleben, nicht daß er sich wirklich eingelassen hätte auf ihre neuen Ansichten. Aber im stillen suchte er doch nach Einwänden gegen sie, die er trotz ihrer für ihre Verhältnisse erstaunlichen Durchdachtheit nicht teilte. Nach wie vor gab es die sogenannten Fuchsenhuber Gesellschaftsabende, vor denen zwar Asger floh, die aber an überregionalem Rang und Ansehen sogar zugelegt hatten. Das lag zum einen daran, daß das Modell Schule zu machen begann, sich die Grande Dame des deutschen Nachkriegsfilms, wie man die Weidenfeldt neuerdings wieder titulierte, bald als Reanimateurin des bürgerlichen Salons betrachten durfte. Es wurde nachgerade schick, sich in kleinen Zirkeln zusammenzufinden, um geistige Dinge zu diskutieren und die Sprößlinge mit kleinen musikalischen Einlagen einzubinden. Zum anderen hatte sich die Zusammenarbeit mit Pfarrer Werner Schanze gelockert und schließlich ganz aufgelöst, wodurch mit der Zeit eine weltlichere, vergleichsweise beinahe entspannte Atmosphäre entstanden war. Clara hatte sich damals, nach jenem Vortrag Hartmut Grossers zur Kulturrevolution von oben, von ihrem etwas zu mystischen Kurs abgewandt. Im Unterschied zu Asger, der sich die Ausführungen damals nicht einmal zu

Ende hatte anhören wollen, war sie so sehr davon beeindruckt gewesen, daß sie sich das Manuskript geben ließ und es gründlich studierte. Seither besaß Clara eine klar umrissene Aufgabe: Die abendländische Kultur mußte gerettet werden.

In einer Stunde der Wehrlosigkeit hatte sie es ihrem bereits anderes gewöhnten Sohn eingehend auseinandergesetzt. Danach war das sittliche Rückgrat der Gesellschaft gebrochen, aber noch nicht völlig entzwei. Die Öffentlichkeit, geschwächt vom Geist einer falsch verstandenen Liberalität, wurde von Kräften unterwandert, die zur Befestigung ihrer Macht und zur Steigerung ihres Profits eine Ideologie der Scheinfreiheit daraus geformt hatten. Sie orientierten sich an den »primitiven Bedürfnissen der Massen« und sorgten dafür, daß diese »Massen« weiter anschwollen, Asger wollte seinen Ohren nicht trauen. War Clara eine Art verspätete Maoistin geworden? Offenbar nicht ganz, denn es herrschte ihrer Ansicht nach eine Wechselbeziehung zwischen Anpassung und einer Erziehung zur Gemeinheit, die sich spiralförmig steigerte und Widerstände von unten daher unmöglich machte. Sprachlosigkeit, Bevormundung, ungerichtete Gewalt seien die Folge, eine Selbstbesinnung in den Institutionen nicht durchsetzbar. Das Siechtum war fortgeschritten, aber nicht unaufhaltsam, ja sogar heilbar. Aber nur von oben, aus den gebildeten, intellektuell und nicht zuletzt auch ökonomisch unabhängigeren Schichten ließ sich die Reorganisation eines moralisch und ästhetisch anspruchsvollen Zusammenlebens bewerkstelligen. Sie galt es zu etablieren, nicht etwa um eine neue Oberschicht gegen den stupiden Rest des Volks zu sichern, sondern um sie als nicht länger zu ignorierende, unumstößliche Realität wieder ins allgemeine Bewußtsein zu heben.

Darin erkannte Clara jetzt ihre Berufung. Ihr Entschluß stand fest. Sie stellte ihn dar als etwas in den vergangenen Jahren schrittweise und unter Schmerzen Gereiftes. Die Nähe zu Pfarrer Schanze und seinen katholischen Heiligen war eine entscheidende, aber eben nur eine Etappe auf dem Weg dorthin gewesen, bei der sie nicht nur ihre christlichen Wurzeln wieder ausgegraben, sondern auch gelernt hatte, sich selbst nicht mehr so wichtig zu nehmen. Dafür setzte sich Clara aber resolut auf einen ihr von höherer Autorität zugeteilten Platz: Sie organisierte, erteilte Rat, gab sogar wieder kurze Interviews. Sie diente. Einer Sache, die mit den durchaus verwandten Anliegen Schanzes jedoch nicht mehr zusammenpaßte. Denn für den Geistlichen gehörte zur strikten Wahrung kirchlicher Überparteilichkeit die Absage an jegliche Form und Absicht, sich eines Teils der Öffentlichkeit zu bemächtigen. Sein Ziel, die Christenheit wieder zur frommen Selbsthingabe statt zur individualistischen Selbstverwirklichung anzuleiten, war mit Claras Strategiewechsel unvereinbar. Der Pfarrer sah sie deshalb auch nicht gern freundlich mit dem schlagfertigen, wie zu neuem Leben erwachten Schöngeist Dr. Stricker plaudern und verlegte seine theologischen Besinnungsabende immer öfter ins Pfarrgemeindehaus. Dort versuchte er sein ursprüngliches Konzept umzusetzen, webte ein kulturelles Rahmenprogramm um die hauptsächlich geistlichen Vorträge. Aus Versehen verfiel er dabei leider auch auf Dozenten, die nach amerikanischem Muster Darwins Evolutionstheorie mit der Schöpfungsgeschichte der Genesis zu widerlegen trachteten. Und Wieland Simon, ein ehemaliger Lehrling am Vössener Bauhof, der jetzt in der Kreisstadt das Fachabitur nachholte und sich als glühender Jungkatholik hervortat, lud christliche Popbands ein, die in ihren Texten den Erlöser wie eine Lebensversicherung anpriesen. Bei einem dieser Konzerte wurde übrigens Wenzel Poßmann gesichtet. Er soll sich unausgesetzt Notizen gemacht haben. In Claras Kreisen jedenfalls galt Schanzes Treiben als zunehmend anrüchig.

Asger rieb sich die Schläfen, als seine Mutter ihren Rechenschaftsbericht endete mit der Bemerkung, es gelte nun einmal in allen Bereichen des Lebens die Balance zu halten, gerade in den spirituellen; und das sei ihr, nachdem sie ihr Leben lang vergeblich darum gekämpft habe, nun gelungen. Er betrachtete sie. Halblanges graues Haar umrahmte das rosige Gesicht einer etwas fülligen älteren Dame mit wachen, freundlichen Augen. Sie wirkte tatendurstig, durch und durch gesund. Es schien, als wäre sie tatsächlich mit sich ins reine gekommen, und Asger gönnte es ihr von Herzen.

Nachvollziehen aber konnte und wollte er schon lange nicht mehr, was in seiner Mutter vorging. Er hatte sich dem Abenteuer, wieder zu Hause zu leben, schließlich nicht deshalb ausgesetzt, um sich am Ende doch bloß mit dem alten, noch exklusiveren Horizont einer gut konservierten Parallelwelt herumzuschlagen. Nach seiner Einschätzung war der frühere Weihrauch in Fuchsenhub nur vom frischeren Duft eines Modeparfüms verdrängt worden, der obendrein den Hauch von Mottenkugeln nicht zu überdecken vermochte. Und wer wußte bei Clara schon, was als nächstes kommen würde. Asger jedenfalls nicht.

Er brachte seine Tage auf Buchingers Hof zu. Ihm war, als gehörte er dorthin. Buchingers Bauerntum war immerhin von der Liste gebilligter, weil profitabler Existenzformen gestrichen. Und Asger hatte sich gewissermaßen selbst ausgemustert, bevor man ihn zurückweisen konnte. Doch genau das war eine Klammer zwischen ihnen. Der junge Landwirt war ein Einzelgänger, ungesellig, leicht verschroben, mit seinem Vollbart, seiner Halbglatze ein im Grunde blasser Charakter. Aber es war überaus angenehm, mit ihm zu arbeiten. Unverkrampft, wie selbstverständlich. Nie gab er seinem Untermieter, der dem Verschlossenen gewiß manchmal lästig fiel, das Gefühl, zu ungeschickt oder fragil für eine Tätigkeit zu sein. Er akzeptierte ihn als Gehilfen, zeigte ihm handwerkliche Tricks, und Asger, durchdrungen von schlichter Daseinslust, lernte täglich hinzu. Zunächst merkte er gar nicht, wie sehr das, was Buchinger tat und wie er sich in der Welt eingerichtet hatte, mit dem übereinstimmte, was er bei ihren Gesprächen als simple, dennoch einleuchtende Lebensphilosophie zum Ausdruck brachte. Dann hätte er sich gerne etwas von dieser Haltung angeeignet, die so gar nichts Ausgedachtes, Übergestülptes hatte, so wenig vor widersprüchlichen Erfahrungen zurückschreckte. Ohne sie zu verdrängen oder zu leugnen, brachten sie ihn weder auf, noch lähmten sie ihn. Immer ging er mit derselben bedachtsamen Beharrlichkeit zu Werk.

Einmal erwähnte Axel Buchinger abends in der Stube, daß es ihm während der Arbeit oft vorkomme, als gebe es ihn gar nicht. Vor allem draußen auf dem Feld, wenn er allein war, passiere ihm das, erzählte er weiter. Nicht daß er dabei weggetreten oder nicht da wäre. Aber das, was sonst er selber war, wurde wie ein Schleier. Auch die Zeit bekam etwas Eingebildetes und Unwirkliches. Sie wirkte dann seltsam löchrig, und ihm war, als hätten er und das Stück Acker, das er bearbeitete, überhaupt nur insofern Bedeutung, als sie dazu gut waren, ihm klar zu machen, daß nichts davon wirklich existiere.

Asger geriet durch dieses kuriose, vollkommen nüchtern vorgetragene Geständnis Buchingers in eine eigenartige Déjà-vu-Stimmung. Aber wenn nichts wirklich ist, wollte er wissen, warum sollte man dann überhaupt noch handeln, warum nicht lieber gleich sterben? Buchinger schwieg lange, bevor er, sorgsam Wort vor Wort setzend, antwortete. Der Zustand, sagte er, in dem er sich dort befinde, sei von einer besonderen Ruhe. Er fühlte sich außerdem in Übereinstimmung mit etwas, von dem er wußte, daß es sich nie ändern und durch nichts zerstört werden konnte, vielleicht gerade weil es nicht mehr darauf ankam, ob es wirklich war oder nicht. Das verlieh ihm eine unbeschreibliche Sicherheit. Es gebe also doch etwas, warf Asger ungeduldig ein, wollte mehr wissen. Doch Buchinger, der nur beschreiben konnte, was er erlebt hatte, zuckte die Schultern und verstummte.

Asger brachte Buchinger immer wieder auf diese paradoxe Geschichte von seinem Ich zurück, das sich auflöste und trotzdem fähig war, in sich zu ruhen. Und der bemühte sich, die gespannte Neugierde seines Gasts so gut er konnte zu befriedigen. Aber es kam nicht viel Neues mehr heraus. Daß er immer leichter in diesen Zustand geriet, berichtete der Landwirt, daß er ihn inzwischen auch absichtlich herbeiführen konnte und die Ausgeglichenheit danach, wenn sich längst wieder seine normale Verfassung eingestellt hatte, immer länger anhielt. Auch meinte er die Dinge und die Menschen, er sagte, die Kräfte, die von ihnen ausgingen, immer klarer und nüchterner betrachten zu können. Dadurch sah er sich in die Lage versetzt zu entscheiden, worauf er sich mit wem einließ oder nicht einließ. Auf die Frage, welche Kraft denn von ihm, Asger, ausgehe, gab er freilich keine Antwort.

Dafür überraschte der Landwirt ihn eines Tages, als Asger seine anfallsweise auftretende Ratlosigkeit darüber gestand, daß er einfach nicht wußte, wie er sein Leben künftig gestalten solle, mit einer erstaunlich geschliffenen Formulierung. Vielleicht gebe es ja noch nicht einmal Lösungen, sagte Buchinger nach langem, beklemmendem Schweigen, vielleicht müsse man sogar die Illusion von Lösungen loswerden. Vielleicht, und das war der Satz, von dem er sich einfach nicht vorstellen konnte, sein bäuerlicher Lehrer habe ihn sich selbst ausgedacht, vielleicht gleiche das Weltall eher einem großen Gedanken als einer großen Maschine.

Asgers Eingeständnis war durch ein Ereignis ausgelöst worden, das ihn nach langer Zeit wieder mit Franz Stegmüller in Berührung gebracht hatte und das in die Annalen von Vössen einging. Es handelte sich um den Besuch Maya Nüssleins in ihrem Heimatort. Als Grund für das Kommen des Fernsehstars galt die Hochzeit ihrer Mutter Nele mit dem Bürgermeister des Dorfs. Allerdings dürfte der Massenauflauf, der Mayas Erscheinen begleitete, vom Brautpaar kaum beabsichtigt gewesen sein. Hatten sie am Morgen in aller Stille den Bund fürs Leben geschlossen, fügten sie sich am Nachmittag wohl oder übel ins Unvermeidliche. Denn Maya, die aus den Talkshows der Nation längst nicht mehr wegzudenken war, hatte ihre Vössener Stippvisite in einer großen Unterhaltungssendung ausgeplaudert, und so war sowohl für die Bevölkerung als auch für die regionalen Kulturämter kein Halten mehr. Dergleichen mußte organisiert werden, das wußte auch der Bürgermeister, dessen Name nun für eine Mediensekunde in die digitale Umlaufbahn geraten war. So etwas konnte als Reklame für den Ort genutzt werden, das erfaßten sofort die Geschäftsleute unter den Gemeinderäten. Das brachte Umsatz für die Gastronomie, wie der Gewerbeverein umgehend erkannte, forderte umfassende Berichterstattung in der Lokalzeitung.

Chefredakteur Karl Pollinger kümmerte sich persönlich darum. Sein Hochgefühl war ihm anzusehen, als er sich, die nagelneue Digitalspiegelreflexkamera um den Hals, in vorderster Reihe gleich neben Stegmüller und seiner Angetrauten postierte, beide in modisch dezenter Leinentracht. Das war das Schöne an den neuen Helden, daß auch für einen Provinzjournalisten wie ihn etwas abfiel, wenn sie sich einmal in sein Revier verirrten. Es gab kein Getue um Exklusivrechte, wie bei Clara Weidenfeldt, kein Geizen um Interviewminuten, auch keine Konkurrenz. Maya Nüsslein war so omnipräsent auf allen Hochglanzmagazinen, Kanälen, Internetplattformen, daß es auf einen Termin mehr oder weniger nicht ankam. Dieser spezielle Termin aber würde ihm, Karl Pollinger, gehören. Er sah die Doppelseite der Wochenendausgabe schon vor sich: links etwas Text mit Fotos dazwischen, rechts nur Fotos.

Und dann trudelte die berühmte Schönheit ein, standesgemäß, aber nicht unbescheiden, im weißen Kabriolett mit Chauffeur, der sich im Schrittempo den Weg durch die Menge bahnte. Maya winkte, strahlte, überließ dankbaren Fans im Vorübergleiten die Hände. Ihr Haar unter dem enganliegenden Kopftuch verborgen, lag aller Akzent auf dem straffen, bronzenen, natürlich frischen Gesicht. Die Dorfdurchfahrt war gesperrt. Vor dem Rathaus hatte man ein kleines Podium aufgebaut. Maya stieg aus, umarmte die Mutter, umarmte auch den etwas linkischen Stegmüller, entdeckte endlich Asger Weidenfeldt im Gedränge, dem sie stürmisch um den Hals fiel. Pollinger knipste wie besessen. Endlich kam es zur offiziellen Begrüßung. Der Bräutigam und Stiefvater schlüpfte in die Rolle des Gemeindeoberhaupts zurück, der dem Stolz Vössens über die berühmte Tochter Ausdruck verlieh. Und nach einer schier endlosen Reihe von Fotos, die Pollinger von ehemaligen Schulfreunden, Nachbarn, sonstigen Bekannten an der Seite Mayas schoß (und später an die Abgelichteten verkaufte), die immer bereit war, sich an jeden erinnerte, sogar Berührungen gestattete, konnte das per Lautsprecher verstärkte Live-Interview gestartet werden.

Der Redakteur hatte sich gut vorbereitet. An Material fehlte es wahrlich nicht, und von Mayas PR-Agentur war ihm unaufgefordert eine umfängliche Pressemappe ins Büro geflattert. Aber besonders freute er sich darauf, Mutter Nele mit ins Boot ziehen zu können, eine Gelegenheit, die sich noch keinem Kollegen geboten hatte und die er sich nicht entgehen lassen würde. Pollinger ging sofort in medias res, packte noch einmal die unschönen Geschichten aus, die es um Maya gegeben hatte, bevor sie mit einem glorreichen Comeback ihre Kritiker und Verächter Lügen strafte.

Asger Weidenfeldt stand unter den Zuschauern, während der Mann von der Lokalzeitung seine große Stunde mit Bravour meisterte. Auch Maya bewältigte die Herausforderung routiniert, wenn sie auf Pollingers branchenübliche Indiskretionen mit kompromißloser Offenherzigkeit antwortete. Sie habe damals bei den letzten Dreharbeiten vor dem Abschied ihr Herz ganz fest zuschließen müssen, sagte sie, nach jeder Szene hätte sie losheulen mögen, und wäre ihr bewußt gewesen, in welches Loch sie danach stürzen würde, hätte sie es bestimmt auch getan. Asger und das Publikum merkten, daß Maya auch jetzt wieder nahe am Wasser gebaut war, wie übrigens auch ihre Mutter, als Pollinger auf die schlimmen Fotos und Gerüchte nach der Zeit in ihrer Glanzrolle als Lauren überleitete und von Mutter Nele wissen wollte, was sie damals gefühlt habe, vor allem als der Drogenskandal die Schlagzeilen beherrschte. Und als Maya ihre Mutter mit bebender Stimme um Verzeihung bat, versprach, ihre zweite Chance zu nutzen, sich zu bessern, als sie Nele zaghaft die Hand hinstreckte und die mit einem Kuß auf die Stirn ihrer Tochter spontanen Applaus auslöste, begann Asger zum ersten Mal etwas zu begreifen von der tieferen Bedeutung des Berufs, den die junge Frau ausübte, und von der Befriedigung, die sie dabei verspürte. Das Wort Bruder hatte sie ihm ins Ohr geflüstert, als er verdutzt ihre überschwengliche Begrüßung über sich ergehen ließ. Nun entdeckte er am Rand der Menschentraube Wieland Simon, den früheren Bauhof-Arbeiter, der seine einstige Geliebte mit vor der Brust verschränkten Armen beobachtete, und seine Miene drückte eher Mitleid als Verachtung aus. Noch aus der Entfernung sprang das große goldene Kreuz ins Auge, das er am Hals trug.

Asger bemerkte, daß sich Franz Stegmüller im Verlauf des Interviews ein wenig in den Hintergrund zurückgezogen hatte. Er nutzte den Moment, um sich durch die Masse bis zu ihm durchzuschlagen und ihm zur Hochzeit zu gratulieren. Der Bürgermeister wirkte einigermaßen verlegen, als er die Glückwünsche entgegennahm. Doch noch während sie sich die Hände schüttelten, begann sich das vorige Behagen wieder auf seinem Gesicht auszubreiten und zerstreute jede eventuelle Bedenklichkeit seines nicht nur für Asger überraschenden Schritts. Dann standen sie stumm nebeneinander. Hatten sie noch nie viele Worte getauscht, wußten sie sich jetzt gar nichts mehr zu sagen. Bald wurde Franz zu seinen doppelten zeremoniellen Pflichten zurückgerufen. Er verschwand Richtung Bühne, und Asger verließ Getümmel und Schauplatz.

Erst im gemächlichen, versöhnlich einsamen Trott auf dem Buchinger-Hof tauchten die Bilder vom Ehrentag Mayas, Franz' und Neles vor dem geistigen Auge wieder auf. Er stellte sie neben das Bild seiner Mutter, der Familie Poßmann, soweit es ihm noch erinnerlich war. Sie alle machten auf ihn den Eindruck von recht passablen Existenzen, die ihr künftiges Seelenheil und Fortkommen gefunden hatten. Daß ihre Lebensmodelle für Asger nicht in Frage kamen, weil er sie mißbilligte oder aufgrund seines Wesens nicht teilen konnte, änderte nichts an seiner Eifersucht auf so viel wiedergefundene Gewißheit. Selbst Stegmüller, von dem er es am allerwenigsten erwartet hatte, schien es gelungen, sich mit den Veränderungen zu arrangieren, sich ihnen ein Stück anzugleichen, seine Lebenskoordinaten neu zu justieren. Er konnte zwar nicht nachvollziehen, wie Franz es anstellte, aber seinem munteren Wesen nach zu urteilen, besetzte er seinen Platz im Vössener Mikrokosmos mit mehr Behaglichkeit denn je. Nur Asger blieb von den Lebenskonzeptreformen ausgeschlossen. Er hatte auf Buchingers Hof sein Refugium, sein Asyl. Aber Asyle waren flüchtige Einrichtungen. Oder wurden zu Gräbern.

Axel Buchinger hatte recht, wenn er die Möglichkeit von Lösungen in Frage stellte. In Asgers speziellem Fall blieb noch nicht einmal die Unmöglichkeit von Lösungen eine Lösung. Trotzdem sagte er sich, seine Lehrzeit hier sei nicht beendet. Denn noch war es ihm nicht gelungen, etwas von jenem Gleichmut in sich herzustellen, den sein Mentor ihm Tag für Tag vorlebte.

Asger betätigte sich neuerdings vorzugsweise draußen auf den Feldern, auch im Wald, vor allem aber allein. Manchmal meinte er einen Hauch von dem Zustand zu spüren, den Buchinger ihm geschildert hatte. Er verrichtete seine Arbeit, verlor das Raum- und Zeitgefühl, ja sogar die Idee, irgendwo müßte eine Antwort parat für ihn liegen, er brauchte sie bloß aufnehmen, festhalten und dann für immer mit sich herumtragen. Der Zustand streifte ihn wie ein Luftzug, dauerte nur Sekunden, aber er wurde davon in der Tat ruhiger.

Die gemeinsamen Stunden in der Stube verbrachten sie zuletzt ausgesprochen schweigsam. Asger Weidenfeldt spürte, daß seine Zeit auf dem Hof nun allmählich doch ablief. Er ahnte auch, daß Buchinger das ebenfalls ahnte. Aber der Landwirt fragte nicht, wie lange Asger noch bleiben wolle oder was er danach zu tun gedenke. Selbst wenn ihm sein Dauergast unerträglich geworden wäre, hätte er ihn nicht aufgefordert auszuziehen. Daß es wohl dennoch nicht mehr allzu lange dauern würde bis dahin, wurde Asger klar, als er unverhofft Besuch auf dem Buchinger-Hof bekam.

Er karrte eben Mist aus dem Stall, als eine Gruppe von fünf Leuten Staub aufwirbelnd den Kiesweg heraufmarschierte, angeführt von einer gedrungenen, rothaarigen Gestalt mit großem Schädel. Asger erkannte Eckart Eberl auf Anhieb, blieb stehen, erwartete ihn und seinen Anhang. Kaum auf dem Gehöft angelangt und noch etwas außer Atem, begann der frühere Kollege mit seinen zynischen Kommentaren: Das sei also der Mann, den er seinen Begleitern vorzustellen versprochen habe als einen der intelligentesten Exemplare seiner Spezies in dieser Weltregion. Er zeige sich ihnen in typischer Montur bei seiner bevorzugten Tätigkeit. Mit Stiefeln und Overall tarne sich der Scharfsinn heutzutage, und man dürfe gespannt sein darauf zu erfahren, wie er da hineingeraten sei.

Später spazierte man lange über Feldwege zum See hinunter und im weiten Bogen zurück auf den Hof. Eckart Eberls Begleiterinnen und Begleiter stellten sich als eine internationale Truppe bildender Künstler heraus. Man unterhielt sich auf englisch. Es waren angenehme Leute, fand Asger, unprätentiös, mit einem Auge für die Landschaft, die von Menschen hinterlassenen Spuren darin. Eckart hatte sie auf der Biennale in São Paulo getroffen, war mit ihnen nach New York weitergezogen, von dort nach Sarajevo und hatte, bevor es für sie nach Schanghai weiterging, zur Sightseeing-Tour durch Mitteleuropa eingeladen. Die kleine Reise war als Ausklang einer Reportage über den globalen Kunsttransfer gedacht. Außerdem wollte Eckart die Gelegenheit nutzen, um diese schöne Gegend und, wie er sich ausdrückte, seinen Bruder im Geiste wiederzusehen. Tags zuvor waren sie sehr spät in Fuchsenhub vorstellig geworden. Clara brachte sie im Gästehaus unter, teilte ihnen mit, wo sie ihren Sohn finden würden. Und hier waren sie nun, um abends Richtung Wien und Budapest weiterzufahren.

Während sie gingen, ließ sich Eckart immer wieder mit dem abtrünnigen Kollegen zurückfallen, um Asger Geschichten aus dem Kulturbetrieb seit seinem Ausscheiden zu erzählen. Ihm mache es nichts aus, er sei ja immer Schopenhauerianer gewesen, sagte er, aber vom legendären Anderen der ökonomischen Wertschöpfung in der Kultur sei inzwischen so wenig noch übrig, daß er sich manchmal frage, wozu er sich überhaupt die Mühe gemacht habe, die Künste zu studieren, die Philosophen zu lesen. Er fasse seinen Beruf bekanntlich seit langem als Narrenposse auf und komme bis jetzt ganz gut durch damit. Die sentimentalen Köpfe, die glaubten, Kunst habe etwas mit seriöser geistiger Auseinandersetzung zu tun, seien fast ausgestorben. Noch streiche eine versprengte Schar weidwunder Recken durch die mediale Wüste, manchmal tauche ein junger Kopf von Format auf, der smart genug sei, schnell wieder das Weite zu suchen.

Früher hatte sich Asger viel mit Eberl ausgetauscht, dessen sensibles Urteilsvermögen ein Lichtblick für ihn war in diesem Metier. Sein Zynismus diente einerseits als Schutzwall, war andererseits aus der Resignation erwachsen, die dem idealistischen Anspruch der journalistischen Anfänge folgen mußte. Dahinter aber blieb ein ursprünglicher Moralismus im Grunde unversehrt erhalten, und dafür hatte ihn Asger, dem das nicht entging, stets den anderen Kollegen vorgezogen.

Natürlich habe es das Massengeschäft auch vorher schon gegeben, nahm Eberl erneut Asger beiseite. Es dehne sich aber nicht bloß aus, es sei zum Dogma geworden. Ihm persönlich tue es ja nicht leid um eine Gesellschaft, der man Qualität vorgaukle, wo längst nur noch Kapital zirkuliere. Wenn der Gesellschaft das genüge. Immerhin herrsche meßbarer Konsens, lebten wir unbeschwert in einer unbeschwerten, von Verkaufsstrategen durchgeplanten Pseudokultur.

Asgers Vergnügen an Eberls Polemik, eine seiner alten, endlos wiederholten Maschen, hielt sich in engen Grenzen. Zog er das sarkastisch Überspitzte an ihr ab, war einfach nur eingetreten, was er vorausgesehen hatte. Allenfalls fragte er sich, wieso Eckart damit gerade zu ihm kam.

Mit Recht behaupteten Marketingbosse, griff Eberl seinen Faden etwas später wieder auf, einen neuen Menschen geschaffen zu haben. Womit man ein gutes Stück vorangekommen sei in letzter Zeit. Trotz der im Detail noch reichlich grobschlächtigen Ergebnisse, trotz unschöner Randerscheinungen könne sogar er, Eckart Eberl, ihrer reibungslosen Produktionstechnik eine gewisse maschinenhafte Anmut nicht absprechen.

Auch dazu wußte Asger nichts zu sagen, dachte vielmehr zu seinem eigenen Erstaunen, daß es letztlich keine Rolle spielte, in welcher Lage sich die Welt gerade befand, um den Platz auszufüllen, der einem in ihr zugemessen war. Weder kam es darauf an, etwas zu verteidigen noch zu bekämpfen, am allerwenigsten etwas zu ändern. Das alles schien ihm unwichtig geworden im Vergleich zu der Aufgabe, Sorge zu tragen dafür, daß man zumindest an Geist und Seele unbeschadet blieb.

Doch er erzähle ihm sicher nichts Neues, wenn er ihm sage, echte Kunst habe sich trotzdem keineswegs in Luft aufgelöst. Als hätte er Asgers Gedanken erraten, gab Eckart seinen sarkastischen Ton abrupt auf und geriet in eine für ihn nicht weniger charakteristische Anwandlung von aufrichtigem Enthusiasmus. Sie sei überall noch zu finden, wo sie sich sperre, ausschließlich Ware zu sein. Das sei nicht leicht, aber auch nicht unmöglich, wie die Wirklichkeit beweise. Seit Jahren ziehe er um die Welt, von einer dieser vergleichsweise unabhängigen Szenen zur nächsten. Er nutze sein Privileg als Journalist schamlos, liebe, was dort zu sehen und hören, aber zum Glück nicht zu kaufen sei, weil es verfalle, verfaule, verwehe, vermülle, wolle man es festhalten. Er genieße die Schönheit auf Zeit, eine universelle Sprache in tausendfältigen Dialekten. Auch die Künstler, die er jetzt für seine Reportage begleitet habe, hielten sich natürlich finanziell nur gerade so über Wasser. Aber wenn sie und andere ihre flüchtigen Kunstdörfer hinstellten auf den über den Planeten verstreuten Arealen, zwischen denen sie wanderten als Nomaden des Eigensinns, dann finde ein Austausch mit den exakt umgekehrten Vorzeichen zur übrigen Globalisierung statt, eine Produktivität, von deren verschwenderischem Reichtum nur für Augen- und Ohrenzeugen etwas abfalle.

»Du siehst«, sagte Eberl, kurz bevor sie aufbrachen, »ich habe ebenfalls meine Fluchtmöglichkeiten, hätte andererseits aber gerne auch festen Boden unter den Füßen. Einen Ausgangspunkt. Mitarbeiter, die als solche gelten können. Ich weiß, daß ich dich nicht überreden kann. Trotzdem. Du solltest es dir noch einmal überlegen.«

4. Kapitel
BERICHTE AUS DER WEITEN WELT 2

»Du willst doch nicht behaupten, die Übernahme des westlichen Wirtschaftssystems sei ein Segen für eurer Land.«

»Genau das.«

»Skrupellose Bereicherung, eine neue Art der Proletarisierung, das kannst du befürworten? Die Wiederkehr des Manchester-Kapitalismus auf globalem Niveau sozusagen? Läuft es nicht darauf hinaus?«

»Der wurde, wie du weißt, letztlich vom Liberalismus überwunden, nicht durch Klassenkampf.«

Mit einem solchen Bekenntnis hatte Wenzel Poßmann nun wirklich nicht gerechnet. Er war schnell ins Gespräch gekommen mit Virgil, dem eloquenten Analysten, Schriftsteller, Poeten, vorübergehenden Berater im Kultusministerium einer längst wieder abgesetzten Regierung. Seine Diskussionsbeiträge waren die mit Abstand durchdachtesten, schlagfertigsten, andererseits isoliertesten auf diesem Ostkongreß der Kulturjournalisten. Eckart Eberl hatte Wenzel mitgenommen, als Ersatz für den leider immer noch unabkömmlichen Asger Weidenfeldt, wie er offen eingestand. Aber er hatte den Archivar seit jenem kuriosen Fuchsenhuber Fest und seinem originellen Aufsatz als einen der selten gewordenen Charaktere im Gedächtnis, in denen sich Ironie und Skepsis noch mit einem ausgeprägten Moralgefühl verbanden. Diese Eigenschaften traten unter Kollegen oft nur getrennt voneinander in Erscheinung, wo sie entweder zum düster zynischen Lebensprinzip anschwollen oder zu eindimensionalen Generalanklagen führten. Eberl glaubte, gerade Poßmann könnte profitieren von einem jener Kongresse, auf denen diese beide Haltungen in der Regel den einzigen Widerpart zu den üblichen, stinklangweiligen Diskutanten bildeten. Auch erhoffte er sich einen gewissen Zeitvertreib von Wenzels Reaktion auf die vorhersehbaren Debatten. Ihn nämlich interessierten diese Treffen mit ihren immer gleichen Lagern und Positionen seit langem nicht mehr. Indes erfüllte sich seine Vermutung in bezug auf den Weidenfeldt-Freund nur zu sehr. Ob zwischen den Vorträgen, im Speisesaal, im Foyer des Hotels, dauernd steckten Poßmann und dieser Virgil die Köpfe zusammen. Eberl dagegen nutzte nach alter Gewohnheit bald wieder jede Gelegenheit, um sich abzusetzen und durch die Stadt zu streifen, während der Kongreß in stickigen Seminarräumen Ansichten und Konzepte ausschwitzte.

»Jedenfalls kannst du nicht bestreiten, daß sich der entfesselte Welthandel der politischen Kontrolle entzieht.«

»Dann wird der Liberalismus eben Techniken entwickeln, um das abzustellen.«

»Wie soll er das zustande bringen bei der Übermacht?«

»Es bleibt ihm keine Wahl. Also wird er Wege finden.«

Im Anschluß an die Eröffnungsvorträge, wo Eckart Eberl über interkulturelle Netzwerke gesprochen hatte, beim Empfang im wohnzimmerartig möblierten Hinterzimmer der »Universell-Wissenschaftlichen Bibliothek« war er noch ganz in seinem Element gewesen. Jedesmal aufs neue verblüffte ihn die fast absurde Hochachtung, mit der man Schriftstellern, denn als solcher wurde er hier in der Tat angesehen, im Osten begegnete. Aber trotzdem genoß er es zugleich auch, mit Fragen zu seinen Reiseeindrücken, seinem Literatur- und Geschichtsverständnis festgenagelt zu werden. Ausdauernd gab er Autogramme in Notizbücher, auf Flyer, lose Zettel, ließ sich gerne behandeln wie ein kleiner Popstar. Und er genoß es natürlich, von jungen Frauen umringt zu sein. Selbst den beiden im Institut zärtlich »Tanten« genannten älteren Damen, die ihn mit Rotwein und Orangenstückchen fütterten, schlug sein Herz entgegen. Die große Blonde redete wild gestikulierend in der Landessprache auf ihn ein, stieß pausenlos mit ihm an, während die kleine

Dunkle sich prustend den Bauch hielt. Bis man endlich zur Verbrüderung, den obligatorischen Kußritualen schritt. Doch am nächsten Morgen hatte Eberl nicht nur einen Kater, sondern wurde auch wieder vom altvertrauten Überdruß heimgesucht.

»Im Gegensatz zu dir, lieber Wenzel, bin ich nämlich in einer Diktatur aufgewachsen. Da ist man hinterher nicht unbedingt darauf erpicht, weiter mit antikapitalistischen Argumenten zu jonglieren, die einem schon in der Grundschule eingetrichtert und die exakt von den Theoretikern vertreten wurden, auf die sich diese Diktatur berief.«

»Angenommen, dein Liberalismus wäre dabei, selbst despotische Züge zu entwickeln?«

»Ein solcher Vorwurf wäre absurd.«

»Zum Beispiel als sogenannter Neoliberalismus?«

»Der Begriff ist pure Demagogie, attackiert ein Verhalten, das gerade für Liberale skandalös ist. Wenn Unternehmer das unterentwickelte Rechtssystem eines Landes ausnutzen, um Hungerlöhne zu zahlen und Kinderarbeit zuzulassen, sind sie schlicht Verbrecher. Aber die Wurzel des Übels stellen nicht sie, sondern die mangelhaften Gesetze dar. Nehmen wir Rußland. Durch den nahtlosen Übergang vom Zarismus zum Bolschewismus kennt es keine rechtsstaatliche Tradition. Bis heute gilt statt der Unschuldsvermutung das Prinzip, der Angeklagte habe seine Schuldlosigkeit zu beweisen.«

»Wir sind uns einig, daß zum Liberalismus die Idee eines freien Marktes gehört.«

»Selbstverständlich.«

»Auch die Auffassung, daß dieser Markt sich weitgehend selbst regulieren sollte, ist Teil seines Programms. Dann sage mir eins: Wie rechtfertigst du die Machtkonzentration in einem Globalisierungsprozeß, der nicht bloß Nationalökonomien, sondern ganze Kulturen platt macht?«

»Mein deutscher Freund, solche Ängste und Vorurteile begleiten gesellschaftliche Umwälzungen seit Menschengedenken. Wer sagt denn, daß Kulturen ausgelöscht werden? Vielleicht stehen wir am Anfang eines Aufbruchs? Oder sind Veränderungen prinzipiell falsch, schlecht, böse? Findet der Mensch nur in der Erstarrung zu sich? Entfaltet er Tugend ausschließlich in Ordnungen, die jedem einzelnen seinen dauerhaften Platz zuweisen? Geld, Eigentum, Handel, Fortschritt aber verderben die Welt und lassen sie untergehen?«

»Was ist mit den Opfern der Veränderungen, die keine bessere Zukunft erwartet, weil sie die nicht erleben werden? Nimmst du sie in Kauf?«

»Wen meinst du? Das müßtest du mir schon sagen. Oder willst du das Eigentum wieder abschaffen, zum Kommunismus zurück? Plädierst du, wie alle Hippies seit Rousseau, für eine Rückkehr zur Natur?«

Was Wenzel Poßmann an Virgils Anschauungen fesselte, war ihre für ihn abschreckende und doch plausible Logik. In Gesprächen zu Hause kam ihm Vergleichbares nie zu Gehör. Virgil wehrte sich gegen jeden Gedanken, der für ihn auch nur von weitem nach Sozialismus und damit nach Totalitarismus roch, mit geradezu allergischer Empfindlichkeit. Und da Wenzel bisher noch nicht einmal die Möglichkeit einer intellektuellen Spielart wie dieser in Erwägung gezogen hatte, sah er sich unweigerlich herausgefordert. Derweil schwänzte Eckart Eberl den Kongreß, wann immer es ging. Gerne bezahlte er aus eigener Tasche so viele Sonderführungen wie möglich. Als Glücksfall für seine Erkundungsleidenschaft stellte sich eine Russin heraus, die als Auslandsbetreuung für die deutschen Kongreßteilnehmer abgestellt war. Er hatte sie sofort wiedererkannt. Als Dienstmädchen bei Asger Weidenfeldts Mutter Clara hatte sie eine etwas hilflose Figur abgegeben. Von Hilflosigkeit konnte inzwischen keine Rede mehr sein. Dies kam nicht zuletzt in ihrem veränderten Äußeren zum Ausdruck. Marja Tugorski hatte ihr relativ kurz geschnittenes Haar tiefschwarz gefärbt. Oben stand es ein wenig ab, so daß ihr einige Strähnen pfiffig in die Stirn fielen. Sie trug jetzt eine schmale Brille mit rotem Rand, außerdem leichte weite Blusen und Hosen. Daß sie auf die Dolmetscherliste des Auslandsdienstes gekommen war, verdankte sie wahrscheinlich Asgers guten Beziehungen. Von Marja also ließ Eberl sich die Stadt zeigen. Er lauschte ihren Erläuterungen zu den sogenannten Sehenswürdigkeiten beinahe hingerissen. Gelegentlich mischte sich ein lässig mokanter, aber nicht herablassender Nebenton in ihre Sätze, wie er ihn von manchem Campusgelände aus dem Westen kannte. So hatte Eberl erst recht keine Wahl, als stumm neben ihr herzulaufen und sie smart, sexy und natürlich begehrenswert zu finden.

Außerdem war er danebengestanden, als sie Wenzel Poßmann begrüßt hatte. Marja hatte sich so sehr gefreut, ihn wiederzusehen. Sie wäre ihm um den Hals gefallen, hätte er ihr mit einer einzigen Geste Entgegenkommen signalisiert. Es war Eberl fast peinlich gewesen, wie desinteressiert sich Wenzel gezeigt hatte. Als sie sich nach Asger erkundigte, ob er noch bei seiner Mutter wohne und welche Neuigkeiten es gebe aus Fuchsenhub und Umgebung, zuckte er zerstreut die Achseln. Wahrscheinlich hielt er bereits Ausschau nach Virgil. Sie verabschiedete sich sichtlich enttäuscht, aber gefaßt mit einem stolzen Kopfnicken. Seit dem Moment brannte Eberls leicht entflammbares Herz heimlich für die schöne Russin, während ihn gleichzeitig Zorn auf Wenzel packte, den er von nun an sich selbst und seiner Debattierwut überließ.

»Wie, Virgil, definierst du Freiheit? Was ist liberal?«

»Die Rede ist hier von politischer Freiheit, nicht von Freiheit an sich. Außerdem werde ich mich hüten, auch nur irgend etwas zu definieren. Laß mich statt dessen auf deine Einwände eingehen. Wenn ich dich richtig verstanden habe, beziehen sie sich auf eine paradoxe Eigenschaft der politischen Freiheit: Sie tendiert nämlich zwangsläufig zu einer Tyrannei der Starken. Habe ich recht?«

»Meinetwegen. Wenn es uns weiterhilft.«

»In der Hauptsache geht es demnach um den Schutz der Schwächeren? Das ist es doch, was dir Sorgen bereitet?«

»Allerdings. Womit wir sozusagen bei der Moral beziehungsweise ihrem vollständigen Mangel im Globalisierungsprozeß gelandet wären.«

»Zuvor stellt sich jedoch die Frage nach der politischen Technik: Wie läßt sich mit dem Problem umgehen? Es gibt drei Wege. Entweder man tut gar nichts, überläßt die Menschen sich selbst, also der Freiheit der Willkür, was anfangs wie nettes anarchisches Treiben aussehen mag, aber schnell zur Bildung von mafiosen Clans, zu Terror führt. Oder man entwickelt eine Theorie über angebliche Gesetze, die den Niedergang von Zivilisationen herbeiführen, und die erklärt, wie man ihn aufhalten, ja beseitigen kann. Dazu ergreift man die entsprechenden Maßnahmen, und zwar über alle Köpfe hinweg. Denn weil die Menschen unvollkommen, die Gesetze aber absolut sind, wird dem Kollektiv gegenüber dem Individuum prinzipielle Priorität eingeräumt. Dies ist die Antwort aller Formen von Totalitarismus, die Legitimation dafür, daß sich der Staat selbst zum Tyrannen aufschwingt. Als drittes schließlich die liberale Lösung. Sie möchte eine möglichst freie Gesellschaft, weiß aber von der Gefahr einer Tyrannei der Starken, außerdem von der Gefahr der beiden anderen Wege und versucht daher, die Grenzen individueller Freiheit zu fixieren. Da sie zudem von Machtverhältnissen ausgeht, die sich laufend verschieben, unterwirft sie die Fixierungen ebenfalls einem ständigen Prozeß der Anpassung, von einigen unveräußerlichen Gesetzen, wie dem Verbot zu töten oder zu stehlen, einmal abgesehen. Auf Basis fundierter Sachkenntnis sucht sie die jeweils richtige, das heißt die denkbar gerechteste Regelung. Nicht um Verwirklichung eines Idealbildes ist es ihr zu tun, sondern um eine Versittlichung der Politik.«

»Nun, das hört sich in der Theorie wirklich schön an, lieber Virgil, nebenbei bemerkt auch ziemlich moralisch. Aber wie sieht es damit in der Praxis aus? Mir jedenfalls scheint, als würde in den Vorstandsetagen der Unternehmen auf deine Versittlichung eher gepfiffen.«

»Der Mensch erzeugt die Ordnung, die er in der Welt vorfindet.

Immanuel Kant, euer nach wie vor größter Denker, hat das als erster erkannt. Weshalb der Mensch auch die Verantwortung dafür trägt. Soviel zur Moral. Wie schon gesagt, nicht die Ökonomie ist das Übel, sondern jede Form unkontrollierter Macht. Natürlich sorgen stets aufs neue stupide, egoistische, kriminelle Personen, wenn ihnen Macht zufällt, für Irritationen, manchmal auch für verheerende. Sie können Unrecht, Not, Krieg verursachen. Solche Leute tauchen in allen Gesellschaftsbereichen auf, nicht nur, wenn auch womöglich derzeit bevorzugt in der Wirtschaft. Aber die Antwort darauf kann doch nicht sein, ihr mögliches, ja wahrscheinliches Erscheinen von vornherein dadurch auszuschließen, daß man den Menschen generell die Freiheit raubt, Entscheidungen zu treffen, Verantwortung zu tragen. Die einzig sinnvolle Methode, mit schlechten Leuten umzugehen, besteht darin, die rechtsstaatlichen Institutionen so einzurichten, daß selbst die schlechtesten unter ihnen die freie Gesellschaft substanziell auf Dauer nicht beschädigen können.«

Es war ein paar Jahre her, daß Eckart Eberl sich zuletzt im Osten aufgehalten hatte, und er staunte nicht schlecht, wie sehr auch diese Stadt inzwischen internationalem Standard entsprach. Damals waren gerade die Boutiquen und Läden der Fastfoodketten wie Pilze aus dem Boden geschossen, auf den kahlen Flanken der Plattenbauten in den Zentren begannen die ersten Großreklamen zu prangen, und die unvermeidlichen Firmenlogos traten die Herrschaft über das Stadtbild an. Jetzt hatten sie nicht nur endgültig das Kommando übernommen, sondern waren bereits so verwachsen mit dem Ort, daß die kaum zwanzig Jahre zurückliegende kommunistische Vergangenheit nahezu ausgelöscht schien. Schon auf der langen Herfahrt vom Flughafen war ihm die geschlossene Reihe der Fachmarktzentren entlang der Autobahn aufgefallen. Die Firmenlogos sämtlicher internationalen Möbel-, Auto-, Lebensmittel-, Elektronikkonzerne hatte er gesehen, und im Hintergrund ragten die Termitenbauten der alten und neuen Schlafwohnstädte auf. Noch weiter draußen, zwischen den endlosen Äckern der ehemaligen Kolchosen waren kleine ländliche Siedlungen gerade dabei, zu exquisiten Vororten auszuufern. Riesige Privatvillen mit Türmchen, Zinnen, blauen Dächern, schmiedeeisernen Toren vor gepflegten Garagenauffahrten wuchsen in einem Meer von Kranen, finanziert von Familienvätern, die ihr Geld vermutlich im westlichen Ausland oder auf einem der Öl- oder Gasfelder weit im asiatischen Osten verdienten. Im Stadtzentrum dann standen die alten repräsentativen Parteigebäude, der monolithische Betonblock der Philharmonie oder die gelbgraue Volksbibliothek, deren Sims kolossale Bronzestatuen von Nationaldichtern zierten, zwischen den neuen Hochhausgiganten als Relikte einer längst untergegangenen Zivilisation. Zugleich suchte man architektonisch an vorsozialistische Zeiten anzuschließen. Theater, Kirchen, einstige Großbürgervillen, von den alten Machthabern als Militärunterkünfte oder Verwaltungssitze genutzt und dadurch vom Abriß verschont, erstanden in altem Glanz und wurden wieder ihrer ursprünglichen Bestimmung zugeführt. Neue Kirchen und Denkmäler errichtete man in einem Stil, der seine Inspiration irgendwie dem 19. Jahrhundert zu verdanken schien. Insgesamt fühlte sich Eberl an moderne westeuropäische Städte mit historischem Kern erinnert. Der zeitliche Abstand zwischen der Errichtung eines Kolosseums und dem Anrühren kommunistischen Betons schien ihm plötzlich keine Rolle mehr zu spielen. Die Differenz von zweitausend Jahren schrumpfte zu einem Augenaufschlag und Achselzucken über die Vergänglichkeit menschlichen Schaffens. Auf dem Kongreß suchte Wenzel indessen nach einem Weg aus der Defensive, in die ihn Virgils schlüssige Argumentation gebracht hatte.

»Kant hat auch gesagt, daß der Mensch sich seinen Gott selber macht, daß er gar nicht anders kann. Was ist der Gott deines Liberalismus, Virgil? Woran glaubst du?«

»An Gerechtigkeit. Vernunft natürlich.«

»Wie ist es mit Wirtschaftlichkeit?«

»Auch das. Sofern sie vernünftig ist.«

»Andere Frage: Wie denkst du über Entfremdung?«

»Sie ist selbstverständlich eine Erfindung. Entfremdung gehört wie der Begriff Kapitalismus zum marxistischen Stammvokabular und ist zu Recht aus unserem Wortschatz verschwunden. Der Mensch ist ein durch und durch künstliches Wesen. Er hat sich schon lange aus jedem in Naturzusammenhänge eingebetteten Leben verabschiedet. Selbst die Natur, mit der er sich umgibt, ist künstlich. Er lebt ein Kunstleben in einer Kunstwelt. Wovon sollte er sich entfremden?«

»Einerseits teile ich deine Auffassung, frage mich andererseits aber, ob sie nicht doch eine Denkfalle ist, ob diese scheinbar so nüchterne Betrachtungsweise hinterrücks vielleicht wieder nur den Blick auf die realen Verhältnisse verstellt. Ist es Einbildung oder objektive Beobachtung, wenn ich den Verdacht nicht loswerde, die neue Weltökonomie besitze eine Tendenz, die Menschen von etwas zu entfernen, das man ihre geistig-seelischen Grundlagen nennen könnte?«

»Wenzel, dein romantischer Jargon macht, daß sich mir die Haare sträuben.«

»Zeitgemäßer ausgedrückt: Findet womöglich ein technologisch-ökonomischer Übergriff auf die Identität der Menschen, ihre persönliche Freiheit statt? Haben sich heute nicht ganze Geschäftszweige etabliert, die mit immensem logistischem Aufwand die Verkünstlichung des Lebens zum Zweck der Ausbeutung betreiben? Und ihr Geschäft boomt.«

»Was dagegen du hier betreibst, mein Freund, ist Rhetorik. Verkünstlichung, Verwandlung des Lebens in bloße Begriffe. Worauf willst du hinaus? Auf den Kommerz? Die Kommerzialisierung des Lebens? Auch dieser Vorwurf ist so alt wie der internationale Handel selbst.«

»Ich fürchte, daß wir in nicht weniger ideologisierten Zeiten leben als früher. Von zwei Gegnern ist einer ausgefallen, der andere aber setzt seine Propaganda munter fort. Und weil er nicht mehr kämpfen muß, hat er nicht einmal nötig, seine Ideologie offensiv auszustellen.«

»Abscheu vor Ideologien zählt ebenfalls zu den liberalen Glaubenssätzen. Abgesehen davon ist es nicht Aufgabe des demokratischen Rechtsstaats, ideologische Standpunkte seiner Bevölkerung abzuschaffen oder durch liberale zu ersetzen, sondern die Ausübung von Macht zu kontrollieren.«

»Nun weiß man jedoch seit langem, daß sich der Wirkungsgrad einer Ideologie erhöht, wenn ihre Propaganda nicht als solche erkannt wird.«

»Verschone mich bitte mit Verschwörungstheorien. Erkläre mir lieber, was du unter Propaganda verstehst.«

»Propaganda ist das angemaßte Recht der Herrschenden zu lügen, um das Verhalten der Beherrschten zu steuern.«

»Da das Lügen nicht zu verhindern ist, die Lüge aber aufgedeckt werden kann und soll, schützen liberale Verfassungen die Pressefreiheit.«

»Und wenn die Lüge zum Geschäftsprinzip wird?«

»Die erfolgreiche Erschließung neuer Märkte wurde schon immer gerne zu einem Prinzip des Bösen mystifiziert.«

»Virgil, ich bitte dich. Du mußt mir schon das gleiche Recht wie dir einräumen und mich aus den Erfahrungen mit einem System, in dem ich groß geworden bin und nach wie vor lebe, Schlüsse ziehen lassen. Auch ich mache mir meinen Reim auf einen Wandel, der sich nicht nur bei euch vollzogen hat. Ein Land wie Deutschland, mit seiner sehr kurzen, aber immerhin relativ stabilen, freiheitlich demokratischen Entwicklung, ist zwar anders, weniger radikal als ihr, aber doch einschneidend von Veränderungen betroffen. Dabei hat es Verwerfungen gegeben, die Lücken ins Gewebe der auch von mir hochgeschätzten Machtkontrolle gerissen haben.«

»Dann sage mir doch, was antiliberal sein soll am Neuen Markt. Wo sind die Lücken, durch die dein angeblich demokratiefeindliches Geschäftsprinzip schlüpft?«

Marja führte Eckart Eberl ins Kunstmuseum der Stadt, einen klassizistischen Bau, frisch hellgrün gestrichen, darin einige exzellente, ihm völlig unbekannte Werke des russischen Kubismus. In jedem einzelnen der zahllosen kleinen Räume saß eine ältere Dame zur Aufsicht, knipste das Licht an, wenn sie eintraten, stand stolz, mit umfassendem Wissen, den Besuchern für Fragen zu Verfügung. Es waren ehemalige Ärztinnen und Professorinnen, wie Marja wußte, die sich auf diesem Weg einen gewissen Krankenversorgungsanspruch sicherten, spärlich ihre spärlichen Pensionen aufbesserten und obendrein aus ihren Wohnbunkern herauskamen. Gleich hinter dem Museum begann eine weitläufige Parkanlage, und wie in jedem größeren Ort gab es darin an zentral gelegener Stelle eines jener gewaltigen, gußeisernen Monumente zum Gedenken an den Großen Vaterländischen Krieg. In diesem Fall handelte es sich um die Darstellung einer Mutter, die ihrem Soldatensohn das Gewehr reicht. Wuchtig, schwarz, steil aufragend standen die beiden auf einem Piedestal, das sie zusätzlich erhöhte, und zu ihren Füßen brannte die Ewige Flamme. Erinnerungstafeln gemahnten an Zehntausende, die allein in dieser Region dem Krieg zum Opfer gefallen waren. Auf den Stufen zum Denkmal schmiegten sich Liebespaare aneinander, und Eberl forderte seine Begleiterin auf, sich zu ihnen zu setzen. Marja erzählte, daß Brautpaare das schwarze Monument als Hintergrund für ihre Hochzeitsfotos bevorzugten, nachts dagegen sei das Areal Gefahrenzone. Überfälle, Mord und Totschlag seien an der Tagesordnung. Jetzt aber war es warm und nirgends eine Spur von Bedrohlichkeit. Auf Eberl wirkten die vielen jungen Leute, die sich im Park aufhielten, alles andere als niedergedrückt, trotz des äußerst geringen Durchschnittseinkommens, von dem Marja berichtete. Sie drängte zum Weitergehen. Er wollte wissen, für welche Kundschaft dann all die Luxusartikel bestimmt waren, die in den properen Schaufenstern der großzügig angelegten Einkaufsmeile auslagen, durch die sie nun gingen. In diesem Punkt war selbst seine versierte Führerin auf Vermutungen angewiesen. Einerseits tippte sie auf die Neureichen, andererseits war ihre Schicht so dünn, daß sie kaum ein derart opulentes Warenangebot rechtfertigten. Eberl befiel zwischen den noblen Ladenfronten, wo das Sonnenlicht den polierten Marmor der Wandelgänge zum Funkeln brachte, für einen Moment die Illusion, er bewege sich durch eine Stadt in Westeuropa oder Amerika oder Südostasien. Auch hier wie überall bereits die obligatorischen Überwachungskameras. Dieses Viertel war eine weitere Verwirklichung des weltweiten Einheitstraums einer Metropole, während die meisten Seitenstraßen mit ihrem von Rissen und Schlaglöchern gezeichneten Asphalt noch darauf warteten, von ihm erobert zu werden. Hier standen im Schatten alter Bäume Tische vor kleinen Cafés. Das zarte Grün der Blätter milderte die schmierig gelbgrau bis schwarz verwitterten Plattenbauten. Oben verliehen improvisierte Balkonverschläge den schäbigen Fassaden eine dennoch wohnliche, fast private Note. Noch darüber aber blickten die gläsernen oder kunststoffbeschichteten Titanen von Banken und Firmenzentralen in die Straßenschluchten herein und versprachen im Strahlenglanz ihrer Corporate Identities eine blitzsaubere Zukunft. Eberl wollte zum Fluß. Marja stellte sich an die Straße, winkte das nächstbeste Auto heran, denn so wurde hier Taxi gefahren. Angekommen, liefen sie die Uferpromenade hinunter bis zu einem Zeltdach, unter dem sie eiskalte Cola tranken, saßen dann auf der Brüstung und ließen die Beine baumeln. Eine Gruppe Bläser spielte Jazzstandards. Auf der anderen Seite des breiten Stroms zeichneten marode Industrieanlagen ihre rostige Silhouette in den Abendhimmel. Daneben tobten noch mehr Architekten ihre dekonstruktivistischen Comic-Phantasien in bizarren Wolkenkratzern aus. Marja wehrte sich jedesmal, wenn Eberl den Arm um sie legen wollte. Sie blieben dennoch, bis die Sonne untergegangen war.

»Ein Unternehmen arbeitet wirtschaftlich, solange es seine Ware unter die Leute bringt. Gelingt ihm das nicht mehr, geht es bankrott. Richtig?«

»Ein zwingender, geradezu natürlicher Vorgang, Wenzel.«

»Um seine Wirtschaftlichkeit zu gewährleisten, muß es sich um zwei Bereiche kümmern. Zum einen braucht eine Firma Produkte, die der Kunde verlangt und seinen Ansprüchen genügen. Zum anderen ist es nötig, auf die Existenz der Produkte aufmerksam zu machen. Nur wenn der Kunde weiß, das ein Artikel existiert, kann er ihn kaufen.«

»So lauten die unternehmerischen Grundregeln.«

»Den Ort, wo die Waren feilgeboten werden, nennt man Marktplatz. Es ist ein begrenzter Ort, nicht so sehr durch die zur Verfügung stehende Werbefläche, die bekanntlich immer mehr Lebensräume überwuchert, vielmehr durch das Interesse der Menschen.«

»Stichwort Konkurrenz. Was weiter?«

»Mir scheint, der Kampf um diese begrenzte Aufnahmefähigkeit ist ins ökonomische Zentrum gerückt. Hier ist etwas faul, hier gibt es Machtmonopole, hier tobt sie sich aus, die Tyrannei der Starken.«

»Die Dinge sind diesbezüglich zweifellos etwas aus dem Gleichgewicht. Kein Wunder, nach so immensen Umwälzungen. Es wird sich wieder einpendeln.«

»Adam Smiths berühmte unsichtbare Hand, die alles regelt, erweist sich allerdings als völlig ohnmächtig bei dem parallelen Prozeß, der mit der Verlagerung des Marktplatzes ins Immaterielle einhergeht.«

»Was ist das? Ich halte nichts von so schwammigen Dingen. Ein liberaler Staat hat für die Freiheit des Arbeitsmarkts und für diejenige der Arbeitnehmer Sorge zu tragen. Der Unternehmer muß sich seine Arbeiter einerseits leisten können, darf sie andererseits nicht ausbeuten. Dieses leider noch nicht überall geltende Prinzip ist jetzt auf weltpolitischer Ebene durchzusetzen.«

»Und wodurch entstehen deiner Ansicht nach die imperialen Tendenzen der Großkonzerne?«

»Solche Tendenzen sind ein Hirngespinst. Reich werden ist schließlich keine Schande. Nur wo Staaten ihren ökonomischen Interventionismus preisgeben, ist die Freiheit des Marktes bedroht. Solange die Bedürfnisse von Konsumenten befriedigt werden, und seien diese Bedürfnisse noch so massenhaft auf eine solitäre Ware gerichtet, und wüchse die Firma, die sie produziert, dadurch zu noch so gigantischer Größe, gibt es keinen Grund, sich Sorgen zu machen.«

»Nicht Verbraucherinteressen, sondern Rankinglisten beherrschen den Markt. Danach richtet sich der Wert der Ware, der Handel hat sich dem angepaßt. Wer die Regel nicht erfüllt oder mißachtet, fliegt aus dem Geschäft, egal wie hochwertig das Angebot ist. Auffälligkeit rangiert weit vor Inhalt, Nutzen, Güte, sie ist das maßgebliche Kriterium für Erfolg. Das meine ich mit immateriellen Prozessen, das ist die neue Qualität eines mentalen Kapitalismus.«

»Güte und gute Reklame schließen sich nicht aus.«

»Es geht um mehr als die Befriedigung von Konsumwünschen, Virgil. Die Leute werden dazu gebracht, sich so sehr mit einem Lebensgefühl zu identifizieren, daß sie das Logo einer Marke wie ein Tattoo tragen. Es wird zum Rangabzeichen, man muß Dinge sozusagen haben wollen, um im Kollektiv zu überleben. Das sind nicht nur Werbetricks, das schafft soziale Wirklichkeiten.«

Wenzel spürte, daß er einen wunden Punkt getroffen hatte bei Virgil, denn seine Repliken zielten an dem, wovon die Rede war, haarscharf, aber eben doch vorbei. Er war begierig zu sehen, wohin ihr Gespräch sie noch führen würde. Unterdessen gelang es Eckart Eberl am letzten Kongreßtag endlich, seine Führerin doch zu einem Ausflug ins Nachtleben der Stadt zu überreden. Marja hatte Heißhunger auf westliches Essen, also starteten sie den Abend im »New York Pizza«. Das Lokal war Teil eines Ensembles von Cafés, Klubs, Restaurants, alle nach amerikanischem Vorbild gestaltet und einer der angesagtesten Treffpunkte der hiesigen Jugend. Der Komplex gehörte einem Mann aus Kansas, der vor fünfzehn Jahren in die Stadt gekommen war und sich hier ein kleines Imperium aufgebaut hatte. Obwohl mit einer Einheimischen verheiratet, weigerte er sich nach wie vor kategorisch, die Landessprache zu lernen. Dies erzählte Marja über ihr lappriges Schnitzel gebeugt, während Eberl in verkochten Nudeln stocherte. Bald setzte sich ein junger Mann mit langen Haaren an den Tisch, der ihm beim Eröffnungsvortrag durch seine unorthodoxen Fragen aufgefallen war. Alexej schilderte seine Eindrücke von einem Deutschlandbesuch vor einigen Monaten und beschloß sie mit einer Anekdote. Er war mit zwei Indern, einem Afrikaner und einem Jordanier im Biergarten gesessen. Der Kellner, der ihre Bestellung offenbar nicht richtig verstanden hatte, kam mit falschen Gerichten und Getränken und übersah, nachdem sie ihn korrigiert hatten, ihren Tisch geflissentlich. Schnell war man einig, den Geschäftsführer zu rufen. Sie fühlten sich wie Untermenschen behandelt, beschwerten sich bei ihm, worauf er zornig erwiderte: »And I'm, of course, a Nazi, too«. Dazu streckte er den rechten Arm aus. Erst nach langen Diskussionen gelang es dem Afrikaner, seine Tischgenossen zu beruhigen mit den Worten: »But we are more cute and don't show them our fear.« Aufgekratzt zogen Eckart, Marja und Alexej dann um ins angrenzende Tanzlokal, wo eine Liveband Rock-'n'-Roll-Oldies spielte. Auf der freigelassenen Fläche vor der Bühne drehte man sich im klassischen Paartanz. Dazwischen schüttelten einige ihre Körper, als hätten sie den Freistil der Hippiezeit eben erst erfunden. Die meisten Frauen waren mächtig aufgeputzt. Überhaupt fühlte sich Eberl an Filmszenen aus den sechziger Jahren erinnert. Zwischen weltbekannten Standards wurden immer wieder einheimische Stücke gespielt, die das Publikum johlend in einer Art Gruppenchoreographie zelebrierte. Dann wurde Eberl von einer jungen Einheimischen angesprochen. Marja übersetzte. Sie forderte ihn zum Tanz. Ungeübt, aber durchaus charmant schob er sich mit ihr zu »Yesterday« über den Tanzboden.

»Klingt verwaschen, deine Theorie, mir erschließt sich auch nicht, inwiefern sie die meine in Frage stellt.«

»Was ich deinem Liberalismus vorwerfe, ist vor allem Blindheit, vielleicht aus Naivität, vermutlich aber aus Opportunismus, mit dem man die Gefahr eines als Propagandakrieg organisierten Marktes unterschätzt. Nicht die Freiheit, Konsumbedürfnisse zu haben, die freien Bedürfnisse schlechthin stehen auf dem Spiel. Nimm beispielsweise die sogenannte Prominenz, diese Halbwelttypen im

Fernsehen und so weiter: Wer dorthin aufsteigen will, muß nicht herausragende Leistungen oder Tugenden zeigen, sondern sich als Marke präsentieren, das heißt, sich so penetrant wie möglich auf dem Marktplatz herumtreiben. Das ist die Moral des Neuen Marktes. Gut ist, was um jeden Preis auffällt. Anderes Beispiel: Kinder. Deine sind noch klein, bald werden sie dir ausgiebig Gelegenheit geben, den Zusammenhang von freiem Markt und sozialem Zwang zu studieren. Im Zangengriff zwischen der Frage, wieviel von den stupiden Kindheitsvernichtungsangeboten du ihnen vorenthältst, um die sie dich unter Tränen anflehen, und der Angst, ob du sie dadurch nicht von ihren Schulfreunden isolierst, die alle diese Dinge angeblich besitzen und tun dürfen, wird auch deine Moral und deine Courage täglich auf dem Prüfstand stehen.«

»Das sind individuelle Erziehungsprobleme.«

»Das sind die Probleme einer neu entstehenden Klassengesellschaft. Die einen leben von Beachtung und ernten Achtung, die andern bezahlen mit Beachtung und verachten sich selbst. Die einen bilden eine Oberschicht moralisch höchst zweifelhafter Besitzender und sorgen für ein konstant hohes Reizniveau. Die andern schauen zu, und wenn sie brav die richtigen Sachen kaufen, dürfen sie immerhin Fans sein. Ich nenne das eine neue Form der Oligarchie.«

»Das Bild, das du zeichnest, ist doch übertrieben, ist ein, verzeih mir das harte Wort, aber ich bin fast ein wenig aufgebracht, ein hysterisches Zerrbild. Gut, was die Ethik in der Wirtschaft betrifft, gibt es Verwerfungen. Nicht alles dort läuft sauber und rund. Es gibt Bereicherung, feindliche Übernahmen, Korruption im großen Stil, und das Unternehmertum täte gut daran, sich auf seine protestantischen Wurzeln zu besinnen. Aber eine Seelenversklavungsindustrie, wie du sie beschreibst, so etwas existiert nicht.«

»Wirklich nicht?«

»Du unterschätzt die Freiheit des einzelnen, die Fähigkeit zur Eigeninitiative, zur Selbstorganisation. Soziale Krisen sind Übergangserscheinungen, sie werden überwunden.«

»Und du glaubst, das ließe sich mit Selbsthilfeprogrammen erreichen? Wie im 19. Jahrhundert? Wo man auch auf die Selbstheilungskräfte der Gesellschaft setzte, die Arbeiter nach liberalem Idealbild zu selbständigen Kleinunternehmern erzogen werden sollten? In Deutschland nannte man das eine Zeitlang Ich-AGs. Nur daß die Menschen damals bald genug davon hatten, sich von bürgerlicher Überheblichkeit vorschreiben zu lassen, wie sie sein sollten. Blauäugigkeit hat die sozialen Verwerfungen zu Klassengegensätzen verschärft. Vielleicht gehört ja auch das zur Tradition des Liberalismus, daß man die Macht kollektiver Lagen unterschätzt?«

»Und was sollte man deiner Meinung nach dann tun?«

»Ich weiß es nicht, Virgil, ich weiß es nicht.«

Beinahe feindselig trennten sich Wenzel und Virgil an diesem letzten Abend, vereinbarten aber, sich später noch einmal in der Hotelbar zu treffen. Auch Eckart Eberl mit seinem Anhang zog sich an die Bar zurück, die dem Tanzschuppen angegliedert war. Hier, wo man sich besser unterhalten konnte, stießen Natalja, eine Freundin von Alexej, und Lena, eine Freundin von Natalja hinzu. Eckart Eberl spendierte eine Runde Wodka. Lena war eine jener jungen Frauen, die mit ihrer Anpassung an die westliche Mode unversehens eine eigene Osttypologie hervorgebracht hatten. Ihr Gesicht hatte sie mit einer dicken Schicht Puder geweißt und kontrastierend dazu die altrosa glänzenden, beim Zuhören süß gespitzten Lippen mit Fineliner schwarz umrandet. Lenas wallend blonder Pracht, die immer wieder an Eberls breiten Nasenlöchern vorbeischwang, entströmte der Duft einer ganzen Parfümeriekette. Sie lehnte sich an seine Schulter, öffnete ihr Handtäschchen, um ein goldenes Feuerzeug und ein goldenes Etui mit extradünnen Zigaretten herauszuholen. Dabei fiel sein Blick auf die extrem langen Fingernägel, die, von einem Querstreifen Goldstaub geteilt, in der unteren Hälfte violett, in der oberen cremig lasierend lackiert waren. Eberl, für den kein Zweifel an Lenas Absichten bestand und der sexuellen Abenteuern sonst nicht abgeneigt war, durchlief bei der Vorstellung, diese Nägel auf seinem Rücken zu spüren, ein

Schauer, als hörte er Kreide über eine Schiefertafel quietschen. Aber natürlich war es vor allem Marjas Anwesenheit, die ihm verbot, Lenas Flirt zu erwidern. Er wandte sich demonstrativ der sehr jungen Natalja zu, die gerade davon schwärmte, eines Tages nach Deutschland oder Schweden zu gehen, Innenarchitektur zu studieren oder in einem Designerteam zu arbeiten. Lena dagegen wollte zu Eberls Überraschung so bald wie möglich eine Familie gründen, später zwar viel reisen, aber immer in ihre Heimat zurückkehren. Am Tresen der Hotelbar bemühten sich derweil Wenzel und Virgil, ihr Streitgespräch zu einem versöhnlichen Abschluß zu bringen.

»Du hast von politischen Lücken gesprochen, Wenzel, aber mir nicht gesagt, wo sie sind. Ich habe selber eine gefunden: Bildung, ich wundere mich, daß mir das erst jetzt einfällt. Bildung ist ein essentieller Baustein des Liberalismus. Ein freiheitlicher Staat ist nur dauerhaft denkbar mit einer Bevölkerung, die ihn als ihr Eigentum begreift, was wiederum Individuen voraussetzt, die fähig zur Selbstreflexion sind, fähig, eigenes Denken und Handeln in Frage zu stellen. Sie müssen sich Befehle, Dogmen, Zwänge bewußt machen können, denen man sie womöglich unterwirft, unabhängig davon, ob sie aus politischen Ideologien, religiösen Systemen oder ökonomischen Strategien herrühren. Das gilt natürlich für die einzelnen wie fürs Ganze. Und diese Bildungsaufgabe des liberalen Staats ist in den Jahren des Umbruchs vielleicht etwas vernachlässigt worden.«

»Bildungspolitik allein, Virgil, wird aber wohl kaum ausreichen, wenn bestimmte Entwicklungen des Marktes wirklich das Persönlichkeitsrecht verletzen und die Würde des Menschen antasten.«

»Ließe sich das beweisen, müßte freilich über eine Revision der Machtkontrollen nachgedacht werden. Zu den Pfeilern liberalen Denkens gehört ja eben gerade nicht die Volkssouveränität. Ein Volk kann sich bekanntlich auch für eine Diktatur entscheiden.«

»Und so weit sind wir doch nicht. Nicht wahr?«

»Ihr wahrscheinlich nicht.«

Während Wenzel und Virgil ihren Privatkongreß mit einem letzten Wodka beendeten und einander versprachen, in Austausch zu bleiben, hatte Eckart Eberl genug von fade plätschernden Gesprächen, von Lena und ihrem bizarr sexualisierten Verhalten, von all dem pseudowestlichen Abklatsch. Er wollte in einen Klub, in dem heimische Bands eigene Musik spielten. Alexej wußte, wo es das gab. Inzwischen war es nach Mitternacht und kaum noch Verkehr auf den Straßen. Als sie eine Kreuzung überquerten, wurde Eberl plötzlich von Marja zurückgerissen. Im nächsten Moment schoß ein Auto vorbei. Hierzulande bremse man nicht für Fußgänger, bemerkte sie trocken, als sie weitergingen. Eberl, dankbar, daß Marja ihm gerade das Leben gerettet hatte, wollte jetzt wissen, ob sie ähnliche Zukunftspläne habe wie Natalja oder Lena. Marja zuckte die Schultern. Sie arbeite als Dolmetscherin, alles weitere werde sich ergeben. Dann würden sie einander ja vielleicht öfter über den Weg laufen, überlegte er laut. Marja erwiderte nichts. Sie betraten den Klub, der gleichfalls dem Mann aus Kansas gehörte. Im Eingang standen bewaffnete Sicherheitsleute. Man tastete sie mit Metalldetektoren ab. Drinnen begannen, vom Publikum frenetisch begrüßt, soeben die Zugaben. Fünf Musiker, mit einer einzigen Akustikgitarre und einem Tamburin ausgerüstet, trugen hip-hopähnliche Stücke in der Landessprache vor, wobei sie sämtliche Geräusche, das Scratchen von Schallplatten, die Beats und Sounds aus Computern mit ihren Stimmen imitierten. Die Menge kannte die Texte auswendig. Selbst nachgeäffte Pieptöne an vermeintlich indizierten Stellen brüllte sie mit. Es sei eine der beliebtesten Bands im Land, schrie ihm Alexej ins Ohr. Die Songs waren gängig und zugleich seltsam verbogen. Sie wirkten wie eine Art Rückeroberung, klangen, als sollte der Vorgang umgekehrt werden, mit dem westlicher Einheitspop hiesige Musik überformt hatte, taten, als könnte eine namenlose Ostband das aggressiv dominierende Material nach eigenem Gutdünken und Ermessen benutzen und umbauen. Eberls Laune besserte sich. Als ein paar junge Leute die Bühne stürmten und eigene Lieder intonierten, wurde seine Stimmung fast ausgelassen. Ihr volksliedhafter Ton verschmolz mit der exzentrischen Begleitung der Musiker zu einer eigenwilligen und nie gehörten Einheit. Angetrunken, die zuletzt gesungene Melodie nachsummend, verließ Eberl den Klub gegen drei Uhr früh, dankte Alexej zum Abschied überschwenglich für diesen Tip. Als er Marja vor dem Hotel Geld durchs Seitenfenster für die Heimfahrt in die Hand drückte, fragte er sie, ob sie bei ihm übernachten wolle, im voraus wissend, daß sie ihm nicht einmal zulächeln würde.

5. Kapitel
TOD EINES KOMMUNALPOLITIKERS

An einem lauen Mittwochvormittag Ende Mai raffte sich Bürgermeister Franz Stegmüller endlich wieder zu einem Spaziergang auf, nachdem er wegen brütender Hitze mehr als eine Woche lang damit ausgesetzt hatte. Er küßte seine mit ihrem neuen Computerprogramm ringende Frau Nele auf die Stirn, las Zufriedenheit und Erleichterung in ihren Augen, als er den neuen Panamahut aufsetzte, den sie ihm gegen die Sonne gekauft hatte. In der Tür des Sekretariats drehte er sich noch einmal um, weil Nele sich nach seinen speziellen Einkaufswünschen erkundigte, die er nicht besaß, ihm außerdem eine mediterrane Gemüsepfanne mit Putenstreifen als Abendessen in Aussicht stellte. Dann verließ er das Rathaus Richtung See.

Sein Hausarzt hatte ihm dringend empfohlen, sich täglich mindestens eine halbe Stunde im Freien zu bewegen, als er ihn vor ein paar Wochen wegen einiger kleinerer Schwächeanfälle konsultiert hatte, die ihn nur deshalb beunruhigten, weil sie sich in kurzen Abständen hintereinander wiederholt hatten. Anfangs kam er dem Ratschlag auch tapfer nach, zumal er Nele, vor der Dr. Rosts Diagnose freilich nicht zu verheimlichen gewesen war, unnötige Sorgen ersparen wollte. Seit jedoch diese irreguläre Trockenperiode herrschte und die Temperatur Tag für Tag gestiegen war, hatte er seine Pflichtwanderungen zunächst immer öfter ausfallen lassen und sie dann ganz eingestellt. Auch meldete sich in der Gluthitze vehement sein alter Bierdurst und wollte im üblichen Umfang befriedigt werden. Bis schließlich Nele, den Wetterbericht in der Hand und all ihre Inbrunst aufbietend, vorgestern in ihn gedrungen war, mit der zu erwartenden Abkühlung auch dem Versprechen wieder nachzukommen, das er ihr gegeben hatte.

Tatsächlich erwies sich das Gehen in der angenehm frischen Luft beinahe sofort als kraftspendende Wohltat. In der vergangenen Nacht hatte es heftig gewittert und geschüttet. Auch in der Frühe hing die Wolkendecke noch tief, geschlossen und dunkelgrau, doch jetzt brach die Sonne durch. Droben trieb starker Wind bauchige Brocken vor sich her, riß, zupfte an ihnen, zerrte sie auseinander, zerpflückte sie in immer kleinere Stücke, während auf der Erde kaum eine Brise das ständige Wechselspiel von Licht und Schatten begleitete. Das Grün der Bäume und Sträucher war satter, das der Wiesen grüner, die Dächer flammend ziegelrot, und über allem wehte das Weißblau des Himmels. Franz bog von der Vössener Hauptstraße zum neu gestalteten Bürgerpark am Dampfersteg ab. Der Duft der aufblühenden Linden quoll ihm entgegen. Am Ufer angelangt, blieb er einen Augenblick stehen, schaute auf die noch aufgerauhte, türkisfarbene Wasserfläche hinaus. Winzige Schaumkronen tanzten auf kleinen Wellen, die Berge waren zum Greifen nahe. Er begann sich besser zu fühlen.

Als Franz am Morgen noch einmal ins Schlafzimmer hinaufgestiegen war, weil er die Uhr auf dem Nachttisch liegengelassen hatte, mußte er sich vor Erschöpfung am Geländer festhalten und eine Pause einlegen, bevor er weiterkonnte. Natürlich hatte er seiner Frau nichts davon erzählt. Schon während er da stand auf der Hälfte der Treppe, keuchend, mit jagendem Puls, seine sich um den Handlauf krampfenden Fäuste starr im Blick, war er beinahe ebensosehr in Panik, Nele könnte ihn in diesem Zustand überraschen, als er befürchtete zu stürzen. Daß in den letzten Tagen erneut Schmerzattacken aufgetreten waren, hatte er ihr verschwiegen. Er führte sie auf den Ärger im Amt zurück, auf seine Enttäuschung, sein Unvermögen, darauf, daß er nicht imstande war, seine Wut zu zügeln. Der Doktor hatte extra betont, daß er sich nicht aufregen dürfe, aber das sagte sich so leicht. Das Brennen und Pressen, seit längerem gewohnt, war außerdem nicht wirklich schlimmer geworden, vielleicht etwas länger anhaltend, womöglich ein wenig häufiger als zuvor. Das alles würde sich wieder normalisieren. Kurz darauf allerdings, die wenigen Meter über den vor Nässe dampfenden Hof nehmend, um das Auto aus der Scheune zu holen, fuhr ihm mit der kalten Atemluft ein Stich und Blitz und Lodern in die Brust, wie er es zuvor noch nicht erlebt hatte. Seine Lunge war von einem Panzer umschnürt, er rang nach Sauerstoff, vom Sternum schossen glühende Pfeile in Hals und Unterkiefer. Franz' Oberkörper klappte vornüber, Schweiß tropfte von der Stirn, doch der Ärger darüber, daß ihm sein Körper nicht mehr gehorchte und sich selbständig zu machen drohte, war beinahe größer noch als die Angst, in die ihn die mysteriöse Heftigkeit des Anfalls versetzte. Dann war es schlagartig vorbei. Am Steuer des Landrover, mundfaul wie immer, Nele neben sich, später mit schlechtem Gewissen an seinem Schreibtisch im Rathaus, erteilte er energisch sich selbst den Befehl, ab sofort wieder besser auf sich aufzupassen.

Die nach beiden Seiten menschenleere Promenade lag vor ihm, und er beschloß, Richtung Campingplatz zu gehen. Aus den frisch gemähten Seitenstreifen des Fußwegs drang der Geruch des angetrockneten, vom nächtlichen Regen wieder aufgeweichten Heus zu ihm herauf. Der Bauhof hatte sauber gearbeitet, auch die schlecht zu erreichenden Stellen zwischen den Blumentrögen diesmal nicht übergangen, die neuen Trennmüllkörbe waren frisch geleert. Franz musterte die im Herbst aufgestellten Laternen zwischen den Ulmen, Linden, Kastanien. Es waren gediegene, gußeiserne Stücke mit leicht historisierendem Einschlag, und sie machten etwas her. Wenn Touristen über den Bürgerplatz am neuen Musikpavillon vorbei zum Seeufer vorstießen, konnten sie gar nicht anders, als unter den prächtigen, kelchförmigen Kandelabern eine Weile die Allee entlang zu bummeln. Daß der Gesamtentwurf zur Neugestaltung in dieser nicht ganz billigen, dafür nachhaltigen Form hatte verwirklicht werden können, war abgesehen von den durch Wirtschaftskonjunktur und Steuermehreinnahmen endlich etwas problemloseren Gemeindefinanzen immerhin sein Verdienst. Er konnte stolz darauf sein, und genau dieses Hochgefühl versuchte er jetzt in sich herzustellen, hierin gleichfalls der ärztlichen Anweisung folgend. Nimm die Dinge mit der deinem Alter entsprechenden Abgeklärtheit, betrachte die Welt in milderem Licht, laß die Schönheit der Natur auf dich wirken, mit der wir hier so reichlich gesegnet sind; vor allem aber werde endlich etwas nachsichtiger, auch mit dir selbst, lautete die Mahnung des Doktors.

Franz war Emmeram Rosts Patient, seit der in Vössen die väterliche Praxis übernommen hatte. Nur Dr. Rost durfte so mit seinem Bürgermeister reden. Und das, nicht Neles Drängen, sich endlich untersuchen zu lassen, nachdem er unvorsichtigerweise etwas von seinem gelegentlichen Unwohlsein hatte durchblicken lassen, war auch der hauptsächliche Grund, warum er die Sprechstunde aufgesucht hatte. Er wollte sich ein bißchen den Kummer von der Seele reden, dieses arg verworrene und verknotete Knäuel, das da in den letzten Jahren gewachsen war. Zwanzig Minuten Arztgespräch mit Emmeram hatten ihm schon immer mehr geholfen als alle Medikamente zusammen, und auch die jüngsten Beschwerden würden wie immer von selbst verschwinden. Nele hätte es freilich gerne gesehen, wenn er zu einem anderen, sie sagte, zu einem richtigen Arzt gegangen wäre. Sie hielt nicht viel von Dr. Rost. Selber stark übergewichtig, außerdem passionierter Zigarrenraucher, sah er in der Tat nicht aus, als würde er den Ruhestand, in den er demnächst ging, noch lange genießen können.

Dabei hatte man Franz dieses Mal sogar Blut abgenommen. Und der Doktor war durchaus der Meinung gewesen, daß es sich bei Stegmüllers Symptomen um ernstzunehmende Anzeichen für eine Herzinsuffizienz handeln könnte. Er schlug ihm sogar eine Überweisung zur Herzkathederuntersuchung auf der Kardiologie des Kreiskrankenhauses vor, stellte dann, als er sah, daß sein Patient nicht darauf eingehen würde, ein Belastungs-EKG in Aussicht, das sich in seiner Praxis durchführen ließ. Auch dieser Plan rückte jedoch wieder in den Hintergrund, nachdem Dr. Rost eine Weile dem melancholischen Selbstgespräch des Bürgermeisters zugehört hatte. Danach hielt er es für sehr gut möglich, daß sein Patient unter Depressionen litt und seine Leiden eher psychosomatisch bedingt waren. Stegmüllers Blutfette waren grenzwertig, auch der Blutdruck war recht hoch, aber das konnte bei solcher Konstitution, Ernährungs- und Lebensweise nicht überraschen. Gut wäre es beispielsweise gewesen, wenn er sich einer Koronarsportgruppe angeschlossen hätte, aber Rost wagte dergleichen nicht einmal vorzuschlagen. Vielleicht war es ohnehin sinnvoller, ihn einmal eine Zeitlang mit einem milden Betablocker ruhigzustellen und die physiologischen Konsequenzen zu beobachten. Der Hausarzt beschloß jedenfalls fürs erste abzuwarten, vereinbarte einen Kontrolltermin mit Franz im nächsten Monat und empfahl neben den Spaziergängen weniger Fleisch, Wurst, Butter, mehr Fisch, Gemüse und Obst zu essen, außerdem von Bier auf Rotwein umzusteigen und das Quantum auf einen halben Liter pro Tag zu beschränken.

Was Franz dem Doktor ein paar Wochen zuvor erzählt hatte, beschäftigte ihn eigentlich ständig, und so beschäftigte es ihn auch jetzt, während er noch einmal auf die Promenade zurückblickte, bevor er den Seitenweg einschlug, der am Campingplatz entlang aus Vössen hinausführte. Denn in sein Bemühen um Freude über die zweifelsohne geglückte Modernisierung des Uferbezirks mischte sich wieder dieses ihm inzwischen bis zum Überdruß vertraute Gefühl von Schalheit, das schnell anschwoll, sich ausbreitete, jede andere Regung überdeckte, erstickte. Es war eine Art Ernüchterung, die ihm jedesmal den Halt raubte, sein Selbstbild ins Vage, Fragwürdige rückte, als fiele es sich selbst in den Rücken, als wäre längst nicht erwiesen, ob die Maßnahmen, die er ergriff, der Kurs, den er einschlug, seine Maßnahmen und sein Kurs waren, ob die Verantwortung, die er trug, wirklich noch von ihm selbst verantwortet wurde.

Selbstverständlich standen dabei die geschickten Manöver Josef Mitterbinders im Mittelpunkt, mit denen er nach abgelaufener Sperrfrist die Discounter-Frage am Ende doch noch in seinem Sinn hatte entscheiden können. Der Erfolg eines zweiten Bürgerbegehrens war durch unauffällige Winkelzüge des Gegenspielers ausgehebelt worden. Seit seiner Wiederwahl hatte Bürgermeister Stegmüller den Verdacht nicht loswerden können, daß Mitterbinder unter dem Deckmantel der Konzilianz und Aufgeschlossenheit gegenüber den von ihm und vor allem von Nele ausgeheckten Programmen zur Dorfsanierung, des Ausbaus der sozialen, kulturellen und nicht zuletzt touristischen Infrastruktur die Weichen für seine eigenen, geheimen Vorhaben stellte. Mit der Neuauflage zur Bebauungsplanänderung des Hupfauf-Grundstücks traten sie bloß wieder greifbar zutage.

Aber das war nur das hervorstechendste Merkmal in einem Erosionsprozeß, bei dem ihm immer mehr seine Autorität, seine Eigenart, ja die Substanz seines Wesens abhanden zu kommen schien. Auf der Rückseite dieses Vorgangs, der an den Grundpfeilern seines Daseins nagte, in der nach außen am tiefsten verborgenen Schicht, war es sein neues Leben als Ehegatte, mit dem er auf eine merkwürdig konfuse Weise nicht zurechtkam.

Franz ging weiter. Eine erste Gruppe Radfahrer in greller Montur, vermutlich Rentner, die zur Seeumrundung gestartet waren, kam vorüber. Er indessen bemühte sich weiterhin, seinen Gedanken eine andere Färbung zu geben, saugte auf, was die Natur an Reizvollem, Beseligendem anzubieten hatte. Jedem Geruch, jeder Nuance der Farben und Linien, jedem Vogelzwitschern öffnete er die Sinne. Dennoch fiel er dauernd in sein Grübeln zurück, das ihn nun schon so lange ergebnislos begleitete.

Das Schlaue am Vorgehen des Kontrahenten war, daß er seine fundamentale Oppositionshaltung gegenüber Stegmüllers Politik aufgegeben hatte, statt dessen all diejenigen Beschlüsse mittrug, die jeder Vössener Bürger sofort als Verbesserungen für Ort und Gemeinde wahrnahm, und sie sich so mit auf seine Fahnen schrieb. Er hatte außerdem sein Vokabular ausgetauscht, benutzte vorwiegend Begriffe, mit denen man Bürgernähe und Menschenfreundlichkeit assoziierte, redete viel vom Miteinander, vom Wohlfühlen, dem Recht des einzelnen auf freie Gestaltung seines Privatlebens. Eine Devise, die er sich zurechtgelegt hatte und bei jeder Gelegenheit aufwärmte, lautete: Zukunft erkennt man nicht, man schafft sie. Als Mitterbinder das Engagement der Bürgerinitiative, das durch die erzwungene Wiederholung des gleichen demokratischen Prozedere nach so kurzer Zeit ohnehin geschwächt war, mit einer eigenen Kampagne konterte, hatte er den neuen Jargon bereits vollkommen verinnerlicht. Seine Akzeptanz in der Bevölkerung war gefestigt. Dieses Mal hatte von vornherein nichts schiefgehen können für den ehrgeizigen Bockwieser-Schützling, dachte Franz, und sog, um seine Wut zu dämpfen, das würzig herbe Aroma ein, das von den Holundersträuchern an der Begrenzung des Hupfaufschen Campingplatzes herüberwehte.

Es war nur gut, daß er Nele an seiner Seite hatte. Allein das Wissen um ihre Existenz besänftigte bereits das unablässige Rumoren, das ihn befiel, sobald er dem neuen, vordergründig alles und jedes gutheißenden Stil von Mitterbinders politischen Aktivitäten längere Zeit nicht ausweichen konnte. Und als der Kampf um den Erhalt Vössens als großmarktfreie Zone verloren war, half ihm der unerschütterliche Optimismus seiner Frau, daß er nicht völlig in Resignation versank. Franz Stegmüller war von Dankbarkeit für Nele erfüllt. Er liebte sie. Das stand ebenso unumstößlich fest wie die Tatsache, daß das Jahr, das sie nun immerhin schon miteinander lebten, die mit Abstand harmonischste und zufriedenste Zeit seines Lebens war. Abends freute er sich darauf, gemeinsam mit ihr vom Rathaus nach Hause zu fahren, wo zum ersten Mal so etwas wie Gemütlichkeit aufkam, sich manchmal sogar richtig behagliche Stunden zu zweit einstellen konnten, mit Räucherkerzen, die sie schätzte, alten Blues-Platten, die ihm am Herz lagen, und ohne einen einzigen kommunalpolitischen Gedanken. Die Ordnung und Regelmäßigkeit, die mit Nele in den Alltag eingezogen war, tat ihm wohl. Nicht daß er sich geradezu wie ein Pascha bedienen ließ. Der gemeinschaftliche Haushalt machte ihm selber ab und zu Spaß. Nele hatte an ihren freien Nachmittagen damit begonnen, das heruntergekommene Bauernhaus zu renovieren. Franz legte an den Wochenenden mit Hand an. Sie verschrotteten Traktor und rostiges Ackergerät, rissen die Scheune ab, errichteten an deren Stelle einen Stall für Neles schwarzweiß gescheckte Stute, die sie Pocahontas getauft hatte. Wenn Nele ausritt, sah sich Franz auf DVD alte Spielfilme an, wenn sie zurückkam, erwartete er sie an der Hofeinfahrt. Es gefiel ihm zuzuschauen, wie sie mit ihren vielen Halsketten und der wildledernen Fransenjacke, in der sie selber fast wie eine Edelindianerin aussah, auf ihn zu trabte.

Es war trotz allem nicht seins, war nicht sein Wunschbild von Leben, das er mit Nele führte. Obwohl sie sein Haus durchaus in gegenseitigem Einverständnis umgestaltet hatten, kam Franz sich darin immer öfter wie auf Urlaub vor. Er konnte sich vorstellen, die Ferien auszudehnen, sie sogar bis ans Lebensende zu genießen, aber es würden stets nur Ferien sein. Er bewegte sich dort nicht mehr in seinem Rahmen, in seiner Welt, es galten andere Spielregeln. Alles in ihm sträubte sich dagegen, sie sich anzueignen. Er wußte nicht genau, woran es lag. Vielleicht war es ihm allzu privat geworden, sein Privatleben, vielleicht zielte es ihm zu sehr darauf ab, sich mit sich selbst zu begnügen. Vielleicht dämmerte ihm, daß seine Zeit ablief.

Der Bürgermeister von Vössen beobachtete die ersten Campinggäste der Saison, während er seeseitig um den Platz herumging. Auf dem Weg zwischen Waschhaus und Wohnmobil, das Handtuch über der Schulter, den Waschbeutel unter dem Arm, tauschten sie knappe Morgengrüße. Hätte man Franz vor zehn Jahren gesagt, daß er eines Tages echtes Interesse aufbringen würde, wenn ihm jemand stundenlang seine Erwägungen über Wellnessprogramme, Reitturniere oder Vorabendserien mitteilte, er hätte sich vor Lachen nicht beruhigen können. Freilich, es handelte sich um Themen, die seine Frau Nele, ihre Tochter Maya angingen. Trotzdem herrschte darin natürlich ein ganz ähnlicher Kleingeist wie in den Schlagworten, die Mitterbinder auf dem per Wurfpostsendung an alle Haushalte verteilten Handzettel benutzt hatte. Im Prinzip, wenn auch im Verborgenen, meldete sich in beiden Fällen die gleiche Abscheu vor einer bestimmten Sorte Selbstgenügsamkeit. Stegmüllers Widersacher vermied bei öffentlichen Verlautbarungen neuerdings grundsätzlich alle abstrakteren kommunalpolitischen Bezüge. Das galt selbstverständlich erst recht für sein Flugblatt. Darin appellierte Mitterbinder immer wieder inständig an das Eigeninteresse der Bürger, also an ihren Egoismus, wie Franz sich die beschönigende Formel übersetzte. In Massen strömten die Menschen täglich in ihre Einkaufszentren, alle Gemeinden hätten inzwischen welche, nur wir Vössener nicht, so das schlichte Hauptargument seines Gegners. Ergänzt wurde es durch den Hinweis auf die Privatsphäre der Familie Hupfauf, die ihr Grundstück schließlich verkaufen könne, an wen sie wolle.

Das zweite Bürgerbegehren, so viel stand jedenfalls fest, wurde mit den Stimmen derer entschieden, die bei solchen Abstimmungen sonst zu Hause blieben. Ihren durchschlagenden, für die Discounter-Gegner nachgerade desaströsen Erfolg hatte Mitterbinders Offensive jedoch dadurch erzielt, daß er den halben Gemeinderat auf dem Flugblatt unterschreiben ließ. Davon war Stegmüller hundertprozentig überzeugt.

Die Filiale wurde nun also doch gebaut, das Lebensmittelunternehmen konnte auch in dieser Region seine Vorgabe umsetzen, alle zehn Kilometer eine ihrer einförmigen Kaufhallen hinzustellen; das dafür vorgesehene Areal jenseits des Campingplatzes lag schon gerodet und planiert bereit. Stegmüller erspähte Streifen dunkelbrauner Erde zwischen den Büschen. Er spürte, wie sein Kopf heiß wurde, das Herz heftiger schlug, wieder ins Pumpen und Stolpern zu geraten drohte, und wandte den Blick zum Strand. Eine Schar Möwen flatterte erregt kreischend zwischen einem Weidenstrauch und einer frischen Feuerstelle. Sie kämpften um Essensreste, die vermutlich von einem Strandfest übriggeblieben waren.

Was Franz erzürnte, war ja in erster Linie nicht einmal der späte Sieg des Kontrahenten oder seiner Parteifreunde oder des aggressiven Verdrängungswettbewerbs eines Lebensmittelkonzerns, sondern im Grunde seine eigene Gleichgültigkeit. Die Vorgänge überrollten ihn mit gnädig gemächlicher Unerbittlichkeit. Mitterbinders Methoden zur Durchsetzung politischer Ziele hatten sich gewandelt, waren geschmeidiger geworden, ließen ihn wehrlos, ohnmächtig zurück, er fühlte sich nicht wirklich schlecht dabei, allenfalls etwas unbeteiligt. Es war eine Kapitulation auf Raten, so schien es ihm manchmal, und bis sie einem bewußt wurde, war es längst zu spät. Natürlich hatte Stegmüllers Rivale die Absicht, die brachliegenden Felder hinter dem Discounter zum Gewerbegebiet zu erweitern, und er, als Bürgermeister, müßte seine mit diesem Präzedenzfall auch baurechtlich legitimierten Pläne notgedrungen absegnen. Politik bedeutete Kompromisse eingehen. Franz hatte seine fixen Ideen umsetzen dürfen, jetzt waren die andern an der Reihe. So dachte wohl Josef Mitterbinder.

Die Möwen zerrten große Batzen rohes Fleisch aus einer aufgehackten, grell bedruckten Plastikverpackung, wie Franz näherkommend erkannte, stritten sich darum. Offenbar handelte es sich um Grillware, eingelegt in eine Art Tomatentunke, denn Schnäbel und weißes Gefieder der Vögel waren teilweise rot beschmiert. Angewidert beschleunigte Franz den Schritt, um den Strand hinter sich zu lassen. Bald erreichte er das äußere Ende des Campinggeländes, wo der Pfad sich gabelte. Geradeaus ging es Richtung Fuchsenhub weiter, links über die Hügel nach Vössen heimwärts. Ohne zu zögern bog Franz ab. Nicht daß er die andere Route scheute. Er dachte nicht einmal daran, daß sie zum Weidenfeldtschen Anwesen führte. Mit Clara hatte er seit langem abgeschlossen. Ab einem gewissen Zeitpunkt waren ihre Lebensbahnen eben auseinandergelaufen. Ganz zu Anfang der neuen Leidenschaft für das, was sie ihren Salon nannte, fühlte Franz sich ein bißchen allein gelassen, ausgemustert, aber das ging bald vorbei. Narben blieben keine zurück. In ihrer Freundschaft hatte es immer zwei Entwicklungsstränge nebeneinander gegeben, von denen nur der eine sie zusammenführte, während der andere sich immer nachdrücklicher durchsetzte. Etwas länger bedrängten ihn, dumpf und unbeholfen, Schuldgefühle gegenüber Asger. Es war ihm arg, daß er mit seiner Entfremdung von Clara auch den Zugang zu ihm verloren hatte. Er begriff nicht, warum, begriff überhaupt den Jungen nicht mehr, nicht, was er zu suchen hatte, hier in dieser Provinz. Er wollte es gar nicht begreifen. In dem Maß, wie Nele sein Herz zu erobern begann, verflüchtigten sich Asger und seine Mutter aus seinem Bewußtsein, bis sie sich endlich in nichts auflösten.

Der Bürgermeister überquerte die Hauptstraße, erklomm eine kleine Anhöhe auf einem kaum genutzten, schlecht gepflegten Pfad. Schräg seitwärts hinunter lag das eingeebnete Hupfauf-Grundstück. Der Blick war zum Glück von Bäumen und der Böschung des Hohlwegs verstellt. Das ist halt der Lauf der Dinge, dachte er, Mitterbinder, Nele und Maya verwirklichen ihre Pläne, Ideen und Träume. Zusammen ändern sie die Welt. Franz überlegte, was eigentlich aus seinen eigenen Utopien geworden war. Er erinnerte sich dunkel, daß es so etwas einmal gegeben haben mußte, kam aber nicht mehr drauf. Statt dessen beschlich ihn die Ahnung, seine Rolle könnte seit langem nur noch darin bestehen, andern bei der Erfüllung ihrer Wünsche behilflich zu sein. Die Welt änderte sich. Sie hatte sich bereits mächtig geändert, in einer Weise, wie er sie nie hatte haben wollen. Keine Spur würde von seiner Handschrift bleiben. Und dennoch war er zum Komplizen dieser Änderungen geworden.

Auf dem Scheitel des Hügelkamms angelangt, mußte Franz Stegmüller stehenbleiben. Der kurze, aber steile Aufstieg hatte ihn erneut übermäßig erschöpft. Er nahm den Hut ab, wischte sich den Schweiß von der Stirn. Die Sonne brannte aus einer wolkenfreien Lücke auf die offene Fläche herunter, die sich vor ihm ausbreitete. Sinnlos gewordene Wiesen ehemaliger Milchbauern. Franz trat in den Baumschatten am Ausgang des verkrauteten Hohlwegs zurück. Bis hinüber, wo der Hügel zum Ortsrand hin auslief, sollte nach Mitterbinders Konzeption das neue Gewerbegebiet reichen. Der Schmerz packte ihn in dem Augenblick, als seine Wut sich entladen wollte. Er erkannte ihn wieder, diesen Schmerz. Die morgendliche Attacke wiederholte sich, doch jetzt trat die Steigerung ein, die er nicht für möglich gehalten hatte. Seine Brust schien unter dem Druck der Glutzange zu bersten, inneres Feuer versengte Lungen, Hals, Unterkiefer. Franz japste nach Luft. Der Panamahut entglitt seinen Fingern, er sah ihn noch fliegen, als er sich in Erstikkungsangst ans Herz griff, vornüber kippte, dachte, jetzt ist es aus, gleichzeitig außer sich vor Wut, daß der Hut in die Brennesseln fiel.

Daß im nächsten Moment gleich daneben sein Körper auf die Erde schlug, davon spürte Bürgermeister Stegmüller schon nichts mehr. Das Gehirn erhielt keinen Sauerstoff. Binnen Sekunden war Franz bewußtlos, weilte bereits in der großen Dunkelheit, als die Lungentätigkeit, dann das Kammerflimmern, die kreisende Erregung des Myokard aussetzte, die Herzmuskelzellen ihre Stromleitfähigkeit einbüßten, sich ihr Untergang einleitete.

Es vergingen fünfeinhalb Stunden, bis der Leichnam entdeckt wurde. Die Nieren produzierten noch eine Zeitlang Urin, der Darm, an wenig Sauerstoff gewöhnt, verdaute das von seiner Frau zusammengestellte Frühstücksmüsli zu Ende. Nele, die den freien Nachmittag zu einem Einkaufsbummel genutzt hatte, war nicht in Sorge um ihn gewesen, glaubte ihn im Rathaus, als man ihr die Nachricht überbrachte. Ein Campinggast hatte den Toten auf seiner Joggingtour gefunden. Den Hut neben sich, lag der massige Mann am oberen Ende der Böschung mit angewinkeltem Bein hangaufwärts ausgestreckt. Von weitem wirkte es, als sei er im Schatten eingeschlafen. Erst als der Jogger näherkam, fielen ihm die teils überdehnten, teils seltsam eingeknickt unter der Hüfte hervorstehenden Finger auf, so daß er stutzig wurde. Er stieg die wenigen Meter zu dem Liegenden hinauf, ihn immerzu anrufend, bis er die offenen Augen bemerkte, den einen Spalt breit geöffneten Mund, etwas angetrocknetes Blut an der aufgeplatzten Stirn, am Nasenrücken. Unterhalb des hochgeschobenen Hemds lag ein Stück des Rückens frei. Am Speckgürtel im Hüftbereich, dort, wo der Körper am Boden aufruhte, waren große violette Flecke zu sehen. Der Tourist hob die zweite, neben dem Kopf liegende Hand auf und ließ sie gleich wieder fallen. Die Haut fühlte sich schlaff, teigig an. Er fingerte sein Handy aus der Gesäßtasche, wählte den Notruf. Eine Fliege krabbelte über das Haargestrüpp des Schnauzbarts zum Nasenloch, surrte kurz auf, landete, krabbelte weiter.

6. Kapitel
LETZTES GELEIT

»Der ist für den Franz …«

Buchinger senior kippte den Obstler, griff das zweite Glas, das dem Brauch folgend schon bereitstand.

»… und der für mich.«

Er setzte sich wieder, unter dem fröhlichen Beifall der Tischgenossen. Die aufgeräumte Stimmung, die sich sonst beim Leichenschmaus einstellte, wollte trotzdem nicht recht aufkommen. Während des Schweinebratens hatte man sich Anekdoten aus dem Leben des Bürgermeisters erzählt. Wie er damals mit seinem Vollbart und den fast schulterlangen Haaren aus der Großstadt zurückgekommen war und sich mit anderen Langhaarigen auf dem Stegmüller-Hof eingenistet hatte. Was für eine Angst viele Vössener gehabt hatten, der schlechte Einfluß könnte die Dorfjugend verderben. Wie einmal eine ganze Delegation aufmarschiert war, um sie aus den Klauen der, wie es damals geheißen hatte, Sympathisanten zu befreien, und sich der Franz mit dem eingerosteten Wehrmachtsgewehr seines Vaters in der Haustür aufgepflanzt hatte. Als er dann doch zahm und immer dicker wurde, sich regelmäßig an den Stammtisch setzte und politisierte, das ganze Dorf mit seinem Biokommunismus infiltrieren wollte. Wie dilettantisch er sich anfangs anstellte, als er aus Versehen tatsächlich Bürgermeister geworden war, wie leicht man ihn dirigieren konnte, ohne daß er es merkte. Daß er ihnen aber bald von selber immer ähnlicher wurde, spätestens nachdem er das neue Feuerwehrhaus eingeweiht und das Anzapfen großer Bierfässer gelernt hatte, ruhig, bauernschlau, ein bißchen schlitzohrig. Was das für einen Tratsch gegeben hatte, als allmählich herauskam, daß er dauernd zur Weidenfeldt hinausfuhr, vor der damals jeder andere im Dorf vor lauter Respekt Reißaus genommen hätte. Wie schon das Gerücht umging, der Franz käme demnächst im Fernsehen und würde dort über Vössen herziehen. Daß man dann doch heilfroh war, jemanden zu haben, der sich traute, mit den Prominenten zu verkehren, von denen sich immer mehr in der Gemeinde ansiedelten. Wie er einerseits das Gehabe der Leute nachmachen konnte, daß man sich krumm und schief dabei lachte, wie er andererseits mit dem jungen Weidenfeldt in der Gemeinde herumzog und ihm alles zeigte, ein netter Bub seinerzeit, während man heute gar nichts mehr mit ihm anzufangen wußte. Was man im Dorf für Augen gemacht hatte, als er zu guter Letzt statt der Weidenfeldt ausgerechnet die Nele heiratete.

Man wollte Bürgermeister Stegmüller den traditionell feuchtfröhlichen Schlußpunkt setzen, so wie er es selber hundertmal mitgemacht und seine Gaudi dabei gehabt hatte. Aber es gelang nicht recht. Alles kam heute ein wenig forciert daher, keiner hätte sagen können, warum. Es war ein mächtiger Trauerzug gewesen, der sich von der Kirche zum Friedhof gewälzt hatte, mit vielen Fahnen und langen Reden am Grab. Nele Stegmüller hatte den Festsaal im »Seewirt« angemietet, und der war auch nötig, um die Delegationen vom Trachten-, Burschen-, Turn-, Gewerbe-, Schützen- und Gartenbauverein, von der »Krieger- und Soldatenkameradschaft«, den halben katholischen Frauenbund, die nahezu vollständige Mannschaft der Feuerwehr, die Blaskapelle und natürlich die Räte und Mitarbeiter der Gemeinde aufzunehmen. Nur Neles Tochter Maya hatte nicht kommen können, dafür aber einen riesigen Blumenkranz gestiftet. Vorne auf der Bühne stand noch die Dekoration von »Die Wilderer«, mit dem das Bauerntheater vor einer Woche Premiere gefeiert hatte, es sollte nämlich zwei weitere Aufführungen geben. Gleich danach würde mit dem Abriß des Anbaus begonnen, in dem sich der Saal befand und wo der Haupttrakt des neuen Hotels hinkommen sollte.

»Und jetzt hocken sie schwarz nebeneinander, als ob es gleich zwei Witwen geben würde.«

Die Unterhaltung war erneut ins Stock geraten, und der alte Buchinger versuchte sie wieder in Gang zu bringen, indem er das Thema auf Nele und die Weidenfeldt lenkte. Mit ihm am Tisch saßen der Chef vom Bauhof, Alfons Gruber, mit seinen Arbeitern Kramitschek und Hackl, der voraussichtlich künftige Bürgermeister Josef Mitterbinder, Amtsleiter Max Stadler und Seewirt Josef Schneider, der es sich nicht nehmen ließ, in der Runde dabei zu sein, auch wenn er ständig aufsprang, um in seiner feschen Seewirt-Tracht die Reihen entlang zu scharwenzeln, persönlich nach dem Rechten zu sehen und für eine reibungslose Bewirtung zu sorgen. Zwei Tische weiter hatten Stegmüllers Ehefrau und seine frühere Freundin Platz genommen, außerdem ihr Sohn Asger, der sich schon lange aus nicht nachvollziehbaren Gründen in der Gegend herumtrieb und jetzt mit eingezogenem Kopf seinem alten Schulfreund gegenübersaß, dem Archivar Poßmann aus der Stadt, der unermüdlich auf ihn einredete, dazu Pfarrer Schanze und der ehemalige Internatslehrer Dr. Stricker aus dem Nachbarort. Dorthin richteten sich jetzt mehr oder weniger heimlich die Blicke vom Vössener Männertisch.

»Pech hat sie schon gehabt im Leben, die Nele. Schwanger mit sechzehn, später immer allein mit dem Kind. Und jetzt, wo es angefangen hat, ein bißchen besser zu gehen, stirbt ihr der Mann vor der Nase weg.«

»Dafür erbt sie zum Nüsslein-Haus den Hof vom Franz dazu. Und über die Maya mit ihrem Erfolg kann sie sich auch nicht beklagen.«

Man war sich freilich einig, daß sie Stegmüller bestimmt nicht wegen einer Immobilie geheiratet hatte. Auf Nele ließen sie nichts kommen. Sie hatte es damals schwer gehabt, nach ihrem schlimmen Absturz die Herzen der Vössener wiederzugewinnen. Aber sie war hartnäckig geblieben und deshalb heute eine von ihnen. Zumindest wurde das jetzt so beschworen unter den Männern, auch wenn es ihnen, wie momentan sämtliche Bemühungen ums rustikale Zeremoniell, zu einem etwas gekünstelten Getue geriet. Selbstverständlich legte man Nele ihren maßgeblichen Anteil am zweifachen Bürgerbegehren nicht zur Last. Der alte Buchinger war ja auch dabei, war sogar ihr Kompagnon gewesen, und wer hätte deswegen gegen ihn je eine Feindseligkeit entwickelt, sagte Mitterbinder, sagte auch Stadler, nickten bestätigend die andern, nur Buchinger selbst zwinkerte mißtrauisch. Wo sonst, wenn nicht im überschaubaren Rahmen einer Kommune, sei es möglich, Interessenkonflikte urdemokratisch auszutragen, ohne daß gleich der soziale Frieden gefährdet sei, hieß es einhellig. Man hätte allerdings schon gerne gewußt, was Stegmüllers Witwe jetzt vorhatte.

»Die Nele kommt wieder auf die Beine, da brauchen wir uns keine Sorgen zu machen.«

»Aber sicher nicht als Sekretärin von Mitterbinder.«

»Sie soll ja was mit Pferden aufziehen wollen. Hört man. Angeblich im großen Stil.«

Genaues wußte man nicht. Aber darüber spekulieren, das konnte ihnen keiner nehmen, das war ja gerade ihre Spezialität. So keimte Hoffnung auf, die Beerdigung werde doch noch ein hinreichend zufriedenstellendes Stammtischende nehmen, als sich die Gesichter wieder der Tischplatte mit den Biergläsern darauf zukehrten. Fraglos war der Stegmüller-Hof für ein Reitzentrum denkbar ungeeignet. Er lag zu eingezwängt zwischen zwei Wohnsiedlungen, so daß Nele expandieren mußte, um ein solches Vorhaben zu verwirklichen. Leerstände gab es überall in den aufgegebenen Landwirtschaftsbetrieben, am nötigen Kleingeld fehlte es ebenfalls nicht. Auch hatte Seewirt Schneider davon läuten gehört, Urlaub auf dem Reiterhof liege derzeit voll im Trend, lasse sich zu einem lukrativen Marktsegment ausbauen, das in einer Region wie dieser enormes Entwicklungspotential besitze. Die Vössener Männer malten sich aus, wie mit Neles Klientel Neles Lobby und damit ihr Einfluß in der Gemeinde wachsen würde.

»Ihr Kampfgeist bleibt dir auf alle Fälle erhalten, darauf kannst du deinen Kopf verwetten.«

»Da wirst du deine Fühler aber sauber ausstrecken müssen, wenn du erst Bürgermeister bist, Mitterbinder.«

Man war aber überzeugt, sich mit Nele auf jeden Fall arrangieren zu können. Bis auf Buchinger senior teilte man zudem die Auffassung, jedes florierende Gewerbe sei für Vössen ein Gewinn. Der imaginierte Reiterhof nahm in den Köpfen derweil immer gigantischere Ausmaße an. Im Geist standen sie jetzt förmlich geplättet vor seinen Dimensionen, seiner Gediegenheit, den Jahresbilanzen, sahen schon Scharen betuchter Feriengäste mit locker sitzenden Kreditkartenbörsen luxuriöse Läden und edle Restaurants stürmen, die bis dahin nicht zuletzt auf Initiative des künftigen Bürgermeisters und seines loyalen Gemeinderats in Vössen entstanden sein würden. Nur Buchinger trübte ihre kleine Träumerei mit seinem Hinweis auf das geplante Industriegebiet: Manche Gewerbe könnten nun einmal nur schwer miteinander auskommen.

»Nele und die Weidenfeldt haben ihren Frieden jedenfalls schon geschlossen. Schaut sie euch an.«

»Was die sich wohl groß zu erzählen haben?«

Schneider erhob sich, um eine nächste Saalrunde zu drehen, blieb jedoch bereits nach wenigen Metern wie zufällig am Witwentisch hängen. Eigentlich drängte es ihn noch weiter nach vorne, ans Ende der Tafel, wo Nele Stegmüller und Clara Weidenfeldt sich recht lebhaft miteinander unterhielten. Aber Dr. Stricker hielt den Wirt am Oberarm fest, denn er sollte den Witz mit anhören, den er für den Pfarrer auf Lager hatte.

»Eine Nonne hat eine Autopanne. Weit und breit kein Haus, nirgends eine Notrufsäule. Es bleibt ihr nichts übrig, als sich an die Straße zu stellen und den vorbeirasenden Autos zu winken. Sie steht Stunden, die Nacht droht. Endlich bremst quietschend ein tiefer gelegter Zweisitzer mit Heckspoiler. Ein junger Mann steigt aus, Sonnenbrille, Tätowierungen auf den Bizepsmuskeln, die Bässe wummern aus seinen Lautsprechern. Er öffnet die Motorhaube, macht ein paar Handgriffe. Das Auto fährt wieder. Beseelt von diesem Akt der Nächstenliebe aus völlig überraschender Richtung, dankt die Nonne ihrem Retter überschwenglich: ›Ich werde Sie in meine Gebete einschließen.‹ Darauf der Tätowierte: ›Bleib cool, Alte. Die Freunde von Batman sind auch meine Freunde‹.«

Reichlich gezwungen klang Schneiders Lachen über Strickers mit sonderbar süffisantem Ton vorgetragenen Witz, dem er nur mit einem Ohr gefolgt war, bevor er weiterzog, um wenigstens Fetzen von der Unterhaltung der beiden Trauer tragenden Frauen mitzubekommen. Indessen traf der ehemalige Lehrer, indem er sein Bier austrank, Anstalten zum Aufbruch und wandte sich noch einmal an Schanze.

»Hier haben Sie die Wahrheit auf den schlichten, volkstümlichen Nenner gebracht, werter Herr Pfarrer. Die Nonne mit dem kaputten Auto sind Sie.«

Dr. Heinz-Ludwig Stricker genoß die Wortgefechte mit dem für einen Dorfgeistlichen ungewöhnlich profund denkenden Schanze. Jetzt leuchteten seine Augen im Bewußtsein, einen effektvollen Schlußpunkt unter die Kontroverse gesetzt zu haben, die sich mit ihm bereits beim Schweinebraten entsponnen hatte. Nicht daß er sich über den jungen Pfarrer lustig machte. In diesem für Geistesdinge eher kargen Landstrich fühlte er sich im Gegenteil auf wohltuend niveauvolle, für seine Verstandestätigkeit geradezu revitalisierende Weise herausgefordert, wenn sich Gelegenheit zum Disput mit ihm ergab. Der alte Lehrer hatte den an manische Depressionen grenzenden, fundamentalen Zivilisationspessimismus längst wieder abgestreift, der für geraume Zeit sein Pensionistendasein verdunkelt, ihn sukzessive innerlich ausgetrocknet, ja abgetötet hatte. Dies verdankte sich in hohem Maß der Bekanntschaft mit dem Pfarrer von Vössen, und Stricker rechnete es ihm hoch an, auch wenn Schanze wohl kaum etwas ahnte von seiner wundersamen Heilwirkung auf den greisen Historiker.

Die beiden waren erstmals bei der Liebl-Ausstellung im Vössener Rathaus aufeinandergetroffen, dann wieder, als Stricker, eher irrtümlich, in die Fuchsenhuber Kulturkreise geraten war, an dem sich der Kleriker damals noch tonangebend beteiligte. Zunächst war der Ruheständler, der sich mit einem Lebensabend im Horror vacui schon beinahe abgefunden hatte, erstaunt, daß sich überhaupt noch Geistiges regte in der Welt, dann, aus welcher Ecke die Regung kam. Er hatte den antikapitalistischen Konservatismus spezifisch südländisch-katholischer Prägung, der sich in dem jungen Pfarrer zu reinkarnieren schien, für längst ausgestorben und begraben gehalten. Nun fühlte er seinen alten Drang zur Opposition, die fast schon vergessene sokratische Lust am unaufgelösten Widerspruch wieder aufs schönste aufgestachelt.

Mittlerweile beruhte die Anziehung sogar durchaus auf Gegenseitigkeit. Auch der junge Geistliche freute sich bei jedem Zusammentreffen mit Dr. Stricker auf den verbalen Schlagabtausch, der sich jedesmal fast zwingend einstellte. Nachdem er sich aus Clara Weidenfeldts Zirkel hatte zurückziehen müssen und die Anstrengungen, die er in der Folge zur Wiederbelebung eines christlichen Dorflebens unternommen hatte, bald an ihre vom Geist der Gegenwart und vom Naturell des Konsummenschen streng gezogenen Grenzen stießen, war er froh, wenigstens mit dem gewitzten Rhetoriker und Humanisten weiterdiskutieren zu können. So hatten sie auch beim Leichenschmaus zu Ehren Stegmüllers zueinander gefunden, um schnurstracks in medias res zu gehen. Und da im Kern ihre Auseinandersetzung immer um ein und dieselbe Frage kreiste, ob nämlich eine Erziehung zum Glauben oder doch eher zum selbständigen Denken der Menschheit aus ihrer ethischen Patsche helfen würde, reichte dazu der geringste Anlaß.

In diesem Fall waren es die etwas dubiosen Umstände, die den verfrühten Tod des Bürgermeisters angeblich begleitet, vielleicht sogar beschleunigt hatten und über deren moralische Bedenklichkeit, würden sich gewisse Verdachtsmomente wirklich erhärten, zwischen den beiden Herren sehr schnell Einigkeit herrschte. Im Dorf munkelte man, nicht nur Konzerne, auch Bundespolitiker hätten ihre Hände dabei im Spiel gehabt. Einerlei jedoch, wieviel an den Gerüchten dran war, Pfarrer und Lehrer genügten sie als Sprungbrett mitten hinein in ihre Endlosdebatte. Korruption und machtpolitische Intrigen seien eben das Signum einer Gesellschaft, die ihre christlichen Fundamente verloren habe und immer tiefer in heidnischen Primitivismus abgleite, hatte Schanze den Wortwechsel eröffnet. Nach seiner Überzeugung lag das Humane in letzter Instanz im Glauben begründet. Die Gegenwart bewies es ihm. Nur Religiosität bewahre dauerhaft eine Sphäre sozialen Miteinanders, der Anspruch des einzelnen auf freie Gestaltung seines Lebens überschreite jede verstandesmäßige Rechtfertigung und kollidiere mit der Pflicht, denselben Anspruch auch allen andern zuzugestehen.

Dr. Stricker hatte sich hierauf natürlich genötigt gesehen festzustellen, daß diese einzelnen allerdings zunächst einmal fähig sein müßten, das Wechselspiel von Freiheit und Pflicht überhaupt zu begreifen, um es dann, im konkreten Konfliktfall, auch wirklich umsetzen zu können. Eingeschrumpftes Denken, verkümmerte Sprache, nicht der Mangel an Frömmigkeit, verbauten den Weg zu einem Humanismus der Verantwortung. Dem konnte nach Auffassung des Lehrers, wenn auch unzulänglich, vielleicht durch Pädagogik einigermaßen erfolgreich begegnet werden, keinesfalls aber mit apokalyptischen Prognosen.

Apokalyptisch war das Stichwort für Schanze gewesen, um den pädagogischen Nutzen düsterer Visionen und Prophetien zu verteidigen. Gerade damit sie nicht eintreten, mußte es sie in seinen Augen geben. Sie malten die Zukunft so gräßlich, daß die Welt schon aus Scham nicht wagte, sich weiter in diese Richtung zu bewegen. Stricker hingegen plädierte dafür, die Menschen lieber aus den primitiven Stadien dumpfer Furcht und Duldsamkeit herauszuführen, statt sie immer noch tiefer hineinzustoßen. Menschen könnten Menschen nirgendwohin führen, gab Schanze zurück, und wo sie es doch täten, führten sie auf direktem Weg vor den Abgrund; Führung komme allein dem Glauben zu. Stricker, der bemerkte, daß er eine heikle Stelle im Dogmengebäude des jungen Manns getroffen hatte, erwiderte nichts und schmunzelte. Unvermittelt griff Schanze nun Strickers Hang zum Ästhetizismus an. Alles, was der Mensch aus eigener Kraft erschaffe, sei mangelhaft, ereiferte er sich, das Schöne aus der Sicht eines Theologen sogar prinzipiell häßlich, denn für ihn liege Schönheit gerade im Elenden und Ohnmächtigen. Stricker schwieg, schmunzelte weiter.

Erst nach einer Weile, nicht zuletzt damit der Geistliche sich zuvor ein wenig fassen konnte, hatte Dr. Stricker dann überraschend zu einem Lob des Katholizismus ausgeholt. Er bewundere den Langmut, mit dem er seit zweitausend Jahren seine eigene Inkonsequenz ertrage, diesen eigentümlichen Widerspruch zwischen asketischer Frömmigkeit und hierarchischer, individualistischer, geradezu aristokratischer Geistigkeit. Erst dadurch habe er ja zum Träger der Schönheit für das Abendland werden können, wie etwa die herrlichen bayerischen Kirchen bezeugten. Geistliche Kunst sei die einzige Entlastung des Katholizismus gegenüber dem Grauen seiner politischen Geschichte. Schanze aber hatte inzwischen seine Urteilskraft soweit stabilisiert, daß er die Provokation des Historikers durchschaute. Keine Unzulänglichkeit in der weltlichen Organisation der Kirche vermag von der Essenz ihres geistlichen Auftrags ablenken, konterte er lässig. Ob Selbstliebe, Nächstenliebe, Menschenliebe, sie alle sind im letzten Grund Transzendenz, also Gottesliebe, und durch keinerlei individuelle Vornehmheit oder Rationalität oder vermeintlichen gesellschaftlichen Fortschritt zu ersetzen.

Dies wiederum hatte eine Problemzone in Strickers Denken berührt. Er spürte selbst, daß sein Plädoyer für den vermittelnden Charakter des Mediums Kunst, den offenen Diskurs, das Diktum der Toleranz, das an die Stelle religiöser Dogmen zu treten habe und seit der Aufklärung auch getreten sei, daß diese Argumente hier, in der von Schanze angetippten Tiefenschicht, in der Tat an ihre metaphysischen Grenzen stießen. Auch der Pfarrer erkannte das. Er fühlte Aufwind. Zweihundert Jahre habe die Gesellschaft Zeit für ihr vernunftgeleitetes Experiment gehabt. Man sehe, was heute daraus geworden sei: Scheindebatten, populistische Polemik, Pseudotoleranz, als Deckmantel fortgesetzter Diskriminierung und Bevormundung. Aber das Ende der Sackgasse sei erreicht.

Dr. Stricker hatte Schanze schließlich vorgeworfen, das Mittelalter als Volkshochschule oder Brauchtumsverein wiedereinführen zu wollen. Historische Umbrüche, formulierte der Pfarrer apodiktisch, ermöglichten dem zu Unrecht Abgetanen sich neu zu bewähren, Vergangenheit und Zukunft in zeitgemäßen Entwürfen miteinander zu versöhnen. Stricker verspottete seine Vorstellungen als obskurantistisch, wirklichkeitsfremd, eine Lachnummer für die Massen. In dem Moment war Seewirt Schneider an ihrem Platz vorbeigekommen, und der Lehrer erzählte seinen Nonnenwitz.

»Glauben Sie denn im Ernst, lieber Stricker, mit Ihrem ausgeleierten bürgerlichen Bildungsideal kämen Sie weiter? Sie vertiefen doch nur die soziale Kluft, Sie haben im Gegensatz zu uns noch nicht einmal Erfahrung mit Analphabeten.«

Mit dieser Bemerkung Schanzes standen die Herren auf, um sich von der Witwe zu verabschieden. In dem Augenblick machte sich auch der Seewirt auf den Weg zurück zur Vössener Männerrunde. Dieses Mal wurde er vom Pfarrer abgefangen. Er nahm Schneiders Hand zwischen die seinen, warm und sanft wie ein Küken.

»Hören Sie. Eltern und Sohn sitzen beim Mittagessen. Wie schon seit Monaten schiebt der Junge auch heute seine Mahlzeit in sich hinein, ohne ein Wort zu sprechen. Die Eltern machen sich allmählich doch Sorgen: zu viel Computer, zu wenig Freunde und frische Luft. Plötzlich sagt er: ›Salz‹. Die Eltern sind erst wie vor den Kopf geschlagen, dann ganz aus dem Häuschen. ›Mein Junge, warum hast du denn solange nicht mehr mit uns geredet?‹ freut sich die Mutter. Da antwortet er: ›Bis jetzt hat alles gepaßt‹.«

Natürlich hatte Schneider keine Wahl, als den Pfarrer zu Ende zu hören, der mit humoristischem Talent nicht gerade gesegnet war. Der Wirt grinste brav, hatte die Pointe aber schon vergessen, als er an seinen Platz kam. Mit ihm landete eine letzte Lage Bier an.

»Und?«

»Sie reden irgendwas von Nachbarschaft. Nele will, daß sie sich zusammentun.«

»Zusammentun, wie denn zusammentun?«

»Mehr habe ich auch nicht verstanden.«

Es war Amtsleiter Stadler, der eine überzeugende Erklärung parat hatte: Das in Fuchsenhub direkt neben dem Weidenfeldtschen gelegene Grundstück stand zum Verkauf. Darauf hatte es die Bürgermeisterwitwe also abgesehen. Dort sollte das unter den Vössener Männern jetzt als schon fest geplant geltende Reitzentrum hin. Ihnen waren außerdem Clara Weidenfeldts Aktivitäten der letzten Zeit keineswegs entgangen. Freilich hatte keiner je eine Einladung zu diesen Musikabenden und Vortragsreihen erhalten, aber man wußte, daß sie den allerbesten Ruf genossen. Man hatte auch nicht vergessen, daß die Crème de la crème zum Bekanntenkreis der Weidenfeldt gehört hatte. Der Seewirt spintisierte sofort los über Synergieeffekte und mögliche Fusionen zwischen Neles Reiterhof und einem erstklassigen Kulturprogramm unter Leitung ihrer prominenten Anrainerin. Die vielfältigen Kombinationsmöglichkeiten schienen ihm plötzlich auf der Hand zu liegen: Ayurveda und Aktfotografie; Gesundheit und Gesang; Massagen mit Mozart; Polo und Poesie; Reiten, Reiki, Rokoko; Zen, Zeichenkurse und Zimmerservice. Mitterbinder zog seinen Freund Schneider zwar auf, er sei wohl zu lange in den Staaten gewesen, aber in den Köpfen aller wuchs sich nun das Fuchsenhuber Areal zu einem Freizeitparadies der obersten Kategorie aus. Sogar Pollinger senior phantasierte bereits, wie er seinen Sohn überreden würde, auf den Wiesen, die sie in der Nähe besaßen, einen Golfplatz anzulegen.

»Wahrscheinlich kauft sie nur im Auftrag von Maya.«

Der junge Hackl, von dem bekannt war, wie sehr er für die berühmt gewordene Tochter Neles und des Dorfes schwärmte, so daß man ihn im Bauhof laufend damit hänselte, wurde sofort rot, aber seine Idee leuchtete allen sofort ein. Das war es: kein Reiterhof, sondern eine Konkurrenzvilla in Fuchsenhub. Die Vössener

Experten konnte auch damit gut leben. Denn die schöne Maya würde sicher ihre vielen schönen neuen Kolleginnen und Kollegen dorthin einladen, und die Vorstellung, dem einen oder anderen auf der Straße, im Biergarten, beim Bäcker zu begegnen, das war schon etwas anderes als der Anblick eines Mausilatzki, einer Weidenfeldt und der anderen abgelebten Masken von vorgestern.

»Der Franz war schon nicht dumm, als er die Nele genommen hat.«

Man schaute abermals halbwegs unauffällig, diesmal mit vergleichenden Blicken zum übernächsten Tisch und stimmte darin überein, daß aus der Diva von einst mittlerweile doch eine ziemlich alte Schachtel geworden war. Stadler irritierte das eingefallene Gesicht, Mitterbinder der graue Dutt, Kramitschek fand sie insgesamt unheimlich, Hackl hatte sich schon als Kind vor der alten Frau mit den riesigen Lippen und der furchtbar blonden Mähne gefürchtet. Was hatten sie überhaupt zu tun mit Claras neuesten Privatvergnügen. Hochkultur nannte sich das. Darauf verzichteten sie gerne, diese Sorte Freizeitgestaltung konnten sie und ihre realitätsferne, nutzlose Blase ruhig für sich behalten. Früher war ja noch eine Ausstrahlung von ihr und ihren geheimnisumwitterten Festen ausgegangen. Aber jetzt. Mit Grauen erinnerten sich die Männer an die peinliche Geschichte mit den Kormoranen.

»Die Maya schaue ich mir sowieso viel lieber an.«

»Wem sagst du das.«

»Sogar Hollywood soll schon angefragt haben.«

»Glaub doch nicht alles, was die schreiben, Hackl.«

Aber träumen davon durfte man immerhin. Und das tat man jetzt, während die Biergläser geleert wurden, denn es herrschte längst allgemeiner Aufbruch. Man gehörte wie immer zu denen, die sich als letzte vom geselligen Beisammensein losreißen konnten, obwohl die rechte Geselligkeit trotz aller Bemühungen bis zum Schluß nicht recht aufgekommen war. Die Männer stellten sich vor, wie es wäre, wenn Vössen als Geburtsort und Domizil der Nüsslein in der internationalen Öffentlichkeit auftauchen würde und was sich daraus alles machen ließe für die Gemeinde. Auch bei neuen Skandalen, wie dem vor über einem Jahr, selbst wenn die Skandale zu Schweinereien ausarteten, wie das in dem Geschäft ja häufig genug vorkam und nun einmal dazugehörte und natürlich gerade bei einer Maya Nüsslein niemals ganz auszuschließen war; als künftiger Bürgermeister von Vössen würde sich Mitterbinder bestimmt nicht wie sein toter Vorgänger die Chance entgehen lassen, die Sache richtig groß aufzuziehen. Was wäre schon neulich alles denkbar gewesen, als Maya bei der Stegmüller-Hochzeit dem Dorf ihren Besuch abstattete. Wie hätte er, Josef Mitterbinder, sich als Bürgermeister eines wirklich modernen Tourismusortes zum Beispiel vor einem Millionenpublikum in Szene gesetzt, natürlich ganz und gar im Dienst der Gemeinde, wie er in seinen Edeljanker schlüpfend betonte. Denn bei aller Liebe zum Franz, kam man schließlich überein, als alle schon standen und sich fürs Verabschiedungsritual zum Witwentisch hin orientierten, mit der neuen Zeit war er nun einmal nicht mehr mitgekommen. Da konnte freilich kein Mensch etwas dafür, daß den Franz die neue Zeit einfach überfordert hatte, am allerwenigsten sie.

Nachspiel
AUSWEG

»Wie wundervoll sind diese Menschen,
Die, was nicht deutbar, dennoch deuten,
Was nie geschrieben wurde, lesen.«
Hugo von Hofmannsthal

Gelb schwebten die Buchstaben in der Finsternis. Erst nachdem er für einen Augenblick innegehalten, die Brille geputzt, dann sacht das Tor hinter sich zugezogen hatte, konnte er, aus dem Lichtkreis der Hoflaterne tretend, mit zunehmender Deutlichkeit das schwach reflektierende Dach darunter erkennen, gleich darauf die Scheiben, ein Gesicht, beschienen vom dünnen Schein des Innenlichts, ein Gähnen, schließlich die Konturen des Taxis. In unregelmäßigen Abständen durchbrachen Rufe namenloser Nachttiere die Stille. Das Surren des leise laufenden Motors, das sich mit gedämpftem Radiogedudel mischte, unterstrich den Eindruck frühmorgendlicher Frische. Dem Blick entzogen, hantierte der Fahrer mit einem Gegenstand auf seinem Schoß. Er erkannte eine Ringmappe und Zahlenkolonnen, als er sich zum Seitenfenster beugte. Um sich bemerkbar zu machen, klopfte er an die Scheibe. Der Mann stellte die Musik ab, bevor er ausstieg und den Kofferraum öffnete.

Asger hatte nur die braune Sporttasche dabei und seinen mexikanischen Stoffsack, den er mit nach vorne nahm. Der Rest war in zwei Umzugskartons einer Speditionsfirma gewandert, die inzwischen in seiner Berliner Wohnung angelangt sein mußten. Im Laufe der Zeit hatte sich doch eine erstaunlich große Menge an Habseligkeiten angehäuft: Kleidung, Bücher, Gerätschaften aus dem Landkaufhaus, die Gummistiefel. Um zu verhindern, daß seine Mutter ihm nachwinken würde, hatte er ihr bereits tags zuvor Lebewohl gesagt, mit Verweis auf die noch nachtschlafende Zeit seiner Abreise. Es wäre nicht nötig gewesen. Clara saß an ihrem Sekretär, wie immer in die Verwaltung von Namens- und Terminlisten vertieft, und vollzog die Trennung mit gewohnter Beiläufigkeit. Auch hatte sie an diesem Abend im von Wrangelschen Jagdschlößchen eine kammermusikalische Soiree, die vom Fernsehen aufgezeichnet wurde, mit Petrarca-Sonetten zu umrahmen. Sie wäre ohnehin nicht aus dem Bett gekommen. So ergab sich von selbst die für beide bequemste Form des Auseinandergehens. Asger küßte die vor Geschäftigkeit rosigen Wangen Claras und zog sich erleichtert und zum letzten Mal nach oben in seine von persönlichen Dingen gereinigten Zimmer zurück.

Die Hoflampe schaltete sich ab, der Bewegungsmelder sie gleich wieder an, als das Taxi wendete. Dann glitt es hinein in den lichtlosen Tunnel des Auwalds. Asger saß auf der Rückbank. Er lehnte die Stirn ans kühle Glas des Seitenfensters, sah nicht zurück. Sie bogen auf die Bundesstraße, fuhren durch das menschenleere Dorf, ließen es hinter sich. Der Fahrer fragte, ob ihn die Musik störe. Asger verneinte.

Es fiel ihm auf einmal nicht mehr schwer, aus Vössen fortzugehen. Obwohl er bald nach Franz Stegmüllers Begräbnis mit Bestimmtheit gewußt hatte, daß der Zweck seines Aufenthalts hier unwiderruflich erfüllt war, hatte er seinen Weggang noch Monate hinausgezögert. Er konnte sich nicht entscheiden, was er als nächstes tun sollte, hatte immer noch keine befriedigende Antwort gefunden. Wie damals, als er auf dem Bahnhof in Seedorf anlangte, war sein Ziel erneut eine Terra incognita, aber dieses Mal lag sie vollends im Ungefähren. Manchmal bildete er sich ein, Wenzel Poßmann würde dieses exotische Gelände inzwischen besser kennen als er selbst. So versuchte er sich auch jetzt wieder in den Freund zu versetzen, während das Taxi übers offene, dunkle Land fuhr, um über den Umweg durch seine Augen doch noch zu erahnen, wohin die Reise gehen würde.

Asger tastete durch den Stoff der Tasche nach dem Umschlag mit dem Manuskript. Wenzel hatte es ihm wie angekündigt geschickt. Es sollte den Anfang zu einer größeren Arbeit bilden. Mehr hatte er nicht verraten. Vielleicht würde er im Zug einen

Blick darauf werfen oder am Flughafen, in der Maschine. Seit der Beerdigung waren sie sich nicht mehr begegnet, aber Asger hatte oft an die Unterhaltung gedacht, die er damals mit ihm geführt hatte. Es war mehr ein Selbstgespräch Wenzels gewesen, genaugenommen eine Ansprache.

Nach Franz Stegmüllers Tod hatten Asger erneut Zustände befremdlicher Gehemmtheit heimgesucht. Er konnte sich über die Gründe für diese abrupten, sein Selbstgefühl betreffenden Ausfallerscheinungen noch immer nicht restlos klarwerden, brachte damals jedenfalls seinem alten Freund Wenzel gegenüber kaum ein Wort über die Lippen. Anfangs glaubte er, es sei sein schlechtes Gewissen dem Toten gegenüber, was ihn so sonderbar gelähmt hatte. Je weiter sich Franz aus dem Lebenskreis Claras und damit von Fuchsenhub entfernt hatte, desto mehr war er Asger aus den Augen geraten. Irgendwann hatte er den väterlichen Freund vollständig aus dem Gedächtnis verloren. Das war insofern verwunderlich, als sich ihre zähe, ein klein wenig klandestine Kumpanei ja ganz unabhängig von seiner Mutter und ihrem Milieu ausgebildet hatte, zu der er überdies bis zuletzt nahezu keine emotionale Bindung herstellen konnte. Das langsame Versickern ihrer spröden Freundschaft war auch aus irgendeinem anderen Grund unaufhaltsam gewesen, ihr Ende spätestens mit Franz' Hochzeit besiegelt. Asger kam es im nachhinein vor, als wären die Erdschollen auseinandergedriftet, auf denen jeder sein Leben fristete. Dagegen etwas zu unternehmen, war ihnen beiden nicht gegeben. Nicht in ihrer Wesensart, in der sich nie viel Gemeinsamkeit gezeigt hatte, waren sie sich unüberbrückbar fremd und bedeutungslos geworden. Von keiner Seite lag Mutwille darin, daß sie sich zuletzt zu weit voneinander entfernt hatten, um sich überhaupt noch wahrzunehmen.

Nein, es waren keine Schuldgefühle, was ihn mit dem Verlöschen dieses Menschen so jählings angesprungen hatte, aber Reue über eine vertane Chance. Etwas war abgerissen, blieb unerledigt, daran war nicht zu rütteln. Konnte nicht zu Ende geführt werden, würde nie zu einem Ende kommen. Hinterließ auf ewig ein Loch in Asgers Lebensbahn.

Auch die Gegend, die er in diesen Minuten zurückließ, war ihm letztlich ein poröses Etwas geblieben, ein zwar ausführlich erkundetes Gefilde, ein dichtes Gewebe von Eindrücken, mit gleichwohl viel zu vielen schütteren, niemals auszufüllenden Leerstellen darin, als daß sie in Asgers Kopf je zu einem zwingenden Ganzen hätten zusammenschießen können. Wenn er dennoch sein Ziel erreicht zu haben glaubte, dann war das der mühsam gewonnenen Einsicht in die Grenzen eines Unterfangens zu verdanken, zu dem wohl gehörte, diesen unzähligen schwarzen, weißen oder grau verzitterten Stellen ihren Platz im Gesamtbild einzuräumen. Asger hatte es aushalten gelernt, sie nicht zu überspielen. Er verwehrte ihnen nicht länger ihren gerechten Anspruch darauf, Hauptmasse in der Unerschöpflichkeit beobachtbarer Einzelheiten zu sein.

Im Grunde hatte er sich auf künstlichem Weg etwas wie eine Heimat schaffen wollen, zuerst draußen unter den Menschen, danach wenigstens inwendig. Es erwies sich beides als Illusion. Daran dachte Asger, während der Himmel über der Zackenlinie der Alpen unmerklich von Osten her aufhellte und so dem schwarzen Viereck vor der Scheibe schwach und vorübergehend eine Tiefe verlieh, die mit jedem neuen Blick hinaus neu erobert werden wollte. Indessen bewegte er sich in diesem Moment hinweg von etwas, das ihn trotzdem mehr anging, als ihm geheuer sein konnte. Eine milde Wehmut befiel ihn. Sie war dem Schmerz einer Trennung durchaus ähnlich, obschon er nichts aufgab, das einem Zuhause vergleichbar gewesen wäre. Er hatte einen Ausgangspunkt gesucht, der ihm die Gegenwart hätte eröffnen sollen wie ein aufspringendes Fenster, und mit ihr vielleicht einen Ort, an dem sich ein Leben verankern ließ. Was er statt dessen gefunden hatte und was nun dort im Finstern hinter seinem Rücken entschwand, war etwas anderes, Stummes, Unfertiges, Fragmentarisches, Unentschiedenes, in dem er sich wie jenseits aller Heimatlichkeit beinahe doch beheimatet fühlte.

Die dumpf dröhnende Sprachlosigkeit dieser Empfindung verflocht sich während der halbstündigen Taxifahrt zum Bahnhof von Seedorf in Asgers Geist mit der wieder erwachten, leise nachhallenden Trauer um Franz und der Erinnerung an Wenzel Poßmanns Worte nach dem Begräbnis zu einer Einheit. Dem Schulfreund immerhin war seinerzeit nicht entgangen, daß Asger vollkommen außerstande war zu sprechen. Daher hatte Wenzel die Rolle des Gegenparts gleich mit in seinen Redefluß übernommen.

Der Bogen zu ihrem ersten Wiedersehen, den anfangs gemeinsamen, bald gegenläufigen, sich schließlich weit auseinander bewegenden Expeditionen in jeweiliges Neuland hatte der Freund mit wenigen Worten geschlagen, das Resümee schnell gezogen. Wenzel war, wie er sich ausdrückte, ins Innenleben der Öffentlichkeit zwar sozusagen nur wie ein Praktikant bis zum äußersten Betriebsrand vorgedrungen, zog aber aus seinen Erfahrungen, die meistenteils vollauf mit denjenigen Asgers übereinstimmten, ganz entgegengesetzte Konsequenzen. Sie weckten seinen Widerspruchsgeist, den Drang zu handeln, trotz aller Ohnmacht sich nicht abzufinden mit der Ohnmacht. Allein die Frage, auf welchem Feld im Einzelfall etwas zu unternehmen wäre, besaß für ihn noch Gewicht. Asger hingegen hatte sich, laut Wenzel aus berechtigtem beruflichem Überdruß, nach Fuchsenhub geflüchtet, dort zuerst die verschollene Heimat auszugraben begonnen, um bald zu erkennen, daß er am liebsten sich selber darin einwühlen und zur Gänze darin verschwinden würde. Er war auf eine intime Glücksader gestoßen, meinte der Archivar zu wissen, hatte herausgefunden, daß man das Leben lieben und dabei ohne weiteres auf den Rest der Welt verzichten konnte.

Seit jenem Zusammentreffen Ende Mai hatte sich Asger immer wieder gefragt, wie Wenzel auf die Idee gekommen war, er würde so etwas wie einem ganz persönlichen Frieden nachjagen und wolle sich darin einrichten. Als wäre er in der Lage, sich überhaupt jemals irgendwo einzurichten, sagte er sich jetzt. Allem Anschein nach konnte sich umgekehrt der Freund eine Daseinsform nicht vorstellen, in der kein wie auch immer geartetes menschliches Netz vorhanden war, nichts, das einen auffing und hielt, für das man bereit gewesen wäre, bedingungslos sein Leben einzusetzen. Wenzel hatte Familie, Kinder, einen fest umrissenen, tief ins soziale Gefüge eingebetteten Berufsalltag. Für den Freund existierte ein privater Kosmos. Der war den Einflüssen kollektiver Mächte ausgesetzt. Mußte geschützt, verteidigt, behauptet werden. Kein individuelles Glück ohne Partizipation am Ganzen, Übergreifenden. Die Rechnung war simpel, in Wenzels Fall sicherlich auch richtig.

Die Geschichte der Menschheit sei ein ewig fortlaufendes Rad des Leids, hatte er damals beim Totenmahl doziert. Doch zugleich sei sie eben auch ein ewig fortlaufendes Rad des Glücks. Beide Räder rollten normalerweise unabhängig nebeneinander her. Es gebe jedoch bekanntlich immer wieder Epochen oder Gegenden oder Personengruppen, wo sich das Maß an Elend plötzlich übermäßig vergrößere, das an Glück entsprechend verringere. Das Rad des Leids übernehme sozusagen das Kommando, und wo solche Tendenz sich abzeichne, sei es nicht länger damit getan, sich blauäugig dem Gang des Schicksals zu ergeben. Für Wenzel bestand daher, gerade weil er auf ein Recht des einzelnen auf Glückseligkeit pochte, auch die Pflicht, sich überall dort einzumischen, wo dieses Recht verletzt wurde. Recht und Pflicht, eins bedingte nach seiner Auffassung das andere, und solange es gelang, die Waage zwischen beidem zu halten, war auch das Risiko von Trugschlüssen und Vorurteilen, die das Rad des Leids weiter antrieben, einigermaßen eingedämmt.

Wenzel hatte sein Gedankenmodell schließlich auf sich selbst angewandt. Er, Archivar mit Leib und Seele, habe schon immer in Gefahr geschwebt, den Anschluß ans gelebte Leben zu verlieren. Denn zu leicht verbohre er sich nur in das Material, das sie absondere und zurücklasse. In Gedankenlabyrinthen umherirrend, schwankend zwischen tausend Hypothesen, vernachlässige er darüber sein Familienleben, gerate ihm der ganze damit verbundene Alltagskram aus den Augen. Er vergesse Freunde, Termine, seine

Kinder, überlaste seine Frau mit Haushalt, Organisation. Dabei wußte Wenzel, daß er in solcher Verfassung gar nicht in der Lage war, das Material richtig zu deuten. Blind, verhärtet, ohne konkreten Bezug zur Welt, blähten sich ihm die Nachrichten aus ihr zu fratzenhafter Monstrosität, gegen die er dann glaubte wie der fahrende Ritter Don Quijote zu Felde ziehen zu müssen.

Bei Asger wiederum befürchtete Wenzel, daß sich seine gegenteilige Neigung zu einem monadenhaften Individualismus durchsetzen, in einer alle Verantwortung von sich weisenden Selbstsucht münden könnte. Genauer gesagt, er war wahrscheinlich überzeugt, sie hätte sich bereits durchgesetzt. Das Taxi fuhr auf den hell erleuchteten Vorplatz des Seedorfer Bahnhofs. Unter dem orangen Licht der Laternen erhielt das schon matte, an den Rändern welke Laub der Ebereschen einen Stich ins Taubenblaue, die Beerentrauben wirkten rotviolett. Wenzel hatte den abgedankten Kulturjournalisten schließlich beschworen. Er dürfe nicht. Was? Seine gesellschaftlichen Verpflichtungen ignorieren? Er solle. In die Enge seines Metiers zurück? In diese andere Sorte Provinz? Ins Irreale, zur Selbstherrlichkeit, zum Geschwätz?

Er zahlte die Fahrt, stellte sich unters Bahnhofsvordach, wartete, wunderte sich darüber, wie viele Fahrgäste sich zu so früher Stunde bereits einfanden. Es war herbstlich kühl. Asger, aus dem warmen Auto kommend, fröstelte. Als hätte es sich die Sonne noch einmal überlegt und wäre unter den Horizont zurückgekrochen, blieb es weiter dunkel. Auch fing es zu regnen an, es war mehr ein Nieseln, nicht wie damals, als er hier nach dem Aussteigen die überschwemmte Unterführung durchqueren mußte. Er erinnerte sich, wie er dem abfahrenden Zug hinterhergesehen hatte. Mit diesem Soldaten darin, dem Urlauberehepaar. Ob der dicke kranke Mann mit der Warze auf der Glatze noch lebte? Wo der Offizier wohl gerade Dienst tat? In Afrika? Zentralasien? Im Nahen Osten? Noch fünf Minuten bis zur Abfahrt. Vorausgesetzt, die Bahn war pünktlich.

Sie war es. Jetzt bin ich also tatsächlich aufgebrochen, dachte er, als er den Triangel der Lokscheinwerfer herannahen sah, jetzt lasse ich diesen wunderlichen Lebensabschnitt wahrhaftig hinter mir. Er könne doch nicht sein Arbeitsfeld preisgeben, war Wenzel am Ende seiner Litanei in ihn gedrungen, es anderen überlassen, die würden doch alles nur noch immer schlimmer machen. Es liege auch in seinen Händen, die Verzahnung mit den sozusagen wirklich drängenden Fragen wiederherzustellen. Er hörte Wenzels Sätze wieder, in exakt dem aufgeregt abgehackten, leicht gehetzten Tonfall, während er am Perron wartete, daß die Zugtür sich öffnete. Die Hydraulik schnaubte. Es klang wie ein Aus-, ein Durch-, ein Aufatmen. In diesem Moment spürte Asger zum ersten Mal, daß nicht nur etwas aufhörte, sondern wirklich etwas für ihn begann. Er würde weitermachen. Wieder Fühlung aufnehmen mit den alten Kontaktstellen. Zwar nur etwas Liegengelassenes fortführen. Aber mit seiner wiederbelebten Weltkenntnis im Rücken. Stoßrichtung offen.

Asger stieg ein. Mit ihm strömten die Mitreisenden in den fabrikneuen Doppeldeckerwaggon. Er ging nach oben, quetschte die Tasche in den schmalen Schlitz zwischen Gepäckablage und niedriger Decke, zwängte sich auf eine der viel zu dicht gestaffelten Zweierbänke, rückte ans Fenster. Es roch nach frisch gepreßtem Kunststoff. Um 5 Uhr 43 rollte der Zug sacht und beinahe planmäßig an.

Immer mehr Fahrgäste stauten sich im Gang des schlauchartigen Abteils. Erst jetzt fiel Asger auf, daß es sich dabei fast ausschließlich um junge Leute handelte, die lärmend und gutgelaunt die Sitzreihen okkupierten. Neben ihm kam ein kräftiger, rotblonder Kerl zu sitzen. Er hatte dreiviertellange bayerische Lederhosen an, graue Wadenstrümpfe, Haferlschuhe, Hosenträger und ein besticktes weißes Hemd ohne Kragen. Krachend hievte er einen Kasten Bier zwischen seine Beine und fing sofort an, die Flaschen herumzureichen.

Sämtliche Plätze waren belegt, und die Schlange junger Menschen riß noch immer nicht ab. Asger staunte über die viele Trachtenkleidung. Besonders die Mädchen in ihren sonderbar altmodischen Dirndln stachen ins Auge. Nicht ganz knielang, entsprachen ihre knallig hellgrünen, orangen, rosa, teilweise recht ausgebleichten Farben eher dem Geschmack der frühen siebziger Jahre. Sie mußten sie aus den Kleidertruhen ihrer Mütter oder Großmütter gefischt haben, mutmaßte Asger. Etliche hatten sich außerdem strenge, seitlich ein wenig abstehende Zöpfe geflochten. Zu den blickdichten fleischfarbenen Nylonstrumpfhosen trugen sie Turn- oder klobige Bergschuhe, wodurch ihre Aufmachung etwas Rotzfreches bekam. Als sich der Zwischengang endlich doch leerte, stellte sich statt Ruhe Partyatmosphäre ein. Man prostete sich zu, blödelte, johlte, holte die Handys heraus, fotografierte wild damit herum, reichte die Apparate mit den Displays weiter. Asger wandte sich seinem trüben Spiegelbild zu und der Welt dahinter.

Unter dem Regenhimmel herrschte nach wie vor tiefe Dunkelheit, zumal die Lok Alpen und Sonnenaufgang hinter sich ließ und Asger in Fahrtrichtung blickte. Nur droben verrieten dunkelblaue Löcher mit wattigen weißen Rändern zwischen den aufreißenden schwarzgrauen Wolkenmassen den baldigen Tagesanbruch. Auf den Straßen nahm der Verkehr zu, die doppelten Lichterketten an den Bahnübergängen wurden länger und länger. Er fragte sich, ob er mittlerweile nicht doch ein bißchen besser Bescheid wußte über das Leben, das da draußen nun langsam erwachte. Seine letzte Zeit bei Buchinger junior fiel ihm wieder ein, Wochen, in denen er immer weniger auf dem Hof mitgearbeitet hatte. Statt dessen war er wieder von früh bis spät durch die Gegend gestreift, bevor er zu Beginn der Hochsaison sein Quartier endgültig geräumt, es für Ferienstammgäste freigemacht und sich danach doch noch einmal für fast ein Vierteljahr in sein Fuchsenhuber Wartezimmer verkrochen hatte.

Er dachte daran, mit welchem Eifer er die vollständige Absonderung auf diesen Wanderungen gesucht hatte, die Stille, den idealen Ort für sein Experiment. Die Sache mit dem Ichgefühl, das sich auflöste und mit ihm die stur auf ihr faktisches Sosein pochenden Gegebenheiten gleich obendrein, war ihm einfach nicht aus dem

Kopf gegangen. Er hatte mit der Zeit eine gewisse Technik entwickelt, konnte sein Wahrnehmungsempfinden vorsätzlich in jenen spezifischen Zustand überführen, in dem sich zuerst alle perspektivische Tiefe aufhob, unmittelbar danach, in dem an Stelle des Raumbewußtseins getretenen, bunt gesprenkelten Farbfeld, er selbst. Asger war auch mit den Versuchsergebnissen ein Stück vorangekommen. Sein Geist erreichte inzwischen eine Stufe, auf der er für die Sinne kein Zentrum mehr bildete. Immer leichter und öfter konnte er ihn wie in einem Zwischenreich schweben lassen. Es war, als bewege er sich in dem hauchdünnen Spalt, den sein Wirklichkeitserleben vom objektiv Realen wie von einem Hintergrund schied. Sogar die innere Ruhe, die von den Übungen ausstrahlte, währte über immer größere Zeitspannen fort. Mit nüchterner, gefaßter Klarheit betrachtete er dann alles Gegenwärtige, samt seinem eigenen, unentschiedenen Dasein darin.

Dennoch schaffte er es nicht, die Zustände selber länger als ein paar Atemzüge lang festzuhalten. Zwar ließen sie sich bald mehrmals am Tag wiederholen, aber nicht ausdehnen. Auch gaben ihm die Bemerkungen Axel Buchingers über jenen angeblichen Schleier, der plötzlich aufreiße, immer noch Rätsel auf. Er fragte sich, was für mysteriöse Kräfte das sein sollten, die er dabei wahrnahm.

Andererseits machte Asger sich natürlich nichts vor. Ihm war bei seinen Selbstversuchen bis zu jenem Zeitpunkt nicht annähernd etwas Vergleichbares begegnet, nichts, was die Grenzen seines analytischen Urteilsvermögens auch nur im Ansatz überstiegen hätte. Er wußte, daß er sich wie jeder andere auch die Dinge zurechtlegte und daraus seine Schlüsse zog, die ihn dann träumen, hoffen, bangen machten. Gleichzeitig ahnte er, daß es unter etwas günstigeren Voraussetzungen vielleicht nicht ausgeschlossen wäre, die Hürde eines rein vernunftmäßigen Begreifens zu überspringen und in eine Grauzone seines Bewußtseins vorzustoßen, deren Existenz er seit seinem gerade noch einmal abgewendeten Badeunglück nicht mehr so ohne weiteres abzustreiten vermochte. Was ihm dabei im

Weg zu stehen schien, waren seine Ungeduld, sein Ehrgeiz und die Überzeugung, noch immer nicht den idealen Ort für sein Experiment gefunden zu haben.

Das Zugabteil verwandelte sich unterdessen mehr und mehr in einen Partyraum. Lachsalven unterbrachen die lauthals geführten Unterhaltungen. Ständig wurden Plätze getauscht. Mädchen warfen sich auf Bubenschöße und umgekehrt, Bierflaschen kreisten, der Kasten neben Asgers Füßen leerte sich zusehends. Eine Dirndlträgerin besetzte die Oberschenkel seines Nebenmanns. Der ließ sich nicht irremachen von ihrem Gerutsche, hebelte mit dem Feuerzeug weiterhin stoisch Kronkorken von den Flaschenhälsen. Das Mädchen legte ihre Hände auf seine Ohren, lehnte ihre Stirn an die seine, rieb, stieß sich daran, sacht wie ein Zicklein. Aus den Falten ihres zitronengelben Trachtenrocks fächelte von Lavendelwasser überdeckter Altkleidergeruch. Das Ende ihres kastanienbraunen Zopfes pinselte bedenklich knapp vor Asgers Wange durch die Luft. Er drückte sich näher ans Fenster.

An der Gemeindegrenze, zirka eine Stunde Fußmarsch von Vössen entfernt, lag jene abgeschiedene Sumpfwiese, die er gleich in den ersten Monaten seines Aufenthalts entdeckt hatte. Daran und an die nie zuvor erlebte, totale Lautlosigkeit inmitten des Moors hatte er sich bei seiner Suche nach einem geeigneten Ort für seine Versuche wieder erinnert. Eineinhalb Wochen lang umkreiste Asger das unzugängliche Feuchtgebiet. Holzwege führten ins Mischholz, das sich als großräumiger Schutzgürtel um den Sumpf ausbreitete. Er erkundete sie. Aus entgegengesetzten Richtungen streckten sie sich wie die Finger zweier Hände zwischen die Bäume, endeten abrupt, berührten einander nirgends. Offenbar hörte zur jeweiligen Gemarkung hin für Kommunen und Waldbauern auch die Zuständigkeit für die Forststraßen auf. Doch irgendwo mußte eine heute verwilderte Verbindung zwischen zwei losen Enden bestehen, davon war Asger nicht abzubringen. Nachdem er sich immer wieder von beiden Seiten her vorgetastet und jedesmal ins matschige Unterholz verlaufen hatte, fand er endlich zwischen mannshohem Gras, Brennesseln, Himbeergestrüpp stark überwucherte Spurrillen. Tags darauf brachte er eine Machete mit, schlug sich eine schmale Schneise und verfügte von da an über seinen so lange ersehnten Geheimpfad, auf dem ihm weder spazierende Touristen noch Jogger, Walker, Radler, nicht einmal Reiter begegneten. Hier fand er den aufgegebenen Jägerstand, auf dem er stundenlang sitzen konnte, wo außer bei Waldarbeiten, die im Sommer nur sehr selten waren, oder wenn Rettungshubschrauber das Terrain überflogen, nicht einmal fernstes Motorengeräusch an sein Ohr drang.

Er mußte sich dennoch gedulden, bis ihm eine Art Durchbruch glückte. Das heißt, er wußte hinterher nicht einmal mit Sicherheit zu sagen, ob es einer gewesen war oder ob er sich das nur einredete. Seinen letzten Abend auf dem Hof hatte er mit Buchinger bei einer Flasche Wein und ein paar Gläsern selbstgebrannten Obstlers verbracht. Sie waren lange in vollkommener Schweigsamkeit zusammengesessen, bevor Asger, durchdrungen von Abschied, sich in seine Kammer begeben hatte. Er las die Nacht hindurch, begann in den Morgenstunden das Zimmer zu säubern, verstaute seine paar Sachen im Rucksack. Axel Buchinger versorgte gerade die Tiere, als er an der offenen Stalltür vorbeiging. Sie nickten sich zu. Zu Fuß brachte Asger seine Habe nach Fuchsenhub, duschte. Dann hatte er sich auf den Weg zum Moor gemacht.

Ein feiner Rippenstoß ließ ihn aus dem Tagtraum auffahren. Asger wandte den Kopf, sah noch, wie der Nacken der jungen Frau seine Schulter streifte. Das Dirndl knisterte und roch. Sie mußte bei der Balgerei mit dem Jungen, auf dem sie thronte, zur Seite weggerutscht sein. Lachend bat sie um Entschuldigung, zog sich, an den Hals des Rothaarigen geklammert, aus ihrer abgekippten Position wieder auf seine Knie.

Asgers Sinne waren nach jener durchwachten Nacht ohnehin überreizt gewesen. So trafen, als er an jenem Vormittag über die Felder ging, das Licht in der Landschaft, das Rauschen der Wipfel, das zarte Wispern des wogenden, verdorrten Grases und dessen süßer Heuduft Nase, Ohr und Augen mit großer Eindringlichkeit. Die Fußsohlen meldeten jeden einzelnen Schritt an sein Bewußtsein weiter, als wäre er ein beispielloser Akt. Über sein Gesicht, seine beim Gehen ausschwingenden Hände und Unterarme streifte ein kräftiger warmer Sommerwind. Er hatte dies alles mit äußerstem Feinsinn registriert, als sollte jede Bewegung seine Präsenz im Raum untermauern, während es ihm gleichzeitig vorkam, als gehöre derselbe Körper gar nicht ihm, als bediene er beinahe zufällig die Gliedmaßen einer Marionette. Drehte er den Kopf, war es, als hätte er einen Hebel gelöst, als könnte er die Mechanik unter der Haut nachzittern spüren. Er wählte die längste, umständlichste Route zur Sumpfregion, schlug gegen Mittag seinen Privatpfad ein, bestieg den ausgedienten Schießstand, überließ sich dem Blick auf das bis ins kleinste Detail vertraute Panorama: die Senke mit den zwei kleinen Einödhöfen und ihren kreisförmig von Wald umschlossenen Kuhweiden, der kleine Weiher im alten Kiesbruch, die dünne krumme Straße entlang des von blühendem Mädesüß gesäumten Bachlaufs. Leichter als sonst war es ihm gelungen, räumliche Tiefe in vielfarbige Flächigkeit zu überführen, sich selbst darin aufzulösen. Dann ging alles sehr schnell.

Zuerst wurde ihm ein wenig mulmig im Magen, gleich darauf öffnete sich eine Falltür unter ihm, und er sauste in einem grell erleuchteten Lift Richtung Erdmitte. Asger riß Augen und Mund auf, langte mit einem Ruck wieder auf seinem Hochsitz an. Dann überließ er sich dem Sturz ein zweites Mal. Er stürzte bald kopfüber, bald mit den Füßen voran, schoß dann horizontal in einem Lichttunnel dahin, der ihn schließlich ausspuckte.

Vor, vielmehr ein klein wenig unter ihm lag die von Wald umsäumte Talsenke. Nichts schien verändert. Da war der Jägerstand, und auf ihm erspähte er seinen Doppelgänger. In einer Art gläserner Kapsel sanft nähergleitend, sah er sich selbst, hinter die Holzwand geduckt. Immer wieder erschien sein Kopf im Schlitz zwischen den Brettern. Die Gondel stand einen Meter über dem Dach des Verschlags. Er folgte dem Blick des Ebenbilds, der auf den

Waldrand gerichtet war. Dort, wo der neuerdings asphaltierte Pfad ins Dickicht führte, erkannte er etwas wie einen großen Bildschirm. Der flackerte auf. Rote Zeichen wurden sichtbar; in derselben Minute brach eine Truppe von fünfzig, achtzig, hundert Personen aus dem dunklen Korridor unter den Bäumen. Sie trugen rosafarbene Trainingsanzüge, stießen ihre Stockspitzen in den Teer. Klackernd näherten sich die Frauen, »einatmen – ausatmen – eins, zwei, drei, vier, fünf, sechs, sieben – einatmen – ausatmen – eins, zwei, drei, vier, fünf, sechs, sieben«. Das Trommeln der Stöcke und die militärisch wiederholten Worte verloren sich, als sie auf der anderen Seite im Wald verschwanden.

Die Kapsel sank auf den Weg herab, sein zweites Ich stieg die Leiter hinunter. An dessen Seite dahinschwebend, begleitete er es zur Anzeigetafel, die sich wieder ausgeschaltet hatte. Symbole waren darauf zu sehen, größtenteils unbekannte Piktogramme. Jetzt leuchtete eins auf, das entfernt einem Rollschuh ähnelte, begann zu blinken. Daneben erschienen Zahlenkolonnen. Gleichzeitig schoß eine Schar Skater aus dem Wald. Sein Ebenbild sprang zur Seite, duckte sich hinter die Büsche, als die Männer in hellblauen Schutzanzügen und Helmen an ihm vorbeirasten.

Der Doppelgänger lief in den Wald hinein, immer die Piste entlang. Die Gondel begleitete ihn. Jedesmal versteckte er sich, wenn Radfahrer, Läufer sich näherten, Gruppen auf roller-, stelzen-, schlittenartigen Geräten. In Rückenlage oder bäuchlings, aufrecht stehend, sitzend oder kniend rauschten sie vorüber. Wo der Wald endete, stieß er auf ein Drehkreuz in einem mit Stacheldraht bewehrten Zaun. Ein Gebäudekomplex im Landhausstil verstellte den Blick auf die Spitze des Vössener Kirchturms jenseits des Hügels. Silberfarbene Rollskifahrer steuerten eine elektronische Schleuse an, Kameras justierten surrend ihre Gesichter, während sie passierten.

Jenseits der Absperrung lag ein gigantischer Parkplatz. Auf Riesenbildschirmen flimmerten Werbespots vom »See-O-Drom, das größte Wellness- und Fitneßcenter Mitteleuropas«. Sie zeigten

Frauen-, Kinder-, Senioren-, Behindertenprogramme mit Spezialtrainern, Bilder von der Restaurant-, Einkaufs-, Spaß-, Familienmeile, erklärten den Ablauf des Doping- und Gesundheitschecks. »Gesetzlich vorgeschrieben«, stand in roten Lettern darüber. Hinter der Parkfläche zog sich ein weiterer, noch höherer Schutzwall hin. An den Zufahrten patrouillierten Sicherheitsleute mit Schnellfeuerwaffen in forstgrünen Uniformen und Tiroler Hüten. Die Kundenabfertigung vor den Mautschaltern verlief reibungslos.

Hier war nirgends ein Durchkommen. Der Doppelgänger suchte trotzdem nach einem Durchschlupf. Binnen kurzem würde er gefaßt sein. Die Kapsel hob sich, ließ ihn unter sich zurück, fuhr, jagte himmelwärts, er schloß die Augen. Als er sie wieder öffnete, befand er sich über der Straße zum Buchinger-Hof.

Mitten in einer großen Wohnsiedlung gelegen, umgab das Anwesen ein kleiner Erlebnispark. Hühner gackerten aus Lautsprechern. Schautafeln illustrierten anhand historischer Aufnahmen landwirtschaftliche Tätigkeiten im Wandel der Zeit. In Kabinen ließ sich per Knopfdruck zwischen der Fahrt auf einem Traktor oder Mähdrescher wählen. Überall wiesen bunte Schilder den Weg. Eine Schulklasse drängelte sich vor lebenden Nutztieren hinter Virenschutzfenstern. Die zierlichen grünen Dachleisten, die nachträglich eingesetzten Gauben, die Heiligenbilder an der Hauswand verwandelten Hof und Stall in ein Postkartenmotiv. »Bauernmuseum« lautete die verschnörkelte Aufschrift über dem Eingang.

Winzige Puppenbungalows glitten an ihm vorbei auf seiner Gondelfahrt nach Fuchsenhub. Am Schlagbaum vor der Privatstraße lupfte Wachpersonal die Schirmmützen. Er verließ das gläserne Gefährt. Ein Chauffeur in Livree öffnete die Wagentür an einer der bereitstehenden Limousinen. Aus dem Auwald kommend, ragte ein schloßähnliches Landgut mit klassizistischen Anleihen hinter dem Haus seiner Mutter auf. Sie stoppten an der Rampe. Ein Lakai eilte die Freitreppe herab, er werde bereits erwartet.

Oben auf dem Podest schaute er auf den See hinaus. Das Ufer lag weit draußen, jenseits eines breiten Saums von Kieselsteinen.

Ein hoher Steinwall schützte die Halbinsel vor Flutwellen. Er betrat das Vestibül. Im überfüllten Festsaal herrschte andächtige Stille. Man lauschte dem Vortrag einer Hymne in alkäischem Versmaß. Alle Augen blickten zur Empore. Der Dichter endete, verneigte sich. Applaus und Orchester setzten ein. Die Gesellschaft verteilte sich auf die Salons. Zwischen Ballkleid und Zweireiher, Jeans und Rollkragenpulli blitzte Extravaganz auf. Modeschöpfer streuten eine Schar Models wie einen Korb Blumen unter die Menge.

Er gesellte sich zu einem Kreis von Gästen. Jemand wurde gefeiert für eine Vermarktungsidee, mit der ihm der Aufstieg gelungen war. Jemand machte sich lustig über die Primitivität der Menschen draußen in den Freizeitzonen und wurde harsch gerügt. Die strikte Trennung zwischen Kultur und Barbarei sei eine natürliche, das Recht auf Stumpfsinn unantastbar.

Auf den Balkons, in den Lustgärten, Logen, Séparées wurden Champagner, Drogen und Heilwasser gereicht, auch andere Begehrlichkeiten diskret befriedigt. Man seufzte, lächelte, gähnte, lehnte im Halbschlaf an den Wänden und Säulen. Dann öffnete sich eine Luke im Marmorboden des Festsaals. Auf einer Hebebühne erschienen im Strahl eines Scheinwerfers fünf nackte Mädchen, Picassos »Les Demoiselles d'Avignon« als lebendes Gemälde. Der Künstler berichtete über Mikrophon von seinen abenteuerlichen Expeditionen in die Vorstädte und Auffanglager, bis das geeignete Material gefunden war, von den Tätowierungen und chiroplastischen Eingriffen, die ein kleines Vermögen gekostet hatten. Um die regungslosen Körper drängten sich die Gäste.

Furcht packte ihn, er rannte nach draußen, ließ sich nach Vössen chauffieren. Man winkte sie durch sämtliche Schranken. Dann begann die Fußgängerzone. Je näher er dem Zentrum kam, desto dichter wurde der Besucherstrom. Ein Gemisch aus Blasmusik, Schlagerrhythmen und elektronischen Beats waberte ihm entgegen. Vor dem neuen, rustikalen Rathaus war ein gewaltiger Maibaum aufgestellt. Weißblaue Bänder spannten sich über den kreisförmigen Platz, wo eine halbnackte Teenieband gerade von einer Volkstanzgruppe abgelöst wurde. Die einmarschierenden Burschen schwenkten die Gamsbarthüte. Auf der Tribüne kreischten Jugendliche, sangen Greise Trinklieder. Das Spektakel wurde auf Großleinwänden vervielfacht. An den unteren Bildrändern lief eine Textleiste und gab die im Stundentakt wechselnden Auftritte bekannt.

Auch in Vössen wimmelte es von Security-Männern in Jägeruniformen. Sie ballten sich an den Identitätskontrollen und Mautstellen zwischen Arena und Hauptstraße. Zwischen Cafeterien und Souvenirläden stauten sich die Touristen, wurden beraten, bewirtet, unterhalten von feschen jungen Angestellten in einheitlicher Diensttracht. Eine Pferdedroschkenbahn fuhr in einer tiefergelegten Fahrrinne, die wie ein Kanal die Straße teilte. Kinder drückten sich die Nasen am gewölbten Plexiglasdach platt. Japaner knipsten sich gegenseitig auf den zierlichen Brücken, die über die Röhre führten. Fans wedelten mit Wimpeln, wenn sie ihr Idol in einem der Vehikel entdeckten.

Auch er unternahm eine Fahrt durch die Röhre, stieg zu am ehemaligen Dampfersteg, der auf ein künstliches Wasserbecken hinausragte. Der Zweispänner tauchte in den Glastunnel, der von innen betrachtet nicht durchsichtig, sondern blendend weiß war und den Schall so sehr dämpfte, daß nicht einmal Hufe und Räder klapperten.

Die Reise endete vor dem Kirchplatz. Lateinischer Singsang dröhnte leicht übersteuert aus Lautsprechern. Auf einem Bildschirm über dem Portal wurde die Messe übertragen. Eine Menschentraube hatte sich vor einer Absperrung gebildet. Auf der Kirchenmauer stand in großen, verwackelten Lettern: »Gott ist an allem schuld«. Der Tatort war weiträumig abgeriegelt.

Über eine Rolltreppe erreichte er die Haltestelle der Magnetbahn. Vorbei an Sprengstoffhunden und Zellen zur Leibesvisitation, fand er noch Platz in einem vollbesetzten Abteil. Lautlos und mit ungeheurem Tempo sauste der Zug über die Moränenhügel der Voralpen. Gesprächsfetzen von Mitreisenden über Umweltdesign, Zeitarbeiterstädte, gesetzliche Regelungen der Freizeitgestaltung drangen an sein Ohr. Draußen waren überall nicht enden wollende Menschenschlangen zu sehen. Als gehorsam ergebene Prozessionen standen sie vor Straßensperren, wurden peniblen Kontrollen unterzogen.

An der nächsten Station stieg er aus, schloß sich einer der Wallfahrten an. Etwas wie das Murmeln von Gebeten empfing ihn. Er war verwirrt, hielt sich am Rand der Kolonne, betrachtete die Gesichter der Vorbeiziehenden. Etwas Erloschenes gewahrte er darin, als wären sie einer namenlosen Hoffnung beraubt. Zugleich strahlten sie eine befremdende Gewißheit aus, die ihn erschütterte. Herkunft, Hautfarbe, Sprache der Menschen waren vollkommen durcheinandergemischt. Ausgestoßene, Vertriebene, Obdachlose, Asketen, Selbstmordattentäter. Nichts schien sie zu verbinden als ihr beharrliches Voranschleppen.

Vorne in der Schlange, wo der Weg über eine Kuppe führte, stand sein Doppelgänger. Er hatte gerade den höchsten Punkt erreicht, würde gleich hinter dem Hügel unsichtbar werden. Grenzenlose Freude erfaßte ihn. Von ihm würde er Aufschluß erhalten über alles, was hier vor sich ging. Gleich würde er ihn erreichen, und indem er losrannte und hoffte und froh war, erschien ein Blitz über den Alpenkamm, blendend, überhell, gefolgt von einem Heulen, dann nichts mehr, Leere, Licht, und er hatte sich auf seinem Hochsitz zurückgefunden.

Auch heute, hier im Zug noch, als er, wie so oft in den seither vergangenen Wochen, an diese Bilderkette dachte, verstand er nicht, was ihm damals eigentlich widerfahren war. Als plötzlich im strahlenden Mittag wieder das gewohnte Bild der beiden Einöden vor seinen Augen gestanden war, er sich in den Ausguck gelehnt und seine Hände auf das warme Holz des Verschlags gestützt hatte, glaubte er im ersten Moment aus einem ungewöhnlich tiefen Schlaf aufgefahren zu sein. Das Sonderbare war nur, daß er sich sofort hellwach fühlte und die Einzelheiten des mitgebrachten

Traums so realistisch und minutiös erinnerte. Dazu kam, daß offenbar so gut wie keine Zeit vergangen zu sein schien, seit er seinen Aussichtsplatz bestiegen hatte. Die Sonne stand im nahezu selben Winkel über dem Tal, und ein Blick auf die Armbanduhr bestätigte seine Vermutung.

Außerdem, und ganz unabhängig von der Frage, in welcher Sphäre des Geistes sich sein Abenteuer nun ereignet hatte, wußte er nicht recht, was er eigentlich damit anfangen sollte. Spiegelte ein Traum seine unbewußten Ängste oder seine Wünsche? War es eine Art Vision? Und wäre es wirklich ein Ausblick in die Zukunft gewesen, hätte er eine Konsequenz für sein weiteres Leben?

Vor dem Abteilfenster erschien ein Industriegebiet. Busse spuckten Arbeiter vor Werkstoren aus. Das Gelände hatte sich seit Asgers letzter Fahrt auf dieser Strecke ein gehöriges Stück weiter in die umgebenden Wiesen gefressen. Ohne daß Asger den Übergang bemerkt hätte, war es endlich doch Morgen geworden. Unter einer massigen Wolkendecke lag diffuse Helligkeit. Wieder fragte er sich, ob er heute wirklich besser wußte, was dort draußen vor sich ging. Und selbst wenn, sagte er zu sich, habe ich deswegen noch lange keine Ahnung, wohin die Reise führt.

Asger lehnte sich in den Sitz zurück. Müdigkeit überkam ihn. Unter den jungen Trachtlern war es etwas ruhiger geworden, das Mädchen hatte den Schoß seines Nachbarn verlassen. Der schaute ihn freundlich an, als sich ihre Blicke trafen, griff unter sich, öffnete ein Bier und bot es ihm an. Der Gewohnheit gehorchend, war Asger schon im Begriff abzulehnen, überlegte es sich aber zu seiner eigenen Verwunderung anders. Bier am frühen Morgen, dachte er. Auf nüchternen Magen, dachte er. Warum eigentlich nicht? Schließlich findet die Reise jetzt, mit diesen Leuten statt.

Er dankte.

Sie stießen an.

Der Fremde trank die Flasche fast in einem Zug leer und zeigte sich erstaunlich gesprächig. Darauf war der junge Mann mit dem

Bierkasten unter dem Sitz gar nicht eingestellt gewesen. Dieser Mensch hatte ihm eher ein bißchen leid getan, wegen des seltsam weggetretenen, irgendwie trübsinnigen Ausdrucks, mit dem der endlos aus dem Fenster gestarrt hatte. Er wollte sich außerdem entschuldigen. Immerhin hatte Nicole bei ihren Turnübungen eine halbe Bruchlandung auf seinem Schoß hingelegt, ihm dann ein bißchen schöne Augen und einfach weiter gemacht wie zuvor. So war sie nun einmal, die gute Nicole.

Aber wer weiß schon, was in einem anderen Menschen vorgeht. Vor allem wenn er so trist vor sich hin starrt aus seinem sonderbar ausgeleierten Gesicht, das jetzt, während der Fremde sich erkundigte, was sie vorhätten mit ihren Trachten und Bierkästen so früh am Tag, auf einmal ganz frisch und lebendig und gar nicht mehr so alt aussah. So einem kann ja alles mögliche an Schlimmem widerfahren sein. Wie er plötzlich auflebt, dachte er, als ob er erleichtert wäre, sich eine Zeitlang mit jemandem unterhalten zu können, der auf dem Weg zum Oktoberfest ist, weil es schließlich immer was zu feiern gibt. Zum Beispiel, daß sie den Abschluß hinter sich hatten. Oder weil es jedesmal eine solche Gaudi war, und sie so jung auch nicht mehr zusammenkommen würden. Oder um einen Tag lang zu vergessen, daß die meisten noch keine Lehrstelle oder der Freund einen mit der Freundin betrogen oder man sich für fünf Jahre beim Bund verpflichtet hatte. Wie er.

Um für alle einen Tisch möglichst nahe bei der Musik zu bekommen, mußte man eben schon auf der Festwiese sein, bevor sie die Bierzelte aufmachten. Und damit die Feier von Anfang an die richtige Temperatur bekam, wurde hier im Zug schon einmal mit der einen oder anderen Halben vorgeglüht. Das alles erzählte er diesem Fremden, der da neben ihm saß und immer noch mehr wissen wollte. Wie sich das beispielsweise mit den Trachten verhielt, weil sie doch früher für spießig galten und heute absolut angesagt waren, wenigstens auf dem Oktoberfest, weil es dadurch erst ihr Oktoberfest wurde und weil es einfach gut ausschaute und fetzig war. Es machte Spaß, ihm das alles zu erzählen.

Aber er könne es sich ja selber anschauen, sagte er zu dem Fremden, als sie ausgestiegen waren und im Seiteneingang des Hauptbahnhofs noch beisammen standen. Sie wollten nur schnell das Leergut loswerden, der Getränkemarkt liege dort drüben in einer Seitenstraße, dann würden sie sich alle miteinander auf den Weg machen. Er sei herzlich eingeladen mitzukommen.

Die andern drängten bereits johlend zum Fußgängerübergang, während der junge Mann mit Nicole sanft den Bierkasten hin und her schaukelnd noch auf seine Antwort wartete. Der Fremde zögerte und lehnte dann ab.

Schade, dachte der junge Mann, als sie schon auf die andere Straßenseite gewechselt waren. Er drehte sich nach dem Fremden um. Offenbar sah auch der ihnen nach, denn er hatte sich noch nicht vom Fleck bewegt. Mit der braunen Sporttasche in der Hand und seiner bunten Tasche über der Schulter harrte er aus im dichter werdenden Gedränge der vom Bahnhof zur U-Bahn strömenden Menge. Nicht einmal seinen Namen wußte er, dachte der junge Mann. Aber wenigstens ein Foto könnte er von ihm machen. Er kramte sein Handy aus der Hosentasche.

Da schießt die Sonne, die eben erst über die Häuser gestiegen ist, Strahlen durch einen schmalen Riß zwischen den dichten Wolken und brennt, von der Enge des Spalts gebündelt, einen grellen Lichtpfeil über Dächer und Fassaden. Seine Spitze zielt auf den Platz vor dem Seiteneingang. Geblendet von spiegelnden Scheiben, in denen es gelb und golden aufblitzt, bedeckt der junge Mann mit dem Handy die Augen. Dann blinzelt er zum Himmel, der jetzt wie von unten beleuchtet wirkt. Unter einer taubenblauen Decke treiben wattige Fetzen als rosa Fahnen über die Stadt. Die Sonne duckt sich unter die Wolken zurück. Als er wieder zum Bahnhof hinüberblickt, ist der Fremde verschwunden.

Rote Flecken wandern noch über seine Netzhaut, als er mit Nicole hinübergeht zum Getränkemarkt.

Hinweis: Personen und Handlung dieses Romans sind frei erfunden, Ähnlichkeiten mit realen Geschehnissen und Orten dem Mangel des Autors an Phantasie geschuldet beziehungsweise den natürlichen Grenzen, welche die Wirklichkeit der Phantasie setzt.
Herzlichen Dank an alle, die bei den Expeditionen am Rand dieser Grenzen geholfen haben, besonders an die Begleiter und Gesprächspartner auf drei Reisen durch Rußland und Kasachstan.

Norbert Niemann
im Carl Hanser Verlag

Wie man's nimmt
Roman
432 Seiten. 1998

»Von diesem Autor wird man noch hören. Er hat Zeit, er besitzt Reserven, und er wagt es, dem Leser Steine in den Weg zu legen.«

Peter von Matt, *Frankfurter Allgemeine Zeitung*

»Ein Stück Literatur, das zu den aufregendsten Experimenten der letzten Jahre gehört ... Der Roman ist auf der Höhe seiner Zeit, die sich das Leben angewöhnen läßt. Schon deshalb gehört *Wie man's nimmt* nicht in die Klauen der Alte-Säcke-Kultur in den Hochfeuilletons, sondern unters Lesevolk.«

Hannes Hintermeier, *Die Woche*

»Norbert Niemann hat einen großangelegten Generationsroman geschrieben, eine Epopöe aus dem übersättigten Niederbayern der neunziger Jahre, einen Versuch, die Unüberschaubarkeit der Gegenwart zu ordnen und ihre Kompliziertheit in ein dickes Buch zu fassen.«

Franz Haas, *Neue Zürcher Zeitung*

»Niemann legt mit seinem furiosen Debüt die Gefühls- und Existenzzweifel seiner Generation frei, die, in der Medienwelt groß geworden und von ihr erzogen, sich selbst und der Realität nicht über den Weg traut.«

Verena Auffermann, *Focus*

Norbert Niemann
im Carl Hanser Verlag

Schule der Gewalt
Roman
320 Seiten. 2001

»Nun also hört man wieder von ihm und weiß auch wieder, schon nach ein paar Seiten, daß und wie er sich unterscheidet von so vielen Schreibgenossen seiner Generation.«

Reinhard Baumgart, *Die Zeit*

»Nach seinem erstaunlichen, erfolgreichen Debüt *Wie man's nimmt* ist Norbert Niemann mit *Schule der Gewalt* eine konsequente Fortschreibung gelungen: mitten hinein in jenen Punkt der Gesellschaft, den man immer mit ›Herz‹ oder ähnlichen hilflosen Vokabeln bezeichnet hat und der nicht mehr so leicht zu orten ist.«

Helmut Böttiger, *Der Tagesspiegel*

»Niemanns Buch hat einen ganz aktuellen und recherchegesättigten Kern, seine Schilderungen des Schulalltags sind sehr genau beobachtet und treffend ...«

Richard Kämmerlings, *Frankfurter Allgemeine Zeitung*

»Niemann hat einen wilden Roman über Wirklichkeit und Wahn geschrieben, über das Gewaltpotenzial, das in jedem Individuum steckt und das sich in Zeiten des Fernsehens und anderer elektronischer Medien wahrscheinlich noch leichter als früher aktivieren läßt ... So deutlich, und sagen wir es ruhig: gesellschaftskritisch, ist diese Situation selten beschrieben worden.«

Claus-Ulrich Bielefeld, *Die Welt*